对外汉语系列教材·文化类

中国古代文学教程

Zhongguogudaiwenxuejiaocheng

主编 马春燕 王美玲 杨 杨

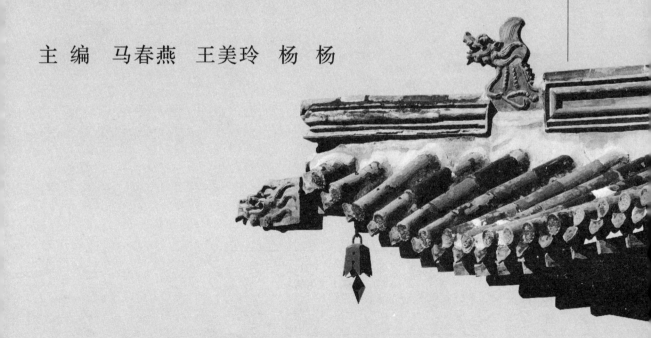

西安交通大学出版社
XI'AN JIAOTONG UNIVERSITY PRESS
国家一级出版社
全国百佳图书出版单位

图书在版编目(CIP)数据

中国古代文学教程/马春燕,王美玲,杨杨主编.
—西安:西安交通大学出版社,2018.1
对外汉语系列教材.文化类
ISBN 978-7-5693-0367-4

Ⅰ.①中… Ⅱ.①马…②王…③杨… Ⅲ.①中国文学-古典文学-高等学校-教材 Ⅳ.①I206.2

中国版本图书馆CIP数据核字(2017)第319264号

书　　名	中国古代文学教程
主　　编	马春燕　王美玲　杨　杨
责任编辑	李逢国
出版发行	西安交通大学出版社
	(西安市兴庆南路10号　邮政编码710049)
网　　址	http://www.xjtupress.com
电　　话	(029)82668357　82667874(发行中心)
	(029)82668315(总编办)
传　　真	(029)82668280
印　　刷	陕西日报社
开　　本	787mm×1092mm　1/16　印张 19　字数 474千字
版次印次	2019年1月第1版　2019年1月第1次印刷
书　　号	ISBN 978-7-5693-0367-4
定　　价	56.00元

读者购书、书店添货,如发现印装质量问题,请与本社发行中心联系、调换。
订购热线:(029)82665248　(029)82665249
投稿热线:(029)82668133
读者信箱:xj_rwjg@126.com

版权所有　侵权必究

前　言

　　本教材是针对外国留学生学习中国古代文学而编写的教学用书。中国古代文学课程是依据国家汉办《高等学校外国留学生汉语言专业教学大纲》，在各高校汉语言本科专业要求设置的一门必修课程。该课程旨在介绍中国古代文学，传播优秀中华传统文化。古代文学史的内容丰富浩瀚，作家星罗棋布，名篇佳作不胜枚举。因留学生的汉语水平尤其是古代汉语的阅读认知水平受限，本书在选择各个朝代作家作品时，根据最通俗易懂、最为中国大众熟知、文学史意义重大、作家具有典型性、留学生容易接受和体会的原则进行取舍。本教材将文学史与作品选结合，通过作品鉴赏知晓一朝一代之文学主流样式及其特点。选入的文学作品更多是从外国留学生可以理解与接受、能够产生古今中外情感共鸣与链接的角度进行择用。希望留学生能通过这些文学作品更好地了解古代中国，知晓各朝代的文学特点，在鉴赏学习中走近古人的心灵，去感知聆听那拨动心弦的美妙音符。

　　本教材的的最大创新，即精准定位于面向外国留学生使用的古代文学史教材，把文学史的介绍与当朝当代最为著名的作家作品鉴赏结合起来，并将选取的古诗词进行了更适合留学生自学与阅读的白话文翻译。使留学生在领略欣赏作家作品的同时，获得对中国古代某一时期最为主流的文学样式、文学特点的理性认知。本教材由西安交通大学国际教育学院马春燕、王美玲、杨杨担任主编，三位主编都是有着多年对外汉语教学经历、经验丰富的老师，熟知留学生的汉语水平，尽量在准确表述文学史特点的前提下（鉴于留学生关于中国古代文化知识的匮乏），能够将艰涩难懂的古代文学知识进行适应于留学生阅读与学习的通俗化解读与表述。

　　本教材为中国古代文学课程的教学服务，实用性是本书的最大特点。全书共选录了二十章古代文学作品，每周两课时，授课时间是一学年（或每周四课时，授课时间一学期）。教学内容是实现教学目标、进行教学设计的关键，其质量高低直接影响教学活动的成败。全书分精读和泛读两部分，包括课文、作品、注释、译文、大家点评及扩充阅读等内容。教师通过精讲经典和赏析文章，可以培养留学生文学感悟能力和作品赏析能力,提高其审美能力。"作品选读"中的"译文"及"大家点评"可以有效帮助学生自学。本教材注重难易度与内容厚度、趣味性与实用性的结合,教师可根据留学生的汉语程度,裁剪文章内容,希望可以引起学生探知的兴趣,变教师课堂主讲为导学感悟式的有效引领。

在本教材的编写过程中,参阅了相关教材和专家的研究成果,在此向他们辛勤的劳动致以最诚挚的感谢。同时由于编者的学术水平和见识所限,书中难免有精疏纰漏之处,真诚希望各位读者批评指正。

编者
2018 年 11 月

目录

第一篇　上古文学 ……………………………………………………… (1)

第一章　上古神话 ………………………………………………… (3)

第二篇　先秦文学 ……………………………………………………… (9)

第二章　诗经 ……………………………………………………… (12)

第三章　历史散文 ………………………………………………… (17)

第一节　左传 …………………………………………………… (18)

第二节　国语 …………………………………………………… (22)

第三节　战国策 ………………………………………………… (25)

第四章　诸子散文与楚辞 ………………………………………… (31)

第一节　论语 …………………………………………………… (31)

第二节　孟子 …………………………………………………… (39)

第三节　庄子 …………………………………………………… (44)

第四节　楚辞 …………………………………………………… (50)

第三篇　秦汉文学 ……………………………………………………… (56)

第五章　汉赋 ……………………………………………………… (57)

第六章　散文 ……………………………………………………… (59)

第一节　过秦论 ………………………………………………… (59)

第二节　史记 …………………………………………………… (65)

第七章　汉乐府 …………………………………………………… (73)

第八章　东汉文人诗 ……………………………………………… (85)

第四篇　魏晋南北朝文学 ……………………………………………… (89)

第九章　魏晋文学 ………………………………………………… (91)

第一节　三曹诗歌 ……………………………………………… (92)

第二节　竹林七贤 …………………………………………………… (96)

　　第三节　陶渊明 ……………………………………………………… (98)

第十章　南北朝文学 ……………………………………………………… (102)

第五篇　唐代文学 …………………………………………………………… (109)

第十一章　唐代诗歌 ……………………………………………………… (110)

　　第一节　初唐四杰 …………………………………………………… (111)

　　第二节　陈子昂 ……………………………………………………… (114)

　　第三节　王维 ………………………………………………………… (115)

　　第四节　孟浩然 ……………………………………………………… (118)

　　第五节　边塞诗人 …………………………………………………… (119)

　　第六节　李白 ………………………………………………………… (122)

　　第七节　杜甫 ………………………………………………………… (127)

　　第八节　白居易 ……………………………………………………… (133)

第十二章　唐代散文 ……………………………………………………… (143)

　　第一节　韩愈 ………………………………………………………… (143)

　　第二节　柳宗元 ……………………………………………………… (149)

第十三章　唐传奇 ………………………………………………………… (157)

第六篇　五代十国文学 ……………………………………………………… (167)

第十四章　冯延巳 ………………………………………………………… (168)

第十五章　李煜 …………………………………………………………… (170)

第七篇　宋代文学 …………………………………………………………… (175)

第十六章　宋词与诗 ……………………………………………………… (176)

　　第一节　柳永 ………………………………………………………… (176)

　　第二节　苏轼 ………………………………………………………… (180)

　　第三节　李清照 ……………………………………………………… (185)

　　第四节　陆游 ………………………………………………………… (188)

　　第五节　辛弃疾 ……………………………………………………… (192)

第十七章　宋代散文 ……………………………………………………… (198)

第一节　苏轼……………………………………………………………（198）

　　第二节　欧阳修…………………………………………………………（202）

　第十八章　宋话本…………………………………………………………（207）

第八篇　元明清文学…………………………………………………………（212）

　第十九章　杂剧……………………………………………………………（214）

　　第一节　窦娥冤…………………………………………………………（215）

　　第二节　西厢记…………………………………………………………（220）

　　第三节　牡丹亭…………………………………………………………（225）

　第二十章　小说……………………………………………………………（232）

　　第一节　三国演义………………………………………………………（233）

　　第二节　水浒传…………………………………………………………（248）

　　第三节　西游记…………………………………………………………（257）

　　第四节　聊斋志异………………………………………………………（269）

　　第五节　红楼梦…………………………………………………………（279）

参考文献………………………………………………………………………（294）

第一篇 上古文学

神话是上古先民创造出来的最早的文学样式。在原始先民眼里,自然万物就同人类一样,拥有灵魂、意志和情感,能够和人进行某种神秘的交流与沟通。原始先民眼中的自然界是一个充满生命活力与魔力的世界。这种感受、理解与认知世界的方法,是一种神话思维,也是神话诞生的土壤。何谓神话?简言之,神话即神的故事。它诞生的心理基础是"万物有灵"的观念,它是远古时代的汉族先民对其所接触的自然现象和社会现象幻想出来的具有艺术意味的解释和描述,是一种集体的口头创作。我国上古神话的内容涉及自然环境和社会生活的各个方面,既包括世界的起源,又包括人类的命运,努力展示人与自然的富有教育意义的意象。

目前学术界关于上古神话的时间节点有两种说法:广义的上古神话是指中国夏朝以前直至远古时期的神话和传说,狭义的上古神话则指夏朝至两汉时期的神话。因为上古时代没有关于当时直接的文字记载,那个时候发生的事件或人物一般无法直接考证。我国学者杨堃和袁珂等人认为神话的起源要早到蒙昧期的高级阶段,即旧石器时代晚期,或者比这个时期更早。因此我们所指的上古神话指中国夏朝以前直至远古时期的神话和传说。当时处于生产力水平低下的原始社会初期的先民们,在面对难以捉摸和控制的自然界时,不由自主地会产生一种神秘和敬畏的感情,而一些特殊的灾害性的自然现象,如地震、洪水,还有人类自身的生老病死等,尤其能引起当时人们的惊奇与恐慌。人们由此幻想出世界上存在着种种超自然的神灵和魔力,并对之加以膜拜,自然在一定程度上被神化了,神话也就由此产生。现今出土的远古资料中,人们发现了大量的神形刻绘,如辽宁牛河梁红山文化"女神庙"遗址中的彩绘女神头像;阴山岩画中"有巫师祈祷娱神的形象,也有拜日的形象";在连云港市将军崖岩画中,"天神表现为各式各样的人面画……包括太阳神、月神、星神等"。此外,出土的大部分动物形的刻绘也与神话有关。华裔考古人类学家张光直认为,商代早期的刻绘图形中,"其中之动物的确有一种令人生畏的感觉,显然具有由神话中得来的大力量"。并断定,"商周青铜器上的动物纹样也扮演了沟通人神世界的使者的角色"。现在可见的各种青铜彝器上的动物图形甚多,尤其是一些假想的动物图形,如饕餮、龙、虬、凤凰等,在人们的认知世界里都是具有某种神性的动物。在后人的著作里,饕餮干脆成了吃人的怪物。夔被认为是一只脚的怪兽。因此由这些目前发掘出的考古资料可知,我国上古时代的神话思维相当发达,已经产生众多的神灵和相应的传说故事。上古神话在文献古籍中载录甚少。在我国古代文献中,除了《山海经》等书中记载神话比较集中之外,其余则散见于经、史、子、集等各类书中。这些材料往往只是片段,有完整故事情节的不多。资料零散不全,而不像古希腊神话那样被完整而有系统地保留下来。文史名家李学勤认为文献中所记录的神话远不足以说明中国上古神话的全貌，《楚辞》《山海经》等书所述，不过是广大的神话世界的一小部分。

《山海经》作为中国古代保存神话资料最多的著作，其中有大量的对山神形貌的描述，它们往往是奇形怪状的动物，或兼有人和动物的形体特征，如龙首鸟身或人面马身等，这里或许含有自然崇拜或图腾崇拜的意识，反映了人类早期的思维特征。海经、大荒经的神话色彩是全书中最浓的，记录了一些异国人的奇异相貌、习性和风俗，如贯胸国、羽民国、长臂国、不死国、大人国等。其中有不少想象奇特的神话，如鲧禹治水、精卫填海、刑天舞干戚等，都深入人心，流传广远。《山海经》中的神话虽然也是片断的，但不少故事已具有清晰的轮廓，有的经过缀合，甚至可以得到相当完整的故事和形象，如夸父逐日、大禹、帝俊和西王母的传说，以及圣地昆仑山的神奇景象等。

第一章

上古神话

上古神话是先民用虚幻的想象方法去表现一些事件和人物,神话色彩浓郁。这些神话通常以神为主人公,它们包括各种自然神和神化了的英灵人物。按照神话内容及表现的精神内涵的不同,我们将上古的神话分为创世神话、洪水神话、战争神话、发明神话与斗争神话。

一、创世神话

上古之时,人们对自身的起源有着极大的兴趣与想象。在有关人类起源的神话中首推女娲的故事。女娲补天,显示出她作为宇宙大神的重要地位。女娲不仅有开辟之功,她也是人类的创造者。有关女娲的神话主要是产生于母系氏族社会,女娲补天和女娲造人的不朽功绩,既反映了人们对女性延续种族作用的肯定,同时也是对女性社会地位的认可。神话为人们塑造了一个有着奇异神通而又辛勤劳作的女性主义形象,她所做的一切,都充满了对人类的慈爱之情。除了人类共同的始祖外,各部族又有自己的始祖神话。商民族始祖契是简狄吞食燕卵而生,周民族始祖后稷的诞生和经历更具传奇色彩。后稷神话记录在《诗经·大雅·生民》中:姜嫄因踩到天帝的足拇指印而受孕,顺利产下稷,姜嫄觉得不祥,便把他丢弃在窄巷、树林、寒冰等处,但稷分别得到牛羊、樵夫、鸟的奇迹般的救助,成活下来,并迅速表现出种植农作物的天赋,最终成为周人的始祖。这类神话几乎各部族皆有,而且不少在情节或结构上有相似之处。它们反映了部族成员对自己祖先的追念,表现出民族自豪感。

二、洪水神话

世界上很多地方都普遍流传着有关洪水的神话,以洪水为主题或背景的神话,在世界各国文学中均有作品产生。例如巴比伦史诗《吉尔伽美什》、基督教《圣经》中的洪水神话。曾经有过的洪水灾害是如此惨烈,在人类心灵中留下不可磨灭的印记,成为一种集体表象,伴随着神话一代一代地流传下来,提醒人们对自然灾害保持戒惧的态度。国外的洪水神话,大多是表现这样一个主题,即上帝对人类堕落的失望,洪水是对人类的惩罚,而洪水之后人类的再造,反映了对人性的反省和批判。而保留在中国华夏民族古代文献中的洪水神话,则主要把洪水看作是一种自然灾害,所揭示的是与洪水抗争、拯救生民的积极意义,突出体现了人的智慧及斗争精神。在这些洪水神话中最杰出的英灵当数鲧、禹二人。鲧为了止住人间水灾,而不惜盗窃天帝的息壤,引起了天帝的震怒而被杀。鲧的悲惨遭遇也赢得了后人深切的同情和尊敬,鲧由于志向未竟,死不瞑目,终于破腹以生禹,新一代的治水英灵由此诞生了。禹继承了鲧的遗志,开始也是采取"堙"(堵)的方法,但仍难以遏止汹涌的洪水,于是改用疏导的方法。为疏通水路,禹不辞辛劳到处勘察河道、地形。据《吕氏春秋》载,禹向东走到海边,向南走到羽人裸民之乡,向西走到三危之国,向北走到犬戎国。在治水过程中,"禹八年于外,三过其门而不入","疏河决江,十年未阚其家","股无胈,胫无毛,手足胼胝,面目黧黑,遂以死于外",可谓历尽千辛万苦。除此之外,禹还要和诸多恶神展开艰苦的斗争,如诛杀相柳等。禹的精神也感动了诸多的神灵,传说河伯献出河图,伏羲帮助他丈量土地,还有一条神龙和一只灵龟帮助大禹从事劳动。总之,弥漫天下、祸害人间的洪水终于被大禹制服了,而一个不辞辛劳、为民除害而又充满智慧的英灵形象在中国文化史上树立起来。洪水神话集中反映了先民在与大自然作斗争的过程中所积累的经验和表现出的智慧。

三、战争神话

　　黄帝和炎帝是活跃在中原的两个大部族的首领,分别兴起于相距不远的姬水和姜水,二帝在向东发展的过程之中发生了严重的冲突。而黄帝居然能驱使熊、罴等猛兽参加战斗,为这次战争增添了神奇的色彩。这些猛兽可能是某些部落的图腾,它们分别代表不同的部落跟随着黄帝参加战斗。阪泉之战以黄帝的胜利而告终,它导致了炎黄两大部族的融合,华夏民族由此而正式形成,并发展成为中华民族的主要成分。炎黄的战争神话实际是对历史事件的记录和解释。炎黄汇合后,另一次著名的大战是发生在黄帝和蚩尤之间。蚩尤属于南方的苗蛮部族,蚩尤有81个铜头铁额的同胞,这可能是暗示他们的军队已经装备了金属盔甲,这与当时冶金术的发展程度是相适应的。这场战斗十分激烈,涉及风伯、雨师等天神,而风、雨、旱、雾等气象也成了相互进攻的利器。黄帝正是在对内兼并和对外抗御的两场战争之中,大显神威,确立了黄帝作为中华民族始祖的形象。

四、发明神话

　　神话进入了一个英灵的时代。人们把自身发展过程中所积累的各类重大发明,以及对各种自然、社会障碍的克服,都加在一个个神话英灵身上,并把它们看作是本部族的理想的象征。历史上相继出现了大量有关文化英灵的神话,这些神话的主人公通常是人的形象,他们都有着神异的经历或本领,他们的业绩在于创造和征服,如燧人氏、有巢氏、神农氏、仓颉、后稷等。例如后羿是神话传说中弓箭的发明者,也是一个神射手。弓箭的发明是初民生活中的大事,因此人们把无上的勇力和荣誉都赋予了这个弓箭的发明者。而后羿正是凭着自己发明的弓箭和神技,为民除害,造福人类。出于对中华民族始祖的爱戴,后世把许多文化史上的发明创造,如车、陶器、井、鼎、音乐、铜镜、鼓等,归功于黄帝,或是黄帝的臣子。黄帝在神话中又成了一个善于发明创造的文化英灵。

五、斗争神话

　　除了以上这些类型的神话外,还有一些神话显示了人类英灵突出的个性。夸父为何要与日逐走不得而知,但他那强烈的自信心,那奋力拼搏的勇气,以及他那溶入太阳光芒之中的英勇形象,构成了一幅气势磅礴的画面,反映了古代先民壮丽的理想。而他渴死道中的结局,又为整个故事涂上了一层浓厚的悲剧色彩。另一则与自然抗争的悲剧神话,发生在一个纤弱的女子身上,如精卫填海。女娲被东海淹死,化而为鸟,坚持以弱小的生命、菲薄的力量向浩瀚的大海复仇,这是何等的悲壮,正是这种明知徒劳仍要抗争的精神,支持初民走过那险恶而艰难的年代。

　　古代神话对后世作家的文学创作有很大的影响,正如马克思所说:"希腊神话不只是希腊艺术的武库,而且是它的土壤。"在中国文学中,人们能看到神话精神的延续、光大。神话对后世文学的影响主要表现在两个方面：一是作为文学创作的素材，一是直接影响文学创作的思维方式、表现手法、欣赏效果等。一般来说，神话的创作基础是现实的，而创作方法是浪漫的。神话的浪漫主义精神，那种新奇奔放的幻想，启发着后世作家的想象力，为他们提供了丰富的文学题材和艺术形象。可以说古代神话是浪漫主义文学的萌芽，对后世文学的影响意义深远。

作品选读

女娲[1]补天

往古之时，四极废[2]，九州[3]裂，天不兼覆[4]，地不周载[5]。火滥焱[6]而不灭，水浩洋[7]而不息。猛兽食颛[8]民，鸷鸟攫老弱[9]。于是女娲炼五色石以补苍天，断鳌足[10]以立四极，杀黑龙以济冀州[11]，积芦灰以止淫水。苍天补，四极正。淫水涸[12]，冀州平，狡虫[13]死，颛民生。

注释

[1]女娲：女神名。据说是我国化育万物的古创生神，有"抟（tuán）黄土作人"的故事流传。该篇讲述的是女娲补天止水、拯救人类的故事。

[2]四极：指传说中支撑天体的四根立柱。极：边、端之意。废：毁坏，此指折断。

[3]九州：传说中古代中国划分的九个地区。州，水中陆地。

[4]天不兼覆：此指天体有塌落而不能全面覆盖大地。

[5]地不周载：此指大地有崩裂溢水而不能周全地面，容载万物。

[6]火滥炎：大火绵延燃烧的样子。

[7]浩洋：水广大盛多的样子。

[8]颛（zhuān）：纯朴厚实。

[9]鸷鸟：凶猛的鸟。攫（jué）：抓取。

[10]鳌（áo）：海里的一种大龟。

[11]黑龙：此当指水怪雨神之属，杀之以止水。济：救助。冀州：古九州之一，古代中原地带，此代指九州大地。

[12]水涸（hé）：这里指洪水消退了。涸，干枯。

[13]狡虫：凶猛的禽兽。

译文

上古的时候，大地四方尽头极远的地方崩坏了。

大地塌陷，天不能把大地全都覆盖，地不能把万物完全承载。

火势猛烈而不熄灭，洪水浩荡而不消退。

凶猛的野兽吞食善良的人民，凶猛的鸟用爪子抓取老弱的百姓。

于是女娲熔炼五色石以补青天，她折断鳌的四肢来把擎天的四根柱子支立起来。

杀黑龙来拯救翼州，累积芦苇的灰烬以抵御洪水。

于是苍天得以修补，撑天的四柱得以直立。洪水干枯，翼州太平。强壮凶猛的鸟兽死去，善良的百姓生存下来。

盘古开天辟地

天地浑沌[1]如鸡子[2],盘古生在其中,万八千岁[3]。天地开辟。阳清为天[4],阴浊为地[5],盘古在其中。一日九变[6],神于天[7],圣于地[8]。天日高一丈,地日厚一丈,盘古日长一丈[9]。如此万八千岁。天数极高[10],地数极深,盘古极长[11]。故天去地九万里,后乃有三皇[12]。

首生盘古[13],垂死化身。气成风云,声为雷霆。左眼为日,右眼为月,四肢五体为四极五岳。血液为江河,筋脉为地里,肌肉为田土。发髭[14]为星辰,皮肤为草木。齿骨为金石,精髓为珠玉,汗流为雨泽。身之诸虫,因风所感,化为黎甿。

注释

[1]浑沌:我国传说中宇宙形成以前清浊不分、模糊一团的景象。

[2]鸡子:鸡蛋。

[3]岁:年。

[4]阳清为天:按古人理解,阴阳两种元素是构成宇宙万物最基本的东西。阳的这种元素是清而轻的,就上升为天空。

[5]阴浊为地:阴的这种元素是浊而重的,就下降为大地。

[6]九变:形容变化极多。九,表示多的意思。

[7]神于天:他的智慧超过了天。神,指智慧。

[8]圣于地:他的能力胜过了地。圣,指能力。

[9]长:升高。

[10]数:用数计算。

[11]长:身材高。

[12]三皇:传说中的三位神人,说法不一,有说是天皇、地皇、人皇,有说是燧人氏、伏羲氏、神农氏。

[13]首:古乃与道字通用。盘古:人格化的物事。反说之,就是物事之人格化的产物。此句就是:道生的盘古。

[14]髭:络腮胡须。

译文

远古的时候,没有天也没有地,到处是混混沌沌的漆黑一团,可就在这黑暗之中过了一万八千年后,孕育出了一个力大无穷的神,他的名字叫盘古。盘古醒来睁开眼一看,什么也看不见,于是拿起一把神斧怒喊着向四周猛劈过去。那轻而清的东西都向上飘去,形成了天,重而浊的东西向下沉去,形成了地。盘古站在天地中间,不让天地重合在一起。天每日都在增高,地每日都在增厚,盘古也随着增高。这样又过了一万八千年,天变得极高,地变得极厚,可是盘古也累倒了,再也没有起来。

盘古的头化作了高山,四肢化成了擎天之柱,眼睛变成太阳和月亮,血液变成了江河,毛发肌肤都变成了花草,呼吸变成了风,喊声变成了雷,汗水变成了甘霖雨露滋润着大地。

盘古创造了天地,又把一切都献给了天地,让世界变得丰富多彩,盘古成为了最伟大的神。

夸父逐日

夸父与日逐走[1],入日[2];渴,欲得饮[3],饮于河、渭[4];河、渭不足,北饮大泽[5]。未至[6],道渴而死[7]。弃其杖[8],化为邓林[9]。

注释

[1]逐走:赛跑。逐,竞争。走,跑。
[2]入日:追赶到太阳落下的地方。
[3]欲得饮:很想能够喝水解渴。
[4]河、渭:黄河,渭水。
[5]大泽:大湖。传说纵横千里,在雁门山北。
[6]未至:没有赶到。
[7]道渴而死:半路上因口渴而死去。
[8]弃:遗弃。
[9]邓林:地名,现在在大别山附近的河南、湖北、安徽三省交界处。邓林即"桃林"。

译文

夸父与太阳竞跑,一直追赶到太阳落下的地方;他感到口渴,想要喝水,就到黄河、渭河喝水。黄河、渭河的水不够,又去北方的大泽湖喝水。还没赶到大泽湖,就半路渴死了。他遗弃的手杖,化成桃林。

精卫填海

又北二百里,曰[1]发鸠之山[2],其上多柘木[3],有鸟焉,其状[4]如乌[5],文首[6],白喙,赤足,名曰:"精卫",其鸣自詨[7]。是[8]炎帝之少女[9],名曰女娃。女娃游于东海,溺而不返,故[10]为精卫,常衔西山之木石,以堙[11]于东海。漳水出焉,东流注于河。

注释

[1]曰:叫作。
[2]发鸠之山:古代传说中的山名。
[3]柘木:柘树,桑树的一种。
[4]状:形状。
[5]乌:乌鸦。
[6]文首:头上有花纹。文,同"纹",花纹。

[7]其鸣自詨:它的叫声是在呼唤自己的名字。
[8]是:这。
[9]炎帝之少女:炎帝的小女儿。
[10]故:所以。
[11]湮:填塞。

译文

再向北走二百里,有座山叫发鸠山,山上长了很多柘树。树林里有一种鸟,它的形状像乌鸦,头上羽毛有花纹,白色的嘴,红色的脚,名叫精卫,它的叫声像在呼唤自己的名字。这其实是炎帝的小女儿,名叫女娃。有一次,女娃去东海游玩,溺水身亡,再也没有回来,所以化为精卫鸟。经常叼着西山上的树枝和石块,用来填塞东海。浊漳河就发源于发鸠山,向东流去,注入黄河。

后羿射日[1]

帝俊赐羿彤弓素矰,以扶下国,羿是始去恤下地之百艰。逮至尧之时[2],十日并出。焦禾稼,杀草木,而民无所食。猰貐[3]、凿齿、九婴、大风、封豨、修蛇皆为民害。尧乃使羿诛凿齿于畴华[4]之野,杀九婴于凶水[5]之上,缴大风于青邱[6]之泽,上射十日,而下杀猰貐,断修蛇于洞庭[7],擒封豨于桑林。万民皆喜,置尧以为天子。

注释

[1]后羿:又称"夷羿",相传是夏王朝东夷族有穷氏的首领,善于射箭。
[2]尧:传说中上古的贤明君主。
[3]猰貐(yà yǔ):古代传说中的一种跑得快、要吃人、叫声如婴儿啼哭的丑恶可怕的怪兽。凿齿:古代传说中的一种野兽,据说有露出口外状如凿子长三尺的牙齿。九婴:古代传说中的一种有九个头的怪兽。大风:古代传说中的一种大猛禽,据说飞时伴有能毁坏建筑的狂风。封豨(xī):大野猪。修蛇:一种能吞食大象的长蛇。
[4]畴华:地名,在南方。
[5]凶水:地名,在北方。
[6]青邱:大泽名,在东方。
[7]洞庭:洞庭湖。

译文

帝俊赐给了后羿一把红色的弓,白色的箭,用作扶助人间诸国。后羿于是开始去救助人间诸国家的各种困境。到了尧统治的时候,有十个太阳一同出来。灼热的阳光晒焦了庄稼,花草树木干死,老百姓连吃的东西都没有。猰貐、凿齿、九婴、大风、封豨、修蛇均祸害人民。于是尧派使后羿为民除害,到南方泽地荒野去诛杀凿齿,在北方的凶水杀灭九婴,在东方的大泽青邱用系着丝绳的箭来射大风,射十个太阳。射下来九个,接着又杀死猰貐,在洞庭湖砍断修蛇,在中原一带桑林擒获封豨。后羿把那些灾害一一清除。民众都非常开心,并推举尧为领导人。

第二篇 先秦文学

先秦即秦代以前，指公元前221年秦朝统一以前的历史，包括中国原始社会、奴隶社会和早期封建社会三种社会形态。这一时代由天下统一的分封期到诸侯异政的分裂期，再到中央集权的统一，经历了三个历史时期。同时期的文学作品大部分也都体现了华夏民族由分裂而寻求统一的基本时代特征。先秦文学是中国古代文学发生发展的最早阶段。在这一阶段里产生了很多优秀作品，有成为我国古代文学先导的古代神话和古代歌谣，有标志着我国文学光辉起点的《诗经》，有作为后代史传体文学和小说、戏剧滥觞的历史散文，有体现战国时代百家争鸣之局的诸子散文，有我国寓言文学鼻祖的先秦寓言，有光耀千古的浪漫主义杰作《楚辞》等等。丰富多彩、斑驳灿烂的先秦文学奠定了我国两千多年文学发展的坚实基础。

在文学史上，先秦文学是我国文学从萌芽状态到初步发展的阶段。这个时期，还没有形成独立的文学观念，没有区分文学与非文学的意识，也没有专门从事文学创作的人。在先秦留存下来的文字著作中，只有一部分诗歌的文学性质比较明确。在先秦文献中，历史著作构成重要的一支。这是由于夏商两代，原始宗教文化居于主导地位，巫觋具有举足轻重的地位。他们为占卜、祭祀所创作的韵文（如甲骨卜辞）和咒语歌谣是现存最古老的文学样式。史官是另一类文化传承的主要承担者。最初巫、史是合一的，他们的职能原来也是宗教事务，即巫师不仅主持占卜、沟通人神，而且负责保存官方的文献典籍。以甲骨卜辞为例，巫师即进行占卜，又负责收存，其意义相当于现在的国家档案馆。后来巫史分途，其中心就是巫文化和史文化。到周代，巫的作用逐渐退化，有了专门掌握文献典籍和记录统治者言论及国家重大事件的史官。《汉书·艺文志》说，古者"君举必书……左史记言，右史记事；事为《春秋》，言为《尚书》"。现存《尚书》大约是周王室史官保存的历代文献汇编，《春秋》则是鲁国官史。春秋时代，各诸侯国都有史官，也都有统称为《春秋》的史籍，不过只有鲁国的《春秋》保存至今。以后，随着文化下移到社会，官方的资料也有流传出来的，于是出现由"士"编纂的史书，即《左传》《国语》《战国策》一类，这可视为史官文化之流变。历史散文是史官文化传统的基础上渐进产生并成熟起来的。从文学史的意义来看，作为中国最早书面记载的甲骨卜辞，亦可视为中国散文的雏形。《尚书》中殷商时期的《盘庚》篇，西周初的《牧誓》《大诰》《无逸》等篇，虽是统治者言论的记录，但并不完全是直录口语，而是经过史官的文字处理，可以看作最早的"文章"。从口语到长篇的书面记载，必然促进了文字的表达能力。以后的《左传》《国语》《战国策》等，在语言表现方面越来越成熟。特别是作为叙事的作品，它们所包含的安排情节、描绘人物、渲染气氛，乃至某种程度上的虚构尤以《战国策》为甚。这些手法、因素都具有显著的文学性。

从春秋中叶开始出现、到战国时期呈现繁荣的诸子散文,属于讨论政治、哲学、伦理等问题的思想性著作。诸子的文章大都是在论辩争鸣的风气中发展形成的,先秦诸子具有各自鲜明的特点。思想上,它们都坚持独立思考、各抒己见、放言无惮。如孔子提倡仁义礼乐,墨子主张兼爱尚贤,庄子主张自然无为,韩非子则大倡法术势。与之相应,文风上也各具个性和风格。如《论语》简括平易、迂徐含蓄,《墨子》质朴明快、善于类推,《孟子》气势恢宏、辞锋雄辩,《庄子》汪洋恣肆、文思奇幻,《荀子》浑厚缜密、比喻繁富,《韩非子》严峻峭拔、论辩透辟。语言上,它们都善用比兴,深于取象。如《庄子》"寓言十九",引物连类,取象之深厚,为诸子之最。在文体发展上,先秦诸子散文首先确立了论说文的体制。从语录体的有观点无论证,到论点明确、论据充分、逻辑严密、结构完整的专题论说文,显示了我国论说文发展的大致风貌。此外,先秦诸子散文中一些故事叙述也为后世的叙事文学提供了营养。如果说历史著作主要发展了文字的叙事能力,那么诸子散文则显著提高了人们运用文字表述自身思想感情的能力,这对后代包括文学散文在内的各种文章具有重大意义。

除了散文,诗歌在战国后期也得到重大发展。中国古代诗歌的两大源头是《诗经》与《楚辞》。相传,周代设有采诗之官,每年春天,摇着木铎深入民间收集民间歌谣,把能够反映人民欢乐疾苦的作品,整理后交给太师谱曲,演唱给周天子听,作为施政的参考。这些没有记录姓名的民间作者的作品,和周代贵族文人的作品一起,构成了今日的《诗经》。在南方的土地上则产生了以屈原创作为主体的《楚辞》,把先秦文学推向了新的高峰。

先秦文学主要分类有:歌谣神话、诗经、历史散文、诸子散文与楚辞。

一、歌谣神话

文字产生之前的歌谣和神话传说,神话的主人公通常是自然的神灵或者神化了的英雄人物,他们具有超常的力量和神通,被人们所敬畏。

二、《诗经》

《诗经》是中国古代诗歌开端,最早的一部诗歌总集。它搜集了公元前11世纪至前6世纪的古代诗歌305首,除此之外还有6篇有题目无内容,即有目无辞,称为笙诗六篇(南陔、白华、华黍、由康、崇伍、由仪),反映了西周初期到春秋中叶约五百年间的社会面貌。《诗经》以四言为基本句式。同时在四言的基本句型下,又参差变化,长短自如,比较灵活,节奏鲜明,音韵和谐,有自然的音乐美。其用韵的基本模式和规律,实际上成为了后代诗歌音韵的圭臬。《诗经》开创了抒情诗的传统——比兴传统,构成后世文学表现的基本手法,树立了关注现实的"风雅"精神。

三、历史散文

先秦历史散文有《春秋》《左传》《战国策》《国语》等,是在史官文化传统的基础上逐渐产生并成熟起来的文学类型。《尚书》是我国最早的一部历史文献汇编,在中国古代散文史上具有奠基的意义。孔子编著的《春秋》是我国第一部编年体断代史,是编年体史书之祖,其体例和"笔法"对后世散文都产生了经典式的影响。《左传》是我国第一部记事详备的编年体史书,也是先秦历史散文中思想性和艺术性最为突出的著作。《国语》是我国最早的一部国别体史书,是由各国的史料汇集而成。《战国策》也是一部国别体史书,主要记叙的是战国时期谋臣策士们的言行。

四、诸子散文

诸子散文是在先秦理性精神觉醒的背景下和百家争鸣的学术氛围中形成并繁荣起来的。春秋之末,王权衰落,诸侯崛起,天下纷争。与之相应,官失其守,礼崩乐坏,士阶层蔚然勃兴,私学兴起,私家著述相继出现。到战国时,百家争鸣,诸子横议,著书立说,蔚为风尚。据《汉书·艺文志》载,当时主要诸子有儒、道、阴阳、法、名、墨、纵横、农、杂、小说家十家。先秦诸子指的就是这一时期诸子百家阐述各自对自然对社会不同观点和主张的哲理性著作。诸子散文是儒、墨、道、法等学派的文章,其中如《论语》《墨子》《孟子》等,是孔丘、墨翟、孟轲的弟子对其师言行的记录,《庄子》《荀子》《韩非子》等则为本人的著作。

五、楚辞

战国时期出现的楚辞,在中国文学史上有着特殊的意义。"楚辞"是指以具有楚国地方特色的乐调、语言、名物而创作的诗赋。西汉末年,刘向辑录屈原、宋玉等人的作品,编成《楚辞》一书。它和《诗经》共同构成中国诗歌史的源头。南方楚国文化特殊的美学特质,以及屈原不同寻常的政治经历和卓异的个性品质,造就了光辉灿烂的楚辞文学。

第二章

诗经

《诗经》是我国第一部诗歌总集,共收入自西周初年至春秋中叶大约五百多年的诗歌三百零五篇。《诗经》共分风、雅、颂三个部分。其中风包括十五"国风",有诗一百六十篇;雅分"大雅""小雅",有诗一百零五篇;颂分"周颂""鲁颂""商颂",有诗四十篇。《诗经》中的作品,内容十分广泛,深刻反映了殷周时期,尤其是西周初至春秋中叶社会生活的各个方面。《诗经》像是一幅画卷,形象表现了当时的政治、经济、军事、文化以及世态人情、民俗风习等。

《诗经》三百篇的形式基本上是整齐的四言诗,它包括的地域很广,以十五"国风"而言,有今陕西、山西、山东、河南、河北、湖北等省的全部或一部分。在古代交通不便、语言互异的情况下,不经过有意识、有目的的采集和整理,像《诗经》这样体系完整、内容丰富的诗歌总集的出现恐怕是不可能的。《诗经》这部书,有学者认为当是周王朝经过诸侯各国的协助,进行采集,然后命乐师整理、编纂而成的,其表现手法主要是赋、比、兴。据宋代学者朱熹在《诗集传》一书中的解释是:"赋者,敷陈其事而直言之者也。""比者,以彼物比此物也。""兴者,先言他物以引起所咏之词也。"就是说,赋是对事物进行直接的陈述、描写;比就是比喻;兴是先借用别的事物或所见的眼前之景起头,然后引出要歌咏的人或事。赋、比、兴是前人对《诗经》艺术手法的总结。《诗经》语言质朴优美,韵律和谐悦耳。其思想和艺术价值最高的是民歌,"饥者歌其食,劳者歌其事"。包含"风""雅""颂"和修辞手法"赋""比""兴",合称《诗经》的"六义"。

《诗经》在中国文学史上具有崇高的地位和深远的影响,奠定了我国诗歌的优良传统。孔子言"诗三百,一言以蔽之,思无邪"。对于它的特点,则"温柔敦厚,诗教也"。孔子甚至说"不学诗,无以言",并常用《诗》来教育自己的弟子,显示出《诗经》对中国古代文学的深刻影响。19世纪前期法国人比奥的专论《从〈诗经〉看中国古代的风俗民情》明确说明:《诗经》是"东亚传给我们的最出色的风俗画之一,也是一部真实性无可争辩的文献","以古朴的风格向我们展示了上古时期的风俗习尚、社会生活和文明发展程度"。作为中国文学的主要源头之一,《诗经》一直受到历代读书人的尊崇,经历两千多年已成为一种文化基因,融入华夏文明的血液。

作品选读

关雎

关关雎鸠[1]，在河之洲。窈窕淑女，君子好逑[2]。
参差荇菜[3]，左右流之。窈窕淑女，寤寐[4]求之。
求之不得，寤寐思服[5]。悠哉悠哉，辗转反侧。
参差荇菜，左右采之。窈窕淑女，琴瑟友之。
参差荇菜，左右芼[6]之。窈窕淑女，钟鼓乐之。

注释

[1]雎鸠：水鸟名，即鱼鹰。传说它们情意专一。
[2]好逑（hǎo qiú）：好的配偶。逑，"仇"的假借字，匹配。
[3]荇菜：水草名。
[4]寤：睡醒。寐：睡眠。
[5]思服：思念。服，想。
[6]芼（mào）：择取，挑选。

译文

雎鸠关关在歌唱，在那河中小岛上。善良美丽的少女，小伙理想的对象。
长长短短鲜荇菜，顺流两边去采收。善良美丽的少女，朝朝暮暮想追求。
追求没能如心愿，日夜心头在挂牵。长夜漫漫不到头，翻来覆去难成眠。
长长短短鲜荇菜，两手左右去采摘。善良美丽的少女，弹琴鼓瑟表爱慕。
长长短短鲜荇菜，两边仔细来挑选。善良美丽的少女，钟声换来她笑颜。

大师点评

"兴"是现实主义的技巧，是不错的。这首诗即河洲之物而起兴，显见为民间产物；采荇尤见古代劳动人民的生活[可能是女性]。我们对于采荇不免陌生，但采莲蓬、采藕、采菱的生活我们能体会。先是顺流而取，再则采到手，再则煮熟了端上来。表示虽然一件小小事情也不容易做（正是劳动的真精神），这就象征了君子求淑女的心情与周折。等到生米煮成熟饭，正是"钟鼓乐之"的时候了，意味该多么深长！同时这种工作是眼前事实，并非虚拟幻想，一面写实一面又象征，此所以为比兴之正格，这才是中国诗的长处。——冯文炳①

---

① 陈建军,冯思纯.废名讲诗[M].武汉：华中师范大学出版社,2007:237.

蒹葭

蒹葭[1]苍苍[2],白露为霜。所谓[3]伊人[4],在水一方[5]。
溯洄[6]从[7]之,道阻[8]且长;溯游从之,宛[9]在水中央。
蒹葭凄凄,白露未晞[10]。所谓伊人,在水之湄[11]。
溯洄从之,道阻且跻[12];溯游从之,宛在水中坻[13]。
蒹葭采采,白露未已,所谓伊人,在水之涘[14]。
溯洄从之,道阻且右[15];溯游从之,宛在水中沚[16]。

注释

[1]蒹:没长穗的芦苇。葭:初生的芦苇。
[2]苍苍:鲜明、茂盛貌,茂盛的样子。下文"萋萋""采采"义同。
[3]所谓:所说的,此指所怀念的。
[4]伊人:那个人,指所思慕的对象。
[5]一方:那一边。
[6]溯洄:逆流而上。下文"溯游"指顺流而下。一说"洄"指弯曲的水道,"游"指直流的水道。
[7]从:追寻。
[8]阻:险阻,道路难走。
[9]宛:宛然,好像。
[10]晞:干。
[11]湄:水和草交接的地方,也就是岸边。
[12]跻(jī):水中高地。
[13]坻(chí):水中的沙滩。
[14]涘(sì):水边。
[15]右:迂回曲折。
[16]沚(zhǐ):水中的沙滩。

译文

河边芦苇青苍苍,秋深露水结成霜。意中之人在何处?就在河水那一方。
逆着流水去找她,道路险阻又太长。顺着流水去找她,仿佛她在水中央。
河边芦苇密又繁,清晨露水未曾干。意中之人在何处?就在河岸那一边。
逆着流水去找她,道路险阻攀登难。顺着流水去找她,仿佛就在水中滩。
河边芦苇密稠稠,早晨露水未全收。意中之人在何处?就在水边那一头。
逆着流水去找她,道路险阻曲难求。顺着流水去找她,仿佛就在水中洲。

大师点评

《蒹葭》是三百篇中抒情的名篇。它在《秦风》中独标一格,与其他秦诗大异其趣,绝不相类。在秦国这个好战乐斗的尚武之邦,竟有这等玲珑剔透、缠绵悱恻之作,实乃一大奇事。

如此重章反复,前后三章,只更换了个别的字。诗的内容也极为单纯,写古今中外所谓"永恒"的题材,男女恋爱。而且仅选取一个特定的场景:在那么一个深秋的清晨,有位恋者在蒹苍露白的河畔,徘徊往复,神魂颠倒,心焦地寻求他(她)思念的恋人,如此而已。但作品给予人们的美感却非常丰富,丰富到"我们只觉得读了百遍还不厌"——《中国诗史》①。

静女

静女[1]其姝[2],俟[3]我於城隅[4]。爱而不见[5],搔首踟蹰[6]。
静女其娈[7],贻[8]我彤管[9]。彤管有炜[10],说怿[11]女[12]美。
自牧[13]归[14]荑[15],洵[16]美且异[17]。匪[18]女以为美,美人之贻。

注释

[1]静女:淑女。静,娴雅安详。

[2]姝(shū):美好,漂亮。

[3]俟(sì):等待。

[4]城隅:城墙角落。

[5]爱:隐藏、遮掩、隐蔽。见:出现。

[6]踟蹰(chí chú):徘徊、犹豫。

[7]娈(luán):美好。

[8]贻(yí):赠送。

[9]彤管:古代女史用以记事的杆身漆朱的笔;一说指乐器,一说指红色管状的初生之物。

[10]有炜:形容红润美丽;"有"为形容词的词头,不是"有无"的"有"。

[11]说怿(yí):说,通"悦"。怿,喜爱。

[12]女:通"汝",指"荑"。

[13]牧:野外。

[14]归:通"馈",赠。

[15]荑(tí):本义为茅草的嫩芽,引申之为草木嫩芽,象征婚媾。

[16]洵:实在,诚然。

[17]异:特殊。

[18]匪:通"非",意为不、不是。

译文

娴静靓丽的美女,相约等我在城角。故意隐身不相见,使我搔首来回找。
姑娘漂亮又静雅,送我一束红管草。红管草色光灿灿,更爱姑娘比草美。
送我野外香芍药,芍药美丽又奇异。不是芍药本身美,宝贵只因美人赠。

---

① 陆侃如,冯沅君.中国诗史[M].天津:百花文艺出版社,1999:127.

名言名句

1. 一日不见,如三秋兮。——《诗经·王风·采葛》
2. 高山仰止,景行行止——《诗经·小雅·车辖》
3. 言者无罪,闻者足戒——《诗经·周南·关雎·序》
4. 月出皎兮,佼人僚兮。——《诗经·国风·陈风·月出》
5. 人而无仪,不死何为。——《诗经·鄘风·相鼠》
6. 呦呦鹿鸣,食野之苹。我有嘉宾,鼓瑟吹笙。——《诗经·小雅·鹿鸣》
7. 桃之夭夭,灼灼其华。——《诗经·国风·周南·桃夭》
8. 风雨如晦,鸡鸣不已。既见君子,云胡不喜。——《诗经·国风·郑风·风雨》
9. 秩秩斯干,幽幽南山。——《小雅·鸿雁·斯干》
10. 昔我往矣,杨柳依依。今我来思,雨雪霏霏。——《诗经·小雅·采薇》
11. 心之忧矣,如匪浣衣。静言思之,不能奋飞。——《诗经·国风·邶风·柏舟》
12. 风雨如晦,鸡鸣不已。既见君子,云胡不喜?——《诗经·国风·郑风·风雨》
13. 知我者谓我心忧,不知我者谓我何求。悠悠苍天,此何人哉?——《诗经·国风·王风·黍离》
14. 死生契阔,与子成说。执子之手,与子偕老。——《诗经·邶风·击鼓》
15. 出其东门,有女如云。虽则如云,匪我思存。——《国风·郑风·出其东门》
16. 知我者,谓我心忧;不知我者,谓我何求,悠悠苍天,此何人哉?——《诗经·国风·王风·黍离》
17. 所谓伊人,在水一方。——《诗经·秦风·蒹葭》
18. 如切如磋,如琢如磨。——《诗经·卫风·淇奥》
19. 执子之手,与子偕老。——《诗经·国风·邶风·击鼓》
20. 靡不有初,鲜克有终。——《诗经·大雅·荡》
21. 彼采萧兮,一日不见,如三秋兮。——《诗经·国风·王风·采葛》
22. 硕鼠硕鼠,无食我黍。三岁贯汝,莫我肯顾,逝将去女,适彼乐土。——《诗经·国风·魏风·硕鼠》
23. 巧笑倩兮,美目盼兮。——《诗经·卫风·硕人》
24. 青青子衿,悠悠我心。——《诗经·国风·郑风·子衿》
25. 手如柔荑,肤如凝脂。——《诗经·卫风·硕人》
26. 投我以木瓜,报之以琼琚。——《诗经·国风·卫风·木瓜》

第三章

历史散文

先秦散文是中国散文的发轫。先秦时期的文学与非文学的界限还不分明。当时的散文，只能说是与韵文相对的一种文体，基本上是哲学、政治、伦理、历史方面的论说文和记叙文，但由于它们具有较强的文学性，在中国文学的发展中产生过很大影响，因而被视为先秦文学的一个重要组成部分。

先秦历史散文是在史官文化传统的基础上逐渐产生并成熟起来的。历史散文的发展大体上可分为三个阶段：

一、第一阶段以《尚书》和《春秋》为代表

《尚书》是我国最早的一部历史文献汇编，在中国古代散文史上具有奠基的意义。孔子编著的《春秋》是我国第一部编年体断代史，是编年体史书之祖，其体例和"笔法"对后世散文都产生了经典式的影响。

二、第二阶段以《左传》和《国语》为代表

《左传》是我国第一部记事详备的编年体史书，也是先秦历史散文中思想性和艺术性最为突出的著作。《国语》是我国最早的一部国别体史书，是由各国的史料汇集而成。

三、第三阶段以《战国策》为代表

《战国策》也是一部国别体史书，主要记叙的是战国时期谋臣策士们的言行。

《春秋》是孔子编订的战国最早的一部编年史。记叙了从鲁隐公元年（公元前722年）至哀公十四年（公元前480年）这242年间的各国大事，孔子按照自己的观点对记录的事件作了一些评断，选择了他认为恰当的字来暗寓褒贬之意，这就是人们常说的"微言大义"。《左传》仿照其体例，顺着12个鲁国君主的序次进行记载，全书30卷，详细记叙了春秋时代各国的政治、外交、社会事件以及某些代表人物的活动。从文学角度来看，它有很高的艺术成就，创造了精密的篇章结构和富有魅力的文学语言，生动描绘了一系列人物形象，尤其擅长以委曲尽致的笔调来写复杂的战争事件。如写齐鲁长勺之战、晋楚城濮之战均是情节紧张而极富戏剧性，成为后世叙事散文的典范。《战国策》亦称《国策》，传为战国时期各国史官或策士辑录。西汉时，经刘向整理，编为33篇，主要记叙了当时谋臣、策士游说各国或相互辩论时所提出的政治主张和斗争策略。其间有传记、故事、论辩、书信，反映了当时各国间尖锐而复杂的政治斗争，是先秦继

《春秋》《左传》之后又一部著名历史散文。在艺术创作上,较之《左传》又有发展,常在复杂的政治事件中生动描绘人物言行,刻画出不少栩栩如生的人物形象和写出不少情节曲折的故事。如《冯谖客孟尝君》《荆轲入秦》《触詟说赵太后》《苏秦始将连横》等均为脍炙人口的名篇。此书尤重语言艺术,大量运用了夸张、比喻、排比等艺术手法,并杂以寓言故事,呈现出一种"敷张扬厉""辩丽恣肆"的鲜明特色。《国语》共21卷,据说为左丘明所作。这部书有重点地记叙了各国历史中若干事件,文字朴实平易,特点是长于记言,同时也善于描写人物神态。

第一节 左传

《春秋左氏传》原名《左氏春秋》,相传为左丘明所著。该书主要记载了东周前期254年间各国政治、经济、军事、外交和文化方面的重要事件和重要人物,是研究中国先秦历史很有价值的文献,也是优秀的散文著作。

《左传》面对纷纭变化的史实,敢于秉笔直书,不虚美、不隐恶,所记事件与人物具有很高的历史真实性。全书对于周王与诸侯、诸侯之间以及诸侯国内部的明争暗斗的具体载述,对于此一时期众多人物崇高与卑下、光明与丑恶之不同表现的真切叙写,都体现出一种真正史家的目光与胆识。《左传》在真实记事的基础上又表现出一定的倾向性,不仅在史料取舍或事件的叙述中往往表现出爱憎与臧否的不同态度,而且,还常以"君子曰"形式直接评人论事,或给予谴责,或表示痛惜,或加以赞扬,等等。这些评论,有的是作者的"自为之辞",有的也许是"出自时人"而"为左氏认同"之语,都显示着鲜明的是非评价,展现了《左传》作者的史识和史德。

作品选读

曹刿论战[1]

十年[2]春,齐师伐我[3]。公[4]将战。曹刿请见。其乡人曰:"肉食者[5]谋之,又何间[6]焉?"刿曰:"肉食者鄙[7],未能远谋。"乃入见。问:"何以战?[8]"公曰:"衣食所安[9],弗敢专也,必以分人[10]。"对[11]曰:"小惠未徧[12],民弗从也。"公曰:"牺牲玉帛[13],弗敢加[14]也,必以信[15]。"对曰:"小信未孚[16],神弗福[17]也。"公曰:"小大之狱[18],虽[19]不能察[20],必以情[21]。"对曰:"忠之属也[22],可以一战[23]。战则请从[24]。"

公与之乘[25]。战于长勺。公将鼓[26]之,刿曰:"未可。"齐人三鼓。刿曰:"可矣。"齐师败绩[27]。公将驰[28]之,刿曰:"未可。"下视其辙[29],登轼[30]而望之,曰:"可矣。"遂[31]逐齐师。

既克[32],公问其故[33]。对曰:"夫战[34],勇气也。一鼓作气[35],再[36]而衰,三而竭。彼竭我盈[37],故克之。夫大国,难测[38]也,惧有伏[39]焉。吾视其辙乱,望其旗靡[40],故逐之。"

注释

[1]出自《左传·庄公十年》。讲述了曹刿在长勺之战中对此次战争的一番评论,并在战时活用"一鼓作气,再而衰,三而竭"的原理击退强大的齐军的史实。

[2]十年:鲁庄公十年(公元前684年)。

[3]我:《左传》是据鲁史写的,所以称鲁国为"我"。

[4]公:指鲁庄公。

[5]肉食者:这里指居高位、享厚禄的人。

[6]间:参与。

[7]鄙:鄙陋。这里指目光短浅。

[8]何以战:即"以何战",凭借什么作战。以,凭,靠。

[9]衣食所安,弗敢专也:衣食这类养生的东西,不敢独自享受。安,有"养"的意思。弗,不。专,个人专有。

[10]必以分人:就是"必以之分人",一定把它分给别人。

[11]对:回答。

[12]徧:通"遍",遍及,普遍。

[13]牺牲玉帛(bó):古代祭祀用的祭品。牺牲,指猪、牛、羊等。帛,丝织品。

[14]加:虚报。

[15]信:实情。

[16]小信未孚(fú):(这只是)小信用,未能让神灵信服。孚,为人所信服。

[17]福:赐福,保佑。

[18]狱:案件。

[19]虽:即使。

[20]察:明察。

[21]情:(以)实情判断。

[22]忠之属也:这是尽了职分的事情。忠,尽力做好分内的事。

[23]可以一战:可凭借这个条件打仗。

[24]战则请从:如果作战,就请允许我跟随着去。

[25]公与之乘:鲁庄公和他坐一辆战车。之,指曹刿。

[26]鼓:击鼓进军。古代作战,击鼓命令进军。下文的"三鼓",就是三次击鼓命令军队出击。

[27]败绩:大败。

[28]驰:驱车追赶。

[29]辙(zhé):车轮轧出的痕迹。

[30]登轼:登上车前的横木。轼,古代车子前边的横木。

[31]逐:追赶、追击。

[32]既克:战胜齐军后。既,已经。

[33]故:原因,缘故。

[34]夫战,勇气也:作战,要靠勇气。夫,发语词,议论或说明时,用在句子开头,没有实在意义。

[35]一鼓作气:第一次击鼓能够振作士气。作,振作。

[36]再:第二次。

[37]盈:充满。这里指士气正旺盛。

[38]测:推测,估计。

[39]伏:埋伏。
[40]靡:倒下。

译文

在鲁庄公十年的春天,齐国的军队攻打鲁国,鲁庄公准备迎战。曹刿请求觐见鲁庄公。他的同乡对他说:"有权位的人自会谋划这件事,你又何必参与呢?"曹刿说:"有权位的人目光短浅,不能深谋远虑。"于是入宫觐见鲁庄公。曹刿问鲁庄公:"您凭借什么同齐国打仗?"鲁庄公说:"衣食这类用来安生的东西,我不敢独自享用,一定把它分给别人。"曹刿回答说:"这些小恩小惠不能普及百姓,百姓是不会听从您的。"鲁庄公说:"祭祀用的牛羊、玉帛之类的东西,我不敢夸大虚报数目,一定用诚实的态度对待神。"曹刿回答说:"这只是小小的信用,还不能使神信任您,神是不会保佑您的。"鲁庄公说:"对于大大小小的诉讼案件,我虽不能一一详加清查,但一定尽心尽力来处理。"曹刿回答说:"这是忠于职守之类的行为,可以凭这个打一仗。作战时请让我跟从您去。"

鲁庄公和曹刿同乘一辆战车,在长勺和齐军交战。一开始,鲁庄公就要击鼓进军,曹刿说:"还不行。"齐国人击了三通战鼓之后,曹刿说:"可以了。"齐军大败。鲁庄公又要下令驱车追击齐军,曹刿说:"还不行。"他下车仔细察看了齐军战车留下的痕迹,又登上车前横木瞭望齐军撤退的情形,这才说:"可以了。"于是追击齐军。

战争胜利后,鲁庄公问他取胜的原因。曹刿回答说:"打仗,靠的是勇气。第一次擂鼓,士气振作;第二次擂鼓,勇气就减弱了;第三次擂鼓,士气已经消耗完了。敌方没有士气了,而我方士气正旺盛,所以战胜了敌人。大国的行动是难以捉摸的,害怕他们有埋伏。我看到他们的车辙混乱,又望见他们的战旗倒下去了,确实是败退的样子,所以才决定追击他们。"

大师点评

在中国叙事作品尤其是《左传》中,我们会遇到许多静止的人物,这是一个引人注目的特点。静止人物在整个故事中其性格都保持不变。在《左传》中,似乎只要人物一旦被固定在某个模子里,通常他就保持不变,而且极少能有所突破。根据他们的社会地位和道德品质,我们在《左传》中找到下面的类型:善良而能干的统治者;恶劣而愚蠢的统治者;明智而忠诚的大臣;有权有势有野心而且还邪恶的大臣;为执着理念的表面义所害的可怜虫;大公无私和有远见卓识的妇女;祸国殃民的女子;乐于牺牲自己生命去保护坏而无用的主人。——王靖宇.从《左传》看中国古代叙事作品[M].北京:北京大学出版社,1989.

成语典故

1. 东道主

《僖公三十年》:"若舍郑以为东道主,行李之往来,共其乏困,君亦无所害。"郑国在秦国东面,故称东道主。原指东方路上的主人,后称款待宾客的主人。

2. 退避三舍

《僖公二十三年》:"晋、楚治兵,遇于中原,其辟君三舍。"又《僖公二十八年》:"子犯曰:'……微楚之惠不及此,退三舍辟之,所以报也。'"辟:同"避",舍:春秋时行军三十里为一舍。指后退九十里,比喻退让和回避,避免冲突。

3.言归于好

《僖公九年》:"凡我同盟之人,既盟之后,言归于好。"言:句首虚词,无实际意义。彼此重新和好。

4.骄奢淫逸

《隐公三年》:"骄奢淫佚,所自邪也。"逸:放荡。原指骄横、奢侈、荒淫、放荡四种恶习。后形容生活放纵奢侈,荒淫无度。

5.魑魅魍魉

《宣公三年》:"魑魅魍魉,莫能逢之。"本为传说中的鬼怪,现用以喻指各种各样的坏人。

6.及瓜而代

《庄公八年》:"齐侯使连称、管至父(两人都是齐国的大夫)戍葵丘,瓜时而往,曰:'及瓜而代。'"及:等到。代:代替,接替。等到明年瓜熟时派人接替。泛指任职期满,由他人继任。

7.狼子野心

《宣公四年》:"楚司马子良生子越椒。子文曰:'必杀之!是子也,熊虎之状而豺狼之声,弗杀,必灭若敖氏矣。'谚曰:'狼子野心。'是乃狼也,其可畜乎?"本谓狼崽子虽小,却具有凶恶的本性。后喻凶暴的人必有野心。

8.外强中干

《僖公十五年》:"今乘异产以从戎事,及惧而变……张脉偾兴,外强中干,进退不可,周旋不能,君必悔之。"原指所乘之马,貌似强壮,实则虚弱,后用以泛指人或事物,谓表面强有力,实则虚弱。

9.厉兵秣马

《僖公三十三年》:"郑穆公使视客馆,则束载厉兵秣马矣。"厉:同"砺",磨刀石,引申为磨砺。兵:兵器。秣:喂牲口。磨好兵器,喂饱战马,形容作好战斗准备。

10.困兽犹斗

《宣公十二年》:"困兽犹斗,况国相乎?"被围困的野兽还要冲撞,企图突围。比喻在绝境中还挣扎抵抗。

11.风马牛(风马牛不相及)

《僖公四年》:"君处北海,寡人处南海,唯是风马牛不相及也。"风:雌雄相逐。马牛不同类,不会因雌雄相诱而贴近。言齐楚两地相离甚远。比喻事物之间毫不相干。

12.鞭长莫及

《宣公十五年》:"古人有言曰:'虽鞭之长不及马腹。'"原意是鞭子诚然很长,但不能打马肚子。后比喻力量达不到。

13.城下之盟

《桓公十二年》:"楚人伐绞……大败之,为城下之盟而还。"在敌人兵临城下时被迫订立的屈辱性盟约。

14.居安思危

《襄公十一年》:"居安思危,思则有备,有备无患……"虽然处在平安的环境里,也想到有出现危险的可能。指随时有应付意外事件的思想准备。

15.唇亡齿寒

《左传·僖公五年》面颊骨和牙床互相依靠,紧密相连;嘴唇没有了,牙齿就会感到寒冷。比喻两个邻近国家或政党、团体利害相关、互相依存的关系。

名言名句

1.人谁无过？过而能改,善莫大焉。——《左传·宣公二年》

谁能没有过失呢？有了过失而能够改正,那就没有比这再好的了。

2.多行不义必自毙。——《左传·隐公元年》

多干坏事,一定会自取灭亡。

3.皮之不存,毛将安附(皮之不存,毛将焉附)？——《僖公十四年》

存:存在。将:副词,又。焉:哪儿,何处。附:依附,附着。皮都没有了,毛又往哪里依附呢？比喻人或事物失去了借以生存的基础,就不能存在。

4.一鼓作气。——《庄公十年》

"夫战,勇气也。一鼓作气,再而衰,三而竭。"作气:鼓起勇气。本指擂响第一声战鼓时,士兵们即士气高涨。后指趁情绪高昂时把事情办好。

第二节 国语

《国语》是中国最早的一部国别体著作。记录范围为上起周穆王十二年(公元前990年)西征犬戎(约公元前947年),下至智伯被灭(公元前453年),包括各国贵族间朝聘、宴飨、讽谏、辩说、应对之辞以及部分历史事件与传说。《国语》按照一定顺序分国排列。在内容上偏重于记述历史人物的言论。这是国语体例上最大的特点。较《左传》,《国语》所记事件大都不相连属,且偏重记言,往往通过言论反映事实,以人物之间的对话刻画人物形象。

邵公谏厉王弭谤

厉王虐[1],国人谤王[2]。邵公告曰[3]:"民不堪命矣[4]！"王怒,得卫巫[5],使监谤者。以告,则杀之。国人莫敢言,道路以目。

王喜,告邵公曰:"吾能弭谤矣[6],乃不敢言。"

邵公曰:"是障之也[7]。防民之口,甚于防川。川壅而溃,伤人必多,民亦如之。是故为川者决之使导[8],为民者宣之使言[9]。故天子听政[10],使公卿至于列士献诗[11],瞽献曲[12],史献书[13],师箴[14],瞍赋[15],矇诵[16],百工谏[17],庶人传语[18],近臣尽规,亲戚补察[19],瞽、史教诲,耆、艾修之[20],而后王斟酌焉,是以事行而不悖[21]。

民之有口也,犹土之有山川也,财用于是乎出;犹其原隰之有衍沃也[22],衣食于是乎生。口之宣言也,善败于是乎兴[23]。行善而备败,其所以阜财用衣食者也[24]。夫民虑之于心而宣之于口[25],成而行之,胡可壅也？若壅[yōng]其口,其与能几何[26]?"

王不听,于是国人莫敢出言[27]。三年[28],乃流王于彘[29]。

注释

[1]厉王:指周厉王,他是周夷王之子,名胡,在位三十七年(公元前878—公元前842年)。

[2]国人:居住在国都里的人,这里指平民百姓。

[3]邵公:名虎,周王朝卿士,谥穆公。邵,一作召。

[4]命:指周厉王苛虐的政令。

[5]卫巫:卫国的巫者。巫,以装神弄鬼为职业的人。

[6]弭(mǐ):消除,止。

[7]障:堵塞。

[8]为川者:治水的人。

[9]宣:疏导,放开。

[10]天子:古代帝王的称谓。

[11]公卿:指执政大臣。古代有三公九卿之称。《尚书·周官》:"立太师、太傅、太保,兹惟三公。"九卿指少师、少傅、少保、冢宰、司徒、宗伯、司马、司寇、司空。

[12]瞽(gǔ):盲人。因古代乐官多由盲人担任,故也称乐官为瞽。

[13]史:史官。书:指史籍。

[14]师:少师,乐官。箴:一种具有规诫性的文辞。

[15]瞍(sǒu):没有眼珠的盲人。赋:有节奏地诵读。

[16]矇(méng):有眼珠的盲人。瞍矇均指乐师。

[17]百工:周朝职官名,指掌管营建制造事务的官员。

[18]庶人:平民。

[19]亲戚:指君王的内外亲属。

[20]耆(qí)艾:年六十叫耆,年五十叫艾,这里指年长的师傅。

[21]悖(bèi):违背道理。

[22]原隰(xí):平原和低湿之地。

[23]兴:兴起、表露之意。

[24]阜:丰盛。

[25]夫(fú):发语词,无义。

[26]与:语助词,无义。一说为"偕从"之意,意思是:"老百姓跟从你的能有多少?"语意也是通顺的。

[27]国人:"国"下原无"人"字,据别本补。

[28]三年:周厉王于公元前842年被国人放逐到彘,据此邵公谏厉王事当在公元前845年。

[29]流:放逐。彘(zhì):地名,在今山西霍县东北。

译文

周厉王暴虐无道,国人都指责他。召公报告说:"民众承受不了了。"厉王很生气,找来卫地的巫师,派他监视指责天子的人,卫巫报告后便杀掉他们。从此国人没有谁敢说话,路上遇见只用眼色来示意。厉王很高兴,对召公说:"我能禁止诽谤了,这些人不敢讲了。"召公说:"这是你堵住了他们的嘴巴。堵住民众的嘴巴,比堵塞河流还要可怕。河流若被堵塞而决口,伤害的人一定多,民众也是如此。因此治理河道的人要排除堵塞,让水流畅通,治理民众的人要引导百姓说话。所以,天子处理政事,要让列卿列士献呈民间诗歌,乐官献呈民间乐曲,史官献呈史书,师氏进箴言,瞍者朗诵,矇者吟咏,百工劝谏,平民的议论上达,近臣尽心规劝,宗室姻亲补过纠偏,乐官、史官施行教诲,元老重臣劝诫监督,然后天子再斟酌取舍,因此政事才能施行而不与情理相违背。民众有嘴可以说话,好比土地上有山岭河流一样,钱财开支就从这里产生出来;好比高低起伏的大地上有平川沃野一样,衣服食物就从这里产生出来。能口出议论,政事的好与坏能借以反映,才可做好事而防止坏事,方能使财源旺盛、衣食富足。民众心里所考虑的在口头上流露出来,这是很自然的行为,怎么可以强行阻止呢?如果堵住他们的嘴巴,那么还能支撑多久呢?"厉王不听劝告,于是国都里没有人敢说话,过了三年,国人便把厉王放逐到彘地去了。

王孙满观秦师

二十四年,秦师将袭郑,过周北门。左右皆免胄而下拜[1],超乘[2]者三百乘。王孙满观之,言于王曰:"秦师必有谪[3]。"王曰:"何故?"对曰:"师轻而骄,轻则寡谋,骄则无礼。无礼则脱[4],寡谋自陷。入险而脱,能无败乎?秦师无谪,是道废[5]也。"是行也[6],秦师还[7],晋人败诸崤[8],获其三帅[9]丙、术、视。

注 释

[1]左右皆免胄而下拜:只卸下头盔,而不卸甲就拜,是不礼貌的举动。左右,车左,车右。胄,头盔,古时之礼为"介胄之士不拜"。

[2]超乘:跳跃上车,没有纪律的样子。

[3]谪:谴责,惩罚。

[4]脱:轻慢迷略,这里指随随便便。

[5]道废:指古代传下来的道理废而不可信。

[6]是行也:这次行动。是,指示代词,这。

[7]秦师还:秦军本来想偷袭郑国,郑国商人弦高假充接受国君命令来犒赏秦师。秦军以为郑国已经有了准备,只好收兵回国。

[8]晋人败诸崤(xiáo):晋军在崤山一带打败了秦军。崤,崤山,在晋国境内。诸,兼词,之于。

[9]三帅:秦军的三员大将,即白乙丙、西乞术和孟明视。

译 文

周襄王二十四年,秦国的军队要去袭击郑国,经过王都北门。车上的武士都除去头盔下车行礼,然后跳跃上车,前后有三百辆之多。王孙满看到后对襄王说:"秦军肯定会吃败仗。"襄王说:"什么原因呢?"王孙满答道:"秦军轻佻而骄横,轻佻就少谋,骄横就无礼。无礼就没有纪律,少谋就将自陷险境。既入险境又无军纪,能不失败吗?秦军不吃败仗,世上就没有天理了。"这次出师,秦军在归途中被晋人在崤山打败,三员大将白乙丙、西乞术、孟明视被俘。

成语故事

卧薪尝胆

春秋时期,吴越两国相邻,经常打仗,有次吴王领兵攻打越国,被越王勾践的大将灵姑浮砍中了右脚,最后伤重而亡。吴王死后,他的儿子夫差继位。三年以后,夫差带兵前去攻打越国,以报杀父之仇。公元前497年,两国在夫椒交战,吴国大获全胜,越王勾践被迫退居到会稽。吴王派兵追击,把勾践围在会稽山上,情况非常危急。此时,勾践听从了大夫文种的计策,准备了一些金银财宝和几个美女,派人偷偷地送给吴国太宰,并通过太宰向吴王求情,吴王最后答应了越王勾践的求和。但是吴国的伍子胥认为不能与越国讲和,否则无异于放虎归山,可是吴王不听。越王勾践投降后,便和妻子一起前往吴国,他们夫妻俩住在夫差父亲墓旁的石屋里,做看守坟墓和养马的事情。夫差每次出游,勾践总是拿着马鞭,恭恭敬敬地跟在后面。后来吴王夫差有病,勾践为了表明他对夫差的忠心,竟亲自去尝夫差大便的味道,以便来判断夫差病愈的日期。夫差病好的日期恰好与勾践预测的相合,夫差认为勾践对他敬爱忠诚,于是就把勾践夫妇放回越国。越王勾践回国以后,立志要报仇雪恨。为了不忘国耻,他睡觉就卧在柴薪之上,坐卧的地方挂着苦胆,表示不忘国耻,不忘艰苦。经过十年的积聚,越国终于由弱国变成强国,最后打败了吴国,吴王羞愧自杀。

第三节 战国策

《战国策》是一部国别体史书,主要记述了战国时期纵横家的政治主张和策略,展示了战国时代的历史特点和社会风貌,是研究战国历史的重要典籍。《战国策》分为12策,33卷,共497篇,主要记述了战国时期的游说之士的政治主张和言行策略,也可说是游说之士的实战演习手册。《战国策》善于述事明理,大量运用寓言、譬喻,语言生动,富于文采。虽然书中所记史实和说辞不可尽信,但其仍是研究战国社会的重要史料。

作品选读

齐人有冯谖者,贫乏不能自存,使人属孟尝君[1],愿寄食门下。孟尝君曰:"客何好?"曰:"客无好也。"曰:"客何能?"曰:"客无能也。"孟尝君笑而受之曰:"诺。"

左右以君贱之也,食以草具[2]。居有顷,倚柱弹其剑[3],歌曰:"长铗归来乎!食无鱼。"左右以告[4]。孟尝君曰:"食之,比门下之客。"居有顷,复弹其铗,歌曰:"长铗归来乎!出无车。"左右皆笑之,以告。孟尝君曰:"为之驾,比门下之车客[5]。"于是乘其车,揭其剑,过其友曰:"孟尝君客我。"后有顷,复弹其剑铗,歌曰:"长铗归来乎!无以为家。"左右皆恶之,以为贪而不知足[6]。孟尝君问:"冯公有亲乎?"对曰:"有老母。"孟尝君使人给其食用,无使乏。于是冯谖不复歌。

后孟尝君出记[7],问门下诸客:"谁习计会,能为文收责于薛者乎[8]?"冯谖署曰:"能[9]。"孟尝君怪之,曰:"此谁也?"左右曰:"乃歌夫长铗归来者也。"孟尝君笑曰:"客果有能也,吾负之,未尝见也[10]。"请而见之,谢曰:"文倦于事,愦于忧,而性懧愚[11],沉于国家之事,开罪[12]于先生。先生不羞[13],乃有意欲为收责于薛乎?"冯谖曰:"愿之。"于是约车治装[14],载券契[15]而行,辞曰:"责毕收,以何市而反[16]?"孟尝君曰:"视吾家所寡有[17]者。"

驱而之薛,使吏召诸民当偿者,悉来合券[18]。券遍合,起[19],矫命,以责赐诸民[20]。因烧其券。民称万岁。

长驱[21]到齐,晨而求见。孟尝君怪其疾也[22],衣冠而见之,曰:"责毕收乎?来何疾也!"曰:"收毕矣。""以何市而反?"冯谖曰:"君之'视吾家所寡有者'。臣窃计[23],君宫中积珍宝,狗马实外厩,美人充下陈[24]。君家所寡有者,以义耳!窃以为君市义。"孟尝君曰:"市义奈何?"曰:"今君有区区[25]之薛,不拊爱子其民[26],因而贾利之[27]。臣窃矫君命,以责赐诸民,因烧其券,民称万岁。乃臣所以为君市义也。"孟尝君不悦,曰:"诺,先生休矣[28]!"

后期年[29],齐王谓孟尝君曰:"寡人不敢以先王之臣为臣[30]。"孟尝君就国[31]于薛,未至百里[32],民扶老携幼,迎君道中终日[33]。孟尝君顾[34]谓冯谖:"先生所为文市义者,乃今日见之。"

冯谖曰:"狡兔有三窟,仅得免其死耳;今君有一窟,未得高枕而卧也。请为君复凿二窟。"孟尝君予车五十乘,金五百斤,西游于梁[35],谓惠王曰:"齐放其大臣孟尝君于诸侯[36],诸侯先迎之者,富而兵强。"于是梁王虚上位[37],以故相[38]为上将军,遣使者黄金千斤,车百乘,往聘孟尝君。冯谖先驱,诫孟尝君曰:"千金,重币也;百乘,显使也。齐其闻之矣。"梁使三反[39],孟尝君固辞不往也。

齐王闻之,君臣恐惧,遣太傅赍黄金千斤、文车二驷,服剑[40]一,封书,谢[41]孟尝君曰:"寡人不祥[42],被于宗庙之祟[43],沉于谄谀之臣,开罪于君。寡人不足为[44]也;愿君顾先王之宗庙,姑反国统万人乎[45]!"冯谖诫孟尝君曰:"愿请先王之祭器,立宗庙于薛[46]。"庙成,还报孟尝君曰:"三窟已就,君姑高枕为乐矣。"

孟尝君为相数十年,无纤介[47]之祸者,冯谖之计也。

注释

[1]属:嘱托,请托。

[2]左右:指孟尝君身边的办事人。以:因为。贱:贱视,看不起,形容词作动词用。之:他,代冯谖。也:用在表原因的介宾短语之后,表句读上的停顿。食(sì):给……吃,"食"后省宾语"之"。

[3]居:停留,这里有"经过"的意思。有顷:不久。弹(tán):用指头敲击。

[4]以告:把冯谖弹剑唱歌的事报告孟尝君。

[5]车客:能乘车的食客。孟尝君将门客分为三等:上客食鱼,乘车;中客食鱼;下客食菜。

[6]恶:讨厌。以为:以之为。

[7]出记:出通告,出文告。

[8]习:熟悉。计会:会计工作,今指会计。为文:给我。文,孟尝君自称其名。责:通"债"。薛:孟尝君的领地,今山东枣庄市附近。

[9]署曰"能":签名于通告上,并注曰"能"。

[10]果:副词,果真,果然。负:对不起。之:他,代"客"。未尝:副词性结构,不曾。

[11]倦于事:为国事劳碌。愦(kuì)于忧:困于思虑而心中昏乱。懧(nuò):同"懦",怯弱。

[12]开罪:得罪。

[13]不羞:不因受怠慢为辱。羞:意动用法,认为……是羞辱。

[14]约车治装:预备车子,治办行装。

[15]券契:债务契约,两家各保存一份,可以合验。

[16]何市而反:买些什么东西回来。市,买。反,返回。

[17]寡有:少有,缺少。

[18]合券:指核对债券借据、契约。

[19]遍合:都核对过。起:站起来。

[20]矫命:假托(孟尝君的)命令。以责赐诸民:把债款赐给借债的老百姓,意即不要偿还。以,即用、把之意。

[21]长驱:一直赶车快跑,中途不停留。

[22]怪其疾:以其疾为怪。因为他回得这么快而感到奇怪。

[23]窃:私自,谦词。计:考虑。

[24]下陈:后列。

[25]区区:小小的。

[26]拊爱:即抚爱。子其民:视民如子,形容特别爱护百姓。

[27]贾(gǔ)利之:以商人手段向百姓谋取暴利。

[28]说:同"悦",高兴。休矣:算了,罢了。

[29]期(jī)年:满一年。

[30]齐王:齐闵王。先王:指齐宣王,闵王的父亲。

[31]就国:到自己封地(薛)去住。

[32]未至百里:距薛地还有一百里。

[33]正日:整整一天。

[34]顾:回头看。

[35]梁:魏国都大梁(今河南开封)。魏王即梁王迁都大梁,国号曾一度称"梁"。

[36]放:弃,免。于:给……机会。

[37]虚上位:空出最高的职位宰相。

[38]故相:过去的宰相。

[39]反:同"返"。

[40]服剑:佩剑。

[41]谢:道歉。

[42]不祥:不善,不好。

[43]被于宗庙之祟:受到祖宗神灵的处罚。

[44]不足为:不值得顾念帮助。不足,不值得。为,帮助,卫护。

[45]顾:顾念。姑:姑且,暂且。反国:返回齐国国都临淄。反,同"返"。统:统率,治理。万人:指全国人民。

[46]立宗庙于薛:孟尝君与齐王同族,故请求分给先王传下来的祭器,这是冯谖为孟尝君所定的安身之计,为"三窟"之一。

[47]纤介:细微。

译文

  齐国有个名叫冯谖的人，穷得没法养活自己，托人请求孟尝君，说他愿意在孟尝君家里当个食客。孟尝君问："客人有什么爱好？"回答说："他没有什么爱好。"又问："客人有什么才能？"回答说："他没有什么才能。"孟尝君笑着接受了他，说："好吧。"孟尝君身边的办事人员因为孟尝君看不起他，便拿粗劣的饭菜给他吃。过了不久，冯谖靠着柱子弹他的剑，唱道："长铗啊，回去吧！吃饭没有鱼。"办事人员把这情况告诉孟尝君，孟尝君说："给他鱼吃，按照门下的食客那样对待。"过了不久，冯谖又弹着他的剑，唱道："长铗啊，回去吧！出门没有车。"办事人都笑话他，并把这情况告诉孟尝君。孟尝君说："给他准备车，按照门下坐车的客人一样对待。"于是冯谖乘着他的车，举着他的剑，去拜访他的朋友，说道："孟尝君把我当作客人看待了。"这以后不久，冯谖又弹着他的剑，唱道："长铗啊，回去吧！在这里没有办法养家！"办事人员都厌恶他，认为他一味贪求不知满足。孟尝君问道："冯先生有父母吗？"答道："有个老母亲。"孟尝君派人给她吃的用的，不让她缺少什么。于是冯谖再也不唱歌了。

  后来孟尝君出了一个通告，询问家里的食客们："谁熟悉会计工作，能替我到薛邑去收债么？"冯谖在通告上签名，写道："我能。"孟尝君看了感到奇怪，说："这签名的是谁呀？"左右办事人说："就是唱那'长剑啊，回去吧'的人。"孟尝君笑着说："客人果真有才能啊，我对不起他，以前不曾接见他。"便特意把冯谖请来接见，向他道歉说："我被一些琐事搞得很疲劳，被忧患缠得心烦意乱，生性又懦弱愚笨，陷在国事家事之中，不得脱身与先生见面，得罪了先生。先生不以我对您的简慢为羞辱，还有意替我到薛邑去收债么？"冯谖说："愿意替您做这件事。"于是准备车马，收拾行李，载着借契出发。告辞的时候，冯谖问："债款收齐了，用它买些什么回来？"孟尝君说："看我家里缺少的东西就买些回来。"

  冯谖赶着车到了薛邑，派官吏召集应该还债的老百姓都来核对借契。借契全核对过了，冯谖站起来，假托孟尝君的命令，把债款赐给老百姓，随即烧了那些借契。老百姓们欢呼万岁。

  冯谖一直不停地赶车回到齐国都城，大清早就求见孟尝君。孟尝君对他回得这么快感到奇怪，穿戴整齐来接见他，说："借款收齐了吗？怎么回得这么快呀？"答道："收完了。"问："用它买了什么回来？"冯谖说："您说'看我家所缺少的'，我私自考虑，您宫里堆积着珍宝，猎狗和骏马充满了牲口圈，美女站满了堂下，您家所缺少的只是'义'罢了。我私自用债款给您买了义。"孟尝君问："买义是怎么回事？"答道："现在您有个小小的薛，不把那里的人民看作自己的子女，抚育爱护他们，反而趁机用商人的手段在他们身上谋取私利。我私自假托您的命令，把债款送给了老百姓，随即烧了那些借契，老百姓高呼万岁，这就是我用来给您买义的方式啊。"孟尝君不高兴，说："好吧，先生算了吧！"

  过了一年，齐王对孟尝君说："我不敢用先王的臣子作我的臣子。"孟尝君便到他的封地薛邑去。离那里还差一百里路，老百姓就扶老携幼，在路上迎接他。孟尝君回头看着冯谖说："先生给我买义的道理，今天才算见到了。"冯谖说："狡猾的兔子有三个洞穴，仅能避免死亡。现在您只有一个洞穴，还不能垫高枕头睡大觉呀。请让我替您再凿两个洞穴。"

  孟尝君给冯谖五十辆车，五百斤金，往西到梁国去游说。冯谖对梁惠王说："齐国把它的大臣孟尝君放逐到诸侯来，诸侯国中首先迎接他的，就会国富兵强。"于是梁惠王把相位空出来，让原来的相做将军，派遣使者带一千斤黄金，一百辆车，去聘请孟尝君。冯谖先赶车回到齐国，提醒孟尝君说："一千金，是很厚重的聘礼，出动一百辆车，是显赫的使节。齐国该听说这情况了。"魏国的使者往返三次,孟尝君坚决推辞不去。

齐王听到这些情况,君臣都惊慌害怕起来,就派遣太傅送一千斤黄金、两辆彩车、一把佩剑给孟尝君。封好书信向孟尝君道歉说:"我很倒霉,遭受祖宗降下的灾祸,又被那些逢迎讨好的臣子所迷惑,得罪了您。我是不值得您帮助的;希望您能顾念先王的宗庙,姑且回来统率全国人民吧!"

冯谖提醒孟尝君说:"希望您向齐王请来先王传下的祭器,在薛地建立宗庙。"宗庙建成了,冯谖回来报告孟尝君说:"三个洞穴都已凿成了,您可以暂且高枕而卧,安心享乐了!"

孟尝君做了几十年相,没有一点祸患,都是由于冯谖的计谋。

大师点评

文章先抑后扬、先贬后褒的反衬技巧,更起到了鸣则惊人的效果,平添了很多冯谖大智若愚的不凡形象。谋篇之妙是本篇又一景观。不是直叙其才,而是曲曲九转之后,方入胜景,增强了历史散文的戏剧性。全文抑扬顿挫、跌宕起伏,尤其用以虚引实、欲出先没的技巧步步诱入,使人物性格突出有加,不失为写人物形象的一篇名作。——周成华.先秦文学观止[M].长春:吉林大学出版社,2010.

成语典故

1. 一尘不染

"圣人具有三者之德,而无一尘之累。"现泛指丝毫不受坏习惯、坏风气的影响。也用来形容非常清洁、干净。

2. 大庭广众

"以敞大众。"大庭:宽大的场地。广众:为数很多的人群。指聚集很多人的公开场合。

3. 两败俱伤

"今两虎争人而斗,小者必死,大者必伤。"争斗双方都受到损伤,谁也没得到好处。

4. 南辕北辙

"犹至楚而北行也。"想往南而车子却向北行。比喻行动和目的正好相反。

5. 亡羊补牢

"亡羊而补牢,未为迟也。"羊逃跑了再去修补羊圈,还不算晚。比喻出了问题以后想办法补救,可以防止继续受损失。

6. 鹬蚌相争,渔翁得利

"鹬曰:'今日不雨,明日不雨,即有死蚌。'蚌亦谓曰:'今日不出,明日不出,即有死鹬。'两者不肯相舍,渔者,得而并擒之。"各种纷繁复杂的矛盾斗争中,如果对立的双方相持不下,就会两败俱伤,使第三者坐收渔利。所以,在生活中应该学会抓住主要矛盾,不能因小失大。

7. 羽毛未丰

"寡人闻之,毛羽不丰满者,不可以高飞。"指小鸟没长成,身上的毛还很稀疏。比喻年纪轻,经历少,不成熟或力量还不够强大。

8. 引锥刺股

"读书欲睡,引锥自刺其股,血流至足。"锥:锥子。股:大腿。晚间读书时想睡觉,就用锥子刺自己的大腿,以保持清醒。比喻刻苦努力勤奋。

9. 门庭若市

"令初下,群臣进谏,门庭若市。"门前和院子里人很多,像市场一样。原形容进谏的人很多,现形容来的人很多,非常热闹。

10. 返璞归真

"颜斶知足矣,归反于璞,则终身不辱也。"璞:本义是蕴藏有玉的石头,也指未雕琢的玉,引申为天真、淳朴。去掉外饰,还其本质。比喻恢复原来的自然状态。

11. 狡兔三窟

"狡兔有三窟,仅得免其死耳。今君有一窟,未得高枕而卧也,请为君复凿二窟。"狡猾的兔子准备好几个藏身的窝。比喻隐蔽的地方或方法多。

12. 狐假虎威

"虎得狐,狐曰:'子勿敢食我,天帝使我长百兽,子若以我为不信,吾为子先行,子随我后,百兽见我敢有不走者?'虎以为然,遂与之偕行,兽见皆走,虎不知兽之畏己,以为畏狐也。"比喻依靠别人的势力来欺压人。

13. 惊弓之鸟

"弓弦响,惊密林之鸟。"被弓箭吓怕了的鸟不容易安定。比喻经过惊吓的人碰到一点动静就非常害怕。

14. 安步当车

"晚食以当肉,安步以当车,无罪以当贵,清静贞正以自虞。"安:安详,不慌忙。安步:缓缓步行。以从容的步行代替乘车。

15. 不遗余力

"秦之攻我也,不遗余力矣,必以倦而归也。"遗:留。余力:剩下的力量。把全部力量都使出来,一点不保留。

16. 不翼而飞

"众口所移,毋翼而飞。"翼:翅膀。没有翅膀却飞走了。比喻物品忽然丢失;也比喻事情传播得很迅速。

17. 高枕无忧

"事秦,则楚韩必不敢动,无楚韩之患,则大王高枕而卧,国必无忧矣。"忧:忧虑。垫高了枕头睡觉,无忧无虑。比喻平安无事,不用担忧;也比喻放松警惕。

18. 汗马功劳

"不费汗马之劳,不费十日。"汗马:马累了出了汗,比喻征战劳苦。原指在战争中立下的大功劳。现泛指大的功劳。

19. 画蛇添足

"蛇固无足,子安能,而外学其文,虽有贤师良友,若画脂镂冰,费日损功。"画蛇时给蛇添上脚。比喻做了多余的事,非但无益,反而不合适。

第四章

诸子散文与楚辞

诸子散文是在先秦理性精神觉醒的背景下和百家争鸣的学术氛围中形成并繁荣起来的。诸子散文的发展大体上经历了三个阶段:

一、春秋战国之交:以《论语》《墨子》《老子》为代表

《论语》以语录体的形式记述了孔子及其弟子的言行,比较集中地反映了早期儒家的思想和活动。《墨子》是一部墨子及其后学的著作的汇编,反映的是墨家学派所代表的小生产者的思想。其艺术特点是文质意显,富于逻辑性。《老子》基本上是道家创始人老子的著作,它以玄深的哲理思辨和精妙的诗一般的语言相结合,显示着独特的艺术风格。

二、战国中期:以《孟子》《庄子》为代表

《孟子》是孟子及其弟子的著作,反映了战国中期儒家思想的面貌。《孟子》的散文体现着语录体向专题性论文的过渡,其突出的文学成就在于高超的论辩艺术。《庄子》是庄周及其后学的著作,亦是道家的又一部经典。其文章以独特的艺术造诣绝响于先秦诸子之中,奇妙的构思、汪洋恣肆的语言、浪漫的风格,都体现了其在诸子散文中的独特地位和辉煌的文学成就。

三、战国末期:以《荀子》《韩非子》《吕氏春秋》为代表

《荀子》一书多为荀子自作,其思想体系博大精深,是儒学的进一步发展。其文章多为结构严谨、论说周详的专题性论文,标志着先秦说理散文进入了完全成熟的阶段。《韩非子》是法家思想的集大成之作,文章峭拔锋锐、质朴无华,体现着法家文章的基本特色。《吕氏春秋》是吕不韦集门客的集体创作,体制宏大、内容博杂、兼收并蓄,是先秦学术思想的一次大规模的总结,也具有较强的文学性。

第一节 论语

《论语》由孔子弟子及再传弟子编写而成,至汉代成书。它主要记录孔子及其弟子的言行,较为集中地反映了孔子的思想,是儒家学派的经典著作之一。以语录体为主,叙事体为辅,集中体现了孔子的政治主张、伦理思想、道德观念及教育原则等。与《大学》《中庸》《孟子》并称"四书",这四部书与《诗》《书》《礼》《易》《春秋》等"五经",总称"四书五经"。

孔子(公元前551—公元前479年),名孔丘,字仲尼,出生于鲁国陬邑(今山东省曲阜市尼山镇内),东周春秋末期著名的思想家、政治家、教育家。相传他有弟子三千,贤弟子七十二人,曾带领部分弟子周游列国。孔子的思想对后世产生了极其深远的影响。

作品选读

(一)

子曰[1]:"学[2]而时习[3]之,不亦说[4]乎?有朋[5]自远方来,不亦乐[6]乎?人不知[7],而不愠[8],不亦君子[9]乎?"

注释

[1]子:中国古代对于有地位、有学问的男子的尊称,有时也泛称男子。《论语》书中"子曰"的子,都是指孔子而言。

[2]学:孔子在这里所讲的"学",主要是指学习西周的礼、乐、诗、书等传统文化典籍。

[3]时习:在周秦时代,"时"字用作副词,意为"在一定的时候"或者"在适当的时候"。但朱熹在《论语集注》一书中把"时"解释为"时常"。习,指演习礼、乐,复习诗、书,也含有温习、实习、练习的意思。

[4]说(yuè):同"悦",愉快、高兴的意思。

[5]有朋:一本作"友朋"。旧注说,"同门曰朋",即同在一位老师门下学习的叫朋,也就是志同道合的人。

[6]乐:与说有所区别。旧注说,悦在内心,乐则见于外。

[7]人不知:此句不完整,缺少宾语,没有说出人不知道什么。一般而言,知,是了解的意思。人不知,是说别人不了解自己。

[8]愠(yùn):恼怒,怨恨。

[9]君子:《论语》书中的君子,有时指有德者,有时指有位者。此处指孔子理想中具有高尚人格的人。

译文

孔子说:"学了又时常温习和练习,不是很愉快吗?有志同道合的人从远方来,不是很令人高兴的吗?人家不了解我,我也不怨恨、恼怒,不也是一个有德的君子吗?"

(二)

子曰:巧言令色[1],鲜[2]矣仁。

注释

[1]巧言令色:朱熹注曰:"好其言,善其色,致饰于外,务以说人。"巧和令都是美好的意思。但此处应释为装出和颜悦色的样子。

[2]鲜:少的意思。

译文

孔子说:"花言巧语,装出和颜悦色的样子,这种人的仁心就很少了。"

（三）

曾子[1]曰："吾日三省[2]吾身。为人谋而不忠[3]乎？与朋友交而不信[4]乎？传不习乎？"

注 释

[1]曾子：曾子姓曾名参，字子舆，生于公元前505年，鲁国人，是被鲁国灭亡了的鄫国贵族的后代。曾参是孔子的得意门生，以孝子出名。据说《孝经》就是他撰写的。

[2]三省（xǐng）：省，检查、察看。三省有几种解释：一是三次检查；二是从三个方面检查；三是多次检查。其实，古代在有动作性的动词前加上数字，表示动作频率高。

[3]忠：旧注曰：尽己之谓忠。此处指对人应当尽心竭力。

[4]信：旧注曰"信者，诚也"，即以诚实之谓信。要求人们按照礼的规定相互守信，以调整人们之间的关系。

[5]传：旧注曰"受之于师谓之传"，即老师传授给自己的。习，与"学而时习之"的"习"字一样，指温习、实习、演习等。

译 文

曾子说："我每天多次反省自己，为别人办事是不是尽心竭力了呢？同朋友交往是不是做到诚实可信了呢？老师传授给我的学业是不是复习了呢？"

（四）

子曰："弟子[1]入[2]则孝，出[3]则弟，谨[4]而信，泛[5]爱众，而亲仁[6]，行有余力[7]，则以学文[8]。"

注 释

[1]弟子：一般有两种意义：一是年纪较小、为人弟和为人子的人；二是指学生。这里是用一种意义上的"弟子"。

[2]入：古代时父子分别住在不同的居处，学习则在外舍。《礼记·内则》："由命士以上，父子皆异宫。"入是入父宫，指进到父亲住处，或说在家。

[3]出：与"入"相对而言，指外出拜师学习。出则弟，是说要用弟道对待师长，也可泛指年长于自己的人。

[4]谨：寡言少语称之为谨。

[5]泛：广泛的意思。

[6]仁：仁即仁人，有仁德之人。

[7]行有余力：指有闲暇时间。

[8]文：古代文献，主要有诗、书、礼、乐等文化知识。

译 文

孔子说："弟子们在父母跟前，就孝顺父母，出门在外，要顺从师长，言行要谨慎，要诚实可信，寡言少语，要广泛地去爱众人，亲近那些有仁德的人。这样躬行实践之后，还有余力的话，就再去学习文献知识。"

（五）

子夏[1]曰："贤贤[2]易色；事父母，能竭其力；事君，能致其身[4]；与朋友交，言而有信。虽曰未学，吾必谓之学矣。"

注释

[1]子夏：姓卜，名商，字子夏，孔子的学生，比孔子小44岁，生于公元前507年。孔子死后，他在魏国宣传孔子的思想主张。

[2]贤贤：第一个"贤"字作动词用，尊重的意思。贤贤即尊重贤者。

[3]易：一是改变的意思，此句即为尊重贤者而改变好色之心；二是轻视的意思，即看重贤德而轻视女色。

[4]致其身：致，意为"献纳""尽力"。这是说把生命奉献给君主。

译文

子夏说："一个人能够看重贤德而不以女色为重；侍奉父母，能够竭尽全力；服待君主，能够献出自己的生命；同朋友交往，说话诚实恪守信用。这样的人，尽管他自己说没有学习过，我一定说他已经学习过了。"

（六）

曾子曰："慎终[1]追远[2]，民德归厚矣。"

注释

[1]慎终：人死为终。这里指父母的去世。旧注曰：慎终者丧尽其哀。

[2]追远：远指祖先。旧注曰：追远者祭尽其敬。

译文

曾子说："对待父母的去世丧尽其哀，追念久远的祖先，老百姓自然会日趋忠厚老实了。"

（七）

子禽[1]问于子贡[2]曰：夫子[3]至于是邦[4]也，必闻其政，求之与，抑[5]与之与？"子贡曰："夫子温、良、恭、俭、让[6]以得之。夫子之求之也，其诸[7]异乎人之求之与？"

注释

[1]子禽：姓陈名亢，字子禽。郑玄所注《论语》说他是孔子的学生，但《史记·仲尼弟子列传》未载此人，故一说子禽非孔子学生。

[2]子贡：姓端木名赐，字子贡，卫国人，比孔子小31岁，是孔子的学生，生于公元前520年。子贡善辩，孔子认为他可以做大国的宰相。据《史记》记载，子贡在卫国做了商人，家有财产千金，成了有名的商业家。

[3]夫子：这是古代的一种敬称，凡是做过大夫的人都可以取得这一称谓。孔子曾担任过鲁国的司寇，所以他的学生们称他为夫子。后来，因此而沿袭以称呼老师。《论语》书中所说的夫子，都是孔子的学生对他的称呼。

[4]邦：指当时割据的诸侯国家。

[5]抑:表示选择的文言连词,有"还是"的意思。
[6]温、良、恭、俭、让:就字面理解即为"温顺、善良、恭敬、俭朴、谦让"。这是孔子的弟子对他的赞誉。
[7]其诸:语气词,有"大概""或者"的意思。

译文

子禽问子贡说:"老师到了一个国家,总是过问这个国家的政事。(这种资格)是他自己求得呢,还是人家国君主动给他的呢?"子贡说:"老师温良恭俭让,所以才得到这样的资格(这种资格也可以说是求得的),但他求的方法,或许与别人的求法不同吧?"

(八)

有子曰:"礼[1]之用,和[2]为贵。先王之道[3],斯[4]为美。小大由之,有所不行。知和而和,不以礼节之,亦不可行也。"

注释

[1]礼:在春秋时代,"礼"泛指奴隶社会的典章制度和道德规范。孔子的"礼",既指周礼、礼节、仪式,也指人们的道德规范。
[2]和:调和、和谐、协调。
[3]先王之道:指尧、舜、禹、汤、文、武、周公等古代帝王的治世之道。
[4]斯:这、此等意。这里指礼,也指和。

译文

有子说:"礼的应用,以和谐为贵。古代君主的治国方法,可宝贵的地方就在这里。但不论大事小事只顾按和谐的办法去做,有的时候就行不通。(这是因为)为和谐而和谐,不以礼来节制和谐,也是不可行的。"

(九)

子曰:"君子食无求饱,居无求安,敏于事而慎于言,就[1]有道[2]而正[3]焉,可谓好学也已。"

注释

[1]就:靠近、看齐。
[2]有道:指有道德的人。
[3]正:匡正、端正。

译文

孔子说:君子不会致力于追求饮食及居住环境上的安饱,而是努力认真地做事,谨慎地说话,又能主动地向志向高尚的人请求指导,这样就称得上是好学的人了。

(十)

子贡曰:"贫而无谄[1],富而无骄,何如[2]?"子曰:"可也。未若贫而乐[3],富而好礼者也。"子贡曰:"《诗》云,'如切如磋!如琢如磨[4]',其斯之谓与?"子曰:"赐[5]也!始可与言《诗》已矣,告诸往而知来者[6]。"

注释

[1]谄(chǎn):意为巴结、奉承。
[2]何如:《论语》书中的"何如",都可以译为"怎么样"。
[3]贫而乐:一本作"贫而乐道"。
[4]如切如磋,如琢如磨:此二句见《诗经·卫风·淇澳》。有两种解释:一说切磋,琢磨分别指对骨、象牙、玉、石四种不同材料的加工,否则不能成器;一说加工象牙和骨,切了还要磋,加工玉石,琢了还要磨,有精益求精之意。
[5]赐:子贡名,孔子对学生都称其名。
[6]告诸往而知来者:诸,同"之"。往,过去的事情。来,未来的事情。

译文

子贡说:"贫穷却不巴结奉承,有钱却不骄傲自大,怎么样?"孔子说:"可以了,但是还不如虽贫穷却乐于道,纵有钱却谦虚有礼哩。"

子贡说:"《诗经》上说:'要对待骨、角、象牙、玉石一样,先开料,再凿锉,细刻,然后磨光。'那就是这样的意思吧?"孔子道:"赐呀,现在可以同你讨论《诗经》了,告诉你一件,你能有所发挥,举一反三了。"

名言名句

关于道德

1. 子曰:苟志于仁矣,无恶也。
2. 君子无终食之间违仁,造次必于是,颠沛必于是。
3. 仁远乎哉,我欲仁,斯仁至矣。
4. 知者不惑,仁者不忧,勇者不惧。
5. 有德者,必有言;有言者,不必有德;仁者,必有勇;勇者,不必有仁。
6. 志士仁人,无求生以害仁,有杀身以成仁。
7. 当仁不让于师。
8. 务民之义,敬鬼神而远之,可谓知矣。
9. 君子可欺也,不可罔也。
10. 克己复礼为仁。
11. 己所不欲,勿施于人。在邦无怨,在家无怨。
12. 爱人,知人,举直错诸枉,能使枉者直。
13. 居处恭,执事敬;与人忠,虽之夷狄,不可弃也。
14. 克、伐、怨、欲不行焉,可以为仁矣。
15. 工欲善其事,必先利其器;居是邦也,事其大夫之贤者,友其士之仁者。
16. 孔子曰:能行五者于天下,为仁矣。请问之。曰:恭宽信敏惠。恭则不侮。宽则得众。信则人任焉。敏则有功。惠则足以使人。

关于修养

1. 君子无所争。

2. 内省不疚,夫何忧何惧。
3. 子曰:君子成人之美,不成人之恶。小人反是。
4. 君子和而不同,小人同而不和。
5. 君子泰而不骄,小人骄而不泰。
6. 修己以敬,修己以安人,修己以安百姓。
7. 君子义以为质,礼以行之,孙以出之,信以成之,君子哉。
8. 君子病无能焉,不病人之不已知也。
9. 君子谋道不谋食,忧道不忧贫。
10. 畏天命,畏大人,畏圣人之言。
11. 孔子曰:君子有九思,视思明,听思聪,色思温,貌思恭,言思忠,事思敬,疑思问,忿思难,见得思义。

关于礼乐

1. 兴于诗,立于礼,成于乐。
2. 不学诗,无以言;不学礼,无以立。
3. 子曰:诗三百,一言以蔽之,曰,思无邪。
4. 子曰:恭而无礼,则劳;慎而无礼,则葸;勇而无礼,则乱;直而无礼,则绞;君子笃于亲,则民兴于仁;故旧不遗,则民不偷。
5. 孔子谓季氏:八佾舞于庭,是可忍也,孰不可忍也。
6. 子曰:上好礼,则民易使也。
7. 子在齐闻韶,三月不知肉味。曰:"不图为乐之至于斯也。"
8. 子曰:人而不仁,如礼何?人而不仁,如乐何?

关于政治

1. 子曰:"道千乘之国,敬事而信。节用而爱人,使民以时。"
2. 子曰:"为政以德,譬如北辰。居其所,而众星共之。"
3. 临之以庄,则敬。孝慈,则忠。举善而教不能,则劝。
4. 君使臣以礼。臣事君以忠。
5. 民可使由之。不可使知之。
6. 自古皆有死。民无信不立。
7. 先有司。赦小过。举贤才。
8. 名不正,则言不顺。言不顺,则事不成。事不成,则礼乐不兴。礼乐不兴,则刑罚不中。刑罚不中,则民无所措手足。故君子名之必可言也,言之必可行也。君子于其言,无所苟而已矣。
9. 子曰:"其身正。不令而行。其身不正,虽令不从。"
10. 乐然后笑,人不厌其笑。义然后取,人不厌其取。
11. 丘也闻有国有家者,不患寡而患不均,不患贫而患不安。盖均无贫,和无寡,安无倾。夫如是,故远人不服。则修文德以来之。既来之,则安之。远人不服而不能来也,邦分崩离析而不能守也。而谋动干戈于邦内,吾恐季孙之忧。不在颛臾,而在萧墙之内也。
12. 敏而好学,不耻下问。

关于人格

1. 俎豆之事,则尝闻之矣;军旅之事,未之学也。

2. 道之将行也与,命也;道之将废也与,命也。
3. 丘也幸,苟有过,人必知之。
4. 道不行,乘桴浮于海。
5. 君子居之,何陋之有。
6. 君子学道则爱人,小人学道则易使也。
7. 子曰:富而可求也,虽执鞭之士,吾亦为之,如不可求,从吾所好。
8. 子曰:饭疏食饮水,曲肱而枕之,乐亦在其中矣。不义而富且贵,于我如浮云。
9. 不怨天,不尤人,下学而上达,知我者其天乎。
10. 子之所慎:齐、战、疾。
11. 子不语怪、力、乱、神。
12. 子罕言利。与命,与仁。
13. 唯酒无量,不及乱。
14. 食不语,寝不言。
15. 温、良、恭、俭、让。
16. 天下之无道也久矣,天将以夫子为木铎。
17. 知其不可而为之。
18. 往者不可谏,来者犹可追。
19. 德行、言语、政事、文学。
20. 过犹不及。
21. 临事而惧,好谋而成。
22. 颜回:不迁怒,不贰过。
23. 回也,其心三月不违仁。其余则日月至焉而已矣。
24. 贤哉回也。一箪食,一瓢饮,在陋巷。人不堪其忧,回也不改其乐,贤哉回也。
25. 成事不说,遂事不谏,既往不咎。
26. 子曰:始吾于人也,听其言而信其行。今吾于人也,听其言而观其行。
27. 有子曰:其为人也孝弟,而好犯上者鲜矣。不好犯上,而好作乱者,未之有也。君子务本,本立而道生。孝弟也者,其为仁之本与。
28. 礼之用,和为贵。
29. 有子曰:信近于义。言可复也,恭近于礼,远耻辱也。因不失其亲,亦可宗也。
30. 曾子曰:吾日三省吾身。为人谋,而不忠乎。与朋友交,而不信乎。传不习乎。
31. 慎终追远,民德归厚矣。
32. 鸟之将死,其鸣也哀。人之将死,其言也善。
33. 以能问于不能,以多问于寡。有若无,实若虚。犯而不校,昔者吾友。尝从事于斯矣。
34. 可以托六尺之孤,可以寄百里之命。临大节而不可夺也。君子人与?君子人也。
35. 士不可以不弘毅,任重而道远。仁以为己任,不亦重乎。死而后已。不亦远乎。
36. 君子以文会友,以友辅仁。
37. 君子思不出其位。
38. 曾子曰:上失其道,民散久矣。如得其情,则哀矜而勿喜。
39. 贤贤易色。

40.死生有命,富贵在天。君子敬而无失,与人恭而有礼,四海之内皆兄弟也,君子何患乎无兄弟也?

41.子夏曰:仕而优则学,学而优则仕。

42.子游曰:事君数,斯辱矣;朋友数,斯疏矣。

43.子贡曰:"君子之过也,如日月之食焉;过也,人皆见之;更也,人皆仰之。"

44.子张曰:士见危致命,见得思义,祭思敬,丧思哀,其可已矣。

45.君子尊贤而容众,嘉善而矜不能。

46.三军可夺帅也,匹夫不可夺志也。

第二节　孟子

孟子(约公元前372—约公元前289年),姬姓,孟氏,名轲,字子舆,战国时期邹城(今山东邹城市)人。伟大的思想家、教育家,儒家学派的代表人物,被后人称为"亚圣"。与孔子并称"孔孟"。孟子继承了孔子的仁政学说,与孔子一样,他力图将儒家的政治理论和治国理念转化为具体的国家治理主张,并推行于天下。孟子周游列国,游说于各国君主之间,推行他的政治主张。但不被当时各国所接受,随后退隐与弟子一起著书。孟子与其弟子的言论汇编于《孟子》一书,是儒家学说的经典著作之一。

作品选读

孟子曰:"天时不如地利,地利不如人和[1]。三里之城,七里之郭[2],环而攻之而不胜。夫环而攻之,必有得天时者矣;然而不胜者,是天时不如地利也。城非不高也,池[3]非不深也,兵革[4]非不坚利也,米粟非不多也;委[5]而去之,是地利不如人和也。故曰:域[6]民不以封疆之界,固国不以山溪之险,威天下不以兵革之利。得道者多助,失道者寡助。寡助之至,亲戚畔[7]之;多助之至,天下顺之。以天下之所顺,攻亲戚之所畔;故君子有[8]不战,战必胜矣。"

注释

[1]孟子这里所说的"天时"则指尖兵作战的时机、气候等;"地利"是指山川险要,城池坚固等;"人和"则指人心所向,内部团结等。

[2]三里之城,七里之郭:内城叫"城",外城叫"郭"。内外城比例一般是三里之城,七里之郭。

[3]池:即护城河。

[4]兵:武器,指戈矛刀箭等攻击性武器。革:皮革,指甲胄,古代甲胄是用皮革做的,也有用铜铁做的。

[5]委:弃。

[6]域民:限制人民。域,界限。

[7]畔:同"叛"。

[8]有:或,要么。

译文

孟子说:"有利的时机和气候不如有利的地势,有利的地势不如人的齐心协力。一个三里内城墙、七里外城墙的小城,四面围攻都不能够攻破。既然四面围攻,总有遇到好时机或好天气的时候,但还是攻不破,这说明有利的时机和气候不如有利的地势。另一种情况是,城墙不是不高,护城河不是不深,兵器和甲胄不是锋利和坚固,粮草也不是不充足,但还是弃城而逃了,这就说明有利的地势不如人的齐心协力。所以说:老百姓不是靠封锁边境线就可以限制住的,国家不是靠山川险阻就可以保住的,扬威天下也不是靠锐利的兵器就可以做到的。拥有道义的人得到的帮助就多,失去道义的人得到的帮助就少。帮助的人少到极点时,连亲戚也会叛离;帮助的人多到极点时,全人下的人都会顺从。以全天下人都顺从的力量去攻打连亲戚都会叛离的人,必然是不战则已,战无不胜的了。"

鱼我所欲也

鱼,我所欲也;熊掌,亦[1]我所欲[2]也。二者不可得兼[3],舍[4]鱼而取[5]熊掌者也。生,亦我所欲也,义,亦我所欲也。二者不可得兼,舍生而取义者也。生亦我所欲,所欲有甚[6]于[7]生者,故[8]不为苟得[9]也;死亦我所恶[10],所恶有甚于死者,故患[11]有所不辟[12]也。如使[13]人之[14]所欲莫[15]甚于生,则[16]凡[17]可以得生[18]者何不用也[19]?使人之所恶莫甚于死者,则凡可以避患者何不为[20]也?由是则生而[21]有不用也,由是则可以避患而有不为也。是故[22]所欲有甚于生者,所恶有甚于死者。非独[23]贤者[24]有是[25]心[26]也,人皆有之,贤者能勿丧[27]耳。

一箪[28]食,一豆[29]羹,得之则[30]生,弗[31]得[32]则死。呼尔[33]而与之[34],行道之人[35]弗受;蹴[36]尔而[37]与之,乞人不屑[38]也。万钟[39]则不辨礼义而受之,万钟于我何加[40]焉!为宫室[41]之美,妻妾之奉[42],所识穷乏者[43]得我[44]与[45]?乡[46]为身死而不受,今为宫室之美为之;乡为身死而不受,今为妻妾之奉为之;乡[47]为身死而不受,今为所识穷乏者得我而为之:是亦不可以已[48]乎?此之谓失其本心[49]。

注释

[1]亦:也。
[2]欲:喜爱。
[3]得兼:两种东西都得到。
[4]舍:舍弃。
[5]取:选取。
[6]甚:胜于。
[7]于:比。
[8]故:所以,因此。
[9]苟得:苟且取得,这里是"苟且偷生"的意思。
[10]恶:厌恶。
[11]患:祸患,灾难。
[12]辟:通"避",躲避。
[13]如使:假如,假使。

[14]之：用于主谓之间，取消句子的独立性，无实意，不译。

[15]莫：没有。

[16]则：那么。

[17]凡：凡是，一切。

[18]得生：保全生命。

[19]何不用也：什么手段不可用呢？用，采用。

[20]为：做。

[21]而：但是。

[22]是故：这是因为。

[23]非独：不只，不仅。非，不。独，仅。

[24]贤者：有才德，有贤能的人。

[25]是：此，这样。

[26]心：思想。

[27]勿丧：不丧失。丧，丧失。

[28]箪：古代盛食物的圆竹器。

[29]豆：古代一种木制的盛食物的器具。

[30]则：就。

[31]弗：不。

[32]得：得到。

[33]呼尔：呼喝，轻蔑地，对人不尊重。

[34]呼尔而与之：呼喝着给他吃喝。尔，语气助词。《礼记·檀弓》记载，有一年齐国出现了严重的饥荒。黔敖在路边施粥，有个饥饿的人用衣袖蒙着脸走来。黔敖吆喝着让他吃粥。他说："我正因为不吃被轻蔑所给予得来的食物，才落得这个地步！"

[35]行道之人：饥饿的过路的行人。

[36]蹴：用脚踢。

[37]而：表修饰。

[38]不屑：因轻视而不肯接受。

[39]万钟：这里指高位厚禄。钟，古代的一种量器，六斛四斗为一钟。

[40]何加：有什么益处。何，介词结构，后置。

[41]宫室：住宅。

[42]奉：侍奉。

[43]穷乏者：穷人。

[44]得我：感激我。得，通"德"，感激。

[45]与：通"欤"，语气助词。

[46]乡，通"向"，原先，从前

[47]乡：通"向"，从前。

[48]已：停止。

[49]本心：指本性、天性、良知。

译文

　　鱼是我想要的,熊掌也是我想要的,如果这两种东西不能够同时得到的话,那么我就舍弃鱼而选择熊掌。生命是我所想要的,道义也是我想要的,如果这两种东西不能够同时得到的话,那么就舍弃生命而选择道义。生命是我所想要的,但我想要的还有比生命更重要的东西,所以我不做苟且偷生的事;死亡是我所厌恶的,但我所厌恶的事还有比死亡更讨厌的事,所以有的灾祸我不躲避。如果人们所追求的东西没有超过生命的,那么凡是能够用来求得生存的手段,有什么不能采用呢?如果人们所厌恶的事情没有比死亡更令人讨厌的,那么凡是能够用来逃避灾祸的办法,有什么不能采用呢?因此就生存下来,然而有人不用,因此就可以躲避祸患然而有人不采纳。是因为他们所追求的,有比生命更宝贵的,他们所厌恶的,有比死亡更厉害的事。不仅是贤明的人有这样的本性,人人都有,只不过贤人能够操守这种品德使他不丧失罢了。

　　一碗饭,一碗汤,得到了就可活下去,得不到就会饿死。可是没有礼貌地吆喝着给别人吃,饥饿的路人不肯接受;踢给别人吃,乞丐也不愿意接受。

　　高官厚禄如果不辨别是否合乎礼义就接受它,这样丰厚的俸禄对我有什么好处呢!是为了住宅的华丽、妻妾的侍奉,所认识的贫穷的人感激我吗?先前有人为了道义宁愿死也不肯接受因得好处而丧义,现在有人为了住宅的华丽却接受了;先前有人为了道义宁愿死也不肯接受,现在有人为了妻妾侍奉却接受了;先前有人为了道义宁愿死也不肯接受,现在有人为了熟识的穷人感激自己却接受了。

　　这种做法不是可以停止了吗?这种做法就叫作丧失了本。

名言名句

　　1. 以五十步笑百步。——《孟子·梁惠王上》

　　战场上逃跑。有的人跑了一百步停住脚,有的人跑了五十步停住脚。那些跑了五十步的士兵,竟耻笑跑了一百步的士兵,其实逃了五十步和逃了一百步,虽然在数量上有区别,但在本质上是一样的——都是逃跑。

　　2. 登泰山而小天下。——《孟子·尽心上》

　　登上了泰山,就觉得天下也小了。现在常用这句话比喻站得高就能看得远;或说明见识多、阅历广的人眼界就高,对一般事物看不上眼。

　　3. 人皆可以为尧舜。——《孟子·告子下》

　　只要努力,每个人都可以成为尧、舜那样的圣人。孟子认为:尧舜之道,不过就是孝悌而已,人只要努力,说尧舜的话,作尧舜的所作所为,皆可以成为尧舜。此二句说明只要有坚定的志向,不懈的努力,干什么事都可以成功。

　　4. 得天下英才而教育之。——《孟子·尽心上》

　　英才:优秀人才。意为得到天下的优秀人才并把他们培养教育成真正的栋梁,是人生的一大乐事。孟子在《尽心》一章中认为,君子有三乐:父母俱存,兄弟无隙为一乐,天伦之乐;不愧于天,不作于人为二乐,坦诚之乐;一为第三乐,是人本身价值自我实现,为社会培养有用人才的一种精神的满足。此观点反映出孟子重视教育,重视人生价值的思想。

5. 出乎其类,拔乎其萃,自生民以来,未有盛于孔子也。——《孟子·公孙丑上》

出:超出。类:同类。拔:超出。乎:于。萃(cuì):聚集。这两句大意是:超出它的同类,高出于聚集在一起的人或物。自有人类以来,没有比孔子更伟大的人了。《孟子》的原文是:"麒麟之于走兽,凤凰之于飞鸟,泰山之于丘垤,河海之于行潦,类也,圣人之于民,亦类也……"孟子的原意是说:孔子是出色的圣人,他对于黎民百姓,就像麒麟对于走兽,凤凰对于飞鸟一样,远远地超出了他的同类。这两句后被广泛引用并被缩写成"出类拔萃"的成语,用以形容德、才超群、出众的人才,也可形容突出地超过一般的事物。

6. 生于忧患而死于安乐。——《孟子·告子下》

忧愁患难足以使人生存,安逸享乐足以使人死亡。人生谁不厌忧患而喜安乐?但忧愁患难能磨炼人的意志,使人清醒,使人振奋,因而得以在奋斗中求生存;而安逸享乐使人丧失斗志,使人麻木怠惰,因而无力抵御祸患,势必导致死亡。

7. 不以规矩,不能成方圆。——《孟子·离娄上》

不用规和矩,就不能画出标准的方形和圆形。

8. 上有好者,下必有甚焉者矣。——《孟子·滕文公上》

在上位的人有什么爱好,在下面的人一定爱好得更厉害啊。这两句后被概括为"上有所好,下必甚焉",用来说明上行下效的道理,强调上层人物对下面人影响很大,不仅下级会跟着上级学,而且还会层层加码,超过原来的程度。现在可用来说明领导者的一举一动都会对下面造成影响,身居领导岗位的人要严于律己,言行都要审慎。

9. 民为贵,社稷次之,君为轻。——《孟子·尽心下》

社稷(jì):国家。君:国君。人民最为宝贵,国家次于人民,而国君的价值最轻。因为无民即无所谓国,无国也无所谓君。这几句集中体现了孟子的民本思想。

10. 劳心者治人,劳力者治于人。——《孟子·滕文公上》

劳心者:从事脑力劳动的人。劳力者:从事体力劳动的人。从事脑力劳动的人统治人,从事体力劳动的人被人统治。这里的"劳心者",指的主要是统治阶级,而"劳力者"指的是从事生产的人民。这两句本义是说统治阶级和劳动人民地位不同,分工不同,劝导不同地位的人要各司其职。

11. 如欲平治天下,当今之世,舍我其谁也。——《孟子·公孙丑下》

如果想使天下太平,在今日的社会里,除我之外还有谁呢?孟子一贯积极用世,同时又很自信。这几句集中体现了孟子愿意,而且相信自己有能力辅佐圣主贤君平治天下的雄心壮志。后世多引用这几句形容某些人踌躇满志,自以为有安世经邦之才;有时也用于讽刺那些目空一切、大言不惭的人。

12. 富贵不能淫,贫贱不能移,威武不能屈。——《孟子·滕文公下》

淫:惑乱。移:改变节操。处于富贵利诱面前不受迷惑,处于贫穷困苦之中不改志节,处于武力威胁面前不能屈服。孟子是战国时的儒学大师,这几句实际上奠定了儒家的基本道德观,讲出了一个正人君子在富贵面前,在穷困面前,在威胁暴力面前应具有的态度和立场。

13. 老吾老,以及人之老;幼吾幼,以及人之幼。——《孟子·梁惠王上》

老吾老:尊敬我的长辈。及:推及到。幼吾幼:爱护我的子女。尊敬我的长辈,以这样的心意推及到别人的长辈;爱护我的子女,以这样的心意推及到别人的子女。这是孟子从道德伦理角度阐发他的仁政爱民思想。尊敬自己的长辈,也尊敬别人的长辈,爱护自己的子女,也爱护别人的子女。对别人的长辈和子女像对待自己的长辈和子女一样尊敬和爱护。这样的人自然会得到别人的尊重,这样的君主自然会得到天下人的拥护。

14.贤者以其昭昭,使人昭昭;今以其昏昏,使人昭昭。——《孟子·尽心下》

昭昭:明白、明显的样子。昏昏:模糊不清的样子。有才德、有知识的人,总是自己首先把问题搞得明明白白,再用清清楚楚的语言使别人明白;现在却有人想用自己模模糊糊的概念,去使别人清清楚楚。孟子在这里阐述了一条教育原则——必须自己昭昭才能使人昭昭。这就要求教育者首先具有丰富广博的知识,而且还要敏而好学,不耻下问。假如教育者自己对问题一知半解,却不懂装懂,想以其昏昏,使人昭昭,虽然煞有介事,必然误人子弟。

15.虽有天下易生之物也,一日曝之,十日寒之,未有能生者也。——《孟子·告子上》

暴(pù):同"曝",晒。寒:冻。这几句大意是:让太阳晒一天,又叫冻十天,没有什么能生存下去。草木如此,五谷如此,万物莫不如此。推而广之,以这种自然现象比喻人事,人的学业、事业,如果干一天,停十天,同样不会有成就。"一暴十寒"现已成为常见成语,比喻学习、工作没有恒心,经常间断。

16.天将降大任于是人也,必先苦其心志,劳其筋骨,饿其体肤,空乏其身,行拂乱其所为。——《孟子·告子下》

大任:重要使命。是人:此人,这个人。心志:思想感情。空乏:指资财缺乏。拂:违背。上天将要把重大使命降落在某个人身上时,必定先要使他心绪苦恼,筋骨劳累,肠胃饥饿,身受贫困,他的每个行动都要受到扰乱而不能如意。这几句以形象化的手法指出凡要成就一番大事业的人,必定会遇到意想不到的重重阻力和困难,身心各方面都要经受艰苦的磨炼。可供引用勉励青少年在献身重大事业时,要作好充分的精神准备,接受困难的考验,不可侥幸一帆风顺,一蹴而就。

第三节 庄子

庄子,姓庄,名周,字子休(亦说子沐),宋国蒙人,他是东周战国中期著名的思想家、哲学家和文学家。他的代表作品为《庄子》,其中的名篇有《逍遥游》《齐物论》等。庄子与老子齐名,被称为老庄。庄子的想象力极为丰富,语言运用自如,灵活多变,能把一些微妙难言的哲理说得引人入胜。他的作品被人称之为"文学的哲学,哲学的文学"。

《庄子》约成书于先秦时期,所传三十三篇。全书以"寓言""重言""卮言"为主要表现形式,继承老子学说而倡导自由主义,蔑视礼法权贵而倡言逍遥自由。内篇的《齐物论》《逍遥游》和《大宗师》集中反映了此种哲学思想。《庄子》具有很高的文学价值,其文汪洋恣肆,想象丰富,气势壮阔,瑰丽诡谲,意出尘外,乃先秦诸子文章的典范之作。

作品选读

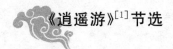

《逍遥游》[1]节选

北冥[2]有鱼,其名为鲲[3]。鲲之大,不知其几[4]千里也[5];化而为鸟,其名为鹏[6]。鹏之

第四章 诸子散文与楚辞

背,不知其几千里也;怒[7]而飞,其翼若垂天[8]之云。是鸟也,海运[9]则将徙[10]于南冥。南冥者,天池[11]也。

《齐谐》[12]者,志怪[13]者也。《谐》之言曰:"鹏之徙于南冥也,水击[14]三千里,抟[15]扶摇[16]而上者九万里,去以六月息[17]者也。"野马[18]也,尘埃[19]也,生物之以息相吹也[20]。天之苍苍[21],其[22]正色[23]邪?其远而无所至极邪[24]?其视下也[25],亦若是则已矣。

且夫[26]水之积也不厚,则其负[27]大舟也无力。覆[28]杯水于坳堂[29]之上,则芥[30]为之舟;置[31]杯焉[32]则胶[33],水浅而舟大也。风之积也不厚,则其负大翼也无力[34]。故九万里,则风斯在下矣[35],而后乃今[36]培风[37];背负青天,而莫之夭[38]阏[39]者,而后乃今将图南[40]。

蜩[41]与学鸠[42]笑之曰:"我决起[43]而飞,抢[44]榆枋[45]而止,时则[46]不至,而控[47]于地而已矣,奚以[48]之[49]九万里而南为[50]?"适[51]莽苍[52]者,三餐[53]而反[54],腹犹[55]果然[56];适百里者,宿[57]春粮[58];适千里者,三月聚粮[59]。之[60]二虫[61]又何知[62]!

小知[63]不及大知[64],小年[65]不及大年[66]。奚以知其然也?朝菌[67]不知晦朔[68],蟪蛄[69]不知春秋[70],此小年也。楚之南有冥灵[71]者,以五百岁为春,五百岁为秋;上古有大椿[72]者,以八千岁为春,八千岁为秋。此大年也。而彭祖[73]乃今[74]以久[75]特闻,众人匹之[76],不亦悲[77]乎?

汤[78]之问棘[79]也是已[80]。穷发[81]之北,有冥海者,天池也。有鱼焉,其广数千里,未有知其修[82]者,其名为鲲。有鸟焉,其名为鹏,背若泰山,翼若垂天之云;抟扶摇羊角[83]而上者九万里,绝云气[84],负青天,然后图南,且适南冥也。斥鴳[85]笑之曰:"彼且奚适也?我腾跃而上,不过数仞[86]而下,翱翔蓬蒿之间[87],此亦飞之至[88]也。而彼且奚适也?"此小大之辩[89]也。

故夫知效[90]一官、行[91]比[92]一乡、德合一君而[93]征一国者,其[94]自视[95]也,亦若此[96]矣。而宋荣子[97]犹然[98]笑之。且举[99]世誉[100]之而不加劝[101],举世非[102]之而不加沮[103],定乎内[104]外[105]之分[106],辩[107]乎荣辱之境[108],斯[109]已[110]矣。彼其于世,未数数然[111]也。虽然[112],犹有未树[113]也。夫列子[114]御[115]风而行,泠然[116]善[117]也,旬有五日[118]而后反。彼于致福[119]者,未数数然也。此虽免乎行,犹有所待[120]者也。若夫[121]乘[122]天地之正[123],而御六气[124]之辩[125],以游无穷[126]者,彼且恶乎待哉[127]?故曰:至人[128]无己[129],神人无功[130],圣人无名[131]。

注释

[1]逍遥游:闲适自得、无拘无束的样子。
[2]北冥:北海,因海水深黑而得名。冥,通"溟",指广阔幽深的大海。下文的"南冥"和"冥海"都用此意。
[3]鲲(kūn):本义鱼子,小鱼。在此被庄子借用为大鱼之义,这符合庄子的《齐物论》本旨和庄子的独特的奇诡文风。
[4]几:本义为极微小,引申为"极为接近"。
[5]千里也:应有千里之大。
[6]鹏:传说中的大鸟。
[7]怒:通"努",奋力飞举。
[8]垂天:天边。垂,通"陲",边际。

[9]海运:指海啸。形容海动风起之时。
[10]徙:迁徙。
[11]天池:天然形成的池子。
[12]《齐谐》:志怪小说集。该书成书于宋初,亡于赵宋,遗文散见于《艺文类聚》《法苑珠林》《初学记》《白孔六帖》等类书中,其中《太平广记》《太平御览》征引最多。
[13]志怪:记述怪异的故事。志,记述。
[14]水击:"击水"一词的倒装,形容大鹏起飞时翅膀拍击水面的壮观景象。
[15]抟(tuán):盘旋上升。
[16]扶摇:旋风。
[17]息:气息,指风。
[18]野马:云雾之气变化腾涌成野马的样子。
[19]尘埃:空中游尘。
[20]以息相吹也:以气息相互吹而飘得。
[21]苍苍:深蓝色。
[22]其:或许。
[23]正色:真正的颜色。
[24]邪(yé):通"耶",疑问词。
[25]其视下也:它(指大鹏)向下俯视。
[26]且夫:助词,无实义,起提示下文的作用。
[27]负:承载。
[28]覆:倒。
[29]坳(ào)堂:屋前地上的洼坑。
[30]芥:小草。
[31]置:放。
[32]焉:兼词,于此,在这里。
[33]胶:动词,粘住地面动不了。
[34]则其负大翼也无力:就没有力量托起鹏巨大的翅膀。
[35]则风斯在下矣:风就在大鹏的下面(说明风有九万里深厚)。
[36]而后乃今:"今而后乃"的倒装,这时……然后才……。
[37]培风:乘风。培,凭。
[38]夭(yāo):挫折。
[39]阏(è):阻碍。
[40]图南:图谋飞往南方。
[41]蜩(tiáo):蝉。
[42]学鸠(jiū):斑鸠一类的小鸟。
[43]决起:迅速跃起。
[44]抢:撞到,碰到。
[46]时则:时或。
[47]控:投降。

[48]奚(xī)以:何必,哪里用得着。

[49]之:往。

[50]为:疑问助词,相当于"呢"。

[51]适:去往。

[52]莽(mǎng)苍:草色苍莽的郊野。

[53]三餐:指一天。

[54]反:通"返",返回,下同。

[55]犹:还是。

[56]果然:饱足的样子。

[57]宿:隔夜,头一夜。

[58]舂(chōng)粮:把谷物的壳捣掉,指准备粮食。

[59]三月聚粮:准备三个月的粮食。

[60]之:指示代词,这。

[61]二虫:指蜩和学鸠。虫,古代对动物的统称,如大虫指老虎,老虫指老鼠,长虫指蛇。

[62]又何知:又怎么会知晓呢。

[63]小知:小聪明。知,通"智",下同。

[64]大知:大智慧。

[65]小年:短命。

[66]大年:长寿。

[67]朝菌:一种朝生暮死的菌类植物。

[68]晦朔(huì shuò):月亮的盈缺。晦,每月的最后一天。朔,每月的第一天。

[69]蟪蛄(huì gū):寒蝉,春生夏死或夏生秋死。

[70]春秋:一整年。

[71]冥灵:大树名,一说大龟名。

[72]大椿(chūn):树名。

[73]彭祖:传说中寿达八百岁的人物。

[74]乃今:而今,现在。

[75]久:长寿。

[76]匹之:和他相比。匹,比。

[77]悲:可悲。

[78]汤:商朝的建立者。

[79]棘:人名,相传是商汤时的大夫。

[80]是已:就是这样,表示肯定。

[81]穷发:草木不生的地方。发,草木。

[82]修:长。

[83]羊角:像羚羊角的旋风。

[84]绝云气:穿越云气。绝,超越。

[85]斥鷃(yàn):小池泽中的一种小雀。

[86]仞:古代丈量单位。周代以八尺为一仞,汉代以七尺为一仞。

[87]翱翔蓬蒿(péng hāo)之间:翱翔在蓬木蒿草之间。
[88]至:极致。
[89]辩:通"辨",区别。
[90]效:功效,此处引申为胜任。
[91]行:品行。
[92]比:团结。
[93]而:通"能",能力。
[94]其:指上述四种人。
[95]自视:看待自己。
[96]此:指斥鷃。
[97]宋荣子:战国中期的思想家。
[98]犹然:讥笑的样子。
[99]举:全。
[100]誉:赞美。
[101]劝:勉励,奋发。
[102]非:非难,指责。
[103]沮:沮丧。
[104]内:主观。
[105]外:客观。
[106]分:分际。
[107]辩:通"辨",辨明。
[108]境:界限。
[109]斯:这样,如此。
[110]已:而已,指宋荣子的智德仅此而已。
[111]数数(shuò shuò)然:急切追求的样子。
[112]虽然:即便如此。虽,即使。
[113]树:树立、建树。
[114]列子:郑国人,名御寇,传说能御风而行,战国时代思想家,著有《列子》八篇。
[115]御:驾驭。
[116]泠然:轻妙的样子。
[117]善:美妙。
[118]旬有(xún yòu)五日:十五天。旬,十天。有,通"又"。
[119]致福:得福。
[120]有所待:有所凭借。待,依靠。庄子的"有待"与"无待"是哲学范畴,指的是事物有否条件性。全句是指列子即使可乘风飞行,也仍然不得不凭借他物。
[121]若夫:至于。
[122]乘:顺。
[123]天地之正:天地万物的本性。正,自然本性。
[124]六气:指阴、阳、风、雨、晦、明。

[125]辩：通"变"，变化。与"正"相对。"正"为本根，"辩"为派生。

[126]以游无穷：行游于绝对自由的境界。无穷，绝对自由的境界。

[127]恶乎待哉：还用什么凭借呢？恶，什么。反问句式加强了"无所待"的意义。

[128]至人：极致的人，庄子心目中境界最高的人。至人、神人、圣人，三者名异实同。

[129]无己：指至人破除自我偏执，扬弃小我，摒绝功名束缚的本我，追求绝对自由、通达、物我相忘的境界。

[130]无功：顺应大道不示功名。

[131]无名：不求名望。"至人无己"是庄子体悟的最高人格境界；"神人无功"是庄子无治主义政治观的表达；"圣人无名"是庄子扬弃功名、去除外物束缚的人生追求。

译文

北海里有一条鱼，它的名字叫鲲。鲲非常巨大，不知道有几千里。鲲变化成为鸟，它的名字就叫作鹏。鹏的脊背，也不知道有几千里长；当它振动翅膀奋起直飞的时候，翅膀就好像挂在天边的云彩。这只鸟，大风吹动海水的时候就要迁徙到南方的大海去了。南方的大海是一个天然的大池子。

《齐谐》这本书，是记载一些怪异事情的书。书上记载："鹏往南方的大海迁徙的时候，翅膀拍打水面，能激起三千里的浪涛，环绕着旋风飞上了九万里的高空，乘着六月的风离开了北海。"像野马奔腾一样的游气，飘飘扬扬的尘埃，活动着的生物都因为风吹而运动。天空苍苍茫茫的，难道就是它本来的颜色吗？它的辽阔高远也是没有尽头的吗？鹏往下看的时候，看见的应该也是这个样子。

如果聚集的水不深，那么它就没有负载一艘大船的力量了。在堂前低洼的地方倒上一杯水，一棵小草就能被当作是一艘船，放一个杯子在上面就会被粘住，这是水浅而船却大的原因。如果聚集的风不够强大的话，负载一个巨大的翅膀也就没有力量了。因此，鹏在九万里的高空飞行，风就在它的身下了，凭借着风力，背负着青天毫无阻挡，然后才开始朝南飞。

蝉和小斑鸠讥笑鹏说："我们奋力而飞，碰到榆树和檀树就停止，有时飞不上去，落在地上就是了。何必要飞九万里到南海去呢？"到近郊去的人，只带当天吃的三餐粮食，回来肚子还是饱饱的；到百里外的人，要用一整夜时间舂米准备干粮；到千里外的人，要聚积三个月的粮食。蝉和小斑鸠这两只小虫、小鸟又知道什么呢。

小智比不上大智，短命比不上长寿。怎么知道是这样的呢？朝生暮死的菌草不知道黑夜与黎明。春生夏死、夏生秋死的寒蝉，不知道一年的时光，这就是短命。楚国的南方有一种大树叫作灵龟，它把五百年当作一个春季，五百年当作一个秋季。上古时代有一种树叫作大椿，它把八千年当作一个春季，八千年当作一个秋季，这就是长寿。可是活了七百来岁的彭祖如今还因长寿而特别闻名，众人都想与他相比，岂不可悲！

商汤问棘，谈的也是这件事。汤问棘说："上下四方有极限吗？"棘说："无极之外，又是无极！在草木不生的极远的北方，有个大海，就是天池。里面有条鱼，它的身子有几千里宽，没有人知道它有多长，它的名字叫做鲲。有一只鸟，它的名字叫做鹏。鹏的背像泰山，翅膀像天边的云；借着旋风盘旋而上九万里，超越云层，背负青天，然后向南飞翔，将要飞到南海去。小泽里的麻雀讥笑鹏说：'它要飞到哪里去呢？我一跳就飞起来，不过数丈高就落下来，在蓬蒿丛中盘旋，这也是极好的飞行了。而它还要飞到哪里去呢？'"这是大和小的分别。

所以,那些才智能胜任一官的职守,行为能够庇护一乡百姓的,德行能投合一个君王的心意的,能力能够取得全国信任的,他们看待自己,也像上面说的那只小鸟一样。而宋荣子对这种人加以嘲笑。宋荣子这个人,世上所有的人都称赞他,他并不因此就特别奋勉,世上所有的人都诽谤他,他也并不因此就感到沮丧。他认定了对自己和对外物的分寸,分辨清楚荣辱的界限,就觉得不过如此罢了。他对待人世间的一切,都没有拼命去追求。即使如此,他还是有未达到的境界。

列子乘风而行,飘然自得,驾轻就熟。十五天以后返回;他对于求福的事,没有拼命去追求。这样虽然免了步行,还是有所凭借的。倘若顺应天地万物的本性,驾驭着六气的变化,邀游于无穷的境地,他还要凭借什么呢?所以说:修养最高的人能任顺自然、忘掉自己,修养达到神化不测境界的人无意于求功,有道德学问的圣人无意于求名。

名言名句

1. 吾生也有涯,而知也无涯。——《庄子·养生主》

人的生命是有限的,而知识是无限的。用有限的生命投入到无限的学习之中。

2. 庖人虽不治庖,尸祝不越樽俎而代之矣。——《庄子·逍遥游》

厨师虽然不做祭品,主持祭祀的司仪是不会越过摆设祭品的几案,代替厨师去做的。此谓尽管庖人不尽职,尸祝也不必超越自己祭神的职权范围代他行事。表现了庄子无为而治的思想,成语"越俎代庖"即由此而来。

3. 汝不知夫螳螂乎?怒其臂以当车辙,不知其不胜任也,是其才之美者也。——《庄子·人间世》

你不知道那个螳螂吗?舞起它那两把大刀式的胳臂,妄图挡住滚滚前进的车轮。它不了解自己的力量是根本无法胜任的,却自以为是地认为自己的本领很强大。成语"螳臂当车"的典故由此而来,用以比喻不自量力。

4. 泉涸,鱼相与处于陆,相呴以湿,相濡以沫,不如相忘乎江湖。——《庄子·大宗师》

天久旱无雨,河水干涸了。许多鱼被困在河中滩地上,它们亲密地互相依靠着,嘴巴一张一合地吐着唾沫,来润湿它们的身体藉以延缓生命,等待大雨降临,倒不如在江湖里彼此相忘。这里暗喻世人应忘掉生死,而游于大道之乡。成语"相濡以沫"源出于此。

5. 夫哀莫大于心死,而人死亦次之。——《庄子·田子方》

最大的悲哀莫过于心如死灰,精神毁灭,而人的身体的死亡还是次要的。人是要有点精神的。

第四节 楚辞

屈原(大约公元前340—公元前278年),中国东周战国时期伟大的爱国诗人。屈原一生中写过许多著名的爱国诗篇,后来由于楚王不接受他的爱国主张,致使国土沦丧,他满怀忧愤之情,跳江自尽。屈原是中国最伟大的浪漫主义诗人之一,也是我国已知最早的著名诗人,世界文化名人。他创立了"楚辞"这种文体,也开创了"香草美人"的传统。

《离骚》是《楚辞》的代表作,是我国最长的抒情诗。《离骚》是战国时期著名诗人屈原的代表作,是中国古代诗歌史上最长的一首浪漫主义的政治抒情诗。《离骚》是带有自传性质的一首长篇抒情诗。全诗共三百七十多句,近二千五百字。诗人从自叙身世、品德、理想写起,抒发了自己遭谗被害的苦闷与矛盾,斥责了楚王昏庸、群小猖獗与朝政日非,表现了诗人坚持"美政"理想,抨击黑暗现实,不与邪恶势力同流合污的斗争精神和至死不渝的爱国热情。为什么叫"离骚"?"离骚"二字,古来有数种解释。司马迁认为是遭受忧患的意思,他在《史记·屈原贾生列传》中说:"《离骚》者,犹离忧也。"汉代班固在《离骚赞序》里也说:"离,犹遭也,骚,忧也。明已曹忧作辞也。"王逸解释为离别的忧愁,《楚辞章句·离骚经序》云:"离,别也;骚,愁也;经,径也;言己放逐离别,中心愁思,犹依道径,以风谏君也。"在历史上影响较大的主要是这两种。因司马迁毕竟距屈原的年代未久,且楚辞中多有"离尤"或"离忧"之语,"离"皆不能解释为"别",所以司马迁的说法最为可信。《离骚》的写作年代,一般认为是在屈原离开郢都往汉北之时。

《史记·屈原贾生列传》说屈原因遭上官大夫靳尚之谗而被怀王疏远,"屈平疾王听之不聪也,谗谄之蔽明也,邪曲之害公也,方正之不容也,故忧愁幽思而作《离骚》",也认为《离骚》创作于楚怀王疏远屈原之时。

《离骚》节选

帝高阳之苗裔兮[1],朕皇考曰伯庸[2]。摄提贞于孟陬兮[3],惟庚寅吾以降。皇览揆余初度兮[4],肇锡余以嘉名[5]。名余曰正则兮,字余曰灵均。纷吾既有此内美兮[6],又重之以修能[7]。扈江离与辟芷兮[8],纫秋兰以为佩。汨[9]余若将不及兮,恐年岁之不吾与[10]。朝搴阰[11]之木兰兮,夕揽洲之宿莽[12]。日月忽其不淹[13]兮,春与秋其代序。惟草木之零落兮,恐美人之迟暮。不抚壮而弃秽兮,何不改此度?乘骐骥以驰骋兮,来吾导夫先路!

昔三后[14]之纯粹兮,固众芳之所在。杂申椒与菌桂兮,岂惟纫夫蕙茝?彼尧舜之耿介兮,既遵道而得路。何桀纣之猖披兮,夫唯捷径以窘步。惟夫党人之偷乐兮,路幽昧以险隘。岂余身之惮殃[15]兮,恐皇舆之败绩[16]。忽奔走以先后兮,及前王之踵武。荃[17]不察余之中情兮,反信谗而齌怒[18]。余固知謇謇之为患兮[19],忍而不能舍也。指九天以为正兮,夫唯灵修[20]之故也。初既与余成言[21]兮,后悔遁而有他。余既不难夫离别兮,伤灵修之数[22]化。

余既滋兰之九畹[23]兮,又树蕙之百亩。畦留夷与揭车兮[24],杂杜衡[25]与芳芷。冀[26]枝叶之峻茂兮,愿俟时乎吾将刈[27]。虽萎绝其亦何伤兮,哀众芳之芜秽!众皆竞进以贪婪兮,凭不厌乎求索[28]。羌内恕己以量人兮[29],各兴心而嫉妒。忽驰骛以追逐兮,非余心之所急。老冉冉其将至兮,恐修名之不立。朝饮木兰之坠露兮,夕餐秋菊之落英。苟余情其信姱以练要兮[30],长颔颔[31]亦何伤!擥[32]木根以结茝兮,贯薜荔之落蕊[33]。矫菌桂以纫蕙兮[34],索胡绳之纚纚[35]。謇吾法夫前修兮[36],非世俗之所服[37]。虽不周[38]于今之人兮,愿依彭咸[39]之遗则。长太息以掩涕兮[40],哀民生之多艰。余虽好修姱以鞿羁兮[41],謇朝谇而夕替[42]。既替余以蕙纕[43]兮,又申[44]之以揽茝。亦余心之所善兮,虽九死其犹未悔!怨灵修之浩荡[45]兮,终不察夫民心。众女嫉余之蛾眉[46]兮,谣诼[47]谓余以善淫。固时俗之工[48]巧兮,偭规矩而改错[49]。背绳墨[50]以追曲兮,竞周容[51]以为度。忳郁邑余侘傺兮[52],吾独穷困乎此时也。宁溘[53]死以流亡兮,余不忍为此态也!鸷鸟[54]之不群兮,自前世而固然。何方圜[55]之能周兮,夫孰异道而相安?屈心而抑志兮,忍尤而攘诟[56]。伏清白以死直兮[57],固前圣之所厚[58]。

悔相道之不察兮[59]，延伫[60]乎吾将反。回朕车以复路兮，及行迷之未远。步余马于兰皋[61]兮，驰椒丘且焉[62]止息。进不入以离尤兮[63]，退将复修吾初服。制[64]芰荷以为衣兮，集芙蓉以为裳。不吾知其亦已兮，苟余情其信芳[65]。高余冠之岌岌[66]兮，长余佩之陆离[67]。芳与泽其杂糅[68]兮，唯昭质其犹未亏。忽反顾以游目兮，将往观乎四荒。佩缤纷其繁饰兮，芳菲菲其弥章[69]。民生各有所乐兮，余独好修以为常。虽体解吾犹未变兮，岂余心之可惩[70]！

注释

[1]高阳：楚之远祖，即祝融吴回。苗裔：远末子孙。

[2]朕：我。皇考：太祖。伯庸：屈氏始封君，西周末年楚君熊渠的长子，被封为句亶王，在甲水边上。屈氏即甲氏。

[3]摄提：摄提格的省称。木星（岁星）绕日一周约十二年，以十二地支来表示，寅年名摄提格。贞：正当。孟陬（zōu）：夏历正月。

[4]皇：皇考。览：观察。揆：揣测。

[5]肇：借作"兆"，卦兆。锡：赐。屈原名平，字原。

[6]正则：是阐明名"平"之义，言其公正而有法则，合乎天道。灵均：是字"原"之义，高平的地叫做原，言其灵善而均调。纷：盛多的状。

[7]重（chóng）：加。修：同"修"，美好。能（nài）：通"耐"。

[8]扈：披。江离：即江蓠，一种香草。辟：系结，为"絣"字之借。芷：白芷，一种香草。

[9]汩（yù）：水流急的样子，这里形容流逝的时光。

[10]与：等待。

[11]搴（qiān）：摘。阰：山坡。

[12]揽：采。宿莽：一种可以杀虫蠹的植物，叶含香气。楚人名草曰"莽"，此草终冬不死，故名。即今水莽草。

[13]淹：停留。

[14]三后：即楚三王。西周末年楚君熊渠封其三子为王：长子庸为句亶王，为屈氏之祖；仲子红为鄂王，为楚王族；少子执疵为越章王。当时楚国空前强大。

[15]惮殃：害怕灾祸。

[16]皇舆：君王的舆辇，这里比喻国家。败绩：作战时战车倾覆，也指战争失败。

[17]荃：香草名，喻君。

[18]齌怒：暴怒。

[19]固：本来。謇謇：忠直敢言的样子。

[20]灵修：楚人对君王的美称。

[21]成言：彼此约定。

[22]数：屡次。

[23]畹：楚人地亩单位，一畹等于三十亩。

[24]畦：田垄。留夷、揭车：皆香草名。

[25]杜衡：香草名。

[26]冀：希望。

[27]俟：等待。刈：收割。

[28]凭:饱满。猒:同"厌",满足。
[29]羌:楚人发语词,表反问和转折语气。恕己以量人:宽恕自己而苛求他人。
[30]苟:假如。姱:美。练要:精诚专一。
[31]顑颔:食不饱而面黄肌瘦的样子。
[32]擥:同"揽",采摘。
[33]贯:贯穿。薜荔:一种蔓生香草。之:此处同"其"。
[34]菌桂、蕙:皆香草。
[35]索:搓为绳。胡绳:即结缕,一种香草,蔓状,如绳索,故名。纚纚:本义为多毛的样子。
[36]謇:发语词。法:效法。前修:前代贤人。
[37]服:佩,用。
[38]周:合。
[39]彭咸:楚先贤,其人"处有为,出不苟",不与世俗同流合污。
[40]太息:叹息。掩:拭。涕:泪。
[41]虽:借作"唯"。羁䩅:自我约束。
[42]谇:进谏。替:解职。
[43]纕:佩带。
[44]申:重,加上。
[45]浩荡:志意放荡的样子。
[46]娥眉:细长的眉,谓如蚕蛾之眉触角,此处喻美好的容貌。
[47]谣诼:谗毁。
[48]工:善于。
[49]偭:面对着。规:画圆的工具。矩:画方的工具。错:措施,设置。
[50]绳墨:准绳与墨斗。
[51]周容:苟合以取容。
[52]忳:愤懑。郁邑:同"郁悒",心情抑郁不伸的样子。侘傺:失神而立。
[53]溘:忽然。
[54]鸷鸟:即挚鸟,指雎鸠,以其性专一、雌雄挚而有别。
[55]圜:同"圆"。
[56]尤:过错。攘:取。诟:辱。
[57]伏:同"服",引申为保持。死直:为正直而死。
[58]厚:看重。
[59]相:察看。察:仔细看。
[60]延伫:引颈而望。
[61]皋:水湾边。
[62]焉:于是。
[63]进:指进入朝廷。不入:未能进去。离:通"罹",遭受。
[64]制:裁制衣服。
[65]苟:诚,果真。信:确实。
[66]岌岌:高耸的样子。

[67]陆离:长的样子。
[68]杂糅:交混。
[69]章:同"彰",明显。
[70]惩:受戒而止。

译文

  我是古帝高阳氏的后裔,屈氏的太祖叫作伯庸。岁星在摄提格的建寅之月,当庚寅的一天我便降生。太祖根据我初生时的气度,通过卦辞赐给我嘉美的大名。赐给我的名为"正则",赐给我的字为"灵均"。我已经具有这样多内在的美德,我还要培养优异的才能。披上了江蓠和系结起的白芷,又编织起秋兰佩带在身。时光像流水总是追赶不上,我怕这年岁不能将我等待。早上到山坡上摘了木兰花,黄昏时又到洲渚把宿莽采。太阳月亮不停运行忙忙碌碌,春天秋天循环往复互相替代。想到草木也有凋零之时,便担心美人年衰老迈。不趁着盛壮之年抛弃恶德,君王啊为什么不改变态度?乘着骏马尽情地奔驰,来吧我愿做向导在前开路!

  当初楚三王德行纯洁精粹,本来就拥有很多贤俊之士。夹杂着香草申椒和菌桂,难道仅仅是联缀蕙草白芷?圣王尧舜那么光明耿直,遵循着正道找到治国途径。昏君桀纣如此放纵败德,只想走捷径弄得步履窘困。那些结党营私者贪图享乐,政治昏暗前途充满危险。我难道害怕自身遭受灾殃,担心的是社稷覆亡不远。我匆匆奔走在君王前后,为赶上圣明先王的步伐。君王不体察我的一片忠心,反而听信谗言怒气大发。我本知正直敢言会惹祸端,但忍下心来不能放弃。指着九重天宇为作明证,确实是为君王我才如此。当初已经同我有所约定,后来又反悔另有主张。离开朝廷我并不感到为难,伤心的是君王反覆无常。

  我已播种了九畹秋兰,又栽上了百亩香蕙。畦垄上种留夷和揭车,还套种杜衡芷草点缀。希望这些香草枝叶茂盛,愿等到收获时我来割取。即使枯萎了也没什么可怕,痛心的是众香草一片荒芜!小人们竞相钻营十分贪婪,索求财物名位总不满足。他们放纵自己而苛求他人,个个动着坏心思满怀嫉妒。急急忙忙奔走追逐私利,这不是我心中着急的事情。老迈之年渐渐地逼近,我深恐此生难留下美名。早上饮了木兰坠下的露水,晚上吃着秋菊落下的花瓣。只要我的情感确实美好专一,长期面黄肌瘦也不必伤叹!采了木兰的根须绾结白芷,用薜荔来贯穿落下的花蕊。弄直了菌桂联缀香蕙,将胡绳草搓成条索垂垂。我效法前代的那些贤人,这不是世俗之人所愿做。虽然不合于当今庸人的看法,愿依照彭咸遗留的准则。我长长叹息不断地拭泪,哀伤人生的路途如此艰难。我只是喜好美洁能自我约束,却早上直谏晚上就被斥贬。我因为佩带蕙草而被解职,又因为采摘白芷而被加罪。但只要是我所向往喜欢的,即使死去九次也不会后悔!怨君王太放荡邪僻,始终不知考察民心。一群坏女人嫉妒我的妩媚,竟造谣中伤说我好淫。时俗本就喜欢投机取巧,规矩既违背,措施又变更。离开准绳墨斗,追求邪曲,以苟合取容作为处世标准。愤懑抑郁我失神而立,唯独我现在如此穷困。宁肯忽然死去让灵魂飘泊,我不忍做出丑态苟且偷生!性情专一的雎鸠不合于群,在以前的时代就是如此。方的圆的怎么能够吻合,志趣不同哪会相安无事?内心委屈强自压抑情志,忍受罪名而遭小人侮辱。保持清白为正道而死,正是为前代圣贤所推许。

  后悔当初把路看得不仔细,引颈远望我要马上回返。调转我的车头折向旧路,趁着迷失方向还不太远。解辔放我的马在兰皋散步,又在椒丘奔驰后休息一阵。想迈进难以前行反而获罪,只有重理我当初衣服而退隐。裁剪荷叶制成绿色的上衣,缝缀荷花再把它制成下裳。没有人了解我也毫不在乎,只要我内心情感确实芬芳。让我的切云冠高高耸起,让我的佩饰长长垂地。内在芳香与外表光泽糅合,只有我光明的品质没有毁弃。忽然回过头来纵目眺望,决定去四方荒远之地探察。佩饰五彩缤纷花样繁多,香气更新鲜浓烈向周围散发。人生各有所喜好的事情,我只是爱好修洁习以为常。即使肢体分解也不会更改,难道我的心会因受打击而变样!

名言名句

1. 路漫漫其修远兮,吾将上下而求索。
2. 惟草木之零落兮,恐美人之迟暮。
3. 嫋嫋兮秋风,洞庭波兮木叶下。
4. 长太息以掩涕兮,哀民生之多艰。

第三篇

秦汉文学

　　秦代和两汉文学,由于秦代历时短促,文学成就不高,因而主要是两汉文学的成就。从文学样式看,秦汉文学主要在辞赋、史传文、政论文和乐府诗歌等四个方面取得较高成就,在历史上有较为深远的作用和影响。

　　由吕不韦门客集体著作的《吕氏春秋》,有一定时代意义。它取材很广,包含春秋战国以来的各派思想,组成自己的完整的体系,是战国末年的统一形势在文化上的要求和反映。它和先秦其他诸子书一样,有不少片断借寓言故事来说理,明晰生动,富于文学意味。秦代文学的唯一作家是李斯。统一前他的《谏逐客书》,指出秦统治者"逐客以资敌国,损民以益仇,内自虚而外树怨于诸侯"之非计,不仅表现了政治家的远见,而且也真实地反映了战国晚期斗争剧烈、各国统治阶级争取人才的历史。这是一篇富于文采、趋向骈偶化的政论散文。

　　汉初文学的成就,主要表现在散文和辞赋的发展上。汉初文士承战国游士的余风,一般积极参加现实政治生活,并从现实政治的需要出发,围绕着如何汲取秦王朝短期覆灭的教训,促使封建政权迅速巩固和上层建筑不断完善等问题,发抒所见,解决现实政治社会问题,这就促进了政论散文的发展。著名作家有贾谊、晁错等。他们的政论文大抵富有感情,畅所欲言,有战国说辞和辞赋的影响。其中贾谊的某些文章如《过秦论》《陈政事疏》等更著名,文学性亦较强。

　　由于西汉以来散文和辞赋的发展,东汉开始出现"文章"的概念,贾谊、司马迁、司马相如等散文家和辞赋家都被视为文章家。同时不少文士"以文章显"。

　　现存汉乐府民歌大都是东汉的作品。这些民歌形式多样,反映了东汉人民的苦难处境和思想感情。东汉文学的一个重大收获,是在乐府民歌和民谣影响下,文人五言诗的形成,无名氏的古诗十九首是东汉文人五言诗的成熟作品。东汉文人五言诗是东汉后期中下层士人生活和思想的反映。它们的作者有一定的文化素养,在创作中既保持了乐府民歌的朴素自然、平易流畅的特色,又能借鉴《楚辞》的艺术手法,在朴素自然中求工整,在平易流畅中见清丽,"深衷浅貌,短语长情",极大地提高了诗歌的表现力和抒情性。

第五章

汉赋

由于秦王朝实行极端的文化专制政策,文学创作空前冷落。再加上秦朝历时短暂,所以流传下来的文学作品屈指可数。鲁迅在《汉文学史纲要》中说:"秦之章,李斯一人而已。"李斯的《谏逐客令》铺陈排比,纵横议论,逻辑性强,富有文采。记载秦始皇巡游封禅的刻石铭文也多出自于李斯之手,质实雄壮,对后世碑刻深有影响。

两汉时期,大一统帝国君臣追求物质和精神享乐,用文学来装点升平弘扬国威,于是辞赋应运而生。赋是汉代最具有代表性的文学样式,它介于诗歌和散文之间,韵散兼行,可以说是诗的散文化、散文的诗化。汉赋对诸种文体兼收并蓄,形成新的体制。

作品选读

汉赋节选

（一）

徒临川以羡鱼,俟[1]河清乎未期。

注释

[1]俟:等待。

译文

只在河旁称赞鱼肥味美,要等到黄河水清还不知是哪年。

（二）

撞千石之钟,立万石之虡,建翠华之旗,树灵鼍之鼓[1]。
奏陶唐氏之舞,听葛天氏之歌[2]。千人唱,万人和;山陵为之震动,川谷为之荡波。

注释

[1]灵鼍(tuó)之鼓:用鼍皮做成的鼓。
[2]葛天氏之歌:《吕氏春秋》:"昔葛天氏之乐,三人操牛尾,投足以歌八阕。葛天氏,古王名"。

译文

撞击千石的洪钟,立起万石的钟架;高树五彩的翠旗,摆置鼍皮的大鼓。演奏陶唐氏之舞,欣赏葛天氏之歌。千人伴唱,万人相和,震动山陵,荡波川谷。

(三)

有一美人兮,见之不忘。一日不见兮,思之如狂[1]。

注释

[1]狂:发狂。

译文

有位美丽的女子啊,见了她的容貌,就此难以忘怀。一日不见她,心中牵念得像是要发狂一般。

(四)

凤飞翱翔兮,四海求凰。无奈佳人兮,不在东墙[1]。

注释

[1]东墙:东边的墙壁。

译文

凤鸟翱翔四海,辛苦寻求与它匹配的凰。无奈啊,为什么我屋的隔壁不是住着一位绝色的姑娘!

(五)

有美人兮来何迟,日既暮兮华色衰[1],敢托身兮长自思。

注释

[1]色衰:容貌衰老,不再美颜。

译文

有个美人啊来得太迟,时间流逝啊红颜衰老,大胆托身啊永远相思。

(六)

苟纵心于物外,安知[1]荣辱之所如!

注释

[1]安知:反问句,怎么知道。

译文

若是一心只是沉迷于其他事情,比如享乐等,怎么能知道荣耀和耻辱。

第六章

散文

秦王朝作为一个中央集权的统一封建国家只存在15年。这期间除皇帝的诏令和臣下的奏疏等实用文字外,没有散文名篇传于后世。而在文学发展中起过一定影响的是完成于秦统一前秦王政八年(公元前239)的《吕氏春秋》和李斯作于秦王政十年的《谏逐客书》。

两汉散文中最先发展起来的是政论文。西汉初年,战国时期诸子百家争鸣的余风犹存。贾谊和晁错是这一时代政论文的代表作家。他们的政论文作品或针砭时弊、剖析社会实际,或总结秦王朝短期覆亡的原因,借古喻今,都写得深切著明,有很强的说服力和感染力。东汉政论文较有名的有王符的《潜夫论》、崔寔的《政论》和仲长统的《昌言》。东汉初年的王充是中国古代出色的唯物主义思想家,其所著的《论衡》(85篇)是中国思想史上一部主要著作,他高举"疾虚妄"的旗号,批评了当时统治阶级所倡导的对于天道神权命运的迷信,并对传统的思想提出了疑惑。

汉代散文中的史传文造诣突出,在中国古代文学发展史上占有主要的位置。《史记》是中国史学中一部继往开来的巨大著作,作者司马迁发明的以人物为中心的纪传体,在汉以后一直是历代王朝正史所沿用的体制。汉宣帝以后,有不少文人缀集时事续补《史记》。东汉初年班彪"继采前史遗事,傍贯异闻,作《后传》数十篇"(《后汉书·班彪传》)。其子班固在此基本上,撰成《汉书》。《汉书》的体制虽承袭《史记》,但它是中国第一部断代史,记录了汉高祖元年(公元前206)至王莽地皇四年(公元23)共229年的断代历史,是继《史记》之后又一发明和发展,对后代史学和文学都产生了重大影响。《史记》《汉书》在封建时期都被史学家及文学家奉为范例。长期以来,史学界均以班马、史汉并称。

汉代散文,据《汉书·艺文志》著录还有小说一类,《艺文志》载"小说十五家千三百八十篇"(实为一千三百九十篇)。汉代小说作品大都亡佚,现存题为汉人所作者,如《十洲记》《西京杂记》《汉武帝内传》等,均出后人伪托。现存的汉代散文著作中亦有相似小说者,如刘向的《说苑》《新序》《列女传》。

第一节 过秦论

贾谊(公元前200—公元前168年),汉族,洛阳(今河南洛阳东)人,西汉初年著名政论家、文学家,世称贾生。《过秦论》是贾谊政论散文的代表作,分上、中、下三篇。全文从各个方面分析秦王朝的过失,故名为《过秦论》。此文旨在总结秦速亡的历史教训,以作为汉王朝建立制度、巩固统治的借鉴,是一组见解深刻而又极富艺术感染力的文章。贾谊著作主要有散文和辞赋两类,深受庄子与列子的影响。散文的主要文学成就是政论文,评论时政,风格朴实峻拔,议论酣畅,鲁迅称之为"西汉鸿文",代表作有《过秦论》《论积贮疏》《陈政事疏》等。其辞赋皆为骚体,形式趋于散体化,是汉赋发展的先声,以《吊屈原赋》《鵩鸟赋》最为著名。

《过秦论》是一篇史论。"过秦"意思是指出秦的过失,"过"是动词,"论"是一种议论文体,重在阐明自己的意见。"过秦论"意为"指责秦的(政治)过失的一篇史论"。《过秦论》共有三篇,上篇先讲述秦自孝公以迄始皇逐渐强大的原因:具有地理的优势、实行变法图强的主张、正确的战争策略、几世秦王的苦心经营等。行文中采用了排比式的句子和铺陈式的描写方法,富有气势;之后则写陈涉虽然本身力量微小,却能使强大的秦国覆灭,在对比中得出秦亡在于"仁义不施"的结论。中篇剖析秦统一天下后没有正确的政策,秦二世没有能够改正秦始皇的错误政策,主要指责秦二世的过失。下篇写秦在危迫的情况下,秦王子婴没有救亡扶倾的才力,主要指责秦王子婴的过失。

作品选读

过秦论·上篇

秦孝公[1]据崤函[2]之固,拥雍州[3]之地,君臣固守以窥周室[4],有席卷天下[5],包举宇内,囊括四海之意,并吞八荒[6]之心。当是时也,商君[7]佐之,内立法度,务耕织,修守战之具;外连衡[8]而斗诸侯[9]。于是秦人拱手[10]而取西河[11]之外。

孝公既没[12],惠文、武、昭襄[13]蒙故业,因[14]遗策,南取汉中,西举巴、蜀,东割膏腴[15]之地,北收要害之郡[16]。诸侯恐惧,会盟而谋弱秦,不爱[17]珍器重宝肥饶之地,以致[18]天下之士,合从[19]缔交,相与为一。当此之时,齐有孟尝,赵有平原,楚有春申,魏有信陵。此四君[20]者,皆明智而忠信,宽厚而爱人,尊贤而重士,约[21]从离[22]衡,兼[23]韩、魏、燕、楚、齐、赵、宋、卫、中山之众。于是六国之士,有宁越、徐尚、苏秦、杜赫[24]之属为之谋,齐明、周最、陈轸、召滑、楼缓、翟景、苏厉、乐毅[25]之徒通其意,吴起、孙膑、带佗、倪良、王廖、田忌、廉颇、赵奢[26]之伦制[27]其兵。尝以十倍之地,百万之众,叩关[28]而攻秦。秦人开关延敌,九国之师,逡巡而不敢进[29]。秦无亡矢遗镞[30]之费,而天下诸侯已困矣。于是从散约败,争割地而赂秦。秦有余力而制其弊[31],追亡逐北,伏尸百万[32],流血漂橹[33]。因利乘便,宰割天下,分裂山河。强国请服,弱国入朝。延及孝文王、庄襄王,享国[34]之日浅,国家无事。

及至始皇,奋六世[35]之余烈,振长策而御[36]宇内,吞二周[37]而亡诸侯,履至尊[38]而制六合,执敲扑而鞭笞天下,威振[39]四海。南取百越[40]之地,以为桂林、象郡;百越之君,俯首系颈[41],委命下吏[42]。乃使蒙恬北筑长城而守藩篱[43],却匈奴七百余里。胡人不敢南下而牧马,士不敢弯弓而报怨。于是废先王[44]之道,焚百家之言[45],以愚黔首;隳名城[46],杀豪杰,收天下之兵,聚之咸阳,销锋镝[47],铸以为金人十二,以弱[48]天下之民。然后践华为城,因河为池,据亿丈之城,临不测之渊[49],以为固。良将劲弩守要害之处,信臣精卒陈利兵而谁何[50]。天下已定,始皇之心,自以为关中[51]之固,金城[52]千里,子孙帝王[53]万世之业也。

始皇既没,余威震于殊俗[54]。然陈涉瓮牖绳枢[55]之子,氓隶[56]之人,而迁徙之徒[57]也;

才能不及中人[58],非有仲尼、墨翟之贤,陶朱、猗顿之富;蹑足行伍[59]之间,而倔起阡陌[60]之中,率疲弊之卒,将数百之众,转而攻秦,斩木为兵,揭竿为旗,天下云集响应,赢粮而景从[61]。山东豪俊遂并起而亡秦族矣。

且夫天下非小弱[62]也,雍州之地,崤函之固,自若也。陈涉之位,非尊于齐、楚、燕、赵、韩、魏、宋、卫、中山之君也;锄耰棘矜[63],非铦于钩戟长铩[64]也;谪戍之众,非抗于九国之师也;深谋远虑,行军用兵之道,非及[65]向时之士也。然而成败异变,功业相反,何也?试使山东之国与陈涉度长絜[66]大,比权量力,则不可同年而语矣。然秦以区区之地,致万乘[67]之势,序八州[68]而朝同列[69],百有[70]余年矣;然后以六合为家,崤函为宫;一夫作难而七庙隳,身死人手,为天下笑者,何也?仁义不施而攻守之势异也。

注释

[1]秦孝公:生于公元前381年,死于公元前338年,战国时秦国的国君,名渠梁。穆公十五世孙。他任用商鞅变法,使秦富国强兵。

[2]崤函(xiáo hán):崤山和函谷关。崤山,在函谷关的东边。函谷关,在河南省灵宝市。固,险要的地理位置。

[3]雍州:包括今陕西省中部和北部、甘肃省除去东南部的大部分地区、青海省的东南部和宁夏回族自治区一带地方。

[4]周室:这里指代天子之位的权势,并非实指周王室。战国初期,周王室已经十分衰弱,所统治的地盘只有三四十座城池,三万多人口。

[5]席卷天下:与下文"包举宇内、囊括四海、并吞八荒"是同义铺排。席,像用席子一样,名词作状语。下文的"包""囊"同此。

[6]八荒:原指八方荒远的偏僻地方,此指代"天下"。

[7]商君:即商鞅,约生于公元前390年,死于公元前338年。战国时卫人。姓公孙,名鞅。因封于商,号曰商君。先仕魏,为魏相公叔痤家臣。痤死后入秦,相秦十九年,辅助秦孝公变法,使秦国富强。孝公死,公子虔等诬陷鞅谋反,车裂死。

[8]外:对国外。连衡:也作"连横",是一种离间六国,使它们各自同秦国联合,从而实施各个击破的策略。"连衡"一句为虚笔,张仪相秦始于惠文王十年,即公元前328年,是商鞅死后十年的事。

[9]斗诸侯:使诸侯自相争斗。斗,使动用法。

[10]拱手:两手合抱,形容毫不费力。

[11]西河:又称河西,今陕西东部黄河西岸地区。秦孝公二十二年(公元前340年),商鞅伐魏,魏使公子卬为将而击之。商鞅遗书公子,愿与为好会而罢兵。会盟既已,商鞅虏公子而袭夺其军。其后十年间,魏屡败于秦,魏王恐,乃使使割西河之地献于秦以和。

[12]没:通"殁",死。

[13]惠文、武、昭襄:即惠文王、武王、昭襄王。惠文王是孝公的儿子,武王是惠文王的儿子,昭襄王是武王的异母弟。

[14]因:动词,沿袭。

[15]膏腴(gāo yú):指土地肥沃。

[16]要害之郡:指政治、经济、军事上都非常重要的地区。

[17]爱:吝惜,吝音。

[18]致:招致,招纳。

[19]合从:与秦"连横"之策相对,是联合六国共同对付秦国的策略。从,通"纵"。

[20]四君:指齐孟尝君田文、赵平原君赵胜、楚春申君黄歇、魏信陵君魏无忌。他们都是当时仅次于国君的当政者,皆以招揽宾客著称。

[21]约:结。

[22]离:使离散。衡,通"横"。

[23]兼:兼并、统一。

[24]徐尚:宋人。苏秦:洛阳人,是当时的"合纵长"。杜赫:周人。

[25]齐明:东周臣。周最:东周君儿子。陈轸:楚人。召(shào)滑:楚臣。楼缓:魏相。翟景:魏人。苏厉:苏秦的弟弟。乐毅:燕将。

[26]吴起:魏将,后入楚。孙膑:齐将。带佗:楚将。倪良、王廖:都是当时的兵家。田忌:齐将。廉颇、赵奢:赵将。

[27]制:统领、统帅。

[28]叩关:攻打函谷关。叩,击。

[29]九国之师,逡巡而不敢进:九国,就是上文的韩、魏、燕、楚、齐、赵、宋、卫、中山。逡巡(qūn xún),有所顾虑而徘徊或不敢前进。据《史记·六国表》载,并没有"九国之师"齐出动的情况,"秦人开关延敌,九国之师,逡巡而不敢进"不尽合历史事实。

[30]亡:丢失,丢掉。镞:箭头。

[31]制:制裁,制服。弊:通"敝",困敝、疲敝。

[32]亡:逃亡的军队,在此用作名词。北:败北的军队,名词。伏尸百万:这说的不是一次战役的死亡人数。秦击六国杀伤人数史书皆有记载,如公元前293年击韩伊阙,斩首24万;公元前260年,破赵长平军,杀卒45万。

[33]因:趁着,介词。利:有利的形势,用作名词。

[34]享国:帝王在位的年数。

[35]六世:指秦孝公、惠文王、武王、昭襄王、孝文王、庄襄王。

[36]御:驾御,统治。

[37]二周:在东周王朝最后的周赧王时,东西周分治。西周都于河南东部旧王城,东周则都巩,史称东西二周。西周灭于秦昭襄王五十一年,东周灭于秦庄襄王元年,不是始皇时事,作者只是为了行文方便才这样写的。

[38]履至尊:登帝位。制:控制。

[39]振:通"震"。

[40]南:向南。百越:古代越族居住在江、浙、闽、粤各地,每个部落都有名称,而统称百越,也叫百粤。

[41]俯首系颈:意思是愿意顺从投降。系颈,颈上系绳,表示投降。

[42]下吏:交付司法官吏审讯。

[43]北:在北方,方位名词作状语。藩篱:比喻边疆上的屏障。藩,篱笆。

[44]先王:本文指的是秦自孝公以来六代君王。先,已死去的长辈。

[45]焚百家之言:指秦始皇焚书坑儒。百家之言,诸子百家各学派的著作。言,言论,这里

指著作。

　　[46]隳名城：毁坏高大的城墙。

　　[47]销锋镝：销毁兵器。销，熔化金属。锋，兵刃。镝，箭头。

　　[48]金人：《史记·秦始皇本纪》："收天下兵，聚之咸阳，销以为钟鐻，金人十二，重各千斤，置廷宫中。"弱：使（天下百姓）衰弱。

　　[49]亿丈之城：指华山。不测之渊，指黄河。

　　[50]信臣：可靠的大臣。谁何：他是谁，就是缉查盘问的意思。

　　[51]关中：秦以函谷关为门户，关中即指秦雍州地。

　　[52]金城：坚固的城池。金，比喻坚固。

　　[53]子孙帝王：子子孙孙称帝称王。帝王，名词活用动词。

　　[54]殊俗：不同的风俗，指边远的地方。

　　[55]瓮牖绳枢：以破瓮作窗户，用草绳替代户枢系门板，形容家里贫穷。瓮，用瓮做。牖，窗户。绳，用绳子系。枢，门扇开关的枢轴。

　　[56]氓隶：农村中地位低下的人。陈涉少时为人佣耕，所以称他为"氓隶"。氓，古时指农村居民。隶，奴隶。

　　[57]迁徙之徒：被征发戍边的人，指陈涉在秦二世元年被征发戍守渔阳。

　　[58]中人：一般人。

　　[59]蹑足行伍（háng wǔ）：置身于戍卒的队伍中。蹑足，蹈，用脚踏地，这里有"置身于……"的意思。行伍，古代军队编制，以五人为伍，二十五人为行，故以"行伍"代指军队。

　　[60]倔：通"崛"，突起。阡陌（qiān mò）：本是田间小道，这里代指民间。

　　[61]赢粮而景从：担着干粮如影随形地跟着。赢，担负。景，同"影"。

　　[62]且夫：复合虚词，表递进，相当"再说""而且"。小弱：变小变弱。

　　[63]櫌：古时的一种碎土平田用的农具，似耙而无齿。棘：酸枣木。矜：矛柄，这里指木棍。

　　[64]铦：锋利。钩：短兵器，似剑而曲。戟：以戈和矛合为一体的长柄兵器。铩：长矛。

　　[65]及：动词，赶得上，追得上。

　　[66]絜：衡量。

　　[67]万乘：兵车万辆，表示军事力量强大。周制，天子地方千里，出兵车万乘，故又以万乘代指天子。乘（shèng），古时车辆叫乘。

　　[68]序八州：给八州按次第排列座次。序，座次、次序，这里是排列次序的意思。八州，指兖州、冀州、青州、徐州、豫州、荆州、扬州、梁州。古时天下分九州，秦居雍州，六国分别居于其他八州。

　　[69]朝同列：使六国诸侯都来朝见。朝，使……来朝拜。同列，同在朝班，此指六国诸侯，秦与六国本来都是周王朝的同列诸侯。

　　[70]有：通"又"，用于连接整数和零数。

译文

　　秦孝公占据着崤山和函谷关的险固地势，拥有雍州的土地，君臣牢固地守卫着来伺机夺取周王室的权力，（秦孝公）有统一天下的雄心。正当这时，商鞅辅佐他，对内建立法规制度，从事耕作纺织，修造防守和进攻的器械；对外实行连衡策略，使诸侯自相争斗。因此，秦人轻而易举地夺取了黄河以西的土地。

　　秦孝公死了以后,惠文王、武王、昭襄王承继先前的基业,沿袭前代的策略,向南夺取汉中,向西攻取巴、蜀,向东割取肥沃的地区,向北占领非常重要的地区。诸侯恐慌害怕,集会结盟,商议削弱秦国,不吝惜奇珍贵重的器物和肥沃富饶的土地,用来招纳天下的优秀人才,采用合纵的策略缔结盟约,互相援助,成为一体。在这个时候,齐国有孟尝君,赵国有平原君,楚国有春申君,魏国有信陵君。这四位封君,都见识英明有智谋,心地诚而讲信义,待人宽宏厚道而爱惜人民,尊重贤才而重用士人,以合纵之约击破秦的连横之策,联合韩、魏、燕、楚、齐、赵、宋、卫、中山的部队。在这时,六国的士人,有宁越、徐尚、苏秦、杜赫等人为他们出谋划策,齐明、周最、陈轸、召滑、楼缓、翟景、苏厉、乐毅等人沟通他们的意见,吴起、孙膑、带佗、倪良、王廖、田忌、廉颇、赵奢等人统率他们的军队。他们曾经用十倍于秦的土地,上百万的军队,攻打函谷关来攻打秦国。秦人打开函谷关口迎战敌人,九国的军队有所顾虑徘徊不敢入关。秦人没有一兵一卒的耗费,然而天下的诸侯就已窘迫不堪了。于是,纵约失败了,各诸侯国争着割地来贿赂秦国。秦有剩余的力量趁他们困乏而制服他们,追赶逃走的败兵,百万败兵横尸道路,流淌的血液可以漂浮盾牌。秦国凭借这有利的形势,割取天下的土地,重新划分山河的区域。强国主动表示臣服,弱国入秦朝拜。延续到孝文王、庄襄王,统治的时间不长,秦国并没有什么大事发生。

　　到始皇的时候,发展六世遗留下来的功业,以武力来统治各国,将西周、东周和各诸侯国统统消灭,登上皇帝的宝座来统治天下,用严酷的刑罚来奴役天下的百姓,威风震慑四海。秦始皇向南攻取百越的土地,把它划为桂林郡和象郡,百越的君主低着头,颈上捆着绳子愿意服从投降,把性命交给司法官吏。秦始皇于是又命令蒙恬在北方修筑长城,守卫边境,使匈奴退却七百多里;胡人不敢向下到南边来放牧,勇士不敢拉弓射箭来报仇。秦始皇接着就废除古代帝王的治世之道,焚烧诸子百家的著作,来使百姓愚蠢;毁坏高大的城墙,杀掉英雄豪杰;收缴天下的兵器,集中在咸阳,销毁兵刃和箭头,冶炼它们铸造十二个铜人,以便削弱百姓的反抗力量。然后凭借华山为城墙,依据黄河为城池,凭借着高耸的华山,往下看着深不可测的黄河,认为这是险固的地方。好的将领手执强弩,守卫着要害的地方,可靠的官员和精锐的士卒,拿着锋利的兵器,盘问过往行人。天下已经安定,始皇心里自己认为这关中的险固地势、方圆千里的坚固的城防,是子子孙孙称帝称王直至万代的基业。

　　始皇去世之后,他的余威依然震慑着边远地区。可是,陈涉不过是个破瓮做窗户、草绳做户枢的贫家子弟,是氓、隶一类的人,后来做了被迁谪戍边的卒子;才能不如普通人,并没有孔丘、墨翟那样的贤德,也不像陶朱、猗顿那样富有。他跻身于戍卒的队伍中,从田野间突然奋起发难,率领着疲惫无力的士兵,指挥着几百人的队伍,掉转头来进攻秦国,砍下树木作武器,举起竹竿当旗帜,天下豪杰像云一样聚集,回声似的应和他,许多人都背着粮食,如影随形地跟着。崤山以东的英雄豪杰于是一齐起事,消灭了秦的家族。

　　况且那天下并没有缩小削弱,雍州的地势,崤山和函谷关的险固,是保持原来的样子。陈涉的地位,没有比齐、楚、燕、赵、韩、魏、宋、卫、中山的国君更加尊贵;锄头木棍也不比钩戟长矛更锋利;那迁谪戍边的士兵也不能和九国部队抗衡;深谋远虑,行军用兵的方法,也比不上先前九国的武将谋臣。可是条件好者失败而条件差者成功,功业完全相反,为什么呢?假使拿东方诸侯国跟陈涉比一比长短大小,量一量权势力量,就更不能相提并论了。然而秦凭借着它的小小的地方,发展到兵车万乘的国势,管辖全国,使六国诸侯都来朝见,已经一百多年了;这之后把天下作为家业,用崤山、函谷关作为自己的内宫;陈涉一人起义国家就灭亡了,秦王子婴死在别人(项羽)手里,被天下人耻笑,这是为什么呢?就因为不施行仁政而使攻守的形势发生了变化啊。

第二节 史记

司马迁(公元前145—不可考),字子长,夏阳(今陕西韩城南)人。西汉史学家、散文家。司马谈之子,任太史令,因替李陵败降之事辩解而受宫刑,后任中书令。发奋继续完成所著史籍,被后世尊称为史迁、太史公、历史之父。

《史记》是由司马迁撰写的中国第一部纪传体通史,是二十五史的第一部。记载了上自上古传说中的黄帝时代,下至汉武帝太史元年间共3000多年的历史。《史记》最初没有书名,或称"太史公书""太史公传",也省称"太史公"。"史记"本是古代史书的通称,从三国时期开始,"史记"由史书的通称逐渐演变成"太史公书"的专称。

《史记·项羽本纪》节选

项籍者,下相[1]人也,字羽。初起时,年二十四。其季父[2]项梁,梁父即楚将项燕为秦将王翦所戮[3]者也。项氏世世为楚将封于项故姓项[4]氏。

项籍少时学书,不成,去[5],学剑,又不成。项梁怒之。籍曰:"书,足以记名姓而已。剑,一人敌,不足学。学万人敌。"于是项梁乃教籍兵法,籍大喜,略知其意,又不肯竟[6]学。

秦始皇帝游会稽[7],渡浙江,梁与籍俱观。籍曰:"彼可取而代也!"梁掩其口,曰:"毋妄言,族[8]矣!"梁以此奇籍。籍长八尺余,力能扛鼎,才气过人,虽吴中子弟皆已惮[9]籍矣。

注释

[1]下相:秦地名。
[2]季父:诸叔父中的最小者。
[3]戮,这里指失败自杀。
[4]项:古地名。
[5]去:放弃。
[6]竟:完成。
[7]会稽:山名。
[8]族:灭族。
[9]惮:畏惧。

译文

项籍是下相人,字羽。当初起兵反秦时,年纪二十四岁。他的叔父是项梁。项梁的父亲就是楚国大将项燕,是被秦国将领王翦杀死的。项氏世世代代做楚国将领,封在项地,所以姓项。

项籍年轻时,学习文字知识没学成,放弃,去学剑,又没学成。项梁很生他的气。项籍说:"学文字能够记写自己的名姓就行了,学剑只能对抗一个人,不值得学,我要学习对抗万人!"于是项梁就教项籍兵法。项籍很高兴,略微知道其中的意思,又没学完。

秦始皇巡游会稽,渡过浙江,项梁与项籍一起观看。项籍说:"那个人,我可以取代他!"项梁捂住他的嘴,说:"不要胡乱说话!这是要灭族的!"项梁因为这件事认为项籍很不一般。项籍身高八尺多,(以他的)力量能举起大鼎,才气超过常人,即使是吴中的子弟,也全都畏惧项籍了。

鸿门宴

沛公军霸上[1],未得与项羽相见。沛公左司马曹无伤使人言于项羽曰[2]:"沛公欲王关中[3],使子婴[4]为相,珍宝尽有之。"项羽大怒,曰:"旦日飨[5]士卒,为[6]击破沛公军!"

当是时,项羽兵四十万,在新丰鸿门[7];沛公兵十万,在霸上。范增[8]说项羽曰:"沛公居山东[9]时,贪于财货,好美姬。今入关,财物无所取,妇女无所幸,此其志不在小。吾令人望其气,皆为龙虎,成五采,此天子气[10]也。急击勿失!"

楚左尹项伯者[11],项羽季父也,素善留侯张良[12]。张良是时从沛公。项伯乃夜驰之沛公军,私见张良,具告以事,欲呼张良与俱去,曰:"毋从俱死也。"张良曰:"臣为韩王送沛公[13]。沛公今事有急,亡去,不义。不可不语。"良乃入,具告沛公。沛公大惊,曰:"为之奈何?"张良曰:"谁为大王为此计者?"曰:"鲰生说我曰[14],'距关毋内诸侯[15],秦地可尽王也。'故听之。"良曰:"料大王士卒足以当项王乎?"沛公默然,曰:"固不如也。且为之奈何?"张良曰:"请往谓项伯,言沛公不敢背项王也。"沛公曰:"君安与项伯有故?"张良曰:"秦时与臣游,项伯杀人,臣活之[16]。今事有急,故幸来告良。"沛公曰:"孰与君少长?"良曰:"长于臣。"沛公曰:"君为我呼入,吾得兄事之。"张良出,要项伯[17]。项伯即入见沛公。沛公奉卮酒为寿[18],约为婚姻,曰:"吾入关,秋豪不敢有所近[19],籍吏民[20],封府库[21],而待将军。所以遣将守关者,备他盗之出入与非常也。日夜望将军至,岂敢反乎!愿伯具言臣之不敢倍德也[22]。"项伯许诺,谓沛公曰:"旦日不可不蚤自来谢项王[23]!"沛公曰:"诺。"于是项伯复夜去。至军中,具以沛公言报项王。因言曰:"沛公不先破关中,公岂敢入乎?今人有大功而击之,不义也。不如因善遇之。"项王许诺。

沛公旦日从百余骑来见项王[24],至鸿门,谢曰:"臣与将军戮力而攻秦[25],将军战河北,臣战河南,然不自意能先入关破秦,得复见将军于此。今者有小人之言,令将军与臣有郤[26]。"项王曰:"此沛公左司马曹无伤言之,不然,籍何以至此。"项王即日因留沛公与饮。项王、项伯东向坐[27];亚父南向坐亚父者,范增也;沛公北向坐;张良西向侍。范增数目项王[28],举所佩玉玦以示之者三[29]。项王默然不应。范增起,出召项庄[30],谓曰:"君王为人不忍[31],若入前为寿,寿毕,请以剑舞,因击沛公于坐,杀之。不者,若属皆且为所虏!"庄则入为寿,寿毕,曰:"君王与沛公饮,军中无以为乐,请以剑舞。"项王曰:"诺。"项庄拔剑起舞,项伯亦拔剑起舞,常以身翼蔽沛公[32],庄不得击。

于是张良至军门[33],见樊哙[34],樊哙曰:"今日之事何如?"良曰:"甚急!今者项庄拔剑舞,其意常在沛公也。"哙曰:"此迫矣!臣请入,与之同命。"哙即带剑拥盾入军门。交戟[35]之卫士欲止不内,樊哙侧其盾以撞,卫士仆地。哙遂入。披帷西向立,瞋目[36]视项王,头发上指,目眦[37]尽裂。项王按剑而跽[38]曰:"客何为者?"张良曰:"沛公之参[39]乘樊哙者也。"项王曰:"壮士!赐之卮酒!"则与斗卮酒[40]。哙拜谢,起,立而饮之。项王曰:"赐之彘[41]肩!"则与一生彘肩。樊哙覆其盾于地,加彘肩上,拔剑切而啖[42]之。项王曰:"壮士!能复饮乎?"樊哙曰:"臣死且不避,卮酒安足辞!夫秦王有虎狼之心,杀人如不能举[43],刑人如恐不胜,天下皆叛之。怀王与诸将约曰:'先破秦入咸阳者王之[44],今沛公先破秦入咸阳,毫毛不敢有所近,封闭宫室,还军霸上,以待大王来。故遣将守关者,备他盗出入与非常也[45]。劳苦而功高如此,未有封侯之赏,而听细说[46],欲诛有功之人,此亡秦之续耳,窃[47]为大王不取也。"项王未有以应,曰:"坐!"樊哙从良坐。坐须臾[48],沛公起如厕[49],因招樊哙出。

沛公已出,项王使都尉陈平召沛公[50]。沛公曰:"今者出,未辞也,为之奈何?"樊哙曰:"大行不顾细谨,大礼不辞小让。如今人方为刀俎,我为鱼肉,何辞为?"于是遂去。乃令张良留谢。良问曰:"大王来何操?"曰:"我持白璧[51]一双,欲献项王;玉斗[52]一双,欲与亚父。会其怒,不敢献。公为我献之。"张良曰:"谨诺。"当是时,项王军在鸿门下,沛公军在霸上,相去四十里。沛公则置[53]车骑,脱身独骑,与樊哙、夏侯婴、靳彊、纪信等四人持剑盾步走[54],从郦山[55]下,道芷阳间行[56]。沛公谓张良曰:"从此道至吾军,不过二十里耳。度[57]我至军中,公乃入。"沛公已去,间至军中[58],张良入,谢曰:"沛公不胜桮杓[59],不能辞。谨使臣良奉白璧一双,再拜献大王足下[60];玉斗一双,再拜奉大将军足下[61]。"项王曰:"沛公安在?"良曰:"闻大王有意督过[62]之,脱身独去,已至军矣。"项王则受璧,置之坐上。亚父受玉斗,置之地,拔剑撞而破之,曰:"唉[63]!竖子[64]不足与谋,夺项王天下者,必沛公也。吾属今为之虏矣!"

沛公至军,立诛杀曹无伤。

注释

[1]沛公:即刘邦,起义于沛县(今江苏省沛县),称沛公。霸上:即灞水西之白鹿原,在陕西省西安市东。霸,又作"灞"。

[2]左司马:武官名。《汉书·王莽传》张晏注:"月为刑,司马主武又典天,故使主威刑也。"

[3]王(wàng):此用作动词,称王。关中:具体说法不一。均指函谷关内地区,相当于今陕西省地区。

[4]子婴:秦二世胡亥的堂兄弟,赵高逼杀胡亥后,立子婴为王。刘邦破武关,子婴降,后为项羽所杀。

[5]飨(xiǎng):犒劳酒食。

[6]为(wéi):使。

[7]新丰:秦骊县,刘邦称帝后改称新丰,在今陕西省临潼县东。鸿门:阪名,在新丰东十七里,今名项王营。

[8]范增:居鄛(今安徽省巢县东,鄛音"巢")人,年七十辅项羽称霸诸侯,项羽尊为"亚父",多次劝谏项羽杀沛公以绝后患,项羽不听。后沛公使反间计,项羽疑他有二心,范增遂愤而离去,中途疽发于背而死。

[9]山东:战国时称秦以外六国之地为山东,因其地在崤山(在今河南洛宁县西北)之东。

[10]天子气:古人以云气附会人事,说王者头上有天子气,上几句所述都是天子气的征象。

[11]左尹:楚国官名,令尹丞相之佐。项伯:项羽的族叔,名缠,后封射阳侯。

[12]留侯张良:字子房,韩国贵族子弟,韩国亡,传说其曾结义士在博浪沙刺杀秦始皇,未遂。初投陈胜,又投项梁,依韩王韩成,后为刘邦谋士,封留侯。《史记·留侯世家》载,张良居下邳时,项伯曾因杀人,投奔张良避匿,所以这里说项伯与张良"素善"。

[13]《史记·留侯世家》载,沛公从洛阳出轘辕山,攻下韩十余城,于是令韩王留守阳翟,而与当时还在韩王麾下的张良一起西进击秦。这是因为沛公与张良先前早就互相钦慕之故。这里说"为韩王使",是委婉说法,说明此时张良尚未正式归刘。

[14]鲰生:浅陋无知之小人。说:劝说他人听从己见。

[15]距:通"拒"。内:通"纳"。

[16]活之:使之活,活字使动用法。

[17]要:同邀。

[18]卮:盛酒的圆形器皿。

[19]秋豪:豪通毫。秋毫是新秋时兽类新生的绒毛,喻细小。

[20]籍:用作动词,登记于簿籍。

[21]府库:官府储存财物兵甲的仓库。

[22]倍:同"背"。

[23]蚤:同早。谢:赔罪。

[24]从:跟从、随从。骑(jì):名词,一人一马为一骑。

[25]戮力:协力。

[26]郤:同隙,嫌隙。

[27]东向坐:坐西朝东,以下三句"南向""北向""西向",以此类推。古人室内座席以东向为尊,应让宾客坐,其次南向、北向、西向。项羽自己东向坐,让范增南向、刘邦北向、张良西向,是有意简慢以示威势之意。

[28]目:用作动词,使眼色。

[29]玉玦(jué):玉器名,环状而有缺。玦,决谐音,范增以玉玦向项羽示意,是要他下决心。

[30]项庄:项羽的堂兄弟。

[31]不忍:下不了狠心,即有仁慈之心。《史记·淮阴侯列传》记韩信对刘邦说,项羽"见人慈爱恭敬,言语呕呕,人有疾病,涕泣分饮食",但无大决断,这是"妇人之仁"。范增此处说项羽"不忍"是下论上的委婉说法,其实隐含韩信之意。这点正是鸿门宴项羽丧失时机最后被刘邦所灭的关键所在。

[32]翼蔽:如鸟之张翼护蔽之。翼,羽翼,此用作状语。蔽,遮护。

[33]军门:古时军营树两旗为门,称军门。

[34]樊哙(kuài),沛人,原为屠狗的屠夫,与刘邦一起起义,军功卓著,后封舞阳侯。

[35]交戟:以戟相交叉,以禁止出入。戟,长柄兵器。

[36]瞋目:怒目圆睁。

[37]眦:眼眶。

[38]跽(jì):古人席地坐,双膝着地,两股贴双脚跟,直身时股离腿跟为跪;跪而挺腰为跽,故跽又称长跪。跽便于跃起,这里表示有所戒备。

[39]参乘:坐车右侍卫者,参又作骖。

[40]斗卮酒:一卮受酒四升。《汉书·律历志》:"合龠为合,十合为升,十升为斗。"古时一升折合市制等于一市升,故一卮酒等于市制四升。换算为公制,四市升等于4升,即4000毫升。

[41]彘(zhì):豕也,即猪。

[42]啗(dàn):同"啖",吃。

[43]举:与下句的"胜",都为尽之意。

[44]怀王:战国时楚怀王之孙,名心,楚亡后,在民间为人牧羊。秦二世二年六月,项羽之叔父项梁为从民望,访得之立以为楚怀王,实为傀儡。咸阳:秦都,在今陕西省长安区东之渭城古址。

[45]以上数句,重复前沛公对项伯语,是以重复为强调的修饰手法,《史记》常用。

[46]细说:小人之言。

[47]窃:私下。

[48]须臾:一会儿。

[49]如厕:去厕所。如,往。

[50]都尉:武官名。陈平:阳武户牖乡(今河南兰考县境内)人,始从魏王魏咎,又从项羽,均未见重用,于是投刘邦,屡出奇计,建大功,后封曲逆侯,并为汉丞相。平定诸吕,安定刘氏,主要是由他策划的。

[51]璧:平圆形、中间有孔的玉器。

[52]玉斗:玉制斗状酒器。

[53]置:留下。

[54]夏侯婴:复姓夏侯,名婴,沛人,从刘邦起义,后以功封汝阴侯。靳彊:刘邦属下,后封汾阳侯。纪信:刘邦属下,为将军,形貌酷似刘邦。后荥阳之战,刘邦被项羽围困,他假扮刘邦诳楚军,被俘烧死。步走:偏正结构,步修饰走,徒步快走。

[55]郦山:即骊山,在鸿门西。

[56]芷阳:秦县名,古址在今陕西省长安区东霸川上的西阪。间(jiàn)行:找空隙穿行,这里是抄小路之意。间,空隙。

[57]度(duó):估计。

[58]间至军中:由小路回到军营。这是张良的揣测。

[59]桮杓:桮同"杯",杓音"勺",都是酒器,此指酒。

[60]再拜:两次拜献,极示尊敬。足下:古代下对上,或同辈间的敬词,意思是不敢与被称者对等。

[61]再拜奉:与上文"再拜献"都是桮词,"献"意更重,故用之于项羽;"奉"意略轻,故用于范增。奉,同"捧"。如合言"奉献",则二字义相通。由此可见《史记》语言之精确。大将军:指范增。

[62]督过:责备,找岔子。

[63]唉:音"嘻",或音"海"平声,叹恨之声。

[64]竖子:小子。

译 文

　　刘邦驻军霸上,还没有能和项羽相见,刘邦的左司马曹无伤派人对项羽说:"刘邦想要在关中称王,让子婴做丞相,珍宝全都被刘邦占有。"项羽大怒,说:"明天犒劳士兵,给我打败刘邦的军队!"这时候,项羽的军队四十万,驻扎在新丰鸿门;刘邦的军队十万,驻在霸上。范增劝告项羽说:"沛公在崤山的东边的时候,对钱财货物贪恋,喜爱美女。现在进了关,不掠取财物,不迷恋女色,这说明他的志向不在小处。我叫人观望他那里的气运,都是龙虎的形状,呈现五彩的颜色,这是天子的气运呀!赶快攻打,不要失去机会。"

　　楚国的左尹项伯,是项羽的叔父,一向同留侯张良交好。张良这时正跟随着刘邦。项伯就连夜骑马跑到刘邦的军营,私下会见张良,把事情详细地告诉了他,想叫张良和他一起离开,说:"不要和刘邦他们一起死了。"张良说:"我替韩王护送沛公入关,现在沛公遇到危急的事,逃走是不守信义的,不能不告诉他。"于是张良进去,详细地告诉了刘邦。刘邦大惊,说:"这件事怎么办?"张良说:"是谁给大王出这条计策的?"刘邦说:"一个见识短浅的小人劝我说:'守住函谷关,不要放诸侯进来,秦国的土地可以全部占领而称王。'所以就听了他的话。"张良说:"估计大王的军队足够用来抵挡项王吗?"刘邦沉默了一会儿,说:"当然不如啊。这又将怎么办呢?"张良说:"请您亲自告诉项伯,说沛公不敢背叛项王。"刘邦说:"你怎么和项伯有交情?"张良说:"秦朝时,他和我交往,项伯杀了人,我使他活了下来;现在事情危急,幸亏他来告诉我。"刘邦说:"他和你年龄谁大谁小?"张良说:"比我大。"刘邦说:"你替我请他进来,我要像对待兄长一样对待他。"张良出去,邀请项伯。项伯就进去见刘邦。刘邦捧上一杯酒向项伯祝酒,和项伯约定结为儿女亲家,说:"我进入关中,一点东西都不敢据为己有,登记了官吏、百姓,封闭了仓库,等待将军到来。派遣将领把守函谷关的原因,是为了防备其他盗贼进来和意外的变故。我日夜盼望将军到来,怎么敢反叛呢?希望您全部告诉项王我不敢背叛恩德。"项伯答应了,告诉刘邦说:"明天早晨不能不早些亲自来向项王道歉。"刘邦说:"好。"于是项伯又连夜离去,回到军营里,把刘邦的话报告了项羽,趁机说:"沛公不先攻破关中,你怎么敢进关来呢?现在人家有了大功,却要攻打他,这是不讲信义。不如趁此好好对待他。"项羽答应了。

　　刘邦第二天早晨带着一百多人马来见项羽,到了鸿门,向项羽谢罪说:"我和将军合力攻打秦国,将军在黄河以北作战,我在黄河以南作战,但是我自己没有料到能先进入关中,灭掉秦朝,能够在这里又见到将军。现在有小人的谣言,使您和我发生误会。"项羽说:"这是沛公的左司马曹无伤说的,如果不是这样,我怎么会这么生气?"项羽当天就留下刘邦,和他饮酒。项羽、项伯朝东坐,亚父朝南坐。亚父就是范增。刘邦朝北坐,张良朝西陪侍。范增多次向项羽使眼色,再三举起他佩戴的玉玦暗示项羽,项羽沉默着没有反应。范增起身,出去召来项庄,说:"君王为人心地不狠。你进去上前为他敬酒,敬酒完毕,请求舞剑,趁机把沛公杀死在座位上。否则,你们都将被他俘虏!"项庄就进去敬酒。敬完酒,说:"君王和沛公饮酒,军营里没有什么可以用来作为娱乐的,请让我舞剑。"项羽说:"好。"项庄拔剑起舞,项伯也拔剑起舞,常常张开双臂像鸟儿张开翅膀那样用身体掩护刘邦,项庄无法刺杀。

　　于是张良到军营门口找樊哙。樊哙问:"今天的事情怎么样?"张良说:"很危急!现在项庄拔剑起舞,他的意图在沛公身上啊!"樊哙说:"这太危急了,请让我进去,跟他同生死。"于是樊哙拿着剑,持着盾牌,冲入军门。持戟交叉守卫军门的卫士想阻止他进去,樊哙侧着盾牌撞去,卫士跌倒在地上,樊哙就进去了,掀开帷帐朝西站着,瞪着眼睛看着项羽,头发直竖起来,眼角都裂开了。项羽握着剑挺起身问:"客人是干什么的?"张良说:"是沛公的参乘樊哙。"项羽说:"壮士!赏他一杯酒。"左右就递给他一大杯酒,樊哙拜谢后,起身,站着把酒喝了。项羽又说:"赏他一条猪的前腿。"左右就给了他一条未煮熟的猪的前腿。樊哙把他的盾牌扣在地上,把猪腿放在盾上,拔出剑来切着吃。项羽说:"壮士!还能喝酒吗?"樊哙说:"我死都不怕,一杯酒有什么可推辞的?秦王有虎狼一样的心肠,杀人惟恐不能杀尽,惩罚人惟恐不能用尽酷刑,所以天下人都背叛他。怀王曾和诸将约定:'先打败秦军进入咸阳的人封作王。'现在沛公先打败秦军进了咸阳,一点儿东西都不敢动用,封闭了宫室,军队退回到霸上,等待大王到来。特意派遣将领把守函谷关的原因,是为了防备其他盗贼的进入和意外的变故。这样劳苦功高,没有得到封侯的赏赐,反而听信小人的谗言,想杀有功的人,这只是灭亡了的秦朝的继续罢了。我以为大王不应该采取这种做法。"项羽没有话回答,说:"坐。"樊哙挨着张良坐下。坐了一会儿,刘邦起身上厕所,趁机把樊哙叫了出来。

刘邦出去后,项羽派都尉陈平去叫刘邦。刘邦说:"现在出来,还没有告辞,这该怎么办?"樊哙说:"做大事不必顾及小节,讲大礼不必计较小的谦让。现在人家正好比是菜刀和砧板,我们则好比是鱼和肉,告辞干什么呢?"于是就决定离去。刘邦就让张良留下来道歉。张良问:"大王来时带了什么东西?"刘邦说:"我带了一对玉璧,想献给项羽;一双玉斗,想送给亚父。正碰上他们发怒,不敢奉献。你替我把它们献上吧。"张良说:"好。"这时候,项羽的军队驻在鸿门,刘邦的军队驻在霸上,相距四十里。刘邦就留下车辆和随从人马,独自骑马脱身,和樊哙、夏侯婴、靳强、纪信四人拿着剑和盾牌徒步逃跑,从郦山脚下,取道芷阳,抄小路走。刘邦对张良说:"从这条路到我们军营,不过二十里罢了,估计我回到军营里,你才进去。"

刘邦离去后,从小路回到军营里。张良进去道歉,说:"刘邦禁受不起酒力,不能当面告辞。让我奉上白璧一双,拜两拜敬献给大王;玉斗一双,拜两拜献给大将军。"项羽说:"沛公在哪里?"张良说:"听说大王有意要责备他,脱身独自离开,已经回到军营了。"项羽就接受了玉璧,把它放在座位上。亚父接过玉斗,放在地上,拔出剑来敲碎了它,说:"唉!这小子不值得和他共谋大事!夺项王天下的人一定是刘邦。我们都要被他俘虏了!"

刘邦回到军中,立刻杀掉了曹无伤。

名言名句

1. 项庄舞剑,意在沛公。——《史记·项羽本纪》

2. 人为刀俎,我为鱼肉。——《史记·项羽本纪》

3. 大行不顾细谨,大礼不辞小让。——《史记·项羽本纪》

4. 众口铄金,积毁销骨。——《史记·张仪列传》

5. 桃李不言,下自成蹊。——《史记·李将军列传》

6. 失之毫厘,谬以千里。——《史记·太史公自序》

7. 匈奴未灭,无以家为也?——《史记·卫将军骠骑列传》

8. 王侯将相宁有种乎?——《史记·陈涉世家》

9. 燕雀安知鸿鹄之志哉?——《史记·陈涉世家》

10. 运筹帷幄之中,决胜千里之外。——《史记·高祖本纪》

11. 良药苦口利于病,忠言逆耳利于行。——《史记·留侯世家》

12. 不鸣则已,一鸣惊人;不飞则已,一飞冲天。——《史记·滑稽列传》

13. 智者千虑,必有一失;愚者千虑,必有一得。——《史记·淮阴侯列传》

成语典故

1. 网开一面——《史记·殷本纪》
2. 囊血射天——《史记·殷本纪》
3. 酒池肉林——《史记·殷本纪》
4. 左支右绌——《史记·周本纪》
5. 焚书坑儒——《史记·秦始皇本纪》
6. 指鹿为马——《史记·秦始皇本纪》
7. 拔山扛鼎——《史记·项羽本纪》
8. 先发制人——《史记·项羽本纪》
9. 破釜沉舟——《史记·项羽本纪》
10. 鸿门宴——《史记·项羽本纪》
11. 项庄舞剑,意在沛公。——《史记·项羽本纪》
12. 沐猴而冠——《史记·项羽本纪》
13. 霸王别姬——《史记·项羽本纪》
14. 四面楚歌——《史记·项羽本纪》
15. 无颜见江东父老——《史记·项羽本纪》
16. 一败涂地——《史记·高祖本纪》
17. 约法三章——《史记·高祖本纪》
18. 明修栈道,暗度陈仓。——《史记·高祖本纪》
19. 运筹帷幄——《史记·高祖本纪》
20. 高屋建瓴——《史记·高祖本纪》
21. 卧薪尝胆——《史记·越王勾践世家》
22. 鸟尽弓藏——《史记·越王勾践世家》
23. 一狐之腋——《史记·赵世家》
24. 招摇过市——《史记·孔子世家》

第七章

汉乐府

乐府在西汉哀帝之前是朝廷常设的音乐管理机构,执掌天子及朝廷平时所用的乐章。汉武帝时,乐府职能进一步强化,它除了组织文人创作朝廷所用的歌诗外,还广泛搜集各地歌谣,成为官方的采诗机构。两汉乐府诗是指由朝廷乐府系统或相当于乐府职能的音乐管理机关搜集、保存而流传下来的诗歌,其中的精华无疑是采自民间的诗歌。乐府民歌多"感于哀乐,缘事而发"(《汉书·艺文志》),所表现的也多是人们普遍关心的敏感问题,表达出了那个时代的苦与乐、爱与恨以及对于生与死的人生态度。乐府民歌深刻反映了两汉社会生活的各个侧面,体现了当时劳动人民的心态、愿望和要求;从表现形式和艺术风格看,又多率真质朴,直抒胸臆,且高度口语化。《上邪》《孤儿行》《妇病行》《东门行》等都很好地体现了这些特点。《陌上桑》和《孔雀东南飞》是汉乐府诗中最优秀的作品,也是古代叙事诗的代表作。两汉乐府诗对中国古代诗歌形式的嬗变起到了积极的推动作用,实现了由四言诗向杂言诗和五言诗的过渡。

作品选读

上邪

上邪![1]
我欲与君相知[2],长命无绝衰[3]。
山无陵[4],江水为竭,
冬雷震震[5],夏雨雪[6],
天地合[7],乃敢[8]与君绝!

注释

[1] 上邪(yé):天啊!。上,指天。邪,语气助词,表示感叹。

[2] 相知:相爱。

[3] 命:古与"令"字通,使。衰:衰减、断绝。这两句是说,我愿与你相爱,让我们的爱情永不衰绝。

[4] 陵(líng):山峰、山头。

[5]震震：形容雷声。
[6]雨(yù)雪：降雪。雨，名词活用作动词。
[7]天地合：天与地合二为一。
[8]乃敢：才敢，"敢"字是委婉的用语。

译文

上天呀！我渴望与你相知相惜，长存此心永不退减。除非巍巍群山消逝不见，除非滔滔江水干涸枯竭。除非凛凛寒冬雷声翻滚，除非炎炎酷暑白雪纷飞，除非天地相交聚合连接，直到这样的事情全都发生时，我才敢将对你的情意抛弃决绝！

孔雀东南飞

汉末建安[1]中，庐江府小吏焦仲卿妻刘氏[2]，为仲卿母所遣[3]，自誓不嫁。其家逼之，乃投水而死。仲卿闻之，亦自缢[4]于庭树。时人伤之，为诗[5]云尔[6]。

孔雀东南飞，五里一徘徊[7]。十三能织素[8]，十四学裁衣[9]，十五弹箜篌，十六诵诗书[10]。十七为君妇[11]，心中常苦悲。君既为府吏[12]，守节[13]情不移。贱妾留空房，相见常日稀。鸡鸣入机织，夜夜不得息。三日断五匹[14]，大人故嫌迟[15]。非为织作迟，君家妇难为。妾不堪驱使[16]，徒留无所施[17]。便可白公姥[18]，及时相遣归[19]。

府吏得闻之，堂上启阿母[20]："儿已薄禄相[21]，幸复得此妇。结发同枕席[22]，黄泉共为友[23]。共事[24]二三年，始尔[25]未为久。女行无偏斜[26]，何意致不厚[27]？"阿母谓府吏："何乃太区区[28]！此妇无礼节，举动自专由[29]！吾意久怀忿[30]，汝岂得自由！东家有贤女，自名秦罗敷[31]，可怜体无比[32]，阿母为汝求。便可速遣之，遣去慎莫留[33]！"府吏长跪告："伏惟[34]启阿母，今若遣此妇，终老不复取[35]！"阿母得闻之，槌床便大怒[36]："小子无所畏，何敢助妇语！吾已失恩义[37]，会不相从许[38]！"

府吏默无声，再拜还入户。举言谓新妇[39]，哽咽[40]不能语："我自不驱卿[41]，逼迫有阿母。卿但暂还家[42]，吾今且报府[43]。不久当还归，还必相迎取。以此下心意[44]，慎勿违吾语。"新妇谓府吏："勿复重纷纭[45]！往昔初阳岁[46]，谢家来贵门[47]。奉事循公姥[48]，进止敢自专[49]？昼夜勤作息，伶俜萦苦辛[50]。谓言无罪过，供养卒大恩[51]。仍更被驱遣，何言复来还？妾有绣腰襦[52]，葳蕤[53]自生光。红罗复斗帐[54]，四角垂香囊。箱帘[55]六七十，绿碧[56]青丝绳。物物各自异，种种在其中。人贱物亦鄙，不足迎后人[57]。留待作遗施[58]，于今无会因[59]。时时[60]为安慰，久久[61]莫相忘。"

鸡鸣外欲曙[62]，新妇起严妆[63]。著我绣夹裙[64]，事事四五通[65]。足下蹑丝履[66]，头上玳瑁[67]光。腰若流纨素[68]，耳著明月珰[69]。指如削葱根[70]，口如含朱丹[71]。纤纤[72]作细步，精妙世无双。上堂谢阿母，母听去不止[73]。"昔作女儿时，生小出野里[74]。本自无教训[75]，兼愧贵家子[76]。受母钱帛多[77]，不堪母驱使。今日还家去，念母劳家里。"却与小姑别[78]，泪落连珠子。"新妇初来时，小姑始扶床[79]；今日被驱遣，小姑如我长。勤心养公姥，好自相扶将[80]。初七及下九[81]，嬉戏莫相忘。"出门登车去，涕落百余行。

府吏马在前，新妇车在后，隐隐何甸甸[82]，俱会大道口。下马入车中，低头共耳语："誓不相隔[83]卿,且暂还家去,吾今且赴府。不久当还归,誓天不相负[84]。"新妇谓府吏:"感君区区怀[85]。君既若见录[86],不久望君来。君当作磐石[87],妾当作蒲苇[88]。蒲苇纫如丝,磐石无转移,我有亲父兄[89],性行暴[90]如雷,恐不任我意[91],逆以煎我怀[92]。"举手长劳劳[93],二情同依依[94]。

入门上家堂[95],进退无颜仪[96]。阿母大拊掌[97]:"不图子自归[98]!十三教汝织,十四能裁衣,十五弹箜篌,十六知礼仪,十七遣[99]汝嫁,谓言无誓违[100]。汝今无罪过,不迎而自归[101]?"兰芝惭阿母[102]:"儿实无罪过。"阿母大悲摧[103]。

还家十余日,县令遣媒来。云[104]有第三郎,窈窕[105]世无双。年始十八九,便言多令才[106]。阿母谓阿女:"汝可去应之。"阿女含泪答:"兰芝初还时,府吏见丁宁[107],结誓不别离[108]。今日违情义,恐此事非奇[109]。自可断来信[110],徐徐更谓之[111]。"阿母白媒人:"贫贱有此女,始适还家门[112]。不堪吏人妇[113],岂合令郎君[114]?幸可广问讯[115],不得便相许[116]。"

媒人去数日,寻遣丞请还[117],说有兰家女,承籍有宦官[118]。云有第五郎[119],娇逸[120]未有婚。遣丞为媒人,主簿通语言[121]。直说太守家,有此令郎君,既欲结大义[122],故遣来贵门[123]。阿母谢媒人:"女子先有誓[124],老姥[125]岂敢言?"阿兄得闻之,怅然心中烦[126],举言谓阿妹:"作计何不量[127]!先嫁得府吏,后嫁得郎君,否泰[128]如天地,足以荣汝身。不嫁义郎[129]体,其往欲何云[130]?"兰芝仰头答:"理实如兄言。谢家事夫婿[131],中道[132]还兄门,处分适兄意[133],那得自任专[134]?虽与府吏要[135],渠会永无缘[136]。登即相许和[137],便可作婚姻。"媒人下床去,诺诺复尔尔[138]。还部白府君[139]:"下官奉使命,言谈大有缘[140]。"府君得闻之,心中大欢喜。视历复开书[141]:"便利[142]此月内。六合正相应[143]。良吉[144]三十日,今已二十七,卿可去成婚[145]。"交语速装束[146],络绎如浮云[147]。青雀白鹄舫[148],四角龙子幡[149],婀娜随风转[150]。金车玉作轮,踯躅青骢马[151],流苏金镂鞍[152]。赍钱[153]三百万,皆用青丝穿。杂彩[154]三百匹,交广市鲑珍[155]。从人四五百,郁郁登郡门[156]。

阿母谓阿女:"适得府君书[157],明日来迎汝。何不作衣裳?莫令事不举[158]!"阿女默无声,手巾掩口啼,泪落便如泻。移我琉璃榻[159],出置[160]前窗下。左手持刀尺,右手执绫罗[161]。朝成绣夹裙,晚成单罗衫。晻晻日欲暝[162],愁思出门啼。

府吏闻此变,因求假暂归。未至二三里,摧藏[163]马悲哀。新妇识马声,蹑履相逢迎[164]。怅然遥相望,知是故人来。举手拍马鞍,嗟叹使心伤[165]:"自君别我后,人事不可量[166]。果不如先愿[167],又非君所详[168]。我有亲父母[169],逼迫兼弟兄[170],以我应他人,君还何所望[171]!"府吏谓新妇:"贺卿得高迁[172]!磐石方且厚,可以卒千年[173];蒲苇一时纫,便作旦夕间[174]。卿当日胜贵[175],吾独向黄泉。"新妇谓府吏:"何意[176]出此言!同是被逼迫,君尔妾亦然[177]。黄泉下相见,勿违今日言!"执手分道去,各各还家门。生人作死别,恨恨那可论!念与世间辞[178],千万不复全[179]。

府吏还家去,上堂拜阿母:"今日大风寒,寒风摧树木,严霜结庭兰[180]。儿今日冥冥[181],令母在后单[182]。故作不良计[183],勿复怨鬼神!命如南山石,四体康且直[184]。"阿母得闻之,零泪应声落[185]:"汝是大家子[186],仕宦于台阁[187]。慎勿为妇死,贵贱情何薄[188]?东家有贤女,窈窕艳城郭[189]。阿母为汝求,便复在旦夕。"府吏再拜还,长叹空房中,作计乃尔立[190],转头向户里,渐见愁煎迫。

其日牛马嘶[191],新妇入青庐[192],庵庵[193]黄昏后,寂寂人定初[194]。"我命绝今日,魂去尸长留。"揽裙脱丝履,举身[195]赴清池。府吏闻此事,心知长别离。徘徊庭树下,自挂[196]东南枝。

两家求合葬,合葬华山[197]傍。东西植松柏,左右种梧桐。枝枝相覆盖,叶叶相交通[198]。中有双飞鸟,自名为鸳鸯[199],仰头相向鸣,夜夜达五更。行人驻足[200]听,寡妇起彷徨[201]。多谢[202]后世人,戒之慎勿忘[203]!

大师点评

此诗最早见于徐陵编的《玉台新咏》,题为《古诗为焦仲卿妻作》,宋郭茂倩《乐府诗集》载此诗于"杂曲歌辞",题作《焦仲卿妻》,后人常取本诗首句,称作《孔雀东南飞》。此诗作于东汉末年。它通过焦仲卿、刘兰芝的婚姻悲剧,揭露了封建礼教对青年男女的残酷迫害,歌颂了男女主人公对爱情的忠贞和他们为反封建礼教宁死不屈的斗争精神。

注释

[1]建安:东汉末献帝刘协的年号,公元196—220年。

[2]庐江:汉代郡名,治所初在今安徽庐江县西南,汉末徙至今安徽潜山县。府:郡府。刘氏:指刘兰芝。

[3]为:被。遣:古代女子出嫁以后被夫家休回娘家叫遣。

[4]自缢(yì):上吊自杀。

[5]为诗:作诗。以上是诗的小序。

[6]这两句是全诗的"艳",即起兴。古诗写夫妇离别常用鸟的双飞起兴。

[7]徘徊:回旋不前的样子。

[8]素:白色的绢。

[9]裁衣:裁制衣服。

[10]箜(kōng)篌(hóu):一种弦乐器,有卧式、竖式两种,二十三弦或二十五弦。诗书:本指《诗经》《尚书》,此泛指儒家经典。

[11]君:指焦仲卿。妇:妻子。

[12]府吏:太守府中的小官吏。

[13]守节:指刘兰芝对爱情的坚贞不移。一说指焦仲卿忠于职守,坚守节操,专心不移。

[14]断:裁断,剪断,指把织成的布匹从织机上截下来。匹:四丈为一匹。

[15]大人:指焦仲卿的母亲。故:故意。迟:动作慢。

[16]妾:古代妇女自称的谦词。不堪:不能胜任。

[17]徒:白白地。留:留下。施:用。

[18]白:禀告。公姥:公婆。

[19]及时:趁早,赶快。遣归:休弃回娘家。

[20]堂上:上堂。启:禀告。阿母:母亲。

[21]薄禄相:官小俸禄薄的人命相。

[22]结发:指成年。古代男子二十束发加冠,女子十五束发插笄,表示成年。同枕席:指结为夫妻。

[23]黄泉共为友:此句是说夫妻两人到死都在一起。黄泉,地下,指死后。

[24]共事:共同生活。
[25]始尔:刚开始。
[26]行:行为。偏斜:不正当,出差错。
[27]何意:岂料,哪想到。致:招致,使。不厚:不喜欢。
[28]区区:固执,一说心胸狭窄,见识短浅。
[29]自专由:自作主张。
[30]吾意:我心中。怀忿:怀着愤怒,生气。
[31]秦罗敷:古代漂亮女子的通称。
[32]可怜:可爱。体:身材相貌。无比:无与伦比。
[33]慎:千万。莫留:不要挽留。
[34]伏惟:伏地思考。古人常用伏惟作为表示谦恭的发语词。
[35]终老:到死,终身到老。复取:再娶。
[36]槌:同"捶",拍打。床:古时的一种坐具。
[37]失恩义:指对刘兰芝没有了恩情仁义。
[38]会:必定,一定。从许:依从答应。
[39]举言:开口说话。新妇:媳妇。
[40]哽咽:气塞不能说话的样子。
[41]卿:你,焦仲卿对刘兰芝的亲昵称呼。
[42]但:仅,只是。暂:暂时。还家:回娘家。
[43]报府:赴府,到太守府报到。
[44]以此:因此。下心意:委屈耐心忍受的意思,一说指安下心意,即安心。
[45]勿复重纷纭:不要再多说了,一说不要再惹麻烦了。
[46]往昔:从前。初阳岁:冬末春初时节。古有冬至阳气初动之说。
[47]谢家:辞别娘家。来贵门:嫁到你们高贵的焦家。
[48]奉事:行事。循:顺着,遵循。
[49]进止:进退,指一切行动。敢:岂敢。
[50]伶(líng)俜(pīng):孤单的样子,一说不断的意思。萦:缠绕,受尽。
[51]供养:孝敬,侍奉。卒大恩:直到婆婆的大恩终结为止。
[52]绣腰襦(rú):绣花的齐腰短袄。
[53]葳(wēi)蕤(ruí):草木枝叶茂盛的样子,这里形容短袄上的刺绣光彩美丽。
[54]罗:一种薄而透明的丝织品。复:双层。斗帐:下大顶小形如覆斗的帐子。
[55]箱帘:盛梳妆用品的匣子。帘,当作"奁"。
[56]绿碧:南朝时也指青色。
[57]不足:不值得,不配。后人:指焦仲卿再娶的妻子。
[58]待:用以。遗施:遗留的用物或纪念品,一说"遗"读作"wèi",意思是赠送,施与。
[59]于今:从今以后。无会因:没有相逢的机会。
[60]时时:常常。
[61]久久:永远,长久。
[62]欲曙:将要天亮。

[63]严妆:盛妆,郑重打扮。
[64]著:穿。绣夹裙:绣有花纹的双层的裙子。
[65]事事:指梳妆打扮的每件事。通:遍。
[66]蹑:穿上。履:鞋子。
[67]玳(dài)瑁(mào):指玳瑁做成的首饰。
[68]流纨素:指白绢束腰,光彩流动如水波。纨素,精致的白绢。
[69]著:戴。明月珰:用明月珠做的耳坠。
[70]削葱根:削尖的葱白,这里形容手指洁白细嫩。
[71]朱丹:一种红色的宝石,这里形容嘴唇红润好看。
[72]纤纤:形容走路步子细小、动作轻盈的样子。
[73]听去:听任她离开。不止:不挽留。
[74]野里:偏僻的乡野。
[75]本自:本来。无教训:没有教养,这是谦词。
[76]兼:加上。愧:惭愧,这里指因自己没有教养而使焦仲卿感到惭愧,一说刘兰芝自己感到惭愧。贵家子:指焦仲卿。
[77]母:公婆。钱帛:指男方给女方的聘礼。
[78]却:从堂上退下来。小姑:丈夫的妹妹。
[79]始:才。扶床:这里作服侍、照看讲,意思是说小姑刚刚学习服侍老人的礼节。扶,古代妇女参拜长者时的一种礼仪姿态。
[80]扶将:扶持。
[81]初七:农历七月初七,古代妇女常于这天晚上陈瓜果供祭织女以乞巧。下九:古人以每月二十九日为上九,初九日为中九,十九日为下九,妇女常于下九日聚会游戏。
[82]隐隐何甸甸:隐隐、甸甸,象声词,形容车声。何,语助词。
[83]隔:隔断,断绝。
[84]誓天:对天发誓。负:辜负。
[85]区区:诚挚。怀:心意。
[86]既若:既然。见:被,蒙。录:记得,收留。
[87]磐石:大而厚的石头。
[88]蒲苇:两种柔弱而坚韧的水草。
[89]亲父兄:亲生的父亲和兄长,此为偏义复词,指刘兄。
[90]暴:粗暴,暴躁。
[91]任我意:随我意,顺我意。
[92]逆:预料,料想。一说与"任"相反,违反。煎我怀:使我心如煎熬。
[93]长:久。劳劳:惆怅忧伤的样子。
[94]依依:依恋难舍的样子。
[95]入门:指进入娘家门。
[96]无颜仪:没有脸面。
[97]阿母:指刘兰芝的生母。拊掌:拍手,这里表示惊讶。
[98]不图:不料,没有想到。自归:古时女子出嫁后,须娘家接时才能回,不接自归表示已

被丈夫休弃。

[99]遣:打发。

[100]无誓违:不要违背婆家的规定约束。

[101]汝今无罪过,不迎而自归:假如你现在没有过错,怎么娘家没人迎接你就回来了呢?

[102]惭阿母:惭愧地回答母亲。

[103]大悲摧:非常悲痛伤心。

[104]云:说。

[105]窈窕:容貌美好的样子。

[106]便言:有口才,很会说话。令才:美好的才能。

[107]见:受,被。丁宁:即"叮咛",一再嘱咐。

[108]结誓:互相发誓。别离:分离。

[109]非奇:不好。

[110]断:谢绝。来信:前来说媒的媒人。信,使者,指媒人。

[111]徐徐:慢慢地。更谓之:再说这件事。

[112]始适:刚刚。适,刚,一说出嫁。还家门:回到娘家,指被休。

[113]不堪:不能胜任。吏人:指太守府中的小吏焦仲卿。

[114]岂:怎。合:配得上。令郎君:指县令之子。

[115]幸:希望。广问讯:多方打听。

[116]便:立即。相许:答应。

[117]寻:不久。丞:县丞。请还:向太守请示工作而回还。

[118]兰家女:从后文看,指的是刘兰芝。承籍:承继先人的仕籍。宦官:出仕做官的人。

[119]云:说,指县丞向县令转述太守的话。第五郎:太守的第五个儿子。

[120]娇逸:娇美漂亮。

[121]主簿:官名,掌管文书薄籍,这里指郡府的主簿。通语言:传话,通话。指太守委托主簿传话。

[122]结大义:结为婚姻。

[123]故遣:所以派遣。来贵门:到府上来提亲。贵门,对人家的敬称,即府上之意。

[124]先有誓:指刘兰芝与焦仲卿不相离别的誓言。

[125]老姥:老妇,刘母自称。

[126]怅然:失望而懊恼的样子。烦:烦躁。

[127]作计:作出决定。量:思量,仔细思考。

[128]否(pǐ)泰:坏好。这里是说你先嫁府吏焦仲卿与后嫁太守之子相比,好坏有如天壤之别。

[129]义郎:对男子的美称。

[130]其往:从此以后。欲何云:将怎么办。

[131]谢家:离开娘家。事:服侍。

[132]中道:中途,半路。

[133]处分:处理,决定。适:依照,顺从。

[134]那得:哪里能够。自任专:自己任性作主。

[135]要：立下誓言。

[136]渠会：与他指焦仲卿相会。无缘：没有机会。

[137]登即：立刻，马上。许和：答应。

[138]诺诺：答应之词。尔：这样，如此。

[139]部：指太守府。白：告诉。府君：对太守的尊称。

[140]言谈：指说媒。大有缘：很有缘分。

[141]视历、开书：都是翻阅历书的意思。

[142]便：就。利：吉利。

[143]六合：指月建和日辰相合，即子丑合，寅亥合，卯戌合，辰酉合，巳申合，午未合。合则吉，不合则凶。相应：相合。

[144]良吉：良辰吉日。

[145]卿：你，此指媒人县丞。成婚：成就婚事，指到兰家告诉结婚日期。

[146]交语：交相传语。装束：指筹办婚礼用品。

[147]络绎：来往不绝的样子。浮云：比喻人像浮云一样多。

[148]青雀白鹄舫：画有青雀、白鹄的彩船。舫，船。

[149]四角：指船的四角。龙子幡：绣有龙的旗帜。幡，长方形直挂的旗子。

[150]婀娜：轻盈柔美的样子。

[151]踟蹰：缓步行进的样子。青骢马：毛色青、白相杂的马。

[152]流苏：用五采羽毛或丝织品制成的垂在马鞍下的装饰穗。金镂鞍：以金属雕花为装饰的马鞍。

[153]赍钱：指太守送给刘家的聘礼。

[154]杂彩：各种颜色的丝织品。

[155]交广：交州和广州。交，一说交同"教"，"命令"的意思。广，"广泛"的意思。市：买。鲑珍：泛指贵重的海味山珍。

[156]郁郁：众多的样子。登：聚集。

[157]适：刚才。书：信。

[158]莫令：不要让。事：婚事。不举：不成。

[159]琉璃榻：镶嵌有琉璃的坐具。

[160]出置：搬出放置。

[161]绫罗：泛指各种丝织品。

[162]晻晻：日光渐暗的样子。暝：日暮。

[163]摧藏："凄怆"的假借字，极度悲伤之状。

[164]蹑履：轻步行走。逢迎：迎上前去。

[165]使心伤：使人伤心。

[166]量：估量，估计。

[167]先愿：先前誓不别离的愿望。

[168]详：明了，知道。

[169]亲父母：亲生父母，此指母亲。

[170]弟兄：兄弟，此指兄长。

[171]何所望:有何希望。

[172]高迁:高升,指兰芝嫁太守之子。

[173]卒千年:意即保持长久不变。卒,终,这里有"保持"意。

[174]旦夕间:从早到晚,指时间很短。

[175]日胜贵:一天比一天富贵。

[176]何意:岂料想,想不到。

[177]君尔:你这样。亦然:也这样。

[178]念:想。世间:人世。辞:告别。

[179]千万:无论如何,表示坚决。不复全:不能再保全生命了。

[180]严霜:浓霜,寒霜。结:冻结。庭兰:院子里的兰花。

[181]日暝暝:日暮,喻自己已象日落西山,将不久于人世。

[182]令:让,使。单:孤单。

[183]不良计:不好的打算,指打算自杀。

[184]命如南山石,四体康且直:焦仲卿死前对母亲的祝愿。命,寿命。南山石,比喻高寿。四体,四肢,指身体。康且直,健康而且硬朗。

[185]零泪:涕零的眼泪。应声落:随着哭泣声往下掉。

[186]大家子:门第高贵的人家的后代。

[187]台阁:指尚书台。尚书台是汉代中央的高级权利机构。此是焦母自夸门第之词。

[188]贵贱情何薄:你贵而兰芝贱,休弃她怎么能说是薄情呢!

[189]艳城郭:全城数她最美丽。艳,美丽,一说意思为"艳羡"。

[190]作计:打定自杀的主意。乃尔:如此。立:确定。

[191]其日:指太守家迎亲的那一天。嘶:鸣叫。

[192]青庐:青布围搭成的棚帐,供举行婚礼用。

[193]庵庵:通"晻晻",日落昏暗的样子。

[194]人定初:指人们刚安静下来的时候,即半夜之前的亥时初刻。

[195]举身:纵身。

[196]自挂:指自己吊死。

[197]华山:庐江府内的一个山名,今不可考。

[198]交通:指枝叶相连。

[199]自名:本名。鸳鸯:水鸟名,常雌雄同居,旧时常用来比喻夫妇合好。

[200]驻足:停下脚步。

[201]彷徨:心神不安的样子。

[202]谢:嘱告。

[203]戒之:以焦仲卿和刘兰芝双双殉情而死的事为教训。勿忘:不要忘记。

译文

东汉末年建安年间,庐江府小吏焦仲卿的妻子刘氏,被仲卿的母亲驱赶回娘家,她发誓不再改嫁。但她娘家的人一直逼着她再嫁,她只好投水自尽。焦仲卿听到妻子的死讯后,也吊死在自己家里庭院的树上。当时的人哀悼他们,便写了这样一首诗。

孔雀朝着东南方向飞去,每飞五里便是一阵徘徊。

"我十三岁就能织出白色的丝绢,十四岁就学会了裁衣。十五岁学会弹箜篌,十六岁就能诵读诗书。十七岁做了你的妻子,但心中常常感到痛苦伤悲。你既然已经做了府吏,当然会坚守臣节专心不移。只留下我孤身一人待在空房,我们见面的日子日渐疏稀。每天当鸡叫的时候我就进入机房纺织,天天晚上都不能休息。三天就能在机上截下五匹布,但婆婆还故意嫌我缓慢松弛。不是我纺织缓慢行动松弛,而是你家的媳妇难做公婆难服侍。我已经受不了你家这样的驱使,徒然留下来也没有什么用处无法再驱使。你这就禀告公公婆婆,及时遣返我送我回娘家去。"

府吏听到这些话,便走到堂上禀告阿母:"儿已经没有做高官享厚禄的福相,幸而娶得这样一个好媳妇。刚成年时我们便结成同床共枕的恩爱夫妻,并希望同生共死直到黄泉也相伴为伍。我们共同生活才过了两三年,这种甜美的日子只是开头还不算长久。她的行为没有什么不正当,哪里知道竟会招致你的不满得不到慈爱亲厚。"

阿母对府吏说:"你怎么这样狭隘固执!这个媳妇不懂得礼节,行动又是那样自专自由。我心中早已怀着愤怒,你哪能自作主张对她迁就。东邻有个贤惠的女子,她本来的名字叫秦罗敷。她可爱的体态没有谁能比得上,我当为你的婚事去恳求。你就应该把兰芝快赶走,把她赶走,千万不要让她再停留!"

府吏直身长跪作回答,他恭恭敬敬地再向母亲哀求:"现在如果赶走这个媳妇,儿到老也不会再娶别的女子!"

阿母听了府吏这些话,便敲着坐床大发脾气:"你这小子胆子太大毫无畏惧,你怎么敢帮着媳妇胡言乱语。我对她已经断绝了情谊,对你的要求决不会依从允许!"

府吏默默不说话,再拜之后辞别阿母回到自己的房里。开口向媳妇说话,悲痛气结已是哽咽难语:"我本来不愿赶你走,但阿母逼迫着要我这样做。但你只不过是暂时回到娘家去,现在我也暂且回到官府。不久我就要从府中回家来,回来之后一定会去迎接你。你就为这事委屈一下吧,千万不要违背我这番话语。"

兰芝对府吏坦陈:"不要再这样麻烦反复叮咛!记得那年初阳的时节,我辞别娘家走进你家门。侍奉公婆都顺着他们的心意,一举一动哪里敢自作主张不守本分?日日夜夜勤劳地操作,孤身一人周身缠绕着苦辛。自以为可以说是没有什么罪过,能够终身侍奉公婆报答他们的大恩。但仍然还是要被驱赶,哪里还谈得上再回到你家门。我有一件绣花的短袄,绣着光彩美丽的花纹。还有一床红罗做的双层斗形的小帐,四角都垂挂着香囊。大大小小的箱子有六七十个,都是用碧绿的丝线捆扎紧。里面的东西都各不相同,各种各样的东西都收藏其中。人既然低贱,东西自然也卑陋,不值得用它们来迎娶后来的新人。你留着等待以后有机会施舍给别人吧,走到今天这一步,今后不可能再相会。希望你时时安慰自己,长久记住我,不要忘记我这苦命的人。"

当公鸡鸣叫窗外天快要放亮,兰芝起身精心地打扮梳妆。她穿上昔日绣花的袄裙,梳妆打扮时每件事都做了四五遍才算妥当。脚下她穿着丝鞋,头上的玳瑁簪闪闪发光。腰间束着流光的白绸带,耳边挂着明月珠装饰的耳珰。十个手指像尖尖的葱根又细又白嫩,嘴唇涂红像含着朱丹一样。她轻轻地小步行走,艳丽美妙真是举世无双。

她走上堂去拜别阿母,阿母听任她离去而不挽留阻止。"从前我做女儿的时候,从小就生长在村野乡里。本来就没有受到教管训导,更加惭愧的是又嫁到你家愧对你家的公子。受了阿母许多金钱和财礼,却不能胜任阿母的驱使。今天我就要回到娘家去,还记挂着阿母孤身操劳在家里。"她退下堂来又去向小姑告别,眼泪滚滚落下像一连串的珠子。"我这个新媳妇初嫁过来时,小姑刚学走路始会扶床。今天我被驱赶回娘家,小姑的个子已和我相当。希望你尽心地侍奉我的公婆,好好地扶助他们精心奉养。每当七夕之夜和每月的十九日,玩耍时千万不要把我忘。"她走出家门上车离去,眼泪落下百多行。

  府吏骑着马走在前头,兰芝坐在车上跟在后面走。车声时而小声隐隐时而大声甸甸,但车和马都一同到达了大道口。府吏下马走进车中,低下头来在兰芝身边低声细语:"我发誓不同你断绝,你暂且回到娘家去,我今日也暂且赶赴官府。不久我一定会回来,我向天发誓永远不会辜负你。"

  兰芝对府吏说:"感谢你对我的诚心和关怀。既然承蒙你这样的记着我,不久之后我会殷切地盼望着你来。你应当像一块大石,我必定会像一株蒲苇。蒲苇像丝一样柔软但坚韧结实,大石也不会转移。只是我有一个亲哥哥,性情脾气不好常常暴跳如雷。恐怕不能任凭我的心意由我自主,他一定会违背我的心意使我内心饱受熬煎。"两人忧伤不止地举手告别,双方都依依不舍情意绵绵。

  兰芝回到娘家进了大门走上厅堂,进退为难觉得脸面已失去。母亲十分惊异地拍着手说道:"想不到没有去接你你自己回到家里。十三岁我就教你纺织,十四岁你就会裁衣,十五岁会弹箜篌,十六岁懂得礼仪,十七岁时把你嫁出去,总以为你在夫家不会有什么过失。你现在并没有什么罪过,为什么没有去接你你自己回到家里?""我十分惭愧面对亲娘,女儿实在没有什么过失。"亲娘听了十分伤悲。

  回家才过了十多日,县令便派遣了一个媒人来提亲。说县太爷有个排行第三的公子,身材美好,举世无双。年龄只有十八九岁,口才很好,文才也比别人强。

  亲娘便对女儿说:"你可以出去答应这门婚事。"

  兰芝含着眼泪回答说:"兰芝当初返家时,府吏一再嘱咐我,发誓永远不分离。今天如果违背了他的情义,这门婚事就大不吉利。你去回绝媒人,以后再慢慢商议。"

  亲娘出去告诉媒人:"我们贫贱人家养育了这个女儿,刚出嫁不久便被赶回家里,不配做小吏的妻子,哪里适合再嫁你们公子为妻?希望你多方面打听打听,我不能就这样答应你。"

  媒人去了几天后,那派去郡里请示太守的县丞刚好回来。他说:"在郡里曾向太守说起一位名叫兰芝的女子,出生于官宦人家。"又说:"太守有个排行第五的儿子,貌美才高还没有娶妻。太守要我做媒人,这番话是由主簿来转达。"县丞来到刘家直接说:"在太守家里,有这样一个美好的郎君,既然想要同你家结亲,所以才派遣我来到贵府做媒人。"

  兰芝的母亲回绝了媒人:"女儿早先已有誓言不再嫁,我这个做母亲的怎敢再多说?"

  兰芝的哥哥听到后,心中不痛快十分烦恼,向其妹兰芝开口说道:"作出决定为什么不多想一想!先嫁是嫁给一个小府吏,后嫁却能嫁给太守的贵公子。命运好坏差别就像天和地,改嫁之后足够让你享尽荣华富贵。你不嫁这样好的公子郎君,往后你打算怎么办?"

  兰芝抬起头来回答说:"道理确实像哥哥所说的一样,离开了家出嫁侍奉丈夫,中途又回到哥哥家里,怎么安排都要顺着哥哥的心意,我哪里能够自作主张?虽然同府吏有过誓约,但同他相会永远没有机缘。立即就答应了吧,就可以结为婚姻。"媒人从坐床走下去,连声说好!好!就这样!就这样!他回到太守府禀告太守:"下官承奉着大人的使命,商议这桩婚事谈得很投机。"太守听了这话以后,心中非常欢喜。他翻开历书反复查看,吉日就在这个月之内,月建和日辰的地支都相合。"成婚吉日就定在三十日,今天已是二十七日,你可立即去办理迎娶的事。"彼此相互传语快快去筹办,来往的人连续不断像天上的浮云。迎亲的船只上画着青雀和白鹄,船的四角还挂着绣着龙的旗子。旗子随风轻轻地飘动,金色的车配着玉饰的轮。驾上那毛色青白相杂的马缓步前进,马鞍两旁结着金线织成的缨子。送了聘金三百万,全部用青丝串联起。各种花色的绸缎三百匹,还派人到交州广州购来海味和山珍。随从人员共有四五百,热热闹闹地齐集太守府前准备去迎亲。

　　亲娘对兰芝说:"刚才得到太守的信,明天就要来迎娶你。你为什么还不做好衣裳?不要让事情办不成!"

　　兰芝默默不说话,用手巾掩口悲声啼,眼泪坠落就像流水往下泻。移动她那镶着琉璃的坐榻,搬出来放到前窗下。左手拿着剪刀和界尺,右手拿着绫罗和绸缎。早上做成绣袷裙,傍晚又做成单罗衫。一片昏暗天时已将晚,她满怀忧愁想到明天要出嫁便伤心哭泣。

　　府吏听到这个意外的变故,便告假请求暂且回家去看看。还未走到刘家大约还有二三里,人很伤心马儿也悲鸣。兰芝熟悉那匹马的鸣声,踏着鞋急忙走出家门去相迎。心中惆怅远远地望过去,知道是从前的夫婿已来临。她举起手来拍拍马鞍,不断叹气让彼此更伤心。"自从你离开我之后,人事变迁真是无法预测和估量。果然不能满足我们从前的心愿,内中的情由又不是你能了解端详。我有亲生的父母,逼迫我的还有我的亲兄长。把我许配了别的人,你还能有什么希望!"

　　府吏对兰芝说:"祝贺你能够高升!大石方正又坚厚,可以千年都不变。蒲苇虽然一时坚韧,但只能坚持很短的时间。你将一天比一天生活安逸地位显贵,只有我独自一人下到黄泉。"

　　兰芝对府吏说:"想不到你会说出这样的话!两人同样是被逼迫,你是这样我也是这样受熬煎。我们在黄泉之下再相见,不要违背今天的誓言!"他们握手告别分道离去,各自都回到自己家里面。活着的人却要做死的离别,心中抱恨哪里能够说得完。他们都想很快地离开人世,无论如何也不愿苟且偷生得保全。

　　府吏回到自己家,上堂拜见阿母说:"今天风大天又寒,寒风摧折了树木,浓霜冻坏了庭院中的兰花。我今天已是日落西山生命将终结,让母亲独留世间以后的日子孤单。我是有意作出这种不好的打算,请不要再怨恨鬼神施责罚!但愿你的生命像南山石一样的久长,身体强健又安康。"

　　阿母听到了这番话,泪水随着语声往下落:"你是大户人家的子弟,一直做官在官府台阁。千万不要为了一个妇人去寻死,贵贱不同你将她遗弃怎能算情薄?东邻有个好女子,苗条美丽全城称第一。做母亲的为你去求婚,答复就在这早晚之间。"

　　府吏再拜之后转身走回去,在空房中长叹不已。他的决心就这样定了下,把头转向屋子里,心中忧愁煎迫一阵更比一阵紧。

　　迎亲的那一天牛马嘶叫,新媳妇兰芝被迎娶进入青色帐篷里。天色昏暗已是黄昏后,静悄悄的四周无声息。"我的生命终结就在今天,只有尸体长久留下,我的魂魄将要离去。"她挽起裙子脱下丝鞋,纵身一跳投进了清水池。

　　府吏听到了这件事,心里知道这就是永远的别离,于是来到庭院大树下徘徊了一阵,自己吊死在东南边的树枝。

　　两家要求将他们夫妻二人合葬,结果合葬在华山旁。坟墓东西两边种植着松柏,左右两侧栽种梧桐。各种树枝枝枝相覆盖,各种树叶叶叶相连通。中间又有一对双飞鸟,鸟名本是叫鸳鸯,它们抬起头来相对鸣叫,每晚都要鸣叫一直叫到五更。过路的人都停下脚步仔细听,寡妇惊起更是不安和彷徨。我要郑重地告诉后来的人,以此为鉴戒,千万不要把它忘。

第八章

东汉文人诗

进入东汉以后,文人诗歌创作出现新的局面,五言取代传统的四言成为新的诗歌样式,完整的七言诗篇也开始产生。东汉文人诗多数独立成篇,还有一些附在赋的结尾,作为赋的一部分而保存到今天。现在所知最早的文人五言诗是班固的《咏史》;张衡的《四愁诗》则是骚体整齐化后形成的七言诗,成为七言诗的一种初步形态。此外秦嘉的《赠妇诗》三首,是东汉文人五言抒情诗成熟的标志。东汉文人五言诗有的作者明确,也有相当一部分未著录作者姓名。《古诗十九首》出自汉代文人之手,但没有留下作者的姓名。它代表了汉代文人五言诗的最高成就,其基本内容是抒发游子的羁旅情怀和思妇闺愁,如《涉江采芙蓉》《明月何皎皎》《青青河畔草》等作品,在中国古代具有普遍性和典型意义,千百年来引起读者的广泛共鸣。《古诗十九首》是古代抒情诗的典范,它长于抒情,却不简单、直接地表达,而是委曲婉转,反复低回;其语言也达到炉火纯青的程度,钟嵘《诗品》称它"惊心动魄,可谓几乎一字千金"。

作品选读

饮马长城窟行

青青河畔草,绵绵[1]思远道[2]。远道不可思,宿昔[3]梦见之。
梦见在我傍,忽觉[4]在他乡。他乡各异县,展转[5]不相见。
枯桑知天风,海水知天寒[6]。入门[7]各自媚,谁肯相为言[8]。
客从远方来,遗我双鲤鱼[9]。呼儿烹[10]鲤鱼,中有尺素书[11]。
长跪[12]读素书,书中竟何如?上言加餐饭,下言长相忆[13]。

注释

[1]绵绵:这里义含双关,由看到连绵不断的青青春草,而引起对征人的缠绵不断的情思。
[2]远道:远行。
[3]宿昔:指昨夜。
[4]觉:睡醒。
[5]展转:亦作"辗转",不定。这里是说在他乡作客的人行踪无定。"展转"又是形容不能

安眠之词。如将这一句解释为思妇而言,也可以通,就是说她醒后翻来覆去不能再入梦。

[6]这两句是说枯桑虽然没有叶,仍然感到风吹,海水虽然不结冰,仍然感到天冷。比喻那远方的人纵然感情淡薄也应该知道我的孤凄、我的想念。枯桑,落了叶的桑树。

[7]入门:指各回自己家里。媚:爱。

[8]以上二句是把远人没有音信归咎于别人不肯代为传送。言,问讯。

[9]双鲤鱼:指藏书信的函,就是刻成鲤鱼形的两块木板,一底一盖,把书信夹在里面。一说将上面写着书信的绢结成鱼形。

[10]烹:煮。假鱼本不能煮,诗人为了造语生动故意将打开书函说成烹鱼。

[11]尺素书:古人写文章或书信用长一尺左右的绢帛,称为"尺素"。素,生绢。书,信。

[12]长跪:伸直了腰跪着,古人席地而坐,坐时两膝着地,臀部压在脚后跟上。跪时将腰伸直,上身就显得长些,所以称为"长跪"。

[13]上、下:指书信的前部与后部。

译文

河边春草青青,连绵不绝伸向远方,令我思念远行在外的丈夫。远在外乡的丈夫不能终日思念,但在梦里很快就能见到他。

梦里见他在我的身旁,一觉醒来发觉他仍在他乡。他乡各有不同的地区,丈夫在他乡漂泊不能见到。

桑树枯萎知道天风已到,海水也知道天寒的滋味。同乡的游子各自回家亲爱,有谁肯向我告诉我丈夫的讯息?

有位客人从远方来到,送给我装有绢帛书信的鲤鱼形状的木盒。呼唤童仆打开木盒,其中有尺把长的用素帛写的信。

恭恭敬敬地拜读丈夫用素帛写的信,信中究竟说了些什么?书信的前一部分是说要增加饭量保重身体,书信的后一部分是说经常想念。

青青河畔草

青青河畔草,郁郁[1]园中柳。盈盈[2]楼上女,皎皎当窗牖[3]。娥娥[4]红粉妆,纤纤出素手。昔为倡家[5]女,今为荡子[6]妇。荡子行不归,空床难独守。

注释

[1]郁郁:茂盛的样子。

[2]盈盈:形容举止、仪态美好。

[3]皎皎:皎洁,洁白。牖(yǒu):古建筑中室与堂之间的窗子。古院落由外而内的次序是门、庭、堂、室。进了门是庭,庭后是堂,堂后是室。室门叫"户",室和堂之间有窗子叫"牖",室的北面还有一个窗子叫"向"。上古的"窗"专指在屋顶上的天窗,开在墙壁上的窗叫"牖",后泛指窗。

[4]娥娥:形容女子姿容美好。《方言》:"秦晋之间,美貌谓之娥。"

[5]倡家:古代指从事音乐歌舞的乐人。《说文》:"倡,乐也,就是指歌舞妓。"

[6]荡子:即"游子",辞家远出、羁旅忘返的男子。《列子》里说"有人去乡土游于四方而不归者,世谓之为狂荡之人也"可以为证。

译文

河边青青的草地,园里茂盛的柳树。在楼上那位仪态优美的女子站在窗前,洁白的肌肤可比明月。打扮得漂漂亮亮,伸出纤细的手指。从前她曾是青楼女子,而今成了喜欢在外游荡的游侠妻子。在外游荡的丈夫还没回来,在这空荡荡的屋子里,实在是难以独自忍受一个人的寂寞,怎堪独守!

行行重行行

行行重[1]行行,与君生别离[2]。相去[3]万余里,各在天一涯[4]。
道路阻且长[5],会面安可知[6]?胡马依北风[7],越鸟[8]巢南枝。
相去日已远[9],衣带日已缓[10]。浮云蔽白日[11],游子不顾反[12]。
思君令人老[13],岁月忽已晚[14]。弃捐勿复道[15],努力加餐饭[16]。

注释

[1]行行重行行:这句是说行而不止。重,又。

[2]生别离:古代流行的成语,犹言"永别离"。生,硬的意思。

[3]相去:相距,相离。

[4]涯:边际。

[5]阻:指道路上的障碍。长:指道路间的距离很远。

[6]安:怎么,哪里。知:一作"期"。

[7]胡马:北方所产的马。依:依恋的意思,一作"嘶"。

[8]越鸟:南方所产的鸟。

[9]日:一天又一天,渐渐的意思。已:同"以"。远:久。

[10]衣带日已缓:人因相思而躯体一天天消瘦。缓,宽松。

[11]白日:原是隐喻君王的,这里喻指未归的丈夫。

[12]顾:顾恋,思念。反:同"返",返回,回家。

[13]老:这里指形体的消瘦,仪容的憔悴。

[14]岁月:指眼前的时间。忽已晚:流转迅速,指年关将近。

[15]弃捐:抛弃,丢开。复:再。道:谈说。

[16]加餐饭:当时习用的一种亲切的安慰别人的成语。

译文

你走啊走啊老是不停地走,就这样活生生分开了你我。
从此你我之间相距千万里,我在天这头你就在天那头。

路途那样艰险又那样遥远,要见面可知道是什么时候?
北马南来仍然依恋着北风,南鸟北飞筑巢还在南枝头。
彼此分离的时间越长越久,衣服越发宽大人越发消瘦。
飘荡的游云遮住了那太阳,他乡的游子却并不想回还。
因想你使我变的忧伤消瘦,又是一年很快地到了年关。
还有许多心里话都不说了,只愿你多保重切莫受饥寒。

第四篇 魏晋南北朝文学

　　文学史上所说的魏晋南北朝时期,始于东汉建安年代,迄于隋统一,历时约四百年。这是中国文学发展史上一个充满活力的创新期,诗、赋、小说等体裁,在这一时期都出现了新的时代特点,并奠定了它们在此后的发展方向。

　　该时期文学发生了巨大的变化,文学的自觉和文学创作的个性化,在这些变化中是最有意义的,也正是由此引发了一系列其他的变化和发展。这期间宫廷起着核心的作用,以宫廷为中心形成文学集团。集团内部的趋同性,使文学在这一段时间内呈现出一种群体性的风格,另一段时间又呈现为另一种风格,从而使文学发展的阶段性相当明显。文学集团内出现了一些杰出的作家,如曹植、阮籍、庾信,但成就最高的陶渊明却不属于任何集团,他以超然不群的面貌高踞于众人之上。魏晋南北朝文学对两汉文学的继承与演化,在五言古诗和辞赋方面痕迹最明显。文人在学习汉乐府的过程中将五言古诗推向高峰;抒情小赋的发展及其所采取的骈俪形式,使汉赋在新的条件下得到发展。

　　文学的自觉是一个相当漫长的过程,它贯穿于整个魏晋南北朝,是经过大约三百年才实现的。所谓文学的自觉,有三个标志:第一,文学从广义的学术中分化出来,成为独立的一个门类。第二,对文学的各种体裁有了比较细致的区分,更重要的是对各种体裁的体制和风格特点有了比较明确的认识。第三,对文学的审美特性有了自觉的追求。文学之所以成为文学,离不开审美的特性。文学的自觉,最重要的或者说最终还是表现在对审美特性的自觉追求上。"诗赋欲丽"的"丽","诗缘情而绮靡"的"绮靡","赋体物而浏亮"的"浏亮",便已经是审美的追求了。到了南朝,四声的发现及其在诗歌中的运用,再加上对用事的对偶的讲究,证明文人对语言的形式美有了更自觉的追求,这对中国文学包括诗歌、骈文、词和曲的发展具有极其重要的影响。

　　文学的自觉引发了文学批评的发展。从人物品评到文学品评,从文体辨析到文学理论体系的建立,魏晋南北朝的文学理论和文学批评,相对于文学创作来说异常繁荣,其中三国时期曹丕的《典论·论文》、西晋陆机的《文赋》、梁代刘勰的《文心雕龙》、梁代钟嵘的《诗品》等论著以及梁代萧统的《文选》、陈代徐陵的《玉台新咏》等文学总集的出现,形成了文学理论和文学批评的高峰。自魏文帝曹丕实行九品中正制以后,人物品评的风气更加兴盛。刘邵(或作"劭""邵")的《人物志》总结了鉴察人物的理论和方法,特别重视人的才质,形成才性之学。魏晋以后的人物品评有一个新的趋势,就是在预言性和政治、道德的评议外,增加了许多审美的成分,为已经享名的人物用形象的语言、比喻象征的手法加以品题。如《世说新语》中的这些品题:

"公孙度目邴原:'所谓云中白鹤,非燕雀之网所能罗也。'"(《赏誉》)品评人物时常常使用自然物象,如千丈松、松下风、玉树、玉山、云中白鹤、龙跃云津、凤鸣朝阳等。人物审美的兴盛,对文艺审美起了催化作用。有的文学审美范畴来自人物审美,如"风骨""骨气""风神""清虚""清通""高远""情致""才情"等。而人物流品的划分,也直接影响着文艺批评,如钟嵘的《诗品》、庾肩吾的《书品》、谢赫的《古画品录》,就是明证。

《文心雕龙》的出现标志着中国文学理论和文学批评建立了完备的体系。它论述了文学发展的外部原因和内部规律。关于外部原因,它认为:"文变染乎世情,兴废系乎时序。"(《时序》)将文学的变化与社会的风俗、政治的兴衰联系起来。关于内部规律,它总结为"通"和"变"(《通变》),也就是继承和创新两方面的交互作用。《文心雕龙》总结了许多宝贵的文学创作经验,揭示了创作活动的奥秘,从而形成具有中国特色的创作论。从魏晋南北朝时期的文学理论和文学批评的论著中,可以看到一种新的文学思潮,这就是努力将文学从学术中区分出来,进而探寻文学的特点、文学本身的分类、文学创作的规律。这个时期文学创作的一个显著特点是:服务于政治教化的要求减弱了,文学变成个人的行为,抒发个人的生活体验和情感。汉代的大赋演化为魏晋南北朝的抒情小赋,便是很有代表性的一个转变。

魏晋南北朝文学是典型的乱世文学。作家们既要适应战乱,又要适应改朝换代,一人前后属于两个朝代甚至三个朝代的情况很多见。敏感的文人在战乱中最容易感受人生的短促,生命的脆弱,命运的难卜,祸福的无常,以及个人的无能为力,从而形成文学的悲剧性基调,以及作为悲剧性基调之补偿的放达,后者往往表现为及时行乐或沉迷声色。这种悲剧性的基调又因文人的政治处境而带上了政治的色彩。在这种情况下,文学创作很自然地形成一些共同的主题,这就是生死主题、游仙主题、隐逸主题。这些主题往往以药和酒为酵母引发开来,药和酒遂与这个时期的文学结下了不解之缘。生死主题主要是感慨人生的短促,死亡的不可避免,关于如何对待生、如何迎接死的思考。如"对酒当歌,人生几何。譬如朝露,去日苦多"(曹操《短歌行》),"有生必有死,早终非命促","死去何所道,托体同山阿"(陶渊明《拟挽歌辞》)。游仙主题与生死主题关系很密切,主要是想象神仙的世界,表现对那个世界的向往以及企求长生的愿望。如曹操的《气出唱》《精列》,曹植的《游仙》《升天行》《仙人篇》等。隐逸主题包括向往和歌咏隐逸生活的作品,如陶渊明大量描写隐逸生活和表现隐逸思想的作品,则使这类主题达到登峰造极的境界,所以钟嵘的《诗品》说他是"古今隐逸诗人之宗"。

第九章

魏晋文学

魏晋是几个朝代统称的复合词。"魏"指的是三国里的曹魏。由于曹操挟天子而令诸侯，曹丕继位后受汉室禅让，所以"魏"为正统，然而持续时间过短，"晋"主要指的是三国灭亡后，由司马氏所建立的西晋王朝，与后来割据在南方维持半壁江山的东晋王朝。而此时，北方是"五胡十六国"时代。魏晋文学是指中国古代三国两晋时期的文学。魏晋期间，文学发生了巨大的变化，文学的自觉和文学创作发生了个性化。魏晋以后，诗学摆脱了经学的束缚，这时提出了一些崭新的概念和理论，如风骨、风韵、形象，以及言意关系、形神关系等，并且形成了重意象、重风骨、重气韵的审美思想。诗歌求言外之意，音乐求弦外之音，绘画求象外之趣，各类文艺形式之间互相沟通的这种自觉的美学追求，使得整个文学思潮的方向也是脱离儒家所强调的政治教化的需要，寻找文学自身独立存在的意义。

东汉末年一大批文学家，如曹操、曹丕、曹植、蔡文姬等，他们在铜雀台，用自己的笔直抒胸襟，抒发渴望建功立业的雄心壮志，掀起了我国诗歌史上文人创作的第一个高潮。与两汉的儒生相比，这是在动乱中成长的一代新人。既有政治理想、政治抱负，又有务实的精神、通脱的态度和应变的能力；他们不再拘于儒学，表现出鲜明的个性。他们的创作反映了动乱的时代，政治理想的高扬、人生短暂的哀叹、强烈的个性、浓郁的悲剧色彩。由于当时正是汉献帝建安年代，集团内部的趋同性，使文学在这一段时间内呈现出一种群体性的风格，故后世称为建安文学。建安文学以曹氏父子为中心，在他们周围集中了王粲、刘桢等一批文学家。建安诗人继承《诗经》及汉乐府优秀的现实主义创作传统，一方面在诗篇中真实地描写汉末的大动乱、大分裂，表现对民生疾苦的关切；同时又在诗歌中抒发一己欲在天下建立伟业的雄心壮志，诗歌情感基调慷慨悲凉，语言简练刚健，自然明白而流畅，这些特点构成了"建安风骨"这一时代风格。建安七子，是汉建安年间（196—220年）七位文学家的合称，包括孔融、陈琳、王粲、徐干、阮瑀、应玚、刘桢。他们对于诗、赋、散文的发展，都曾作出过贡献。建安七子与"三曹"往往被视作汉末三国时期文学成就的代表。

"建安风骨"被后世的诗人们追慕并成为反对淫靡柔弱诗风的一面旗帜。在这些变化中是最有意义的，正是由此引发了一系列其他的变化和发展。魏晋时期形成一种新的世界观和人生观，它的理论形态就是魏晋玄学。魏晋玄学的形成和老庄思想有明显的关系，东晋以后又吸取了佛学的成分，步入新的阶段。这是一种思辨的哲学，对宇宙、人生和人的思维都进行了纯哲学的思考。文学集团内出现了一些杰出的作家，如曹植、阮籍等。

第一节 三曹诗歌

三曹指汉魏间曹操与其子曹丕、曹植的合称。因他们父子兄弟间在政治上的地位和文学上的成就,都对当时的文坛很有影响,是建安文学的代表,所以后人合称之为"三曹"。曹丕《典论·论文》称孔融、陈琳、王粲、徐干、阮瑀、应场、刘桢为"七子"。"三曹""七子"并世而出,为中国诗歌打开了一个新的局面,并确立了"建安风骨"这一诗歌美学的典范。曹操古直悲凉,曹丕婉约,曹植文采气骨兼备。曹氏父子的创作,完成了乐府民歌向文人诗的转变,为五言诗的发展开辟了道路。以曹氏父子为中心,王粲、刘桢等"七子"竞逐才藻,各造新诗,都有鲜明的文学个性。

作品选读

短歌行[1]

对酒当歌[2],人生几何[3]?譬如朝露[4],去日苦多[5]。
慨当以慷[6],忧思难忘[7]。何以解忧[8]?唯有杜康[9]。
青青子衿,悠悠我心[10]。但为君故[11],沉吟至今[12]。
呦呦鹿鸣,食野之苹。我有嘉宾,鼓瑟吹笙[13]。
明明如月,何时可掇[14]?忧从中来[15],不可断绝。
越陌度阡[16],枉用相存[17]。契阔谈䜩[18],心念旧恩[19]。
月明星稀,乌鹊南飞。绕树三匝[20],何枝可依?
山不厌高,海不厌深[21]。周公吐哺[22],天下归心。

注释

[1]曹操(155—220年),字孟德,东汉沛国谯郡(今安徽亳州人),三国时期杰出的政治家、军事家和文学家。《短歌行》:乐府旧题,乐府又有《长歌行》,长歌、短歌是指歌曲长短而言。行:古代歌曲的一种体裁,大约是用于宴会的歌辞。这首《短歌行》反复咏叹渴望招纳贤才的急切心情,表现出诗人建立功业的强烈愿望和积极进取的人生态度,整首诗格调苍劲,感情深沉,诗意回环往复,情感跌宕起伏。诗中还多处运用了比兴手法,形象生动,寓意含蓄。

[2]当:对。

[3]几何:多少。这句是感叹人生短暂。

[4]朝露:早晨的露水,太阳一出就干,比喻人生短促。

[5]去日苦多:过去了的日子苦于太多了。意为今后的时光很少了。

[6]慨当以慷:是"慷慨"的间隔用法。这里形容歌声激越。

[7]忧思:一作"幽思",深藏的心事,指抱负。

[8]何以:以何,用什么。

[9]杜康:相传是最早造酒的人,一说黄帝时人,一说周时人。这里作为酒的代称。

[10]衿:衣领。青衿是周代学子的服装,后以"青衿"指代读书人。悠悠:形容情思绵邈。"青青"两句用《诗经·郑风·子衿》成句,借以表示对贤才的渴慕。

[11]但:只。君:指思慕的贤才。故:缘故。

[12]沉吟:低声吟咏。

[13]此四句用《诗经·小雅·鹿鸣》成句,表达礼遇贤才的心情。呦呦,鹿叫唤的声音。

[14]此两句意思是:皎洁的月亮,什么时候停止它的运行呢?比喻求贤之思不绝。掇,同"辍",停止。一说掇,拾取,比喻理想可望而不可即。

[15]中:内心。

[16]越陌度阡:指客人远道而来。陌、阡,是田间的小路。东西方向的叫陌,南北方向的叫阡。

[17]枉用相存:屈驾你来探望。枉,枉驾,屈驾。存,问候。

[18]契阔:聚散。契,投合。阔,疏远,这里指久别重逢。

[19]旧恩:往日的情谊。

[20]匝:周遍,环绕一圈。

[21]此两句比喻招纳贤才,多多益善。

[22]周公吐哺:传说周公唯恐失天下之士,常常吃饭时停下来接待贤才。哺,咀嚼着的食物。这句是用周公的典故,表示要像周公那样礼贤下士。

译文

面对美酒应该高歌,人生短促日月如梭。
好比晨露转瞬即逝,失去的时日实在太多!
席上歌声激昂慷慨,忧郁长久填满心窝。
靠什么来排解忧闷?唯有狂饮方可解脱。
那穿着青领周代学士服装的学子哟,你们令我朝夕思慕。
正是因为你们的缘故,我一直低唱着《子衿》歌。
阳光下鹿群呦呦欢鸣,悠然自得啃食在绿坡。
一旦四方贤才光临舍下,我将奏瑟吹笙宴请宾客。
当空悬挂的皓月哟,你运转着永不停止。
我久蓄于怀的忧愤哟,突然喷涌而出汇成长河。
远方宾客踏着田间小路,一个个屈驾前来探望我。
彼此久别重逢谈心宴饮,争着将往日的情谊诉说。
明月升起,星星闪烁,一群寻巢乌鹊向南飞去。
绕树飞了三周却没敛翅,哪里才有它栖身之所?
高山不辞土石才见巍峨,大海不弃涓流才见壮阔。
只有像周公那样礼待贤才,周公见到贤才,吐出口中正在咀嚼的食物,马上接待,才能使天下人心都归向我。

七步诗

曹植[1]

煮豆燃豆萁[2],豆在釜[3]中泣[4]。
本[5]是同根生,相[6]煎[7]何[8]太急?

注释

[1]曹植:曹植(192—232年),字子建,沛国谯县(今安徽省亳州市)人。曹植是三国时期曹魏著名文学家,作为建安文学的代表人物之一与集大成者,他在两晋南北朝时期,被推尊到文章典范的地位。其代表作有《洛神赋》《白马篇》《七哀诗》等。
[2]萁:豆类植物脱粒后剩下的茎。
[3]釜:锅。
[4]燃:燃烧。
[5]泣:小声哭。
[6]本:原本,本来。
[7]煎:煎熬,这里指迫害。
[8]何:何必。

译文

锅里煮着豆子,豆秸在锅底下燃烧,豆子在锅里面哭泣。豆子和豆秸本来是同一条根上生长出来的,豆秸怎能这样急迫地煎熬豆子呢?

燕歌行[1]

曹丕[2]

秋风萧瑟[3]天气凉,草木摇落[4]露为霜。
群燕辞归鹄[5]南翔,念君客游[6]思断肠。
慊慊[7]思归恋故乡,君何淹留寄他方[8]?
贱妾茕茕[9]守空房,忧来思君不敢忘[10],不觉泪下沾衣裳。
援琴鸣弦发清商[11],短歌[12]微吟不能长。
明月皎皎[13]照我床,星汉西流夜未央[14]。
牵牛织女[15]遥相望,尔独何辜限河梁[16]。

注释

[1]燕(yān)歌行:乐府题目,属于《相和歌》中的《平调曲》。

[2]曹丕:魏文帝曹丕(187—226年),字子桓,豫州沛国谯县(今安徽省亳州市)人。三国时期著名的政治家、文学家,曹魏开国皇帝(220—226年在位)。魏武帝曹操次子,是魏武帝与正室卞夫人的嫡长子。曹丕自幼文武双全,博览经传,通晓诸子百家学说。建安二十二年(217年),曹丕击败了其弟曹植,被立为魏王世子。建安二十五年(220年),曹操逝世,曹丕继任丞相、魏王。同年,受禅登基,以魏代汉,结束了汉朝四百多年的统治,建立了魏国。

[3]萧瑟:冷落,凄凉。《楚辞·九辩》:"悲哉!秋之为气也。萧瑟兮,草木摇落而变衰。"

[4]摇落:凋残。

[5]鹄:天鹅。朱东润《历代文学作品选》中作"雁"。

[6]客游:在外寄居或游历。

[7]慊慊(qiàn qiàn):空虚之感。一说失意不平的样子。

[8]君何淹留寄他方:一作"何为淹留寄他方"。淹留,久留。上句是设想对方必然思归,此句是因其不归而生疑问。

[9]茕茕(qióng qióng):孤单,孤独寂寞的样子。出自《楚辞·九章·思美人》:"独茕茕而南行兮,思彭咸之故也。"

[10]不敢:谦虚客气的说法,实指不能、不会。

[11]援:引,拿过来。清商:乐名。东汉以来在民间曲调基础上形成的一种新乐调。琴弦仅七,而有四调:曰慢宫,曰慢角,曰紧羽,曰清商。清商音节短促细微,所以下句说"短歌微吟不能长"。

[12]短歌:调类名,汉乐府有长歌行、短歌行,是根据"歌声有长短"(《乐府诗集》语)来区分的,大概是长歌多表现慷慨激昂的情怀,短歌多表现低回哀伤的思绪。

[13]皎皎:洁白貌;清白貌。《诗经·小雅·白驹》:"皎皎白驹,在彼空谷。"

[14]夜未央:夜已深而未尽的时候。

[15]牵牛织女:指牵牛星、织女星。亦指古代神话中的牛郎、织女。

[16]尔:指牵牛、织女。河梁:河上的桥。传说牵牛和织女隔着天河,只能在每年七月七日相见,乌鹊为他们搭桥。

译文

秋风萧瑟,天气清冷,草木凋落,白露凝霜。燕群辞归,天鹅南飞。

思念出外远游的良人啊,我肝肠寸断。思虑冲冲,怀念故乡。君为何故,淹留他方。

贱妾孤零零地空守闺房,忧愁的时候思念君子不能忘怀。不知不觉中珠泪下落,打湿了我的衣裳。

拿过古琴,拨弄琴弦却发出丝丝哀怨。短歌轻吟,似续还断。

皎洁的月光照着我的空床,星河沉沉向西流,忧心不寐夜漫长。

牵牛织女远远的互相观望,你们究竟有什么罪过,被天河阻挡。

名言名句

1. 山不厌高,海不厌深;周公吐哺,天下归心。

2. 老骥伏枥,志在千里;烈士暮年,壮心不已。

3. 白骨露于野,千里无鸡鸣。

4. 牵牛织女遥相望,尔独何辜限河梁。
5. 草虫鸣何悲,孤雁独南翔。
6. 西北有浮云,亭亭如车盖。
7. 本是同根生,相煎何太急。
8. 捐躯赴国难,视死忽如归。
9. 南国有佳人,容华若桃李。
10. 明月照高楼,流光正徘徊。

第二节　竹林七贤

　　竹林七贤是指魏末晋初的七位名士,成名年代较"建安七子"晚一些,包括魏正始年间(240—249年)嵇康、阮籍、山涛、向秀、刘伶、王戎及阮咸。七人常聚在当时的山阳县(今河南修武一带)竹林之下,肆意酣畅,故世谓竹林七贤。七人的政治思想和生活态度不同于建安七子,他们大都"弃经典而尚老庄,蔑礼法而崇放达"。七人是当时玄学的代表人物,虽然他们的思想倾向不同。嵇康、阮籍、刘伶、阮咸始终主张老庄之学,"皆豪尚虚无,轻蔑礼法","越名教而任自然",山涛、王戎则好老庄而杂以儒术,向秀则主张名教与自然合一。他们在生活上不拘礼法,清静无为,聚众在竹林喝酒、纵歌,作品揭露和讽刺司马朝廷的虚伪。

　　在个人性情上,因七人的思想和品位各不相同,故而行为举止也表现得迥然不同。嵇康旷迈不群,刚强嫉恶,不事权贵,洁身自好,关键时刻敢于拍案而起,显示了一代名士的铮铮铁骨;阮籍志气弘放,任性不羁,爱憎分明,但他总是处在一种矛盾与苦闷的心境中,导致他言语癫狂,行止放浪;山涛知人善任,举荐贤才,廉洁清正,生活节俭,不贪荣华;王戎不拘礼教,反感浮华,善于品鉴人物,颇多佳言隽语,以致使言简意赅、言约旨远成了魏晋时清谈的极佳境界;阮咸狂荡放诞,蔑视名教,无视礼法,常有惊人之举,而其对音律琴艺造诣之高深,令人不能望其项背;刘伶玩世不恭,肆意放任,嗜酒如命,是位名副其实的酒徒狂士;向秀秀外慧中,平和中庸,达观超脱,淡泊宁静,深得老庄玄学真谛。他们是中国历史上一个独特的贤哲群体,他们的人生态度和处世方式,他们的个性精神和人生追求,对当时的社会和世风,对魏晋文化的形成,对其后的文士阶层,乃至对整个中国文化都产生了深远的影响。

作品选读

咏怀八十二首·其一

阮籍

　　夜中不能寐,起坐弹鸣琴[1]。薄帷鉴明月[2],清风吹我襟。
　　孤鸿[3]号[4]外野,翔鸟[5]鸣北林[6]。徘徊将何见?忧思独伤心。

注　释

　　[1]夜中不能寐,起坐弹鸣琴:此二句化用王粲《七哀诗》诗句:"独夜不能寐,摄衣起抚琴。"

意思是因为忧伤,到了半夜还不能入睡,就起来弹琴。夜中,中夜、半夜。

[2]薄帷鉴明月:明亮的月光透过薄薄的帐幔照了进来。薄帷,薄薄的帐幔。鉴,照。

[3]孤鸿:失群的大雁。

[4]号:鸣叫,哀号。

[5]翔鸟:飞翔盘旋着的鸟。鸟在夜里飞翔正因为月明。

[6]北林:出自"䳒(yù)彼晨风,郁彼北林。未见君子,忧心钦钦。如何如何,忘我实多!"(《诗经·秦风·晨风》)。后人往往用"北林"一词表示忧伤。

译文

夜里睡不着觉,起床坐着弹琴。明亮的月光透过薄薄的帷幔照了进来,清风吹着我的衣襟。孤鸿(天鹅)在野外哀号,飞翔盘旋着的鸟在北林鸣叫。这时徘徊会看到些什么呢?不过是独自伤心罢了。

赠秀才入军·其十四

嵇康

息徒兰圃[1],秣马[2]华山。流磻[3]平皋,垂纶[4]长川。目送归鸿,手挥五弦[5]。俯仰自得,游心太玄[6]。嘉彼钓翁,得鱼忘筌[7]。郢人逝矣,谁与尽言[8]。

注释

[1]兰圃:有兰草的野地。

[2]秣马:饲马。

[3]磻(bō):用生丝做绳系在箭上射鸟叫作弋,在系箭的丝绳上加系石块叫作磻。皋:水边地。这句是说在皋泽之地弋鸟。

[4]纶:指钓丝。

[5]五弦:乐器名,似琵琶而略小。

[6]游心太玄:是说心中对于道有所领会,也就是上句"自得"的意思。太玄,就是大道。

[7]得鱼忘筌:是"得意忘言"的比喻,说明言论是表达玄理的手段,目的既达,手段就不需要了。《庄子·外物》道:"筌者所以在鱼,得鱼而忘筌。"又道:"言者所以在意,得意而忘言。"筌,捕鱼竹器名。

[8]《庄子·徐无鬼》有一段寓言:曾有郢人将白土在鼻上涂了薄薄一层,像苍蝇翅膀似的,叫匠石用斧子削去它。匠石挥斧成风,眼睛看都不看一下,把鼻子上的白土削干净了。郢人的鼻子毫无损伤,他的面色也丝毫没有改变。郢人死后,匠石的这种绝技也不能再表演,因为再也找不到同样的对手了。这个寓言是庄子在惠施墓前对人说的,表示惠施死后再没有可以谈论的对手了。这二句的意思是:像郢人死后,匠石再也找不到与他配合默契的人一样,嵇喜如对自然大道有所领会,在军中也难得解人。郢,古地名,春秋楚国的都城。

译文

我们的部队于兰圃休息,在青草丰茂的山坡喂马,在水边的原野用石弹(磻)打鸟,在长河里钓鱼。一边目送着南归的鸿雁,一边信手自由地挥弹五弦琴。一举一动都悠然自得。对大自然的奥妙之道都能够心领神会,十分快乐!不禁赞赏《庄子》中那位渔翁捕到了鱼,忘掉了筌(捕鱼工具)。(以上几句委婉地劝谕其兄归隐田园,享受大自然的乐趣,放弃军旅生活。)同心同德的郢人已经死了,这些话跟谁多说了都没用。

第三节　陶渊明

陶渊明(365—427年),东晋诗人、辞赋家、散文家。名潜,字元亮,私谥靖节,浔阳柴桑(治今江西九江)人。曾任江州祭酒、镇军参军、彭泽令等,后去职归隐,绝意仕途。长于诗文辞赋。他的诗大多描绘田园风光及其在农村生活的情景,其中往往隐寓着对污浊官场的厌恶和不愿同流合污的精神,以及对太平社会的向往;也写对人生短暂的焦虑和顺应自然、乐天安命的人生观念,有较多哲理成分。其艺术特色兼有平淡与爽朗之胜;语言质朴自然,而又颇为精练,具有独特风格。著有《陶渊明集》。

陶渊明从二十九岁起开始出仕,任官十三年,一直厌恶官场,向往田园。他在义熙元年(405年)四十一岁时,最后一次出仕,做了八十多天的彭泽县令后决定辞官回家。以后再也没有出来做官。据《宋书·陶潜传》和萧统《陶渊明传》云,陶渊明归隐是出于对腐朽现实的不满。当时郡里一位督邮来彭泽巡视,官员要他束带迎接以示敬意。他气愤地说:"我不愿为五斗米折腰向乡里小儿!"陶渊明天性酷爱自由,而当时官场风气又极为腐败,谄上骄下,胡作非为,廉耻扫地。一个正直的士人,在当时的政治社会中决无立足之地,更谈不上实现理想抱负。陶渊明经过十三年的曲折,终于彻底认清了这一点。陶渊明品格与政治社会之间的根本对立,注定了他最终的抉择——归隐。从此他结束了时隐时仕、身不由己的生活,终老田园。归来后,作《归园田居》诗一组。

陶渊明是中国文学史上杰出的诗人,他的诗歌以田园生活为题材,开创了田园诗歌新的艺术境界,使田园诗歌在唐宋以后成为诗歌的重要内容。陶诗沿袭魏晋诗歌的古朴伤风而进入更纯更熟的境地,他成功地将自然提升为一种美的至境,他创造了中国诗歌意境中一种新的、美的类型,一种意韵极为醇厚又朴实无华的朴素美,这一切的取得与其丰富的人生体验是分不开的,如果没有田园生活的体验也写不出这些广为传诵的田园诗,从而使陶诗在中国文学史上奠定了不朽的地位。

作品选读

归园田居

其一

少无适俗韵[1],性本爱丘山。
误落尘网[2]中,一去三十年[3]。

羁鸟恋旧林[4]，池鱼思故渊[5]。
开荒南野际[6]，守拙[7]归园田。
方宅[8]十余亩，草屋八九间。
榆柳荫[9]后檐，桃李罗[10]堂前。
暧暧[11]远人村，依依墟里烟[12]。
狗吠深巷中，鸡鸣桑树颠。
户庭无尘杂[13]，虚室有余闲[14]。
久在樊笼[15]里，复得返自然[16]。

其二
野外罕人事[17]，穷巷寡轮鞅[18]。
白日掩荆扉[19]，虚室绝尘想[20]。
时复墟曲中[21]，披[22]草共来往。
相见无杂言[23]，但道[24]桑麻长。
桑麻日已长，我土日已广。
常恐霜霰[25]至，零落同草莽[26]。

其三
种豆南山[27]下，草盛豆苗稀[28]。
晨兴理荒秽[29]，带月荷锄归[30]。
道狭草木长[31]，夕露沾我衣[32]。
衣沾不足[33]惜，但使愿无违[34]。

注释

[1]少：指少年时代。适俗：适应世俗。韵：本性，气质。一作"愿"。

[2]尘网：指尘世，官府生活污浊而又拘束，犹如网罗。这里指仕途。

[3]三十年：有人认为是"十三年"之误（陶渊明做官十三年）。一说，此处是三又十年之意（习惯说法是十又三年），诗人意感"一去十三年"音调嫌平，故将十三年改为倒文。

[4]羁鸟：笼中之鸟。恋：一作"眷"。

[5]池鱼：池塘之鱼。鸟恋旧林、鱼思故渊，借喻自己怀恋旧居。

[6]野：一作"亩"。际：间。

[7]守拙：意思是不随波逐流，固守节操。

[8]方宅：宅地方圆。一说方通"旁"。

[9]荫：荫蔽。

[10]罗：罗列。

[11]暧暧：昏暗，模糊。

[12]依依：轻柔而缓慢的飘升。墟里：村落。

[13]户庭：门庭。尘杂：尘俗杂事。

[14]虚室：空室。余闲：闲暇。

[15]樊(fán)笼：蓄鸟工具，这里比喻官场生活。樊，藩篱，栅栏。

[16]返自然：指归耕园田。

[17]野外:郊野。罕:少。人事:指和俗人结交往来的事。陶渊明诗里的"人事""人境"都有贬义,"人事"即"俗事","人境"即"尘世"。

[18]穷巷:偏僻的里巷。轮鞅:指车马。鞅,马驾车时套在颈上的皮带。

[19]白日:白天。荆扉:柴门。

[20]尘想:世俗的观念。

[21]时复:有时又。墟曲:乡野。曲:隐僻的地方。

[22]披:拨开。

[23]杂言:尘杂之言,指仕宦求禄等言论。

[24]但道:只说。

[25]霰:小雪粒。

[26]莽:草。

[27]南山:指庐山。

[28]稀:稀少。

[29]兴:起身,起床。荒秽:指野草之类,形容词作名词。秽,肮脏,这里指田中杂草。

[30]带:一作"戴",披。荷锄:扛着锄头。荷,扛着。

[31]狭:狭窄。草木长:草木丛生。

[32]夕露:傍晚的露水。沾:打湿。

[33]足:值得。

[34]但使愿无违:只要不违背自己的意愿就行了。但,只。违,违背。

译文

其一

少小时就没有随俗气韵,自己的天性是热爱自然。
偶失足落入了仕途罗网,转眼间离田园已十余年。
笼中鸟常依恋往日山林,池里鱼向往着从前深渊。
我愿在南野际开垦荒地,保持着拙朴性归耕田园。
绕房宅方圆有十余亩地,还有那茅屋草舍八九间。
榆柳树荫盖着房屋后檐,争春的桃与李列满院前。
远处的邻村舍依稀可见,村落里飘荡着袅袅炊烟。
深巷中传来了几声狗吠,桑树顶有雄鸡不停啼唤。
庭院内没有那尘杂干扰,静室里有的是安适悠闲。
久困于樊笼里毫无自由,我今日总算又归返林山。

其二

我住在郊野外很少交住,僻巷里难闻到车马声响。
白天里经常地关闭柴门,独处在空室中不生杂想。
偏远的村落里人情淳厚,拨开草丛不时互相来往。
相见时不谈论世俗之事,只说道桑麻的生长情况。
我种植的桑麻不断长高,我开垦的土地日益增广。
常担心严霜雪突然早降,使桑麻也像那零落草莽。

其三

南山下田野里种植豆子,结果是草茂盛豆苗疏稀。
清晨起下田地铲除杂草,暮色降披月光扛锄回去。
狭窄的小路上草木丛生,傍晚时有露水沾湿我衣。
身上衣沾湿了并不可惜,只愿我不违背归隐心意。

大师点评

1. 平淡之于诗,自为一体。——清代王夫之《古诗评选》

2. 《归园田居》只是把他的实历感写出来,便成为最亲切有味之文。——梁启超《陶渊明之文艺及品格》

3. 儒、佛两家费许多言语来阐明它,而渊明灵心迸发,一语道破。读者在这里所领悟的不是一种学说,而是一种情趣、一种胸襟、一种具体的人格。——朱光潜《陶渊明·他的情感生活》

第十章

南北朝文学

南北朝时期,东晋灭亡到隋统一(420—589年)的170年时间。主要作家多在南方。南北朝文学是中国文学发展史上一个充满活力的创新期,诗、赋、小说等体裁,在这一时期都出现了新的时代特点,并奠定了它们在此后的发展方向。南朝民歌盛于南北朝时间,在中国文学史上留下了华彩的一章。南北朝民歌是继周民歌和汉乐府民歌之后以比较集中的方式出现的又一批人民口头创作,是中国诗歌史上又一新的发展。它不仅反映了新的社会现实,而且创造了新的艺术形式和风格。一般说来,它篇制短小,抒情多于叙事。南北朝民歌虽是同一时代的产物,但由于南北的长期对峙,北朝又受鲜卑贵族统治,政治、经济、文化以及民族风尚、自然环境等都大不相同,因而南北民歌也呈现出不同的色彩和情调。南朝民歌大部分保存在宋人郭茂倩所编《乐府诗集·清商曲辞》里,主要有吴歌与西曲两类。《西洲曲》是南朝乐府民歌中最长的抒情诗篇,历来被视为南朝乐府民歌的代表作。南朝这一时期的诗歌虽然反映的社会现实比较狭窄,然而在艺术形式和技巧方面则有重要的进展,为唐诗的繁荣准备了条件。

作品选读

拟行路难·其六

对案[1]不能食[2],拔剑击柱长叹息。丈夫生世会几时,安能[3]蹀躞垂羽翼[4]?弃置罢官去,还家自休息。朝出与亲辞,暮还在亲侧。弄儿[5]床前戏[6],看妇机中织。自古贤士尽贫贱,何况我辈孤且直[7]!

注释

[1]案:一种放食器的小几。案又即古"椀"(碗)字。
[2]这句是说一个人生在世上能有多久呢?能,会。
[3]安能:怎能。
[4]这句是说怎么能裹足不前、垂翼不飞呢。蹀躞,小步行走的样子。
[5]弄儿:逗小孩。
[6]戏:玩耍。

[7]这二句是说自古以来圣人贤者都贫困不得意,何况像我们这样孤高而耿直的人呢!孤且直,孤高并且耿直。

译 文

对着席案上的美食却难以下咽,拔出宝剑对柱挥舞,发出长长的叹息。大丈夫一辈子有多长时间,怎么能像蝴蝶六足落地时一样垂下翅膀。放弃官衔辞职离开,回到家中休养生息。早上出家门与家人道别,傍晚回家依然在亲人身边。在床前与孩子玩耍,看妻子在织布机前织布。自古以来圣贤的人都生活得贫贱,更何况像我这样的人,清高又正直。

敕勒歌

敕勒[1]川[2],阴山[3]下。天似穹庐[4],笼盖四野[5]。天苍苍[6],野茫茫。风吹草低见[7]牛羊。

注释

[1]敕勒:种族名,北齐时居住在朔州(今内蒙古中部土默特右旗)一带。
[2]川:平阔的原野。
[3]阴山:在今内蒙古自治区北部。
[4]穹庐:用毡布搭成的帐篷,即蒙古包。
[5]野:古词典里读"yǎ",现代人一般读"yě",笼盖四野,草原的四面八方。
[6]苍苍:青色。
[7]见:同"现",显露。

西洲曲[1]

忆梅下西洲,折梅寄江北[2]。
单衫杏子红,双鬓鸦雏色[3]。
西洲在何处?两桨桥头渡[4]。
日暮伯劳[5]飞,风吹乌臼[6]树。
树下即门前,门中露翠钿[7]。
开门郎不至,出门采红莲。
采莲南塘秋,莲花过人头。
低头弄莲子[8],莲子清如水[9]。
置莲怀袖中,莲心[10]彻底红
忆郎不至,仰首望飞鸿[11]。
鸿飞满西洲,望郎上青楼[12]。
楼高望不见,尽日[13]栏杆头。

栏杆十二曲,垂手明如玉。
卷帘天自高,海水摇空绿[14]。
海水梦悠悠[15],君愁我亦愁。
南风知我意,吹梦到西洲。

注释

[1]西洲曲:乐府曲调名,选自《乐府诗集·杂曲歌辞》。这首诗是南朝民歌。

[2]忆梅下西洲,折梅寄江北:女子见到梅花又开了,回忆起以前曾和情人在梅下相会的情景,因而想到西洲去折一枝梅花寄给在江北的情人。下,往。西洲,当是在女子住处附近。江北,当指男子所在的地方。

[3]鸦雏色:像小乌鸦一样的颜色。形容女子的头发乌黑发亮。

[4]两桨桥头渡:从桥头划船过去,划两桨就到了。

[5]伯劳:鸟名,仲夏始鸣,喜欢单栖。这里一方面用来表示季节,一方面暗喻女子孤单的处境。

[6]乌臼:现在写作"乌桕"。

[7]翠钿:用翠玉做成或镶嵌的首饰。

[8]莲子:和"怜子"谐音双关。

[9]青如水:和"清如水"谐音,隐喻爱情的纯洁。

[10]莲心:和"怜心"谐音,即爱情之心。

[11]望飞鸿:这里暗含有望书信的意思。因为古代有鸿雁传书的传说。

[12]青楼:油漆成青色的楼。唐朝以前的诗中一般用来指女子的住处。

[13]尽日:整天。

[14]卷帘天自高,海水摇空绿:卷帘眺望,只看见高高的天空和不断荡漾着的碧波的江水。海水,这里指浩荡的江水。

[15]海水梦悠悠:梦境像浩荡的江水一样悠长。

译文

思念梅花很想去西洲,去折下梅花寄去长江北岸。
她那单薄的衣衫像杏子那样红,头发如小乌鸦那样黑。
西洲到底在哪里?从桥头划船过去,划两桨就到了。
天色晚了伯劳鸟飞走了,晚风吹拂着乌桕树。
树下就是她的家,门里露出她翠绿的钗钿。
她打开家门没有看到心上人,便出门去采红莲。
秋天的南塘里她摘着莲子,莲花长得高过了人头。
低下头拨弄着水中的莲子,莲子就像湖水一样青。
把莲子藏在袖子里,那莲心红得通透底里。
思念郎君郎君却还没来,她抬头望向天上的鸿雁。
西洲的天上飞满了雁儿,她走上高高的楼台遥望郎君。
楼台虽高却看望不到郎君,她整天倚在栏杆上。

栏杆曲曲折折弯向远处,她垂下的双手明润如玉。
卷起的帘子外天是那样高,如海水般荡漾着一片空空泛泛的深绿。
如海水像梦一般悠悠然然,郎君你忧愁我也忧愁啊。
南风若知道我的情意,请把我的梦吹到西洲与他相聚。

木兰诗[1]

唧唧[2]复唧唧,木兰当户织[3]。不闻机杼声[4],惟[5]闻女叹息。问女何所思[6]?问女何所忆[7]?女亦无所思,女亦无所忆。昨夜见军帖[8],可汗大点兵[9]。军书十二卷[10],卷卷有爷[11]名。阿爷无大儿,木兰无长兄。愿为市鞍马[12],从此替爷征。

东市买骏马,西市买鞍鞯[13],南市买辔头[14],北市买长鞭。旦[15]辞爷娘去,暮宿黄河边。不闻爷娘唤女声,但闻黄河流水鸣溅溅[16]。旦辞黄河去,暮至黑山[17]头。不闻爷娘唤女声,但闻燕山胡骑[18]鸣啾啾[19]。

万里赴戎机[20],关山度若飞[21]。朔气传金柝[22],寒光照铁衣[23]。将军百战死,壮士十年归。

归来见天子[24],天子坐明堂[25]。策勋十二转[26],赏赐百千强[27]。可汗问所欲[28],木兰不用[29]尚书郎[30],愿驰千里足[31],送儿还故乡。

爷娘闻女来,出郭[32]相扶将[33];阿姊闻妹来,当户理红妆[34];小弟闻姊来,磨刀霍霍[35]向猪羊。开我东阁门,坐我西阁床。脱我战时袍,著[36]我旧时裳。当窗理云鬓[37],对镜帖花黄[38]。出门看火伴[39],火伴皆惊忙。同行十二年,不知木兰是女郎。

雄兔脚扑朔,雌兔眼迷离[40];双兔傍地走,安能辨我是雄雌[41]?

注释

[1]木兰诗:选自宋代郭茂倩编的《乐府诗集》,这是南北朝时北方的一首乐府民歌。
[2]唧唧:纺织机的声音。
[3]当户织:对着门织布。
[4]机杼(zhù)声:织布机发出的声音。杼,织布梭(suō)子。
[5]惟:只。
[6]何所思:想什么。
[7]忆:思念。
[8]军帖:军中的文告。
[9]可汗(kè hán)大点兵:皇上大规模地征兵。可汗,我国古代一些少数民族最高统治者的称号。
[10]军书十二卷:征兵的名册很多卷。军书,征兵的名册。十二,表示多数,不是确指。下文的"十年""十二年",用法与此相同。
[11]爷:和下文的"阿爷"同,都指父亲。
[12]愿为市鞍马:愿意为此去买鞍马。为,为此。市,买。鞍马,泛指马和马具。
[13]鞯(jiān):马鞍下的垫子。

[14]辔(pèi)头:驾驭牲口用的嚼子和缰绳。

[15]旦:早晨。

[16]溅溅(jiān jiān):水流激射的声音。

[17]黑山:和下文的燕山,都是当时北方的山名。

[18]胡骑(jì):胡人的战马。胡,古代对北方少数民族的称呼。

[19]啾啾(jiū jiū):马叫的声音。

[20]万里赴戎机:不远万里,奔赴战场。戎机,指战争。

[21]关山度若飞:像飞一样地跨过一道道的关,越过一座座的山。度,过。

[22]朔(shuò)气传金柝(tuò):北方的寒气传送着打更的声音。朔,北方。金柝,古时军中守夜打更用的器具。

[23]铁衣:铠甲,古代军人穿的护身服装。

[24]天子:指上文的"可汗"。

[25]明堂:古代帝王举行大典的朝堂。

[26]策勋十二转:记很大的功。策勋,记功。转,勋级每升一级叫一转,十二转为最高的勋级。

[27]赏赐百千强:赏赐很多的财物。强,有余。

[28]问所欲:问木兰想要什么。

[29]不用:不愿意做。

[30]尚书郎:尚书省的官。尚书省是古代朝廷中管理国家政事的机关。

[31]愿驰千里足:希望骑上千里马。

[32]郭:外城。

[33]扶将:扶持。

[34]红妆(zhuāng):指女子的艳丽装束。

[35]霍霍(huò huò):模拟磨刀的声音。

[36]著(zhuó):穿。

[37]云鬓(bìn):像云那样的鬓发,形容好看的头发。

[38]帖花黄:帖,通"贴"。花黄,古代妇女的一种面部装饰物。

[39]火伴:同伍的士兵。当时规定若干士兵同一个灶吃饭,所以称"火伴"。

[40]雄兔脚扑朔,雌兔眼迷离:据说,提着兔子的耳朵悬在半空时,雄兔两只前脚时时动弹,雌兔两只眼睛时常眯着,所以容易辨认。扑朔,动弹。迷离,眯着眼。

[41]双兔傍地走,安能辨我是雄雌:两只兔子一起并排着跑,怎能辨别哪个是雄兔,哪个是雌兔呢?傍地走,并排跑。

译文

叹息声一声接着一声传出,木兰对着房门织布。听不见织布机织布的声音,只听见木兰在叹息。问木兰在想什么?问木兰在惦记什么?木兰答道我也没有在想什么,也没有在惦记什么。昨天晚上看见征兵文书,知道君主在大规模征兵,那么多卷征兵文册,每一卷上都有父亲的名字。父亲没有大儿子,木兰我没有兄长,木兰愿意为此到集市上去买马鞍和马匹,就开始替代父亲去征战。

在集市各处购买马具。第二天早晨离开父母,晚上宿营在黄河边,听不见父母呼唤女儿的声音,只能听到黄河流水声。第二天早晨离开黄河上路,晚上到达黑山头,听不见父母呼唤女儿的声音,只能听到燕山胡兵战马的啾啾的鸣叫声。

不远万里奔赴战场,翻越重重山峰就像飞起来那样迅速。北方的寒气中传来打更声,月光映照着战士们的铠甲。将士们身经百战,有的为国捐躯,有的转战多年胜利归来。

胜利归来朝见天子,天子坐在殿堂论功行赏。给木兰记很大的功勋,得到的赏赐有千百金还有余。天子问木兰有什么要求,木兰说不愿做尚书郎,希望骑上千里马,回到故乡。

父母听说女儿回来了,互相搀扶着到城外迎接她;姐姐听说妹妹回来了,对着门户梳妆打扮起来;弟弟听说姐姐回来了,忙着霍霍地磨刀杀猪宰羊。每间房都打开了门进去看看,脱去打仗时穿的战袍,穿上以前女孩子的衣裳,当着窗子、对着镜子整理漂亮的头发,对着镜子在面部贴上装饰物。走出去看一起打仗的火伴,火伴们很吃惊,都说我们同行数年之久,竟然不知木兰是女孩。

提着兔子耳朵悬在半空中时,雄兔两只前脚时时动弹、雌兔两只眼睛时常眯着,所以容易分辨。雄雌两兔一起并排跑,怎能分辨哪个是雄兔哪个是雌兔呢?

夜宿石门诗[1]

谢灵运

朝搴苑中兰[2],畏彼霜下歇[3]。暝还云际宿,弄[4]此石上月。
鸟鸣识[5]夜栖,木落知风发。异音同至听[6],殊响俱清越[7]。
妙物[8]莫为赏,芳醑谁与伐[9]?美人竟不来,阳阿徒晞发[10]。

注释

[1]谢灵运少即好学,博览群书,工诗善文。其诗与颜延之齐名,并称"颜谢",开创了中国文学史上的山水诗派。南北朝时期杰出的诗人、文学家、旅行家。诗中写夜宿石门时的所见所闻,并流露出孤高落寞的情绪。石门,即石门山,在今浙江嵊县。

[2]朝搴苑中兰:袭用屈原《离骚》"朝搴阰之木兰兮"句意。搴,取。

[3]歇:衰竭。

[4]弄:玩。

[5]识:知。

[6]异音:不寻常的声响,指美妙动听的天籁。至听:极为动听。

[7]殊响:与"异音"同义。清越:清澈嘹亮。

[8]妙物:美好的景物。

[9]芳醑(xǔ):芳香的美酒。伐:赞美。

[10]屈原《九歌·少司命》:"与汝沐兮咸池,晞汝发兮阳之阿。望美人兮未来,临风恍兮浩歌。"诗中以美女喻友人,表达了缺少知音的落寞情绪。阳阿,古代神话传说中的山名。晞发,晒干头发。

译文

早晨摘取花园中的木兰,怕她在秋霜当中枯萎。
傍晚在山上住宿,赏玩岩石上的月色。
鸟叫让我意识到有鸟歇在林中,枯枝落下让我知道有大风吹过。
美妙动听的天籁极为动听、清澈嘹亮。
美好的景物没人赞赏,芳香的美酒谁来赞美。
缺少知音真是寂寞,在神山上徒劳的等得头发都晒干了。

第五篇 唐代文学

　　唐代文学是中国古代文学史上最辉煌、最富有创造力的时期之一。唐代文学的繁荣,表现在诗歌、散文、小说、词的全面发展上。

　　唐代是中国封建社会的鼎盛时期,也是封建社会由盛到衰的转折时期,这一特定的历史环境,形成了诗歌发展的良好土壤。统治者的重视、提倡,特别是科举考试以诗取士,诗人队伍阶级成分的变化,加之包容万象的唐代文化思想活跃,有助于诗歌的百花齐放。对诗歌繁荣也起到了促进作用。

　　唐代的文章以散文成就为最高,代表性人物是韩愈、柳宗元,代表性散文是《师说》《杂说》《黔之驴》《捕蛇者说》。韩愈、柳宗元反对魏晋时期以来的只讲形式、内容空洞的"骈文",主张学习和发扬先秦两汉的散文,创作形式活泼、内容充实的散文。韩愈的文章语言凝练、气势磅礴,柳宗元的文章文笔生动、寓意深刻,他们二人对古典散文作出了承前启后的贡献。

　　唐代小说的代表就是唐传奇,它是追求"离奇"的短篇小说,其优秀代表性作品有元稹的《崔莺莺传》、白行的《李娃传》、陈鸿的《长恨歌传》、李朝威的《柳毅传》、蒋防的《霍小玉传》等。唐朝"传奇"文学的诞生,标志着小说开始走向成熟。唐传奇主要是分为三类:神怪故事、恋爱故事、侠义故事,它主要是满足市民阶层的需要而发展。

第十一章

唐代诗歌

　　唐代文学的最高成就是诗歌,有一代文学之称誉。诗歌的创作不仅古体、近体等各种形式及艺术技巧都得到了长足的发展,而且作家和作品众多。《全唐诗》所收诗歌近5万首,作者2200余人,而且杰出诗人和优秀作品的数量和质量都是其他时代无法比拟的。唐代诗歌一般分为初唐、盛唐、中唐、晚唐四个时期,这也是整个唐代文学的一般划分。

　　初唐诗歌是唐代诗歌走向兴盛的准备阶段。初唐大致是指从唐初高祖武德元年到唐玄宗开元初(618—713年)。初唐前期诗歌受南朝齐梁诗风的影响较大。贞观时期聚集在唐太宗周围的宫廷诗人虞世南、李百药等,他们的创作日趋宫廷化、贵族化,多是奉和应制之作,琢磨技巧,雕饰辞藻,齐梁积习犹存。以上官仪为代表的"上官体",成为当时宫廷诗人创作的典范。初唐后期诗歌虽没有完全摆脱齐梁诗风的影响,但出现了新的转机。"四杰"的创作开创了不同于宫廷诗人的新诗风,在内容题材、审美追求和风格上都发生了关键性的转变。初唐四杰是指中国唐代初年,文学家王勃、杨炯、卢照邻、骆宾王的合称,简称"王杨卢骆"。"文章四友""沈宋"虽也都是宫廷诗人,但对律诗的定型和成熟作出了贡献。陈子昂在理论上和实践上都是转变唐代诗风的重要人物,他力反齐梁诗风,主张恢复汉魏风骨和风雅的兴寄传统,并且实践了这个主张。总而言之,初唐诗歌显示了过渡和创新的特点。

　　盛唐诗歌是唐代诗歌的极度繁荣时期。盛唐大致从唐玄宗开元元年到唐代宗永泰元年(713—766年)。这一时期涌现出了一大批风格独具的诗人。出现了以王维、孟浩然为代表的山水田园诗派,比较有名的田园诗人还有储光羲、常建、祖咏、裴迪等人。出现了以高适、岑参为代表的边塞诗派,写作边塞诗的著名诗人还有王昌龄、王之涣、李颀、崔颢等。成就最卓著的两位诗人就是"诗仙"李白和"诗圣"杜甫,他们达到了浪漫与现实诗歌创作的顶峰。

　　中唐诗歌是唐代诗歌的继续繁荣时期。中唐大致从代宗大历元年到文宗太和九年(766—836年)。这一时期作家众多,流派林立。大历至贞元年间出现了韦应物、刘长卿以山水诗为主的诗歌创作,元结、顾况等新乐府先驱的诗歌创作,以及以钱起、卢纶等"大历十才子"和李益的边塞诗创作。贞元以后出现了以元稹、白居易为代表,张籍、王建、李绅等人参加的新乐府运动,出现了以韩愈、孟郊为代表追求奇崛险怪的韩孟诗派,还有风格奇谲怪诞的诗人李贺。此外,刘禹锡、柳宗元的诗歌创作也都独具一格。

　　晚唐诗歌是唐代诗歌的衰落时期。晚唐大致从文宗开成元年到昭宗天佑三年唐灭亡(836—907年)。晚唐诗歌影响较大的诗人是李商隐和杜牧,二人有"小李杜"之称。陆龟蒙、皮日休继承了新乐府运动的传统,但多具闲适淡泊的情调。此外,温庭筠、杜荀鹤、韦庄等都有一定的成就。

第一节 初唐四杰

　　初唐时,以文章见称的王勃、杨炯、卢照邻和骆宾王被称为"初唐四杰",排名为"王杨卢骆"。四杰齐名,原并非指其诗文,而主要指骈文和赋而言。后遂主要用以评其诗。杜甫《戏为六绝句》有"王杨卢骆当时体"句,一般即认为指他们的诗歌而言。四杰的诗文虽未脱齐梁以来绮丽余习,但已初步扭转文学风气。王勃明确反对当时"上官体","思革其弊",得到卢照邻等人的支持。他们的诗歌扭转了唐朝以前萎靡浮华的宫廷诗歌风气,使诗歌题材从亭台楼阁、风花雪月的狭小邻域扩展到江河山川、边塞江漠的辽阔空间,赋予诗以新的生命力。卢、骆的七言歌行趋向辞赋化,气势稍壮;王、杨的五言律绝开始规范化,音调铿锵。骈文也在词采赡富中寓有灵活生动之气。陆时雍《诗镜总论》说:"王勃高华,杨炯雄厚,照邻清藻,宾王坦易,子安其最杰乎?调入初唐,时带六朝锦色。"四杰正是初唐文坛上新旧过渡时期的杰出人物。

作品选读

送杜少府之任蜀州[1]

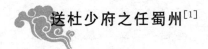

王勃

城阙辅三秦[2],风烟望五津[3]。
与君离别意[4],同是宦游人[5]。
海内存知己[6],天涯若比邻[7]。
无为在歧路[8],儿女共沾巾[9]。

注释

[1]少府:官名。之:到,往。蜀州:今四川崇州。

[2]城阙(què)辅三秦:城阙,即城楼,指唐代京师长安城。辅,护卫。三秦,指长安城附近的关中之地,即今陕西省潼关以西一带。秦朝末年,项羽破秦,把关中分为三区,分别封给三个秦国的降将,所以称三秦。这句是倒装句,意思是京师长安三秦作保护。辅三秦,一作"俯西秦"。

[3]风烟望五津:意为江边因远望而显得迷茫,是说在风烟迷茫之中,遥望蜀州。风烟,名词用作状语,表示行为的处所。五津,指岷江的五个渡口白华津、万里津、江首津、涉头津、江南津。这里泛指蜀川。

[4]君:对人的尊称,相当于"您"。

[5]同:一作"俱"。宦(huàn)游:出外做官。

[6]海内:四海之内,即全国各地。古代人认为我国疆土四周环海,所以称天下为四海之内。

[7]天涯:天边,这里比喻极远的地方。比邻:并邻,近邻。

[8]无为:无须,不必。歧(qí)路:岔路。古人送行常在大路分岔处告别。
[9]沾巾:泪水沾湿衣服和腰带。意思是挥泪告别。

译文

雄伟长安城由三秦之地拱卫,透过那风云烟雾遥望着五津。
和你离别心中怀着无限情意,因为我们同是在宦海中浮沉。
只要在世上还有你这个知己,纵使远在天涯也如近在比邻。
绝不要在岔路口上分手之时,像小儿女那样悲伤泪湿佩巾。

从军行[1]

杨炯

烽火照西京[2],心中自不平。
牙璋辞凤阙[3],铁骑绕龙城[4]。
雪暗凋旗画[5],风多杂鼓声。
宁为百夫长[6],胜作一书生。

注释

[1]从军行:为乐府《相和歌·平调曲》旧题,多写军旅生活。
[2]烽火:古代边防告急的烟火。西京:长安。
[3]牙璋:古代发兵所用之兵符,分为两块,相合处呈牙状,朝廷和主帅各执其半。指代奉命出征的将帅。凤阙:阙名。汉建章宫的圆阙上有金凤,故以凤阙指皇宫。
[4]龙城:又称龙庭,在今蒙古国鄂尔浑河的东岸。汉时匈奴的要地。汉武帝派卫青出击匈奴,曾在此获胜。这里指塞外敌方据点。
[5]凋:原意指草木枯败凋零,此指失去了鲜艳的色彩。
[6]百夫长:一百个士兵的头目,泛指下级军官。

译文

边塞的报警烽火传到了长安,壮士的心怀哪能够平静。
朝廷的将帅刚出了宫门,身着铁甲的骑士就直捣据点。
雪搅昏天军旗褪了彩色,风狂刮的声音裹着鼓声。
我宁作百夫长冲锋陷阵,也不耐守笔砚做个书生。

曲池荷

卢照邻

浮香绕曲岸[1],圆影覆华池[2]。
常恐秋风早,飘零[3]君不知。

注释

[1]浮香:荷花的香气。曲岸:曲折的堤岸。
[2]圆影:指圆圆的荷叶。华池:美丽的池子。
[3]飘零:坠落,飘落。

译文

轻幽的芳香朗绕在弯曲的池岸,圆实的花叶覆盖着美丽的水池。
常常担心萧瑟的秋风来得太早,使你来不及饱赏荷花就调落了。

咏鹅

骆宾王

鹅 鹅 鹅,
曲项向天歌[1]。
白毛浮绿水,
红掌拨[2]清波。

注释

[1]曲项:弯着脖子。歌:长鸣。
[2]拨:划动。

译文

"鹅!鹅!鹅!"
面向蓝天,一群鹅儿伸着弯曲的脖子在歌唱。
雪白的羽毛漂浮在碧绿的水面上,红色的脚掌划着清波,就像船桨一样。

于易水[1]送人

骆宾王

此地[2]别燕丹，壮士[3]发冲冠。
昔时[4]人已没，今日水[5]犹寒。

注释

[1]易水：也称易河，河流名，位于河北省西部的易县境内，分南易水、中易水、北易水，为战国时燕国的南界。燕太子丹送别荆轲的地点。《战国策·燕策三》："风萧萧兮易水寒，壮士一去兮不复还。"

[2]此地：原意为这里，这个地方。这里指易水岸边。别燕丹：指的是荆轲作别燕太子丹。

[3]壮士：意气豪壮而勇敢的人；勇士。这里指荆轲，战国卫人，刺客。发冲冠：形容人极端愤怒，因而头发直立，把帽子都冲起来了。冠，帽子。《史记·廉颇蔺相如列传》"相如因持璧却立，倚柱，怒发上冲冠。"

[4]昔时：往日；从前。《东观汉记·东平王苍传》："骨肉天性，诚不以远近亲疏，然数见颜色，情重昔时。"人：一种说法为单指荆轲，另一种说法为当时在场的人。没（mò）：死，即"殁"字。

[5]水：指易水之水。犹：仍然。

译文

在此地离别了燕太子丹，壮士荆轲愤怒发已冲冠。
昔日的英豪人已经长逝，今天这易水还那样凄寒。

第二节 陈子昂

陈子昂（659—700年），唐代文学家，字伯玉，梓州射洪（今属四川）人。少任侠，举光宅进士，以上书论政，为武则天所赞赏，拜麟台正字，右拾遗。后世人称他为陈拾遗。敢于陈述时弊。曾随武攸宜征契丹。后解职回乡，为县令段简所诬，入狱，忧愤而死。其诗标举汉魏风骨，强调兴寄，反对柔靡之风，是唐代诗歌革新的先驱。

作品选读

登幽州台[1]歌

前不见古人[2]，后不见来者[3]。
念天地之悠悠[4]，独怆然而涕[5]下。

注释

[1]幽州台：即黄金台，又称蓟北楼，故址在今北京市大兴，是燕昭王为招纳天下贤士而建。幽州，古十二州之一，现今北京市。

[2]前：过去。古人：古代那些能够礼贤下士的圣君。

[3]后：未来。来者：后世那些重视人才的贤明君主。

[4]念：想到。悠悠：形容时间的久远和空间的广大。

[5]怆(chuàng)然：悲伤凄恻的样子。涕：古时指眼泪。

译文

向前看不见古之贤君，向后望不见当今明主。
一想到天地无穷无尽，我倍感凄凉独自落泪。

第三节　王维

王维于武则天长安元年(701年)出生在蒲州(今运城永济市)。王维才华早显，与其小一岁的弟弟王缙幼年均聪明过人。十五岁时去京城应试，由于他能写一手好诗，工于书画，而且还有音乐天赋，所以少年王维一至京城便立即成为京城王公贵族的宠儿。唐玄宗开元十九年(731年)，王维状元及第中进士。任太乐丞，因伶人舞黄狮子受累，贬为济州司仓参军。开元二十三年(735年)，张九龄执政，拔擢王维为右拾遗。开元二十四年(736年)，调任监察御史，后奉命出塞。王维早年有过积极的政治抱负，希望能作出一番大事业，后值政局变化无常而逐渐消沉下来，吃斋念佛。四十多岁的时候，他特地在长安东南的蓝田县辋川营造了别墅，在终南山上过着半官半隐的日子。该别墅原为初唐诗人宋之问所有，那是一座很宽阔的去处，有山有湖，有树林也有溪谷，其间散布着若干馆舍。王维与他的知心好友度着悠闲自在的生活，过着半官半隐的生活。王维在诗歌上的成就是多方面的，无论边塞、山水诗、律诗还是绝句等都有流传人口的佳篇。苏轼曾说："味摩诘之诗，诗中有画，观摩诘之画，画中有诗。"(《东坡志林》)王维多才多艺，他把绘画的精髓带进诗歌的天地，以灵性的语言、生花的妙笔为我们描绘出一幅幅或浪漫、或空灵、或淡远的传神之作。

作品选读

使至塞上[1]

单车欲问边[2]，属国过居延[3]。
征蓬[4]出汉塞，归雁入胡天[5]。
大漠孤烟[6]直，长河[7]落日圆。
萧关逢候骑[8]，都护在燕然[9]。

注释

[1] 使至塞上:奉命出使边塞。使,出使。

[2] 单车:一辆车,车辆少,这里形容轻车简从。问边:到边塞去看望,指慰问守卫边疆的官兵。

[3] 属国:有几种解释:一指少数民族附属于汉族朝廷而存其国号者。汉、唐两朝均有一些属国。二指官名,秦汉时有一种官职名为典属国,苏武归汉后即授典属国官职。属国,即典属国的简称,汉代称负责外交事务的官员为典属国,唐人有时以"属国"代称出使边陲的使臣,这里诗人用来指自己使者的身份。居延:地名,汉代称居延泽,唐代称居延海,在今内蒙古额济纳旗北境。又西汉张掖郡有居延县(参见《汉书·地理志》),故城在今额济纳旗东南。又东汉凉州刺史部有张掖居延属国,辖境在居延泽一带。此句一般注本均言王维路过居延。然而王维此次出使,实际上无需经过居延。因而林庚、冯沅君主编的《中国历代诗歌选》认为此句是写唐王朝"边塞的辽阔,附属国直到居延以外"。

[4] 征蓬:随风远飞的枯蓬,此处为诗人自喻。

[5] 归雁:雁是候鸟,春天北飞,秋天南行,这里是指大雁北飞。胡天:胡人的领地。这里是指唐军占领的北方。

[6] 大漠:大沙漠,此处大约是指凉州之北的沙漠。孤烟:赵殿成注有二解:一云古代边防报警时燃狼粪,"其烟直而聚,虽风吹之不散"。二云塞外多旋风,"袅烟沙而直上"。据后人有到甘肃、新疆实地考察者证实,确有旋风如"孤烟直上"。又:孤烟也可能是唐代边防使用的平安火。《通典》卷二一八云:"及暮,平安火不至。"胡三省注:"《六典》:唐镇戍烽候所至,大率相去三十里,每日初夜,放烟一炬,谓之平安火。"

[7] 长河:即黄河;一说指流经凉州(今甘肃武威)以北沙漠上的一条内陆河,这条河在唐代叫马成河,疑即今石羊河。

[8] 萧关:古关名,又名陇山关,故址在今宁夏固原东南。候骑:负责侦察、通讯的骑兵。王维出使河西并不经过萧关,此处大概是用何逊诗"候骑出萧关,追兵赴马邑"之意,非实写。候骑:一作"候吏"。

[9] 都护:唐朝在西北边疆置安西、安北等六大都护府,其长官称都护,每府派大都护一人,副都护二人,负责辖区一切事务。这里指前敌统帅。燕然:古山名,即今蒙古国杭爱山。这里代指前线。《后汉书·窦宪传》:宪率军大破单于军,"遂登燕然山,去塞三千余里,刻石勒功,纪汉威德,令班固作铭"。此两句意谓在途中遇到候骑,得知主帅破敌后尚在前线未归。

译文

乘单车想去慰问边关,路经的属国已过居延。
千里飞蓬也飘出汉塞,北归大雁正翱翔云天。
浩瀚沙漠中孤烟直上,无尽黄河上落日浑圆。
到萧关遇到侦候骑士,告诉我都护已在燕然。

山居秋暝[1]

空山新[2]雨后,天气晚来秋。
明月松间照,清泉石上流[3]。
竹喧归浣女[4],莲动下渔舟。
随意春芳歇[5],王孙自可留[6]。

注释

[1]暝(míng):日落,天色将晚。
[2]空山:空旷,空寂的山野。新:刚刚。
[3]清泉石上流:写的正是雨后的景色。
[4]竹喧:竹林中笑语喧哗。喧,喧哗,这里指竹叶发出沙沙声响。浣(huàn)女:洗衣服的姑娘。浣,洗涤衣物。
[5]随意:任凭。春芳:春天的花草。歇:消散,消失。
[6]王孙:原指贵族子弟,后来也泛指隐居的人。留:居。此句反用淮南小山《招隐士》"王孙兮归来,山中兮不可久留"的意思,王孙实亦自指。反映出无可无不可的襟怀。

译文

空旷的群山沐浴了一场新雨,夜晚降临使人感到已是初秋。
皎皎明月从松隙间洒下清光,清清泉水在山石上淙淙淌流。
竹林喧响知是洗衣姑娘归来,莲叶轻摇想是上游荡下轻舟。
春日的芳菲不妨任随它消歇,秋天的山中王孙自可以久留。

九月九日忆山东[1]兄弟

独在异乡为异客[2],每逢佳节[3]倍思亲。
遥知兄弟登高[4]处,遍插茱萸[5]少一人。

注释

[1]九月九日:即重阳节。古以九为阳数,故曰重阳。忆:想念。山东:王维迁居于蒲县(今山西永济县),在函谷关与华山以东,所以称山东。
[2]异乡:他乡,外乡。为异客:作他乡的客人。
[3]佳节:美好的节日。
[4]登高:古有重阳节登高的风俗。
[5]茱萸(zhū yú):一种香草,即草决明。古时人们认为重阳节插戴茱萸可以避灾克邪。

译文

独自离家在外地为他乡客人,每逢佳节来临格外思念亲人。
遥想兄弟们今日登高望远时,头上插茱萸可惜只少我一人。

第四节 孟浩然

孟浩然(689—740年),名浩,字浩然,号孟山人,襄州襄阳(现湖北襄阳)人,世称孟襄阳。因他未曾入仕,又称之为孟山人,是唐代著名的山水田园派诗人。

孟浩然生当盛唐,早年有志用世,在仕途困顿、痛苦失望后,尚能自重,不媚俗世,修道归隐终身。曾隐居鹿门山。40岁时,游长安,应进士举不第。曾在太学赋诗,名动公卿,一座倾服,为之搁笔。开元二十五年张九龄招致幕府,后隐居。孟诗绝大部分为五言短篇,多写山水田园和隐居的逸兴以及羁旅行役的心情。其中虽不无愤世嫉俗之词,而更多属于诗人的自我表现。孟浩然的诗在艺术上有独特的造诣,故后人把孟浩然与王维并称为"王孟"。

作品选读

春晓

春眠不觉晓[1],处处闻啼鸟[2]。
夜来风雨声[3],花落知多少[4]。

注释

[1]不觉晓:不知不觉天就亮了。晓,早晨,天明,天刚亮的时候。
[2]闻:听见。啼鸟:鸟啼,鸟的啼叫声。
[3]一作"欲知昨夜风"。
[4]一作"花落无多少"。知多少:不知有多少。知:不知,表示推想。

译文

春天睡醒不觉天已大亮,到处是鸟儿清脆的叫声。
回想昨夜的阵阵风雨声,吹落了多少芳香的春花。

过故人庄[1]

故人具鸡黍[2],邀我至[3]田家。
绿树村边合[4],青山郭外斜[5]。
开轩面场圃[6],把酒话桑麻[7]。

待到重阳日[8],还来就菊花[9]。

注释

[1]过:拜访。故人庄:老朋友的田庄。庄,田庄。

[2]具:准备,置办。鸡黍:指农家待客的丰盛饭食(字面指鸡和黄米)。黍(shǔ),黄米,古代认为是上等的粮食。

[3]邀:邀请。至:到。

[4]合:环绕。

[5]郭:古代城墙有内外两重,内为城,外为郭。这里指村庄的外墙。斜:倾斜,因古诗需与上一句押韵,所以应读"xiá"。

[6]开:打开,开启。轩:窗户。面:面对。场:打谷场、稻场。圃:菜园。

[7]把酒:端着酒具,指饮酒。把,拿起,端起。话桑麻:闲谈农事。桑麻,桑树和麻,这里泛指庄稼。

[8]重阳日:指夏历的九月初九。古人在这一天有登高、饮菊花酒的习俗。

[9]还(huán):返,来。就菊花:指饮菊花酒,也是赏菊的意思。就,靠近,指去做某事。

译文

老朋友预备丰盛的饭菜,要请我到他好客的农家。
翠绿的树林围绕着村落,苍青的山峦在城外横卧。
推开窗户面对谷场菜园,手举酒杯闲谈庄稼情况。
等到九九重阳节到来时,再请君来这里观赏菊花。

第五节 边塞诗人

边塞诗派是盛唐诗歌的主要流派之一,以描绘边塞风光、反映戍边将士生活为主。汉魏六朝时已有一些边塞诗,至隋代数量不断增多,初唐四杰和陈子昂又进一步予以发展,到盛唐则全面成熟。该派诗人以高适、岑参、李颀、王昌龄最为知名,而高、岑成就最高。其他如王之涣、王翰、崔颢、刘湾、张谓等也较著名。这些诗人大都有边塞生活体验,他们从各方面深入表现边塞生活,艺术上也有所创新。他们不仅描绘了壮阔苍凉、绚丽多彩的边塞风光,而且抒写了请缨投笔的豪情壮志以及征人离妇的思想感情。他们对战争的态度,有歌颂、有批评,也有诅咒和谴责,思想上往往达到一定深度。其诗作情辞慷慨、气氛浓郁、意境雄浑,多采用七言歌行和七言绝句的形式,杰出作品如高适的《燕歌行》、岑参的《走马川行奉送出师西征》等。另外,中唐卢纶、李益也有些格调苍凉的边塞绝句。他们的诗歌主要是描写边塞战争和边塞风土人情,以及战争带来的各种矛盾如离别、思乡、闺怨等,形式上多为七言歌行和五、七言绝句,诗风悲壮,格调雄浑,最足以表现盛唐气象。

边塞诗派繁荣的原因,一方面在于强大的边防和高度自信的时代风貌;另一方面在于建功立业的壮志和"入幕制度"的刺激。文人普遍投笔从戎,赴边求功。正如杨炯诗句"宁为百夫长,胜作一书生";王维诗句"忘身辞凤阙,报国取龙城。岂学书生辈,窗间老一经";岑参诗句

"功名只向马上取,真是英雄一丈夫"。边境战争十分频繁,给诗人们提供了丰厚的创作素材。边塞诗歌的表现内容与盛世的时代精神之吻合,因此尤为适合表达时代的主流情绪。盛唐边塞诗是对我国古代边塞诗创作传统的继承和发展。

作品选读

别董大[1]

高适

千里黄云白日曛[2],北风吹雁雪纷纷。
莫愁前路无知己,天下谁人不识君[3]。

注释

[1]董大:指董庭兰,是当时有名的音乐家,在其兄弟中排名第一,故称"董大"。
[2]黄云:天上的乌云,在阳光下,乌云是暗黄色,所以叫黄云。白日曛(xūn):太阳黯淡无光。曛,即曛黄,指夕阳西沉时的昏黄景色。
[3]谁人:哪个人。君:你,这里指董大。

译文

千里黄云遮蔽了天日,夕阳西下一片昏黄,北风吹着归雁大雪纷纷。
不要担心前路茫茫没有知己,普天之下哪个不识君?

出塞

王昌龄

秦时明月汉时关,万里长征人未还。
但使[1]龙城[2]飞将[3]在,不教胡马度阴山[4]。

注释

[1]但使:只要。
[2]龙城:龙城是匈奴祭天集会的地方。
[3]飞将:指汉朝名将李广而言,匈奴畏惧他的神勇,特称他为"飞将军"。
[4]阴山:昆仑山的北支,起自河套西北,横贯绥远、察哈尔及热河北部,是我国北方的屏障。

译文

依旧是秦时的明月汉时的边关,
征战长久延续万里征夫不回还。
倘若龙城的飞将李广而今健在,
绝不许匈奴南下牧马度过阴山。

凉州词

王翰

葡萄美酒夜光杯[1],欲饮琵琶[2]马上催[3]。
醉卧沙场[4]君[5]莫笑,古来征战几人回?

注释

[1]夜光杯:用白玉制成的酒杯,光可照明,这里指华贵而精美的酒杯。据《海内十洲记》所载,为周穆王时西胡所献之宝。
[2]琵琶:这里指作战时用来发出号角的声音时用的。
[3]催:催人出征;也有人解作鸣奏助兴。
[4]沙场:平坦空旷的沙地,古时多指战场。
[5]君:你。

译文

美酒倒满了华贵的酒杯,我正要畅饮的时候,马上琵琶就会不停地响起,仿佛在催促我快点上前作战。我在沙场上醉倒了请你不要笑,因为从古至今,前往战场的人中有几个人能平安归来?

凉州词[1]

王之涣

黄河远上[2]白云间,一片孤城[3]万仞[4]山。
羌笛[5]何须[6]怨杨柳[7],春风不度[8]玉门关。

注释

[1]凉州词:又名《出塞》。为当时流行的一首曲子《凉州》配的唱词。郭茂倩《乐府诗集》卷七十九《近代曲词》载有《凉州歌》,并引《乐苑》云:"《凉州》,宫调曲,开元中西凉府都督郭知运进。"凉州,属唐陇右道,治所在姑臧县(今甘肃省武威市凉州区)。

［2］黄河远上：远望黄河的源头。河一作"沙"。远，一作"直"。远上，远远向西望去。

［3］孤城：指孤零零的戍边的城堡。

［4］仞：古代的长度单位，一仞相当于七尺或八尺。

［5］羌笛：古羌族主要分布在甘、青、川一带。羌笛是羌族乐器，属横吹式管乐。

［6］何须：何必。

［7］杨柳：《折杨柳》曲。古诗文中常以杨柳喻送别情事。《诗经·小雅·采薇》："昔我往矣，杨柳依依。"北朝乐府《鼓角横吹曲》有《折杨柳枝》，歌词曰："上马不捉鞭，反拗杨柳枝。下马吹横笛，愁杀行客儿。"

［8］度：吹到过。

译文

被风卷起的黄沙，好像与白云连在一起，
玉门关孤零零地耸立在高山之中，显得孤峭冷寂。
何必用羌笛吹起那哀怨的曲子《折杨柳》去埋怨春光迟迟呢，
原来玉门关一带春风是吹不到的啊！

第六节　李白

李白（701—762年），字太白，号青莲居士，又号"谪仙人"，是唐代伟大的浪漫主义诗人，被后人誉为"诗仙"，其人爽朗大方，爱饮酒作诗，喜交友。李白深受黄老列庄思想影响，有《李太白集》传世，诗作多以醉时所写，代表作有《望庐山瀑布》《行路难》《蜀道难》《将进酒》《梁甫吟》《早发白帝城》等多首。

李白的诗雄奇飘逸，艺术成就极高，风格雄奇奔放，俊逸清新，富有浪漫主义精神，达到了内容与艺术的完美统一。大胆的想象、高度的夸张、奇特的比喻是李白创造奇特形象、表达强烈感情惯用的艺术手段。他的诗歌往往突破一般的时空观念的局限，气势奔放，境界宏阔。他被贺知章称为"谪仙人"，其诗大多为描写山水和抒发内心的情感为主。李白的诗具有"笔落惊风雨，诗成泣鬼神"的艺术魅力，这也是他的诗歌中最鲜明的艺术特色。李白的诗富于自我表现的主观抒情色彩十分浓烈，感情的表达具有一种排山倒海、一泻千里的气势。他与杜甫并称为"大李杜"（李商隐与杜牧并称为"小李杜"）。

李白诗中常将想象、夸张、比喻、拟人等手法综合运用，从而造成神奇异彩、瑰丽动人的意境，这就是李白的浪漫主义诗作给人以豪迈奔放、飘逸若仙的原因所在。李白生活在盛唐时期，他性格豪迈，热爱祖国山河，游踪遍及南北各地，写出大量赞美名山大川的壮丽诗篇。他的诗，既豪迈奔放，又清新飘逸，而且想象丰富，意境奇妙，语言轻快，人们称他为"诗仙"。李白的诗歌不仅具有典型的浪漫主义精神，而且从形象塑造、素材摄取，到体裁选择和各种艺术手法的运用，无不具有典型的浪漫主义艺术特征。

李白在他的诗歌中常常塑造自我，强烈地表现自我，突出抒情主人公的独特个性，因而他的诗歌具有鲜明的浪漫主义特色。他喜欢采用雄奇的形象表现自我，在诗中毫不掩饰、也不加节制地抒发感情，表现他的喜怒哀乐。李白一生不以功名显露，却高自期许，以布衣之身来藐视权贵，肆无忌惮地嘲笑以政治权力为中心的等级秩序，批判腐败的政治现象，以大胆反抗的姿态,推进了盛唐文化中的英雄主义精神。李白反权贵的思想意识,是随着他的生活实践的丰富而日益自觉和成熟起来的。在李白的身上,横空出世的才华与澎湃饱满的激情水天相接般地自然交融为一体,辉耀着整个中国古代辽阔的文化苍穹。这个天地造就的复杂糅合体,以截然不同的四种人生态度标榜着属于他自己的一道独特的风景。入世与出世的矛盾统一,对立又统一地引领着他的心灵走向。他的第一种人生态度——"仰天大笑出门去,我辈岂是蓬蒿人"。率真的李白,从来不会掩饰,他在人生得意之时,便要哈哈大笑。他神采飞扬,踌躇满志,自信得无比潇洒。他相信自己是块金子,发光的时候终于来了,岂能一生甘居僻野?第二种人生态度——"长风破浪会有时,直挂云帆济沧海"。人生之路历来多艰。当李白行路受阻,他不由得感叹"行路之难,难以上青天",没有"为赋新词强说愁"的丝毫造作,只是一吐为快。儒家思想的"穷则独善其身,达则兼济天下"此刻占据且支撑着他自信地前行。第三种人生态度——"人生得意须尽欢,莫使金樽空对月"。李白认为人生如梦不过一瞬,何必糟蹋了欢娱的大好时光。在一般人看来,李白的举动是"醉生梦死"的堕落。但其实并非如此。紧迫的时间忧患意识,纠结在李白的血液里,深入骨髓,直抵心灵。他举杯痛饮,是珍惜,是热爱,是为挽留不可挽留的时光所作的一种自然且高贵的人生姿态。第四种人生态度——"人生在世不称意,明朝散发弄扁舟"。当理想破灭,窥破红尘。李白并没有将人生之舟永远抛锚浅滩。还有第二条路等待着他去发现和开辟。这时候的李白,洒脱得身无外物之束。他要跳出那个喧嚣的尘世,回归自然,过着乘桴于海、云游四方的诗意生活。正如现代台湾诗人余光中对李白的恰如其分的评价"酒入豪肠,七分酿成了月光,余下的三分啸成剑气,袖口一吐就半个盛唐"。

作品选读

静夜思[1]

床前明月光,疑[2]是地上霜。
举头[3]望明月,低头思故乡。

注释

[1]静夜思:安静的夜晚产生的思绪。
[2]疑:好像。
[3]举头:抬头。

译文

明亮的月光洒在窗户纸上,好像地上泛起了一层霜。我禁不住抬起头来,看那天窗外空中的一轮明月,不由得低头沉思,想起远方的家乡。

望庐山[1]瀑布

日照香炉生紫烟[2],遥看瀑布挂前川[3]。
飞流直下三千尺[4],疑是银河落九天[5]。

注释

[1]庐山:又名匡山,中国名山之一,在今江西省庐山市北部的鄱阳湖盆地,九江市庐山区境内,耸立于鄱阳湖、长江之滨。
[2]香炉:指香炉峰。紫烟:指日光透过云雾,远望如紫色的烟云。
[3]遥看:从远处看。挂:悬挂。川:河流,这里指瀑布。
[4]直:笔直。三千尺:形容山高,这里是夸张的说法,不是实指。
[5]疑:怀疑。银河:又称天河。古人指银河系构成的带状星群。九天:古人认为天有九重,九天是天的最高层,此处指天空的最高处。

译文

太阳照射的香炉峰生起紫色烟雾,远远看去,瀑布像匹白绢挂你的前面。瀑布从高崖上飞一样地腾空直落,好像有三千尺长,让人恍惚以为那是银河从九天倾泻到了人间。

黄鹤楼送孟浩然之广陵[1]

故人西辞黄鹤楼[2],烟花三月下扬州[3]。
孤帆远影碧空尽[4],唯见长江天际流[5]。

注释

[1]黄鹤楼:传说三国时期的费祎于此登仙乘黄鹤而去,故称黄鹤楼。孟浩然:李白的朋友。之:往、到达。广陵:即扬州。
[2]故人:老朋友,这里指孟浩然。其年龄比李白大,在诗坛上享有盛名。李白对他很敬佩,彼此感情深厚,因此称之为"故人"。辞:辞别。
[3]烟花:形容柳絮如烟、鲜花似锦的春天景物,指艳丽的春景。下:顺流向下而行。
[4]碧空尽:消失在碧蓝的天际。尽:尽头,消失了。碧空:一作"碧山"。
[5]唯见:只看见。天际流:流向天边。天际,天边的尽头。

译文

友人在黄鹤楼向我挥手告别,阳光明媚的三月他要去扬州。
他的帆影渐渐消失在碧空中,只看见滚滚长江在天边奔流。

早发白帝城[1]

朝辞白帝彩云间[2]，千里江陵一日还[3]。
两岸猿声啼不住[4]，轻舟已过万重山[5]。

注释

[1]发：启程。白帝城：故址在今重庆市奉节县白帝山上。
[2]朝：早晨。辞：告别。白帝：今重庆市奉节县东白帝山，山上有白帝城，位于长江上游。彩云间：因白帝城在白帝山上，地势高耸，从山下江中仰望，仿佛耸入云间。
[3]江陵：今湖北省荆州市。从白帝城到江陵约一千二百里，其间包括七百里三峡。还：归；返回。
[4]猿：猿猴。啼：鸣，叫。住：停息；一作"尽"。
[5]轻舟已过：一作"须臾过却"。万重山：层层叠叠的山，形容有许多。

译文

清晨，朝霞满天，我就要踏上归程。从江上往高处看，但见白帝城彩云缭绕，如在云间，景色多么绚丽！千里之遥的江陵，一天之间就回还。两岸猿猴啼声不断，回荡不绝。猿猴的啼声还回荡在耳边，轻快的小船已驶过连绵不绝的万重山峦。

赠汪伦[1]

李白乘舟将欲行[2]，忽闻岸上踏歌[3]声。
桃花潭水深千尺[4]，不及[5]汪伦送我情。

注释

[1]汪伦：李白的朋友。
[2]将欲行：敦煌写本《唐人选唐诗》作"欲远行"。
[3]踏歌：唐代民间流行的一种手拉手、两足踏地有节拍的歌舞形式，可以边走边唱。
[4]桃花潭：在今安徽泾县西南一百里。《一统志》谓其深不可测。深千尺：诗人用潭水深千尺比喻汪伦与他的友情，运用了夸张的手法。
[5]不及：不如。

译文

李白乘舟将要离别远行，忽听岸上传来踏歌之声。
桃花潭水即使深至千尺，也比不上汪伦送我之情。

将进酒[1]

君不见,黄河之水天上来[2],奔流到海不复回。
君不见,高堂明镜悲白发,朝如青丝暮成雪[3]。
人生得意[4]须尽欢,莫使金樽空对月。
天生我材必有用,千金散尽还复来。
烹羊宰牛且为乐,会须[5]一饮三百杯。
岑夫子,丹丘生[6],将进酒,杯莫停[7]。
与君[8]歌一曲,请君为我倾耳听[9]。
钟鼓馔玉[10]不足贵,但愿长醉不复醒[11]。
古来圣贤皆寂寞,惟有饮者留其名。
陈王昔时宴平乐,斗酒十千恣欢谑[12]。
主人何为言少钱[13],径须沽取[14]对君酌。
五花马[15],千金裘,呼儿将出换美酒,与尔[16]同销万古愁。

注 释

[1]将(qiāng)进酒:请饮酒。乐府古题,原是汉乐府短箫铙歌的曲调。将,请。

[2]君不见:乐府诗常用作提醒人语。天上来:黄河发源于青海,因那里地势极高,故称。

[3]高堂:房屋的正室厅堂。一说指父母,不合诗意;一作"床头"。青丝:喻柔软的黑发;一作"青云"。成雪:一作"如雪"。

[4]得意:适意高兴的时候。

[5]会须:正应当。

[6]岑夫子:岑勋。丹丘生:元丹丘。二人均为李白的好友。

[7]杯莫停:一作"君莫停"。

[8]与君:给你们,为你们。君,指岑、元二人。

[9]倾耳听:一作"侧耳听"。

[10]钟鼓:富贵人家宴会中奏乐使用的乐器。馔(zhuàn)玉:形容食物如玉一样精美。

[11]不复醒:也有版本为"不用醒"或"不愿醒"。

[12]陈王:指陈思王曹植。平乐(lè):观名。在洛阳西门外,为汉代富豪显贵的娱乐场所。恣:纵情任意。谑(xuè):戏。

[13]言少钱:一作"言钱少"。

[14]径须:干脆,只管。沽:通"酤",买。

[15]五花马:指名贵的马。一说毛色作五花纹,一说颈上长毛修剪成五瓣。

[16]尔:你。

译 文

君不是见过黄河之水从天而降吗?它滔滔直下,奔流到海,一去不回。

君不是见过高堂明镜中的满头白发吗？它早晨还如青丝一般的黑柔，晚上就变得雪一般的白了。

人生如梦，得意时一定要趁着大好时机尽情行乐啊，不要让手中的酒杯空对着月亮。

天生我材，必有大用。千金算得了什么，花去了还能挣回来，青春可是一去不复返哟！

烹羊宰牛，尽情地欢乐吧，要喝就一下子喝它三百杯，喝它个痛快。

岑老夫子，丹丘老弟，快喝啊，不要停杯！

我给你们唱一首歌，请你们倾耳细听。

什么钟鸣鼎食之乐呀，什么金玉美食之筵呀，这些富贵荣华都如过眼烟云，有什么可贵？我所要的是杯中酒不空，长醉永不醒。

自古以来圣人贤子皆被世人冷落，唯有寄情于酒的饮者才能留下美名。

从前陈思王在平乐观大宴宾客，每斗价值十千的美酒尽情地欢饮。

主人你怕什么，嫌我的钱少吗？将大坛子酒端过来，尽情地让大家喝！

我儿，你快过来，将家中的五花马和千金裘都取将过来，统统地换酒喝，我要与诸君喝它个一醉方休，同消这胸中的万古之愁啊！

第七节　杜甫

杜甫（712—770 年），字子美，世称"杜工部""杜少陵"等，被尊为"诗圣"，与李白合称"李杜"。汉族，河南府巩县（今河南省巩义市）人，唐代伟大的现实主义诗人，他的诗作被称为"诗史"。杜甫是一位忧国忧民、人格高尚，有着阔大胸襟和宏毅精神的优秀诗人。中国传统文化中所追求的人格美在杜甫身上都得到了体现。杜甫创作丰富，存诗二百四十九首，《春望》《哀江头》《羌村》《北征》《三吏三别》等许多叙事性的优秀作品更是杜甫现实主义诗歌创作的独特成就。杜甫的诗歌创作大多收于《杜工部集》。

杜甫可说是唐代诗人中遭受苦难较多的一位。他穷困潦倒的一生，经历的种种痛苦，使他更加关注国家的命运和底层人民的生活境遇。杜甫在自己沦落贫困的生涯中，饱尝了一个平民遭受的流离颠沛、饥寒冻馁之苦，对广大民众的生活境遇有了切身体会，对他们的苦难也有了更加深刻的感受。他积极地用诗歌表现社会人生，特别是对安史之乱后种种黑暗和苦难的揭露与谴责。在天寒地冻的日子里想到的是"安得广厦千万间，大庇天下寒士俱欢颜！"（《茅屋为秋风所破歌》）甚至为了"天下寒士俱欢颜"甘愿"吾庐独破受冻死亦足"，这是何等崇高的精神和博大的胸怀！他努力实现政治抱负，不惧困难，麻鞋见天子，希望能致君尧舜上，再使风俗淳。他追求笔落惊风雨，诗成泣鬼神的艺术造诣，形成了诗歌创作的多样风格。杜甫的思想核心是儒家的仁政思想，他以推己及人的仁爱精神和爱民重民的民本思想，进行诗歌创作，反映广大民众所承受的痛苦，除此之外，他也有一些浪漫主义精神和清新闲散的诗作。

杜甫出身于一个"奉儒守官"的传统的封建家庭。他的十三世祖杜预是晋镇南大将军，祖父杜审言则是唐代文坛的著名诗人，誉满天下，这两个是杜甫最喜欢夸耀的先辈，也分别代表着杜甫"奉儒守官"的两个家庭传统。杜甫深受儒家文化民本思想的影响。儒家所提倡的宏毅精神在杜甫身上也得到了完美体现。杜甫的一生承受了太多人生苦难，却从没有享受到一个正直、善良的文人应得到的一切，除了短暂的拾遗生涯外，他一生沉沦下僚，四处漂泊。关于杜甫，我们可以从三个时期观察他创作和思想变化。

一、三十五岁以前的漫游期(712—745年)

杜甫从小就开始学诗,"学诗犹孺子"(《奉赠鲜于京兆二十韵》)。晚年写的《壮游》,还深情地提起他最早的一次创作:"七龄思即壮,开口咏凤凰。"可见少年时的杜甫才学的确出色。为开阔眼界、增长阅历,杜甫很早就开始了漫游生活。

第一次漫游是在开元十八年(730年),十九岁的诗人游晋至郇瑕(今山西临猗县),不久便返回洛阳。次年,诗人开始了历时四年的吴越之游。这次漫游是从洛阳出发,乘船经广济渠、淮水、邗沟,渡江而前往江宁(今江苏南京市)。乾元元年(758年)杜甫作左拾遗时,同僚许八拾遗回江宁省亲,杜甫在江宁时经常同旻上人相携徜徉于湖光山色之间,以下棋、赋诗为其主要的乐事。

离开江宁后,杜甫漫游吴越,开元二十三年(735年),杜甫自吴越返回东都,考进士而不第。但他并没有懊悔,第二年又兴致勃勃地去齐赵漫游,过了一段"放荡齐赵间,裘马颇清狂"的生活。当然,这一漫游时期也写了许多诗歌,比如《游龙门奉先寺》。此时的杜甫,正是年轻气盛的时候,这可在他的《望岳》一诗中感受得到:

> 岱宗夫如何,齐鲁青未了。
> 造化钟神秀,阴阳割昏晓。
> 荡胸生曾云,决眦入归鸟。
> 会当凌绝顶,一览众山小。

这首诗不仅写泰山的雄奇之美,更突出地表现了诗人磅礴的气势、开阔的胸怀,以及远大的抱负。开元二十九年(741年),杜甫从齐鲁归洛阳。

二、长安十年(746—755年)

天宝五载(746年),三十五岁的杜甫西入长安。次年,唐玄宗诏天下:凡通一艺以上者皆赴京师就选,杜甫也参加了这次考试。可是李林甫怕草野之士在朝廷上对策时会对他不利,便以"野无遗贤"的借口,使得应试者无一人及第。杜甫通过科举进入仕途的希望就被政治阴谋断送了①。为了实现自己"致君尧舜上,再使风俗淳"的政治理想,他只好考虑通过其他途径进入仕途:一是向达官贵人投赠诗篇,希望得到他们的赏识和引荐。二是向朝廷献赋,希望直接引起皇帝的注意。而这些努力让他一次又一次地失望,直到天宝十四载(755年)秋,他仍是一介布衣。

由于仕途不通,经济上没有来源,杜甫在长安的生活日益窘迫,甚至沦落到与贫民为伍去购买减价官米的地步,饥饿的威胁真的降临到他的头上了!他越来越深刻地体验着人生的艰辛,诗人的思想也随之发生了变化,诗歌也从以前的理想主义、浪漫主义渐渐褪而为现实主义。他敏锐地感觉到大唐帝国在表面的繁盛下暗暗走向衰亡。天宝十一载(752年),杜甫与高适、薛据、岑参、储光羲等人同登大雁塔,这一时期创作的《同诸公登慈恩寺塔》,就是这一思想转变的最好例证。

此后,杜甫更加倾向于现实主义的创作,开始冷静地观察社会,努力探索社会的病根。他把目光对准日益陷入苦难的下层人民,也对准了日益荒淫无耻的上层统治者。在《兵车行》中,

---

① 傅璇琮.从杜甫天宝六载应试谈唐代的制举.[J]草堂,1984(1).

杜甫的"仁爱"思想已闪现光辉。"车辚辚,马萧萧,行人弓箭各在腰。耶娘妻子走相送,尘埃不见咸阳桥。牵衣顿足拦道哭,哭声直上干云霄。道旁过者问行人,行人但云点行频。"道出了唐王朝穷兵黩武的政策,给人民带来的巨大灾难,严厉地抨击了这一政策。同时对被驱往死地的善良人民和他们的父母妻儿以及抛骨绝域的冤魂表示深切的同情。越是同情和热爱人民,也就越是痛恨那些给人民带来疾苦的统治阶级。诗人深刻地揭露了统治阶级荒淫腐朽的生活和祸国殃民的罪行,在《丽人行》中,更是大胆地对当朝宰相、皇亲国戚杨国忠兄妹倚仗权势、作威作福的行为进行了无情的揭露:"炙手可热势绝伦,慎莫近前丞相嗔。"

《自京赴奉先县咏怀五百字》可以说是杜甫旅食京华十年中的遭遇、思想以及创作活动的全面总结。天宝十四载(755年)十月,杜甫任右卫率府兵曹参军。十一月离京赴奉先县探视家人,经过骊山时,想到玄宗正与杨贵妃等在山上的华清宫纵情享乐,可是百姓却正饥寒交迫地挣扎在死亡线上,心中百感交集,等他回家后,发现幼子已经饿死,更是心如刀割。于是诗人奋笔疾书,写下了这首叙事抒情名篇。诗人非常诚笃地坚持自己的理想,可是大志虽佳,却难以实现,所以杜甫也很苦闷,也不时发发牢骚,但最终还是不忍离去。最后,诗人经过长途跋涉,回到了寄居异乡的家,本来是共享天伦之乐的,可是迎面而来的却是晴天霹雳:小儿子已活活饿死!这原是一家一户的小事,但却又是一个典型的事件,具有普遍的社会意义。一个"生常免租税,名不隶征伐"的特殊家庭都养不活自己的儿子,更何况广大下层劳动人民!我们不难想象当时的社会定是一幅"哀鸿遍野,民不聊生"的景象。然而,诗人的伟大之处就在于他没有把悲哀局限在个人的不幸,而是推己及人,悯怀那些挣扎在死亡线上的农民和因统治者长期穷兵黩武而戍守边防的战士们。这种精神和意识在同时代诗人中,是非常难能可贵的!

三、安史之乱后至入蜀前(756—759年)

天宝十四载(755年)十一月,安史之乱爆发。杜甫饱尝了颠沛流离之苦,携家人随大批难民一起在乱世中奔走,历尽艰险,他的遭遇同普通百姓已没什么区别了。战火不断,人民在叛军的铁蹄下呻吟,诗人把这一切都写入了诗中,如《哀江头》《悲陈陶》《悲青坂》等。在忧国忧民的同时,诗人也十分挂念在羌村的家人。至德二载(757年)秋,诗人回到家,写了《羌村三首》以及他的另一篇长篇巨制《北征》。

《北征》一诗记述了诗人回家沿途的经历和到家后的情况,以及当时的政治、军事形势,表达了诗人对时局的看法,反映了一定的社会现实生活。诗人的北征是由于肃宗嫌他在耳边聒噪之故,所以放他回家探亲。在诗人被迫离开后,依旧挂念国家前途,忧虑朝廷现实,心情是迷惘悲苦的。"靡靡逾阡陌,人烟眇萧瑟。所遇多被伤,呻吟更流血。""鸱鸟鸣黄桑,野鼠拱乱穴。夜深经战场,寒月照白骨。"这是饱含血泪的倾诉,是对安史之乱的控诉!

乾元元年(758年)春开始,杜甫有一段闲暇的为官期。可惜只延续到六月,因为房琯被贬,杜甫受到牵连,也被贬为华州司参军。冬,杜甫前往洛阳探亲旧。次年(759年)二月,史思明引兵南下,郭子仪与之决战于安阳河北,唐军溃败,郭子仪退军洛阳,洛阳城内之人皆纷纷逃命,杜甫也于此时匆匆离开洛阳返回华州。他又一次看到惊魂未定的人民再一次受到战乱的威胁,内心深处久久不能平静,写下了名垂千古的"三吏""三别"。《新安吏》写未成年的"中男"被征造成的无限悲惨的离别场面,并特别突出了那些无父无母相送的"孤"者的可怜。《石壕吏》写这样一个家庭:幼年丧父的"乳下孙",中年丧夫"出入无完裙"的"孙母",一双老来丧子的"老翁""老妪",却也要被抓去当壮丁,天理何在!《垂老别》揭示的是"子孙阵亡尽"的垂暮老人也要被驱赶上战场时与老妻惨痛的别离:"老妻卧路啼,岁暮衣裳单。孰知是死别,且复伤其寒。此去必不归,还闻劝加餐"。《无家别》写一个壮年士兵败阵后归家,又一次被征服役的事,自己不仅失去的是亲人、家庭,就连作人的最起码的权利也没有了:"人生无家别,何以为蒸黎?"这些都表达了诗人对现实生活和统治阶级残酷性的愤怒控诉,鞭挞了黑暗的社会。通过这些诗,我们也看到了诗人的心也在因人民的灾难而痛苦地滴血。而这也无疑是诗人受到儒家仁政和民本思想的影响,它是诗人认识社会、批判现实的主要依据,也奠定了杜甫忧国忧民的思想基调。杜甫对人民的仁爱、恻隐之心是不带任何功利目的的,纯粹是他内在情感的要求,这种内在情感的根源就是中国传统的儒家道德文化精神。

作品选读

春望

国破山河在[1],城春草木深[2]。
感时花溅泪[3],恨别[4]鸟惊心。
烽火连三月[5],家书抵[6]万金。
白头搔更短[7],浑欲不胜簪[8]。

注释

[1]国:国都,今陕西西安。破:陷落。山河在:旧日的山川河流仍然还在。
[2]城:长安城,今陕西西安。草木深:杂草丛生,意思是人烟稀少。
[3]感时:为时局而伤感。溅泪:流泪。
[4]恨别:离别的痛苦。
[5]烽火:指安史之乱的战火。三月:正月、二月、三月。
[6]抵:值
[7]白头:指白头发。搔:用手指轻轻地抓。
[8]浑:简直。欲:就要。不胜:沉受不住。簪:一种束发的首饰。

译文

国家沦陷只见山河依旧,春日的城市到处荒草丛生。
感伤时事见花都会流泪,别离使鸟鸣声都使我心悸。
战火连着三个月不停息,家人的书信对我异常珍贵。
本来稀疏的白发一抓更少,头发疏稀导致插不上簪子。

石壕吏

暮投石壕村[1],有吏[2]夜捉人。老翁逾墙走[3],老妇出门看。

吏呼一何怒[4]！妇啼一何苦[5]。听妇前致词，三男邺城戍[6]。一男附书至[7]，二男新[8]战死。存者且偷生[9]，死者长已[10]矣！室中更无人[11]，惟有乳下孙[12]。有孙母未去[13]，出入无完裙[14]。老妪力虽衰[15]，请从[16]吏夜归。急应河阳役[17]，犹得备晨炊[18]。夜久语声绝[19]，如闻泣幽咽[20]。天明登前途[21]，独[22]与老翁别。

注释

[1]暮：傍晚。投：投宿。石壕村：地名，在今河南省陕县。

[2]吏：低级官员，本文指来抓壮丁的差役。

[3]逾(yú)：越过；翻过。走：跑，这里指逃跑。

[4]呼：诉说，喊叫。一何：多么。怒：恼怒，这里指凶狠。

[5]啼：哭。苦：凄苦，可怜。

[6]邺城：地名，在今河南安阳。戍(shù)：防守，这里指服役。

[7]附书至：捎信回来。

[8]新：刚刚。

[9]存：活着。且：姑且，暂且。偷生：苟且活着。

[10]已：停止，这里是完结的意思。

[11]室中：家里。更无人：再没有别的(男)人了。更，再。

[12]惟：只，仅。乳下孙：还在吃奶的小孙子。

[13]未：还没有。去：这里指改嫁。

[14]完裙：完整的衣服。

[15]老妪(yù)：老妇人。衰：弱。

[16]请：请求。从：跟随。

[17]急：赶快。应：响应。河阳：地名。

[18]犹得：还能够。备：准备。晨炊：早饭。

[19]夜久：夜深了。绝：停止。

[20]如：好像，仿佛。闻：听。泣幽咽：低微断断续续的哭声。

[21]天明：天亮之后。登：踏上。前途：前行的道路。

[22]独：仅，只。

译文

日暮时分投宿石壕村，晚上有差役来抓壮丁。老翁跳过墙逃走了，老婆婆出门去见差役。差役喊叫得大声又凶狠，老妇人啼哭非常伤心。我听老妇上前诉说："我的三个儿子全都去参加邺城的战争了。其中一个儿子托人捎信回来，说另外的两个儿子刚刚在战争中死掉了。活着的人暂且活一天算一天，但死去的人永远不能复生！现在，我家里再也没有其他的男人了，只有个还在吃奶的小孙子。因为小孙子，他母亲还没有改嫁，但连一件完好可以穿出来见人的衣服都没有。我虽然年老力衰，就让我跟从你连夜赶回去。赶快到河阳去军队中，还来得及为军队做早餐。"夜深了，说话的声音逐渐消失，隐约听到低微断续的哭泣声。天亮之后我继续赶路，只有刚刚返回家中的那个老翁同我告别。

饮中八仙歌

知章[1]骑马似乘船,眼花[2]落井水底眠。
汝阳三斗始朝天[3],道逢麴车[4]口流涎,恨不移封向酒泉[5]。
左相[6]日兴费万钱,饮如长鲸[7]吸百川,衔杯乐圣[8]称避贤。
宗之[9]潇洒美少年,举觞白眼[10]望青天,皎如玉树临风[11]前。
苏晋长斋绣佛前[12],醉中往往爱逃禅[13]。
李白斗酒[14]诗百篇,长安市上酒家眠[15],天子呼来不上船[16],自称臣是酒中仙[17]。
张旭[18]三杯草圣传,脱帽露顶[19]王公前,挥毫落纸如云烟[20]。
焦遂五斗方卓然[21],高谈雄辩惊四筵[22]。

注释

[1]知章:人名,指贺知章,字季真,唐代著名诗人、书法家,为人旷达不羁。

[2]眼花:醉眼昏花。

[3]汝阳:汝阳王李琎,唐玄宗的侄子。朝天:朝见天子。意思是李琎痛饮后才入朝见天子。

[4]麴车:酒车。

[5]移封:改换封地。酒泉:郡名,今甘肃酒泉市。传说郡城下有泉,味如酒,故名酒泉。

[6]左相:指左丞相李适之,742年(天宝元年)八月为左丞相。

[7]长鲸:鲸鱼。用来形容李适之的酒量非常大大。

[8]衔杯:贪酒。圣:酒的代称。

[9]宗之:崔宗之,吏部尚书崔日用的儿子,也是李白的朋友。

[10]觞:大酒杯。白眼:晋阮籍青眼看朋友,白眼看俗人。

[11]玉树临风:比喻崔宗风姿俊美

[12]苏晋:开元间进士,曾为户部和吏部侍郎。长斋:长期斋戒。绣佛:画的佛像。

[13]逃禅:不守佛门戒律。佛教戒饮酒。苏晋信佛,却爱饮酒,所以说"逃禅"。

[14]斗酒:一作"一斗"。

[15]酒家眠:在酒馆里喝得大醉睡着了。

[16]《新唐书·李白传》载:李白应诏至长安,唐玄宗在金銮殿召见他,封为翰林。有一次,玄宗召他写配乐的诗,而他却在长安酒肆喝醉睡着了。

[17]酒中仙:酒中之仙。

[18]张旭:唐代著名书法家,善草书,称为"草圣"。

[19]脱帽露顶:指张旭酒后狂放不羁的样子。据说张旭醉后,经常呼叫奔走,甚至在达官显贵的面前也是如此。

[20]挥毫:拿起笔写字。如云烟,像云烟一样消失不见了。据传,他酒醒自己觉得醉时写的字很神奇,清醒的时候反倒写不出。

[21]焦遂:人名,以嗜酒闻名。卓然:神采焕发的样子。

[22]高谈雄辩:指言辞高妙广博,辩论充分有力。形容能言善辩。四筵:四席,四座,借指四周座位上的人。

译文

贺知章酒后骑马,姿态就象乘船那样摇摇晃晃,他醉眼朦胧,跌进井里竟会在井里熟睡。汝阳王李琎先饮完斗酒三以后才去朝见天子。路上碰到装着酒曲的车,引得他口水直流,遗憾自己没能呆在传说中水味如酒的酒泉。左相李适每日花费万钱,如鲸鱼那样豪饮美酒。还自称举杯豪饮是为了把政务让给贤能的人。崔宗之是位风度翩翩的俊美少年,他喝酒时,经常傲视青天,样子非常潇洒。苏晋虽信佛吃斋,一饮起酒来就把佛门戒律忘掉了。李白饮酒一斗,便可借着酒兴赋诗百篇。他去长安街上的酒馆喝酒,常常喝多了就睡在那里。天子召他作诗,他喝醉了居然不肯上船,还称自己是酒仙。张旭饮酒三杯以后,便爱挥毫写字,被大家称为草圣。他酒后常常不拘小节,在达官显贵面前脱帽露顶,挥笔疾书,如同得到神仙的帮助,他醉时写的字很神奇,清醒的时候反倒写不出。焦遂五杯酒下肚,一副精神焕发的样子,说话能言善辩。

第八节　白居易

白居易(772—846年),字乐天,号香山居士,祖籍太原。白居易是唐代伟大的现实主义诗人,唐代三大诗人之一,新乐府运动的倡导者。他继承并发展了《诗经》和汉乐府的现实主义传统,沿着杜甫所开辟的现实主义道路,进一步从理论上和创作上掀起了现实主义诗歌的又一高潮。其作品收录在《白氏长庆集》中。白居易与元稹并称"元白",与刘禹锡并称"刘白"。在文学创作上,白居易主张"文章合为时而著,歌诗合为事而作"。他的诗歌题材广泛,形式多样,语言优美、通俗易懂、形象鲜明,尤其擅长政治讽喻和闲适诗歌。代表诗作有《长恨歌》《琵琶行》《卖炭翁》等。

白居易的思想带有浓厚的儒、释、道三家兼具的色彩,但以儒家为主导。他的一生,大体上可根据四十四岁贬江州司马为界分为前后两期。前期——即从入仕到贬江州司马以前。他出身于一个小官僚家庭,青年时代是在颠沛流离中度过的。他十一岁时就离家避难越中,常常是"衣食不充,冻馁并至"。贫困的生活,对他的诗歌创走上现实主义的道路有着重大的作用。入仕后,他在仕途上一帆风顺。二十九岁举进士,三十二岁为校书郎,三十五岁由校书郎为幸至尉,不久入为翰林学士,又做了三年的左拾遗。这一时期,"达则兼济天下"的儒家入世思想占了主导地位,这不仅是他的政治态度,也是他的创作态度:"丈夫贵兼济,岂独善一身!"(《新制布裘》)为了实现这种宏愿,他非常积极、勇敢,他写成《策林》七十五篇,针对当时文教、政治、经济、军事各方面的弊端提出改革意见。后期——即自贬江州到死。这是他"独善其身"的时期。元和十年(815年),白居易因上表请求严缉刺死宰相武元衡的凶手,得罪权贵,贬为江州司马,实际上得罪的原因还是在于那些讽谕诗,正如他自己所说:"始得名于文章,终得罪于文章。"贬谪江州是对诗人一个沉重的打击,乃至诗人想要"换尽旧心肠"。在江州任司马间,他还偶有激情,写出《琵琶行》和《与元九书》,但已转向消极。随着政治生态日益恶化,在前期仅占一隅的佛、道思想,这时也就日渐滋长。

一、白居易和新乐府运动

新乐府,是相对古乐府而言的。中唐时期由白居易、元稹倡导的,以创作新题乐府诗为中心的诗歌革新运动。这一概念是由白居易提出来的,是指一种用新题写时事的乐府诗。安史之乱后,唐王朝正走向衰落,一方面,藩镇割据、社会动乱、政治腐败,社会问题日趋严重,社会生活各方面的矛盾进一步显露出来;另一方面,一部分有识之士,对现实的弊病希望通过改良政治,缓和社会矛盾,挽救日渐衰落的局势,使得王朝中兴。这种情况反映在文学创作上,便分别出现了韩愈、柳宗元倡导的古文运动和白居易、元稹倡导的新乐府运动。白居易曾把担任左拾遗时写的50多首诗编为《新乐府》。继承了杜甫社会写实的风格,试图在诗歌中反映社会现实弊端和民生疾苦。

新乐府的特点有以下方面:

1. 用新题

建安以来的作家们,多因袭古题,往往内容受限制,且文题不协。白居易以新题写时事,故又名"新题乐府"。

2. 写时事

建安后作家有自创新题的,但多无关时事。白居易继杜甫既用新题,又写时事的传统,以新乐府美刺现实。

3. 不以入乐与否为衡量标准,在内容上继承了汉乐府的现实主义精神

新乐府运动由杜甫开创,后有元结、顾况、张籍、王建继承发扬,到了"元白"时期,明确地提出了"文章合为时而著,歌诗合为事而作"的诗歌创作理论,在元稹和白居易的推动下,创作了大量新乐府诗歌,给当时以极大影响,并对后世诗歌有着深远的影响。

二、讽喻诗和闲适诗

白居易将自己的诗作分为讽喻、闲适、感伤、杂律四类诗。这其中,闲适诗和讽喻诗是最具代表性的的两类,二者都有尚实、尚俗的特点,但在内容和情调上却很不相同。讽喻诗与社会政治紧密相关,尖锐地揭发当时政治上的黑暗,反映人民的痛苦生活。白居易讽喻诗的特点是题材集中、正视现实、关心民生疾苦、"一吟悲一事"。这样主题明确、语言平实易懂得诗歌相传连老妪也能听懂。白诗常以浅显之句寄托讽喻,但其诗意并不浅显,往往能取得触目惊心的效果。《轻肥》一诗描写了内臣、大夫等官僚赴会的豪气和酒席的丰盛,结句却笔触一转,点到"是岁江南旱,衢州人食人",这是多么巨大的对比和反差。这些因事专题,以美刺比兴为目的,描写反映社会现实的讽喻诗是白居易诗歌创作中最重要的部分,一千多年后仍闪耀着熠熠光辉。

白居易自己给闲适诗定义为:"或退公独处,或移病闲居,知足保和,吟玩情性者",他的表述首先说明了闲适诗的创作多是没有官务羁绊,或闲居独处的闲散状态中。所谓的"吟玩性情"者,是以个人感情为基础的。白居易的闲适诗一反讽喻的美刺比兴,平和淡泊,多表现出退避政治、知足闲适,以及皈依佛老的生活态度。在他的眼里,闲适诗是讽喻诗的补充。如果说他在创作讽喻诗时是志在"兼济"的话,那他的闲适诗则是个人情感的需要,闲适诗并不考虑诗歌的社会价值,而是注重创作者自身的精神愉悦和心灵满足。尤其是晚年退居洛阳以后,"闲适"可谓是他最主要的生活及创作状态,闲适诗创作也成为他的主要创作内容。白居易的闲适

诗,可见他乐天安命、知足保和、出入自如的人生和诗歌创作境界。

作品选读

长恨歌

汉皇[1]重色思倾国[2],御宇[3]多年求不得。
杨家有女初长成,养在深闺人未识[4]。
天生丽质[5]难自弃,一朝选在君王侧。
回眸一笑百媚生,六宫粉黛[6]无颜色。
春寒赐浴华清池[7],温泉水滑洗凝脂[8]。
侍儿[9]扶起娇无力,始是新承恩泽[10]时。
云鬓花颜金步摇[11],芙蓉帐[12]暖度春宵。
春宵[13]苦短日高起,从此君王不早朝。
承欢侍宴无闲暇,春从春游夜专夜。
后宫佳丽三千人[14],三千宠爱在一身。
金屋[15]妆成娇侍夜,玉楼宴罢醉和春。
姊妹弟兄皆列土[16],可怜[17]光彩生门户。
遂令天下父母心,不重生男重生女[18]。
骊宫[19]高处入青云,仙乐风飘处处闻。
缓歌慢舞凝丝竹[20],尽日君王看不足。
渔阳鼙[pí]鼓[21]动地来,惊破霓裳羽衣曲[22]。
九重城阙[23]烟尘生,千乘万骑西南行[24]。
翠华[25]摇摇行复止,西出都门百余里。
六军不发无奈何[26],宛转蛾眉[27]马前死。
花钿委地[28]无人收,翠翘金雀玉搔头[29]。
君王掩面救不得,回看血泪相和流。
黄埃散漫风萧索,云栈萦纡登剑阁[30]。
峨嵋山[31]下少人行,旌旗无光日色薄。
蜀江水碧蜀山青,圣主朝朝暮暮情。
行宫[32]见月伤心色,夜雨闻铃[33]肠断声。
天旋地转回龙驭[34],到此踌躇不能去。
马嵬坡下泥土中,不见玉颜空死处[35]。
君臣相顾尽沾衣,东望都门信马[36]归。
归来池苑皆依旧,太液[37]芙蓉未央柳。
芙蓉如面柳如眉,对此如何不泪垂?
春风桃李花开日,秋雨梧桐叶落时。
西宫南内[38]多秋草,落叶满阶红不扫。

梨园弟子[39]白发新,椒房阿监青娥老[40]。
夕殿萤飞思悄然,孤灯挑尽[41]未成眠。
迟迟[42]钟鼓初长夜,耿耿星河欲曙天[43]。
鸳鸯瓦冷霜华[44]重,翡翠衾寒谁与共[45]?
悠悠生死别经年,魂魄不曾来入梦。
临邛道士鸿都客[46],能以精诚致魂魄[47]。
为感君王辗转思,遂教方士[48]殷勤觅。
排空驭气[49]奔如电,升天入地求之遍。
上穷碧落下黄泉[50],两处茫茫皆不见。
忽闻海上有仙山[51],山在虚无缥缈间。
楼阁玲珑五云[52]起,其中绰约[53]多仙子。
中有一人字太真,雪肤花貌参差[54]是。
金阙西厢叩玉扃[55],转教小玉报双成[56]。
闻道汉家天子使,九华帐[57]里梦魂惊。
揽衣推枕起徘徊,珠箔银屏迤逦开[58]。
云鬓半偏新睡觉[59],花冠不整下堂来。
风吹仙袂[60]飘飘举,犹似霓裳羽衣舞。
玉容寂寞[61]泪阑干,梨花一枝春带雨。
含情凝睇[62]谢君王,一别音容两渺茫。
昭阳殿[63]里恩爱绝,蓬莱宫[64]中日月长。
回头下望人寰[65]处,不见长安见尘雾。
惟将旧物[66]表深情,钿合金钗寄将去[67]。
钗留一股合一扇,钗擘黄金合分钿[68]。
但教心似金钿坚,天上人间会相见。
临别殷勤重寄词[69],词中有誓两心知[70]。
七月七日长生殿[71],夜半无人私语时。
在天愿作比翼鸟[72],在地愿为连理枝[73]。
天长地久有时尽,此恨绵绵无绝期[74]。

注释

[1]汉皇:原指汉武帝刘彻。此处指唐玄宗。
[2]重色:爱好女色。倾国:指绝色女子。"倾国倾城"为美女的代称。
[3]御宇:即统治天下。出自汉贾谊《过秦论》"振长策而御宇内"。
[4]杨家有女:蜀州司户杨玄琰之女女杨玉环,历史上的杨贵妃,名杨玉环。
[5]丽质:美丽的姿态。
[6]六宫粉黛:指宫中所有嫔妃。无颜色:意谓相比之下,都失去了光彩。
[7]华清池:华清池,在今西安市临潼区骊山下。唐玄宗每年冬、春季都到此小住。
[8]凝脂:形容皮肤白嫩滋润。出自《诗经·卫风·硕人》"肤如凝脂"。
[9]侍儿:宫女。

[10]新承恩泽:刚刚得到皇帝的宠幸。

[11]云鬓:形容女子鬓发如云。金步摇:一种金首饰,用金银丝盘成花状,上缀垂珠之类,插于发鬓,走路时摇曳生姿。

[12]芙蓉帐:绣着莲花的帐子。

[13]春宵:指新婚之夜。

[14]佳丽三千:指后宫女子多。

[15]金屋:用黄金打造的房屋。《汉武故事》记载,武帝幼时曾说:"若得阿娇,当以金屋藏之。"

[16]列土:分封土地。据《旧唐书·后妃传》等记载,杨贵妃有姊三人,玄宗并封国夫人之号。这里是说杨贵妃的父母和兄弟姐妹都得到了分封,可见玄宗对其宠爱的程度。

[17]可怜:可爱。

[18]不重生男重生女:陈鸿《长恨歌传》云,当时民间有"生女勿悲酸,生男勿喜欢""男不封侯女作妃,看女却为门上楣"等传唱。

[19]骊宫:骊山华清宫。骊山在今陕西西安临潼区。

[20]凝丝竹:指弦乐和管乐舒缓的旋律。

[21]渔阳:郡名,当时属于安禄山的辖区。天宝十四载(755年)冬,安禄山在此起兵叛乱。鼙鼓:古代骑兵用的小鼓,此处指战争。

[22]霓裳羽衣曲:舞曲名,经唐玄宗润色并制作歌词,改用此名。相传杨贵妃善为霓裳羽衣舞。

[23]九重城阙:阙,意为古代宫殿门前两边的楼,泛指宫殿或帝王的住所。此处指长安。烟尘生:指发生战事。

[24]千乘万骑西南行:756年六月,安禄山破潼关,玄宗带领杨贵妃等出延秋门向西南方向逃走。乘,一人一骑为一乘。千乘万骑是夸张的表象方法。

[25]翠华:用翠鸟羽毛装饰的旗帜,皇帝仪仗队用。

[26]六军:指天子军队。李隆基西奔至马嵬驿(今陕西兴平),禁卫军不再前行,请诛杨国忠、杨玉环兄妹以平民怨。玄宗为自保,赐死二人。

[27]宛转:形容杨玉环临死前哀怨的样子。蛾眉:古代美女的代称,此指杨贵妃。出自《诗经·卫风·硕人》:"螓首蛾眉。"

[28]花钿:用金翠珠宝等制成的花朵形首饰。委地:丢弃在地上。

[29]翠翘:首饰,形如翡翠鸟尾。金雀:金雀钗,钗形似凤。玉搔头:玉簪。

[30]云栈:高入云霄的栈道。萦纡(yíng yū):萦回盘绕。剑阁:剑门关,在今四川剑阁县北,是由秦入蜀的要道。

[31]峨嵋山:在今四川峨眉山市。此处泛指蜀地高山。

[32]行宫:皇帝离京出行在外的临时住所。

[33]夜雨闻铃:《明皇杂录·补遗》中记载明皇"于栈道雨中闻铃音与山相应,上既悼念贵妃,采其声为《雨霖铃曲》以寄恨焉"。

[34]天旋地转:指时局好转。757年,郭子仪率军收复长安。回龙驭:皇帝的车马归来。

[35]据《旧唐书·后妃传》载:玄宗自蜀还,令中使祭奠杨贵妃,密令改葬于他所。初瘗时,以紫褥裹之,肌肤已坏,而香囊仍在,内官以献,上皇视之凄惋,乃令图其形于别殿,朝夕视焉。

[36]信马:意思是不挥鞭子驱赶,任马自由前进。
[37]太液:汉宫中有太液池。未央:汉有未央宫,指唐长安皇宫。
[38]西宫南苑:西宫即西内太极宫,南内为兴庆宫。玄宗返京后,初居南内。760年,李辅国假借肃宗名义,胁迫玄宗迁往西内,并流贬玄宗亲信高力士、陈玄礼等人。
[39]梨园弟子:指玄宗当年训练的乐工舞女。梨园,唐玄宗时宫中教习音乐的机构。
[40]椒房:后妃居住之所,因以花椒和泥抹墙,故称椒房。阿监:宫中的侍从女官。青娥:年轻的宫女。
[41]孤灯挑尽:古时用油灯照明,过一段时间就要把浸在油中的灯草往前挑一点。挑尽,说明夜已深。此处形容玄宗晚年生活的寂寞。
[42]迟迟:迟缓。报更钟鼓声起止原有定时,这里用以形容玄宗长夜孤寂难眠。
[43]耿耿:微明的样子。欲曙天:天快亮的时候。
[44]鸳鸯瓦:屋顶上俯仰相对合在一起的瓦。霜华:霜花。
[45]翡翠衾:布面绣有翡翠鸟的被子,意指珍贵。谁与共:与谁共。
[46]临邛(qióng)道士鸿都客:意为有个从临邛来长安的道士。临邛,今四川邛崃县。鸿都,东汉都城洛阳的宫门。
[47]致魂魄:招来杨贵妃的亡魂。
[48]方士:有法术的人。这里指道士。殷勤:尽力。
[49]排空驭气:即腾云驾雾。
[50]穷:穷尽,找遍。碧落:天空。黄泉:地下。
[51]海上仙山:传在渤海中。
[52]玲珑:华美精巧。五云:五彩云霞。
[53]绰约:体态轻盈柔美。出自《庄子·逍遥游》:藐姑射之山,有神人居焉,肌肤若冰雪,绰约如处子。
[54]参差:仿佛,差不多。
[55]西厢:出自《尔雅·释宫》:室有东西厢曰庙。西厢在右。玉扃:玉门。
[56]转教小玉报双成:意思是神仙居住的庭院重重,须经辗转通报。小玉,吴王夫差女。双成,传说中西王母的侍女。
[57]九华帐:指帐子非常精美。九华,重重花饰的图案。
[58]珠箔:珠帘。银屏:用银装饰的屏风。迤逦:接连不断地。
[59]新睡觉:刚睡醒。
[60]袂(mèi):衣袖。
[61]玉容寂寞:此指神色黯淡凄楚。阑干:纵横交错的样子。这里形容泪痕满面的样子。
[62]凝睇(dì):凝视。
[63]昭阳殿:汉成帝宠妃赵飞燕的寝宫。这里借指杨贵妃住过的宫殿。
[64]蓬莱宫:传说中的海上仙山。这里指杨贵妃在仙山的住所。
[65]人寰(huán):人间。
[66]旧物:指杨贵妃生前与唐玄宗的定情信物。
[67]寄将去:托道士带回。
[68]钗留:把金钗、钿盒分成两半,自留一半。擘(bò):分开。合分钿:将钿盒上的图案分

成两部分。

[69]重寄词:杨贵妃告别时再次托他捎话。

[70]两心知:唐玄宗和杨贵妃两人心里明白。

[71]长生殿:在骊山华清宫内。

[72]比翼鸟:传说中的鸟名,只有一目一翼,雌雄一起才能飞。

[73]连理枝:两株树木树干相抱。意为情侣相爱之深,永不分离。

[74]恨:遗憾。绵绵:连绵不断。

译文

唐玄宗喜好美色,做皇帝后一直在寻找美女,多年来却一无所获。

杨家有个刚刚长大的女儿,长得十分美丽,从小在深闺中长大,外人不知道她的美丽娇艳。

但天生丽质、倾国倾城的美貌让她无法默默无闻地被埋没,没多久便被选到了唐玄宗的身边做嫔妃。

她回眸一笑时,千娇百媚、姿态万千;所有的嫔妃和她相比都黯然失色。

春寒料峭时,皇上赐她到华清池温泉沐浴,温润的泉水洗涤着她细白如凝脂一般的肌肤。

侍女搀扶她,如出水芙蓉一样柔弱娇媚,她开始得到皇帝的宠幸。

她发髻如云俏脸似花,头上戴着一走三摇的金钗,走起来分外婀娜多姿。在温暖华美的芙蓉帐里,与皇上共度春宵。

春宵苦短,不知不觉便睡到太阳高高升起。君王贪恋温柔乡,从此再也不早朝。

玉环承受玄宗的宠爱时时陪伴,忙得没有一点闲暇。春日陪皇上一起出游,晚上夜夜陪伴玄宗同榻而眠。

后宫中虽然有妃嫔三千人,却只有她一人能独享皇帝的恩宠。

她在华美的宫殿中梳妆打扮,夜夜撒娇不让玄宗离去;高楼上宴会结束酒意微醺,这时的杨贵妃看起来更加风情万千。

兄弟姐妹都因她而列土封侯,杨家门楣光耀令人天下人艳羡。

这样的光宗耀祖使天下的父母都改变了重男轻女的想法。

骊山上华清宫内雄伟的建筑高耸入云,音乐随清风飘向四面八方。

轻歌曼舞,管弦丝竹之乐,君王终日沉迷于此,百看不厌。

安禄山叛乱的战鼓震耳欲聋,宫中失去了往日的歌舞升平。

九重宫殿霎时尘土飞扬,君王带着臣子嫔妃向西南逃亡。

车队走走停停,离开长安向西而行百余里。

六军停滞不前,要求赐死杨氏兄妹。玄宗实在无可奈何,只得在马嵬坡赐死杨贵妃。

贵妃头上精美的饰品,那些翠翘金雀玉搔头,珍贵的头饰散落一地。

君王想救她却有心无力,掩面哭泣,回想杨贵妃惨死的场景,泪如泉涌,心如血滴。

秋风萧索黄叶凋零,黄土尘埃已消散,穿过曲折的栈道,车队踏上了由秦入蜀的要道。

蜀地山高路险,人烟稀少,旌旗失去了颜色,日月惨淡无光。

蜀地的清山秀水,勾起了玄宗对杨贵妃的思念之情。在行宫里望着月亮满心凄凉,雨夜听曲愈加觉得悲伤。

叛乱平息后,君王重返长安,路过马嵬坡,故地重游,对贵妃的思念难以释怀。

荒草萋萋的马嵬坡，杨贵妃坟冢荒凉，美人再也不见，唯有山间坟冢荒凉。

君臣相视，眼泪打湿衣衫，东望京都心中悲切，信马由缰回到宫中。

宫中池苑依旧，池边芙蓉仍在，垂柳也和往日一样。

芙蓉开得像杨贵妃娇俏的脸儿，柳叶弯弯如同她的眉毛，睹物思人玄宗不由心生悲戚。

春风又吹开桃花李花，但却已物是人非。秋雨滴打着梧桐，更觉寂寞更孤苦。

兴庆宫和甘露殿，处处萧条，秋草衰败。宫内秋叶落满台阶，长久无人打扫的样子。

戏子头已如霜雪，宫女也红颜老去。晚上宫殿中流萤飞舞，孤灯油尽玄宗却辗转难以入睡。

细数钟鼓声，愈数愈觉长夜漫漫。遥望星河，直到天光渐亮。

鸳鸯瓦上落满霜生，冰冷的锦被里谁能与君王同眠？

阴阳相隔已一年，相思入骨却从未能在梦中相见。

有个客居长安的临邛道士，据说他能以法术招来杨贵妃的魂魄。

君王思念贵妃的情意令他感动。他接受玄宗的命令，不敢有丝毫怠慢，殷勤地四处寻找，道士腾云驾雾快如闪电，升天入地寻遍天堂地府，都毫无结果。

忽然听说渤海上有一座被云雾缭绕的仙山。

楼台精美，五彩祥云围绕着。仙山上的天仙数之不尽，个个风华绝代。

其中有一人名字叫做太真的仙女，肌肤如美雪貌如花，应该就是玄宗要找的杨贵妃。

道士来到金阙西边，叩响玉石雕做的院门，让小玉叫侍女双成去通报杨贵妃。

太真听说君王派来了使者，从帐中惊醒。急忙穿上衣服出了睡帐，打开屏风放下珠帘。

她刚刚睡醒半梳着云鬓，来不及梳妆就走了出来，连花冠带歪了都来不及整理。

轻柔的仙风吹拂着贵妃衣袖微微飘动，就如同她霓裳羽衣的舞姿，袅袅婷婷。寂寞忧愁的样子，娇媚的脸上布满泪水，美丽得犹如春天雨后的梨花。

她深深凝视天子的使者，托他拜谢君王。说马嵬坡阴阳两别后，音讯颜容两茫茫。

与玄宗昭阳殿里的姻缘早已隔断，蓬莱仙岛的孤寂很漫长。

回头俯瞰人间，长安只在云雾之中，恍如隔世。

唯有用当年的信物表达我的深情，金钗钿盒托你给君王做个纪念。

金钗留下一股，钿盒留下一半，金钗劈开，将钿盒上的图案分成两部分。

但愿我们相爱的心，就像黄金宝钿一样忠贞坚固，天上人间希望能有再相见的时候。

临别殷勤拜托君王的额使者，请向他传达我的思念，此言只有君王与我知道。

当年七月七日长生殿中，夜半无人时分，我们曾山盟海誓。

我们双双祈愿：在天愿为比翼鸟，在地愿为连理枝。

即使天长地久，也总会有尽头，但我们分开的遗憾，却永远没有尽头。

卖炭翁[1]

苦宫市也

卖炭翁，伐薪烧炭南山中[2]。

满面尘灰烟火色[3],两鬓苍苍[4]十指黑。
卖炭得钱何所营[5]?身上衣裳口中食。
可怜[6]身上衣正单,心忧炭贱愿[7]天寒。
夜来城外一尺雪,晓驾炭车辗冰辙[8]。
牛困[9]人饥日已高,市[10]南门外泥中歇。
翩翩两骑[11]来是谁?黄衣使者白衫儿[12]。
手把文书口称敕[13],回车叱牛牵向北[14]。
一车炭,千余斤[15],宫使驱将惜不得[16]。
半匹红绡一丈绫[17],系向牛头充炭直[18]。

注释

[1]卖炭翁:这首是组诗《新乐府》中的第32首。

[2]伐薪:砍柴。伐,砍伐。南山:城南之山。

[3]烟火色:烟熏色的脸。突出卖炭翁的辛劳和面容的沧桑。

[4]苍苍:灰白色,形容头发花白。

[5]得:得到。何所营:做什么用。

[6]可怜:使人同情怜悯。

[7]愿:希望、盼望。

[8]晓:天亮。辗:同"碾",压的意思。辙:车轮在地面留的痕迹。

[9]困:疲累。

[10]市:长安的贸易专区。

[11]翩翩:轻快洒脱的样子。形容得意的样子。骑:骑马的人。

[12]黄衣使者:宫内太监。白衫儿:太监的手下。

[13]把:拿。称:说。敕(chi):皇帝的诏书或命令。

[14]回:调转头。叱:大声地训斥。牵向北:牵着向北走去,意指向皇宫。

[15]千余斤:虚指,形容很多。

[16]驱:驱赶。惜不得:舍不得。

[17]半匹红绡一丈绫:半匹纱和一丈绫的价值远远低于一车炭的,这是用贱价强买强卖。

[18]系:绑、挂。直:通"值"。

译文

一位卖炭的老翁,终年在南山里辛劳的砍柴烧炭。他满脸灰尘,脸色可见常年被被烟火熏燎样子,两鬓头发花白,十个手指被炭火熏得黑黑的。卖炭所得的钱打算做什么?买身上穿的衣服和一家人的食物。可怜他身上着单薄的衣服,却因为担心炭卖不出去,希望天更冷一些,这样碳就能卖个好价钱。夜里城外下了场一尺厚的大雪,一大早,老翁就冒着寒冷驾着炭车,碾冰压雪往集市上赶。拉车的牛牛累了,老汉也饿了,太阳已经高高升起,他们就在集市南门外泥泞中凑合着歇息。那骑着两匹马得意忘形走过来的是什么人?是皇宫内的太监和他的手下。太监手里拿着文书,嘴里宣称是皇帝的命令,吆喝着牛就强行拉往皇宫。一车炭,那么多斤,太监们强买强卖,老翁是纵有百般不愿,但实在没有办法啊。那些人把半匹红纱和一丈绫,朝牛头上一挂,说是买炭的钱。

钱塘湖[1]春行

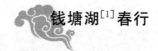

孤山寺北贾亭西[2],水面初平云脚低[3]。
几处早莺争暖树[4],谁家新燕啄春泥[5]。
乱花渐欲迷人眼[6],浅草才能没马蹄[7]。
最爱湖东行不足[8],绿杨阴里白沙堤[9]。

注释

[1]钱塘湖:杭州西湖。
[2]孤山寺:南北朝时期陈文帝初年建。孤山,在西湖的里、外湖之间,因不与其他山接连,称孤山。贾亭:唐朝贾全所筑,又叫贾公亭。西湖名胜之一。
[3]水面初平:湖水才同堤岸齐平。初,作副词,常用来表示时间不久。云脚低:这里指低垂的云。
[4]早莺:春天早来的黄鹂鸟。莺,黄鹂。争暖树:争着飞到阳光好的树枝上去。
[5]新燕:刚从南方飞回来的燕子。啄:衔取。
[6]乱花:万紫千红的花。渐:副词,渐渐地。欲:副词,将要。迷人眼:让人眼花缭乱。
[7]浅草:春天刚长出不高的青草。才能:刚够上。没(mò):遮盖。
[8]行不足:百游而不厌。
[9]阴:同"荫",指树荫。白沙堤:白堤,又称沙堤。

译文

行到孤山寺北,贾公亭西,暂停远眺,只见水面同堤岸齐平,白云低垂,风光无限。
几只早来的黄莺,争先飞往光照充足的树木,谁家南归的燕子,衔来春泥筑新巢?
鲜花缤纷,令人眼花缭乱,初长的青青野草,刚刚没过马蹄。
湖东景色,令人乐而忘归,风光最好的,要数绿杨掩映的白沙堤。

唐代散文

唐代中叶发起了以提倡古文、反对骈文为特点的文体改革运动——古文运动。"古文"这一概念由韩愈最先提出。他把六朝以来讲求声律及辞藻、排偶的骈文视为俗下文字,认为自己的散文继承了先秦两汉文章的传统,所以称"古文"。韩愈提倡古文,目的在于恢复古代的儒学道统,将改革文风与复兴儒学变为相辅相成的运动。他在提倡古文时,进一步强调要以文明道。

所谓"古文",是对骈文而言的。先秦和汉朝的散文,特点是质朴自由,以散行单句为主,不受格式拘束,有利于反映现实生活、表达思想。自南北朝以来,文坛上盛行的骈文,是始于汉朝、盛行于南北朝的文体,它流于对偶、声律、典故、词藻等形式,华而不实,不适于用。在唐朝初期的文坛,骈文仍占主要地位。唐玄宗天宝年间至中唐前期,萧颖士、李华、元结、独孤及、梁肃、柳冕,先后提出宗经明道的主张,并用散体作文,成为古文运动的先驱。韩愈、柳宗元则进一步提出了一套完整的古文理论,并写出了相当数量的优秀古文作品,当时有一批学生和追随者热烈响应,终于在文坛上形成了颇有声势的古文运动,把散文的发展推向了一个新的阶段。

韩愈和柳宗元是唐代古文运动的代表。他们倡导古文是为了推行古道,为了复兴儒学。他们的古文理论都把明道放在首位。两家的古文理论体系还包括:主张"养气",即提高作者的道德修养,强调"根之茂者其实遂,膏之沃者其光晔,仁义之人,其言蔼如也"(韩愈《答李翊书》),作者的道德修养决定文章的表现形式。"非三代两汉之书不敢观"(韩愈《答李翊书》),不仅重视经史,也重视屈原、司马相如、扬雄等人的艺术成就,吸取他们的精华,丰富自己的写作(韩愈《进学解》、柳宗元《答韦中立论师道书》)。反对模仿因袭,要求"惟陈言之务去"(韩愈《答李翊书》)。韩愈、柳宗元诸人注意汲取口语中的新鲜词汇,提炼为一种接近口语的新的书面语言,写下了许多优秀作品,扩大了书面语言的表达功能,开创了中国文学史上新的散文传统。

第一节 韩愈

韩愈(768—824年),字退之,唐代杰出的文学家、思想家、政治家、哲学家。河阳(今河南省孟州)人,汉族,祖籍河北昌黎,世称韩昌黎,谥号"文",又称"韩文公"。韩愈是唐代古文运动的倡导者,与柳宗元同为唐代古文运动的倡导者,被后人尊为"唐宋八大家"之首,与柳宗元并称"韩柳"。他开辟了唐代以来古文的发展道路,主张学习先秦两汉的散文语言,扩大文言文的表达功能。提出"文道合一""气盛言宜""务去陈言""文从字顺"等写作理论,对后人很有深远的影响。宋代苏轼认为他"文起八代之衰",明人评他为唐宋八大家之首。他的作品收录在《韩昌黎集》。

韩愈童年困苦,三岁时父亲韩仲卿便去世了,他由兄长韩会抚养成人。后来兄长韩会也病逝了,韩愈便由寡嫂抚养长大。因此,韩愈少年时是在困苦与颠沛中度过的。但他从小便刻苦读书,才识过人。他的叔父、兄长都是倾向复古的人物,由于这种家庭环境的影响与熏陶,韩愈早年即成为了复古主义者。他二十五岁成进士,二十九岁始登上仕途,他在科名和仕途上屡受挫折,和他的复古思想有关系。

韩愈的作品非常丰富,现存诗文700余篇,其中散文近400篇。韩愈散文内容丰富,形式多样,风格雄健奔放,语言生动简练,为古文运动树立了典范。其散文作品大致可分为以下几类:杂文,杂文中最受瞩目的是那些嘲讽现实、议论犀利的精悍短文,韩愈的这类杂文形式活泼,不拘一格,有很高的文学价值。序文(即赠序),大都言简意赅,别出心裁,如《张中丞传后叙》《送孟东野序》《送李愿归盘谷序》等。传记、碑志,如《毛颖传》《柳子厚墓志铭》等。《祭十二郎文》是祭文中的千年名篇。

韩文特点之一是"发言真率,无所畏避",他敢讲话,讲真话。他的几篇奏疏都是敢于揭发事实,敢说"群臣之所未言"的话。敢于不顾儒家的传统观念,有时也敢于突破社会上的流俗之见。例如他写《讳辩》一文,是对李贺不得应举发表的看法。著名诗人李贺的父亲名晋肃,因"晋"与"进"同音,为了避讳,李贺不得举进士。对于这些,韩愈是不以为然的。于是他便写了极有说服力的一篇《讳辩》。韩文最有代表性的当属《论佛骨表》。公元819年正月,宪宗派使者前往凤翔迎佛骨,长安一时间掀起信佛潮流,百姓纷纷效仿。韩愈不顾个人安危,上《论佛骨表》,文章言辞激烈,极力劝谏,认为不该供奉佛骨,宪宗览奏后大怒,要用极刑处死韩愈,后经裴度、崔群等人极力劝谏,被贬为潮州刺史。

韩文语言简练、准确、鲜明、生动,善于创造性地使用古代词语,又善于吸收当代口语创造出新的文学语言,因此他的散文词汇丰富,句式结构也灵活多变。韩愈新创的许多精炼的语句,如"业精于勤""同工异曲""俱收并蓄"等,有不少已经成为成语,至今还在人们的口头流传。

韩愈的文学成就,主要在文,但其在诗歌领域也颇有建树。韩愈以文为诗,把新的古文语言、章法、技巧引入诗坛,增强了诗歌的表达功能。作诗力求新奇,用字生僻,押险韵,但也有一类朴素无华、清新自然的诗歌,如《晚雨》《早春呈水部张十八员外二首》其一。但韩愈最具代表性的作品,则是那些以雄大气势见长和怪奇意象著称的诗作。

作品选读

师说

古之学者[1]必有师。师者,所以传道受业解惑也[2]。人非生而知之[3]者,孰能无惑?惑而不从师,其为惑也[4],终不解矣。生乎吾前[5],其闻[6]道也固先乎吾,吾从而师之[7];生乎吾后,其闻道也亦先乎吾,吾从而师之。吾师道也[8],夫庸知其年之先后生于吾乎[9]?是故[10]无[11]贵无贱,无长无少,道之所存师之所存也[12]。

嗟乎!师道[13]之不传也久矣!欲人上标之无惑也难矣!古之圣人,其出人[14]也远矣,犹且[15]从师而问焉;今之众人[16],其下[17]圣人也亦远矣,而耻学于师[18]。是故圣益圣,愚益愚[19]。圣人之所以为圣,愚人之所以为愚,其皆出于此乎?爱其子,择师而教之;于其身[20]也,则耻师焉,惑矣[21]。彼童子之师[22],授之书而习其句读[23]者,非吾所谓传其道解其惑者也。句读之不知[24],惑之不解,或师焉,或不焉[25],小学而大遗[26],吾未见其明也。巫医[27]乐师百工[28]之人,不耻相师[29]。士大夫之族[30],曰师曰弟子云者[31],则群聚而笑之。问之,则曰:"彼与彼年相若[32]也,道相似也,位卑则足羞,官盛则近谀[33]。"呜呼!师道之不复[34]可知矣。巫医乐师百工之人,君子[35]不齿[36],今其智乃[37]反不能及,其可怪也欤[38]!

圣人无常师[39]。孔子师郯子[40]、苌弘[41]、师襄[42]、老聃[43]。郯子之徒[44],其贤不及孔子。孔子曰:"三人行,则必有我师[45]"。是故弟子不必[46]不如师,师不必贤于弟子。闻道有先后,术业有专攻[47],如是而已。

李氏子蟠[48],年十七,好古文,六艺经传皆通习之[49],不拘于时[50],学于余。余嘉其能行古道[51],作《师说》以贻[52]之。

注释

[1]学者:求学的人。

[2]师者,所以传道受业解惑也:老师,是用来传授道理、教授学业、解答困惑的人。所以,用来……的。道,儒家之道。受,通"授",传授。

[3]人非生而知之者:人不是一生下来就懂得道理。知,懂得、了解。之,指知识和道理。

[4]其为惑也:他有了困惑。

[5]生乎吾前:即生乎吾前者。意思是出生比我早的人。乎,相当于"于"。

[6]闻:听见,引申为知道,了解。

[7]从而师之:跟随(他),拜他为师。师,意动用法,以……为师。

[8]吾师道也:我是向他学习道。师,用做动词,学习的意思。

[9]夫庸知其年之先后生于吾乎:哪里会在意他的年龄比我大还是小呢?庸,发语词,难道。知,知道。

[10]是故:因此。

[11]无:无论。

[12]道之所存,师之所存也:道在哪里,我的老师就在哪里。

[13]师道:从师的传统。

[14]出人:优秀,出众。

[15]犹且:尚且这样。

[16]众人:普通人。

[17]下:不如,名词用作动。

[18]耻学于师:以向老师学习为耻。耻,以……为耻。

[19]是故圣益圣,愚益愚:因此圣贤更加贤明,愚人更加无知。益,更加、越发。

[20]于其身:对于他自己。

[21]惑矣:真糊涂呀!

[22]彼童子之师:那些给孩子们的启蒙教师。

[23]授之书而习其句读(dòu):教他书里的知识,帮他逐句学习。之,指童子。习,使……

学习。其,指书。句读,也叫句逗,指文辞休止和停顿处。古书籍上没有标点,老师教学时要进行断句教学。

[24]句读之不知:不知如何停顿。

[25]或师焉,或不焉:不知如何断句这样的小事向老师学习,大的疑难困惑却不向老师请教。

[26]小学而大遗:学了断句这样的小知识,却丢了答疑解惑这样大的知识。遗,丢弃。

[27]巫医:古时巫、医不分,指以看病和以鬼神之事为职业的人。

[28]百工之人:各种手工艺者。

[29]相师:拜他人为师。

[30]族:类。

[31]曰师曰弟子云者:谈到老师、弟子的时候。

[32]年相若:年岁相近。

[33]位卑则足羞,官盛则近谀:让地位比自己低的人做老师就感到羞耻,让达官显贵做老师又显阿谀奉承。足,可。盛,高大。谀,阿谀奉承。

[34]复:恢复。

[35]君子:即文中提到的"士大夫"。

[36]不齿:不屑,看不起。

[37]乃:竟,竟然。

[38]其可怪也欤:难道有什么奇怪吗?其,难道,表反问。欤,语气词,表感叹。

[39]圣人无常师:圣人不止一个老师老师。常,固定不变。

[40]郯(tán)子:春秋时的一个国君,传孔子曾向他请教。

[41]苌(cháng)弘:东周的大夫,据说孔子曾向他请教古乐。

[42]师襄:春秋时鲁国的乐官,传说孔子曾向他学琴。

[43]老聃(dān):即老子,相传孔子曾向他学习周礼。

[44]之徒:这一类人。

[45]三人行,则必有我师:三人同行,其中一定有人可以有让我学习的优点。

[46]不必:不一定。

[47]术业有专攻:在专业领域有自己的研究特长。攻,研究。

[48]李氏子蟠(pán):李家的孩子名蟠。李蟠,韩愈的弟子,唐德宗贞元十九年(803年)进士。

[49]六艺经传(zhuàn)皆通习之:古代知识分子要求掌握的六种基本技能:礼、乐、射、御、书、数。经传,指儒家经典和解释经典的书。

[50]不拘于时:指不受当时羞于拜师求教这种不良风气的影响和束缚。时,时下。

[51]余嘉其能行古道:奖励赞赏他能效仿古人从师学习的风尚。嘉,赞许,奖励。

[52]贻:赠予。

译文

古代求学的人一定有老师。老师,就是那个专门传授儒道、教授学业、答疑解惑的人。人并非一生下来就能懂得道理,谁能毫无疑惑?有了疑惑,如果不向老师学习,那些疑惑,就永远得不到解答。比我年长的人,他学习的时间比我长,懂得的知识也比我多,我应该把他当作老师;比我年轻的人,假如懂得的知识和道理比我多,我也应该把他当作老师,向他学习。我拜师是向他学习知识,比我年长年幼又有什么重要的呢?因此,无论高低贵贱,年长年幼,知识比我多,他身上就有值得我学习的地方。

  唉,古代从师学习的风尚已经衰落了,但人想要没有丝毫的疑难困惑是不可能的事情!古代圣贤人,他们比普通人优秀得多,尽管这样他们还是谦虚的四处学习请教;而现在普通的人,他们的才智远远不及古时圣贤,却以拜师学习为耻。这正因如此,圣贤就更加睿智,愚昧者就更加愚昧。圣贤之所以能成为圣贤人,愚人之所以能变为愚人,大概就是因为这种原因吧?世人爱他们的孩子,选择老师来教育他们,但是这些父母自己呢,却以向老师学习为可耻,真糊涂啊!那些孩子们的老师,可以教他们读书,帮助他们学习断句,但不能传授我所说的那些道理,解答那些困惑。一方面不能识文断句,另一方面不能答疑解惑。不知如何断句这样的小事向老师学习,大的疑难困惑却不向老师请教。学了断句这样的小知识,却丢了答疑解惑这样大的知识。我没看出哪种选择是明智的。巫医乐师和各种工匠这些人,不以互相学习为耻。而士大夫却听到"称老师""称弟子"就一起讥笑人家。问他们:"为什么讥笑?"回答说:"年龄差不多,道德学问也差不多,向地位低的人请教学习觉得羞耻,向地位高的人学习又觉得是阿谀奉承。"唉!古时候那不耻下问的学习风尚难以恢复了,从这些话里就可以看出来了。巫医乐师和匠人们,君子们不屑一提,但现在他们的见识反而赶不上巫医乐师和匠人们,真是令人奇怪!

  圣人不会只有一个老师。孔子曾向郯子、苌弘、师襄、老聃学习。郯子这些人,他们的贤能都比不上孔子。孔子说:"几个人一起走,其中一定有可以让我学习的人。"因此学生不一定不如老师,老师不一定就比学生贤能,懂得道的时间有早有晚,学问技艺也各有专长,如此罢了。

  李家的孩子名蟠,十七岁,喜欢古文,六艺和儒家经典都学习了,他还不受时俗的影响,向我求教。我很欣赏他能够遵行古人拜师学习的好风尚,因此写了这篇《师说》赠送给他。

马说

  世有伯乐[1],然后有千里马[2]。千里马常有,而[3]伯乐不常有。故虽有名马[4],祗[zhi]辱于奴隶人之手[5],骈死于槽枥之间[6],不以千里称也[7]。

  马之千里者[8],一食[9]或[10]尽[11]粟[12]一石[13]。食马者[14]不知其[15]能千里而食[si]也。是[16]马也,虽[17]有千里之能[18],食[shi]不饱,力不足[19],才[20]美[21]不外见[22],且[23]欲[24]与常马等[25]不可得[26],安[27]求[28]其能千里也?

  策之[29]不以其道[30],食之[31]不能尽其材[32],鸣[33]之而不能通其意[34],执[35]策[36]而临[37]之,曰:"天下无马!"呜呼[38]!其[39]真无马邪[40]?其[41]真不知[42]马也。

注 释

  [1]伯乐:春秋时人,擅长相马,泛指懂马识马的人。伯乐现在用来比喻善于发现人才的人。

  [2]千里马:原指可以日行千里的骏马。现在常用来比喻有才华的人。

  [3]而:可是,但是,表转折。

[4]故虽有名马:因此即使有名贵的好马。故,因此。虽,即使。名马,名贵的的好马。

[5]祇(zhǐ)辱于奴隶人之手:也只能在埋没在马夫的手里。祇,只是。辱,这里指受屈辱、埋没。奴隶人,古代指仆役,这里马夫。

[6]骈(pián)死于槽(cáo)枥(lì)之间:和普通的马一同死在马厩里。骈死,并列而死。于,在。槽枥,喂牲口用的食器,指马厩。

[7]不以千里称也:不因日行千里而闻名。意思是说千里马的才能被埋没。以,凭借。称,著称、闻名。

[8]马之千里者:千里马。之,定语后置的标志。

[9]一食(shí):吃一顿。食,吃。

[10]或:有时。

[11]尽:吃尽。

[12]粟(sù):小米,泛指粮食。

[13]石(dàn):容量单位,十斗为一石,一石约等于一百二十斤。

[14]食(sì)马者:喂马的人,用来比喻不懂得重用人才的官吏。食,通"饲",喂。

[15]其:代词,指千里马。

[16]是:指示代词,这样。

[17]虽:虽然

[18]能:本领,才能。

[19]足:足够。

[20]才:才能,本领

[21]美:好,优秀。

[22]外见(xiàn):表现在外面。见,通"现",表现,显露出来。

[23]且:尚且。

[24]欲:想要。

[25]等:等同,一样。

[26]不可得:不能够得到。

[27]安:疑问代词,怎么,哪里。

[28]求:要求。

[29]策之:驱使它。策,马鞭,这里指鞭策,驾驭。之,代词,指千里马。

[30]以其道:按照驾驭千里马的正确做法。以,按照。道,正确的方法。

[31]食(sì)之:食,通"饲",喂。之,千里马。

[32]尽其材:使千里马日行千里的才能充分发挥出来。

[33]鸣:马的叫声。

[34]通其意:了解千里马的想法。

[35]执:拿。

[36]策:马鞭。

[37]临:面对。

[38]呜呼:表示叹气。

[39]其:难道,表反问语气。

[40]邪(yé):通"耶",表疑问的语气词,意为"吗"。

[41]其:恐怕,推测语气。

[42]知:了解。

译文

世间先有伯乐,然后才会有千里马。千里马一直都有,但是善于发现千里马的伯乐并不多。正因如此即,使有名贵的宝马,往往埋没在普通的马夫的手里,跟普通的马一同默默无闻死在马厩里,不能以日行千里的才华被世人所知道。

日行千里良马,吃一顿有时就能吃尽一石粮食。马夫不知道它有能日行千里的能力还按照喂养普通马的方式来喂养它。这样,千里马虽有日行千里的才能,但吃不饱,力气不足,才能也就无法表现出来。千里马的待遇想要和普通的马一样都尚且做不到,怎么还能要求它日行千里呢?

不按照正确的方法驾驭、喂养千里马;听千里马嘶鸣,却不能懂得它的意思。握着马鞭就站在千里马的旁边跟前,哀叹到:"天下没有千里马!"唉,果真是这世上没有千里马吗? 恐怕是因为不认识千里马吧!

《早春呈水部张十八员外》[1]其一

天街小雨润如酥[2],草色遥看近却无。

最是一年春好处[3],绝胜烟柳满皇都[4]。

注释

[1]呈:恭敬地送给。水部张十八员外:指唐代诗人张籍。因在同族兄弟中排行第十八故称张十八。

[2]天街:京城街道。润如酥:细腻如酥油一般。酥:动物的油。此句形容春雨的绵密。

[3]最是:正是。处:时候。

[4]绝胜:远胜过,超出很多。皇都:这里指长安。

译文

京城大道春雨丝丝,这春雨如同酥油一般细密滋润,远远望去刚长出来的春草隐约可见一片新绿,走进细看时却不见了那一片绿色。

这正是一年中最美的时候,远胜过绿柳满长安的暮春时节。

第二节 柳宗元

柳宗元(773—819年),字子厚,河东(今山西永济县)人,唐代杰出诗人、哲学家、儒学家、政治家,唐宋八大家之一。著名作品有《永州八记》等六百多篇文章,收录在《柳河东集》。因为他是河东人,人又称柳河东,又因终于柳州刺史任上,又称柳柳州。与韩愈同为古文运动的领导人物,并称"韩柳"。柳宗元在在诗歌、辞赋、散文、游记、寓言、杂文以及文学理论等多个方面,都在中国文学史上留下了光辉的一笔。

柳宗元二十一岁登进士,三十一岁为监察御史。顺宗即位,柳宗元被任命为礼部员外郎。这时他和王叔文、刘禹锡等积极从事政治、经济、军事等各方面的革新,做了不少有利于国家和人民的大事。但王叔文执政不到七个月,因为遭到宦官和旧官僚的联合反攻而失败。柳宗元也因此被贬为永州司马。十年后,改为柳州刺史,四十六岁时死于柳州。长期的贬谪生活,使他有机会接近普通民众,他的诗文,真实地反映了社会生活的许多重要方面,具有强烈的现实主义精神;而且在艺术上所表现的独创性,也非常突出。柳宗元重视文章的内容,主张文以明道,注重文学的社会功能,强调文须有益于世。他提倡思想内容与艺术形式的完美结合,指出写作必须持认真严肃的态度,强调作家道德修养的重要性。他推崇先秦两汉文章,提出要向儒家经典及《庄子》《老子》《离骚》《史记》等学习借鉴,但又不能厚古薄今。

柳宗元最为世人称道者,是那些情深意远、疏淡峻洁的山水闲适之作。柳文的成就大于柳诗。在游记、寓言等方面,柳宗元创作许多极其优秀的作品,如《永州八记》已成为中国古代山水游记的经典之作;柳宗元的论说包括哲学、政论等文及以议论为主的杂文。这类文章笔锋犀利,论证精确,如《天说》《封建论》等;柳宗元还写了不少寓言故事,其寓言多用来讽刺、抨击当时社会的丑恶现象,他很善于用各种动物拟人化的艺术形象寄寓哲理或表达政见,代表作有《三戒》《临江之麋》《黔之驴》《永某氏之鼠》等。

在诗歌理论方面,他继承了刘勰标举的"比兴"和陈子昂提倡的"兴寄"的传统,与白居易《与元九书》中关于讽喻诗的主张一致。他的诗文理论,代表着当时文学运动的进步倾向。柳诗现存140多首,均为贬谪后所作。这些诗歌题材广泛,体裁多样,寓意深刻,在平实的格调中表现沉厚的感情。前人把他与王维、孟浩然、韦应物并称"王孟韦柳"。其部分五古思想内容近于陶渊明诗,语言朴素自然,风格淡雅而意味深长;另外一些五古则受谢灵运影响,用语精妙,于清丽中藏有玄妙,呈现出一种独特的面貌。柳宗元几乎无论写什么题材,都能写出具有社会意义和艺术价值的诗篇。

作品选读

捕蛇者说

永州[1]之[2]野[3]产[4]异[5]蛇,黑质而白章[6],触[7]草木,尽[8]死;以啮[9]人,无御[10]之[11]者。然[12]得而腊之[13]以为饵[14],可以[15]已大风、挛踠、瘘、疠[16],去死肌[17],杀三虫[18]。其始[19]太医以王命聚之[20],岁赋其二[21];募[22]有能捕之者[23],当[24]其租入。永之人争奔走[25]焉[26]。

有蒋氏者,专其利[27]三世矣。问之,则[28]曰:"吾祖死于是[29],吾父死于是,今[30]吾嗣[31]为之[32]十二年,几[33]死者[34]数[35]矣。"言之[36],貌若甚戚者[37]。

余悲之[38],且[39]曰:"若毒之乎[40]?余将[41]告于[42]莅事者[43],更若役[44],复若赋[45],则何如[46]?"

蒋氏大[47]戚,汪然[48]出涕[49]曰:"君将哀而生之[50]乎?则吾斯[51]役之不幸,未若[52]复吾赋不幸之甚[53]也。向[54]吾不为[55]斯役,则久已病[56]矣。自[57]吾氏三世居[58]是乡,积于今[59]六十岁矣。而乡邻之生[60]日[61]蹙[62],殚[63]其地之出,竭[64]其庐[65]之入。号呼而转徙[66],饥渴而顿踣[67]。触风雨,犯[68]寒暑,呼嘘毒疠[69],往往而死者相藉[70]也。曩[71]与吾祖居者,今其室[72]十无一焉。与吾父居者,今其室十无二三焉。与吾居十二年者,今其室十无四五焉。非死则徙尔[73]。而吾以捕蛇独存。悍吏之来吾乡,叫嚣[74]乎东西,隳突[75]乎南北;哗然而骇[76]者,虽[77]鸡狗不得宁焉。吾恂恂[78]而起,视其缶[79],而吾蛇尚存,则弛然[80]而卧。谨食之[81],时[82]而献焉。退[83]而甘[84]食其土之有[85],以尽吾齿[86]。盖[87]一岁之犯[88]死者二焉,其余则熙熙[89]而乐,岂若吾乡邻之旦旦[90]有是哉[91]。今虽死乎此,比吾乡邻之死则已后矣,又安敢毒耶[92]?"

余闻而愈悲,孔子曰:"苛[93]政猛于[94]虎也!"吾尝疑乎是,今以蒋氏观之,犹信。呜呼!孰知赋敛之毒有甚是蛇者乎!故[95]为之说,以[96]俟[97]夫观人风[98]者得焉。

注释

[1]永州:位于湖南省西南部。

[2]之:结构助词,可解释为"的"。

[3]野:郊外。

[4]产:出产。

[5]异:奇特的,与众不同的。

[6]黑质而白章:黑色的身体,白色的花纹。质,这里指蛇的身体。章,花纹。

[7]触:碰。

[8]尽:全,都。

[9]以:假设连词,如果。啮(niè):咬。

[10]御:抵挡。

[11]之:指蛇毒。

[12]然:然而,但是。

[13]得而腊(xī)之:抓到并把它晾成肉干。得,抓住。而,表顺接。之,指这种蛇。腊,干肉,活用为动词,指把蛇肉晾干。

[14]以为饵:以,用来。为,作为。饵,这里指中药里的药引子。

[15]可以:可以用来。可,可以。以,用来。

[16]已:止,治愈。大风:麻风病。挛踠(luán wǎn):手脚弯曲不能伸展。瘘(lòu):颈部生疮。疠(lì):毒疮。

[17]去死肌:去除腐肉。

[18]三虫:泛指人体内的寄生虫。

[19]其:助词,没事意义。始:刚开始。

[20]以:用。命:命令。聚:征集。

[21]岁:每年。赋:征收的钱财。二:两次。

[22]募:招收。

[23]者:……的人。

[24]当:充当,抵。

[25]奔走:忙着做。

[26]焉:语气词兼代词。

[27]专其利:独占捕蛇而不用交税的好处。

[28]则:却。

[29]死于是:死在这件事上。是,代词,这件事。

[30]今:现在。

[31]嗣:继承。

[32]为之:做捕蛇这件事。

[33]几(jī):差点儿。

[34]几死者:几乎死掉这种情况。

[35]数(shuò):多次。

[36]之:音节助词,无实义。

[37]甚:很,非常。戚:悲伤,难过。

[38]余:我。悲之:同情他。

[39]且:并且。

[40]若毒之乎:你恨这件事吗?

[41]将:打算。

[42]于:向。

[43]莅事者:指地方官。

[44]更若役:更换你捕蛇的差事。

[45]复:恢复。

[46]则何如:那怎么样。

[47]大:非常。

[48]汪然:含泪的样子。

[49]涕:眼泪。

[50]生:使……活下去。

[51]斯:此,这样。

[52]若:比得上。

[53]甚:那么。

[54]向:以前。

[55]为:做。

[56]病:困苦。

[57]自:自从。

[58]居:居住。

[59]积:一年一年累积起来。

[60]生:生活。

[61]日:一天比一天。

[62]蹙(cù):窘迫。

[63]殚(dān):竭尽。

[64]竭:尽。

[65]庐:简陋的小房子。

[66]徙:迁移。

[67]顿踣(bó):累倒在地。

[68]犯:冒着。

[69]疠:毒气。

[70]死者相藉:尸体互相压着。藉,枕、垫。

[71]曩(nǎng):从前。

[72]其室:他们的家。

[73]非……则……:不是……就是……。

[74]嚣:大声叫喊。

[75]隳(huī)突:骚扰。

[76]骇:使人害怕。

[77]虽:即使。

[78]恂恂(xún xún):提心吊胆的样子。

[79]缶(fǒu):瓦罐。

[80]弛然:放心。

[81]食(sì):喂,饲养。

[82]时:到时候。

[83]退:回到家。

[84]甘:有滋有味。

[85]其土之有:土地里长出的物质。

[86]齿:年龄。

[87]盖一岁之犯死者二焉:一年当中冒死两次。

[88]犯:冒着。

[89]熙熙:快乐的样子。

[90]旦旦:每天。

[91]哉:语气助词,表感叹。

[92]耶:语气助词,表反问。

[93]苛:凶暴,苛刻。

[94]于:比。

[95]故:因此,所以。

[96]以:用来。

[97]俟(sì):等待。

[98]人风:民风。

译文

永州的山野有一种奇异的蛇,这种蛇黑色长有白色的花纹;它爬行过的地方被碰到的草木会干枯死掉。如果被这种蛇咬了,无药可医。但如果把这种蛇杀死后晾干用来做药引子,却能治愈大风、挛踠、瘘、疠,去除死肉,杀死人体内的寄生虫。起初,太医以皇帝的命令征集这种蛇,每年征收两次,招募能捕捉这种蛇的人,用捕蛇来抵他的赋税,永州的人争先恐后地去捕蛇。

有个姓蒋的人家,做这个用捕蛇抵赋税的捕蛇人已经三代人了。我问他,他却说:"我的祖父因捕蛇而死,我父亲也因此而死。现在我继承干捕蛇这差事也十二年了,死里逃生的危险也发生好多次了。"他讲这些事情的时候,神情悲伤。

我很同情他,就说:"你不恨捕蛇这差事吗?我要告诉管理此事的人,让他更换你捕蛇的差事,你像其他百姓一样缴纳赋税就可以了,怎么样?"

蒋氏听了,更加悲伤,他眼中带泪的说:"您是可怜我,还想让我活下去吗?我捕蛇这件事情的危险远不如缴纳税负的痛苦啊。如果以前我没干捕蛇这差事,那我早已穷困的难以活下去了。我家祖上三代都居住在这个地方,到现在,已经有六十年了。可我看乡邻们的生活越来越贫困,把他们地里所有的收成都拿出来,把他们家里所有的收入也全拿去交税赋都还不够,没办法只能号啕痛哭四处流浪,饥寒交迫倒在地上。一路上狂风暴雨,严寒酷暑,毒气,常常一个接一个死人。死人压着死人。从前和我祖父住在一起的乡邻,现在十户当中剩不下一户。和我父亲住在一起的乡邻,十户中只有不到两三户了;和我一起住了十二年的乡邻,现在十户当中只有不到四五户了。这些人不是死了就是搬走了。我却因为干这捕蛇的差事才活了下来。凶暴的小吏来到我们这里,到处骚扰,声音喧闹惊扰了乡间的平静,连鸡狗也不得安宁呢!每当这时我就小心翼翼地起来,看看放蛇的瓦罐,我抓的蛇还在,我就能放心地躺下了。我小心地养着蛇,到规定的日子把蛇献上去。献蛇回家后就能享受我自家田地里种出东西,来度过我的余生。总的来说,做捕蛇人一年当中冒死两次,其余时间都可以平安度日。哪像我的乡邻们天天都有死亡的危险呢。现在我即使因捕蛇而死,比起我的乡邻也已经算比他们活得久了,又怎么敢怨恨这件差事呢?"

我听了蒋氏的诉说更加悲伤。孔子说:"严苛的统治比老虎还要凶暴啊!"我曾怀疑过这句话,现在从蒋氏来看,孔子这话是对的。唉!谁能想到繁重的赋税比毒蛇种更伤害百姓呢!因此我写了这篇文章,期待朝廷考察民情官员可以看到它。

黔[1]之驴

黔无驴,有好事者船载以入,至则[2]无可用,放之山下。虎见之,庞然[3]大物也,以为神。蔽林间窥之[4],稍出近之[5],憖憖然[6],莫相知[7]。他日[8],驴一鸣,虎大骇[9],远遁[10],以为且噬己也[11],甚恐。然往来视之,觉无异能者。益习其声[12],又近出前后,终不敢搏[13]。稍近益狎[14],荡倚冲冒[15],驴不胜怒[16],蹄之[17]。虎因喜,计之曰[18]:"技止此耳!"因跳踉大𠵏[19],断其喉,尽其肉,乃去[20]。

噫!形之庞也类有德[21],声之宏[22]也类有能,向[23]不出其技,虎虽猛,疑畏[24],卒[25]不敢取;今若是[26]焉,悲夫!

注 释

[1]黔(qián):即唐代黔中道,辖今四川小部分和贵州北部部分地区。现以"黔"为贵州的

别称。

[2]则:却。

[3]庞然:巨大。

[4]蔽林间窥之:藏在树林里偷看驴。

[5]稍出近之:渐渐地出来并接近驴。

[6]慭(yìn)慭然:小心谨慎、疑惑的样子。

[7]莫相知:不了解。

[8]他日:有一天。

[9]大骇:很害怕。

[10]远遁:逃到远处。

[11]且:将要。噬(shì):咬。

[12]益:慢慢地,逐渐。

[13]终不敢搏:始终不敢攻击。

[14]狎(xiá):态度不尊重。

[15]荡:碰撞。倚:靠近。冲冒:冲击冒犯。

[16]不胜怒:非常生气。

[17]蹄:名词作动词,踢。

[18]计之:盘算这件事。

[19]跳踉(liáng):跳跃。㘎(hǎn):吼。

[20]乃:才。去:离开。

[21]类:似乎,好像。德:道行。

[22]宏:洪亮。

[23]向:以前,当初。

[24]疑畏:又怀疑又害怕。

[25]卒:最终。

[26]是:这样,如此。

译文

贵州这个地方本来没有驴,一个多事的人用船运了一头驴到这里。驴到这里后没有什么用处,就把它放在山脚下。老虎看到驴这个庞然大物,以为它是什么神奇之物,躲在树林里偷偷观察驴,渐渐小心翼翼地出来接近它,老虎惊恐疑惑,不知道这是什么东西。有一天,驴叫了一声,老虎受到惊吓,逃得远远的,以为驴要咬自己,非常害怕。但是老虎反反复复观察驴,发现驴并没有什么特殊的能力。老虎渐渐习惯了驴的叫声,在驴周围徘徊试探,但始终不敢与驴搏斗。老虎越来越靠近驴子,态度也越来越随意,试着碰撞和试探驴子。驴非常生气,用蹄子踢老虎。老虎发现了很高兴,心里想到:"驴的本领也仅仅只是这样而已!"于是老虎跳起来大吼了一声扑了过去,咬断驴的喉咙,吃光了驴肉,然后才离开。

唉!外形庞大好像很厉害,声音洪亮以为有能耐,当初要是不露出他只会乱踢的弱点,老虎虽然凶猛,但老虎多疑、谨慎畏惧,也不敢轻易吃掉它。如今落得这样的下场,可悲啊!

江雪

千山鸟飞绝[1],万径[2]人踪[3]灭。
孤[4]舟蓑笠[5]翁,独[6]钓寒江雪。

注释

[1]绝:尽,没有。
[2]万径:虚指,指很多路。
[3]人踪:人的脚印。
[4]孤:一个,孤零零。
[5]蓑笠(suō lì):蓑衣和斗笠,古时用来防雨的衣服和帽子。
[6]独:独自。

译文

所有的山上都见不到飞鸟的痕迹,所有的路上也看不到人影踪迹。
江上孤单单的一只小船上,渔翁穿着蓑衣戴着斗笠,不畏冰雪,独自垂钓。

第十三章

唐传奇

　　唐传奇是唐代文言短篇小说,内容多记述奇闻异事,后人称为唐人传奇,或称唐传奇。唐代传奇内容除部分记述神灵鬼怪外,大量记载人间的各种世态,人物有上层的,也有下层的,反映面较为广阔,生活气息也较为浓厚。起初传奇并未与小说连在一起。传奇起于唐,唐传奇即唐代流行的文言笔记,作者大多以记、传名篇,以史家笔法,传奇闻异事。笔记乃是作者所见、所闻而纪录下来的故事,类似轶事掌故,颇有参考价值。"传奇"之名,起于晚唐裴铏小说集《传奇》,发展到后来,传奇才逐渐被认为是一种小说的体裁。于是,传奇作为唐人文言小说的通称,便约定俗成地沿用下来。

　　唐代传奇的繁荣,有一定的历史、社会原因。唐朝统一中国以后,长期来社会比较安定,农业和工商业都得到发展,如长安、洛阳、扬州等一些大城市,人口众多,经济繁荣。为了适应广大市民和统治阶层文化娱乐生活的需要,在这些大城市中,民间的"说话"(讲故事)艺术应运而生。当时佛教兴盛,佛教徒也利用这种通俗的文艺形式演唱佛经故事或其他故事,以招徕听众、宣扬佛法,于是又产生了大量变文,促进了"说话"艺术的发展。从民间到上层,说话普遍受到人们的喜爱。例如唐玄宗晚年生活寂寞,高力士经常让他听"转变说话"即说变文和小说以解闷取乐。当时文人聚会时,也以"说话"消遣。文士间流行"说话"风气,其"说话"艺术又很细致,是促使唐传奇大量产生并取得突出成就的一个重要原因。

　　唐传奇的发展随着唐王朝的发起、兴盛与衰落潮起潮落。初、盛唐时代为发轫期,也是由六朝志怪到成熟的唐传奇之间的一个过渡阶段,期间作品数量少,一时表现上也不够成熟。中唐时代是传奇发展的兴盛期,名家名作蔚起,唐传奇的大部分作品都产生在这个时期。这个时期的繁荣还与此时期特殊的社会风尚紧相关联。中唐时期,通俗的审美趣味由于变文、俗讲的兴盛而进入士人群落,传奇在很大程度上已为人们接受和欣赏,已经有了广大的接受群。唐传奇在经过发轫期的准备,兴盛期的火爆之后,终于在晚唐时代开始退潮,出现了由盛转衰的局面。

　　中唐时代是传奇发展的兴盛期,名家名作蔚起,唐传奇的大部分作品都产生在这个时期。鲁迅曾指出:"惟自大历以至大中中,作者云蒸,郁术文苑,沈既济、许尧佐擢秀于前,蒋防、元稹振采于后,而李公佐、白行简、陈鸿、沈亚之辈,则其卓异也。"(《唐宋传奇集》叙例)元稹、白居易、白行简、陈鸿、李绅等人更以诗人兼传奇家的身份,将歌行与传奇配合起来,用不同体裁不同方式来描写同一事件(如元稹的《莺莺传》、白行简的《李娃传》、陈鸿的《长恨歌传》,都有与之相配的长篇歌行),从而既提高了传奇的地位,又扩大了影响。同时,不少传奇作家本身就是享有盛名的古文大家,韩愈写过《毛颖传》《石鼎联句诗序》,柳宗元写过《河间传》《李赤传》,这些在构思和技巧上已近于传奇小说的作品均具有古文笔法和风格。中唐传奇所存完整作品约近四十种,题材多取自现实生活,涉及爱情、历史、政治、豪侠、梦幻、神仙等诸多方面,其中以爱情小说的成就最为突出。

陈玄佑的《离魂记》是传奇步入兴盛的标志性作品。写张倩娘为追求自由爱情,冲破封建家庭的阻挠,灵魂离躯体而去,终得与情人结合,后返归故里,与在闺房病卧数年的倩娘的身躯"翕然而合为一体"。小说运用浪漫手法,幻设奇妙情节,赞扬婚姻自主,谴责背信负约,对自由爱情的主题作了突出的渲染。

沈既济的《任氏传》是继之出现的又一爱情佳作。写贫士郑六与狐精幻化的美女任氏相爱,郑六妻族的富家公子韦崟知此事后,白日登门,强施暴力,任氏坚拒不从,并责以大义,表现了对爱情忠贞。后郑六携任氏赴外地就职,任氏在途中为猎犬所害。小说情节曲折丰富,对任氏形象的刻画尤为出色,在使异类人性化、人情化方面取得了开创性的成就。

李朝威的《柳毅传》写人神相恋故事"风华悲壮"而别具特色。柳毅于泾阳邂逅洞庭龙女,得知她的悲惨遭遇后,毅然为之千里传书。当钱塘君将龙女救归洞庭,威令柳毅娶她时,柳毅严辞拒绝。在几经曲折后,最终与龙女成婚。《柳毅传》通过形神兼具的人物形象塑造和波澜起伏的情节描写,将灵怪、侠义、爱情三者成功的结合在一起,展现出奇异浪漫的色彩和清新峻逸的风神。对比以上,后来的三位传奇大家白行简、元稹、蒋防创作的《李娃传》《莺莺传》《霍小玉传》完全摆脱了神怪之事,而以生动的笔墨、动人的情感来全力表现人世间的男女之情,取得了极大的成功。

白行简,白居易之弟,《李娃传》写荥阳生赴京应试,与名妓李娃相恋,资财耗尽后,被鸨母设计逐出,流浪街头,做了丧葬店唱挽歌的歌手。一次他与其父荥阳公相遇,痛遭鞭笞,几至于死;后沦为乞丐,风雪之时为李娃所救,二人同居。在李娃的护理和勉励下,荥阳生身体恢复,发愤读书,终于登第为官,李娃也被封为汧国夫人。这是一篇以大团圆方式结局的作品,小说的精华尤其表现在对李娃形象的塑造上,对其过人的清醒、明智、坚强和练达,构成李娃性格中最有特色的闪光点。

元稹的《莺莺传》则是一个悲剧结尾。写张生时游蒲州,居普救寺,巧遇暂寓于此的表亲崔家母女。其时蒲州发生兵变,张生设法保护了崔家。崔夫人设宴答谢,并命女儿出拜张生。张生惊其美艳,转托婢女红娘送去两首《春词》逗其心性。莺莺当晚即作《明月三五夜》一诗相答,暗约张生在西厢见面。张生赴京应考,滞留不归,莺莺虽给张生寄去长书和信物,但张生终与之决绝,并在与友朋谈及此事时斥莺莺为"必妖于人"的"尤物",自诩为"善补过者"。写这篇小说时元稹 26 岁,很多人认为这是元稹的自传。

《霍小玉传》是继《莺莺传》之后的又一部爱情悲剧,也是中唐传奇的压卷之作。作者蒋防,霍小玉原为霍王之女,因其母是侍婢,地位低下,小玉终被众兄弟赶出王府,沦为妓女。她与出身名门的陇西才子李益欢会,只求与李益共度八年幸福生活,而后任他"妙选高门,以谐秦晋",自己则甘愿出家为尼。然而,曾发誓要与小玉"死生以之"的李益一回到家就背信弃约,小玉相思成疾,一黄衫豪士将李益强拉到小玉处,小玉悲愤交集:我为女子,薄命如斯;君是丈夫,负心若此!我死之后,必为厉鬼,使君妻妾,终日不安!小玉说完,"乃引左手握生臂,掷杯于地,长恸号哭数声而绝"。一个多情女子的香消玉殒,这是悲剧的终点,也是悲剧的高潮。

除了上述以爱情为题材的作品外,中唐传奇还有一些借寓言、梦幻以讽刺社会的佳作,其中《枕中记》和《南柯太守传》最具代表性。《枕中记》与前述《任氏传》同出沈既济之手,写自叹贫困而又热衷功名的卢生在邯郸道上遇道士吕翁,并在吕翁授予的青瓷枕上入梦,梦中娶高门女,又中进士,出将入相,享尽了人间的荣华富贵,醒来方知是大梦一场,而店主所蒸黄粱犹自未熟。《南柯太守传》的作者李公佐,曾撰有《庐江冯媪传》《古岳渎经》《谢小娥传》等传奇,《南柯太守传》写游侠淳于棼梦游"槐安国",做了驸马,又任南柯太守,因有政绩而位居台辅。公主死后,遂失宠遭谗,被遣返故里。一梦醒来,才发现适才所游之处原为屋旁古槐下一蚁穴。这两篇作品借梦境凝缩了唐代士子的情志欲望,又借梦境的破灭说明功名富贵的虚幻,由此对汲汲于名利富贵的士子予以讽刺,对官场的黑暗予以揭露。"黄粱美梦""南柯一梦"也成为人们耳熟能详的典实。

此期还有不少以历史故事为题材的传奇作品,如《长恨歌传》《开元升平源》《东城老父传》《高力士外传》《上清传》《安禄山事迹》等,其中以陈鸿的《长恨歌传》较为突出。

唐代传奇的语言,一般运用散体,但多四字句,句法较整齐,沿袭了六朝志怪小说的传统。六朝志怪小说如《搜神记》等,语言比较质朴,不讲究对偶和辞藻,唐代传奇的产生,标志着我国小说的发展已逐渐趋于成熟。从此,小说正式形成了自己的规模和特点,成为一种独立的文学样式。而且出现了一些专门从事传奇创作的作家,促进了小说在艺术上的丰富和提高。传奇是一种传录奇闻的文体,实际上是已具规模的小说。唐代传奇不仅数量很多,而且内容精彩,故事动人,文辞华丽,有些作品确实具有高度的文学价值,唐代许多著名的文学家都写过传奇。部分高水平的传奇且成为后代著名小说戏剧的蓝本。唐传奇的出现,标志着我国文言小说发展到了成熟的阶段。

《霍小玉传》节选

大历中,陇西[1]李生名益,年二十,以进士擢第[2]。其明年,拔萃,俟试于天官。夏六月,至长安,舍于新昌里。生门族清华,少有才思,丽词嘉句,时谓无双;先达丈人,翕然[3]推伏。每自矜风调,思得佳偶,博求名妓,久而未谐。长安有媒鲍十一娘者,故薛驸马家青衣也;折券从良,十余年矣。性便僻,巧言语,豪家戚里,无不经过,追风挟策,推为渠帅。常受生诚托厚赂,意颇德之。

经数月,李方闲居舍之南亭。申未间,忽闻扣门甚急,云是鲍十一娘至。摄衣从之,迎问曰:"鲍卿今日何故忽然而来?"鲍笑曰:"苏姑子作好梦未?"有一仙人,谪在下界,不邀财货,但慕风流。如此色目,共十郎相当矣。"生闻之惊跃,神飞体轻,引鲍手且拜且谢曰:"一生作奴,死亦不惮。"因问其名居。鲍具说曰:"故霍王小女,字小玉,王甚爱之。母曰净持。即王之宠婢也。王之初薨[4],诸弟兄以其出自贱庶,不甚收录。因分与资财,遣居于外,易姓为郑氏,人亦不知其王女。资质秾艳,一生未见,高情逸态,事事过人,音乐诗书,无不通解。昨遣某求一好儿郎格调相称者。某具说十郎。他亦知有李十郎名字,非常欢惬。住在胜业坊古寺曲,甫上车门宅是也。以与他作期约。明日午时,但至曲头觅桂子,即得矣。"

鲍既去,生便备行计。遂令家僮秋鸿,于纵兄京兆参军尚公处假青骊驹,黄金勒。其夕,生浣衣沐浴，修饰容仪，喜跃交并，通夕不寐。迟明，巾帻，引镜自照，惟惧不谐也。徘徊之间，至于亭午。遂命驾疾驱，直抵胜业。至约之所，果见青衣立候，迎问曰："莫是李十郎否？"即下马，令牵入屋底，急急扃门。见鲍果从内出来，遥笑曰："何等儿郎，造次入此。"生调诮未毕，引入中门。庭间有四樱桃树，西北悬一鹦鹉笼，见生入来，即语曰："有人入来，急下帘者！"生本性雅淡，心犹疑惧，忽见鸟语，愕然不敢进。逡巡，鲍引净持下阶相迎，延入对坐。年可四十余，绰约多姿，谈笑甚媚。因谓生曰："素闻十郎才调风流，今又见仪容雅秀，名下固无虚士。某有一女子，虽拙教训，颜色不至丑陋，得配君子，颇为相宜。频见鲍十一娘说意旨，今亦便令永奉箕帚。"生谢曰："鄙拙庸愚，不意故盼，倘垂采录，生死为荣。"遂命酒馔，即命小玉自堂东阁子中而出。生即拜迎。但觉一室之中，若琼林玉树，互相照曜，转盼精彩射人。既而遂坐母侧。母谓曰："汝尝爱念'开帘风动竹，疑是故人来。'即此十郎诗也。尔终日念想，何如一见。"玉乃低鬟微笑，细语曰："见面不如闻名。才子岂能无貌？"生遂连起拜曰："小娘子爱才，鄙夫重色。两好相映，才貌相兼。"母女相顾而笑，遂举酒数巡。生起，请玉唱歌。初不肯，母固强之。发声清亮，曲度精奇。酒阑，及瞑，鲍引生就西院憩息。闲庭邃宇，帘幕甚华。鲍令侍儿桂子、浣沙与生脱靴解带。须臾，玉至，言叙温和，辞气宛媚。解罗衣之际，态有余妍，低帏昵枕，极其欢爱。生自以为巫山、洛浦不过也。

中宵之夜，玉忽流涕观生曰："妾本倡家，自知非匹。今以色爱，托其仁贤。但虑一旦色衰，恩移情替，使女萝无托，秋扇见捐。极欢之际，不觉悲至。"生闻之，不胜感叹。乃引臂替枕，徐谓玉曰："平生志愿，今日获从，粉骨碎身，誓不相舍。夫人何发此言。请以素缣，着之盟约。"玉因收泪，命侍儿樱桃褰幄执烛，受生笔研，玉管弦之暇，雅好诗书，箧箱笔研，皆王家之旧物。遂取绣囊，出越姬乌丝栏素缣三尺以授生。生素多才思，援笔成章，引谕山河，指诚日月，句句恳切，闻之动人。染毕，命藏于宝箧之内。自尔婉娈[5]相得，若翡翠之在云路也。如此二岁，日夜相从。

其后年春，生以书判拔萃登科，授郑县主簿。至四月，将之官，便拜庆于东洛。长安亲戚，多就筵饯。时春物尚余，夏景初丽，酒阑宾散，离思萦怀。玉谓生曰："以君才地名声，人多景慕，愿结婚媾，固亦众矣。况堂有严亲，室无冢妇，君之此去，必就佳姻。盟约之言，徒虚语耳。然妾有短愿，欲辄指陈。永委君心，复能听否？"生惊怪曰："有何罪过，忽发此辞？试说所言，必当敬奉。"玉曰："妾年始十八，君才二十有二，迨君壮室之秋，犹有八岁。一生欢爱，愿毕此期。然后妙选高门，以谐秦晋，亦未为晚。妾便舍弃人事，剪发披缁，夙昔之愿，于此足矣。"生且愧且感，不觉涕流。因谓玉曰："皎日之誓，死生以之。与卿偕老，犹恐未惬素志，岂敢辄有二三。固请不疑，但端居相待。至八月，必当却到华州，寻使奉迎，相见非远。"更数日，生遂诀别东去。

到任旬日，求假往东都觐亲。未至家日，太夫人已与商量表妹卢氏，言约已定。太夫人素严毅，生逡巡不敢辞让，遂就礼谢，便有近期。卢亦甲族也，嫁女于他门，聘财必以百万为约，不满此数，义在不行。生家素贫，事须求贷，便托假故，远投亲知，涉历江、淮，自秋及夏。生自以辜负盟约，大愆回期，寂不知闻，欲断期望，遥托亲故，不遗漏言。

玉自生逾期，数访音信。虚词诡说，日日不同。博求师巫，便询卜筮，怀忧抱恨，周岁有余。羸卧空闺，遂成沉疾。虽生之书题竟绝，而玉之想望不移，赂遗亲知，使通消息。寻求既切，资用屡空，往往私令侍婢潜卖箧中服玩之物，多托于西市寄附铺侯景先家货卖。曾令侍婢浣沙将紫玉钗一只，诣景先家货之。路逢内作老玉工，见浣沙所执，前来认之曰："此钗，吾所作也。昔岁霍王小女将欲上鬟，令我作此，酬我万钱。我尝不忘。汝是何人，从何而得？"浣沙曰："我小娘子,即霍王女也。家事破散,失身于人。夫婿昨向东都,更无消息。悒怏成疾,今欲二年。令我卖此,赂遗于人,使求音信。"玉工凄然下泣曰:"贵人男女,失机落节,一至于此!我残年向尽,见此盛衰,不胜伤感。"遂引至延先公主宅,具言前事,公主亦为之悲叹良久,给钱十二万焉。

时生所定卢氏女在长安,生即毕于聘财,还归郑县。其年腊月,又请假入城就亲。潜卜静居,不令人知。有明经崔允明者,生之中表弟也。性甚长厚,昔岁常与生同欢于郑氏之室,杯盘笑语,曾不相间。每得生信,必诚告于玉。玉常以薪刍衣服,资给于崔。崔颇感之。生既至,崔具以诚告玉。玉恨叹曰:"天下岂有是事乎!"遍请亲朋,多方召致。生自以愆期[6]负约,又知玉疾候沈绵,惭耻忍割,终不肯往。晨出暮归,欲以回避。玉日夜涕泣,都忘寝食,期一相见,竟无因由。冤愤益深,委顿床枕。自是长安中稍有知者。风流之士,共感玉之多情;豪侠之伦,皆怒生之薄行。

时已三月,人多春游。生与同辈五六人诣崇敬寺玩牡丹花,步于西廊,递吟诗句。有京兆韦夏卿者,生之密友,时亦同行。谓生曰:"风光甚丽,草木荣华。伤哉郑卿,衔冤空室!足下终能弃置,实是忍人。丈夫之心,不宜如此。足下宜为思之!"叹让之际,忽有一豪士,衣轻黄纻衫,挟弓弹,风神俊美,衣服轻华,唯有一剪头胡雏从后,潜行而听之。俄而前揖生曰:"公非李十郎者乎?某族本山东,姻连外戚。虽乏文藻,心实乐贤。仰公声华,常思觏止。今日幸会,得睹清扬。某之敝居,去此不远,亦有声乐,足以娱情。妖姬八九人,骏马十数匹,唯公所欲。但愿一过。"生之俦辈,共聆斯语,更相叹美。因与豪士策马同行,疾转数坊,遂至胜业。生以迩郑之所止,意不欲过,便托事故,欲回马首。豪士曰:"敝居咫尺,忍相弃乎?"乃挽挟其马,牵引而行。迁延之间,已及郑曲。生神情恍惚,鞭马欲回。豪士遽[7]命奴仆数人,抱持而进。疾走推入车门,便令锁却,报云:"李十郎至也!"一家惊喜,声闻于外。

先此一夕,玉梦黄衫丈夫抱生来,至席,使玉脱鞋。惊寤而告母。因自解曰:"鞋者,谐也。夫妇再合。脱者,解也。既合而解,亦当永诀。由此征之,必遂相见,相见之后,当死矣。"凌晨,请母梳妆。母以其久病,心意惑乱,不甚信之。黾勉之间,强为妆梳。妆梳才必,而生果至。

玉沉绵日久,转侧须人。忽闻生来,欻然自起,更衣而出,恍若有神。遂与生相见,含怒凝视,不复有言。羸质娇姿,如不胜致,时负掩袂,返顾李生。感物伤人,坐皆欷歔[8]。顷之,有酒肴数十盘,自外而来。一坐惊视,遽问其故,悉是豪士之所致也。因遂陈设,相就而坐。玉乃侧身转面,斜视生良久,遂举杯酒酬地曰:"我为女子,薄命如斯!君是丈夫,负心若此!韶颜稚齿,饮恨而终。慈母在堂,不能供养。绮罗弦管,从此永休。徵痛黄泉,皆君所致。李君李君,今当永诀!我死之后,必为厉鬼,使君妻妾,终日不安!"乃引左手握生臂,掷杯于地,长恸号哭数声而绝。母乃举尸,置于生怀,令唤之,遂不复苏矣。生为之缟素,旦夕哭泣甚哀。将葬之夕,生忽见玉穗帷之中,容貌妍丽,宛若平生。着石榴裙,紫襠裆,红绿帔子。斜身倚帷,手引绣带,顾谓生曰:"愧君相送,尚有余情。幽冥之中,能不感叹。"言毕,遂不复见。明日,葬于长安御宿原。生至墓所,尽哀而返。

后月余,就礼于卢氏。伤情感物,郁郁不乐。夏五月,与卢氏偕行,归于郑县。至县旬日,生方与卢氏寝,忽帐外叱叱作声。生惊视之,则见一男子,年可二十余,姿状温美,藏身映幔,连招卢氏。生惶遽走起,绕幔数匝,倏然不见。生自此心怀疑恶,猜忌万端,夫妻之间,无聊生矣。或有亲情,曲相劝喻。生意稍解。后旬日,生复自外归,卢氏方鼓琴于床,忽见自门抛一斑犀钿花合子,方圆一寸余,中有轻绢,作同心结,坠于卢氏怀中。生开而视之,见相思子二,叩头虫一,发杀觜一,驴驹媚少许。生当时愤怒叫吼,声如豺虎,引琴撞击其妻,诘令实告。卢氏亦终不自明。尔后往往暴加捶楚,备诸毒虐,竟讼于公庭而遣之。卢氏既出,生或侍婢媵妾之属,暂同枕席,便加妒忌。或有因而杀之者。生尝游广陵,得名姬曰营十一娘者,容态润媚,生甚悦之。每相对坐,尝谓营曰:"我尝于某处得某姬,犯某事,我以某法杀之。"日日陈说,欲令惧己,以肃清闺门。出则以浴斛覆营于床,周回封署,归必详视,然后乃开。又蓄一短剑,甚利,顾谓侍婢曰:"此信州葛溪铁,唯断作罪过头!"大凡生所见妇人,辄加猜忌,至于三娶,率皆如初焉。

注释

[1] 陇西:甘肃省东南部。因在陇山以西而得名,自古为"四塞之国",兵家必争之地。
[2] 擢第:科举考试及第。
[3] 翕然:安宁和顺的样子。
[4] 薨:死的意思。
[5] 婉娈:年少美好,多姿的样子。
[6] 愆(qiān)期:失约;误期。
[7] 遽:急促。
[8] 欷歔:哭泣后不由自主地急促呼吸。

译文

大历年间,陇西有个叫李益的书生,二十岁,考中了进士。到第二年,参加拔萃科考试,等着由吏部来主持复试。六月盛夏,到达长安,住宿在新昌里。李益门第清高华贵,年轻时就有才气,丽词嘉句,时人都说无双;前辈尊长,全都推崇佩服。他常自夸耀其风流才情,希望得到佳偶。四处寻求名妓,很久未能如愿。长安有个媒婆叫鲍十一姐,是从前薛驸马家的婢女,赎身嫁人,已有十多年了。秉性灵活乖巧,着于花言巧语。富豪之家皇亲国戚的住处,没有一处不曾去打听消息,出谋划策,人们都推她做领头。她常受李益诚心的委托和丰厚的礼品,心里很感激他。

几个月后,李益正闲住在房舍的南亭。下午时前后,忽然听到急促的敲门声,仆人说是鲍十一娘到了。李益撩起衣服跟着跑出来,迎上去问道:"鲍妈妈今天为什么忽然来了?"鲍十一娘笑着说:"苏姑子作了好梦没有?有个仙人,被放逐在人间,不追求财物,只爱慕风流人物。像这样的角色,和您十郎正好匹配啊。"李益听说后惊喜踊跃,神气飞扬,身体轻飘飘的,拉着鲍十一娘的手边拜边谢道:"一辈子做你的奴仆,死了也不怕。"于是问她的姓名和住处。鲍十一娘详细说道:"她是从前霍王的小女儿,字小玉,霍王很喜爱她。母亲叫净持。净持,就是霍王宠爱的婢女。霍王刚死的时候,众兄弟因为她是低贱的人所生,不太愿意收留。于是分给她些资产,叫她住在外面,改姓郑氏,人们也不知道她是霍王的女儿。她姿质艳美,我一辈子也没有看见过这样漂亮的人;情趣高雅,神态飘逸,处处都超过别人;音乐诗书,没有不精通的。前些时托我寻找一个好郎君,品格情调都要能相称的。我详细介绍了十郎。她也知道李十郎的名字,非常高兴称心。她家住在胜业坊古寺巷里,刚进巷口有个车门的宅子就是。已经和她约好时间,明天午时,只要到巷口找到一个叫桂子的婢女,就可以了。"

鲍十一娘走后。李益就准备前去的计划。于是派家僮秋鸿,从堂兄京兆参军尚公那里借青黑色的小马和黄金马笼头。晚上,李益换洗衣服沐浴,修饰容貌仪表,高兴得手舞足蹈,整夜睡不着觉。天刚亮,戴上头巾,拿过镜子照照,只怕还不合适。犹豫之间,已到了中午。便命备马疾奔向去，直达胜业坊。到了约会的地方，果然看见一个婢女站着等候，迎上来问道："莫非是李十郎吗？"李益随即下马，让她牵进屋后，急急锁上门。看见鲍十一娘果然从里面出来，远远笑着说："何等儿郎，冒冒失失到这里来。"李益开玩笑的话还没说完，就被引进中门。庭院间有四株樱桃树，西北角挂着一个鹦鹉笼，看见李益进来，便说道："有人进来，快快放下帘子！"李益本来生性雅静，心里还在疑惧，忽然听见鸟说话，惊讶得不敢向前走了。正在踌躇，鲍十一娘已领着净持走下台阶来迎候他了。进屋后对面坐下。净持年纪大约四十多岁，绰约多姿，谈笑很迷人。她于是对李益说："一向听说十郎有才情又风流，如今又看到容貌雅秀，果然名不虚传。我有一个女儿，虽然缺少教训，但容貌还不至丑陋，如能配给郎君，甚为相称。鲍十一娘屡次都接到您的心意，今天就让她永远来服侍您。"李益答谢道："我笨拙平庸，想不到承您看重，倘蒙收留，生死为荣。"于是命令摆上酒宴，随即让霍小玉从厅堂东面的闺房里出来。李益连忙起来拜迎。顿时只觉得整座堂屋，像琼林玉树一样。相互照耀，眼光转动神采照人。随后就坐在母亲身边。母亲对她说："你经常喜欢吟咏的"开帘风动竹，疑是故人来"，就是这位李十郎的诗呀。你整天吟想，怎么比得上见一面呢。"霍小玉便低下头微笑，轻声说道："见面不如闻名。才子怎么能没有漂亮的相貌。"李益也就接着站起来下拜。道："小娘子爱才情，鄙人重视美色。双方爱好相互映衬，才貌便兼有了。"母亲和女儿相现而笑，便举起杯来劝了几回酒。李益起身，请霍小玉唱歌。开始时她不肯，母亲再三勉强她唱，她才答应，发声清亮，曲调精奇。酒宴结束，已到天黑，鲍十一娘引着李益到西院安息。清静的庭院深邃的房子，帘帐都很华丽。鲍十一娘让小了头桂子和浣砂替李益脱靴解带。不一会，霍小玉来了，言谈温柔和顺，辞气婉转迷人。脱下罗衣的时候，体态更显得美丽，放下帐子枕上相亲，极其欢爱。李益自认为宋玉提到的巫山神女、曹植遇到的洛水神女也不会超过。

夜半之时，霍小玉忽然流泪看着李益说："我本是娼妓人家，自己知道不能与你匹配。如今因为姿色而受到你的爱恋，托身给仁贤君子，只怕我一旦年老色衰，君的恩情随即转移衰退。使我像女萝一样没有大树可以依靠，像秋天的扇子一样被抛弃。在欢乐到极点的时候，不觉悲从中来。"李益听了她的话，不胜感叹。于是伸过手臂去让她枕着，慢慢地对霍小玉说："生平的愿望，今天得以实现，即使粉身碎骨，我发誓绝不丢开你。夫人为什么说出这些话！请拿出白绢来，我写上盟约。"霍小玉也就止住眼泪，让婢女樱桃挑起帐子拿着蜡烛，递给李益笔砚。霍小玉在吹禅之余，很喜欢诗书，筐子里箱子里的笔砚，都是霍王家的旧物。便拿出锦绣的口袋，取出越地女子织有黑丝直格的三尺白色细绢交给李益。李益一向富有才思，拿过笔来就写成文句，引用山河作比喻，指看日月表示诚心，句句恳切，听了这些话很感动人。书写完毕，便让她收藏在珍宝箱裹。从此之后相亲相爱，好像翡翠鸟在云中一样。这样过了两年，日夜相随。

后一年的春天，李益因为书判拔萃登科，被授予郑县主簿的官职。到了四月，将要去上任，乘便到东都洛阳探亲报喜。长安的亲戚很多来设宴饯则。当时春天的景色还未消尽，夏天的景色初放光彩，酒席结束宾客散去，离别之情萦绕胸中。霍小玉对李益说："以您的才学和名声，多为人仰慕，愿意和您结婚的人，一定是很多的。何况您堂上有严厉的双亲，室内没有正妻，您这次回家，一定去缔结美满的姻缘。当初盟约上的话，只是空谈罢了。然而我有个小小的愿望，想立即当面陈述，愿它永远记在您心上，不知您还能听取吗？"李益惊怪地说："我有什么度罪过，你忽然说出这些话？你有话就说，我一定敬记在心。"霍小玉说："我年龄方十八，郎君也才二十二岁，到您三十而立的时候，还有八年。一辈子的欢乐爱恋，希望在这段时期内享用完。然后您去挑选名门望族，结成秦晋之好，也不算晚。我就抛弃人世之事，剪去头发穿上黑衣,过去的愿望,到那时也就满足了。"李益又惭愧又感动,不觉流下眼泪,于是对霍小玉说:"我已对天发誓,不论生死都会信守。和您白头到老,还怕不能满足平生愿望,怎敢就有一心两意。务必求你不要疑虑,只管安心在家等待我。到了八月份,我一定会回到华州,随即派人前来接你,相见的日子不会遥远的。"又过了几天,李益就告假东去了。

上任后十天,李益请假到东都洛阳去省亲。还未到家时,太夫人已替他和表妹卢氏议亲,婚约都已定好了。太夫人一向严厉固执,李益踌躇不敢推却,便前去行礼答谢,随即约定好了在近期内成婚。卢家也是名门望族,嫁女儿到他家,聘娶的财礼定要订为百万之数,不满这数目,照理无法办成。李益家中一向贫穷,办这事一定要借贷,于是找个借口请假,到远地去投奔亲戚朋友,渡过长江、淮水,从秋天一直奔到夏天。李益因为自己背弃盟约,长期拖延回去的期限,什么消息也不带给小玉,就想断绝她的希望,远托亲戚朋友,不让泄漏这事。

霍小玉自从李益过期不归,屡次打听音信。虚词诡说,天天不同。她广求巫师,遍访占卦的人,内心忧恨,一年有余。小玉憔悴瘦损独卧空闺,忧郁成疾。虽然李益的书信完全断绝了,但霍小玉的思念盼望却始终不变,送钱财给亲戚朋友,让他们告诉消息。寻访之情这样急切,资财多次用空,经常暗自让婢女偷偷去卖掉箱子里的衣服和珍宝,多数卖给西市寄售店里的侯景先家。一次让婢女浣纱拿了一只紫玉钗,到侯景先家去卖。路上遇见皇家老玉工,看见浣纱拿的钗,上前辨认道:"这只钗是我制作的。当年霍王的小女儿将要梳发环加笄,让我制作了这只钗,酬谢我一万文钱。我一直不曾忘记。你是什么人,从哪里得到的?"浣沙说:"我家的小娘子,就是霍王的女儿。家道衰败,沦落嫁了人。夫婿前些时到东都去,再也没有消息了。她抑郁成病,现在快有两年了。让我卖了它,把钱送人,托他们打听夫婿的音信。"玉工凄然流泪说:"显贵人家的子女,落魄失机,竟然到了这般地步:我残年将尽,看到这种盛衰变化,也忍不住伤感万分。"于是带她到延光公主的府上,详细说了这件事。公主也为此悲叹了很久,送了她十二万文钱。

这时李益定亲的卢姓姑娘正在长安,李益已经凑足了聘娶的财用,回到郑县。这年腊月,又请假进京城来成亲。秘密地找了一处幽静的住所,不让别人知道。有一个考取了明经科的人叫崔允明,是李益的表弟。很厚道,前些年常和李益一同在小玉家欢聚,吃喝谈笑,彼此亲密无间。每次得到李益的音信,必定老实告诉小玉。小玉常拿些柴草、衣服帮助他。崔允明很感激她。李益已经到了京城,崔允明原原本本地告诉了小玉。小玉怨恨地叹息道:"世上竟有这样的事情么!"遍请亲朋好友,千方百计叫李益来。李益自认为拖延归期违背了盟约,又得知小玉病重,惭愧羞耻,索性狠心割爱,始终不肯前去。他早出晚归,想以此回避。小玉日夜哭泣,废寝忘食,一心想见李益一面,竟没有任何机会。冤苦悲愤越来越深。困顿地病倒在床上。这时长安城中逐渐有人知道了这件事。风流人士与豪杰侠客,无不感叹霍小玉的多情,愤恨李益的薄幸。

时节已到三月,人们大多出去春游。李益和同伙五六个人到崇敬寺里去欣赏牡丹花,漫步于西廊,轮番吟咏诗句。京兆人韦夏卿,是李益的亲密朋友,这时也在一起游玩。他对李益说:"风光非常美丽,草木繁荣茂盛。可怜郑家姑娘,含冤独守空房!足下竟会把她抛弃,实在是狠心的人。大丈夫的心胸,不应当如此。您应当为她着想!"正在叹息责备的时候,忽然有个豪士,穿着淡紫色的麻布衫,挟着弓禅,丰姿神情隽美,穿的服装轻松华丽,只有一个剪成短发的胡族小童跟在后面,暗暗跟着他们,听他们说话。一会儿上前对李益作揖说:"您不是叫李十郎的吗?我的家族本在山东,和外戚结了姻亲。我虽然没有什么文才,心里却一向喜欢贤能的人。仰慕您的声誉,常想一见。今天幸会,得以一睹风采。我简陋的住处,离这里不远,也有乐队歌妓,足以娱悦性情。美女八九个,骏马十多匹,随您怎历玩乐都行。只愿您光临一次。"李益一伙人听到这话,互相惊叹赞美。便和这个豪侠策马同行,很快绕过几个坊,就到了胜业坊。李益因为靠近霍小玉的住处,心里不想过去,就推托有事,想回马而去。豪侠说:"散处近在咫尺,能狠心撇下不去么?"便挽着李益的马,牵引着往前走。拖拖拉拉之时,已到了郑家住的小巷。李益神情恍惚,鞭打着马想回去。豪侠当即命令奴仆好几个人,抱着架着往前走。快步上前把李益推进了车门宅内,便让人锁上门,通报道:"李十郎到了!"霍小玉全家又惊又喜,声音传到了外面。

在这天的前一个晚上,霍小玉梦见穿紫衫的男子抱着李益来,到了床前,让小玉脱鞋。她惊醒之后,告诉母亲。并自己解释道:"鞋者,谐也。是说夫妻要再次会合。脱者,解也。已经相见了又要分开,也就是永别了。从这个征兆看来。我们一定很快就会见面,见面之后,我就要死了。"到了清晨,请求母亲为她梳妆打扮。母亲认为她长期生病,神志紊乱,不怎么相信这事,在她竭力支撑的一会儿,勉强替她梳妆。梳妆刚结束。李益果然来了。

霍小玉缠锦病榻日久,转身都要有人帮助;突然说李益来了,飞快地自己起了床,换好了衣服走出去,好像有神助似的。于是就和李益见面,含怒凝视,不再说什么了。虚弱的体质娇柔,像是支撑不住的样子,用衣袖一再掩着脸,回头看李益。感物伤人,四座歔欷不止。不久,有几十盘酒菜,从外面拿了进来。在座的人都吃惊地看着,忙问原由,原来这些都是豪侠送来的。于是就摆设好,相互靠拢坐下来。霍小玉便侧过身,斜看眼看了李益好久,随即举起一杯酒,浇在地上说:"我身为女子,薄命如此。君为大丈夫,负心到这种地步。可怜我这美丽的容貌,小小的年岁,就满含冤恨地死去。慈母还在堂上,不能供养。绫罗绸缎、丝竹管弦,从此也永远丢下了。带着痛苦走向黄泉,这是你造成的。李君啊李君,今天就要永别了! 我死以后,一定变成厉鬼,让你的妻妾,终日不得安宁!"说完,伸出左手握住李益手臂,把酒杯掷在地上,高声痛哭了好几声便气绝身亡。小玉的母亲抬起尸体,放到李益怀里,让他呼唤她,可小玉再也无法醒来了。李益为她穿上白色丧服,从早到晚哭泣得很悲哀。安葬的头天晚上,李益忽然看见霍小玉在灵帐当中,容貌美丽,像活着的时候一样。穿着石榴裙,紫色罩袍,红绿色的披肩纹巾。斜身靠着灵帐,手握绣带,看着李益说:"惭愧蒙你送别,还有未尽的情意。我在阴曹地府,怎度能不感叹呢。"说完,就看不见了。第二天,安葬在长安御宿原。李益到了墓地,痛哭了一场才回去。

一个多月以后,李益和卢氏成了婚。睹物伤情,郁闷不乐。夏季五月,李益和卢氏一起回到郑县。到县里过了十天,李益正和卢氏睡着,忽然帐子外面有嘀嘀咕咕的声音。李益吃惊地一看,初见一个男子,年纪大约二十多岁,姿态温和美丽,躲藏的身影映在帐子上,连连向卢氏招手。李益惊恐地赶快起床,绕看帐子好几圈,身影却忽然不见了。李益从此心怀疑惑和憎恶。猜忌万端,夫妻之间,矛盾产生了。有些亲戚百般解劝,李益的猜忌心意才慢慢平息。过后十天左右,李益又从外面回来,卢氏正在床上弹琴,忽然看到从门口抛入一个杂色嵌花犀牛角的盒子,方圆一寸多,中间束有轻绢,打成同心结,落在卢氏怀中。李益打开一看,见有两颗表示相思的红豆,磕头蛊一个,发杀觜一个,和少量的驴驹媚。李益当即愤怒地大声吼叫,声音如同豺狼猛虎,夺过琴砸他妻子,盘问并命令她说实话。卢氏怎么说也辩解不清楚。从此之后李益常常粗暴地鞭打妻子,百般虐待,最后诉讼到公堂把她休掉了。卢氏走后,李益有时同侍妾等人偶然同一次房,就增加了对她们的嫉妒猜忌,还有因此被杀掉的。李益曾游历广陵,得到一个叫营十一娘的名姬,容貌体态玉润珠媚,李益非常喜欢她。每当对坐时,就对营十一娘说:"我曾在某处得到某个女人,她违犯了某一件事,我用某种办法杀了她。"天天这样说,想让营十一娘怕他,以此肃清闺房内淫乱的事。出门便用浴盆把营十一娘倒扣在床上,周围加封条,回家一定详细查看,然后才揭开。又准备了一把短剑,很锋利,他看着对侍婢说:"这是信州葛溪出产的钢铁,专门斩断犯有罪过的人的头!"大抵凡是李益所见到的妇女,每一个都要猜忌,娶妻三次,大都像开头一样。

第六篇 五代十国文学

历史上的五代十国(907—960年)约自唐朝灭亡开始,至宋朝建立为止。包括五代(907—960年)与十国(902—979年)等众多割据政权,是中国历史上政权更迭的混乱时期。五代十国是词的重要发展时期。后蜀和南唐词人较多,水平也较高,从而成为两个中心:后蜀有韦庄、欧阳炯等人,他们的作品后来由赵崇祚等收入《花间集》;南唐有冯延巳、中主李璟、后主李煜等人,李璟父子的作品,后人集刻为《南唐二主词》。李煜是这一时期最重要的词人。

晚唐五代的词大都是描写统治阶级的享乐生活,题材庸俗,境界狭窄,风格柔靡。花间派的作品就是这种风格的代表。李煜前期的作品也是如此,但他在国亡被俘以后写的词,或慨叹身世,或怀恋往昔,形象鲜明,语言生动,把伤感之情写得很深挚,突破了晚唐以来专写风花雪月、男女之情的窠臼,在内容和意境两方面都有创新,为北宋词的发展开拓了新的领域。

第十四章

冯延巳

冯延巳，五代十国时南唐著名词人、大臣。他的词多写闲情逸致，文人气息很浓，对北宋初期的词人有比较大的影响。宋初《钓矶立谈》评其"学问渊博，文章颖发，辩说纵横"，有词集《阳春集》传世。其词的特点，可以用"因循出新"四个字来概括。所谓"因循"，是说他的词继承花间派的传统，创作目的还是"娱宾遣兴"，题材内容上也没有超越花间派的相思恨别、男欢女爱、伤春悲秋的范围。所谓"出新"，是说他的词在继承花间派传统的基础上，又有突破和创新。如冯延巳在表现爱情相思苦闷的同时，还渗透着一种时间意识和生命忧患意识。他在词中时常感叹人生短暂、生命有限、时光易逝。表现人生短暂的生命忧患意识，成为诗歌中常见的主题。王国维在其《人间词话》中如是评道："冯正中词虽不失五代风格而堂庑特大，开北宋一代风气。"

谁道闲情[1]抛掷久。每到春来，惆怅还依旧。日日花前常病酒[2]，敢辞[3]镜里朱颜[4]瘦。河畔青芜[5]堤上柳。为问新愁，何事年年有。独立小桥风满袖，平林[6]新月人归后。

注释

[1]闲情：即闲愁、春愁。
[2]病酒：饮酒过量引起身体不适。
[3]敢辞：不避，不怕。
[4]朱颜：青春红润的面色。这里指红润的脸色。
[5]青芜：青草。
[6]平林：平原上的树林。

译文

谁说闲情逸致被忘记了太久？每到新春来到，我的惆怅心绪一如故旧。为了消除这种闲愁,我天天在花前痛饮,让自己放任大醉,不惜身体消瘦,对着镜子自己容颜已改。

河边上芳草萋萋,河岸上柳树成荫。见到如此美景,我忧伤地暗自思量,为何年年都会新添忧愁?我独立在小桥头,清风吹拂着衣袖。只有远处那一排排树木在暗淡的月光下影影绰绰,与我相伴。

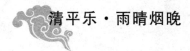

清平乐·雨晴烟晚

雨晴烟晚。绿水新池满。双燕飞来垂柳院,小阁画帘高卷。

黄昏独倚朱阑[1]。西南新月眉弯。砌[2]下落花风起,罗衣特地[3]春寒。

注 释

[1]朱阑:一作"朱栏",红色的栏杆。
[2]砌:台阶。
[3]特地:特别。

译 文

雨后初晴,傍晚淡烟弥漫,碧绿的春水涨满新池。双燕飞回柳树低垂的庭院,小小的阁楼里画帘高高卷起。

黄昏时独自倚着朱栏,西南天空挂着一弯如眉的新月。台阶上的落花随风飞舞,罗衣显得格外寒冷。

第十五章

李煜

　　李煜(937—978年),五代十国时南唐国君,字重光,初名从嘉,号钟隐、莲峰居士,彭城(今江苏徐州)人。南唐元宗李璟第六子,961—975年在位,南唐最后一位国君,史称李后主。开宝八年,宋军破南唐都城,李煜降宋,被俘至汴京,封为右千牛卫上将军、违命侯。后因作感怀故国的《虞美人》而被毒死。李煜有着很高的艺术造诣,他通音律、精书法、工绘画,诗文也有很高的成就,尤以词的成就最高。他的词继承了晚唐以来温庭筠、韦庄等花间派词人的传统,又受李璟、冯延巳等的影响,语言明快,风格鲜明,形象生动,用情真挚,是婉约词派中的杰出代表。沈潜在《填词杂说》中说:"男中李后主,女中李易安,极是当行本色。"便是对其艺术风格的一种精准的描述。李煜的创作在晚唐五代词中独树一帜,对词的发展有着深远的影响。

　　李煜的创作可以以公元975年为界,分为前后两个时期。他前期的词风格绮丽柔靡,不脱"花间"习气。内容可大致分为两类:一类是描写富丽堂皇的宫廷生活和风花雪月的男女情事,如《菩萨蛮》《相见欢》等;后期,即被俘后其词作凄凉悲壮,意境深远,如《虞美人》《浪淘沙令》等。丢掉了整个江山,这是一个帝王永久的失败与伤痛。国破家亡对李煜来说不仅是自己受到屈辱,而更难以释怀的是:他自己正是国破家亡的主要责任人。明代徐士俊就发现"后主归宋后,词常用"闲",这种闲已大不同早期的闲散,而是一种自由被控制后的不得不"闲"的生活状态。与"闲"相对应的是后主也多用"空"字。无论是"闲"还是"空"都是后主人生状态和心理状态的一种折射。这种孤独凄冷之感,是对作者生活观的一种展现,是词人内心"恰似一江春水向东流"的悔恨与苦涩,表达出词人愧恨、怨悔交集的情感。这正是李煜从"笙歌醉梦间"的荣华富贵生活到"无奈朝来寒雨晚来风"的巨大人生落差后的心灵的真实表露。

　　李煜虽不通政治,但其艺术才华却非凡。在政治上失败的李煜,却在词坛上留下了不朽的篇章,被称为"千古词帝"。李煜在艺术方面极具天赋,本应成为一名风流潇洒的翰墨才人,却误生于帝王之家,造成了一段千古之恨。但"诗人不幸诗家幸",李煜个人的不幸和满腹愁恨,使得他后期词作达到了傲视千古的艺术成就。这位生于深宫之中,长于妇人之手的天才词人,在遭遇了大起大落的人生历程之后,将自己的艺术天赋和悲愤的心灵,融于宏观的人生思考之中,不再停留于温柔婉约、香艳绮丽的层面。如王国维在《人间词话》中说:"词至李后主而眼界始开,感慨遂深,遂变伶工之词而为士大夫之词。"李煜的词作,不同于一般婉约之作,于婉约中兼有刚柔之美,在晚唐五代词中别树一帜,也为苏辛的豪放词埋下了伏笔。

作品选读

虞美人·春花秋月何时了[1]

春花秋月何时了[2],往事知多少?小楼昨夜又东风,故国不堪回首月明中[3]!雕栏玉砌应犹在[4],只是朱颜改[5]。问君能有几多愁[6]?恰似一江春水向东流。

注释

[1]虞美人:原为唐教坊曲,后用为词牌名。
[2]了:了结,完结。
[3]故国:指南唐故都金陵(今南京)。
[4]雕栏玉砌:指南唐故宫。砌,台阶。应犹:依然。
[5]朱颜改:指红颜已老。朱颜,年轻女子的代称,这里指南唐旧日的宫女。
[6]君:作者自称。

译文

那些美好的事物什么时候结束?有多少往事还能记起?昨夜春风又吹过小楼,我怎承受这回忆故国的痛苦!
精美的栏杆、玉石的台阶应该都还在,只是我所念之人已经红颜老去。要问我心中有多少愁苦,就如同这滚滚东流的春水滔滔不尽。

相见欢·无言独上西楼

无言独上西楼,月如钩。寂寞梧桐深院锁清秋[1]。
剪[2]不断,理还乱,是离愁[3]。别是一般[4]滋味在心头。

注释

[1]锁清秋:被秋色所笼罩。清秋,深秋。
[2]剪:一作翦。
[3]离愁:指离开故国之愁。
[4]别是一般:另有一种。

译文

沉默孤单,独自一人登上西楼。
抬眼望去,夜空中一弯如钩的冷月。
庭院幽深,梧桐寂寞,这一切都笼罩在清冷的秋色之中。

那想剪却剪不断、想理却理不清的愁绪,正是我难以言说的亡国之苦。

这是一种难于人说、无法释怀的苦痛。

相见欢[1]·林花谢了春红

林花谢[2]了春红,太匆匆。无奈朝来寒雨[3]晚来风。

胭脂泪[4],相留醉,几时重[5]。自是人生长恨水长东。

注 释

[1]相见欢:原为唐教坊曲名,后用为词牌名。又名"乌夜啼""秋夜月""上西楼"。

[2]谢:凋谢。

[3]无奈朝来寒雨:一作"常恨朝来寒重"。

[4]胭脂泪:原指女子的眼泪,女子脸上搽有胭脂,泪水流经脸颊时沾上胭脂的红色,故云。在这里,胭脂是指林花着雨的鲜艳颜色,指代美好的花。

[5]几时重:何时再度相会。

译 文

树林间的红花已经凋谢,花开花落,才有几时,实在是去得太匆忙了。也是无可奈何啊,花儿怎么能经得起那凄风寒雨昼夜摧残呢?

飘落遍地的红花,被雨水淋过,像是美人双颊上的胭脂在和着泪水流淌。花儿和怜花人相互留恋,如醉如痴,什么时候才能再重逢呢?人生从来就是令人怨恨的事情太多,就像那东逝的江水,不休不止,永无尽头。

忆江南[1]·多少恨

多少恨,昨夜梦魂[2]中。还似旧时游上苑[3],车如流水马如龙[4]。花月正春风[5]。

注 释

[1]望江南:《全唐》《词谱》等为《忆江南》。

[2]梦魂:古人认为在睡梦中人的灵魂会离开肉体,故称"梦魂"。

[3]还似:还是。上苑:供帝王玩赏、打猎的园林。

[4]车如流水马如龙:车像流水一样驰过,马像一条龙走动一样络绎不绝。形容很多,十分热闹繁华。

[5]花月正春风:形容春天百花齐放,月光明朗,春风微拂的。花月,花和月,指美好的景色。

译 文

我有多少恨,昨夜梦中出现的场景。还像以前在我南唐故国上苑游玩,车子如流水穿过,马队像长龙一样川流不息,热闹极了。正值美好的春天,还有春风拂面。

浪淘沙令·帘外雨潺潺[1]

帘外雨潺潺[2],春意阑珊[3]。罗衾[4]不耐[5]五更寒。梦里不知身是客[6],一晌[7]贪欢[8]。独自莫凭栏[9],无限江山[10]。别时容易见时难。流水落花春去也,天上人间。

注释

[1]又名《浪淘沙令》《卖花声》等。
[2]潺潺:形容雨声。
[3]阑珊:衰败。
[4]罗衾(qīn):绸被子。
[5]不耐:承受不了。
[6]身是客:指离家故国,被拘汴京。
[7]一晌(shǎng):一会儿。
[8]贪欢:指贪恋梦中的欢乐。
[9]凭栏:靠着栏杆。
[10]江山:指故国南唐河山。

译文

门帘外雨声潺潺,春天即将过去。锦被抵御不住夜晚的冷寒。只有迷梦中才能暂时忘掉亡国流落在外,享受短暂的快乐。

独自一人在凭栏远眺,想到旧时拥有的美好江山,心中无限伤感。这么轻易地就丢掉了江山,想再要见到它却很艰难。就像落花随水而逝,春天走了一样。我今昔对比,天地之差。

破阵子·四十年来家国

四十年[1]来家国,三千里地山河。凤阁龙楼连霄汉[2],玉树琼枝作烟萝[3],几曾识干戈[4]?一旦归为臣虏,沈腰潘鬓[5]消磨。最是仓皇辞庙[6]日,教坊犹奏别离歌,垂泪对宫娥[8]。

注释

[1]四十年:自南唐建国至李煜作此词,三十八年。此处为概数。
[2]凤阁:指帝王居所。霄汉:天河。
[3]玉树琼枝:形容树的美好。烟萝:形容树枝叶繁茂。
[4]识干戈:指经历战争。干戈,武器,此处指代战争。
[5]沈腰:指人日渐消瘦。沈,指沈约。潘鬓:指代中年白发。潘,指潘岳。
[6]辞。庙:宗庙,古代帝王供奉祖先牌位的地方。

[7]宫娥:宫女。

译 文

南唐开国四十年,土地辽阔。我的宫殿雄伟,像要与天相接一样,宫内遍种奇珍异草,草木繁盛,我哪里经历过什么战乱呢?

自从战败沦为俘虏,我忧伤悲痛,日渐消瘦、鬓发斑白。最令我难以忘记的是被迫离开故国,时候,宫廷里的乐工们还奏起别离的曲子,这情形令我伤心欲绝,但也只能面对宫女们垂泪。

第七篇

宋代文学

　　宋代文学主要涵盖了宋代的词、诗、散文、话本小说、戏曲剧本等,其中词的创作成就最高。词作为新兴的诗歌形式,从隋唐发轫,至宋代进入鼎盛时期。宋词是一种相对于古体诗的新体诗歌之一,宋词句子有长有短,便于歌唱。因是合乐的歌词,故又称曲子词、乐府、乐章、长短句、诗余、琴趣等。宋词的代表人物主要有苏轼、辛弃疾(豪放派代表词人)、柳永、李清照(婉约派代表词人)。

　　宋词是中国古代文学皇冠上光辉夺目的明珠,在古代中国文学的阆苑里,她是一座芬芳绚丽的园圃。她以姹紫嫣红、千姿百态的神韵,与唐诗争奇,历来与唐诗并称双绝,都代表一代文学之盛。因此后人便把词看作是宋代最有代表性的文学,与唐代诗歌并列,而有了所谓"唐诗、宋词"的说法。《全宋词》共收录流传到今天的词作一千三百三十多家,将近两万首,从这一数字可以推想当时创作的盛况。

　　宋词的总体成就十分突出:首先,完成了词体的建设,艺术手段日益成熟。无论是小令还是长调,最常用的词调都定型于宋代。在词的过片、句读、字声等方面,宋词都建立了严格的规范。词与音乐有特别密切的关系,词的声律和章法、句法也格外细密。其次,宋词在题材和风格倾向上,开拓了广阔的领域。晚唐五代词,大多是风格柔婉的艳词,宋代词人继承并改造了这个传统,创作出大量的抒情意味更浓的美丽动人的爱情词,弥补了古代诗歌爱情题材的不足。此外,经过苏东坡、辛弃疾等人的努力,宋词的题材范围,几乎达到了与五七言诗同样广阔的程度,咏物词、咏史词、田园词、爱情词、赠答词、送别词、谐谑词,应有尽有。在艺术风格上,也是争奇斗艳,形成了独具特点的婉约派与豪放派。

　　宋代文学在我国文学发展史上有着重要的特殊地位,它处在一个承前启后的阶段,即处在中国文学从"雅"到"俗"的转变时期。所谓"雅",指主要流传于社会中上层的文人文学,指诗、文、词;所谓"俗",指主要流传于社会下层的小说、戏曲。宋代的小说主要是"话本",它原是说话人说书的底本,实即白话短篇小说。

第十六章 宋词与诗

词是一种音乐文学,它的产生、发展,以及创作、流传都与音乐有直接关系,主要用于娱乐和宴会的演奏。词最初主要流行于民间,《敦煌曲子词集》收录的一百六十多首作品,大多是从盛唐到唐末五代的民间歌曲。大约到中唐时期,诗人张志和、韦应物、白居易、刘禹锡等人开始写词,把这一文体引入了文坛。到晚唐五代时期,文人词有了很大的发展,晚唐以温庭筠为代表的花间派词人及南唐以李煜、冯延巳为代表的词人的创作,都为词体的成熟和基本抒情风格的建立做出了重要贡献。词终于在诗之外别树一帜,成为中国古代最为突出的文学体裁之一。进入宋代,词的创作逐步蔚为大观,产生了大批成就突出的词人,名篇佳作层出不穷,并出现了各种风格、流派。

词大致可分小令(58字以内)、中调(59至90字以内)和长调(91字以上,最长的词达240字)。词有词牌,有的词调又因字数或句式的不同有不同的"体"。比较常用的词牌约100个,如《水调歌头》《念奴娇》《如梦令》《西江月》《风入松》《蝶恋花》等,这些都是常用的词牌名。词的结构分片或阕,以柳永、李清照为代表的婉约派特点主要是内容侧重儿女风情,结构深细缜密,重视音律谐婉,语言圆润,清新绮丽,具有一种柔婉之美,但内容比较窄狭。由于长期以来词多趋于宛转柔美,人们便形成了以婉约为正宗的观念。以苏轼、辛弃疾为代表的豪放派特点大体是:创作视野较为广阔,气象恢弘雄放,喜用诗文,词语宏博,用事较多,不拘守音律。南渡以后,由于时代巨变,悲壮慷慨的高亢之调,应运发展,蔚然成风。

第一节 柳永

柳永(约984—约1053年)原名三变,字耆卿,因排行第七,又称柳七,崇安(福建崇安)人。北宋著名词人,婉约派代表人物。柳永出身官宦世家,是工部侍郎柳宜的少子。少时学习诗词,有功名用世之志。后到汴京应试,由于擅长词曲,交往了许多歌妓,替她们填词作曲,颇有浪子作风。柳永加科举,屡试不中,当有人在仁宗面前举荐他时,仁宗批了"且去填词"四个字。柳永在受了这种打击之后,以自嘲的态度自称"奉旨填词柳三变",以毕生精力作词,并以"白衣卿相"自诩,在汴京、杭州等地过着一种流浪的生活,一心填词,是北宋第一个专力写词的作家。景祐元年(1034年),柳永暮年及第,历任余杭县令、晓峰盐碱、泗州判官等低职,因以屯田员外郎致仕,又称柳屯田。柳永是第一位对宋词进行全面革新的词人,也是两宋词坛上创用词调最多的词人,其创作对宋词的发展产生了深远影响。作品收录在《乐章集》中。

一、柳词的内容

(一)描写市井繁华和市民生活

词本来是从民间而来,到了文人手中后,逐渐被文人士大夫用来表现他们的生活、情感。柳永对市井生活非常了解,他着力描写女性情感与市井风光,变"雅"为"俗",从方向上改变了词的审美内涵和审美趣味,使词从文人士大夫重新走向市井。这是文人创作中一种新的现象,对后来通俗文学的发展有一定的影响。柳词展现了北宋繁华富裕的都市生活。他描绘过当时的汴京、洛阳、扬州、金陵、杭州等城市的繁荣景象和市民的游乐情景。这些都市风情画,前所未有地展现出当时社会的太平气象和丰富多彩的市井风情。他在杭州写的《望海潮》尤其著名。相传金主完颜亮因此"起投鞭渡江之志"。

(二)描写男女情爱

柳永生活混迹青楼酒馆,有大量表现女性生活、感情的词作,这些作品着力书写市井男女之间的感情,将笔端伸向平民妇女的世界,为她们诉说苦闷忧怨。柳词的女主人公多数是沦入青楼的不幸女子,或被遗弃失恋的平民女子,柳永的这类词,表现了世俗女性大胆而泼辣的爱情意识,也正是这样的原因,柳永的词才走向平民化、大众化。

(三)抒写江湖落拓与羁旅之苦

羁旅行役、怀才不遇、江湖流落的感受也是柳词的重要内容。柳永的羁旅行役词,又相当的典雅。柳永屡试不中,到处宦游干谒,以期能谋取一官半职。羁旅行役词正是他一生宦游沉浮、浪迹江湖的切身感受。《乐章集》中六十多首羁旅行役词,比较全面地展现出柳永一生中的追求、挫折、失意、辛酸等复杂心态。在这类词中,柳永自抒漂泊孤苦、离别相思之情,远比五代以及宋初词人意境阔大,感情真挚。《雨霖铃》是这方面的代表作。这一类词抒发怀才不遇、壮志难酬的感情,本身就属于"雅"的范畴,在创作手法上,柳永还用了写诗的手法入词,遣词造句,意境的创造都体现了"雅"的特色,使其词呈现出雅俗并陈的特色。

二、艺术成就

唐五代时期,词以小令为主,慢词总共不过十多首。从敦煌曲子词看,慢词早就在民间流行,但词家创作的一直很少。柳永长期生活在市井之中,受到歌妓、乐工们的影响,大量创作慢词,这为词家在小令之外提供了可以容纳更多内容的新形式。到了宋初,词人擅长和习用的仍是小令。与柳永同时而略晚的张先、晏殊等词人尝试写作慢词,但数量很少。而柳永是第一个大量创作慢词的人,一人就创作了87首。这种创作从根本上改变了唐五代以来小令一统词坛的格局,使慢词与小令平分秋色。

柳永还是两宋词坛创用词调最多的词人,在宋词880多个词调中,柳永首创或首次使用的就有一百多个。词至柳永,令、引、近、慢、单调、双调、三叠、四叠等长调短令,日益丰富,体制始备。体制的完备为宋词以后的发展和内容上的开拓打下了基础。柳永还将赋法移植于词,善用铺叙和白描,又大量吸收俚语入词,其词一扫晚唐五代词人刻意雕琢之气。由于柳词这种表现形式更适合于市民阶层的要求,柳永在宋元时期流传最广,以至于当时"凡有井水饮处,即能歌柳词"(叶梦得《避暑录话》)。

作品选读

鹤冲天[1]

黄金榜[2]上,偶失龙头[3]望。明代暂遗贤[4],如何向[5]。未遂风云[6]便,争不恣[7]游狂荡。何须论得丧[8]？才子词人,自是白衣卿相[9]。

烟花[10]巷陌,依约丹青屏障[11]。幸有意中人,堪[12]寻访。且恁偎红倚翠[13],风流事,平生[14]畅。青春都一饷[15]。忍把浮名[16],换了浅斟低唱！

注释

[1]鹤冲天:词牌名。

[2]黄金榜:指录取进士的金榜。

[3]龙头:旧时称状元为龙头。

[4]明代:圣明的时代。遗贤:贤能之士被抛弃,指自己被仕途抛弃。

[5]如何向:向何处。

[6]风云:风云际会,指得到好的机会。

[7]争不:怎不。恣:恣意,随心所欲。

[8]得丧:得失。

[9]白衣卿相:才华出众,虽不入仕途,也有卿相的地位与尊贵。白衣,没出仕做官的人。

[10]烟花:指妓女。

[11]丹青屏障:彩绘的屏风。丹青,绘画的颜料,此处指画。

[12]堪:可以。

[13]恁:如此。偎红倚翠:指狎妓。

[14]平生:一生。

[15]饷:片刻,短暂。

[16]浮名:指功名。

译文

在科考的金榜上,我只不过是偶然失去考取状元的机会。在政治清明的时代,也会有贤能怀才不遇的事情,我该怎么办？既然得不到机遇施展才华,为什么不去随心游乐！何必计较功名？做一个风流才子谱写词章,即使一介布衣,也不亚于王公大臣的尊贵。

在歌姬们居住的街巷里,摆放着丹青画屏的绣房。所幸那里有我的意中人,值得我追求寻访。与心爱的女子相守,享受这风流快活,这才是我平生最大的乐趣。青春稍纵即逝,我宁愿把对功名的追求,换成杯中酒和那些婉转的歌唱。

望海潮

东南形胜,三吴[1]都会,钱塘[2]自古繁华,烟柳画桥,风帘翠幕,参差[3]十万人家。云树绕堤沙,怒涛卷霜雪,天堑无涯。市列珠玑[4],户盈罗绮,竞豪奢。

重湖[5]叠巘清嘉。有三秋[6]桂子,十里荷花。羌管[7]弄晴,菱歌泛夜,嬉嬉钓叟莲娃。千骑拥高牙[8]。乘醉听箫鼓,吟赏烟霞。异日图将好景,归去凤池[9]夸。

注释

[1]三吴:泛指今江苏南部和浙江的部分地区。
[2]钱塘:古时吴国的一个郡,今浙江杭州。
[3]参差:高低不齐的样子。
[4]珠玑:珠指珍珠,玑指不圆的珠子。泛指珍贵的东西。
[5]重湖:以白堤为界,西湖分为里湖和外湖,所以也叫重湖。
[6]三秋:秋季,指秋季第三月,农历九月。
[7]羌管(qiāng):即羌笛。
[8]高牙:竿上以象牙饰之,故称牙旗。这里指高官孙何。
[9]凤池:皇宫禁苑中的池沼,指朝廷。

译文

杭州地理位置优越,风景优美,是三江浙一带的大都会。自古以来就十分繁华。如烟的柳树、彩绘的桥梁、挡风的帘子、翠绿的帐幕,建筑高低不齐,城中大约有十万住户。高耸入云的大树环绕着钱塘江,汹涌激荡的潮水卷起霜雪一样的浪花,宽广的江面一眼望不到边。市场上奇珍异宝,琳琅满目,家家户户都存满了绫罗绸缎,争相比着谁过得更富足。

西湖边连绵起伏的山岭清秀美丽。秋天桂花飘香,夏日十里荷花。晴天有欢快音乐吹奏,夜晚采菱人划船唱歌,钓鱼的老翁、采莲的姑娘都欢乐悠闲的样子。千名骑兵簇拥着巡察归来的长官。在微醺中听着传来的音乐,盛兴吟诗作词,赞美这湖光山色。他日若将这美景致描绘出来,回京时便可成为值得骄傲的政绩。

雨霖铃[1]

寒蝉凄切[2],对长亭[3]晚,骤雨初歇。都门帐饮无绪[4],留恋处,兰舟[5]催发。执手相看泪眼,竟无语凝噎[6]。念去去[7],千里烟波,暮霭沉沉楚天阔[8]。

多情自古伤离别,更那堪冷落清秋节!今宵[9]酒醒何处?杨柳岸,晓风残月。此去经年[10],应是良辰好景虚设。便纵有千种风情[11],更[12]与何人说?

注释

[1]雨霖铃:词牌名,也写作"雨淋铃",传唐玄宗入蜀时在雨中听到铃声而想起杨贵妃,故

作此曲。所以此曲调自身就有哀伤的成分。

[2]凄切：凄冷而又急促。

[3]长亭：古时交通要道边每隔十里修一座亭子供行人休息，又称"十里长亭"。靠近城市的长亭一般是送别的地方。

[4]都门：国都之门。这里指北宋首都汴京。帐饮：在郊外设帐饯行。无绪：没有心情。

[5]兰舟：对船的美称，也是有说是床榻的意思。

[6]凝噎(yē)：喉咙哽塞，说不出话。

[7]去去：表示行程遥远。

[8]暮霭：傍晚的云雾。沉沉：厚重的样子。楚天：指南方楚地的天空。

[9]今宵：今夜。

[10]经年：年复一年。

[11]纵：纵然，即使。风情：情意。

[12]更：一作"待"。

译文

秋后的蝉鸣是那样的凄冷急促，面对着长亭，傍晚时分，急雨刚停住。在京都城外设帐饯行，却无心畅饮。正依依不舍的时，船上的人却催促着出发。我们握着手望着对方，眼中含满泪水，千言万语都哽在喉间，一句话也说不出来。想到次去往南方，千里迢迢，山高水阔，夜雾沉沉，楚地不见边际。

自古以来有情的人都逃不开离别之苦，更何况是在这萧瑟的秋季离别，哪能经受得了这样的离愁别恨！我今夜酒醒时身在何处？恐怕是杨柳岸边，凄冷的晨风和黎明的残月相伴了。此地一别，相爱却又不能在一起相守，纵使遇到美好的风景，对我也没有什么意思了。就算我有满腹的情意，又能像谁倾诉呢？

第二节 苏轼

苏轼（1037—1101年），字子瞻，又字和仲，号东坡居士，世称苏东坡。眉州眉山（今四川省眉山市）人，祖籍河北栾城，北宋文学家、书法家、画家。苏轼是北宋巨匠，在诗、词、散文、书画等方面都有很高的成就。苏诗题材广阔，清新豪健，独具风格，与黄庭坚合称"苏黄"；苏词豪放恣肆，与辛弃疾并称"苏辛"；苏子散文豪放自如，与欧阳修并称"欧苏"，为"唐宋八大家"之一。苏轼亦善书、画，并取得了很高的艺术造诣。北宋诗文革新运动到苏轼达到高潮，也从苏轼开始而分流。北宋后期诗词作家几乎没有不受苏轼直接或间接影响的，他在文学史上的影响广泛而深远。有《东坡七集》《东坡易传》《东坡乐府》等传世。

一、诗词

苏轼继柳永之后，对词体进行了全面的改革，最终使词突破了"艳科"的传统格局，使词从音乐的附属品转变为一种独立的抒情诗体，从根本上改变了词史的发展方向，提高了词的文学地位。自晚唐、五代以来，词一直被视为"小道"。柳永的创作虽然推进了词体的发展，但却未能提高词的文学地位。而苏轼首先在理论上破除了诗尊词卑的观念。他认为诗词同源，词为

"诗之苗裔",诗词虽有外在形式上的差别,但它们的艺术本质和表现功能应是一致的。他从文体观念上将词提高到与诗同等的地位。苏轼认为词也应该像写诗一样,抒发自我的真实性情和独特的人生感受,追求壮美的风格和阔大的意境。苏轼的词进一步冲破了晚唐五代以来专写男女恋情、离愁别绪的模式,扩大了词的题材,提高词的意境,把诗文革新运动扩展到词的领域里去,举凡怀古、感旧、说理等为诗人所惯用的题材,他都可以用词来表达,这就使词摆脱了仅仅作为乐曲的功能上局限,成为可以独立发展的新诗体。相传苏轼官翰林学士时,曾问幕下士说:"我词何如柳七?"幕下士答道:"柳郎中词只合十八七女郎,执红牙板,歌'杨柳岸晓风残月'。学士词须关西大汉,铜琵琶、铁绰板,唱'大江东去'。"这生动地阐述了柳词和苏词截然不同的不同风格。

苏轼把写诗当作日常的功课,且多方向前代诗人李白、杜甫、韩愈等学习,晚年更爱陶诗。较之散文和词,苏诗的题材更广阔,风格也更多样。苏轼终身从政,重视文学的社会作用。在他的"论事以讽,庶几有补于国"(见《东坡先生墓志铭》)的创作思想指导之下,他的很多诗作关心国家命运、反映民间疾苦。如《荔枝叹》中,他控诉了唐玄宗与杨贵妃的奢靡,抨击了权贵。在《秧马歌》《河复》等诗里表现他对人民的关心与同情。苏诗里数量最多对后人影响也最大的是许多抒发个人情感和歌咏自然景物的诗篇。如他的《游金山寺》是苏轼因反对新法贬谪经过镇江金山时所作。诗人从长江的到海不回暗伤自己的宦游不归,给读者一种深沉而豪迈的感觉。苏轼有一些诗歌创作能就生活的平常景象,表现对事物新颖见解,而不失诗的趣味,如《题西林壁》讲从不同的方位可以看到山的不同面目,局外人有时会比局中人更容易看到事物的真相,这表现了宋诗理趣特征。

二、洒脱旷达的人生态度

苏轼对沉浮荣辱持有冷静、旷达的态度。他经历了从仁宗到徽宗五朝,为宦之地几乎遍及当时的重要州郡,远至西北、海南地区。嘉祐二年(1057年),苏轼进士及第,其后一生宦海沉浮。曾在杭州、密州、徐州、湖州等地任职,而他在地方任官时,从儒家勤政爱民的思想出发,做了许多惠民有利的事情。元丰二年(1079年),四十三岁的苏轼被调为湖州知州。上任后,他例行公事给神宗写了一封《湖州谢表》,文中说自己"愚不适时,难以追陪新进","老不生事或能牧养小民",这些话被新党利用,说他"愚弄朝,衔怨怀怒","包藏祸心"。七月二十八日,上任才三个月的苏轼被御史台的吏卒逮捕,解往京师,受牵连者达数十人。这就是著名的"乌台诗案"(乌台,即御史台,因其上植柏树,终年栖息乌鸦,故称乌台),苏轼因此被贬为黄州。乌台诗案是苏轼一生的转折点。苏轼下狱一百零三日,险遭杀身之祸。幸得许多同苏轼政见相同的元老,甚至包括已经退休的王安石等变法派的有识之士的劝谏,苏轼得以从轻发落,贬为黄州团练副使,受当地官员监视。黄州团练副使一职相当低微,苏轼经此变故已变得心灰意冷。《赤壁赋》《后赤壁赋》和《念奴娇·赤壁怀古》等名作即在此时期所做,以此来寄托他谪居时的思想感情。公务之余,他带领家人开垦城东的一块坡地,"东坡居士"的别号便是苏轼在这时起的。宋哲宗即位后,苏轼曾任翰林学士、侍读学士、礼部尚书等职,并出知杭州、扬州、定州等地,晚年又因新旧党争被贬谪惠州。

频繁的贬谪和政治上的失意并未让苏轼意志消沉、一蹶不振。他在逆境中当然也有痛苦、消沉的一面,但苏轼更多地表现出对苦难的傲视和对痛苦的超越。苏轼生性放达,为人率真,洒脱自然。喜交友、好美食、品茗、游山林。儒家思想和佛老思想在他世界观的各个方面往往是既矛盾又统一的。他平生倾慕贾谊、陆贽,在政治上他从儒家思想出发;而他在生活上更多地表现了佛、道二家超然物外,与世无争的洒脱态度。他以安然的态度应物,"听其所为",而"莫与之争"(见《问养生》),因此他一生在政治上虽屡受挫折,却并未没有走向消极颓废,和前代仕途不顺,屡遭贬谪的如韩愈、柳宗元等不同。

作品选读

水调歌头·明月几时有

丙辰[1]中秋,欢饮达旦[2],大醉作此篇,兼怀子由[3]。
明月几时有,把酒[4]问青天。
不知天上宫阙[5],今夕是何年。
我欲乘风归去[6],又恐琼楼玉宇[7],高处不胜[8]寒。
起舞弄清影[9],何似[10]在人间?
转朱阁,低绮户[11],照无眠。
不应有恨,何事长向别时圆[12]?
人有悲欢离合,月有阴晴圆缺,此事古难全[13]。
但愿[14]人长久,千里共婵娟[15]。

注释

[1]丙辰:公元1076年,这一年苏轼在密州(今山东省诸城市)任太守。

[2]达旦:一直到天亮。

[3]子由:苏轼的弟弟苏辙字子由。

[4]把酒:举起酒杯。把,执、持、端。

[5]天上宫阙(què):指月亮中的宫殿。

[6]归去:此处指回到月宫里去。

[7]琼(qióng)楼玉宇:美玉砌成的精美的楼宇。

[8]不胜(shèng,旧时读shēng):承受不了。

[9]弄清影:月光下影子随着身体变换各种姿势。弄,玩弄,欣赏。

[10]何似:哪里比得上。

[11]朱阁:朱红的楼阁。绮(qǐ)户:华丽的门窗。

[12]不应有恨,何事长(cháng)向别时圆:月亮不该对人有什么怨恨吧,但为什么偏在人们分离时月圆呢?

[13]全:周全。

[14]但愿:只愿,唯愿。

[15]婵(chán)娟(juān):指月亮。

译文

丙辰年的中秋节,喝酒直到第二天早晨,大醉时,写下这首词,思念我弟弟苏辙。

这天上的明月是从什么时候开始出现的?我举起酒杯遥问深邃的天空。不知道在天上的宫殿,今又是何年何月。我想要乘着这清风回到天上,又恐虽有玉石砌成的楼宇,但难以承受高处的寒冷。起舞玩赏自己的影子,天上哪里比得上人间的自在?

月亮转过朱红色的阁楼,低挂在雕花门窗上,照着难以入睡的我。这明月不该对人有什么不满吧,但为什么又偏在人们分离时变圆了呢?人有悲欢离合和顺境逆境,月也有阴晴圆缺的变换,这是自古来就难以周全的。只盼望着这世上所有人团圆平安,就算是远隔千里,但都能共享着一轮皎洁的明月。

定风波[1]

三月七日,沙湖[2]道中遇雨。雨具先去,同行皆狼狈[3],余独不觉,已而[4]遂晴,故作此词。莫听穿林打叶声[5],何妨吟啸[6]且徐行。竹杖芒鞋[7]轻胜马,谁怕?一蓑[8]烟雨任平生。料峭[9]春风吹酒醒,微冷,山头斜照[10]却相迎。回首向来[11]萧瑟处,归去,也无风雨也无晴。

注释

[1]定风波:词牌名。
[2]沙湖:在今湖北黄冈一带。
[3]狼狈:窘迫的样子。
[4]已而:过了一会儿。
[5]穿林打叶声:雨点打在树叶上的声音。
[6]吟啸:大声吟咏。
[7]芒鞋:草鞋。
[8]一蓑(suō):蓑衣,用棕制成的雨衣。
[9]料峭:微寒。
[10]斜照:偏西的阳光。
[11]向来:方才。

译文

三月七日,在沙湖遇雨,拿着雨伞的仆人先离开了,同行的人被雨弄湿觉得很狼狈,只但我并不这么想。只一会儿天晴了,我便做了这首词。

不要被雨打树叶的声音惊扰,何不从容地大声吟唱而行。手拄竹杖脚穿草鞋,行走轻快胜过骑马,有什么可怕?披一蓑衣任凭此身雨打风吹生。

还有些许寒冷的春风吹散我的酒意,略微感到一些寒冷,山头的斜阳又露出头来,回头再看一路风雨,归去,不论是风雨交加还是天气晴好。

饮湖[1]上初晴[2]后雨

水光潋滟[3]晴方好[4],山色空濛[5]雨亦奇[6];
欲把西湖比西子[7],淡妆[8]浓抹[9]总相宜[10]。

注释

[1]饮湖:在西湖上饮酒。湖,杭州西湖。
[2]初晴:开始放晴。
[3]潋滟:水波闪动貌。
[4]方好:正好。
[5]空濛:形容细雨迷蒙。
[6]奇:美好奇妙。
[7]西子:西施,中国古代四大美女之一。
[8]淡妆:淡雅的妆扮。
[9]浓抹:浓艳的妆扮。
[10]相宜:合适,美好。

译文

晴天,西湖在阳光下波光粼粼,美丽极了。下雨时,远山笼罩在烟雨之中,呈现出若隐若现的朦胧美。要是把西湖比作古代的美女西施,西湖正如她一样,无论是艳丽还是清新的妆扮,都是那样的美丽。

题西林壁[1]

横看成岭侧成峰[2],远近高低各不同[3]。
不识[4]庐山真面目,只缘[5]身在此山中。

注释

[1]题:题:书写。西林壁:西林寺的墙壁上。西林寺在庐山。
[2]横看:庐山是南北走向,横看就是从东面西面看。侧:侧面。
[3]各不同:各不相同。
[4]不识:不能辨别。
[5]缘:因为,由于。

译文

从正面、侧面看庐山山体高耸,连绵起伏,再从远、近、高、低处各看庐山,又是几种不同的样子。我们之所以难以看清楚庐山本来的样子,是因为身处在庐山之中。

第三节 李清照

李清照(1084—1155年),号易安居士,济南(今山东省济南市章丘区)人。宋代女词人,是我国文学史上最杰出的女词人,婉约词派的典型代表者。后人所谓的"易安体"正是指她开创的浅俗、清新又富有深意的词体。她为词的发展开创了一种新的局面。她的词以南渡为界分为前后二期。前期词多写其少女、少妇时期的悠闲生活,语言清丽,活波俏丽。后期创作多悲叹身世,情调感伤。李清照认为诗词具有不同的功能,提出词"别是一家"的说法,她早年写的《词论》批评了从柳永、苏轼到秦观、黄庭坚等一系列作家,认为词应音律和谐,优美典雅,反对以作诗文之法作词,是宋代的重要词论,也成为她词创作的理论依据,李清照词的风格以婉约为主,她的诗作情辞慷慨,与其婉约词风不同。作品收录在《漱玉词》中。

李清照出生于书香官宦之家,早期生活优裕,因而她从小就耳濡目染地受到很好的文学熏陶,经史子集、诗词歌赋等各方面无不涉猎,是一个天真聪慧的贵族阶层的才女。出嫁后与夫婿赵明诚恩爱和谐、情趣相投,致力于书画金石的搜集整理,过着无忧无虑的生活。而李清照生活的时代是一个不幸的时代,是南北宋之交的大动荡时期。在1126年北宋王朝覆灭之后,李清照的生活发生了巨大的改变,中年丧夫,晚年凄凉,境遇孤苦。但从艺术的角度上来说,她得到了提升。战争把一个昔日里养尊处优的少女推到了苦难的深渊,国破家亡,丈夫死去,自己颠沛流离,一生搜集的心血遗失殆尽,人生的巨大打击一件件落在了女词人的身上时,她的创作却由于苦难的光临而更加饱满,更具感染力,如《菩萨蛮》《念奴娇》《声声慢》等。

同南唐后主李煜相比,李清照不幸之根源在于那个动荡的时代和昏庸无能的统治者。作为一个封建社会里的女人,她不承担任何责任,她只是那个时代、那个社会中无数个受害者中的一个。在无力回天的社会动荡中,李清照以女性特有的细腻和词人的敏感去表达自己内心的体验和创伤。她后期词作多表达自己生活的凄凉和对昔日美好的回忆,主题多为丧夫之悲和亡国流民之痛。她的创作已不再停留在前期伤春悲秋层面或闺怨上,而是源于对社会生活的感受。而这种感觉大多是作者作为一个孤独的女人在风雨飘摇岁月中的情感表露,是女词人对现实生活的真实感受及表达。李清照词中"愁"的主要内容和根源是一个单身女性在失去所有的情况下的孤苦和哀怨,她词中透出的是孤独凄凉的生命状态。颠沛流离的生活使她早已不堪人生风雨的打击,内心的愁已是"只恐双溪舴艋舟,载不动许多愁"。梁启超在《艺蘅馆词选》中批李清照的《声声慢》说:"写从早到晚一天的实感。那种茕独凄惶的景况,非本人不能领略,所以一字一泪,都是咬着牙根咽下。"也正是对李清照后期词中感情的总结。

作品选读

一剪梅[1]

红藕香残玉簟[2]秋,轻解罗裳,独上兰舟[3]。云中谁寄锦书[4]来?雁字[5]回时,月满西楼。花自飘零[6]水自流,一种相思,两处闲愁[7]。此情无计[8]可消除,才下眉头,却上心头。

注释

[1]一剪梅:词牌名,双调小令。
[2]玉簟(diàn):光滑如玉一样的竹席。
[3]兰舟:船的美称。一说指睡眠的床榻。
[4]锦书:书信的美称。
[5]雁字:雁群常常排列成"人"字或"一"字飞行,故称"雁字"。传说鸿雁能传书。
[6]飘零:凋谢。
[7]闲愁:无来由的忧愁。
[8]无计:没办法。

译文

秋天已到,红色的荷花已经凋谢,依稀还可以嗅到残留的幽香,睡在竹席上,已有了丝丝凉意。轻轻地提起丝裙,独自登上小船(轻轻地脱下外衣,一个人独自躺在榻上),白云悠悠,谁会寄给我书信?待那传书的鸿雁飞来时,月光的清辉已洒满了西楼。

寂寞的花飘零着,孤独的水流淌着。相思的两个人儿,却天各一方。这相思之苦实在难以排遣,微蹙的眉头才刚舒展,心底却又泛起哀愁。

声声慢

寻寻觅觅[1],冷冷清清,凄凄惨惨戚戚[2]。乍暖还寒[3]时候,最难将息[4]。三杯两盏淡酒,怎敌他[5]晚来风急?雁过也,正伤心,却是旧时相识。

满地黄花堆积。憔悴损[6],如今有谁堪[7]摘?守着窗儿[8],独自怎生[9]得黑?梧桐更兼细雨[10],到黄昏、点点滴滴。这次第[11],怎一个愁字了得[12]!

注释

[1]寻寻觅觅:四处寻找,指非常空虚怅惘、迷茫失落的状态。
[2]凄凄惨惨戚戚:形容十分忧愁苦闷的样子。
[3]乍暖还(huán)寒:指秋天的天气,忽冷忽热。
[4]将息:休养调理。
[5]怎敌他:怎么能够抵挡。
[6]憔悴损:憔悴不堪。
[7]堪:可。
[8]守着窗儿:亦作"守著窗儿"。
[9]怎生:怎样。
[10]梧桐更兼细雨:秋雨拍打梧桐,营造出更凄苦的场景。出自白居易《长恨歌》"秋雨梧桐叶落时"。
[11]这次第:这情形。

[12]怎一个愁字了得:怎么能用一个"愁"字概括尽呢?

译文

四处苦苦寻觅,却只有冷清相随,怎不让人感受凄戚。忽冷忽热的天气,最难保养休息。几杯薄酒,怎么能抵得住傍晚的寒风侵袭?南飞的大雁从眼前飞过,都是旧日的相识,这又无端的让人伤心。

园中已开满了金色的菊花,我伤心憔悴无心赏花,花儿败落还有谁愿采摘? 一个人孤独的静坐窗前怎么熬过一天?淅淅沥沥的秋雨拍打窗外的梧桐,点点滴滴。这番凄苦,用一个愁字又怎么能形容的尽?

如梦令[1]

常记溪亭日暮[2],沉醉不知归路。兴尽[3]晚回舟,误入藕花[4]深处。争[5]渡,争渡,惊起一滩鸥鹭[6]。

注释

[1]如梦令:词牌名,又名"忆仙姿""宴桃源"。五代时后唐庄宗李存勖创作。
[2]常记:常常记起。溪亭:临水的亭台。
[3]兴尽:尽了兴致。
[4]藕花:荷花。
[5]争:怎,怎么。
[6]鸥鹭:泛指水鸟。

译文

记得有一次在溪边亭子里游玩到日暮时分,喝醉了回家找不着了道路。却不小心进入了荷花深处。尽兴以后乘着夜色往回划船,却不料走错了,划进了藕花深处。怎么才能出去呢?怎么才能出去呢?我们的声音惊起了一滩水鸟。

夏日绝句

生当做人杰[1],死亦为鬼雄[2]。
至今思项羽[3],不肯过江东[4]。

注释

[1]人杰:人中的豪杰。
[2]鬼雄:鬼中的英雄。出自屈原《国殇》:"身既死兮神以灵,子魂魄兮为鬼雄。"
[3]项羽:秦末时自立为西楚霸王,与刘邦争夺天下,后兵败自杀。

[4]江东:项羽起兵的地方。

译文

活着应当成为人中豪杰,死后也要成为鬼中英雄。
至今人们都敬佩项羽,因为他不肯退回江东,苟且偷生。

第四节 陆游

陆游(1125—1210年),字务观,号放翁,越州山阴(今浙江绍兴)人,南宋时期杰出的爱国主义诗人。他出生的第二年就碰上了靖康之乱(是中国历史上的一次著名事件,发生于北宋宋钦宗靖康年间(1126—1127年)因而得名。靖康二年四月,金军攻破东京(今开封),俘虏了宋徽宗、宋钦宗父子及大量赵氏皇族、后宫妃嫔与贵卿、朝臣等三千余人,押解北上,东京城中公私积蓄被抢之一空),于是便跟随他的父亲陆宰离开中原回到南方。他幼时常看到父辈"相与言及国事,或裂眦嚼齿,或流涕痛哭,人人自期以杀身翊戴王室"(《跋傅给事帖》)。因此他很早就立下了"上马击狂胡,下马草军书"(《观大散关图有感》)的壮志。陆游29岁参加进士考试,因为排名在秦桧的孙子之前,又喜欢谈论收复北方而受到秦桧的忌恨,复试时竟被淘汰,直到秦桧死后才得以入仕。他在后来的仕途中又两度因力主抗金而被罢职。但陆游的爱国情怀终生不渝,他一生中时刻盼望着有杀敌报国、收复中原的机会,直到临终前仍在绝笔诗《示儿》中谆谆嘱咐儿孙:"死去元知万事空,但悲不见九州同。王师北定中原日,家祭无忘告乃翁!"

在宋朝因为战败而把政权从北方迁到南方,首都由开封改到杭州的初期,正直的士大夫们大多怀有抗金复国的理想。然而随着绍兴和议[宋高宗绍兴十一年(1141),以高宗赵构与宰相秦桧为首的主和派不顾当时宋军抗金战争的有利形势,与金国达成和议,向金称臣,划定淮河与大散关为宋、金边界,史称"绍兴和议"]的签订,南宋小朝廷的投降路线渐占上风,很多士人渐渐变得消极。南宋最早在诗歌中高扬爱国主题的吕本中、陈与义等人晚年诗作的题材取向又转回到书斋生活和山水景物,便是这种情况在诗坛上的鲜明反映。陆游则与众不同,即使是在收复中原已毫无希望时,他仍然坚持自己一贯的志向,大声疾呼抗敌复国,真不愧是南宋爱国诗人最杰出的代表。

陆游一生勤奋创作,流传至今的诗就有九千四百多首。诗歌的内容也极为丰富,几乎涵盖了当时社会生活的各个方面,其中最重要的是关于爱国主题和日常生活情景的内容。民族矛盾始终是南宋社会最受人关注的热点问题。宋帝国的半壁河山已经沦于异族的统治之下,而且金兵继续南侵的威胁也始终存在。是发奋图强待机北伐以恢复中原,还是屈膝投降以暂且偷安于东南一隅?这直接关系到宋帝国的生死存亡,也关系到全民族的命运和尊严。陆游作为时代的诗人,理所当然地把抗敌复国作为最重要的主题。

爱国的主题在中国古代诗歌中源远流长,每当国家面临危亡时这种主题总会在诗坛上大放异彩。陆游继承了这种传统,并把它高扬到前无古人的高度。爱国主题不但贯穿了他长达六十年的创作历程,而且融入了他的整个生命,成为陆游诗歌的精华和灵魂。

陆游热爱生活,善于从各种生活情景中发现诗材。无论是高山大川还是草木虫鱼,无论是农村的平凡生活还是书斋的闲情逸趣,他都有细致入微的描绘,如《游山西村》和《临安春雨初霁》。前一首赞美宁静的村景和淳朴的民风,后一首抒写对京华红尘的厌倦,但对江南春雨和书斋闲适生活的描写却优美动人。这又反映出时时梦见铁马冰河的志士陆游,也同样热爱和平的日常生活。

陆游年轻时经历过一段不幸的爱情生活。他的前妻唐氏不得婆婆的喜欢,两人被迫离婚,不久唐氏即抑郁而死。在以后的五十年间,陆游一直把悲痛深藏心底,偶尔也形诸篇咏。陆游的爱情诗虽然数量很少,但却是古代爱情诗中不可多得的精品。

陆游虽然专力于诗,但也擅长填词。在现存的一百多首词中,有不少作品同样抒写了强烈的爱国主义情感,如《诉衷情》,充满了国耻未雪、壮志未酬的悲愤;而一首《钗头凤·红酥手》却因为描写他与前妻唐婉的爱情而被传诵至今。

作品选读

示儿[1]

死去元[2]知万事空,但[3]悲不见九州[4]同[5]。
王师[6]北定中原[7]日,家祭[8]无忘[9]告乃翁[10]。

注释

[1]示儿:给儿子们看。
[2]元:同"原"。
[3]但:只。
[4]九州:古代分天下为九州,后以九州泛指中华大地。
[5]同:一统江山。
[6]王师:指宋朝军队。
[7]北定中原:收复中原。中原指的是被金人侵占的北方领土。
[8]家祭:家人对祖先的祭祀。
[9]无忘:不要忘记。
[10]乃翁:你的父亲。

译文

我本来知道,当我死后,人间的一切就都和我无关了;但唯一使我痛心的,就是我没能亲眼看到祖国的统一。

因此,当大宋军队收复了中原失地的那一天到来之时,你们举行家祭,千万别忘把这好消息告诉我!

《十一月四日风雨大作》其二

僵卧[1]孤村[2]不自哀[3],尚思[4]为国戍[5]轮台[6]。
夜阑[7]卧听风吹雨[8],铁马[9]冰河[10]入梦来。

注释

[1]僵卧：躺卧不起。这里形容自己穷居孤村，无所作为。僵，僵硬。

[2]孤村：孤寂荒凉的村庄。

[3]不自哀：不为自己哀伤。

[4]思：想着，想到。

[5]戍(shù)：守卫。

[6]轮台：在今新疆境内，是古代边防重地。此代指边关。

[7]夜阑(lán)：夜深。

[8]风吹雨：风雨交加，和题目中"风雨大作"相呼应；当时南宋王朝处于风雨飘摇之中，"风吹雨"也是时局写照，所以诗人直到深夜仍难成眠。

[9]铁马：披着铁甲的战马。

[10]冰河：冰封的河流，指北方地区的河流。

译文

我直挺挺躺在孤寂荒凉的乡村里，没有为自己的处境而感到悲哀，心中还想着替国家防卫边疆。

夜将尽了，我躺在床上听到那风雨的声音，迷迷糊糊地梦见，自己骑着披着铁甲的战马跨过冰封的河流出征北方疆场。

诉衷情·当年万里觅封侯

当年万里觅封侯[1]，匹马戍梁州[2]。关河[3]梦断[4]何处？尘暗旧貂裘[5]。胡[6]未灭，鬓[7]先秋[8]，泪空流。此生谁料，心在天山[9]，身老沧洲[10]。

注释

[1]万里觅封侯：奔赴万里外的疆场，寻找建功立业的机会。

[2]戍(shù)：守边。梁州：《宋史·地理志》："兴元府，梁州汉中郡，山南西道节度。"治所在南郑。陆游著作中，称其参加四川宣抚使幕府所在地，常杂用以上地名。

[3]关河：关塞、河流。一说指潼关黄河之所在。此处泛指汉中前线险要的地方。

[4]梦断：梦醒。

[5]尘暗旧貂裘：貂皮裘上落满灰尘，颜色为之暗淡。这里借用苏秦典故，说自己不受重用，未能施展抱负。

[6]胡：古泛称西北各族为胡，亦指来自彼方之物。南宋词中多指金人。此处指金入侵者。

[7]鬓：鬓发。

[8]秋：秋霜，比喻年老鬓白。

[9]天山：在中国西北部，是汉唐时的边疆。这里代指南宋与金国相持的西北前线。

[10]沧洲：靠近水的地方，古时常用来泛指隐士居住之地。这里是指作者位于镜湖之滨的

家乡。

译文

回忆当年满腔豪情为了寻找建功立业的机会,单枪匹马奔赴边境保卫梁州。如今防守边疆要塞的从军生活只能在梦中出现,梦一醒不知身在何处?灰尘已经盖满了旧时出征的貂裘。

金人还未消灭,鬓边已呈秋霜,感伤的眼泪白白地淌流。这一生谁能预料,原想一心一意抗敌在天山,如今却一辈子老死于沧洲!

游山西村

莫笑农家腊酒[1]浑,丰年留客足鸡豚[2]。
山重水复[3]疑无路,柳暗花明[4]又一村。
箫鼓[5]追随春社[6]近,衣冠简朴古风存[7]。
从今若许[8]闲乘月[9],拄杖无时[10]夜叩[11]门。

注释

[1]腊酒:腊月里酿造的酒。
[2]足鸡豚(tún):意思是准备了丰盛的菜肴。足,足够,丰盛。豚,小猪,诗中代指猪肉。
[3]山重水复:一座座山、一道道水重重叠叠。
[4]柳暗花明:柳色深绿,花色红艳。
[5]箫鼓:吹箫打鼓。
[6]春社:古代把立春后第五个戊日做为春社日,拜祭社公(土地神)和五谷神,祈求丰收。
[7]古风存:保留着淳朴古代风俗。
[8]若许:如果这样。
[9]闲乘月:有空闲时趁着月光前来。
[10]无时:没有一定的时间,即随时。
[11]叩(kòu)门:敲门。

译文

不要笑农家腊月里酿的酒浊而又浑,在丰收屿年景里待客菜肴非常丰繁。
山峦重叠水流曲折正担心无路可走,柳绿花艳忽然眼前又出现一个山村。
吹着箫打起鼓春社的日子已经接近,村民们衣冠简朴古代风气仍然保存。
今后如果还能乘大好月色出外闲游,我一定拄着拐杖随时来敲你的家门。

钗头凤·红酥手

红酥手,黄縢[1]酒,满城春色宫墙[2]柳。东风恶,欢情薄。一怀愁绪,几年离索[3]。错、错、错。

春如旧,人空瘦,泪痕红浥[4]鲛绡[5]透。桃花落,闲池阁[6]。山盟[7]虽在,锦书[8]难托。莫、莫、莫!

注释

[1]黄滕(téng):酒名。或作"黄藤"。

[2]宫墙:南宋以绍兴为陪都,因此有宫墙。

[3]离索:离群索居的简括。

[4]浥(yì):湿润。

[5]鲛绡(jiāo xiāo):神话传说鲛人所织的绡,极薄,后用以泛指薄纱,这里指手帕。绡,生丝,生丝织物。

[6]池阁:池上的楼阁。

[7]山盟:旧时常用山盟海誓,指对山立盟,指海起誓。

[8]锦书:写在锦上的书信。

译文

你红润酥腻的手里,捧着盛上黄滕酒的杯子。满城荡漾着春天的景色,你却早已像宫墙中的绿柳那般遥不可及。春风多么可恶,欢情被吹得那样稀薄。满杯酒像是一杯忧愁的情绪,离别几年来的生活十分萧索。遥想当初,只能感叹:错,错,错!

美丽的春景依然如旧,只是人却白白相思地消瘦。泪水洗尽脸上的胭脂红,又把薄绸的手帕全都湿透。满春的桃花凋落在寂静空旷的池塘楼阁上。永远相爱的誓言还在,可是锦文书信再也难以交付。遥想当初,只能感叹:莫,莫,莫!

第五节 辛弃疾

辛弃疾(1140—1207年),南宋词人,原字坦夫,改字幼安,别号稼轩,汉族,今山东济南人。辛弃疾出生时北方就已沦陷,对于沦陷区老百姓所遭受的苦难有着深切的感受。祖父辛赞虽在金国任职,却常常带着他"登高望远,指画江山",并两次让辛弃疾去游历当时金人的腹地燕山,观察山川形势,希望有机会能"投衅而起,以纾君父所不共戴天之愤"。这些教育和经历使辛弃疾形成了强烈的爱国思想。他平生的志向就是补天西北,收复中原。辛弃疾21岁参加抗金义军,23岁归南宋。历任湖北、江西、湖南、福建、浙东安抚使等职,一生力主抗金。但由于辛弃疾的抗金主张与当政的主和派政见不合,后被弹劾落职,退隐江西带湖。留有词集《稼轩长短句》。

作为南宋词坛上成就最高的词人,他的创作对宋词的发展有着重要的意义。辛词以豪放著称,善于用典,风格沉雄豪迈又不乏细腻柔媚,但写起传统的婉媚风格的词,却也十分得心应手。辛弃疾在词史上的一个重大贡献,在于内容的扩大,题材的拓宽。现存的六百多首辛词中,政治,哲理、田园风光、风俗人情、朋友之谊、恋人之情、日常生活,他都能写入词中,范围比苏词还要广得多。退隐带湖后,辛弃疾也有一些清新闲散的词作。

作为豪放词派的杰出代表,辛弃疾的豪放词向来以境界阔大、雄伟奔放为人们所称道。他的豪放来源于他内心对于国家的热爱和为理想而征战沙场的豪情壮志。他既有词人的文采,更兼有军人的气质,他的词以词人的才华表达战士的壮志,表现出一种气吞万里如虎的豪迈壮阔。辛弃疾早年那一段火热的战斗经历,成为他重要的创作源泉之一,他作品中呈现的那种阔大雄壮之美与此是有密切联系的。辛弃疾的门生范开在《稼轩词序》中说的那样:"公一世之豪,以气节自负,以功业自许……果何意于歌词哉?直陶写之具耳!"辛弃疾毕生的追求并非是在词作上的成就,而是横刀跃马、沙场纵横的功业。他把"恢复中原""补天西北"作为自己毕生的奋斗目标。但作为一名一生以"恢复中原"为己任的爱国志士,他澎湃激昂的报国热情最终化作了满腔壮志难酬的悲愤。他白首不衰的爱国热情和残酷的现实发生碰撞,反映在他的词作中,使其豪放词在豪放雄杰之中蕴含了一份英雄失志的悲壮沉郁。

辛弃疾是一位满怀报国热情、气吞万里如虎的英雄,也是一位有着强烈民族观念的爱国词人。由于他从出生就生活在沦陷区,不断亲眼目睹汉人在金人统治下所受的痛苦与屈辱。这使他在青少年时代就立下了恢复中原的志向。1161 年,金主完颜亮大举南侵,汉族人民不堪金人欺凌,纷纷奋起反抗。21 岁的辛弃疾也聚集了两千人,参加了耿京领导的一支声势浩大的起义军,担任掌书记。辛弃疾于 1162 年奉命南下与南宋朝廷联络。在归来的途中,得知义军领袖耿京被叛徒张安国所杀、义军溃散的消息,便率领五十多人勇闯几万人的敌营,擒回叛徒张安国,交给南宋朝廷处决。

在起义军中的表现,以及辛弃疾的勇敢和果断,使他名重一时。二十五岁时被任命为江阴签判,开始了他在南宋的仕宦生涯。在他南宋任职的前一时期中,对南宋朝廷的畏缩和怯懦并不了解,加上宋高宗曾赞许过他的英勇行为,宋孝宗也一度表现出想要恢复失地、报仇雪耻的锐气,所以在他南宋任职的前一时期中,曾写了不少有关抗金北伐的建议,曾写了不少有关抗金北伐的建议,像著名的《九议》《美芹十论》,在当时广为传诵,深受人们称赞,然而在那个金宋对峙,投降派当道的特殊年代,是没有他施展才智、一展报国宏图的机会的。作为一个归正人,辛弃疾在政坛上常常遭到猜忌、排挤,统治者从来也没有把他的谋略心血认真对待过。已经不愿意再打仗的朝廷却只是先后把他派到江西、湖北、湖南等地担任转运使、安抚使,让他去去治理荒政、整顿治安。这与辛弃疾的理想大相径庭,英雄的满腔豪情壮志和才华不能施展的残酷现实发生碰撞所产生的苦闷、忧愤。他内心里"西北洗胡沙"、"补天裂"的报国热情和在现实世界所遭受的的冷遇、排挤,形成了两种力量的相互冲击和消长,壮志难酬,内心也越来越感到压抑和痛苦。使得辛弃疾的词在慷慨激昂中呈现出一种悲壮沉郁的特色。

现实对辛弃疾是残酷的,他二十三岁南归,其时风华正茂,一腔赤诚,但虽有出色的才干,但却难以在官场上立足。另外,"归正人"的尴尬身份也阻拦了他仕途的发展。他的官职最高为从四品龙图阁待制。辛弃疾一生三隐三仕,在他最丰美成熟的中年(四十三岁到六十三岁)被迫退隐长达十八年。他实现英雄理想的机会被宋王朝剥夺了,强烈报国的愿望使得他青年时期那段火热的战斗经历更加频繁地出现在他的回忆中,这和现实中所遭受的冷遇形成了鲜明的对比,更加展示出英雄失志的悲凉和痛苦。公元 1181 年,辛弃疾开工兴建带湖新居和庄园,并以此自号"稼轩居士"。并且他也意识到自己"刚拙自信,多年来不为众人所容"。同年十一月,由于受弹劾,官职被罢,辛弃疾回到上饶,开始了他中年以后的闲居生活。此后二十年间,他除了有两年一度出任福建提点刑狱和福建安抚使外,大部分时间都在乡闲居。公元 1207 年秋,朝廷再次起用辛弃疾为枢密都承旨,令他速到临安赴任。但诏令到铅山时,辛弃疾已病重卧床不起,只得上奏请辞。同年九月初十,辛弃疾带着忧愤的心情和爱国之心离开人世,享年六十八岁。据传他临终时还大呼"杀贼! 杀贼!",足见其一片爱国赤子之心。

作品选读

水龙吟·登建康[1]赏心亭[2]

楚天千里清秋,水随天去秋无际。遥岑[3]远目,献愁供恨,玉簪螺髻[4]。落日楼头,断鸿[5]声里,江南游子。把吴钩[6]看了,栏杆拍遍,无人会、登临意。

休说鲈鱼堪脍,尽西风、季鹰归未[7]?求田问舍,怕应羞见,刘郎才气[8]。可惜流年[9],忧愁风雨[10],树犹如此[11]!倩[12]何人唤取,红巾翠袖[13],揾[14]英雄泪!

注释

[1]建康:今南京。

[2]赏心亭:亭子的名字。《景定建康志》:赏心亭在城西下水门城上,下临秦淮,尽观赏之胜。

[3]遥岑(cén):远山。

[4]玉簪(zān)螺髻(jì):玉簪玉做的簪子,海螺形状的发髻,这里用来形容高形状各不相同的山。

[5]断鸿:离群的孤雁。

[6]吴钩:古代吴地制造的一种宝刀。这里以吴钩喻空有一身才华,不到重用。出自李贺《南园》:"男儿何不带吴钩,收取关山五十州。"

[7]鲈鱼堪脍:用典,见《晋书·张翰传》。后世文人将思乡称为莼鲈之思。季鹰:张翰,字季鹰。

[8]求田问舍:置地买房。刘郎:刘备。才气:胸怀气魄。

[9]流年:流逝的时光。

[10]风雨:比喻飘摇的国势。

[11]树犹如此:出自北周诗人庾信《枯树赋》:"树犹如此,人何以堪!"此处抒发自己壮志难酬、虚度时光的感慨。

[12]倩(qìng):请。

[13]红巾翠袖:指女子。

[14]揾(wèn):擦。

译文

辽阔的南国之秋,天空寂寥凄冷,江水向着天边流去,秋色更觉无边无际。极目远眺北国的崇山峻岭,引起我对国土沦落的忧愤,连绵起伏的群山像女子头上的玉簪和螺髻。西下的太阳斜照着楼头,在长空孤雁的悲鸣声里,还有我这流落江南思归的游子。我细细看过我带的这把宝刀,气愤的拍遍了楼上的栏杆,无人能懂得我现在登楼的心情。

别提家乡的鲈鱼肉精味美,西风吹过,不知明哲保身的张翰回来了没?还有只顾为自己谋私利的许汜,他们应该羞愧去见雄才大略的刘备。可惜时光如流水一般逝去,我为风雨飘摇中的国家担忧,树都长得这么高了!就让那多情歌女,为我擦掉英雄失志时的泪水吧!

永遇乐·京口[1]北固亭怀古

千古江山,英雄无觅孙仲谋[2]处。舞榭歌台[3],风流总被雨打风吹去。斜阳草树,寻常巷陌[4],人道寄奴[5]曾住。想当年,金戈铁马,气吞万里如虎[6]。

元嘉草草[7],封狼居胥[8],赢得仓皇北顾[9]。四十三年[10],望中犹记,烽火扬州路[11]。可堪[12]回首,佛狸祠[13]下,一片神鸦社鼓[14]。凭谁问,廉颇[15]老矣,尚能饭否?

注释

[1]京口:古城名,今江苏镇江。

[2]孙仲谋:三国时的吴王孙权,字仲谋,曾建都京口。

[3]舞榭歌台:演出歌舞的台榭,这里指孙权故宫。榭,建在高台上的房子。

[4]寻常巷陌:形容窄狭。寻常,古代指长度,八尺为寻,倍寻为常,引伸为普通、平常。巷陌,指街道。

[5]寄奴:南朝宋武帝刘裕小名。

[6]刘裕曾两次领兵北伐,收复洛阳、长安等地。金戈,用金属制成的长枪。铁马,披着铁甲的战马,指精锐的部队。

[7]元嘉草草:元嘉,刘裕子刘义隆年号。草草,轻率。宋刘义隆好大喜功,仓促北伐,反而让北魏主拓跋焘重创。

[8]狼居胥:狼居胥山,在内蒙古自治区西北部。

[9]赢得:剩得,落得。北顾:宋文帝刘义隆命王玄谟率师北伐,被击败,魏趁机大举南侵,直抵扬州,吓得宋文帝亲自登上建康幕府山向北观望形势。

[10]四十三年:作者于1162年,从北方抗金南归,至1205年登北固亭写这首词时,前后共四十三年。

[11]烽火扬州路:指当年扬州,到处都抗击金兵南侵。路,宋朝时的行政区划,扬州属淮南东路。

[12]可堪:一作"岂堪""哪堪",怎能忍受得了。

[13]佛(bì)狸祠:北魏太武帝拓跋焘小名佛狸。曾在长江北岸瓜步山建立行宫,即后来的佛狸祠。

[14]神鸦:庙的乌鸦。社鼓:祭祀时的鼓声。此句意思是,到了南宋,老百姓只把佛狸祠当作供奉神祇的地方,却不知它过去曾是一个皇帝的行宫。

[15]廉颇:战国时赵国名将。

译文

江山历经千古,却再也难找到孙权那样的大英雄。当年表演歌舞的地方还在,英雄却淹没在历史的风雨中。斜阳照着长满草树普通狭窄小巷,人说这曾是当年刘裕住过的地方。回想当年,他领帅军队北伐、收复失地的时候是多么英勇威猛!

然而他的儿子却好大喜功,仓促做出了北伐的错误决定,反而让北魏太武帝拓跋焘乘机挥师南下,因此他收到拓跋焘的重创。我回到南方已经有四十三年了,看着中原仍然记得扬州地区烽火连天的战乱场景。往事不堪回首!当年拓跋焘的行宫外居然有当地的百姓在那里祭祀,乌鸦啄食祭品,老百姓只把佛狸祠当作供奉神祇的地方,却不知它过去曾是一个皇帝的行宫。还有谁会问,廉颇老了,还如当年一样勇猛善战吗?

破阵子[1]·为陈同甫[2]赋壮词以寄

醉里挑灯看剑[3],梦回吹角连营[4]。八百里分麾下炙[5],五十弦翻塞外声[6]。沙场秋点兵[7]。

马作的卢飞快[8],弓如霹雳[9]弦惊。了却君王天下事[10],赢得生前身后名[11]。可怜[12]白发生!

注释

[1]破阵子:词牌名。
[2]陈同甫:陈亮,字同甫,辛弃疾志同道合的为挚友。词风与辛相似。
[3]挑灯:把灯芯挑亮。看剑:抽出宝剑细看。
[4]梦回:梦里遇见,说明描写的场景,是作者旧日之事。吹角连营:各军营里接连响起号角声。角,军中乐器,声哀厉高亢,使人振奋。
[5]八百里:牛名。《世说新语·汰侈》篇:"王君夫(恺)有牛,名八百里。分麾(huī)下炙(zhì):把烤熟的牛肉分赏给部下。麾下,部下。
[6]五十弦:此处泛指各种乐器。翻:演奏。塞外声:指悲壮粗犷的战歌。
[7]沙场:战场。秋:古代点兵用武,多在秋天。点兵:检阅军队。
[8]作:像……一样。的卢:良马名。这句意思是说战马像的卢马那样跑得飞快。
[9]霹雳:本意是雷声,此处比喻弓弦响声大。
[10]了却:了结,把事情做完。君王天下事:统一国家、恢复中原的大事。
[11]赢得:博得。身前:活着的时候。身后:死了以后。
[12]可怜:可惜。

译文

带着醉意挑亮油灯细看宝剑,梦中听到响成一片的军营号角声。把烤熟的牛肉分给部下食用,奏起雄壮的军乐鼓舞士气。这是秋天在战场上阅兵的场景。

战马像的卢马一样跑得飞快,弓箭像惊雷一样,离弦飞驰。一心想替君主收复失地,完成统一国家的大业,流芳后世。可惜蹉跎岁月我已老去。

清平乐[1]·村居

茅檐[2]低小,溪上青青草。醉里吴音相媚好[3],白发谁家翁媪[4]?大儿锄豆[5]溪东,中儿正织[6]鸡笼。最喜小儿亡赖[7],溪头卧[8]剥莲蓬。

注释

[1]清平乐(yuè):原为唐教坊曲名,后用作词牌名。
[2]茅檐:茅屋的屋檐。
[3]吴音:吴方言。作者当时住在信州,这一带为吴方言。相媚好:指相互取乐。
[4]翁媪(ǎo):老翁,老妇。
[5]锄豆:锄掉豆田里的草。
[6]织:编,指编笼子。
[7]亡(wú)赖:亡,通"无"。这里指小孩顽皮、淘气。
[8]卧:趴。

译文

草屋屋檐低矮,溪边长满了碧绿的青草。如有醉意的吴地方言,听起来柔软美好,那满头白发的老人是谁家的呀?

大儿子在溪东边锄豆,二儿子正在编鸡笼。最喜爱小儿子顽皮活波的样子,正躺在溪头草丛,剥着刚摘下的莲蓬吃。

第十七章

宋代散文

宋代散文是中国散文史上一个重要的发展阶段。在三百多年间出现了人数众多的散文作家。在唐宋古文八大家中,宋人就占了六位(欧阳修、苏洵、苏轼、苏辙、王安石、曾巩),他们写作了不少文学散文,也有许多议论文的名作。

宋代散文的重要成就之一,在于建立了一种稳定而成熟的散文风格:平易自然,流畅婉转。宋人的文章长于论政,多喜谈兵。北宋的几位散文大家,其政论文成就都很显著。欧阳修、王安石等痛感当时之时弊,立志改革,发而为文,都能联系实际,议论是非。如欧阳修的《与高司谏书》《朋党论》、王安石的《答司马谏议书》等,都是从国家政事出发、敢于指陈时弊的优秀作品。另外,苏轼也是一位善于议论的作者,他不仅写了大量的政论和史论,而且写了很多短论和杂论。到了南宋,民族危亡的现实也影响了散文创作,一批爱国作家慷慨陈词,呼吁救亡图存,反对苟安投降,散文成为他们表达政论意见的重要文学形式。如胡铨的《戊午上六宗封事》、辛弃疾的《美芹十论》、陈亮的《中兴五论》、叶适的《上孝宗皇帝札子》,这些作品或分析形势,或抨击权奸,或力主抗金,都写得滔滔泪泪,慷慨正大,和北宋诸家的文风一脉相承。

宋代散文的平易风格较之于唐文,更宜于说理、叙事和抒情,成为后世散文家学习的楷模。在布局谋篇方面,宋文往往曲折舒缓,不露锋芒,洋洋洒洒而少突兀奇峰。在语言方面,宋文发展了韩愈"文从字顺"的一面,以明白如话见长。欧阳修的《秋声赋》、苏轼的前后《赤壁赋》更是成为历久传诵的名篇。

第一节 苏轼

苏轼的散文向来同韩、柳、欧三家并称,他提倡艺术风格的多样化和生动性,反对千篇一律的统一文风,在这种创作思想指导下,苏文呈现出多姿多彩的艺术风貌。他广泛地从前代的作品中汲取艺术营养,把韩愈、柳宗元以来所提倡的古文的作用推到了更高的境地,同时形成了他自己独特的文章风格。他出身于一个极富文化修养的家庭,家庭的教育,父母的熏陶,以及他自己的刻苦努力,使苏轼在青年时期就具有广博的知识和多方面的艺术才能,为欧阳修、梅尧臣等所欣赏。在欧、梅等人的赏识下,苏轼一时声名大噪,乃至于他每有新作,立刻传遍京师。苏轼从小读书就"好观前世盛衰之迹"(见《上韩太尉书》),青少年时期就积极关心当时社会的人情风俗和北宋王朝的政治措施,希望能继承范仲淹、欧阳修等的事业,在政治上有所改革。苏轼生长在号称"百年无事"的北宋中叶,社会文化在中唐以后又一次出现了繁荣的景象,诗文革新运动已取得胜利,但此时北宋王朝的内外危机正在因为豪强兼并,边备松弛,官僚机构庞大而无能暗中滋长。苏轼在仁宗末年所进策论,对当时社会带有根本性质的问题和各个问题之间的错综复杂关系是确有所见,并提出自己的对策。他的政治论文如《策略》《策别》《策断》里各篇,从儒家的政治理想出发,广引历史事实加以论证,文笔纵横恣肆,显见《战国策》的影响,又在精神上继承了贾谊、陆贽的传统。

贬谪黄州以后,他阅历更广,学问的积累更丰富,对现实的体察也为更深刻,使他的创作可以在更广阔的境界里驰骋。他在黄州写的《答秦太虚书》《答李端叔书》和在惠州写的《答参寥书》,谈生活和文艺,谈谪居时的心境,摆脱了汉魏以来辞赋作者"以艰深文其浅陋"的文风,同时避免了韩愈以来古文创作"力去陈言夸末俗"的习气。苏轼阅历的丰富和学问的渊博,能突破前人在文章方面的种种限制,自由而准确地表达他心中所想;其文如"万斛泉源,不择地而出""文理自然,姿态横生"。苏轼之文还善于在写作上随机生发,或翻空出奇。他的策论、史论成为许多科举士子摹拟的对象,以至于当时秀才间有"苏文熟,吃羊肉。苏文生,吃菜羹"一说。

作品选读

赤壁赋[1]

壬戌[2]之秋,七月既望[3],苏子与客泛舟游于赤壁之下。清风徐[4]来,水波不兴[5]。举酒属[6]客,诵明月之诗,歌窈[yǎo]窕[tiǎo]之章。少焉[7],月出于东山之上,徘徊于斗[dǒu]牛之间。白露横江[8],水光接天。纵一苇之所如,凌万顷[qǐng]之茫然。浩浩乎如冯虚御风[9],而不知其所止;飘飘乎如遗世独立,羽化而登仙。

于是饮酒乐甚,扣舷[xián]而歌之。歌曰:"桂棹[zhào]兮兰桨[jiǎng],击空明兮溯[sù]流光。渺渺兮予怀[10],望美人[11]兮天一方。"客有吹洞箫者,倚歌而和之[12]。其声呜呜然,如怨如慕,如泣如诉[13],余音袅袅[14],不绝如缕[15]。舞幽壑之潜蛟[16],泣孤舟之嫠妇[17]。

苏子愀然[18],正襟危坐[19],而问客曰:"何为[20]其然也?"客曰:"'月明星稀,乌鹊南飞[21]。'此非曹孟德之诗乎?西望夏口,东望武昌。山川相缪[22],郁乎苍苍[23],此非孟德之困于周郎者乎?方其破荆州,下江陵,顺流而东也,舳舻[24]千里,旌[jīng]旗蔽空,酾[25]酒临江,横槊[26]赋诗,固一世之雄也,而今安在哉?况吾与子渔樵[qiáo]于江渚[zhǔ]之上,侣鱼虾而友麋鹿[27],驾一叶之扁[28]舟,举匏[páo]樽以相属[zhǔ]。寄[29]蜉蝣[30]于天地,渺沧海之一粟[31]。哀吾生之须臾[32],羡长江之无穷。挟[xié]飞仙以遨游,抱明月而长终[33]。知不可乎骤[34]得,托遗响于悲风[35]。"

苏子曰:"客亦知夫[fú]水与月乎?逝者如斯[36],而未尝往也;盈虚者如彼[37],而卒莫消长[zhǎng]也[38]。盖将自其变者而观之,则天地曾[zēng]不能以一瞬;自其不变者而观之,则物与我皆无尽也,而又何羡乎!且夫[fú]天地之间,物各有主,苟[gǒu]非吾之所有,虽一毫而莫取。惟江上之清风,与山间之明月,耳得之而为声,目遇之而成色,取之无禁,用之不竭,是造物者之无尽藏[39]也,而吾与子之所共适[40]。"

客喜而笑,洗盏[zhǎn]更酌[41]。肴核既尽[42],杯盘狼藉。相与枕藉[43]乎舟中,不知东方之既白[44]。

注释

[1]赤壁:实为黄州赤鼻矶,并不是三国时期赤壁之战的旧地,因音近当地人称之为赤壁,苏轼在此借景抒情。这篇散文作于宋神宗元丰五年(1082年),在此之前苏轼因乌台诗案(元丰二年)被贬谪黄州(今湖北黄冈)。

[2]壬戌(xū):宋神宗元丰五年(1082年)。

[3]既望:指望日后一天。既,过了。望,农历小月十五日,大月十六日。

[4]徐:舒缓。

[5]兴:起。

[6]属(zhǔ):通"嘱",此处引申为"劝酒"的意思。

[7]少(shǎo)焉:不一会儿,时间很短。

[8]白露:白茫茫的水汽。横江:笼罩江面。横,横贯。

[9]冯(píng)虚御风:像长出羽翼一样凌空飞行。冯,通"凭"。御,驾御(驭)。

[10]渺渺兮予(yú)怀:主谓倒装,意为我的心思飘得很远。渺渺,悠远的样子。怀,心中的情思。

[11]美人:中国古文中有以男女喻君臣的传统。

[12]倚歌而和(hè)之:合着节拍应和。倚,依、靠。

[13]如怨如慕,如泣如诉:像是哀怨,像是思慕,像是啜泣,像是倾诉。

[14]余音:尾声。袅袅:声音婉转悠长。

[15]缕:细丝。

[16]舞幽壑(hè)之潜蛟:幽壑,指深渊。意思是使深谷的蛟龙感动而起舞。

[17]泣孤舟之嫠(lí)妇:此句意为使孤舟上的寡妇伤心哭泣。嫠,指寡妇。

[18]愀(qiǎo)然:忧愁凄怅貌。

[19]正襟危坐:严肃地端坐。

[20]何为(wèi)其然也:曲调为什么会这么悲凉呢?

[21]月明星稀,乌鹊南飞:出自曹操《短歌行》一诗。

[22]缪(liáo):通"缭"。

[23]郁乎苍苍:郁,茂盛的样子。苍苍,苍绿。

[24]舳舻(zhú lú):舳,船尾掌舵的地方。舻,船头划桨的地方。

[25]酾(shī)酒:斟(zhēn)酒,敬酒。

[26]横槊(shuò):横着手执长矛。

[27]侣鱼虾而友麋(mí)鹿:侣,以……为伴侣,这里是名词的意动用法。麋,鹿的一种。

[28]扁(piān)舟:小船。

[29]寄:寄托。

[30]蜉蝣(fú yóu):一种春夏之交生于水边仅数小时的昆虫。此句指人生短暂。

[31]渺沧海之一粟(sù):此句使用形容人渺小的像大海中的一颗谷粒。渺,小。沧海,大海。

[32]须臾(yú):一会儿,时间短。

[33]长终:永在。

[34]骤:马上。

[35]托遗响于悲风:遗响,指余音。悲风,凄凉的秋风。

[36]逝者如斯:该句意思为逝去的就像流水。出自《论语·子罕》:"子在川上曰:'逝者如斯夫,不舍昼夜。'"逝,往。斯,此,指水。

[37]盈虚者如彼:该句意为像月亮那样有圆有缺。盈,月圆。虚,月缺。彼,指月亮。

[38]卒:最终。消长:增减。

[39]无尽藏(zàng):无穷无尽的宝藏。

[40]共适(shì):共享。

[41]更酌(gēng zhuó):再次饮酒。

[42]肴(yáo)核既尽:肴核,菜和果品。既,已经。

[43]枕藉(jiè):枕,枕着。藉,垫着。

[44]既白:天明。

译文

1082年秋天的七月十六日,我与友人在赤壁泛舟游玩。清风阵阵吹过,水面波澜不兴。举起酒杯向同伴敬酒,一起吟咏明月的诗句和《诗经·陈风·月出》一诗。一会儿,明月从东山后升起,在斗宿与牛宿之间来回移动。白茫茫的雾气弥漫在江面,波光与夜空水天一色。我们任小船在茫茫江面上自由飘荡。如同腾云驾雾而行,不知将停留在何处;飘飘然,像是要成仙得道,去往仙境。

酒喝得兴起时,用手拍打船舷,应声高歌。唱道:"桂木船棹呵香兰船桨,迎击空明的粼波,逆着流水的泛光。我的情思啊悠远茫茫,思念心中的君主啊,在天边遥远的地方。"有个会吹洞箫的朋友,为歌声伴和,洞箫之声如泣如诉。余音悠扬,像轻丝延绵不断回响在耳边。这声音能使深谷中的蛟龙起舞,孤舟上的寡妇落泪。

我的面容愁苦,整好衣襟坐好,问客人:"这个曲子为什么这样悲凉呢?"答到:"'月明星稀,乌鹊南飞。'这不是曹操的诗吗?从这里向西可以望到夏口,向东可以望到武昌,山河相接连绵不断,所见之处,一片苍翠。这不正是曹操被周瑜困住的地方吗?当初他攻陷荆州,得到江陵,沿江东下,率领的战船延绵千里,旗子遮满了天空,来到江边持酒而饮,吟诗作赋,实在是一代枭雄的风采。而他今天又在哪里呢?更别说你我这样捕鱼砍柴,与鱼虾麋鹿为伴的人。驾着一叶小舟,举杯互敬。我们如同蜉蝣身处广阔的天地,又如像沧海中的一颗米那样微小。人的一生太过短暂,羡慕长江滚滚东流没有穷尽。想与仙人共游,与明永存。但这是不可能的,只能把箫声寄托给萧瑟的秋风。"

我说:"你可知道这水与月?正如这滚滚江水,并没有真正逝去;正如这月亮最终并没有增减。如果从事物易变的一面看,天地间没有一刻不在发生变化;从事物不变的一面看来万物与自己的生命一样没有穷尽,有什么可羡慕的呢?何况天地间万物都有自己的归属,若不是自己该有的,一分一毫也不该索取。唯有这江上的清风、山间的明月,耳朵听到是声音,眼睛看见是美景,它们不会被禁止,不会有枯竭,是自然界无的馈赠,你我可以共享。

于是同伴高兴地笑了,清净酒杯重新斟酒。菜肴和果品已经吃完,只剩下一片凌乱。我们便在船里枕着垫子着睡去,不知不觉天就亮了。

第二节　欧阳修

　　欧阳修(1007—1072年),字永叔,号醉翁,又号"六一居士"。吉州永丰(今江西省永丰县)人,谥号文忠,世称欧阳文忠公,北宋政治家、文学家、史学家。与韩愈、柳宗元、王安石、曾巩、苏洵、苏辙、苏轼合称"唐宋八大家"。与韩愈、柳宗元、苏轼被后人合称"千古文章四大家"。欧阳修继承并发展了韩愈的古文理论,领导了北宋诗文革新运动,开创了一代文风。在变革文风的同时,他也对诗风、词风进行了革新,作品收录在《欧阳文忠公集》。欧阳修在史学方面也有较高成就,他主修《新唐书》,撰写了《新五代史》。

　　欧阳修四岁丧父,家贫,是家里的独子,父亲死后,与母亲郑氏相依为命。母亲郑氏用荻秆在沙地上教欧阳修读书写字,是他的童年的启蒙教师。欧阳修自幼喜爱韩文,后来写作古文也以韩、柳为学习典范。欧阳修科举之路坎坷,宦海浮沉,三遭贬谪。但他却能慧眼识人,提携后进,一生桃李满天下。他对有真才实学的后辈不吝赏识推荐,使一大批当时还默默无闻的青年才俊脱颖而出,大放光芒。他对苏轼、苏辙、曾巩、张载、程颢、司马光、吕大钧等都有知遇之恩。"唐宋八大家",五人出自他的门下。

　　欧阳修继承并发展了韩愈的古文理论,主张文以明道、文以致用、文道结合,反对"弃百事不关于心"和浮艳华靡的文风。但他并不盲目崇古,他学习韩愈文从字顺的一面,去掉奇险深奥的一面。从而为北宋的诗文革新运动树立了正确的指导思想。代表散文有《朋党论》《新五代史·伶官传序》《醉翁亭记》《秋声赋》等。欧阳修的散文内容充实,形式多样。无论是议论,还是叙事,都是有为而作,有感而发。他的文章或针砭时弊,以古鉴今,或寄情山水,借景抒情。如《朋党论》针对保守势力诬蔑范仲淹等人,旗帜鲜明地提出"小人无朋,唯君子则有之"的论点,有力地驳斥对方,显示了他的过人胆识和一生正气。欧阳修诗词的代表作品有《生查子·元夕》《画眉鸟》《戏答元珍》《踏莎行》(候馆梅残)《蝶恋花》(庭院深深)等,他的诗词创作情思深远,清丽优美,耐人寻味。

作品选读

醉翁亭记

　　环滁[1]皆[2]山也。其[3]西南诸峰,林壑[4]尤[5]美。望之蔚然而深秀者,琅琊也[6]。山[7]行六七里,渐闻水声潺潺[8]而泻出于两峰之间者,酿泉[9]也。峰回路转[10],有亭翼然[11]临[12]于[13]泉上者,醉翁亭也。作[14]亭者谁?山之僧智仙也。名[15]之者谁?太守自谓[16]也。太守与客来饮于此,饮少辄[17]醉,而年又最高[18],故自号[19]曰[20]醉翁也。醉翁之意不在酒[21],在乎[22]山水之间也。山水之乐,得[23]之心而寓[24]之酒也。

　　若夫[25]日出而林霏[26]开[27],云归[28]而岩穴暝[29],晦明[30]变化者,山间之朝暮也。野芳[31]发[32]而幽香,佳木秀而繁阴[33],风霜高洁,水落而石出者[34],山间之四时也。朝而往,暮而归,四时之景不同,而乐亦无穷也。

　　至于[35]负者[36]歌于途,行者休于树[37],前者呼,后者应,伛偻[38]提携[39],往来而不绝者,滁人游也。临[40]溪而渔[41],溪深而鱼肥。酿泉[42]为酒,泉香而酒洌[43];山肴[44]野蔌[45],杂然[46]而前陈[47]者,太守宴也。宴酣[48]之乐,非丝[49]非竹[50],射[51]者中,弈[52]者胜,觥筹交错[53],起坐而喧哗者,众宾欢也。苍颜[54]白发,颓然乎其间者[55],太守醉也。

已而[56]夕阳在山,人影散乱,太守归[57]而宾客从也。树林阴翳[58],鸣声上下[59],游人去而禽鸟乐也。然而禽鸟知山林之乐,而不知人之乐;人知从太守游而乐,而不知太守之乐其乐[60]也。醉能同其乐,醒能述以文者[61],太守也。太守谓[62]谁?庐陵[63]欧阳修也。

注释

[1]环滁(chú):环绕滁州城。环,环绕。滁,滁州,在今安徽省东部。

[2]皆:副词,都。

[3]其:代词,指滁州城。

[4]壑(hè):山谷。

[5]尤:特别,格外。

[6]蔚然而深秀者,琅琊也:树木茂盛,幽深秀丽的是琅琊山。蔚然,草木繁盛貌。

[7]山:名词作状语,沿着山路。

[8]潺潺(chán):水声。

[9]酿泉:泉的名字。因水清可以酿酒,故得名。

[10]峰回路转:山势弯曲,路也跟着拐弯。指曲折后出现新的转机。回,回环,曲折环绕。

[11]翼然:鸟张开翅膀的样子。然,……的样子。

[12]临:靠近。

[13]于:在。

[14]作:建造。

[15]名:名词作动词,命名。

[16]自谓:自称。

[17]辄(zhé):总是。

[18]年又最高:年纪也是最大的。

[19]号:取别号。

[20]曰:叫做。

[21]醉翁之意不在酒:后来比喻另有目的。意,这里指情趣。

[22]乎:于。

[23]得:领会到。

[24]寓:寄托。

[25]夫(fú):语气助词,多用于句首,无实意。

[26]林霏:此处指树林中的雾气。

[27]开:散开。

[28]归:聚拢。

[29]暝(míng):光线昏暗。

[30]晦明:阴晴昏暗。晦,光线昏暗。

[31]芳:草木的香味,这里引申为名词"花"。

[32]发:生长,开放。

[33]佳木秀而繁阴:美好的树木枝繁叶茂,浓密成荫。秀,滋长茂盛。繁阴,浓密的树荫。

[34]风霜高洁,水落而石出者:秋风送爽,霜色洁白,溪水水位降低,石头显露出来。后多比喻事情真相大白。

[35]至于:连词,用在句首,表示两段的过渡,提起另一事。

[36]负者:背东西的人。

[37]休于树:倒装句,在树下休息。

[38]伛偻(yǔ lǚ):弯腰驼背的样子,文中指老年人。

[39]提携:原以为小孩子被大人领着走,此处指小孩。

[40]临:来到。

[41]渔:动词,捕鱼。

[42]酿泉:泉水名,因泉水很清可以酿酒而得名。

[43]洌(liè):清澈。

[44]山肴:山里的野味。

[45]野蔌(sù):野菜。蔌,菜的总称。

[46]杂然:杂乱的样子。

[47]陈:摆开。

[48]酣:尽情地。

[49]丝:弦乐器。

[50]竹:管乐器。

[51]射:古人宴饮时的一种游戏,把箭投向壶里,投中少的人要喝酒。

[52]弈:动词,下围棋。

[53]觥(gōng)筹交错:酒杯和筹码错杂。觥,酒杯。筹,行酒令的筹码。

[54]苍颜:苍老的容颜。

[55]颓然乎其间:醉醺醺地坐在宾客中间。颓然,原意是精神不振,这里指醉醺醺的样子。

[56]已而:随后。

[57]归:回家。

[58]阴翳(yì):枝叶繁茂成阴。翳,遮盖。

[59]上下:指高处和低处。

[60]乐其乐:以……为乐;开心的事情。

[61]醉能同其乐,醒能述以文者:喝醉能够与大家一起欢乐,清醒后又能够写文章记述这欢乐的人。

[62]谓:是。

[63]庐陵:古郡名,今江西省吉安市。

译 文

滁州城四面环山。城西南方向的山,树木和山谷非常秀美。远远望去只见树木茂盛,幽深秀丽,这就是琅琊山。沿山行走六七里,渐渐能听见潺潺的水声,流水从两座山峰之间飞泻,这就是是酿泉。山势盘旋,路也跟着转弯,有一个像张开翅膀的鸟一样高踞于泉水之上的亭子,那是醉翁亭。建造这个亭子的人是谁?是山里一位名叫智仙的和尚。给它这座亭子取名字的是何人?是太守用自己的别号给这座亭子命名的。太守和他的朋友来这饮酒,喝了一点就醉了,加上他的年龄又是众人里最年长的,所以太守给自己起了个别号"醉翁"。醉翁的情趣不是喝酒,而是欣赏山水美景。山水的乐趣,领会在心里,寄托在酒上。

如果太阳出来树林的雾气便消散了;云雾聚拢,山谷就显得昏暗。明亮和阴暗交替变化,这就是山里的早晨和傍晚。野花开了,散发着清幽的香气;美好的树木生长繁茂,形成浓郁的树荫;秋风送爽,霜色洁白,溪水水位降低,石头显露出来。这就是山里的四季。早晨进山,傍晚回城。四季的景色不同,乐趣也无穷尽。

至于背着东西的人边走边唱,走累了的人在树下休息,前面有人呼喊,后面的人应答;弯腰行走的老人,由大人领着的孩子。往来络绎不绝的,是滁州城里出游的人。去溪边捕鱼,溪水深,鱼儿肥;用酿泉的泉水酿酒,水清酒甜;山间野味,错杂地摆在面前的,那是太守在宴请宾客。宴会喝酒的乐趣,不在于音乐伴奏;投壶中了,下棋赢了,酒杯和筹码交错;人们时而坐下时而站起,大声说话,那是客人在尽情欢乐。苍颜的白发老者,醉醺醺地坐在中间,那正是喝醉了的太守。

不久,夕阳西下,人影散乱,宾客随太守回城中去了。枝叶茂密的树林深出,鸟儿啼鸣,游人离开山林,这是鸟儿的欢乐时光了。鸟儿只知道山林中的乐趣,却不知道人世间有更大的欢乐。而人们只知道跟随太守游玩的乐趣,却不知道太守以他们的快乐为快乐。醉时能和大家一起欢乐,醒后能写下文章记叙这乐事的人,正是太守。太守是谁呢?是庐陵的欧阳修。

卖油翁[1]

陈康肃公[2]尧咨[zī]善射[3],当世无双,公亦以此自矜[4]。尝射于家圃[5],有卖油翁释担[6]而立,睨[7]之,久而不去。见其发矢[shǐ]十中八九,但微颔之[8]。

康肃问曰:"汝[rǔ]亦知射乎?吾射不亦精乎?"翁曰:"无他[9],但手熟尔[10]。"康肃忿然[11]曰:"尔安[12]敢轻吾射[13]!"翁曰:"以我酌油知之[14]。"乃取一葫芦置于地,以钱覆[15]其口,徐[16]以杓[sháo]酌油沥之[17],自钱孔入,而钱不湿。因曰:"我亦无他,唯手熟[shú]尔。"康肃笑而遣之[18]。

注 释

[1]本文选自《归田录》卷一,有删节。
[2]陈康肃公:陈尧咨,谥号康肃,北宋人。公,对男子的尊称。
[3]善射:擅长射箭。
[4]自矜(jīn):自夸。
[5]圃(pǔ):园子,本文中指家里射箭的场地。
[6]释担(dàn)放下担子。
[7]睨(nì):斜着眼睛看,不在意的样子。
[8]但微颔(hàn)之:只是微微点头,表示略微赞许。但,只、不过。颔,点头。之,指陈尧咨射箭十中八九。
[9]无他:没有别的。
[10]但手熟(shú)尔:不过手熟罢了。熟,熟练。尔,罢了。

[11]忿(fèn)然:气愤地。然,形容词、副词的词尾,相当于"的"或"地"。

[12]安:怎么。

[13]轻吾射:轻看我射箭的技术。轻,作动词用。

[14]以我酌(zhuó)油知之:凭我倒油的经验知道这个道理。以,凭、靠。酌,斟,指倒油。之,知道的道理。

[15]覆:盖在上面。

[16]徐:慢慢地。

[17]沥(lì):注。之:文中指葫芦。

[18]遣(qiǎn)之:让他走。

译文

康肃公陈尧咨善长射箭,世上没有人能跟他一较高下,他以此骄傲自满。有一次,陈尧咨在家里的箭场射箭,来了个卖油的老头,老翁放下担子斜着眼睛站在那里看着他,很长时间都没有离开。卖油的老头看他射箭十有八中,却只是微微点点头而已。

陈尧咨问卖油的老头:"你也懂射箭?我的箭法是不是很高明?"卖油的老翁说:"其实我觉得你的箭法并没有什么奥妙,不过是你手熟而已。"陈尧咨听后气愤地说:"你居然轻视我的箭法!"老翁说:"用我倒油的经验就可以知道你射箭也是一样的啊。"卖油翁拿出一个葫芦放在地上,用一枚铜钱盖在葫芦口上,慢慢地用杓舀油倒进葫芦,油经过钱孔而钱却丝毫未沾湿。卖油翁又说:"我倒油也没有什么奥妙,只不过倒多熟练罢了。"陈尧咨笑着将他送走。

这和庄子讲的庖丁解牛、轮扁斫轮的故事有什么区别呢?

玉楼春[1]

尊前拟把归期说[2],欲语春容先惨咽[3]。人生自是有情痴,此恨不关风与月。

离歌且莫翻新阕[4],一曲能教肠寸结。直须看尽洛城花[5],始共春风容易别。

注释

[1]玉楼春:词牌名。

[2]尊前:即樽前,饯行的酒席前。

[3]春容:如春风一样美好的颜容。

[4]离歌:践行时唱的送别曲。翻新阕:按旧曲填新词。

[5]洛阳花:洛阳盛产牡丹,欧阳修著有《洛阳牡丹记》。

译文

饯行时想要把归期定下来,未曾开言那如春风一样明媚的脸庞就暗淡了,声音也哽咽了。啊,情到深处人孤独,这离愁别恨无关明月与清风。

送别的曲子不要再演唱新的一阕,一曲已让人肝肠寸断。此时只需你与我相携同游,少些离别的感伤,尽情地欣赏这洛阳城内的牡丹,才能不辜负这春光,才能淡然相别。

第十八章

宋话本

宋代,随着城市发展,市民阶层兴起,追求民间娱乐的说话活动日益兴盛。在城市的大众娱乐场所"瓦肆"中,有一种以讲故事、说笑话为主的活动,即"说话"。"说话"分为四家,即小说、讲史、说经、合生。在书场中流播的故事越来越多,而以口传故事为蓝本的文字记录本,以及受说话体式影响而衍生的其他故事文本等,也日见其多,被后世统称为"话本"。因此可以说"话本"就是"说话人"说话所依据的底本,原只是师徒相传的"说话"的书面记录,是口头文学,所以是口语体,口气也是针对听众的,其中代表作品有《简帖和尚》《错斩崔宁》等。话本小说是民间说话艺人创作的,既具有口头文学清新活泼的特色,又发扬了志怪、传奇等古代小说的优良传统,在思想性和艺术性上都有一定成就。宋代话本小说是中国小说史上一个重要的发展阶段。

在宋代,话本一般包括讲史和小说两大类。前者是用浅近的文言讲述历史上帝王将相的故事;后者指的是用通行的白话来讲述平凡人的故事。宋代的讲史话本主要有《五代史平话》《大宋宣和遗事》《全相平话五种》等。宋代小说话本一般为短篇故事,多表现现实生活,其中爱情和公案题材比较多。作品人物多为下层百姓中的平凡人物,形象鲜明,颇具个性色彩,善于通过行动、对话表现人物性格和心理。作品中女性形象塑造尤为成功,如《快嘴李翠莲》中的李翠莲、《碾玉观音》中的璩秀秀等;情节安排曲折生动,脉络清晰,引人入胜;基本运用白话,通俗简明,生动活泼,有浓郁的生活气息。宋话本的代表作有《错斩崔宁》《碾玉观音》《志诚张主管》《闹樊楼多情周胜仙》等。

现存的话本小说以爱情、公案两类作品为最多,成就也最高。在以爱情为主题的作品中,已有较多的市井细民成为故事中的主人翁,并表现他们对封建势力的反抗,尤其突出了妇女斗争的坚决和勇敢。《碾玉观音》和《闹樊楼多情周胜仙》是这类小说中成就较高的作品。

鲁迅先生曾经指出,宋话本的出现"实在是小说史上的一大变迁"(《中国小说史的历史变迁》)。宋代话本小说与长期以文言文为语言的中国古代文学传统完全不同,它是中国小说史上第一次将白话作为小说的语言进行创作。在人物塑造上,宋代话本小说以平凡人物为主,不再将非凡人物作为主要的塑造对象,这是中国小说进一步走向平民化的标志。另外,宋代话本小说采取的是在"说话"这样的场景里展开故事的叙述方式,这样的叙述模式后来成了白话小说的经典叙述方式,也对后来明清小说、白话小说的影响非常巨大。

作品选读

《闹樊楼多情周胜仙》节选

太平时节日偏长,处处笙歌入醉乡。
闻说鸾舆且临幸,大家试目待君王。

这四句诗乃咏御驾临幸之事。从来天子建都之处,人杰地灵,自然名山胜水,凑着赏心乐事。如唐朝,便有个曲江池;宋朝,便有个金明池:都有四时美景,倾城士女王孙,佳人才子,往来游玩。天子也不时驾临,与民同乐。

如今且说那大宋徽宗朝年东京[1]金明池边,有座酒楼,唤作樊楼。这酒楼有个开酒肆[2]的范大郎,兄弟范二郎,未曾有妻室。时值春末夏初,金明池游人赏玩作乐。那范二郎因去游赏,见佳人才子如蚁。行到了茶坊里来,看见一个女孩儿,方年二九,生得花容月貌。这范二郎立地多时,细看那女子,生得:色,色,易迷,难拆。隐深闺[3],藏柳陌[4]。足步金莲[5],腰肢一捻,嫩脸映桃红,香肌晕玉白。娇姿恨惹狂童,情态愁牵艳客。芙蓉帐里作鸾凰,云雨此时何处觅?

元来情色都不由你。那女子在茶坊里,四目相视,俱各有情。这女孩儿心里暗暗地喜欢,自思量道:"若还我嫁得一似这般子弟,可知好哩。今日当面挫过,再来那里去讨?"正思量道:"如何着个道理和他说话?问他曾娶妻也不曾?"那跟来女子和奶子[6],都不知许多事。你道好巧!只听得外面水盏响,女孩儿眉头一纵,计上心来,便叫:"卖水的,倾一盏甜蜜蜜的糖水来。"那人倾一盏糖水在铜盂[7]儿里,递与那女子。

那女子接得在手,才上口一呷,便把那个铜盂儿望空打一丢,便叫:"好好!你却来暗算我!你道我是兀谁?"那范二听得道:"我且听那女子说。"那女孩儿道:"我是曹门里周大郎的女儿,我的小名叫作胜仙小娘子,年一十八岁,不曾吃人暗算。你今却来算我!我是不曾嫁的女孩儿。"这范二自思量道:"这言语蹊跷,分明是说与我听。"这卖水的道:"告小娘子,小人怎敢暗算!"女孩儿道:"如何不是暗算我?盏子里有条草。"卖水的道:"也不为利害。"女孩儿道:"你待算我喉咙,却恨我爹爹不在家里。我爹若在家,与你打官司。"奶子在傍边道:"却也叵耐[8]这厮!"茶博士见里面闹吵,走入来道:"卖水的,你去把那水好好挑出来。"

对面范二郎道:"他既过幸与我,口口我不过幸?"随即也叫:"卖水的,倾一盏甜蜜蜜糖水来。"卖水的便倾一盏糖水在手,递与范二郎。二郎接着盏子,吃一口水,也把盏子望空一丢,大叫起来道:"好好!你这个人真个要暗算人!你道我是兀谁?我哥哥是樊楼开酒店的,唤作范大郎,我便唤作范二郎,年登一十九岁,未曾吃人暗算。我射得好弩,打得好弹,兼我不曾娶浑家。"卖水的道:"你不是风!是甚意思,说与我知道?指望我与你做媒?你便告到官司,我是卖水,怎敢暗算人!"范二郎道:"你如何不暗算?我的盂儿里,也有一根草叶。"女孩儿听得,心里好喜欢。茶博士入来,推那卖水的出去。女孩儿起身来道:"俺们回去休。"看着那卖水的道:"你敢随我去?"这子弟思量道:"这话分明是教我随他去。"只因这一去,惹出一场没头脑官司。正是:言可省时休便说,步宜留处莫胡行。

女孩儿约莫去得远了,范二郎也出茶坊,远远地望着女孩儿去。只见那女子转步,那范二郎好喜欢,直到女子住处。

女孩儿入门去,又推起帘子出来望。范二郎心中越喜欢。女孩儿自入去了。范二郎在门前一似失心风的人,盘旋[9]走来走去,直到晚方才归家。

且说女孩儿自那日归家,点心也不吃,饭也不吃,觉得身体不快。做娘的慌问迎儿道:"小娘子不曾吃甚生冷?"迎儿道:"告妈妈,不曾吃甚。"娘见女儿几日只在床上不起,走到床边问道:"我儿害甚的病?"女孩儿道:"我觉有些浑身痛,头疼,有一两声咳嗽。"周妈妈欲请医人来看女儿;争奈员外出去未归,又无男子汉在家,不敢去请。迎儿道:"隔一家有个王婆,何不请来看小娘子?他唤作王百会,与人收生,做针线,做媒人,又会与人看脉,知人病轻重。邻里家有些些事都都浼他。"周妈妈便令迎儿去请得王婆来。见了妈妈,说女儿从金明池走了一遍,回来就病倒的因由。王婆道:"妈妈不须说得,待老媳妇与小娘子看脉自知。"周妈妈道:"好好!"

迎儿引将王婆进女儿房里。小娘子正睡哩,开眼叫声"少礼"。王婆道:"稳便!老媳妇与小娘子看脉则个。"小娘子伸出手臂来,教王婆看了脉,道:"娘子害的是头疼浑身痛,觉得恹恹[10]地恶心。"小娘子道:"是也。"王婆道:"是否?"小娘子道:"又有两声咳嗽。"王婆不听得万事皆休,听了道:"这病蹊跷!如何出去走了一遭,回来却便害这般病!"王婆看着迎儿、奶子道:"你们且出去,我自问小娘子则个。"迎儿和奶子自出去。

王婆对着女孩儿道:"老媳妇却理会得这玻"女孩儿道:"婆婆,你如何理会得?"王婆道:"你的病唤作心玻"女孩儿道:"如何是心病?"王婆道:"小娘子,莫不见了甚么人,欢喜了,却害出这病来?是也不是?"女孩儿低着头儿叫:"没。"王婆道:"小娘子,实对我说。我与你做个道理,救了你性命。"那女孩儿听得说话投机,便说出上件事来,"那子弟唤作范二郎。"王婆听了道:"莫不是樊楼开酒店的范二郎?"

那女孩儿道:"便是。"王婆道:"小娘子休要烦恼,别人时老身便不认得,若说范二郎,老身认得他的哥哥嫂嫂,不可得的好人。范二郎好个伶俐[11]子弟,他哥哥见教我与他说亲。小娘子,我教你嫁范二郎,你要也不要?"女孩儿笑道:"可知好哩!只怕我妈妈不肯。"王婆道:"小娘子放心,老身自有个道理,不须烦恼。"女孩儿道:"若得恁[12]地时,重谢婆婆。"

王婆出房来,叫妈妈道:"老媳妇知得小娘子病了。"妈妈道:"我儿害甚么病?"王婆道:"要老身说,且告三杯酒吃了却说。"妈妈道:"迎儿,安排酒来请王婆。"妈妈一头请他吃酒,一头问婆婆:"我女儿害甚么病?"王婆把小娘子说的话一一说了一遍。妈妈道:"如今却是如何?"王婆道:"只得把小娘子嫁与范二郎。若还不肯嫁与他,这小娘子病难医。"

妈妈道:"我大郎不在家,须使不得。"王婆道:"告妈妈,不若与小娘子下了定,等大郎归后,却做亲,且眼下救小娘子性命。"妈妈允[13]了道:"好好,怎地作个道理?"王婆道:"老媳妇就去说,回来便有消息。"

王婆离了周妈妈家,取路径到樊楼来,见范大郎正在柜身里坐。王婆叫声"万福"。大郎还了礼道:"王婆婆,你来得正好。我却待使人来请你。"王婆道:"不知大郎唤老媳妇作甚么?"大郎道:"二郎前日出去归来,晚饭也不吃,道:'身体不快。'我问他那里去来?他道:'我去看金明池。'直至今日不起,害在床上,饮食不进。我待来请你看脉。"范大娘子出来与王婆相见了,大娘子道:"请婆婆看叔叔则个。"王婆道:"大郎,大娘子,不要入来,老身自问二郎,这病是甚的样起?"范大郎道:"好好!婆婆自去看,我不陪你了。"

王婆走到二郎房里,见二郎睡在床上,叫声:"二郎,老媳妇在这里。"范二郎闪开眼道:"王婆婆,多时不见,我性命休也。"王婆道:"害甚病便休?"二郎道:"觉头疼恶心,有一两声咳嗽。"王婆笑将起来。二郎道:"我有病,你却笑我!"

王婆道："我不笑别的,我得知你的病了。不害别病,你害曹门里周大郎女儿;是也不是？"二郎被王婆道着了,跳起来道："你如何得知？"王婆道："他家教我来说亲事。"范二郎不听得说万事皆休,听得说好喜欢。正是：人逢喜信精神爽,话合心机意趣投[14]。

当下同王婆厮赶着出来,见哥哥嫂嫂。哥哥见兄弟出来,道："你害病却便出来？"二郎道："告哥哥,无事了也。"哥嫂好快活。王婆对范大郎道："曹门里周大郎家,特使我来说二郎亲事。"大郎欢喜。话休絮烦。两下说成了,下了定礼,都无别事。范二郎闲时不着家,从下了定,便不出门,与哥哥照管店里。且说那女孩儿闲时不作针线,从下了定,也肯作活。两个心安意乐,只等周大郎归来做亲。

注释

[1] 东京：指北宋京城汴京,现河南开封一带。

[2] 酒肆：卖酒的店铺。

[3] 深闺：还没有出嫁的女孩子的卧室叫闺房,指有钱人家的闺房。

[4] 柳陌：长着柳树的街道。

[5] 金莲：古代妇女的小脚。

[6] 捻：用大拇指和其他食指夹住。此处指腰很细。

[7] 盂儿：一种装液体的容器。这里用作被子。

[8] 叵耐：不可忍耐,可恨。

[9] 盘旋：指绕圈儿。

[10] 恹恹：精神不振的样子。

[11] 伶俐：机灵,灵活。

[12] 恁地：这样。

[13] 允：答应。

[14] 话合心机意趣投：说话符合自己的心意,就觉得志趣相投。

大师点评

《闹樊楼多情周胜仙》为宋代话本小说,著者不详,收入《醒世恒言》。故事写周大郎的女儿周胜仙和在樊楼卖酒的范二郎在游赏金明池时偶然相见。周胜仙用和茶坊吵架的方式,主动介绍了自己的身世、情况。范二郎也如法炮制,使周胜仙对自己有了了解。各自回家后,相思成疾。此后由周母作主、王婆作媒订了亲事。哪知周胜仙的父亲周大郎回家后断然拒绝,周胜仙因此而一气身亡。殡葬时将三五千贯房奁全部葬在墓中。朱真盗墓时,周胜仙复活,并要求带她去见范二郎。周胜仙果真见到了范二郎,但范误认为是鬼,失手将她打死。范二郎因此入狱,周胜仙鬼魂又三次前去与范相会。由于周胜仙的鬼魂为范二郎说情,范二郎无罪获释。

《闹樊楼多情周胜仙》最突出的成就是塑造了周胜仙这样一位敢于追求爱情并对爱情坚贞不渝的女性形象。

与大多数爱情话本中循规蹈矩的大家闺秀不同,周胜仙不但有追求爱情的勇气,更有追求爱情的智慧。文中写到她在茶馆里看上了范二郎,为了让范二郎知道自己的心意又不显得唐突,她便利用买糖水故意"挑起事端",借着和卖糖水的小贩的争执来告知范二郎一些自己的情况,这不仅可以看出周胜仙对于爱情的勇敢追求,也可以看出她是很有智慧、有想法的一位女子,她用自己的勇气和智慧赢得自己想要的爱情。

　　在爱情遇到阻碍,周大郎不同意女儿嫁给范二郎时,周胜仙一气身亡,由这一情节,读者可以看出周胜仙对爱情的坚贞不渝,一旦认定了一个自己喜爱的人,便是死也不会改变。周胜仙被葬后,由于朱真盗墓,却发现周胜仙其实未死,于是央求朱真带自己去见范二郎,她不被传统礼教所束缚,而是一心要寻找自己的爱人,执着地追求自己的爱情,有着坚定的爱情信念。后来来到樊楼见到了范二郎,却不料被爱人当做女鬼而打死,范二郎被捕,周胜仙的鬼魂前来探望,她没有怪范二郎打死了她,而是在最后的梦里告诉爱人他将平安无事,无论是生是死都一心为心爱的人着想的心,并不是谁都能做到的。故事中对周胜仙这一系列行为的描写,表现了她对爱情的追求和执着,反映了当时妇女民主意识的觉醒。

第八篇

元明清文学

　　元朝大统一局面的出现,促进了我国多民族国家的发展,但蒙古贵族入主中原,实行残酷的阶级压迫与民族压迫政策,重武功而轻文治,使社会政治经济和思想文化都发生了巨大变化,给文学的发展也带来深刻的影响。元代又长期废止科举,堵塞了文人进身之路,其中一部分文人被迫走上了与民间艺人结合的道路,他们自发地组成书会,为勾栏行院编写演唱脚本,成为元杂剧创作的主力军。特殊的社会环境造就了一代特别的专业作家群,促进了元代文学的繁荣。社会环境的巨大变化,传统的文学观念也发生变化。过去被轻视的戏剧、散曲、小说等俗文学,受到了广大市民的喜爱,元蒙贵族不好文词,却嗜好戏曲乐舞,高官显宦和上层文人也都乐于欣赏和提倡。统治阶级的文学倾向某种程度上也影响了元代各种通俗文学的蓬勃兴盛和诗文的相对衰落。

　　元代文学的主要成就是曲。元曲包括杂剧和散曲。近代著名学者王国维先生在《宋元戏曲考》中说:"凡一代有一代之文学,楚之骚,汉之赋,六代之骈文,唐之诗,宋之词,元之曲,皆所谓一代之文学,而后莫能继焉者也。"这里所说的元之曲包括杂剧和散曲。杂剧是戏剧,散曲属诗歌,两者均以曲词为主,因而总称为曲。元曲在中国文学史上获得与唐诗宋词并称的崇高地位。元杂剧是一种新的戏曲形式,它是在北曲的基础上,把唱、念、歌舞和做工结合起来表演故事的一种综合性的舞台艺术。它以丰富而深刻的思想内容和崭新的艺术形式标志着元代文学的最高成就。现存剧目约 600 种,作品 162 种。前期杂剧中心在大都,产生了关汉卿、王实甫、白朴、马致远等一大批杰出的作家和许多优秀作品,这是元杂剧的鼎盛时期。后期杂剧中心南移杭州,杂剧创作渐呈衰微趋势,但仍然出现了一些优秀作家和作品。元杂剧以它辉煌的成就在中国戏剧史上竖起了第一座丰碑。散曲,是金元时期我国北方兴起的一种合乐歌唱的诗歌新体式。它主要来源于民间小曲和北方少数民族乐曲,一部分则从词调演化而来。散曲的形式自由活泼,语言通俗明快,风格爽朗,显示出强大的艺术活力。元代散曲作品现存小令 3800 余首,套数 400 余套。散曲作家成分复杂,因而内容有良有莠,风格各异。不少作品愤世嫉俗,揭露社会黑暗,抨击丑恶现实,但许多作品也宣扬乐天安命、避世归隐、及时行乐等消极思想情绪。较之元曲,元代话本小说也有新的发展。而诗文创作由于种种原因成就不高,呈现衰落状态。

　　明代文学的主要成就是小说和戏曲。明代小说创作无论是长篇或短篇都呈现了空前繁荣的盛况。历史题材的章回演义小说《三国演义》是我国长篇小说的开山之作,它和英雄传奇小说《水浒传》共同拉开了我国长篇小说世界的帷幕。明中叶以后,小说创作步入了新的天地,我国第一部杰出的浪漫主义神魔小说《西游记》和第一部由文人独创的世情小说《金瓶梅》相继问世,为中国长篇小说的发展开拓了新领域。从思想内容来说,明代小说广泛而深刻地反映了当时的社会生活和人民的理想愿望,具有强烈的人民性;从艺术形式来说,它开始了典型环境中典型人物的塑造;从创作方法来说,作品大多是现实主义的,有的作品也不乏积极的浪漫主义。明代小说的这些特点充分体现了中国古典小说的民族风格。

  清代文学是中国古代文学的终结,又孕育着20世纪新文学的萌芽。无论是诗、词、散文等传统文学,还是新兴的小说、戏曲和民间讲唱文学,都呈现出繁荣的景象。清代文学以小说创作的成就最为突出。就短篇小说而言,虽然白话小说创作成就比明代逊色,但文言短篇小说取得了巨大成功。蒲松龄的《聊斋志异》集志怪、传奇之大成,又有新创造,它代表了我国文言笔记小说的最高成就。《聊斋志异》近五百篇作品,多记述花妖狐魅和畸人异行。其故事来源大致有三:一是根据亲身经历的现实生活进行艺术概括,二是将前代小说、戏曲中的故事加工改编,三是将亲朋好友提供的素材加以整理。蒲松龄写《聊斋志异》不是为了猎奇,而是通过谈狐说鬼倾泻心中的不平,是一部孤愤之书。作者借狐鬼仙怪的故事,揭露和抨击黑暗的社会政治,歌颂被压迫者的反抗斗争精神。清代还产生了数量很多的文言笔记小说,其中以纪昀的《阅微草堂笔记》最有代表性。清代长篇小说以吴敬梓的《儒林外史》和曹雪芹的《红楼梦》影响最大。《儒林外史》以揭露批判科举制度为中心,广泛地反映了当时的社会现实,是我国最成熟的讽刺小说。《红楼梦》以宝、黛爱情为中心,以贾府的由盛而衰为背景,对封建社会进行了全面的揭露和批判,揭示了封建制度必然灭亡的命运。它不仅是清代一部伟大的现实主义作品,而且是中国古代小说发展的高峰。清代的戏曲理论也有了新的发展。其中李渔的《闲情偶寄》的有关戏曲部分的论述,是我国古代戏曲理论集大成者的作品。

第十九章

杂剧

受普通老百姓欢迎的话本、说唱、戏曲等文艺形式，在北宋时期已经得到了充分的发展，在女真灭北宋、蒙古灭金的过程中，北方中国人民在长期的战争苦难中为这些文艺形式提供了充分的故事内容和群众基础。在北方戏曲的基础上发展起来的元杂剧，成就尤为突出。

元杂剧把歌曲、宾白、舞蹈、表演等有机地结合起来，开始形成了具有独特民族风格的戏曲艺术形式，并且产生了韵文和散文结合的结构完整的文学剧本。它的组织形式有它一定的惯例。在结构上一般是一本四折演一完整的故事，只有个别的是一本五折、六折（如《赵氏孤儿》《秋千记》），或多本连演（如《西厢记》）。折是音乐组织的单元，也是故事情节发展的自然段落，它不受时间、地点的限制，每一折大都包括了较多的场次，为演员的活动留下了广阔的天地，也给观众提供了想象的余地。这是我国戏曲表演艺术的特点，同时构成了戏曲文学的特色。有的杂剧还有"楔子"，它的篇幅比较短小，位置也不固定，一般在第一折的前面演出，对故事由来作简单的介绍，也有在折与折之间演出的，作用和后来的过场戏相似。

杂剧每折限用同一宫调的曲牌组成的一套曲子。演出时一本四折都由正末或正旦独唱，其他角色只有说白，分别称为"末本"或"旦本"。这些乐曲不只吸收了宋词词、大曲、诸宫调的成果，而且也吸收了其他民族流传来的曲调。如《虎头牌》杂剧中的"双调"套曲就是当时女真族流行的乐曲。

随着戏曲内容的充实和发展，杂剧角色的分工更趋细密，借以表现各种不同类型的人物。由于杂剧以主要力量描写正面人物，正末、正旦就分别成了末本或旦本的主角。此外，视剧情的需要，还有副末、贴旦、搽旦、净、孤、卜儿、孛老、来儿等配角。

杂剧的剧本主要由曲词和宾白组成。歌曲的作用主要在抒情，但是它不只限于主人公的心情抒发和咏叹，同时也在重要的场景和关目之中起渲染和贯串的作用。曲词一般都本色自然而又有着强烈的感情色彩，是在诗、词和民间说唱文学的基础上形成的新诗体。它一面有严格的韵律，以符合演唱的要求；一面又可以增句或加衬字，有利于比较自由地表情达意。宾白包括人物的对白和独白，由白话和部分韵语组成。对白与话剧的对话相似，独白兼有叙述的性质，在情节的发展和人物的塑造上起着重要的作用。剧本还规定了主要动作表情和舞台效果，叫作科范，简称为"科"，如"把盏科""做掩泪科""调阵子科""内作起风科"等。

元杂剧在形式上也存在着一些缺点和不够完善的地方，如全剧只由主要演员独唱和一本限定四折等。它的种种局限在戏曲发展的过程中逐渐被突破，它的某些优点也为南戏所吸收，从而形成了明清的传奇戏。

第一节 窦娥冤

一、《窦娥冤》的作者

《窦娥冤》是元代戏曲家关汉卿的杂剧代表作,也是元杂剧悲剧的典范。关汉卿是元代剧坛最杰出的代表之一。他的如椽大笔,是推动元杂剧脱离宋金杂剧的"母体"走向成熟的杠杆,是标志戏剧创作走上艺术高峰的旗帜。对元代社会的腐败与黑暗,他广泛反映,深刻揭露;对受迫害者的痛苦经历,他寄予莫大的同情,酣畅抒写;对弱小者抗击罪恶、见义勇为的意识和行动,他给予热情的颂扬。他的创作"一空依傍,自铸伟词","曲尽人情,字字本色"①。

关汉卿(1225?—1300年?)②,大都(今北京)人,金亡时,他还是个少年,入元之际(1271年)大概已年近半百。至元、大德年间,他活跃于杂剧创作圈中,和许多作者演员交往;另与散曲名家王和卿、名优珠帘秀曾相互切磋艺文,有时还"面傅粉墨",参加演出,成为名震大都的梨园领袖,他曾南游杭州,撰有《杭州景》套曲,其中有"大元朝新附国,亡宋家旧华夷"句,可见在元灭南宋、南北统一之后,他还健在。他还创作了〔大德歌〕十首,其中有"吹一个,弹一个,唱新行〔大德歌〕"等语,〔大德歌〕是当时刚流行的小令,可知他的创作活动,一直延续到大德初年。

关汉卿的前半生,是在血与火交织的动荡不宁的年代中度过的。作为封建时代的知识分子,关汉卿熟读儒家经典,深受儒家思想影响,所以,在他的剧作中,常把《周易》《尚书》等典籍的句子顺手拈来,运用自如。不过,他又生活在仕进之路长期堵塞的元代,科举废止、士子地位的下降,使他和这一代的许多知识分子一样,处于一种进则无门、退则不甘的难堪境地。和一些消沉颓唐的儒生相比,关汉卿在困境中较能够调适自己的心态。他生性开朗通达,放下士子的清高,转而以开阔的胸襟,"偶娼优而不辞"。他的散曲〔南吕·一枝花〕套数,自称"我是个蒸不烂、煮不熟、捶不扁、炒不爆、响当当一粒铜豌豆",宣称"则除是阎王亲自唤,神鬼自来勾,三魂归地府,七魄丧冥幽;天那,那其间才不向烟花路儿上走"。这既是对封建价值观念的挑战,也是狂傲倔强、幽默多智性格的自白。由于关汉卿面向下层,流连市井,受到了生生不息的民间文化的滋养,因而写杂剧,撰散曲,能够左右逢源、得心应手地运用民间俗众的白话、三教九流的行话,而作品中那些弱小人物的悲欢离合,也流露着下层社会的生活气息与思想情态。

元朝,是儒家思想依然笼罩朝野而下层民众日益觉醒、反抗意识日益昂扬的年代;在文坛,雅文学虽然逐渐失去往日的辉煌,但它毕竟浃入肌肤,余风尚炽,而俗文学则风起云涌,走向繁盛。这两股浪潮碰撞交融,缔造出奇妙的文化景观。关汉卿生活在这种特定的历史阶段,他的戏剧创作及其艺术风貌,便呈现出鲜明而驳杂的特色。一方面,他对民生疾苦十分关切,对大众文化十分热爱;另一方面,在建立社会秩序的问题上他认同儒家仁政学说,甚至还流露出对仕进生活的向往。他一方面血泪交迸地写出感天动地的《窦娥冤》,另一方面又以憧憬的心态编写了充满富贵气息的《陈母教子》。就其全部文学创作的总体风格而言,既不全俗,又不全

---

① 《王国维戏曲论文集》,中国戏剧出版社 1984 年版,第 90 页。
② 关汉卿的生卒年难以确考,此从王季思与王纲的推断,分别见王季思《谈关汉卿及其作品〈窦娥冤〉和〈救风尘〉》(载《关汉卿研究论文集》,古典文学出版社,1958 年版)、王纲《关汉卿研究资料汇考》前言(中国戏剧出版社,1988 年版)。

雅,而是俗不脱雅、雅不离俗。就创作的态度而言,他既贴近下层社会,敢于为人民大声疾呼,却又不失厚人伦、正风俗的儒学旨趣。他是一位勇于以杂剧创作来干预生活积极入世的作家,又是一位倜傥不羁的浪子,还往往流露出在现实中碰壁之后解脱自嘲、狂逸自雄的心态。总之,这多层面的矛盾,是社会文化思潮来回激荡的产物。惟其如此,关汉卿才成为文学史上一位说不尽的人物。

关汉卿一生创作杂剧,多达67种,今存18种,其中最有名的则是《感天动地窦娥冤》。

二、《窦娥冤》的故事内容

窦娥是一位善良而多难的女性。她出生在书香之家,父亲是书生。窦娥家境贫寒,三岁丧母,幼小的年纪过早地遭受失母之痛和穷困之苦,从小养成了孝顺的品格。父亲为了抵债,忍心将她出卖,让她成了债主蔡婆婆的童养媳,这加重了她幼小心灵的创伤。她在蔡家平淡地度过了一段相当长的时期。岂料至17岁,即婚后不久,丈夫因病去世。窦娥随即变为寡妇。世事的多变、接踵而来的苦难,不仅使窦娥磨炼出应付灾变的心理承受能力,同时,也使她对"恒定不变"的天理产生怀疑。她出场时,便满怀忧怨地唱道:"满腹闲愁,数年禁受,天知否?天若是知我情由,怕不待和天瘦。"然而,饱受折磨的窦娥万万没有想到,她一生中最大的苦难还在后头。

在剧中,窦娥的婆婆蔡氏以放债来收取"羊羔儿利"①,无力偿还其债务的赛卢医起了杀蔡婆婆之心,蔡氏在危难之际意外地被张驴儿父子救出。可是,张氏父子不怀好意,乘机要将蔡氏婆媳占为己有。窦娥坚意不从。张驴儿怀恨在心,趁蔡氏生病,暗中备下毒药,伺机害死蔡氏,逼窦娥改嫁;可是,阴差阳错,张的父亲误喝有毒的汤水,倒地身亡;张驴儿见状,当即心生歹念,嫁祸于窦娥,以"官休"相威胁,实则强行逼窦娥"私休"。窦娥一身清白,不怕与张驴儿对簿公堂,本以为官府能判个一清二楚;岂料贪官桃杌是非不分,偏听偏信,胡乱判案,屈斩窦娥,造成千古奇冤。

在元代,社会秩序失范,官吏贪墨,阶级冲突和民族矛盾激化,导致冤狱重重,悲剧屡屡发生。《窦娥冤》戏剧情境的形成,与此有着密切关系。像张驴儿这类无恶不作、横行乡里的社会渣滓,其无法无天的罪恶图谋,竟然有官吏为之撑腰,衙门成了罪犯逍遥法外的场所。世事的荒谬乖错,可见一斑。在这里,《窦娥冤》情节发展的偶然性,反映出社会生活的必然性,具有深刻的典型意义。

窦娥是一位具有悲剧性格的人物。她的性格是孝顺与抗争的对立统一。她的悲剧,是张驴儿的横蛮行径与官府的颠倒黑白所造成的;她的悲剧性格,则是在与张驴儿等恶势力的斗争中呈现出来的。

经历过许多灾难的窦娥,本来很珍惜与蔡婆婆相依为命、相对平稳的家庭生活。她对早年守寡、晚年丧子的婆婆孝顺有加,也深信一女不嫁二夫的教条。如果生活没有波澜,她会恪守孝道与妇道,做一个贤惠的媳妇的。但蔡氏被张驴儿父子救出后,竟半推半就地应承了张氏父子横蛮无理的"入赘"要求。于是,摆在窦娥面前的是一种痛苦的选择:要么惟婆婆的意志是从,改嫁张驴儿;要么不依从婆婆,更不屈服于张驴儿的淫威。窦娥选择了后者。这一来,她首先和自己的婆婆发生冲突。她谴责婆婆"怕没的贞心儿自守","你岂不知羞",当面顶撞,据理力争。而面对

---

① "羊羔儿利"盛行于金元时期,相当于今天的高利贷。

张驴儿的强暴行为,窦娥没有惊慌失措,她镇静、坚定,绝不示弱,以蔑视鄙弃的态度与张驴儿针锋相对。在这里,她的抗争,不仅仅是恪守妇道,更是一种维护自身人格尊严的行动。尤其是当张驴儿借张老头暴死事件作为霸占窦娥的筹码时,她相信官府不会容许这灭绝人性的衣冠禽兽的胡作非为,所以,她要与张驴儿"官了",以为官吏会主持公道,会维护她清白与名声。然而,窦娥没有想到,她所处的生存空间已经恶化到无以复加的程度。她所寄予希望的官府,竟是一团漆黑。楚州太守桃杌残民以逞,滥用酷刑,将无辜的窦娥打得"一杖下,一道血,一层皮"。为了使蔡婆婆免受毒打,窦娥忍受着剧痛、屈辱和不公,不得不含冤招认,无辜受罪,这就是窦娥的悲剧性格。她的遭遇,典型地显示出善良的百姓被推向深渊的过程。

　　窦娥本来不想和现实生活作对,可是黑暗的现实却逼得她爆发出反抗的火花。人间的不公,更使她怀疑天理的存在。她被刽子手捆绑得不能动弹,满腔的怒火和怨气,喷薄而出,她骂天骂地:"地也,你不分好歹何为地?天也,你错勘贤愚枉做天!"并且发出三桩奇异的誓愿:血飞白练、六月降雪、亢旱三年;她声明:"不是我窦娥罚下这等无头愿,委实的冤情不浅;若没些儿灵圣与世人传,也不见得湛湛青天。"(第三折〔耍孩儿〕)她要苍天证实她的清白无辜,她要借异常的事象向人间发出强有力的警示。在古人的心目中,异常的天象是政事失和的表征,只有革除弊政,才能消弭天灾,这种观念在元代也颇为流行。关汉卿写窦娥发誓后,浮云蔽日,阴风怒号,白雪纷飞,这一片浓重的悲剧气氛,把窦娥含冤负屈悲愤莫名的情绪推到极限。很明显,通过这惊天动地的描写,关汉卿希望唤醒世人的良知,激发世人对不平世道的愤慨,催促世人为争取公平合理的社会而抗争。因此,《窦娥冤》所表现的反抗性,是时代的最强音。

　　剧本的第四折写窦娥的三桩誓愿相断应验。耐人寻味的是,窦娥的冤案,最终却是由她的已任"两淮提刑肃政廉访使"的父亲出来平反。窦天章当然不属贪官墨吏,可是,窦娥的冤魂一而再、再而三地在他书案前"弄灯""翻文卷",好不容易才引起了他的注意。这一细节表明,即便是奉命"随处审囚刷卷,体察滥官污吏"的窦天章,要不是窦娥鬼魂的再三警示,他也会糊里糊涂地将一份冤狱案卷,"压在底下",不予追究。最后,冤狱总算平反了,但起关键作用的是审判者与被审判者的特殊关系。换言之,窦娥得还清白,靠的是父亲手中的权力。这样的处理,固然反映出关汉卿崇尚权力的思想局限;但也体现出他让受害者亲属惩治恶人报仇雪恨的强烈愿望,同时,在一定程度上寄寓着对元代吏治沉重的疑虑。因此,《窦娥冤》的结局,是有着比较复杂而深刻的含义的。

　　《窦娥冤》的故事框架,与汉代以来一直流传民间的"东海孝妇"故事颇为相似,但剧本反映的时代生活与人物遭遇,却以元代冤狱繁多的社会现实为依据。至于关汉卿的其他悲剧作品,也和《窦娥冤》一样,取材于前代的故事传说,而在飘荡着的历史烟尘中,融汇了剧作家对当代现实与人生的痛切感受,都具有批判社会的价值和震撼人心的力度。

作品选读

《窦娥冤》第三折[1]

(外[1]扮监斩官上,云)下官监斩官是也。今日处决犯人,着做公的[2]把住巷口,休放往来人闲走。(净[3]扮公人[4]鼓三通、锣三下科。刽子磨旗[5]、提刀,押正旦[6]带枷上)(刽子云)行动

些[7],行动些,监斩官去法场上多时了!(正旦唱)

【正宫】【端正好】没来由[8]犯王法,不堤防遭刑宪,叫声屈动地惊天!顷刻间游魂先赴森罗殿[9],怎不将天地也生埋怨?

【滚绣球】有日月朝暮悬,有鬼神掌着生死权,天地也,只合把清浊分辨,可怎生糊突[10]了盗跖、颜渊[11]?为善的受贫穷更命短,造恶的享富贵又寿延。天地也,做得个怕硬欺软,却元来也这般顺水推船[12]。地也,你不分好歹何为地?天也,你错勘贤愚枉做天!哎,只落得两泪涟涟。

(刽子云)快行动些,误了时辰也。(正旦唱)

【倘秀才】则被这枷扭的我左侧右偏,人拥的我前合后偃,我窦娥向哥哥行[13]有句言。(刽子云)你有甚么话说?(正旦唱)前街里去心怀恨,后街里去死无冤,休推辞路远。

(刽子云)你如今到法场上面,有甚么亲眷要见的,可教他过来,见你一面也好。(正旦唱)

【叨叨令】可怜我孤身只影无亲眷,则落的吞声忍气空嗟怨。(刽子云)难道你爷娘家也没的?(正旦云)止有个爹爹,十三年前上朝取应去了,至今杳无音信。(唱)早已是十年多不睹爹爹面。(刽子云)你适才要我往后街里去,是甚么主意?(正旦唱)怕则怕前街里被我婆婆见。(刽子云)你的性命也顾不得,怕他见怎的?(正旦云)俺婆婆若见我披枷带锁赴法场餐刀去呵,(唱)枉将他气杀也么哥[14],枉将他气杀也么哥!告哥哥,临危好与人行方便。(卜儿哭上科,云)天那,兀的不是我媳妇儿!(刽子云)婆子靠后!(正旦云)既是俺婆婆来了,叫他来,待我嘱咐他几句话咱。(刽子云)那婆子,近前来,你媳妇要嘱咐你话哩。(卜儿云)孩儿,痛杀我也!(正旦云)婆婆,那张驴儿把毒药放在羊肚儿汤里,实指望药死了你,要霸占我为妻。不想婆婆让与他老子吃,倒把他老子药死了。我怕连累婆婆,屈招了药死公公,今日赴法场典刑。婆婆,此后遇着冬时年节,月一十五,有瀽[16]不了的浆水饭,瀽半碗儿与我吃;烧不了的纸钱,与窦娥烧一陌儿[17]。则是看你死的孩儿面上!(唱)

【快活三】念窦娥葫芦提[18]当罪愆,念窦娥身首不完全,念窦娥从前已往干家缘[19]。婆婆也,你只看窦娥少爷无娘面。

【鲍老儿】念窦娥伏侍婆婆这几年,遇时节将碗凉浆奠;你去那受刑法尸骸上烈[20]些纸钱,只当把你亡化的孩儿荐。(卜儿哭科,云)孩儿放心,这个老身都记得。天那,兀的不痛杀我也!(正旦唱)婆婆也,再也不要啼啼哭哭,烦烦恼恼,怨气冲天。这都是我做窦娥的没时没运,不明不暗,负屈衔冤。(刽子做喝科,云)兀那婆子靠后,时辰到了也。(正旦跪科)(刽子开枷科)(正旦云)窦娥告监斩大人,有一事肯依窦娥,便死而无怨。(监斩官云)你有甚么事?你说。(正旦云)要一领[21]净席,等我窦娥站立;又要丈二白练[22],挂在旗枪[23]上;若是我窦娥委实冤枉,刀过处头落,一腔热血休半点儿沾在地下,都飞在白练上者。(监斩官云)这个就依你,打甚么不紧[24]。(刽子做取席站科,又取白练挂旗上科)(正旦唱)

【耍孩儿】不是我窦娥罚下这等无头愿,委实的冤情不浅;若没些儿灵圣与世人传,也不见得湛湛青天。我不要半星热血红尘洒,都只在八尺旗枪素练悬。等他四下里皆瞧见,这就是咱苌弘化碧[25],望帝啼鹃[26]。

(刽子云)你还有甚的说话?此时不对监斩大人说,几时说那?(正旦再跪科,云)大人,如今是三伏天道,若窦娥委实冤枉,身死之后,天降三尺瑞雪,遮掩了窦娥尸首。(监斩官云)这等三伏天道,你便有冲天的怨气,也召不得一片雪来,可不胡说!(正旦唱)

【二煞】你道是暑气暄,不是那下雪天;岂不闻飞霜六月因邹衍[27]?若果有一腔怨气喷如火,定要感的六出冰花[28]滚似绵,免着我尸骸现;要什么素车白马[29],断送[30]出古陌荒阡!

(正里再跪科,云)大人,我窦娥死的委实冤枉,从今以后,着这楚州亢旱三年!(监斩官云)打嘴!那有这等说话!(正旦唱)

【一煞】你道是天公不可期[31],人心不可怜,不知皇天也肯从人愿。做甚么三年不见甘霖降?也只为东海曾经孝妇冤[32],如今轮到你山阳县。这都是官吏每无心正法,使百姓有口难言!(刽子做磨旗科,云)怎么这一会儿天色阴了也?(内做风科,刽子云)好冷风也!(正旦唱)

【煞尾】浮云为我阴,悲风为我旋,三桩儿誓愿明题遍。(做哭科,云)婆婆也,直等待雪飞六月,亢旱三年呵,(唱)那其间才把你个屈死的冤魂这窦娥显!

(刽子做开刀,正旦倒科)(监斩官惊云)呀,真个下雪了,有这等异事!(刽子云)我也道平日杀人,满地都是鲜血,这个窦娥的血都飞在那丈二白练上,并无半点落地,委实奇怪。(监斩官云)这死罪必有冤枉。早两桩儿应验了,不知亢旱三年的说话,准也不准?且看后来如何。左右,也不必等待雪晴,便与我抬他尸首,还了那蔡婆婆去罢。(众应科,抬尸下)

注释

[1] 外:杂剧角色,多为"外末"的省称,有时也为"外旦""外净"的省称。

[2] 做公的:同"公人"。

[3] 净:杂剧角色,所扮大多是粗暴勇猛的人物,像京剧中的花脸。

[4] 公人:衙门里的差役。

[5] 磨旗:摇旗,挥旗。

[6] 正旦:杂剧角色,旦是女角的总称,正旦是剧中的女主角。

[7] 行动些:快些走。

[8] 没来由:无缘无故。

[9] 森罗殿:迷信的说法,指阴间阎罗王的殿堂。

[10] 糊突:即糊涂。

[11] 盗跖:跖是古代传说中春秋时期的率领盗匪数千人的大盗。颜渊:孔子的学生,贫而好学,古代把他当成贤人的典型。

[12] 顺水推船:比喻乘便行事,这里是趋炎附势的意思。

[13] 行(háng):用于人称代词之前时,起指示方位的作用,如"哥哥行"就是"哥哥那里"。

[14] 也么哥:语气助词,通常用于曲辞中叠句的结尾,如"兀的不痛杀人也么哥",有加强语气的作用。

[15] 卜儿:杂剧中扮演老妇人的角色,像京剧中的老旦。

[16] 溅(jiǎn):倒,泼。

[17] 一陌儿:古时祭奠要烧纸钱,"一陌儿"就是一百张纸钱。陌,即"百"。

[18] 葫芦提:糊里糊涂。

[19] 干家缘:料理家务。

[20] 烈:烧。

[21] 一领:一张。

[22] 白练:白绸子。

[23] 旗枪:这里指旗杆顶端的金属装饰物。

[24] 打甚么不紧:有什么要紧,即"不要紧"。

[25]苌弘化碧:苌弘,周代的忠臣,无辜被害,流血成石,也有说化为碧玉,不见其尸。

[26]望帝啼鹃:古代民间传说。蜀王杜宇,号望帝,被他的丞相鳖灵逼迫,让了王位给鳖灵,之后隐居于山林之中,他的魂变为杜鹃鸟,叫声凄厉,人们听了之后都会伤心。

[27]飞霜六月因邹衍:邹衍,战国时燕国的忠臣,相传他被人诬告下狱,曾仰天大哭,当时正好是夏天,上天感动,竟然降霜,后人就以"六月飞霜"来比喻冤狱。

[28]六出冰花:指雪,因为雪是六瓣形的结晶体。

[29]素车白马:东汉时,范式和张劭交好,张劭死后,范式从很远的地方乘白车白马来悼念,后人就以素车白马来指悼丧送葬。

[30]断送:送。

[31]期:寄予希望。

[32]东海曾经孝妇冤:传说汉代时,东海有寡妇周青,为侍奉婆婆而不愿改嫁,婆婆就自缢而死,她的小姑子诬告周青杀人,而太守没有仔细调查,就判了周青死刑,临刑时,周青指身边的竹竿跟人说:"如果我无罪,血就会沿竿往上倒流。"后来果然应验了,而东海这个地方三年大旱,后任官员在调查时,有人替周青申了冤,天才下了雨。

第二节 西厢记

《西厢记》是中国较早的一部以多本杂剧连演一个故事的剧本。作者王实甫,但有关他的生平资料非常少,根据作品推测,他可能是一个仕途失意的读书人。《西厢记》是王实甫的代表作,当时就深受读者欢迎。

故事一个讲述了唐贞元年间,前朝崔相国病逝,夫人郑氏带女儿莺莺、侍女红娘和小童欢郎一行30余人,护相国灵柩回河北博陵安葬。中途道路有阻,在河中府普救寺暂住。此时,河南洛阳书生张珙(字君瑞)赴长安赶考,路过河中府看望同窗好友白马将军,顺便游览普救寺时与莺莺相遇,产生了爱慕之情。张生为了追求莺莺,遂不往京师,在寺中借厢住下。

张生的住所与莺莺所住的西厢只一墙之隔。一天晚上,莺莺同红娘在园中烧香祷告,张生隔墙高声吟诗一首:"月色溶溶夜,花荫寂寂春;如何临皓魄,不见月中人?"莺莺立即和诗一首:"兰闺久寂寞,无事度芳春;料得吟者,应怜长叹人。"经过诗歌唱和,彼此更增添了好感。

在为崔相国做超生道场时,张生、莺莺再次相遇,两人默默地相爱了。就在这时,守桥叛将孙飞虎带兵围住寺院,要抢莺莺为妻,崔夫人四处求救无援,因而许愿:"谁有退兵计策,就把莺莺嫁给谁。"张生挺身而出,写信给白马将军杜确。杜确救兵赶到,孙飞虎兵败被擒。

不料崔夫人言而无信,不肯把女儿嫁给张生,只许二人以兄妹相称。张生因此致病。红娘为张生出谋,让他月下弹琴,莺莺听后十分感动,便叫红娘前去安慰。张生叫红娘给莺莺带去一信,莺莺回信以"待月西厢下,迎风户半开;隔墙花影动,疑是玉人来"约张生相会。当晚,张生赴约,由于红娘在场,莺莺只好假装生气,训斥张生不礼貌,张生从此一病不起。红娘前来探望张生,暗示当夜莺莺一定前来相会,张生病即痊愈。深夜,莺莺来到张生书斋,与张生订了终身。此事被崔夫人觉察,她怒气冲天,拷问红娘,红娘据理相争,巧妙地说服了崔夫人。崔夫人虽答应将莺莺许配给张生,但又逼迫张生立即上京考试,如考不中,仍不把女儿嫁给他。

张生与莺莺惜别,上京应试,中了头名状元。然而崔夫人侄儿郑恒造谣说,张生已做了卫尚书女婿,逼崔夫人把莺莺嫁给他。就在这时,张生回到普救寺,在白马将军的帮助下,揭穿了郑恒的阴谋,与莺莺喜结连理。

《西厢记》的故事,来源于唐代诗人元稹的《会真记》(又名《莺莺传》),在王实甫之前,也有许多作家将这个故事改编成剧本,其中最有名的是金元时期董解元[1]的《西厢记诸宫调》。

王实甫把董解元《西厢记诸宫调》改写为戏曲,为了适合戏剧的演出,他把董解元所改编的莺莺故事重新调整。其中最重要的,是对故事的题旨作了新的改造。

在王实甫笔下,张生、莺莺固然是才子佳人,但才与貌并非是他们结合的唯一纽带。王实甫强调,这一对青年一见钟情,"情"一发难收,受到封建家长的阻梗,他们便做出冲破礼教樊篱的举动。对真挚的爱情,王实甫给予充分的肯定,认为它纯洁无邪,不必涂上"合礼""报恩"之类保护色。在王实甫以前,谁也没有像他那样响亮、明确地提出"愿天下有情人都成了眷属"。他写的崔、张故事,贯彻着这一题旨,从而使由《会真记》以来流传了几百年的题材,呈现出全新的面貌。

《西厢记》问世以后家喻户晓,有人甚至把它与《春秋》相提并论。

尽管王实甫《西厢记》的原本已经失传,但明代以来民间出现了大量《西厢记》刊本。据不完全统计,至今所知《西厢记》明刊本有 110 种左右,清刊本有 70 种左右[2]。刊本的纷繁适足说明它影响之深,流传之广。在戏曲舞台上,《西厢记》更是演出不衰,京、昆、蒲、豫、川、滇、闽、赣等剧种,都把它改编上演,多少年来一直受到观众的喜爱。

不过,《西厢记》在流传过程中,也曾遭受到禁毁、歧视。清朝乾隆十八年(1753),朝廷下令将《西厢记》《水浒》列为"秽恶之书",认为"愚民之惑于邪教亲近匪人者,概由看此恶书所致"。同治七年(1868年),江苏巡抚丁日昌下令查禁"淫词",指出"《水浒》《西厢》等书,几于家置一编,人怀一箧。""若不严行禁毁,流毒伊于胡底"[3]。当然,《西厢记》是禁不了的,某些封建统治者的态度,只能从反面证明它影响的巨大。

《西厢记》的出现,深深地吸引了许多作者,人们纷纷效法学习。有人甚至依样画葫芦地模仿其文辞,套袭其情节,像元代的《东墙记》《㑇梅香》,简直像《西厢记》的翻版;《倩女离魂》写折柳亭送别,也因袭《西厢记》长亭送别的场景。有些作家则善于从《西厢记》中汲取营养,像汤显祖的《牡丹亭》,孟称舜的《娇红记》,曹雪芹的《红楼梦》,都在继承《西厢记》反抗封建礼教的思想基础上,发展创造,取得了新的成就。

作品选读

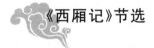

《西厢记》节选

第四本 第三折(在崔张的婚事定下来后,老夫人又提出张生必须进京应试,中了状元才能成亲的条件。这一折写崔张二人的分别,全折情意缠绵,辞句华美,为古代评论家所称道。)

(夫人长老[1]上,开[2])今日送张生赴京,十里长亭,安排下筵席。我和长老先行,不见张生小姐

---

① "解元"是金、元时期对读书人的敬称。他的生卒年不详,大概成名于金章宗完颜璟在位期间(1190—1208年);元代戏曲、曲艺界尊崇其作品的"创始"之功,对他极为推重。
② 张人和着《〈西厢记〉论证》中的"流传与影响"一节,东北师范大学出版社,1995年。
③ 《江苏省例藩政》,引自《元明清三代禁毁小说戏曲史料》,作家出版社,1958年。

221

来到。(旦、末、红同上)(旦云)今日送张生上朝取应,早是离人伤感,况值那暮秋天气,好烦恼人也呵!"悲欢聚散一杯酒,南北东西万里程。"(旦唱)

【正宫】【端正好】碧云天,黄花地[3],西风紧。北雁南飞。晓来谁染霜林醉?总是离人泪。

【滚绣球】恨相见得迟,怨归去得疾。柳丝长玉骢[4]难系,恨不倩疏林挂住斜晖。马儿迍迍[5]的行,车儿快快的随,却告了相思回避,破题儿又早别离[6]。听得道一声"去也",松了金钏;遥望见十里长亭,减了玉肌:此恨谁知?

(红云)姐姐今日怎么不打扮?(旦云)你那知我的心哩!(旦唱)

【叨叨令】见安排着车儿、马儿,不由人熬熬煎煎的气;有甚么心情花儿、靥儿[7],打扮得娇娇滴滴的媚;准备着被儿、枕儿,则索[8]昏昏沉沉的睡;从今后衫儿、袖儿,都揾做重重叠叠的泪。兀的不闷杀人也么哥!兀的不闷杀人也么哥!久已后书儿、信儿,索与我凄凄惶惶[9]的寄。

(做到了科,见夫人了)(夫人云)张生和长老坐,小姐这壁坐,红娘将酒来。张生,你向前来,是自家亲眷,不要回避。俺今日将莺莺与你,到京师休辱没[10]了俺孩儿,挣揣[11]一个状元回来者。(末云)小生托夫人余荫,凭着胸中之才,视官如拾芥耳[12]。(洁[13]云)夫人主见不差,张生不是落后的人。(把酒了,坐)(旦长吁科)(旦唱)

【脱布衫】下西风黄叶纷飞,染寒烟衰草萋迷[14]。酒席上斜签着坐的[15],蹙愁眉死临侵地[16]。

【小梁州】我见他阁泪[17]汪汪不敢垂,恐怕人知;猛然见了把头低,长吁气,推整素罗衣。

【幺篇】虽然久后成佳配,奈时间[18]怎不悲啼。意似痴,心如醉,昨宵今日,清减[19]了小腰围。

(夫人云)小姐把盏者!(红递酒,旦把盏长吁科云)请吃酒!(旦唱)

【上小楼】合欢未已,离愁相继。想着俺前暮私情,昨夜成亲,今日别离。我谂知[20]这几日相思滋味,却原来比别离情更增十倍。

【幺篇】年少呵轻远别,情薄呵易弃掷。全不想腿儿相挨,脸儿相偎,手儿相携。你与俺崔相国做女婿,妻荣夫贵[21],但得一个并头莲[22],煞强如[23]状元及第。

(红云)姐姐不曾喫早饭,饮一口儿汤水。(旦云)红娘呵,甚么汤水咽得下!(唱)

【满庭芳】供食太急,须臾对面,顷刻别离。若不是酒席间子母每当回避,有心待与他举案齐眉。

【幺篇】虽然是厮守得一时半刻,也合着俺夫妻每共桌而食。眼底空留意[24],寻思起就里,险化做望夫石。

(夫人云)红娘把盏者!(红把酒科了)(旦唱)

【快活三】将来的酒共食,尝着似土和泥,假若便是土和泥,也有些土气息,泥滋味。

【朝天子】煖溶溶玉醅[25],白泠泠似水,多半是相思泪。眼面前茶饭怕不待要[26]吃,恨塞满愁肠胃。蜗角虚名,蝇头微利[27],拆鸳鸯在两下里。一个这壁,一个那壁,一递一声[28]长吁气。

(夫人云)辆起车儿[29],俺先回去,小姐随后和红娘来。(下)(末辞洁科)(洁云)此一行别无话说,贫僧准备买登科录[30],做亲的茶饭少不得贫僧。先生在意[31],鞍马上保重者!"从今经忏无心礼[32],专听春雷第一声[33]。"(下)(旦唱)

【四边静】霎时间杯盘狼籍,车儿投东,马儿向西,两意徘徊,落日山横翠。知他今宵宿在那里?在梦也难寻觅。

(旦云)张生,此一行得官不得官,疾便回来。(末云)小生这一去白夺一个状元,正是:"青霄有路终须到,金榜无名誓不归"。(旦云)君行别无所谓,口占一绝[34],为君送行:"弃掷今何在,当时且自亲。还将旧来意,怜取眼前人。"[35](末云)小姐之意差矣,张珙更敢怜谁?谨赓[36]一绝,以剖寸心:"人生长远别,孰与最关亲?不遇知音者,谁怜长叹人?"(旦唱)

【耍孩儿】淋漓襟袖啼红泪[37],比司马青衫[38]更湿。伯劳东去燕西飞[39],未登程先问归期。虽然眼底人千里,且尽生前酒一杯。未饮心先醉[40],眼中流血,心内成灰。

【五煞】到京师服水土,趁程途[41]节饮食,顺时自保揣身体[42]。荒村雨露宜眠早,野店风霜要起迟!鞍马秋风里,最难调护,最要扶持。

【四煞】这忧愁诉与谁?相思只自知,老天不管人憔悴。泪添九曲黄河溢,恨压三峰华岳低[43]。到晚来闷把西楼倚,见了些夕阳古道,衰柳长堤。

【三煞】笑吟吟一处来,哭啼啼独自归。归家若到罗帏里,昨宵个绣衾香暖留春住,今夜个翠被生寒有梦知。留恋你别无意,见据鞍上马,阁不住[44]泪眼愁眉。

(末云)有甚言语嘱咐小生咱?(旦唱)

【二煞】你休忧"文齐福不齐"[45],我则怕你"停妻再娶妻"[46]。休要"一春鱼雁无消息"[47]!我这里青鸾有信[48]频须寄,你却休"金榜无名誓不归"[49]。此一节君须记,若见了那异乡花草[50],再休似此处栖迟[51]。

(末云)再谁似小姐?小生又生此念?仆童赶早行一程儿,早寻个宿处。(末念)泪随流水急,愁逐野云飞。(下)(旦唱)

【一煞】青山隔送行,疏林不做美,淡烟暮霭相遮蔽。夕阳古道无人语,禾黍秋风听马嘶。我为甚么懒上车儿内,来时甚急,去后何迟?

(红云)夫人去好一会,姐姐,咱家去!(旦唱)

【收尾】四围山色中,一鞭残照里。遍人间烦恼填胸臆,量这些大小车儿如何载得起?

(旦、红下)

注释

[1]长老:寺院的主持和尚,后称为对和尚的尊称,这里指普救寺的法本。

[2]开,元杂剧术语,开始说话的意思。

[3]碧云天,黄花地:化用范仲淹《苏幕遮》词:"碧云天,黄花地。"

[4]玉骢:毛色青白相间的马。

[5]迍迍(zhūn):缓慢的样子。

[6]却告了相思回避,破题儿又早别离:意思是刚结束了相思之苦,又开始了离别之愁。破题,唐宋人在诗赋起首点破题意,称为破题,后世引申为事情的开端。

[7]靥:原指脸颊上的酒窝,这里指面颊上的装饰品。

[8]索:须,当。

[9]凄凄惶惶:急忙,迫切,这里指及时。

[10]辱没:玷辱,这里指落第后与莺莺相国小姐的身份不相称。

[11]挣揣:努力争取。

[12]托夫人余荫:即托夫人的福。余荫,剩余的恩泽。拾芥:比喻极其容易。

[13]洁:元代民间称和尚为洁郎,简称"洁",这里指法本和尚。

[14]萋迷:凄凉迷离。萋,同"凄"。

[15]斜签着坐的:指张生。古代晚辈在长者面前斜侧着身子坐,以示恭敬。签,插。

[16]死临侵地:死气沉沉的样子。临侵,形容疲惫呆滞。

[17]我见他阁泪:宋代一歌妓《鹧鸪天》词曰:"尊前只恐伤郎意,阁泪汪汪不敢垂。"阁泪,

含泪。

[18]奈时间:无奈眼前这时候。

[19]清减:指消瘦。

[20]谂(shěn)知:体味到,知道。

[21]妻荣夫贵:反用当时成语"夫荣妻贵",意思是张生做了崔相国的女婿,因为妻子的荣耀,自然也尊贵起来。

[22]并头莲:即并蒂莲,比喻男女相爱,不能分离。

[23]煞强如:远远胜过。

[24]眼底空留意:只能用眼神来传达心意。

[25]煖:同"暖"。玉醅:美酒。

[26]怕不待要:难道不要。

[27]蜗角虚名,蝇头微利:苏轼《满庭芳》词原句,比喻微不足道的名和利。《庄子·则阳》:"有国于蜗之左角者,曰蛮氏;国于蜗之右角者,曰触氏,争地而战,伏尸百万。"

[28]一递一声:一人一声,连续不断。

[29]辆起车儿:驾起车子。

[30]登科录:科举考试的录取名册。

[31]在意:小心,注意。

[32]从今经忏无心礼:意思是从今后无心拜佛念经。经忏,指佛经。忏,僧道为人礼祷忏悔时所念之经。礼,这里指诵习。

[33]春雷第一声:指张生及第的喜报。

[34]口占:随口作诗。绝:绝句。

[35]此四句是元稹《莺莺传》里张生另娶、莺莺别嫁之后,莺莺谢绝张生见面的要求时所作的诗,这里莺莺借此提醒张生不要移情别恋。

[36]赓(gēng):续作。

[37]红泪:传说薛灵芸被选入宫时,泣别父母,以玉唾壶承泪,壶即红色。

[38]司马青衫:出自白居易《琵琶行》"座中泣下谁最多,江州司马青衫湿"。

[39]伯劳东去燕西飞:化用乐府《东飞伯劳歌》:"东飞伯劳西飞燕,黄姑织女时相见。"比喻情人的离别。伯劳,一种鸟,夏至始鸣。

[40]未饮心先醉:刘禹锡《酬令狐相公杏园花下饮有怀见寄》中的原句。

[41]趁程途:赶路。

[42]顺时自保揣身体:意思是顺应时节变化、估量着自己的身体状况保重身体,不要过度劳累。揣,估量,揣度。

[43]此二句夸写泪水之多,使黄河满溢泛滥;愁恨之重,压低了西岳华山的三座高峰。这两句可能是化用了元代李钰《题汪水云西湖类稿》诗:"泪添东海水,愁压北邙低。"九曲黄河,黄河在积石山到龙门一段多弯曲,故称"九曲黄河"。华岳三峰,指西岳华山的三座高峰莲花峰、毛女峰、松桧峰。

[44]阁不住:忍不住,禁不祝。

[45]文齐福不齐:当时成语,意思是文才虽好,运气却不好。

[46]停妻再娶妻:当时成语,意思是抛弃前妻另外再娶,即今日所谓重婚。

[47]一春鱼雁无消息:秦观《鹧鸪天》词原句。

[48]青鸾有信:古代神话传说汉武帝时,西王母降临,先派青鸾来报信,后世遂以青鸾为信使的代称。

[49]金榜无名誓不归:当时成语,意思是不考中绝不回来。

[50]花草:比喻女子。

[51]栖迟:停息,居留。

第三节　牡丹亭

一、《牡丹亭》的作者及故事内容

《牡丹亭》,全名是《牡丹亭还魂记》,改编于明代话本小说《杜丽娘慕色还魂记》,是明代剧作家汤显祖的代表作。

汤显祖(1550—1616年),字义仍,号若士、海若、清远道人,江西临川人,是中国历史上伟大的戏剧作家。他的一生历经嘉靖、隆庆、万历三个时代,那正是朝廷腐败、社会动荡的明代中晚期。汤显祖出身书香门第,为人耿直,敢于直言,一生不肯依附权贵,因此经常得罪人。早年参加进士考试,因拒绝内阁首辅张居正的招揽而落选,直到三十三岁时才中进士。中进士后,拒绝当时执掌朝政的张四维、申时行的拉拢行贿而遭排挤。明万历年间曾任给事中,四十九岁时弃官回家。

他从小受王学左派的影响,结交被当时统治者视为异端的李贽等人,反程朱理学,肯定人欲,追求个性自由的思想对他影响很大。在文学思想上,汤显祖明确提出文学创作首先要"立意"的主张,把思想内容放在首位。这些思想在他的作品中都得到了具体体现。汤显祖虽然也创作过诗文等,但成就最高的还是戏曲。他是中国古代继关汉卿之后的又一位伟大的戏剧家。他的戏剧创作现存主要有五种,即"玉茗堂四梦"(或称"临川四梦")及《紫箫记》。"玉茗堂四梦"即《紫钗记》《牡丹亭》《邯郸记》《南柯记》。这四部作品中,汤显祖最得意,影响最大的就是《牡丹亭》了。汤显祖的诗文集有《红泉逸草》《问棘邮草》(残)《玉茗堂文集》等。汤显祖于1616年去世,这恰好和英国大戏剧家莎士比亚是同一年去世,由于汤显祖在东方剧坛上的崇高地位,人们都称汤显祖是"中国的莎士比亚"。

《牡丹亭》讲述了一对青年男女追求爱情自由的动人故事:贫寒书生柳梦梅梦见在一座花园的梅树下立着一位佳人,说同他有姻缘之分,书生从此就经常思念她。南安太守杜宝之女名丽娘,才貌双全,从师陈最良读书。她由《诗经·关雎》章而伤春寻春,从花园回来后在昏昏睡梦中见一书生持半枝垂柳前来求爱,两人在牡丹亭畔幽会。杜丽娘从此愁闷消瘦,一病不起。她在弥留之际要求母亲把她葬在花园的梅树下,嘱咐丫鬟春香将自己的自画像藏在太湖石底。杜宝升任淮阳安抚使,委托丽娘的老师陈最良安葬女儿并修建"梅花庵观"。三年后,柳梦梅赴京应试,借宿梅花庵观中,在太湖石下拾得杜丽娘画像,发现杜丽娘就是他梦中见到的佳人。杜丽娘魂游后园,和柳梦梅再度幽会。柳梦梅掘墓开棺,杜丽娘起死回生,两人结为夫妻,前往临安。杜丽娘的老师陈最良看到杜丽娘的坟墓被发掘,就告发柳梦梅盗墓之罪。柳梦梅在临安应试后,受杜丽娘之托,送家信传报还魂喜讯,结果被杜宝囚禁。发榜后,柳梦梅由阶下囚一变而为状元,但杜宝拒不承认女儿的婚事,强迫她离开柳梦梅,纠纷闹到了皇帝面前,皇帝感慨二人的旷世奇缘，于是在皇帝的支持下，杜丽娘和柳梦梅二人终成眷属。

汤显祖的《牡丹亭》是继王实甫的《西厢记》之后又一部具有划时代意义的爱情杰作。女主角不甘作循规蹈矩的闺阁典范，大胆表露内心的欲望，希望自己寻找爱情和幸福。这种勇敢追求人性自由的女性，在此前的戏剧中从未出现过。

二、《牡丹亭》的艺术成就及影响

奇幻与现实的紧密结合，强烈的主观精神追求，浓郁的抒情场面，典雅绚丽的曲文铺排，都体现出《牡丹亭》较为典型的浪漫主义风格和多重的艺术魅力。

《牡丹亭》在艺术上的最大特色是浪漫主义。它的浪漫主义特色首先在通过"梦而死""死而生"的幻想情节表现了理想和现实的矛盾。杜丽娘所追求的理想在当时的现实环境里几乎是不可能实现的，可是在梦想、魂游的境界里，她终于摆脱了种种封建礼教的束缚，改变了一个大家闺秀的软弱性格，实现了自己所梦寐以求的美好愿望。例如在《惊梦》一出里，杜丽娘在梦里和柳梦梅相见，醒来之后却是母亲的一顿唠叨。又如在《冥判》里，杜丽娘敢于向阎王殿下的胡判官诉说她感梦而亡的全部经过，还得了判官的允许能自由自在地去寻找梦里的情人，而在还魂之后，她的亲生父亲却不认她作女儿，更不同意她和柳梦梅结合。就这样，作者通过一些富有奇情异彩的艺术境界，突出了现实和理想的矛盾，也表现了在封建闺范束缚下的年轻女性对爱情自由和幸福生活的强烈追求。其次是采取抒情诗的手法，倾泻人物内心的感情，也就是说，在人物塑造方面，作者注重利用诗歌来展示人物的内心世界，发掘人物内心幽微细密的情感，使之形神毕露。我们读《惊梦》《寻梦》《闹殇》《冥誓》等出时，更多地像在读抒情诗而不像在看剧本。用写诗的手法写戏本来是我国许多戏曲作家的共同特征，汤显祖在这方面表现得更突出。

《牡丹亭》的宾白很有意趣，曲词兼用北曲泼辣动荡及南词宛转精丽的长处。剧中诉情曲多用南词；而描写战争或鬼怪，则间用北曲，各取所长。

此外，在情节结构上，《牡丹亭》富有离奇、跌宕的幻想色彩。如《惊梦》《冥判》《魂游》《回生》等情节，都是在幻想中才能存在的事情。梦本是一种生理现象，但杜丽娘梦遇柳梦梅却是幻想的产物。鬼魂、地狱，本是宗教制造的世界，杜丽娘的鬼魂"随风游戏"，追随情人柳梦梅，以及"专掌惜玉怜香"的花神的出现，都代表了一种"美丽民、庄严、优秀的本性"。杜丽娘生前描绘了自己的真容，拾画者恰是生前梦中幽会的情人，而且又由于才子的"痴情"，与杜丽娘灵魂相会，最终使得她从坟墓里走出来，"异香袭人，幽姿如故"。这一切都是作者大胆幻想的结果。这些幻想的艺术构思，正是《牡丹亭》戏剧结构的支柱。

《牡丹亭》是汤显祖最著名的剧作，在思想和艺术方面都达到了他创作的最高水平。剧本刚问世，受欢迎程度便超过了另一部古代爱情故事《西厢记》。据记载，"《牡丹亭》一出，家传户诵，几令《西厢》减价"①。此剧在封建礼教制度森严的古代中国一经上演，就受到民众的欢迎，特别是那些感情受压抑的妇女。有记载当时有年轻女性读了剧作后深为感动，以至于"忿惋而死"，更有杭州有女伶演到"寻梦"一出戏时因感情激动而死于台上。

《牡丹亭》中所讲述的杜丽娘与柳梦梅的爱情故事，体现了青年男女对自由的爱情生活的追求，显示了要求个性解放的思想倾向。这种个性解放的思想倾向影响更为深远，在《牡丹亭》

---

① （明）沈德符·万历野获编[M].北京：中华书局，1980.

的影响下，明清女性的自我意识得到了极大的提高，她们不但对主人公的情感表示认同，同时对作品中所传达出来的情欲也进行了大胆的肯定。

《牡丹亭》的成功，极大地影响了明代中晚期的戏剧及小说的创作，因而在其后出现了一大批以描写才子佳人爱情故事为主题的戏剧及小说作品。众多小说戏曲还将汤剧演出加入到情节发展之中，例如《红楼梦》来加深宝黛的感情融合。20世纪以来，《牡丹亭》曾几度被搬上银幕和荧屏。而收集有二千二百多篇诗文赋和"临川四梦"的《汤显祖集》也于1963年起初版、再版。国内外研究汤显祖的论文、专著越来越多，越来越深入。汤剧无穷的艺术魅力和永恒的审美意蕴，已经成为中华民族的一笔重要的精神文化财富。

《西厢记》节选

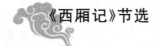

第十出 惊梦（这一出讲述杜丽娘在丫鬟春香指引下去后花园游玩及游园之后小憩同柳梦梅梦中相见的过程。这一出是《牡丹亭》经典的一出，作为昆曲折子戏经常在各种场合表演，其中的【皂罗袍】和【山桃红】甚至成为昆曲的代表。）

【绕池游】（旦上）梦回莺啭，乱煞年光遍[1]。人立小庭深院。（贴）炷尽沉烟[2]，抛残绣线，恁今春关情似去年？【乌夜啼】"（旦）晓来望断梅关[3]，宿妆残[4]。（贴）你侧著宜春髻子[5]恰凭栏。（旦）剪不断，理还乱[6]，闷无端。（贴）已分付催花莺燕借春看。"（旦）春香，可曾叫人扫除花径？（贴）分付了。（旦）取镜台衣服来。（贴取镜台衣服上）"云髻罗梳还对镜，罗衣欲换更添香。"[7]镜台衣服在此。

【步步娇】（旦）袅晴丝[8]吹来闲庭院，摇漾春如线。停半晌、整花钿。没揣菱花[9]，偷人半面，迤逗的彩云偏[10]。（行介）步香闺怎便把全向现！

（贴）今日穿插的好。

【醉扶归】（旦）你道翠生生出落的裙衫儿茜[11]，亮晶晶花簪八宝填[12]，可知我常一生儿爱好是天然[13]。恰三春好处无人见[14]。不提防沉鱼落雁[15]鸟惊喧，则怕的羞化闭月花愁颤。（贴）早茶时了，请行。（行介）你看："画廊金粉半零星，池馆苍苔一片青。踏草怕泥[16]新绣袜，惜花疼煞小金铃[17]。"（旦）不到园林，怎知春色如许！

【上白十下十罗袍】原来姹紫嫣红[18]开遍，似这般都付断井颓垣。良辰美景奈何天，赏心乐事谁家院[19]！恁般景致，我老爷和奶奶再不提起。（合）朝飞暮卷[20]，云霞翠轩；雨丝风片，烟波画船——锦屏人忒看的这韶光贱[21]！（贴）是[22]花都放了，那牡丹还早。

【好姐姐】（旦）遍青山啼红了杜鹃[23]，荼蘼[24]外烟丝醉软。春香呵，牡丹虽好，他春归怎占的先[25]！（贴）成对儿莺燕呵。（合）闲凝眄，生生燕语明如翦，呖呖莺歌溜的圆。（旦）去罢。（贴）这园子委是观之不足[26]也。（旦）提他怎的！（行介）

【隔尾】观之不由他缱[27]，便赏遍了十二亭台是枉然。到不如兴尽回家闲过遣。（作到介）（贴）"开我西阁门，展我东阁妆床[28]。瓶插映山紫[29]，炉添沉水香。"小姐，你歇息片时，俺瞧老夫人去也。（下）（旦欢介）"默地游春转，小试宜春面[30]。"春呵，得和你两留连，春去如何遣咳，恁般天气，好困人也。春香那里？（作左右瞧介）（又低道沉吟介）天呵，春色恼人，信有之乎！

常观诗词乐府,古之女子,因春感情,遇秋成恨,诚不谬误矣。吾今年已二八,未逢折桂之夫;忽慕春情,怎得蟾宫之客?昔韩夫人得遇于郎[31],张生偶逢崔氏[32],曾有《题红记》《崔徽传》二书。此佳人才子,前以密约偷期[33],后皆得成秦晋[34]。(长叹介)吾生于宦族,长在名门。年已及笄[35],不得早成佳配,诚为虚度青春,光阴如过隙耳。(泪介)可惜妾身颜色如花,岂料命如一叶乎[36]!

【山坡羊】没乱里春情难遣[37],蓦地里怀人幽怨。则为俺生小婵娟,拣名门一例,一例里神仙眷。甚良缘,把青春抛的远!俺的睡情谁见?只索因循腼腆[38]。想幽梦谁边,和春光暗流转?迟延,这衷怀那处言!淹煎,泼残生[39],除问天!身子困乏了,且自隐几[40]面眠。(睡介)(梦生介)(生持柳枝上)"莺逢日暖歌声滑,人遇风情笑口开。一径落花随水入,今朝阮肇一天台[41]。"小生顺路儿跟著杜小姐回来,怎生不见?(回看介)呀,小姐,小姐(旦作惊起介)(相见介)(生)小生那一处不寻访小姐来,却在这里!(旦作斜视不语介)(生)恰好花园内,折取垂柳半枝。姐姐,你既淹通书史,可作诗以赏此柳枝乎?(旦惊喜,欲言又止介)(背想)这生素昧平生,何因到此?(生笑介)小姐,咱爱杀你哩!

【山桃红】则为你如花美眷,似水流年,是答儿[42]闲寻遍。在幽闺女自怜。小姐,和你那答儿讲话去。(旦作含不行)(生作牵衣介)(旦低问)那边去生)转过这芍药栏前,紧靠著湖山石边。(旦低问)秀才,去怎的?(生低答)和你把领扣松,衣带宽,袖梢儿摸著牙儿苫也,则待你忍耐温存一晌[43]眠。(旦作羞)(生前抱)(旦推介)(合)是那处曾相见,相看俨然,早难道[44]这好处相逢无一言?(生强抱旦下)(末扮花神束发冠,红衣插花上)"催花御史[45]异花天,检点春工又一年。蘸[46]客伤心红雨下,勾人悬梦彩云边。"吾乃掌管南安府后花园花神是也。因杜知府小姐丽娘,与柳梦梅秀才,后日有姻缘之分。杜小姐游春感伤,致使柳秀才入梦。咱花神专掌异玉怜香,竟来保护他,要他云雨十分欢幸也。

【鲍老催】(末)单则是混阳蒸变,看他似虫儿般蠢动把风情煽。一般儿娇凝翠绽魂儿颤[47]。这是景上缘,想内成,因中见[48]。呀,淫邪展污[49]了花台殿。咱待拈片落花儿惊醒他。(向鬼门[50]丢花介)他梦酣春透了怎留连?拈花闪碎的红如片。秀才才到的半梦儿,梦毕之时,好送杜小姐仍归香阁。吾神去也。

(去)

【山桃红】(生、旦携手上)(生)这一霎天留人便,草藉花眠。小姐可好?(旦低头介)(生)则把云鬟点,红松翠偏。小姐休忘了呵,见了你紧相偎,慢厮连,恨不得肉儿般团成了片,逗的个日下胭脂雨上鲜。(旦)秀才,你可去呵?(合)是那处曾相见,相看俨然,早难道这好处相逢无一言?(生)姐姐,你身子乏了将息,将息。(关旦依前作睡介)(轻拍旦介)姐姐,俺去了。(作回顾介)姐姐,你可十分将息,我再来瞧你那。"行来春色三分雨,睡去巫山一片云。"(下)(旦作惊醒,低叫介)秀才,秀才,你去了也?(又作疑睡介)(老旦上)"夫婿坐黄堂,娇娃立绣窗。怪他裙衩上,花鸟绣双双。"孩儿,孩儿,你为甚瞌睡在此?

(旦作醒,叫秀才介)咳也。(老旦)孩儿怎的来?(旦作惊起介)奶奶到此!(老旦)我儿,保不做些针指,或观玩书史,舒展情怀?因何昼寝于此?(旦)孩儿适花园中闲玩,忽值春暄恼人,故此回房。无可消遣,不觉困倦少息。有失迎接,望母亲恕儿之罪。(老旦)孩儿,这后花园中冷静,少去闲行。(旦)领母亲严命。

(老旦)孩儿,学堂看书去。(旦)先生不在,且处消停[51]。(老旦叹介)女孩儿长成,自有许多情态,且自由他。正是:"宛转随儿女,辛勤做老娘。"(下)

(旦长叹介)(看老旦下介)哎也,天那,今日杜丽娘有些侥幸也。偶到后花园中,百花开遍,睹景伤情。没兴而回,书眠香阁。忽见一生,年可弱冠[52],丰姿俊妍。于园中折得柳丝一枝,笑对奴家说:"姐姐既淹通书吏,何不将柳枝题赏一篇?"那时待要应他一声,心中自忖,素昧平生,不知名姓,何得轻与交言。正如此想间,只见那生向前说了几名伤心话儿,将奴搂抱去牡丹亭畔,芍药东边,共成云雨之欢。两情和合,真个是千般爱惜,万种温存。欢毕之时,又送我睡眠,几声"将息"。正待自送那生出门,忽值母亲来到,唤醒将来。我一身冷汗乃是南柯一梦[53]。忙身参礼母亲,又被母亲絮了许多闲话。奴家口虽无言答应,心内思想梦中之事,何曾放怀。行坐不宁,自沉如有所失。娘呵,你教我堂看书去知他看好一种书消闷也(作掩泪介)

【绵搭絮】雨香云片[54],才到梦儿边。无奈高堂,唤醒纱窗睡不便。泼新鲜冷汗粘煎,闪的俺心悠步敧[55],意软鬟偏。不争多[56]费心神情,坐起谁欠[57]?则待去眠。(贴上)"晚妆销粉印,春润费香篝[58]。"小姐,薰了被窝睡罢。

【尾声】(旦)因春心游赏倦,也不索香薰绣被眠。天呵,有心情那梦儿还去不远。

注释

[1]乱煞年光遍:缭乱的春光到处都是。

[2]沉烟:沉水香,薰用的香料。

[3]梅关:即大庾岭。在本剧故事发生地点江西省南安府(大庾)的南面。

[4]宿妆残:隔夜的残妆。

[5]宜春髻子:相传立春那天,妇女剪采作燕子状,戴在髻上,上贴"宜春"二字。见《荆楚几时记》。

[6]剪不断,理还乱:南唐后主李煜词《相见欢》中的两句。

[7]此两句是薛逢诗《宫词》中的两句,见《全唐诗》卷二十。

[8]晴丝:游丝,飞丝,也即后文所说的烟丝,虫类所吐的丝缕,常在空中飘游。在春天晴朗的日子最易看见。

[9]没揣:不意,蓦然。菱花:镜子。古时用铜镜,背面所铸花纹一般为菱花,因此称菱花镜,或用菱花作镜子的代称。

[10]迤逗的彩云偏:迤逗,引惹,挑逗,元曲中或作"拖逗"。彩云,美丽的发卷的代称。全句意思是,想不到镜子(拟人化)偷偷地照见了她,害得(迤逗的)她羞答答地把发卷也弄歪了。这几句写出一个少女含情脉脉的微妙心理,她是连看见镜子里的自己的影子也会觉得有些不好意思的。

[11]翠生生出落的裙衫儿茜:翠生生,极言彩色鲜艳。苏轼诗"一朵妖红翠欲流"用法正同,见《苏诗编注集成》卷十一《和述古冬日牡丹》四首。《老学庵笔记》卷八:"鲜翠,犹言鲜明也。"出落的,显出,衬托出。茜,茜红色。

[12]亮晶晶花簪八宝填:镶嵌着多种宝石的簪子。

[13]爱好:犹言爱美。《紫箫记》十一出《懒画眉》中的"道你绿鬓乌纱映画罗"系丫环赞李十郎词,下接十郎云"小生从来带一种爱好的性子"用法正同。现在浙江还有这样的方言。天然:天性使然。

[14]三春好处:比喻自己的青春美貌。

[15]沉鱼落雁:小说戏词中用来形容女人的美貌。意思说,鱼见她的美色,自愧不如而下

沉;雁则为看她的美色而停落下来。下文"羞花闭月"同。

[16]泥:沾污,这里作动词用。

[17]舁花疼煞小金铃:出自《开元天宝遗事》"天宝初,宁王……于后园中纫红丝为绳,密缀金铃,掣于花梢之上。每有鸟鹊翔集,则令园吏掣铃以惊之。盖异花之故也"。疼,为异花常常掣铃,连小金铃都被拉得疼煞了。这是夸大的描写。

[18]姹紫嫣红:花色鲜艳的样子。

[19]谁家:哪一家。一说作"甚么"解,见张相《诗词曲语辞汇释·谁家条》。全句出自谢灵运《拟魏太子邺中集诗序》:"天下良辰美景赏心乐事,四者难并。"

[20]朝飞暮倦:出自唐王勃《滕王阁诗》"画栋朝飞南浦云,朱帘暮卷西山雨"。

[21]锦屏人:深闺中人,包括自己在游园前。

[22]是:凡是,所有的。

[23]啼红了杜鹃:开遍了红色的杜鹃花。从杜鹃(鸟)泣血联想起来的。

[24]荼蘼:花名,晚春时开放。

[25]牡丹虽好,他春归怎占的先:出自《诚斋乐府·牡丹品》三折《喜莺》"花索让牡丹先"。

[26]观之不足:看不厌。

[27]缱:留恋,牵绻。

[28]开我西阁门,展我东阁床:出自《木兰诗》"开我东阁门,坐我西阁床"。

[29]映山紫:映山红(杜鹃红)的一种。

[30]宜春面:指新妆。参看注[5]。

[31]韩夫人得遇于郎:出自唐人传奇故事。唐僖宗时,宫女韩氏以红叶题诗,从御沟中流出,被于佑拾到。于佑也以红叶题诗,投入上流,寄给韩氏。后来两人结为夫妇。见《青琐高议》前集卷五《流红记》。汤显祖的同时代人王骥德曾以这个故事写成戏曲《题红记》,见王骥德《曲律·杂论》第三十九下。

[32]张生偶逢崔氏:即张生和崔莺莺的爱情故事,见唐元稹《莺莺传》后来《西厢记》演就是这个故事。下文说的《崔徽传》是另外一个故事,见《丽情集》:妓女崔徽和裴敬中相爱,分别之后不再相见。崔徽请画工画了一幅像,托人带给敬中说:"崔徽一旦不及卷中人,徽且为郎死矣!"这里《崔徽传》疑是《莺莺传达室》或《西厢记》的笔误。

[33]偷期:幽会。

[34]得成秦晋:得成夫妇。春秋时代,秦、晋两国世代联姻,后世称联姻为秦晋。

[35]及笄:古代女子十五岁开始以笄(簪)束发,叫及笄,见《礼记·内训》。意指女子已成年,到了婚配的年龄。

[36]岂料命如一叶乎:出自元好问《鹧鸪天·薄命妾》词"颜色如花画不成,命如叶薄可怜生"。

[37]没乱里:形容心绪很乱。

[38]只索:只得。索,要,须。腼腆:害羞。

[39]淹煎,泼残生:淹煎,受熬煎,遭磨折。泼残生,苦命儿。泼,表示厌恶,原来是骂人的话。

[40]隐几:靠着几案。

[41]阮肇到天台:见到爱人。用刘晨和阮肇在天台山桃源洞遇到仙女的故事。

[42]是答儿：到处。是，凡。下文"那答儿"，那边。

[43]一晌：一会儿。

[44]早难道：这里就是难道，但证据较强。

[45]催花御史：《说郛》卷二十七《云仙散录》引《玉尘集》，唐"穆宗，每宫中花开，则以重顶帐蒙蔽栏槛，置惜花御史掌之"。

[46]蘸：指红雨（落花）泪在人的身上。

[47]单则是……魂儿颤：形容幽会。

[48]景上缘、想内成：喻姻缘短暂，是不真实的梦幻。因中见(xiàn)：佛家认为一切事物都由因缘造合而成。景，同"影"。想、因，都是佛家的廉洁。

[49]展污：沾污，弄脏。

[50]鬼门：一作"古门"，戏台上演员的上、下场门。

[51]消停：休息。

[52]弱冠：二十岁。《礼·曲礼》上："人生十年曰幼，学；二十曰弱，冠；三十曰壮，有室……"冠，男子到二十岁行冠礼，表示已经成人。

[53]南柯一梦：出自唐人传奇故事。淳于棼梦见自己被大槐安国国王招为驸马，做南柯太守。历尽了富贵荣华，人世浮沉。醒来，才发现槐安国不过是大槐树下的一个蚁穴，南柯郡则是南面树枝下的另一个蚁穴。见《太平广记》卷四七五引李公佐《淳于棼》。南柯，后来被用作梦的代称。

[54]雨香云片：云雨，指梦中的幽会。

[55]闪的俺：弄得我，害得我。步敧：脚步不动。敧，偏斜。

[56]不争多：差不多，几乎。

[57]欠：惬意。

[58]香篝：即薰笼，薰香用。

第二十章

小说

  我国古代的叙事文学,到了元明清时期步入了成熟期。就文学理念、文学体式和文学表现手段而言,明清小说以其完备和丰富将叙事文学推向了极致。从明清小说所表现的广阔的社会生活场景、丰硕的艺术创作成果和丰富的社会政治理想而言,明清小说无疑铸就了中国古典文学最后的辉煌。该时期由于商品经济的发展,市民阶层的进一步扩大,通俗文学蓬勃发展。

  元末明初,我国的小说创作进入了一个新的时期,尤其是章回体小说步入日臻完善的阶段。中国的第一部章回体古典小说《三国演义》,就是通过生活在这一历史时期的、杰出的小说大家——罗贯中的椽笔诞生并风行于世的。他在我国的文学发展史上,建树了不可磨灭的伟大功绩。同时,也为世界文学宝库增添了灿烂的光彩。全书反映了三国时代的政治军事斗争,反映了三国时代各类社会矛盾的渗透与转化,概括了这一时代的历史巨变,塑造了一批咤叱风云的英雄人物。《三国演义》刻画了近 2000 个人物形象,其中最为成功的有诸葛亮、曹操、关羽、刘备等人。诸葛亮是作者心目中的"贤相"的化身,他具有"鞠躬尽瘁,死而后已"的高风亮节,具有近世济民、再造太平盛世的雄心壮志,而且作者还赋予他呼风唤雨、神机妙算的奇异本领。曹操是一位奸雄,他生活的信条是:"宁教我负天下人,不教天下人负我"(历史上是"宁我负人,休人负我"),既有雄才大略,又残暴奸诈,是一个政治家、阴谋家,这与历史上的真曹操是不可混同的。关羽"威猛刚毅""义重如山",但他的义气是以个人恩怨为前提的,并非国家民族之大义。刘备被作者塑造成为仁民爱物、礼贤下士、知人善任的仁君典型。

  《水浒传》是由作者在《宣和遗事》及相关话本、故事的基础上创作而成。全书以描写农民战争为主要题材,塑造了李逵、武松、林冲、鲁智深等梁山英雄,揭示了当时的社会矛盾。故事曲折、语言生动、人物性格鲜明,具有很高的艺术成就。

  《西游记》是在民间传说唐僧取经的故事和有关话本及杂剧(元末明初杨讷作)基础上创作而成的。《西游记》前七回叙述孙悟空出世,有大闹天宫等故事。此后写孙悟空随唐僧西天取经,沿途除妖降魔、战胜困难的故事。书中唐僧、孙悟空、猪八戒、沙僧等形象刻画生动,规模宏大,结构完整,是中国古典小说中伟大的浪漫主义文学作品。

  《红楼梦》写于 18 世纪中叶的清乾隆时代,内容以贾、王、史、薛四大家族为背景,以贾宝玉、林黛玉的爱情悲剧为主线,描写了封建官僚贾、王、史、薛四大家族,特别是贾家的衰落过程,揭露了封建统治者的罪恶,说明了封建王朝必将衰落的历史命运。作品语言优美生动,善于刻画人物,塑造了贾宝玉、林黛玉、王熙凤、薛宝钗、尤三姐等个性鲜明的人物。本书规模宏大,结构严谨,具有很高的艺术成就。人们将《红楼梦》《三国演义》《水浒传》《西游记》这四部古典长篇小说名著简称为四大名著。

第一节　三国演义

　　《三国演义》是中国第一部长篇章回小说,也是历史演义小说的开山之作,同时,也是中国最有成就的长篇历史小说。

　　所谓"历史演义",就是用通俗的语言,将争战兴废、朝代更替等历史题材,组织、演绎成完整的故事,并以此表明了一定的政治思想、道德观念和社会理想。这种独特的文学样式受到了一向看重历史传统的中国人民的喜爱,所以明代自罗贯中《三国演义》一书开始,以正史演绎为通俗演义,大概有百余种,为世人所喜爱,因而有《夏书》《商书》《列国》《两汉》《唐书》《残唐》《南北宋》诸书,它们甚至可以和正史比肩,形成了一个创作历史演义的传统。

一、《三国演义》的成书及作者

　　中国历史上的"三国",本身就是一个龙腾虎跃,风起云涌的时代。陈寿的一部《三国志》就包含着无数生动的故事,为文学家的艺术创造提供了丰富的素材。而在民间,又不断地流传和丰富着三国的故事。到隋代,文艺表演中已有"三国"的节目,据记载,隋炀帝看水上杂戏,就有曹操谯水击蛟、刘备檀溪跃马等内容。李商隐也有《骄儿》诗中提到:"或谑张飞胡,或笑邓艾吃。"可见到晚唐,连儿童也熟悉三国的故事。据记载,在宋代的"说话"艺术中,已有"说三分"的专门科目和专业艺人,但宋代的这些话本没有流传下来,现存早期的三国讲史话本有元至治年间(1321—1323年)刊印的《三国志平话》和内容大致相同的《三分事略》。这两本的故事已大概具有了《三国演义》的轮廓,突出蜀汉一条主线,结构宏伟,故事性强,但却叙事简率,文笔粗糙,保留着"说话"的原始面貌。

　　在戏曲舞台上,金元时期也演出了大量的三国戏,现在知道的元代及元明之际以三国为题材的杂剧剧目就有60种之多。从这些剧目和现存的21种剧本的情况来看,半数以上是以蜀汉人物为中心,拥刘(备)反曹(操)的倾向十分鲜明,在情节结构、语言风格等方面,具有浓厚的民间色彩。

　　在长期的、众多的群众传说和民间艺人创作的基础上,罗贯中依据正史,采纳小说的故事,在前人的基础上又对故事进行加工和提高,创作了《三国演义》这部历史演义的典范作品。

　　关于罗贯中,目前所知很少。据记载,他名本,字贯中,号湖海散人,祖籍东原(今山东东平),长年流落在杭州。据推测,他生活在元末明初,约在1315至1385年之间。他的《三国演义》大约成书于明初。他还是《水浒传》的编写者之一。据说他"编撰小说数十种",这可能有些夸大其辞。现在留传下来的《隋唐两朝志传》《残唐五代史演义传》《三遂平妖传》恐怕都是后人的伪作。《录鬼簿续编》还收录了他所作的三部杂剧作品,现在仅存《赵太祖龙虎风云会》一种。这部作品以赵匡胤、赵普为中心,歌颂了贤君明相,与《三国演义》在精神上有相通之处。

　　罗贯中的《三国志通俗演义》现在保存的最早刊本是嘉靖本,全书二十四卷,二百四十则,它集中并充实了宋元时期讲史话本和戏曲中的精彩部分,把《三国志平话》的故事作了全部改写,删去了像司马仲相断狱、孙秀才发现天书和刘、关、张太行山落草等荒诞的故事,增加了许多史实,扩充了篇幅,从而成为一部"文不甚深、言不甚俗"的长篇巨著。

　　继嘉靖本《三国志通俗演义》之后,新刊本大量出现,它们都以嘉靖本为主,只做了些插图、考证、评点和文字的增删,卷数和回目的整理等工作。清康熙年间,毛宗岗对嘉靖本《三国志通俗演义》作了一些修改,主要是辨正史事,增删文字,更换论赞,改回目为对偶双句,至于内容则没有什么改动。经过毛宗岗一番加工之后,全书在艺术上又有所提高,从此他的修改本也就成为后来最流行的本子。

二、《三国演义》的内容、成就与影响

《三国演义》用"依史以演义"的独特的文学样式,描写了从黄巾起义至西晋统一的近百年历史。"依史",就是对历史的事实有所认同,也有所选择,有所加工;而"演义",则渗透着作者主观的价值判断,用一种自认为理想的"义",泾渭分明地去褒贬人物,重塑历史,评价是非。

全书依内容可分为三部分,第一部分是第一至第三十五回,即开篇到孔明出山之前,可以用"桃园结义,军阀混战"来概括。这部分的主要故事包括:桃园三结义、虎牢关三英战吕布、太史慈酣斗小霸王、夏侯惇拔矢啖睛、曹操青梅煮酒论英雄、关云长千里走单骑、过五关斩六将、曹操与袁绍的官渡之战等。第二部分是第三十六至第一百零五回,即孔明出山至诸葛亮死,这部分内容可以概括为:"孔明出山,三分天下。"这部分是作品的中心部分,主要故事有:三顾茅庐、火烧博望坡、火烧新野、赵子龙单骑救主、张飞大闹长坂坡、诸葛亮舌战群儒、群英会蒋干中计、草船借箭、借东风、赤壁大战、三气周公瑾、张翼德义释严颜、关云长单刀赴会、水淹七军、刮骨疗毒、败走麦城、诸葛亮巧布八阵图、安居平五路、七擒孟获、六出祁山、骂死王朗、失街亭、空城计、造木牛流马、星落五丈原。第三部分是从第一百零六回至第一百二十回,即孔明死至全书结束,可以概括为:"后主无能,三国归晋。"这一部分主要是写诸葛亮死后,后主刘禅昏庸无能,西蜀江山摇摇欲坠,终于被司马昭所消灭,后来,东吴也归顺于晋,自此三国归于统一。大晋皇帝司马炎再次统一了中国。这部分的故事主要有:诸葛亮预伏锦囊妙计、显圣定军山,姜维兵败牛尖山、斗阵破邓艾等。

《三国演义》是一部历史小说,它既以民间传说为基础,又尽量以《三国志》为依据。但两者之间不仅在思想倾向上有尊曹尊刘之分,而且在内容比重上也各有轻重。此外,在故事情节和人物塑造上,两部书也有很大的出入。凡是《三国演义》中精彩丰富的故事,生龙活虎的人物,往往是虚多于实的。因此,应该把这部历史小说看成艺术作品,必须把它和历史书区别开来。几百年来,曹操、诸葛亮等人物成为奸诈和智慧的代名词,是和《三国演义》的深入人心分不开的。

《三国演义》从汉灵帝建灵二年(公元168年)写起,直到晋武帝太康元年(公元280年)吴亡为止,跨度100多年,时间极为漫长;而全书出场的人物有400多个,可以说是人物众多;再加上事件复杂,头绪纷繁,结构实在说得上是宏伟壮阔。然而,作者却能够以时间的先后为顺序,以蜀汉为中心,以三国的矛盾斗争为主线,以大大小小的事件为线索,组织得有条不紊、主次分明,充分地显示了作者的叙事才能。

就所叙的事件而言,《三国演义》以描写战争为主,可说是一部"全景性军事文学"作品。它描写战争的时间之长、次数之多、形式之多样、规模之宏大,在世界文学史中是罕见的。全书共写四十多次战役、上百个战斗场面,包容了这一历史时期所有重大的战役,写得各有个性,绝少雷同。

作为一部优秀的历史演义小说,《三国演义》不仅善于叙事,而且也长于写人。它塑造人物形象的显著特点,突出甚至夸大了历史人物的主要性格特征,舍弃性格中的次要方面,创造了

一批具有特征化性格的艺术典型,如奸诈雄豪的曹操、忠义勇武的关羽、仁爱宽厚的刘备、谋略超人的诸葛亮、浑身是胆的赵云、心地狭窄的周瑜、忠厚老实的鲁肃、老奸巨滑的司马懿……这些艺术典型都具有鲜明的个性。他们的性格特征,一般都显得比较单一和稳定,有点像戏曲中程式化、脸谱化的表现,容易给读者以强烈、鲜明的印象;也有点近乎雕塑,在单一、稳定,乃至夸张之中呈现出一种单纯、和谐、崇高的美。它适应并规范了古代读者的艺术欣赏趣味,所以使曹操、张飞、关羽、诸葛亮、赵云、周瑜、司马懿等众多的人物形象一直具有迷人的艺术魅力。《三国演义》一书也就成了中国古代塑造特征化艺术典型的范本。

在语言方面,《三国演义》所用的语言既吸收了史传文中典雅古朴的书面语言,并将其通俗化;又吸收了民间文艺中通俗生动的生活语言,并将其文学化。因而形成了"文不甚深,言不甚俗""半文半白,雅俗共赏"的浅近文言,这有利于营造历史的气氛;有时直接引用一些必要的史料,也能使读者"易观易入",雅俗共赏,形成了一种适用于历史演义的独特的语体风格。

《三国演义》不但对中国历史小说的繁荣和发展贡献非常大,甚至对其他题材的小说创作也有不同程度的影响;与此同时,它长期被人们当作一部通俗的历史教科书和军事著作,对社会生活各方面所产生的作用,恐怕没有任何一部古典小说可以与之相比肩。它是一座极为丰富的精神宝库,实际上也是一部大众文化的百科全书。从中人们可以得到历史的知识、斗争的智慧、做人的道理和处世的经验。脍炙人口的历史故事成为后代戏曲、说唱文学和各种文艺创作的来源。

《三国演义》名播四海,也受到了外国读者的欢迎。早在明隆庆三年(1569)已传至朝鲜,崇祯八年(1635年)有一种明刊《三国志传》就入藏于英国牛津大学。自日僧湖南文山于康熙二十八年(1689年)编译出版日文本《通俗三国志》之后,目前朝鲜、日本、印尼、越南、泰国、英国、法国、俄国等许多国家都有本国文字的译本,并发表了不少研究论文和专著,对《三国演义》这部小说作出了有价值的探讨和极高的评价。

刘玄德三顾草庐

次日,玄德同关、张并从人等来隆中。遥望山畔数人,荷锄耕于田间,而作歌曰:

"苍天如圆盖,陆地似棋局;世人黑白分,往来争荣辱:荣者自安安,辱者定碌碌。南阳有隐居,高眠卧不足!"

玄德闻歌,勒马唤农夫问曰:"此歌何人所作?"答曰:"乃卧龙先生所作也。"玄德曰:"卧龙先生住何处?"农夫曰:"自此山之南,一带高冈,乃卧龙冈也。冈前疏林内茅庐中,即诸葛先生高卧之地。"玄德谢之,策马前行。不数里,遥望卧龙冈,果然清景异常。后人有古风一篇,单道卧龙居处。诗曰:

"襄阳城西二十里,一带高冈枕流水;
高冈屈曲压云根,流水潺潺飞石髓;
势若困龙石上蟠,形如单凤松阴里;
柴门半掩闭茅庐,中有高人卧不起。

修竹交加列翠屏，四时篱落野花馨；
　　床头堆积皆黄卷，座上往来无白丁；
　　叩户苍猿时献果，守门老鹤夜听经；
　　囊里名琴藏古锦，壁间宝剑挂七星。
　　庐中先生独幽雅，闲来亲自勤耕稼；
　　专待春雷惊梦回，一声长啸安天下。"

　　玄德来到庄前，下马亲叩柴门，一童出问。玄德曰："汉左将军、宜城亭、侯领豫州牧、皇叔刘备，特来拜见先生。"童子曰："我记不得许多名字。"玄德曰："你只说刘备来访。"童子曰："先生今早少出。"玄德曰："何处去了？"童子曰："踪迹不定，不知何处去了。"玄德曰："几时归？"童子曰："归期亦不定，或三五日，或十数日。"玄德惆怅不已。张飞曰："既不见，自归去罢了。"玄德曰："且待片时。"云长曰："不如且归，再使人来探听。"玄德从其言，嘱付童子："如先生回，可言刘备拜访。"

　　遂上马，行数里，勒马回观隆中景物，果然山不高而秀雅，水不深而澄清；地不广而平坦，林不大而茂盛；猿鹤相亲，松篁交翠。观之不已，忽见一人，容貌轩昂，丰姿俊爽，头戴逍遥巾，身穿皂布袍，杖藜从山僻小路而来。玄德曰："此必卧龙先生也！"急下马向前施礼，问曰："先生非卧龙否？"其人曰："将军是谁？"玄德曰："刘备也。"其人曰："吾非孔明，乃孔明之友，博陵崔州平也。"玄德曰："久闻大名，幸得相遇。乞即席地权坐，请教一言。"二人对坐于林间石上，关、张侍立于侧。州平曰："将军何故欲见孔明？"玄德曰："方今天下大乱，四方云扰，欲见孔明，求安邦定国之策耳。"州平笑曰："公以定乱为主，虽是仁心，但自古以来，治乱无常。自高祖斩蛇起义，诛无道秦，是由乱而入治也；至哀、平之世二百年，太平日久，王莽篡逆，又由治而入乱；光武中兴，重整基业，复由乱而入治；至今二百年，民安已久，故干戈又复四起：此正由治入乱之时，未可猝定也。将军欲使孔明斡旋[1]天地，补缀[2]乾坤，恐不易为，徒费心力耳。岂不闻'顺天者逸，逆天者劳'；'数之所在，理不得而夺之；命之所在，人不得而强之'乎？"玄德曰："先生所言，诚为高见。但备身为汉胄，合当匡扶汉室，何敢委之数与命？"州平曰："山野之夫，不足与论天下事，适承明问，故妄言之。"玄德曰："蒙先生见教。但不知孔明往何处去了？"州平曰："吾亦欲访之，正不知其何往。"玄德曰："请先生同至敝县，若何？"州平曰："愚性颇乐闲散，无意功名久矣；容他日再见。"言讫，长揖而去。玄德与关、张上马而行。张飞曰："孔明又访不着，却遇此腐儒，闲谈许久！"玄德曰："此亦隐者之言也。"

　　三人回至新野，过了数日，玄德使人探听孔明。回报曰："卧龙先生已回矣。"玄德便教备马。张飞曰："量一村夫，何必哥哥自去，可使人唤来便了。"玄德叱曰："汝岂不闻孟子云：欲见贤而不以其道，犹欲其入而闭之门也。孔明当世大贤，岂可召乎！"遂上马再往访孔明。关、张亦乘马相随。时值隆冬，天气严寒，彤云[3]密布。行无数里，忽然朔风凛凛，瑞雪霏霏：山如玉簇，林似银妆。张飞曰："天寒地冻，尚不用兵，岂宜远见无益之人乎！不如回新野以避风雪。"玄德曰："吾正欲使孔明知我殷勤之意。如弟辈怕冷，可先回去。"飞曰："死且不怕，岂怕冷乎！但恐哥哥空劳神思。"玄德曰："勿多言，只相随同去。"将近茅庐，忽闻路傍酒店中有人作歌。玄德立马听之。其歌曰："壮士功名尚未成，呜呼久不遇阳春！君不见：东海老叟辞荆榛，后车遂与文王亲；八百诸侯不期会，白鱼入舟涉孟津；牧野一战血流杵，鹰扬伟烈冠武臣。又不见：高阳酒徒起草中，长揖芒砀隆准公[4]；高谈王霸惊人耳，辍洗延坐钦英风；东下齐城七十二，天下无人能继踪。二人功迹尚如此，至今谁肯论英雄？

歌罢，又有一人击桌而歌。其歌曰："吾皇提剑清寰海，创业垂基四百载；桓灵季业火德衰，奸臣贼子调鼎鼐。青蛇飞下御座傍，又见妖虹降玉堂；群盗四方如蚁聚，奸雄百辈皆鹰扬，吾侪长啸空拍手，闷来村店饮村酒；独善其身尽日安，何须千古名不朽！"

二人歌罢，抚掌大笑。玄德曰："卧龙其在此间乎！"遂下马入店。见二人凭桌对饮：上首者白面长须，下首者清奇古貌。玄德揖而问曰："二公谁是卧龙先生？"长须者曰："公何人？欲寻卧龙何干？"玄德曰："某乃刘备也。欲访先生，求济世安民之术。"长须者曰："我等非卧龙，皆卧龙之友也：吾乃颍川石广元，此位是汝南孟公威。"玄德喜曰："备久闻二公大名，幸得邂逅[5]。今有随行马匹在此，敢请二公同往卧龙庄上一谈。"广元曰："吾等皆山野慵懒之徒，不省治国安民之事，不劳下问。明公请自上马，寻访卧龙。"

玄德乃辞二人，上马投卧龙冈来。到庄前下马，扣门问童子曰："先生今日在庄否？"童子曰："现在堂上读书。"玄德大喜，遂跟童子而入。至中门，只见门上大书一联云："淡泊以明志，宁静而致远。"玄德正看间，忽闻吟咏之声，乃立于门侧窥之，见草堂之上，一少年拥炉抱膝，歌曰："凤翱翔于千仞兮，非梧不栖；士伏处于一方兮，非主不依。乐躬耕于陇亩兮，吾爱吾庐；聊寄傲于琴书兮，以待天时。"

玄德待其歌罢，上草堂施礼曰："备久慕先生，无缘拜会。昨因徐元直称荐，敬至仙庄，不遇空回。今特冒风雪而来。得瞻道貌，实为万幸。"那少年慌忙答礼曰："将军莫非刘豫州，欲见家兄否？"玄德惊讶曰："先生又非卧龙耶？"少年曰："某乃卧龙之弟诸葛均也。愚兄弟三人：长兄诸葛瑾，现在江东孙仲谋处为幕宾；孔明乃二家兄。"玄德曰："卧龙今在家否？"均曰："昨为崔州平相约，出外闲游去矣。"玄德曰："何处闲游？"均曰："或驾小舟游于江湖之中，或访僧道于山岭之上，或寻朋友于村落之间，或乐琴棋于洞府之内；往来莫测，不知去所。"玄德曰："刘备直如此缘分浅薄，两番不遇大贤！"均曰："少坐献茶。"张飞曰："那先生既不在，请哥哥上马。"玄德曰："我既到此间，如何无一语而回？"因问诸葛均曰："闻令兄卧龙先生熟谙韬略，日看兵书，可得闻乎？"均曰："不知。"张飞曰："问他则甚！风雪甚紧，不如早归。"玄德叱止之。均曰："家兄不在，不敢久留车骑；容日却来回礼。"玄德曰："岂敢望先生枉驾。数日之后，备当再至。愿借纸笔作一书，留达令兄，以表刘备殷勤之意。"均遂进文房四宝。玄德呵开冻笔，拂展云笺，写书曰："备久慕高名，两次晋谒，不遇空回，惆怅何似！窃念备汉朝苗裔，滥叨名爵，伏睹朝廷陵替[6]，纲纪崩摧，群雄乱国，恶党欺君，备心胆俱裂。虽有匡济之诚，实乏经纶之策。仰望先生仁慈忠义，慨然展吕望之大才，施子房之鸿略，天下幸甚！社稷幸甚！先此布达，再容斋戒薰沐，特拜尊颜，面倾鄙悃。统希鉴原。"

玄德写罢，递与诸葛均收了，拜辞出门。均送出，玄德再三殷勤致意而别。方上马欲行，忽见童子招手篱外，叫曰："老先生来也。"玄德视之，见小桥之西，一人暖帽遮头，狐裘蔽体，骑着一驴，后随一青衣小童，携一葫芦酒，踏雪而来；转过小桥，口吟诗一首。诗曰：

"一夜北风寒，万里彤云厚。

长空雪乱飘，改尽江山旧。

仰面观太虚，疑是玉龙斗。

纷纷鳞甲飞，顷刻遍宇宙。

骑驴过小桥，独叹梅花瘦！"

玄德闻歌曰："此真卧龙矣！"滚鞍下马，向前施礼曰："先生冒寒不易！刘备等候久矣！"那人慌忙下驴答礼。诸葛均在后曰："此非卧龙家兄，乃家兄岳父黄承彦也。"玄德曰："适间所吟之句,极其高妙。"承彦曰:"老夫在小婿家观《梁父吟》,记得这一篇;适过小桥,偶见篱落间梅花,故感而诵之。不期为尊客所闻。"玄德曰:"曾见令婿否?"承彦曰:"便是老夫也来看他。"玄德闻言,辞别承彦,上马而归。正值风雪又大,回望卧龙冈,怏怏[7]不已。后人有诗单道玄德风雪访孔明。诗曰:

> "一天风雪访贤良,不遇空回意感伤。
> 冻合溪桥山石滑,寒侵鞍马路途长。
> 当头片片梨花落,扑面纷纷柳絮狂。
> 回首停鞭遥望处,烂银堆满卧龙冈。"

　　玄德回新野之后,光阴荏苒[8],又早新春。乃令卜者揲蓍[9],选择吉期,斋戒三日,薰沐更衣,再往卧龙冈谒孔明。关、张闻之不悦,遂一齐入谏玄德。正是:高贤未服英雄志,屈节偏生杰士疑。

　　却说玄德访孔明两次不遇,欲再往访之。关公曰:"兄长两次亲往拜谒,其礼太过矣。想诸葛亮有虚名而无实学,故避而不敢见。兄何惑于斯人之甚也!"玄德曰:"不然,昔齐桓公欲见东郭野人,五反而方得一面[10]。况吾欲见大贤耶?"张飞曰:"哥哥差矣。量此村夫,何足为大贤;今番不须哥哥去;他如不来,我只用一条麻绳缚将来!"玄德叱曰:"汝岂不闻周文王谒姜子牙之事乎?文王且如此敬贤,汝何太无礼!今番汝休去,我自与云长去。"飞曰:"既两位哥哥都去,小弟如何落后!"玄德曰:"汝若同往,不可失礼。"飞应诺。

　　于是三人乘马引从者往隆中。离草庐半里之外,玄德便下马步行,正遇诸葛均。玄德忙施礼,问曰:"令兄在庄否?"均曰:"昨暮方归。将军今日可与相见。"言罢,飘然自去。玄德曰:"今番侥幸得见先生矣!"张飞曰:"此人无礼!便引我等到庄也不妨,何故竟自去了!"玄德曰:"彼各有事,岂可相强。"三人来到庄前叩门,童子开门出问。玄德曰:"有劳仙童转报:刘备专来拜见先生。"童子曰:"今日先生虽在家,但今在草堂上昼寝未醒。"玄德曰:"既如此,且休通报。"分付关、张二人,只在门首等着。玄德徐步而入,见先生仰卧于草堂几席之上。玄德拱立阶下。半晌,先生未醒。关、张在外立久,不见动静,入见玄德犹然侍立。张飞大怒,谓云长曰:"这先生如何傲慢!见我哥哥侍立阶下,他竟高卧,推睡不起!等我去屋后放一把火,看他起不起!"云长再三劝住。玄德仍命二人出门外等候。望堂上时,见先生翻身将起,忽又朝里壁睡着。童子欲报。玄德曰:"且勿惊动。"又立了一个时辰,孔明才醒,口吟诗曰:"大梦谁先觉?平生我自知,草堂春睡足,窗外日迟迟。"

　　孔明吟罢,翻身问童子曰:"有俗客来否?"童子曰:"刘皇叔在此,立候多时。"孔明乃起身曰:"何不早报!尚容更衣。"遂转入后堂。又半晌,方整衣冠出迎。玄德见孔明身长八尺,面如冠玉,头戴纶巾[11],身披鹤氅,飘飘然有神仙之概。玄德下拜曰:"汉室末胄、涿郡愚夫,久闻先生大名,如雷贯耳。昨两次晋谒,不得一见,已书贱名于文几,未审得入览否?"孔明曰:"南阳野人,疏懒性成,屡蒙将军枉临,不胜愧赧。"二人叙礼毕,分宾主而坐,童子献茶。茶罢,孔明曰:"昨观书意,足见将军忧民忧国之心;但恨亮年幼才疏,有误下问。"玄德曰:"司马德操之言,徐元直之语,岂虚谈哉?望先生不弃鄙贱,曲赐教诲。"孔明曰:"德操、元直,世之高士。亮乃一耕夫耳,安敢谈天下事?二公谬举矣。将军奈何舍美玉而求顽石乎?"玄德曰:"大丈夫抱经世奇才,岂可空老于林泉之下?愿先生以天下苍生为念,开备愚鲁而赐教。"孔明笑曰:"愿闻将军之志。"玄德屏人促席而告曰:"汉室倾颓,奸臣窃命,备不量力,欲伸大义于天下,而智术浅短,迄无所就。惟先生开其愚而拯其厄,实为万幸!"孔明曰:"自董卓造逆以来,天下豪杰并起。曹操势不及袁绍,而竟能克绍者,非惟天时,抑亦人谋也。今操已拥百万之众,挟天子以令诸侯,此诚不可与争锋。孙权据有江东,已历三世,国险而民附,此可用为援而不可图也。荆州北据汉、沔,利尽南海,东连吴会,西通巴、蜀,此用武之地,非其主不能守;是殆天所以资将军,将军岂有意乎?益州险塞,沃野千里,天府之国,高祖因之以成帝业;今刘璋暗弱,民殷国富,而不知存恤,智能之士,思得明君。将军既帝室之胄,信义著于四海,总揽英雄,思贤如渴,若跨有荆、益,保其岩阻,西和诸戎,南抚彝、越,外结孙权,内修政理;待天下有变,则命一上将将荆州之兵以向宛、洛,将军身率益州之众以出秦川,百姓有不箪食壶浆以迎将军者乎?诚如是,则大业可成,汉室可兴矣。此亮所以为将军谋者也。惟将军图之。"言罢,命童子取出画一轴,挂于中堂,指谓玄德曰:"此西川五十四州之图也。将军欲成霸业,北让曹操占天时,南让孙权占地利,将军可占人和。先取荆州为家,后即取西川建基业,以成鼎足之势,然后可图中原也。"玄德闻言,避席拱手谢曰:"先生之言,顿开茅塞,使备如拨云雾而睹青天。但荆州刘表、益州刘璋,皆汉室宗亲,备安忍夺之?"孔明曰:"亮夜观天象,刘表不久人世;刘璋非立业之主,久后必归将军。"玄德闻言,顿首拜谢。只这一席话,乃孔明未出茅庐,已知三分天下,真万古之人不及也!后人有诗赞曰:

"豫州当日叹孤穷,何幸南阳有卧龙!
欲识他年分鼎处,先生笑指画图中。"

玄德拜请孔明曰:"备虽名微德薄,愿先生不弃鄙贱,出山相助。备当拱听明诲。"孔明曰:"亮久乐耕锄,懒于应世,不能奉命。"玄德泣曰:"先生不出,如苍生何!"言毕,泪沾袍袖,衣襟尽湿。孔明见其意甚诚,乃曰:"将军既不相弃,愿效犬马之劳。"玄德大喜,遂命关、张入,拜献金麻礼物。孔明固辞不受。玄德曰:"此非聘大贤之礼,但表刘备寸心耳。"孔明方受。于是玄德等在庄中共宿一宵。次日,诸葛均回,孔明嘱付曰:"吾受刘皇叔三顾之恩,不容不出。汝可躬耕于此,勿得荒芜田亩。待我功成之日,即当归隐。"后人有诗叹曰:

"身未升腾思退步,功成应忆去时言。
只因先主丁宁后,星落秋风五丈原。"

又有古风一篇曰:

"高皇手提三尺雪,芒砀白蛇夜流血;平秦灭楚入咸阳,二百年前几断绝。大哉光武兴洛阳,传至桓灵又崩裂;献帝迁都幸许昌,纷纷四海生豪杰:曹操专权得天时,江东孙氏开鸿业;孤穷玄德走天下,独居新野愁民厄。南阳卧龙有大志,腹内雄兵分正奇;只因徐庶临行语,茅庐三顾心相知。先生尔时年三九,收拾琴书离陇亩;先取荆州后取川,大展经纶补天手;纵横舌上鼓风雷,谈笑胸中换星斗;龙骧虎视安乾坤,万古千秋名不朽!"

玄德等三人别了诸葛均,与孔明同归新野。

注释

[1] 斡(wò)旋:这里是挽回、转变的意思。

[2] 补缀:缝补破裂的衣服。

[3] 彤云:即将下雪时,天上的云是暗红色的,所以叫彤云。

[4] 隆准(zhǔn)公:对汉高祖刘邦的别称。隆,高大。准,鼻子。据说刘邦的鼻子生得很高大,所以有这个称谓。

[5] 邂逅:事先并没有约定,忽然遇见了。

[6]陵替:衰微低落。指汉王朝统治失效,权力减弱。

[7]怏怏(yì yāng):愁闷不乐的样子。

[8]荏苒(rěn rǎn):时间渐进的意思。

[9]揲蓍(shé shī):卜卦的一种方式,这里是选择"吉日"的迷信行为。

[10]齐桓公欲见东郭野人,五反而方得一面,春秋时齐桓公亲自去看一个小臣,三次都没见着,旁人都劝他不要去了,他不听,第五次去才终于见到,这里说的东郭野人就是指原来故事里的"小臣"。

[11]纶(guān)巾:用丝带制成的一种冠巾,后来又名"诸葛巾"。

译 文

第二天,刘备和关羽、张飞及随从们来到隆中。远远看见山坡旁边有好几个农夫,一边扛着锄头在田间耕作,一边唱着歌:"苍天啊有如圆盖,陆地啊好似棋局;世人黑白分开,往来争夺荣辱:荣耀者自然安定,耻辱者忙忙碌碌。南阳有个隐居的贤人,他高高地眠卧始终不足!"

刘备听了,急忙勒马唤住农夫问:"这歌是谁写的?"一个农夫回答:"这是卧龙先生写的。"刘备问:"卧龙先生住在什么地方?"农夫说:"从这座山向南,一带都是高冈,就是卧龙。冈前稀疏的树林内有座茅庐,那就是诸葛先生高卧的地方。"刘备谢过他们,策马前行,不到数里,遥遥看见了卧龙冈,果然清丽景色大不寻常。后人有古风一篇,描写卧龙先生所居住的地方:

"襄阳城西二十里,一带高冈枕流水;

高冈屈曲压云根,流水潺湲飞石髓;

势若困龙石上蟠,形如单凤松阴里;

柴门半掩闭茅庐,中有高人卧不起。

修竹交加列翠屏,四时篱落野花馨;

床头堆积皆黄卷,座上往来无白丁;

叩户苍猿时献果,守门老鹤夜听经;

囊里名琴藏古锦,壁间宝剑挂七星。

庐中先生独幽雅,闲来亲自勤耕稼;

专待春雷惊梦回,一声长啸安天下。"

刘备来到庄前,下了马,亲自上前敲叩柴门,一个童子出来问询什么人什么事。刘备说:"汉左将军宜城亭侯领豫州牧皇叔刘备,特地前来拜见先生。"童子说:"我记不住这么多名字。"刘备说:"你就说刘备前来访问。"童子说:"先生今天一早就出门了。"刘备问:"先生什么时候回来?"童子说:"归期也说不定,或者三五天,或者十来天。"刘备心中惆怅不已。张飞说:"既然没有遇见,咱们自己回去吧。"刘备说:"再等一会。"关羽说:"我们不如先回去吧,再叫人前来探听。"刘备听了,就嘱咐童子:"如果先生回来,可以向他说明,刘备前来拜访。"

他们上了马,行走了几里路,勒住马,回头观看隆中的景色,果然山虽不高却秀雅,水虽不深却澄清;地虽不广却平坦,林虽不大却茂盛;猿鹤相亲,松篁交翠。他们正在观看,忽然看见一个人,容貌轩昂,丰姿俊爽,头戴逍遥巾,身穿皂袍,拄着一枝刺藜拐杖,从山僻小路而来。刘备说:"这必定就是卧龙先生了!"急忙下了马,向前去施了个礼,问:"难道先生就是卧龙?"那人反问道:"将军是谁?"刘备说:"我叫刘备。"那人说:"我不是诸葛孔明,而是他的朋友博陵崔州平。"刘备高兴地说:"久闻您的大名,今天幸好得以相遇。就请在这地面上坐一坐,向您请教一些事情。"两个人于是对坐在林间的石块上,关羽、张飞侍立在旁边。崔州平问:"将军为什么要见孔明呢?"刘备说:"如今天下大乱,四方惊扰,我想见见孔明,请求安邦定国的策略。"崔州平笑道:"明公以定乱为主,虽然也是仁心,但是自古以来,治乱无常。高祖斩蛇起义,诛灭无道秦朝,这是由乱入治;哀帝、平帝之后两百年,因为太平日久,王莽篡逆,又由治而乱;光武中兴,重整基业,又是乱而入治;至今两百年,民众平安已久;所以干戈又四面起来,这正是由治入乱的时候,不可能很快安定下来。将军想叫孔明斡旋天地,补缀乾坤,恐怕不容易办到,枉然浪费他的心力。难道将军没有听说过顺天者轻逸,逆天者劳顿;命数的所在,道理不可能夺走;命运的所在,人力不可能强求吗?"刘备说:"先生所说的话,虽然是高见,但刘备身为汉室宗亲,应当匡扶汉室,怎么敢委托给数与命呢?"崔州平说:"我是山野之夫,不足以讨论天下大事。刚才承蒙明公询问,所以狂妄地说了。"刘备说:"承蒙先生见教。只是不知孔明先生去哪里了?"崔州平说:"我也想去访问他,正不知他去了哪里。"刘备说:"请先生一同去敝县,如何?"崔州平说:"我只喜欢闲散的生活,对功名并没有兴趣,这已经很久了;改天我们再见面吧。"说完,作了一个长揖离去了。刘备和关羽、张飞上马继续行走,张飞说:"诸葛孔明没见着,却遇上了这个腐儒,闲谈了这么久!"刘备说:"这也是隐者的话啊。"

　　三人回到新野,又过了几天,刘备让人去打听孔明回来没有。那人回来报告,说卧龙先生已经回来了,刘备便叫人准备马匹。张飞说:"他只是一个村夫,哪里需要哥哥亲自去,可以派个人把他叫来就是。"刘备叱责说:"你难道没听过孟子说的话吗?想见贤良而又不用对待贤良的办法去对待他,就好像要他进来却又关上了大门一样。诸葛孔明是当世的大贤良,怎么可以叫人去召唤他呢!"于是上马再去访问诸葛孔明。关羽和张飞也只好骑马跟着。这时正是隆冬,天气严寒,彤云密布。他们走了不有几里路,忽然朔风凛凛地吹着,瑞雪霏霏地飞舞起来,群山如白玉簇拥,树林全部披上了银妆。张飞说:"天寒地冻的,尚且不用兵交战,怎么还跑这么远去见没什么好处的人呢!不如回到新野去,暂时避一下风雪。"刘备说:"我正想让孔明知道我的殷勤。如果你怕冷,可以先回去。"张飞说:"我们连死都不怕,怎么会怕冷呢!只怕哥哥空费了心神。"刘备说:"不要多说,你只管跟着去。"他们快要走近茅庐,忽然听见路边的酒店中有人在唱歌。刘备停住马倾听。那歌词是:"壮士功名尚未成,呜呼久不遇阳春!君不见:东海耆叟辞荆榛,后车遂与文王亲;八百诸侯不期会,白鱼入舟涉孟津;牧野一战血流杵,鹰扬伟烈冠武臣。又不见:高阳酒徒起草中,长揖芒砀隆准公;高谈王霸惊人耳,辍洗延坐钦英风;东下齐城七十二,天下无人能继踪。二人功迹尚如此,至今谁肯论英雄?"

　　这人刚刚唱罢,又有一人用手敲击着桌子而唱。他唱的歌词是:"吾皇提剑清寰海,创业垂基四百载;桓灵季业火德衰,奸臣贼子调鼎鼐。青蛇飞下御座傍,又见妖虹降玉堂;群盗四方如蚁聚,奸雄百辈皆鹰扬,吾侪长啸空拍手,闷来村店饮村酒;独善其身尽日安,何须千古名不朽!"

　　他们唱完,又拍着手大笑。刘备想:"卧龙先生一定在他们中间!"于是下马走进店里。只见二人对着喝酒:上首一人白面长须,下首一人清奇古貌。刘备作个揖,问:"两位谁是卧龙先生?"白面长须先生反问道:"您是什么人?想找卧龙先生做什么?"刘备说:"我是刘备。想访问卧龙先生,请教济世安民的办法。"白面长须者说:"我们不是卧龙先生,只是卧龙先生的朋友:我是颍川石广元,他是汝南孟公威。"刘备非常高兴,说:"我听说两位先生的大名很久了,今天幸好能够遇到。现在有随行的马匹,就请两位先生一起去卧龙先生的庄上谈一谈。"石广元说:"我们都是山野之间慵懒的人,不懂得什么治国安民的事情,不敢劳动将军下问。还请将军自已上马去寻访卧龙先生吧。"

　　刘备只好告别他们,上马向着卧龙冈而来。到庄子前面下了马,敲门问童子:"先生今天在庄中吗?"童子说:"先生现在在堂上读书。"刘备非常高兴,便跟随童子进去。到中门,只见门上大书一副对联:"淡泊以明志,宁静而致远。"他正看着,忽然听到一阵吟诵的声音,就站在门边偷偷看去,只见草堂上一个少年拥着火炉,抱着膝,唱:"凤翱翔于千仞兮,非梧不栖;士伏处于一方兮,非主不依。乐躬耕于陇亩兮,吾爱吾庐;聊寄傲于琴书兮,以待天时。"

　　刘备等他唱完以后,立即上前施了个礼说:"刘备对先生仰慕已久,却一直没有机会拜会。前几天因为徐庶的推荐,恭恭敬敬地来到您的庄子,却没有遇见先生,只好暂时回去,今天又特地冒着风雪而来,得以见到了先生的仙容道貌,实在是幸运啊。"少年慌忙答礼说:"将军莫非是刘豫州,想见我的兄长?"刘备惊讶地问:"先生不是卧龙吗?"少年说:"我是卧龙先生的兄弟诸葛均。我们兄弟三人,长兄叫诸葛瑾,现在江东孙仲谋那里作个幕宾;诸葛孔明是我次兄。"刘备问:"卧龙先生今天在家中吗?"诸葛均说:"他昨天被崔州平所约,又到外面闲游去了。"刘备问:"他们在什么地方闲游?"诸葛均说:"或者驾小舟在江湖中泛游,或者在山岭上访问僧道,或者在村落间寻访朋友,或者在洞府内弹琴下棋;却是往来莫测,不知道去向。"刘备叹息道:"刘备竟然如此缘分浅薄,两次都没有遇上大贤!"诸葛均说:"你们坐一坐,容我献茶。"张飞说:"那个先生既然不在,还请哥哥立即上马回去吧。"刘备说:"我既然到了这里,怎么能够不说说话就回去呢?"因此又问诸葛均:"听说卧龙先生熟谙韬略,日读兵书,您知道这事情吧?"诸葛均说:"不知道。"张飞说:"问他做什么!风雪这么大,还不如早点回去。"刘备急忙责备地喝住了他。诸葛均说:"兄长不在,我也不敢久留将军的车马;等以后我有了机会再来回礼吧。"刘备说:"怎么敢委屈先生大驾呢。过几天,我必定再来。请借纸笔,我写封信,留给令兄长,以表达刘备的殷勤之意。"诸葛均拿来文房四宝。刘备写了一副封信,述说了自己两次来访的诚意,以及自己看见天下混乱,想要除雄安民的雄心壮志,又说明了因为自己的才能有限,恳求卧龙先生出面相助的盼望之情。

　　写完,递给诸葛均,才拜辞了出门。诸葛均送出门外,刘备再三殷勤地表达了自己的诚意后而告别。他们上了马,正要准备行动,忽见童子对着篱外招手叫道:"老先生来了。"刘备看去,只见小桥西面,一人用暖帽遮头,穿着狐裘衣服,骑着一头毛驴,后面跟随着一个青衣小童,手中携带着一个酒葫芦,正踏雪而来;又见他转过小桥,口中吟诗一首。那诗是:

　　　　"一夜北风寒,万里彤云厚。
　　　　长空雪乱飘,改尽江山旧。
　　　　仰面观太虚,疑是玉龙斗。
　　　　纷纷鳞甲飞,顷刻遍宇宙。
　　　　骑驴过小桥,独叹梅花瘦!"

　　刘备说:"这一定是真正的卧龙先生了!"因此立即滚鞍下马,向前施礼说:"先生顶风冒寒不容易!刘备等候很久了!"那人慌忙下了驴答礼。诸葛均在后面说:"他不是我兄长卧龙先生,是兄长的岳父黄承彦。"刘备说:"老先生刚才所吟的诗句,极其高雅精妙。"黄承彦说:"老夫在小婿家里看《梁父吟》,记得这一首;刚才经过小桥,偶然看见篱间落下的梅花,所以有感而吟诵。没想到被尊贵的客人听见了。"刘备问:"老先生看见您的女婿没有?"黄承彦说:"老夫也是过来看他的。"刘备听了,只好辞别了黄承彦,上马回去。风雪越来越大,他回头望望卧龙冈,心中忧郁不快。后人有首诗专门来说刘备冒着风雪拜访诸葛亮这件事。诗的内容是:

"一天风雪访贤良,不遇空回意感伤。
冻合溪桥山石滑,寒侵鞍马路途长。
当头片片梨花落,扑面纷纷柳絮狂。
回首停鞭遥望处,烂银堆满卧龙冈。"

刘备回到新野以后,光阴飞逝,又到了新春。便叫人占卜,选择了一个吉利的日期,又提前斋戒了三日,再往卧龙冈谒见诸葛孔明。关羽、张飞见他这么郑重其事,都不高兴,一齐进来劝刘备。这正是:高贤未服英雄志,屈节偏生杰士疑。

却说刘备访问诸葛孔明,两次不遇,又准备再去。关羽说:"兄长两次亲自前往拜谒,其礼数也太过分了。想那诸葛亮有虚名而无实学,所以才回避了不敢相见。兄长怎么被这样的人迷惑呢?"刘备说:"不是这样的说法,以前齐桓公想见东郭野人,五次往返才得以见上一面,何况我想见的是卧龙先生这个大贤人呢?"张飞说:"哥哥错了,想他一个村夫,哪里称得上什么大贤人呢?这次不需要哥哥去了。他要是不肯来,我只需要一条麻绳就能把他绑过来!"刘备叱责他说:"你难道没有听说过周文王谒见姜子牙的事情吗?周文王尚且如此敬贤下士,你我怎么可以这样无礼?这次你不要去了,我和云长过去。"张飞嘟哝着说:"既然两位哥哥都去,小弟如何能够落后呢!"刘备说:"如果你一起去,不能失了礼数。"张飞答应了。

于是三人乘了马,引着随从者前往隆中。离草庐半里之外,刘备便下了马步行,正好遇见了诸葛均。刘备连忙上前施礼,问:"您兄长在家吗?"诸葛均说:"昨天夜里才回来。将军今天可以与他相见了。"说完,便走了。刘备说:"今天我们可以侥幸见到诸葛先生了!"张飞说:"这个人无礼!就是带着我们去庄子上也没关系,却为什么自己走了!"刘备说:"他也有他的事情,我们怎么能勉强他。"三人来到庄子前叩门,童子开了门,出来询问。刘备说:"有劳仙童转报:刘备专门前来拜见先生。"童子说:"先生今天虽然在家,但是如今在草堂上睡着没醒。"刘备说:"既然如此,就不用通报了。"又吩咐关羽、张飞只在门外等着。他自己蹑手蹑脚地走进去,只见诸葛先生仰卧在草堂的案几上。他便拱手立在阶沿下。半晌,诸葛先生都没醒来。关羽、张飞在外面站了很久,不见有任何动静,进去看见刘备仍然在一边站着。张飞大怒,对关羽说:"这先生如何这样傲慢!哥哥站在台阶下面,而他却高高地卧着,假装睡觉而不起来!等我去屋后放一把火,看他起来不起来!"关羽再三才把他劝住。刘备又叫他们仍然在大门外面等候。向堂上张望时,只见诸葛先生翻身要起来的样子,但马上转了个方向朝向墙壁又睡了。童子准备通报,刘备说:"不要惊动他了。"又过了一个时辰,诸葛孔明才醒来,口中吟诗说:"大梦谁先觉?平生我自知,草堂春睡足,窗外日迟迟。"

诸葛孔明吟完,翻身问童子:"有客人来访没有?"童子说:"刘皇叔在这里,站着等候多时了。"诸葛孔明才起身说:"何不早早报来呢!将军,请允许我进去更换衣服。"于是又转入了后堂。又过了半天,他才整整齐齐地穿戴着衣冠出来。刘备见诸葛亮身高八尺,面如冠玉,头戴纶巾,身披鹤氅,飘飘然有一种神仙气概。因此立即下拜说:"刘备久闻先生大名,如雷贯耳。前两次晋谒,不能够一见,已经书写了贱名在信上,不知道先生是否看过?"孔明说:"我是南阳的山野之人,平日疏懒成性,多次承蒙将军驾临,不胜羞愧了。"二人寒暄过后,分宾主坐下,童子献上茶。饮茶以后,孔明说:"昨夜看将军信中的意思,足以见将军忧民忧国之心;但只可惜我年轻才疏,却是有误将军的下问。"刘备说:"司马德操、徐元直的话怎么会是虚谈呢?还望先生不要嫌弃刘备的鄙贱,赐给刘备教诲。"孔明说:"德操、元直都是世间的高士,我不过是一个农夫,怎么敢谈论天下大事呢?他们荒谬地抬举我了。将军为什么舍弃了美玉而来追求顽石呢?"刘备说:"大丈夫抱着经世奇才,怎么可以空老于林泉之下呢?愿先生为天下苍生着想,开导愚蠢的刘备而赐给我教诲。"孔明笑着说:"那么请将军说说您的志向。"刘备说:"汉室已经倾颓,奸臣挟制天子,危害天下苍生,刘备不自量力,想伸张大义,但却智术短浅,至今仍没有什么成就。因此想请先生开导我的愚钝而拯救我的困厄,实在是万幸!"孔明说:"自从董卓造逆以来,天下英雄豪杰四起。曹操的势力不及袁绍,竟然能够战胜了袁绍,这不仅仅是因为天时,也在于人们的谋略各自不同。如今曹操已经拥有了百万之众,又挟天子以令诸侯,这的确是不可与他争锋了。孙权据有江东,已经经历了三世,位置险要而民众依附,这是只可用为援助而不能图谋他的。荆州北有汉水、沔水,利益一直延伸到南海,东边连接吴郡,西面接通了巴、蜀,这是一个可以用武的地方,不是它的主人也不能坚守;这是上天用来资助将军的,将军对它又是否有意呢?益州险要,沃野千里,天府之国,高祖因为它成就了帝业;如今刘璋暗弱,民殷国富,却不知道保存和抚恤,有才华的人也因此而希望得到明君;将军既是皇室宗亲,信义又显著四海,总揽英雄,思贤如渴,若是跨有荆州、益州,依靠它们的险阻,西面和诸戎和睦相处,南面抚慰彝、越等少数民族,对外连结孙权,对内修政理治;等到天下有变的时候,命令一员上将,统率荆州的兵,攻向宛、洛地区,将军再亲自统率益州的军队攻打秦川地区,百姓难道不会用箪装着饭食、用壶盛着酒水来迎接将军吗?果然能够这样,则是大业可成,汉室可兴了。这是我为将军的谋划。请将军自己去图谋。"说完,叫童子取出一轴画,挂在中堂,指着对刘备说:"这是西川五十四州的地图。将军想成就霸业,必须在北边让曹操占天时,在南边让孙权占地利,将军可以独占人和。先取荆州为家,后取西川建立基业,以成就天下三足鼎立之势,然后可以图谋中原。"刘备听说以后,拱手谢道:"先生的话,让我茅塞顿开,如同拨开云雾而见青天。但是荆州的刘表、益州的刘璋,都是汉室的宗亲,刘备怎么忍心去夺取他们的地盘?"孔明说:"我在夜里观察天象,刘表已经不久于人世;刘璋不是创立大业的主人,以后也一定会归属将军。"刘备听了这话,跪下拜请孔明。这一席话就是孔明未出茅庐就已知晓三分天下,真是古往今来无人能比。后人有一首诗称赞道:

"豫州当日叹孤穷,何幸南阳有卧龙!
欲识他年分鼎处,先生笑指画图中。"

  刘备再次拜谢,向孔明请教道:"刘备虽然名微德薄,但愿先生不要嫌弃我的鄙贱,出山帮助我。我一定会听从先生的教诲。"孔明说:"我长期乐于耕锄,懒于应付俗世,因此不能尊命。"刘备流泪说:"先生不出来,天下苍生怎么办呢!"说完,泪流满面,衣襟尽湿。孔明见他心意非常的诚恳,便说:"将军既然不嫌弃,我愿意为您效犬马之劳。"刘备非常高兴,叫关羽、张飞进来,献上金麻等礼物。孔明再三推辞,不肯接受。刘备说:"这不是招聘大贤的礼物,只是表达刘备的一点心意。"孔明这才接受。于是刘备等人在庄子里一起住了一夜。第二天,诸葛均回来,孔明嘱咐他说:"我受刘皇叔三顾之恩,不容得不出山去。你可以在这里务农,不要让田园荒芜了。等我大功告成的时候,立即回来归隐。"后人有人写诗感叹:

"身未升腾思退步,功成应忆去时言。
只因先主丁宁后,星落秋风五丈原。"

  还有一首古风诗:

"高皇手提三尺雪,芒砀白蛇夜流血;平秦灭楚入咸阳,二百年前几断绝。大哉光武兴洛阳,传至桓灵又崩裂;献帝迁都幸许昌,纷纷四海生豪杰:曹操专权得天时,江东孙氏开鸿业;孤穷玄德走天下,独居新野愁民厄。南阳卧龙有大志,腹内雄兵分正奇;只因徐庶临行语,茅庐三顾心相知。先生尔时年三九,收拾琴书离陇亩;先取荆州后取川,大展经纶补天手;纵横舌上鼓风雷,谈笑胸中换星斗;龙骧虎视安乾坤,万古千秋名不朽!"

刘备等人告别了诸葛均,与诸葛孔明一同前往新野。

草船借箭

却说鲁肃领了周瑜言语,径来舟中相探孔明。孔明接入小舟对坐。肃曰:"连日措办军务,有失听教。"孔明曰:"便是亮亦未与都督贺喜。"肃曰:"何喜?"孔明曰:"公瑾使先生来探亮知也不知,便是这件事可贺喜耳。"諕得鲁肃失色问曰:"先生何由知之?"孔明曰:"这条计只好弄蒋干。曹操虽被一时瞒过,必然便省悟,只是不肯认错耳。今蔡、张两人既死,江东无患矣,如何不贺喜?吾闻曹操换毛玠、于禁为水军都督,则这两个手里,好歹送了水军性命。"鲁肃听了,开口不得,把些言语支吾了半晌,别孔明而回。孔明嘱曰:"望子敬在公瑾面前勿言亮先知此事。恐公瑾心怀妒忌,又要寻事害亮。"鲁肃应诺而去,回见周瑜,把上项事只得实说了。瑜大惊曰:"此人决不可留!吾决意斩之!"肃劝曰:"若杀孔明,却被曹操笑也。"瑜曰:"吾自有公道斩之,教他死而无怨。"肃曰:"以何公道斩之?"瑜曰:"子敬休问,来日便见。"

次日,聚众将于帐下,教请孔明议事。孔明欣然而至。坐定,瑜问孔明曰:"即日将与曹军交战,水路交兵,当以何兵器为先?"孔明曰:"大江之上,以弓箭为先。"瑜曰:"先生之言,甚合愚意。但今军中正缺箭用,敢烦先生监造十万枝箭,以为应敌之具。此系公事,先生幸勿推却。"孔明曰:"都督见委,自当效劳。敢问十万枝箭,何时要用?"瑜曰:"十日之内,可完办否?"孔明曰:"操军即日将至,若候十日,必误大事。"瑜曰:"先生料几日可完办?"孔明曰:"只消三日,便可拜纳十万枝箭。"瑜曰:"军中无戏言。"孔明曰:"怎敢戏都督!愿纳军令状。三日不办,甘当重罚。"瑜大喜,唤军政司当面取了文书,置酒相待曰:"待军事毕后,自有酬劳。"孔明曰:"今日已不及,来日造起。至第三日,可差五百小军到江边搬箭。"饮了数杯,辞去。鲁肃曰:"此人莫非诈乎?"瑜曰:"他自送死,非我逼他。今明白对众要了文书,他便两胁生翅,也飞不去。我只分付军匠人等,教他故意迟延,凡应用对象,都不与齐备。如此,必然误了日期。那时定罪,有何理说?公今可去探他虚实,却来回报。"

肃领命来见孔明。孔明曰:"吾曾告子敬,休对公瑾说,他必要害我。不想子敬不肯为我隐讳,今日果然又弄出事来。三日内如何造得十万箭?子敬只得救我!"肃曰:"公自取其祸,我如何救得你?"孔明曰:"望子敬借我二十只船,每船要军士三十人,船上皆用青布为幔,各束草千余个,分布两边。吾别有妙用。第三日包管有十万枝箭。只不可又教公瑾得知。若彼知之,吾计败矣。"肃允诺,却不解其意,回报周瑜,果然不提起借船之事;只言孔明并不用箭竹翎毛、胶漆、等物,自有道理。瑜大疑曰:"且看他三日后如何回复我。"

却说鲁肃私自拨轻快船二十只,各船三十余人,并布幔束草等物,尽皆齐备,候孔明调用。第一日却不见孔明动静;第二日亦只不动;至第三日四更时分,孔明密请鲁肃到船中。肃问曰:"公召我来何意?"孔明曰:"特请子敬同往取箭。"肃曰:"何处去取?"孔明曰:"子敬休问,前去便见。"遂命将二十只船,用长索相连,径望北岸进发。是夜大雾漫天,长江之中,雾气更甚,对面不相见。孔明促舟而进,果然是好大雾!前人有篇大雾垂江赋曰:

"大哉长江!西接岷、峨,南控三吴,北带九河。汇百川而入海,历万古以扬波。至若龙伯、海若,江妃、水母,长鲸千丈,天蜈九首,鬼怪异类,咸集而有。盖夫鬼神之所凭依,英雄之所战守也。"

时而阴阳既乱,昧爽不分。讶长空之一色,忽大雾之四屯。虽舆薪而莫睹,惟金鼓之可闻。初若溟蒙,才隐南山之豹;渐而充塞,欲迷北海之鲲。然后上接高天,下垂厚地。渺乎苍茫,浩乎无际。鲸鲵出水而腾波,蛟龙潜渊而吐气。又如梅霖收溽,春阴酿寒;溟溟漠漠,浩浩漫漫。东失柴桑之岸,南无夏口之山。战船千艘,俱沉沦于岩壑;渔舟一叶,惊出没于波澜。甚则穹昊无光,朝阳失色;返白昼为昏黄,变丹山为水碧。虽大禹之智,不能测其深浅;离娄之明,焉能辨乎咫尺?

于是冯夷息浪,屏翳[1]收功;鱼鳖遁迹,鸟兽潜踪。隔断蓬莱之岛,暗围阊阖之宫。恍惚奔腾,如骤雨之将至;纷纭杂沓,若寒云之欲同。乃能中隐毒蛇,因之而为瘴疠;内藏妖魅,凭之而为祸害。降疾厄于人间,加风尘于塞外。小民遇之失伤,大人观之感慨。盖将返元气于洪荒,混天地为大块。

当夜五更时候,船已近曹操水寨。孔明教把船只头西尾东,一带摆开,就船上擂鼓呐喊。鲁肃惊曰:"倘曹兵齐出,如之奈何?"孔明笑曰:"吾料曹操于重雾中必不敢出。吾等只顾酌酒取乐,待雾散便回。"

却说曹操寨中,听得擂鼓呐喊,毛玠、于禁二人慌忙飞报曹操。操传令曰:"重雾迷江,彼军忽至,必有埋伏,切不可轻动。可拨水军弓弩手乱箭射之。"又差人往旱寨内唤张辽、徐晃各带弓弩军三千,火速到江边助射。比及号令到来,毛玠、于禁,怕南军抢入水寨,已差弓弩手在寨前放箭;少顷,旱寨内弓弩手亦到,约一万余人,尽皆向江中放箭;箭如雨发。孔明教把船吊回,头东尾西,逼近水寨受箭,一面擂鼓呐喊。待至日高雾散,孔明令收船急回。二十只船两边束草上,排满箭枝。孔明令各船上军士齐声叫曰:"谢丞相箭!"比及曹军寨内报知曹操时,这里船轻水急,已放回二十余里。追之不及,曹操懊悔不已。

却说孔明回船谓鲁肃曰:"每船上箭约五六千矣。不费江东半分之力,已得十万余箭。明日即将来射曹军,却不甚便?"肃曰:"先生真神人也!何以知今日如此大雾?"孔明曰:"为将而不通天文,不识地理,不知奇门[2],不晓阴阳,不看阵图,不明兵势,是庸才也。亮于三日前已算定今日有大雾,因此敢任三日之限。公瑾教我十日完办,工匠料物,都不应手,将这一件风流罪过,明是要杀我;我命系于天,公瑾焉能害我哉?"鲁肃拜服。

船到岸时,周瑜已差五百军在江边等候搬箭。孔明教于船上取之,可得十万余枝。都搬入中军帐交纳。鲁肃入见周瑜,备说孔明取箭之事。瑜大惊,慨然叹曰:"孔明神机妙算,吾不如也!"后人有诗赞曰:

"一天浓雾满长江,远近难分水渺茫。
骤雨飞蝗来战舰,孔明今日伏周郎。"

少顷,孔明入寨见周瑜。瑜下帐迎之,称美曰:"先生神算,使人敬服。"孔明曰:"诡谲小计,何足为奇?"瑜邀孔明入帐共饮。瑜曰:"昨吾主遣使来催督进军,瑜未有奇计,愿先生教我。"孔明曰:"亮乃碌碌庸才,安有妙计?"瑜曰:"某昨观曹操水寨,极其严整有法,非等闲可攻。思得一计,不知可否。先生幸为我一决之。"孔明曰:"都督且休言。各自写于手内,看同也不同。"瑜大喜,教取笔砚来,先自暗写了,却送与孔明。孔明亦暗写了。两个移近坐榻,各出掌中之字,互相观看,皆大笑。原来周瑜掌中字,乃一"火"字,孔明掌中亦一"火"字。瑜曰:"既我两人所见相同,更无疑矣。幸勿漏泄。"孔明曰:"两家公事,岂有漏泄之理?吾料曹操虽两番经我这条计,然必不为备。今都督尽行之可也。"饮罢分散,诸将皆不知其事。

注释

[1]冯夷：屏翳(yì)，神话中的水神和风神。

[2]奇门：即"奇门遁甲"。古代一种迷信的术数，认为根据阴阳、五行、八卦、九宫、干支的推算，牵附天上的星辰、地上的区域，就可以预知军事行动的成败吉凶，采取趋吉避凶的措施。

译文

鲁肃见了孔明，孔明说："我正要给都督贺喜。"鲁肃问："贺什么喜？"孔明说："这条计只能瞒蒋干，曹操虽被一时蒙骗，只是不肯认错。听说他让毛玠、于禁为都督，这二人好歹断送了曹操的水军。"鲁肃无言以对，就要告别。孔明叮嘱："你千万别向周瑜说我看破此计，他心怀妒忌，又要设计害我。"鲁肃答应了，见了周瑜，却又如实说出。周瑜大惊，说："我非杀他不可！"鲁肃忙劝："若杀他，要惹曹操取笑。"周瑜说："我自有办法杀他，让他死而无怨。"

次日，周瑜召集众将，请孔明议事。周瑜问："水上交战，以什么兵器最重要？"孔明说："弓箭最重要。""日前军中缺箭，烦请先生监造十万支箭。""都督委任，自当效劳，不知什么时候要？""十天之内，能造完吗？""曹军说到就到，十天怕误大事。三天就可交十万支箭。"周瑜欣喜万分，当即让军政司立了文书，置酒款待孔明。孔明说："今天已来不及，从明天算起，第三天可派五百士兵到江边搬箭。"孔明告辞后，鲁肃说："他想骗人吗？"周瑜说："他想送死，怪不得我。他立了文书，飞也飞不走，我只吩咐工匠故意拖延，必然误了日期，他有什么话说？你去探听一下，快来回报。"

鲁肃来到，孔明埋怨："我不叫你告诉他，你却不为我隐瞒。三天如何造十万支箭？你得救我。"鲁肃说："你要三天，我怎么救你？""你借给我二十条船，每船要军士三十人，船上都用青布做帐，各束草把千余个，分布两边，三天包管有十万支箭。只是别再对公瑾说。"鲁肃答应了，不解其意，也没敢跟周瑜说。周瑜心疑，看他三天后上哪儿弄箭去。鲁肃私自拨快船二十只，按孔明吩咐做好准备。第三天夜里四更，孔明把鲁肃请到船上，说："请跟我取箭去。""到哪里取箭？""一去就知道。"就把船用绳索连成一串，望北岸驶去。这夜大雾弥漫，江中雾更浓，对面不见人。

五更时，船已抵近曹军水寨。孔明教把船头西尾东，一字排开，命军士擂鼓呐喊。鲁肃胆战心惊地说："假如曹兵出来怎么办？"孔明从容地说："我们只管饮酒取乐，雾散就回。"

毛玠、于禁飞报曹操，曹操不让出兵，只让乱箭射出，还怕水军弓箭手不够，又命张辽、徐晃各带三千弓弩兵，火速到江边助射。不一时，水旱寨万弩齐发，箭如雨下。孔明再让船只调头，头东尾西，擂鼓呐喊。待到日高雾散，下令赶快回去，让军士高喊："谢丞相箭！"待曹操得知消息，船顺水已走二十余里，追不上了。

孔明说："每条船上约有五六千支箭，不费半分气力，就得十多万支。"鲁肃问："你怎知今天有大雾？""不知天文，不懂地理，怎么领兵打仗呢？我早就算准今天有雾，所以敢许公瑾三日交箭。他要用风流罪过杀我，怎能害得成？"

船到岸边，周瑜已派五百兵等在那里，从草把上拔下箭，搬入中军交纳。鲁肃见了周瑜，说了孔明借箭的经过，周瑜慨然叹道："孔明神机妙算，我不如他。"

孔明过来，周瑜下帐迎接，说："先生神算，使人佩服。"孔明说："诡诈小计，不值一提。"二人落座饮酒，周瑜说："曹军水寨，严整有法，我有一计，不知可行吗？"孔明说："咱们各自写在手里。"二人写了，互伸开手，都是一个"火"字。二人大笑，互相叮嘱不要泄露。诸将都莫名其妙。

成语典故

1. 髀(bì)肉复生(刘备):形容长期清闲,事业毫无成就。
2. 后患无穷(刘备):指给将来留下的祸患无穷无尽。
3. 如鱼得水(刘备与诸葛亮):比喻得到了与自己十分投合的人或对自己非常合适的环境。
4. 三顾茅庐(刘备与诸葛亮):形容求才若渴,后用来比喻多次专诚拜访。
5. 初出茅庐(诸葛亮):形容刚出来做事,缺乏实际经验,比较幼稚。
6. 虎踞(jù)龙盘(诸葛亮):形容南京地势的雄伟。
7. 集思广益(诸葛亮):指集中众人的意见,扩大工作的效果。
8. 鞠躬尽瘁(诸葛亮):形容贡献自己的全部力量,死了方休。
9. 望梅止渴(曹操):比喻以空想安慰自己。
10. 如嚼鸡肋(杨修):比喻很乏味。
11. 势如破竹(杜预):比喻军队一路连打胜仗,形势好比用刀劈竹竿一样的顺利。
12. 车载斗量(吴国的中大夫赵咨):形容数量很多并不稀罕。
13. 兵贵神速(魏国谋士郭嘉):指用兵贵在神奇而快速。
14. 出言不逊(张郃):形容说话不客气,没有礼貌。
15. 大器晚成(崔琰):形容卓越的人才需要经过长时间的锻炼才能成器。
16. 乐不思蜀(刘禅):比喻乐而忘本。

第二节 水浒传

元末明初,和《三国演义》同时出现的还有《水浒传》。《水浒传》是一部著名的描写农民革命的长篇小说,这是一部在普通老百姓上百年集体创作的基础上进行整理、加工出来的伟大作品。

一、《水浒传》的成书及作者

《水浒传》所写宋江起义的故事源于历史真实,《宋史》以及其他一些史料都曾提及。

而关于梁山英雄的故事,早在南宋时就已在民间流传,当时的画家、文学家龚开的《宋江36人赞并序》里面所说,宋江等36人的故事已遍及大街小巷;画家也用画笔为他们作了画像。

《水浒传》最早的蓝本则是宋朝的《大宋宣和遗事》,在这本讲史话本中,描写了杨志卖刀、晁盖结伙劫生辰纲和宋江杀阎婆惜等事,对林冲、李逵以及武松等主要人物也都作了描写。宋元之际,还有不少取材于水浒故事的话本,这些故事虽然简单,但已把水浒故事联缀起来,展现了《水浒传》的原始面貌。到了元代,出现了大批"水浒戏",它们对于宋江等形象的刻画比较集中,但性格不很一致,也没有共同的主题,不过在元曲中,梁山英雄由三十六人发展到了一百零八人。这说明宋元以来的水浒故事丰富多彩并正在逐步趋向统一,小说戏曲作家们纷纷从中汲取创作的素材而加以搬演。正是在这基础上,产生了一部杰出的长篇小说《水浒传》。

关于《水浒传》的作者,明代有四种说法:其一是说杭州人施耐庵写的书,而由罗贯中又在此基础上进行了改编;其二是说书是由罗贯中所写的;其三说施耐庵是作者,并没有罗贯中改编;而其四却又说书的前七十回是施耐庵所作,后三十回是罗贯中续作的。目前一般学者都认为第一种说法是真实可信的,也就是认为《水浒传》是施耐庵所作,而由罗贯中在施耐庵作品的基础上又作了一定的加工。但现代学者中也有人认为施、罗两人都是作者的假名,而其实并没有这两个人。

关于施耐庵,他的生平比罗贯中还人要少,目前只知道他是杭州人,连生活的时代,也没有定论。

二、《水浒传》的内容、成就和影响

《水浒传》最早的名字叫《忠义水浒传》,小说描写了一批有能力有本事且有报国之心的英雄们因不能将贪官酷吏都杀尽从而对皇帝尽忠,反而被奸臣贪官逼上梁山,沦为"盗寇";而在接受朝廷招安后,这批一心忠于朝廷,想要为国立功的英雄,仍被误国之臣、无道之君一个个逼向了绝路。作者为这样的现实深感不平,发愤而谱写了这一曲忠义的悲歌。

《水浒传》全书的内容可以分为三部分。第一部分是书的前篇,从书的第一回到第四十二回,这部分内容主要写"官逼民反""奸逼忠反",各路好汉被"逼上梁山"。第二部分是中篇,从书的第四十三回到第七十一回,主要写宋江上山之后领导好汉们打土豪打官军的战斗,梁山起义事业兴旺发展。第三部分是书的后篇,主要是从第七十二回到第一百回,主要写宋江带领起义军招安、征辽国、打方腊,直至悲惨结局,反映了"奸阴忠归""奸害忠亡"的尖锐斗争。

《水浒传》之所以能成为中国文学史上影响巨大的作品,除了它丰富的内容,它在艺术上取得的成就也是其中很大一部分原因。

《水浒传》最突出的艺术成就就是塑造了一批有血有肉的英雄形象。作者突破了中国古代小说描写人物形象时的类型化、模式化,达到了初步的个性化、典型化。首先,作者善于紧扣人物的不同身份、经历和遭遇,写出同类人物的不同性格;并能写出在不断发展变化的矛盾冲突和环境制约下人物性格的发展变化。例如,对同样是武艺高强的军官出身的林冲、鲁智深、杨志三个人物的描写。作为八十万禁军教头的林冲,在小说开始时享有优厚的俸禄,有温柔美貌的妻子,他的基本性格是安于现实的,因此在高衙内欺侮了他的妻子,搞得他家破人亡,被刺配沧州时,他虽然恨,但仍然选择了委屈忍让,而在被以高俅为首的一伙奸臣多次迫害,最后在风雪山神庙一回中,他终于忍无可忍,杀了陆谦富安等,雪夜上了梁山,完成了从安于现状、委屈忍让、怯于反抗到刚烈、勇猛而奋起反抗的性格转变,从而成为了梁山上最坚决的一份子。而"花和尚"鲁智深曾是渭州经略府的提辖,他因好打报不平,打死了恶霸镇关西,只好跑去五台山出家当了和尚,却又不能守清规戒律,最后上了梁山。在作者笔下,鲁智深因为无家无室,无牵无挂,因此性格上表现出了向往自由、粗鲁豪爽、行侠仗义、好打报不平的特点。作为"三代将门之后"的青面兽杨志,一心想要报效朝廷,他追求功名利禄为的是"与祖宗争口气"。但在先丢了"花石纲"接着"生辰纲"又被劫之后,无奈之下,只得上了梁山,走上了反抗朝廷,与官府作对的路,也因为这一点,杨志的反抗精神远没有林冲彻底。

其次,小说中对于人物常常进行对比映衬的描写,以此来突出表现人物各自不同的性格。例如在第七回高衙内调戏林娘子时,林冲与鲁智深的言行就形成了鲜明的对比。突出了林冲的委屈忍让、怯于反抗与鲁智深行侠仗义、好打报不平的性格特点。

第三,作者很注意多方面、多层次地刻画人物的性格,能写出性格相近人物的"同而不同"的个性特点。例如鲁智深、李逵、武松、阮小七、石秀、呼延灼、刘唐等众人,都是急性的,但书中描写得"各有派头,各有光景,各有家数,各有身份,一毫不差,半些不混"①,读者在读时自然就能分辨清楚,不用看到名字,只要看到情节描写,就知道这是哪一位英雄。

除了在人物塑造方面的成就,《水浒传》在语言艺术方面也有着不可忽视的成就,全书以民众口语为基础,并对其进行润色和提炼,形成了口语化、个性化、形象化、通俗生动的文学主言。

《水浒传》这部英雄传奇长篇小说是中国小说史上的一座丰碑,它对明清以来中华民族的社会生活、文化心理和文学创作都产生了深远而巨大的影响。

就文学方面而言,《水浒传》对英雄传奇小说的兴盛有直接的影响,对历史演义小说、侠义小说、世情小说、公案小说及其化文学样式也有一定的影响。

《水浒传》在世界范围内也得到了广泛流传并得到了高度的评价。《大英百科全书》说:"元末明初的小说《水浒》因以通俗的口语形式出现于历史杰作的行列而获得普遍的喝彩,它被认为是最有意义的一部文学作品。"英译家杰克逊说:"《水浒传》又一次证明人类灵魂的不可征服的、向上的不朽精神,这种精神贯穿着世界各地的人类历史。"目前,它已有英、法、德、日、俄、拉丁、意大利、匈牙利、捷克、斯洛伐克、波兰、朝鲜、越南、泰国等十多种文字的数十种译本。日本早在1757年就出版了百回本《忠义水浒传》的全译本。在西方,于1850年开始有法文的摘译本,到1978年法国出版了120回的全译本,译者雅克·达尔斯由此而荣获法兰西1978年文学大奖。英译的百回全译本出版于1980年,但在此之前,著名的美国女作家赛珍珠于1933翻译出版的名为《四海之内兄弟》的70回本已十分流行。这位诺贝尔奖金获得者在此书的序言中曾经这样说:"《水浒传》这部著作始终是伟大的,并且满含着全人类的意义,尽管它问世以来已经过去了几个世纪。"《水浒传》确是世界文学宝库中的一颗明珠。

作品选读

鲁提辖拳打镇关西

三人上到潘家酒楼上,拣个济楚阁儿里坐下。鲁提辖坐了主位,李忠对席,史进下首坐了。酒保唱了喏,认得是鲁提辖,便道:"提辖官人,打多少酒?"鲁达道:"先打四角[1]酒来。"一面铺下菜蔬、果品按酒,又问道:"官人,吃甚下饭[2]?"鲁达道:"问甚么?但有,只顾卖来,一发算钱还你。这厮只顾来聒噪[3]。"酒保下去,随即烫酒上来,但是下口肉食,只顾将来,摆一桌子。三个酒至数杯,正说些闲话,较量些枪法,说得入港[4],只听得隔壁阁子里有人哽哽咽咽啼哭。鲁达焦躁,便把碟儿、盏儿,都丢在楼板上。酒保听得,慌忙上来看时,见鲁提辖气愤愤地。酒保抄手道:"官人要甚东西,分付买来。"鲁达道:"洒家要甚么?你也须认的洒家[5],却怎地教甚么人在间壁吱吱的哭,搅俺弟兄们吃酒。洒家须不曾少了你酒钱!"酒保道:"官人息怒,小人怎敢教人啼哭,打搅官人吃酒。这个哭的,是绰酒座儿唱的[6]父子两人。不知官人们在此吃酒,一时间自苦了啼哭。"鲁提辖道:"可是作怪!你与我唤的他来。"酒保去叫,不多时,只见两个到来:前面一个十八九岁的妇人,背后一个五六十岁的老儿,手里拿串拍板,都来面前。看那妇人,虽无十分的容貌,也有些动人的颜色。但见:

---

① 叶昼,容与堂本《水浒传》第三回回评。

髻松云鬓,插一枝青玉簪儿;袅娜纤腰,系六幅红罗裙子。素白旧衫笼雪体,淡黄软袜衬弓鞋。蛾眉紧蹙,汪汪泪眼落珍珠;粉面低垂,细细香肌消玉雪。若非雨病云愁,定是怀忧积恨。大体还他肌骨好,不搽指粉也风流。

那妇人拭着眼泪,向前来深深的道了三个万福[7]。那老儿也都相见了。鲁达问道:"你两个是那里人家?为甚啼哭?"那妇人便道:"官人不知,容奴告禀:奴家是东京人氏。因同父母来这渭州,投奔亲眷,不想搬移南京去了。母亲在客店里染病身故,子父二人,流落在此生受[8]。此间有个财主,叫做镇关西郑大官人,因见奴家,便使强媒硬保,要奴作妾。谁想写了三千贯文书,虚钱实契,要了奴家身体。未及三个月,他家大娘子好生利害,将奴赶打出来,不容完聚。着落店主人家追要原典身钱三千贯。父亲懦弱,和他争执不得,他又有钱有势。当初不曾得他一文,如今那讨钱来还他?没计奈何,父亲自小教得奴家些小曲儿,来这里酒楼上赶座子。每日但得些钱来,将大半还他;留些少子父们盘缠。这两日酒客稀少,违了他钱限,怕他来讨时,受他羞耻。子父们想起这苦楚来,无处告诉,因此啼哭。不想误触犯了官人,望乞恕罪,高抬贵手。"

鲁提辖又问道:"你姓甚么?在那个客店里歇?那个镇关西郑大官人在那里住?"老儿答道:"老汉姓金,排行第二;孩儿小字翠莲;郑大官人便是此间状元桥下卖肉的郑屠,绰号镇关西。老汉父子两个,只在前面东门里鲁家客店安下。"鲁达听了道:"呸!俺只道哪个郑大官人,却原来是杀猪的郑屠。这个腌臜泼才[9],投托着俺小种经略相公门下做个肉铺户,却原来这等欺负人!"回头看着李忠、史进道:"你两个且在这里,等洒家去打死了那厮便来。"史进、李忠抱住劝道:"哥哥息怒,明日却理会。"两个三回五次劝得他住。鲁达又道:"老儿,你来,洒家与你些盘缠,明日便回东京去如何?"父子两个告道:"若是能够回乡去时,便是重生父母,再长爷娘。只是店主人家如何肯放?郑大官人须着落他要钱。"鲁提辖道:"这个不妨事,俺自有道理。"便去身边摸出五两来银子,放在桌上,看着史进道:"洒家今日不曾多带得些出来,你有银子,借些与俺,洒家明日便送还你。"史进道:"直[10]甚么,要哥哥还。"去包裹里取出一锭十两银子,放在桌上。鲁达看着李忠道:"你也借些出来与洒家。"李忠去身边摸出二两来银子。鲁提辖看了见少,便道:"也是个不爽利的人。"鲁达只把十五两银子与了金老,分付道:"你父子两个将去做盘缠,一面收拾行李,俺明日清早来,发付你两个起身,看那个店主敢留你!"金老并女儿拜谢去了。

鲁达把这二两银子丢还了李忠。三人再吃了两角酒,下楼来叫道:"主人家,酒钱洒家明日送来还你。"主人家连声应道:"提辖只顾自去,但吃不妨,只怕提辖不来赊。"三个人出了潘家酒肆,到街上分手,史进、李忠各自投客店去了。只说鲁提辖回到经略府前下处,到房里,晚饭也不吃,气愤愤的睡了。主人家又不敢问他。

再说金老得了这一十五两银子,回到店中,安顿了女儿。先去城外远处觅下一辆车儿,回来收拾了行李,还了房宿钱,算清了柴米钱,只等来日天明。当夜无事。次早五更起来,子父两个先打火做饭,吃罢,收拾了,天色微明,只见鲁提辖大踏步走入店里来,高声叫道:"店小二,那里是金老歇处?"小二哥道:"金公,提辖在此寻你。"金老开了房门,便道:"提辖官人,里面请坐。"鲁达道:"坐甚么?你去便去,等甚么?"金老引了女儿,挑了担儿,作谢提辖,便待出门,店小二拦住道:"金公,那里去?"鲁达问道:"他少你房钱?"小二道:"小人房钱,昨夜都算还了。须欠郑大官人典身钱,着落在小人身上看管他哩!"鲁提辖道:"郑屠的钱,洒家自还他。你放这老儿还乡去。"那店小二那里肯放。鲁达大怒,揸开五指,去那小二脸上只一掌,打的那店小二口中吐血;再复一拳,打下当门两个牙齿。小二扒将起来,一道烟走向店里去躲了。店主人那里敢出来拦他?金老父子两个,忙忙离了店中,出城自去寻昨日觅下的车儿去了。

且说鲁达寻思:恐怕店小二赶去拦截他,且向店里掇条凳子,坐了两个时辰。约莫金公去的远了,方才起身,径到状元桥来。

且说郑屠开着两间门面,两副肉案,悬挂着三五片猪肉。郑屠正在门前柜身内坐定,看那十来个刀手卖肉。鲁达走到面前,叫声:"郑屠!"郑屠看时,见是鲁提辖,慌忙出柜身来唱喏道:"提辖恕罪。"便叫副手掇条凳子来,"提辖请坐"。鲁达坐下道:"奉着经略相公钧旨,要十斤精肉,切做臊子[11],不要见半点肥的在上头。"郑屠道:"使得,你们快选好的,切十斤去。"鲁提辖道:"不要那等腌臜厮们动手,你自与我切。"郑屠道:"说得是。小人自切便了。"自去肉案上,拣下十斤精肉,细细切做臊子。那店小二把手帕包了头,正来郑屠家报说金老之事,却见鲁提辖坐在肉案门边,不敢拢来,只得远远的立住,在房檐下望。这郑屠整整的自切了半个时辰,用荷叶包了道:"提辖,教人送去。"鲁达道:"送甚么?且住!再要十斤,都是肥的,不要见些精的在上面,也要切做臊子。"郑屠道:"却才精的,怕府里要裹馄饨,肥的臊子何用?"鲁达睁着眼道:"相公钧旨,分付洒家,谁敢问他?"郑屠道:"是合用的东西,小人切便了。"又选了十斤实膘的肥肉,也细细的切做臊子,把荷叶来包了。整弄了一早晨,却得饭罢时候。那店小二那里敢过来,连那正要买肉的主顾,也不敢拢来。郑屠道:"着人与提辖拿了,送将府里去。"鲁达道:"再要十斤寸金软骨,也要细细地剁做臊子,不要见些肉在上面。"郑屠笑道:"却不是特地来消遣[12]我!"鲁达听罢,跳起身来,拿着那两包臊子在手里,睁眼看着郑屠道:"洒家特地要消遣你!"把两包臊子,劈面打将去,却似下了一阵的肉雨。郑屠大怒,两条忿气从脚底下直冲到顶门心头。那一把无明业火焰腾腾的按纳不住,从肉案上抢了一把剔骨尖刀,托地跳将下来。鲁提辖早拔步在当街上。众邻舍并十来个火家[13],那个敢向前来劝?两边过路的人都立住了脚,和那店小二也惊的呆了。

郑屠右手拿刀,左手便来要揪鲁达,被这鲁提辖就势按住左手,赶将入去,望小腹上只一脚,腾地踢倒在当街上,鲁达再入一步,踏住胸脯,提着那醋钵儿大小拳头,看着这郑屠道:"洒家始投老种经略相公,做到关西五路廉访使,也不枉了叫做镇关西。你是个卖肉的操刀屠户,狗一般的人,也叫做镇关西!你如何强骗了金翠莲?"扑的只一拳,正打在鼻子上,打得鲜血迸流,鼻子歪在半边,却便似开了个油酱铺,咸的、酸的、辣的,一发都滚出来。郑屠挣不起来,那把尖刀,也丢在一边,口里只叫:"打得好!"鲁达骂道:"直娘贼,还敢应口!"提起拳头来,就眼眶际眉梢只一拳,打得眼棱缝裂,乌珠迸出,也似开了个彩帛铺的,红的、黑的、绛的,都绽将出来。两边看的人,惧怕鲁提辖,谁敢向前来劝。郑屠当不过,讨饶。鲁达喝道:"咄!你是个破落户,若是和俺硬到底,洒家倒饶了你;你如何对俺讨饶,洒家偏不饶你。"又只一拳,太阳上正着,却似做了一个全堂水陆的道场,磬儿、钹儿、铙儿一齐响。鲁达看时,只见郑屠挺在地下,口里只有出的气,没了入的气,动弹不得。鲁提辖假意道:"你这厮诈死,洒家再打。"只见面皮渐渐的变了。鲁达寻思道:"俺只指望痛打这厮一顿,不想三拳真个打死了他。洒家须吃官司,又没人送饭,不如及早撒开。"拔步便走,回头指着郑屠尸道:"你诈死,洒家和你慢慢理会。"一头骂,一头大踏步去了。街坊邻舍,并郑屠的火家,谁敢向前来拦他?鲁提辖回到下处,急急卷了些衣服、盘缠、细软、银两,但是旧衣粗重,都弃了。提了一条齐眉短棒,奔出南门,一道烟走了。

注释

[1]角：盛酒的器具，古时是用兽角做的；宋时不用兽角了，却还叫做角，用来指盛一定分量的酒具。

[2]下饭：原是指用菜下饭的意思，通常指下饭的菜肴。

[3]聒噪：吵闹、打搅、麻烦的意思。

[4]入港：投合、来劲的意思。

[5]洒家：宋时陕甘一带人的自称。

[6]绰酒座儿唱的：专在酒馆巡回卖唱的歌妓。

[7]万福：妇女敬礼时，双手在襟前合拜，口中说着"万福"。后来就用万福作为这种敬礼方式的代用语。

[8]生受：说自己的时候，是受苦、受罪的意思；对别人说，是难为辛苦，有劳的意思。

[9]腌臜（ā zā）泼才：腌臜，现在写作"肮脏"。泼才，指撒泼不讲理的流氓、无赖。

[10]直：这里和"值"相同。

[11]臊子：碎肉。

[12]消遣：这里是戏弄、捉弄的意思。

[13]火家：伙计。

译文

三人走了一阵，来到有名的潘家酒店，上到楼上，拣个雅间坐下。不一会儿，酒保烫好了酒，端上一桌子菜。三人边吃喝，边谈些枪棒武艺。正说得热闹，忽听隔壁有人啼哭。鲁达发开脾气，把盘儿盏儿摔了一地。酒保慌忙赶来，鲁达气愤地说："你小子怎么叫人在隔壁啼哭，搅乱我弟兄吃酒？"酒保说："官人息怒。啼哭的是卖唱的父女俩，因没卖到钱啼哭。"鲁达说："你把他们唤来。"

不多时，两个卖唱的走进来。一个是十八九岁的年轻妇人，有几分动人的颜色；再一个是五六十岁的老头。二人走上前来，深深施了礼，鲁达问："你们为什么啼哭？"妇人说："奴家是东京人氏，同父母到渭州投亲不遇，病死客店，父女二人只好留下活受罪。有位镇关西郑大官人，要买奴家做妾，写下三千贯的文书，却一文没给。不到三个月，他家大娘子将奴赶了出来。郑大官人又要追还三千贯钱。争不过他，只好带奴家抛头露面，卖唱挣些钱来还他。这几日酒客稀少，怕他来讨钱时受他羞辱，因此啼哭。不想冒犯了大官人。"鲁达问："你姓什么？住在哪家客店？那个什么镇关西郑大官人住在哪里？"老头说："老汉姓金行二，女儿小字翠莲，郑大官人就是状元桥下卖肉的郑屠。老汉父女就住在东门里鲁家客店。"鲁达大骂："呸！俺只说是哪个郑大官人，却是杀猪的郑屠，也敢如此欺负人！"他又对史进、李忠说："你两个先等着，待我去打死那家伙。"史进、李忠连忙拉住他，好说歹说，方劝住他。

鲁达从怀里摸出五两银子，说："你们有银子先借给我，明天还你们。"史进取出十两银子，说："还什么还。"李忠摸了好一阵，拿出二两多碎银子来，鲁达说："你也不是爽利人。"把碎银子又推回去，只把十五两给金老，说："拿上当盘缠，你父女回汴京去吧。"金老说："店主看住我父女，如何能走了。"鲁达说："明天我自送你，看谁敢挡！"金老接了银子，千恩万谢地去了。三人又吃了一会儿酒，出了酒店，史进、李忠自去投客店。鲁达回到住处，气得饭也不吃就睡了。

金老父女回到客店,结算了店钱,雇了一辆小车儿,收拾了行李。

次日一早,二人正想离去,却被小二拦下。鲁达赶来,一耳光把小二打个筋斗,满嘴流血,吐出两颗断牙来。鲁达骂道:"好小子,他不欠你钱你敢拦他们!"金老父女慌忙谢了,离开店门。鲁达搬了条长凳,往店门口一放,坐在那里,直到估摸金老父女走远了,看看天色不早,这才直奔状元桥。

郑屠的肉店有两间门面,雇了十多个伙计。郑屠正看伙计们卖肉,见鲁达进来,忙招呼:"提辖官人,你要买肉?"鲁达说:"洒家奉小种经略相公的命令,买十斤精肉,不许带一丁点肥的,细细切成肉馅。"郑屠要让伙计动手,鲁达说:"不许他们动手,须你自己来!"郑屠动手切了十斤精肉,剁成肉馅,用荷叶包了。鲁达又说:"再切十斤肥肉,不要一丁点精肉,也要切成馅。"郑屠说:"精肉可包馄饨,肥肉有什么用?"鲁达说:"这是小种经略相公的命令,谁敢多问?"郑屠只得忍住气,又去切肥肉。

买肉的见鲁达当门站着,谁敢过来?客店的小二用手巾包了头,想来报信,也站得远远的。郑屠整整忙了一上午,方把精、肥二十斤肉切好。鲁达又说:"再要十斤脆骨,上面不带一丁点肉,也要切成馅。"郑屠忍无可忍,说:"你不是来买肉的,是故意取笑我的!"鲁达把两包肉馅劈面打去,骂道:"洒家就是取笑你的!"两包肉馅打在郑屠脸上,恰似下了一场肉雨,弄得他肉头肉脑的。他不由大怒,抓过一把剔骨尖刀,跳到街上,说:"有种的过来!"鲁达早箭步上了街心。郑屠右手持刀,左手劈胸来揪鲁达。鲁达一把抓住他的手腕,下面一脚,正中小腹,往后便倒。鲁达抢上一步,踏住他的胸脯,晃着醋钵般大的拳头,骂道:"洒家立了无数军功,也不枉镇关西的称号。你是个卖肉的屠户,一般的贱人,也敢称镇关西?说,你是如何骗了金翠莲的?"说着,照他鼻梁就是一拳,只打得鲜血迸流。郑屠大叫:"打得好!"鲁达骂:"你他娘的还敢嘴硬!"照他眼眶又是一拳,把眼珠也打了出来。郑屠忍受不住,哀求饶命。鲁达骂:"你若是一直嘴硬,洒家便饶了你,你求饶,洒家打死你!"骂着朝他太阳穴上又是一拳。眼看他面皮渐渐惨白,只有出的气没有进的气了。鲁达想:不好,洒家只不过要教训他一顿,没想到他不经打,真打死了,还要吃官司。便说:"好小子休要装死,洒家回头再跟你算账!"直奔回住处,收拾了几件衣裳,将银子揣在怀里,提一条短棍,一溜烟地走了。

景阳冈武松打虎

这武松提了哨棒[1],大着步,自过景阳冈来。约行了四五里路,来到冈子下,见一大树,刮去了皮,一片白,上写两行字。武松也颇识几字,抬头看时,上面写道:"近因景阳冈大虫[2]伤人,但有过往客商可於巳午未三个时辰结伙成队过冈,请勿自误。"武松看了笑道:"这是酒家诡诈,惊吓那等客人,便去那厮家里歇宿。我却怕甚么鸟!"横拖着哨棒,便上冈子来。

那时已有申牌[3]时分,这轮红日厌厌地相傍下山。武松乘着酒兴,只管走上冈子来。走不到半里多路,见一个败落的山神庙。行到庙前,见这庙门上贴着一张印信榜文。武松住了脚读时,上面写道:

"阳谷县示:为景阳冈上新有一只大虫伤害人命,见[4]今杖限[5]各乡里正[6]并猎户人等行捕未获。如有过往客商人等,可於巳午未三个时辰结伴过冈;其餘[7]时分,及单身客人,不许过冈,恐被伤害性命。各宜知悉。"

武松读了印信榜文,方知端的[8]有虎;欲待转身再回酒店里来,寻思道:"我回去时须吃他耻笑[8]不是好汉,难以转去。"存想了一回,说道:"怕甚么鸟!且只顾上去看怎地!"

武松正走,看看酒涌上来,便把毡笠儿掀在脊梁上,将哨棒绾在肋下,一步步上那冈子来;回头看这日色时,渐渐地坠下去了。此时正是十月间天气,日短夜长,容易得晚。武松自言自说道:"那得甚么大虫!人自怕了,不敢上山。"

武松走了一直[9],酒力发作,焦热起来,一只手提哨棒,一只手把胸膛前袒开,踉踉跄跄,直奔过乱树林来;见一块光挞挞[10]大青石,把那哨棒倚在一边,放翻身体,却待要睡,只见发起一阵狂风。但见:

"无形无影透人怀,四季能吹万物开。

就树撮将黄叶去,入山推出白云来。"

原来但凡世上云生从龙,风生从虎。那一阵风过了,只听得乱树背后扑地一声响,跳出一只吊睛白额大虫来。武松见了,叫声"呵呀",从青石上翻将下来,便拿那条哨棒在手里,闪在青石边。那个大虫又饥又渴,把两只爪在地下略按一按,和身望上一扑,从半空里撺将下来。武松被那一惊,酒都做冷汗出了。说时迟,那时快,武松见大虫扑来,只一闪,闪在大虫背后。那大虫背后看人最难,便把前爪搭在地下,把腰胯一掀,掀将起来。武松只一躲,躲在一边。大虫见掀他不着,吼一声,却似半天里起个霹雳,振得那山冈也动,把这铁棒也似虎尾,倒竖起来只一剪[11]。武松却又闪在一边。原来那大虫拿人,只是一扑,一掀,一剪;三般提不着时,气性先自没了一半。那大虫又剪不着,再吼了一声,一兜兜将回来。武松见那大虫复翻身回来,双手抡起哨棒,尽平生气力只一棒,从半空劈将下来。只听得一声响,簌簌地将那树连枝带叶劈脸打将下来。定睛看时,一棒劈不着大虫。原来打急了,正打在枯树上,把那条哨棒折做两截,只拿得一半在手里。

那大虫咆哮,性发起来,翻身又只一扑,扑将来。武松又只一跳,却退了十步远。那大虫恰好把两只前爪搭在武松面前。武松将半截棒丢在一边,两只手就势把大虫顶花皮胳嗒地[12]揪住,一按按将下来。那只大虫急要挣扎,被武松尽气力纳定[13],那里肯放半点儿松宽?武松把只脚望大虫面门上、眼睛里,只顾乱踢。那大虫咆哮起来,把身底下爬起两堆黄泥,做了一个土坑。武松把那大虫嘴直按下黄泥坑里去,那大虫吃武松奈何得没了些气力。武松把左手紧紧地揪住顶花皮,偷出右手来,提起铁锤般大小拳头,尽平生之力,只顾打。打到五七十拳,那大虫眼里、口里、鼻子里、耳朵里,都迸出鲜血来。那武松尽平昔神威,仗胸中武艺,半歇儿把大虫打做一堆,却似挡着一个锦皮袋。有一篇古风单道景阳冈武松打虎:

"景阳冈头风正狂,万里阴云霾日光。

触目晚霞挂林薮,侵人冷雾弥穹苍。

忽闻一声霹雳响,山腰飞出兽中王。

昂头踊跃逞牙爪,麋鹿之属皆奔忙。

清河壮士酒未醒,冈头独坐忙相迎。

上下寻人虎饥渴,一掀一扑何狞狰!

虎来扑人似山倒,人往迎虎如岩倾。

臂腕落时坠飞炮,爪牙爬处成泥坑。

拳头脚尖如雨点,淋漓两手猩红染。

腥风血雨满松林,散乱毛须坠山奄。

近看千钧势有余,远观八面威风敛。
　　身横野草锦斑销,紧闭双睛光不闪。"

当下景阳冈上那只猛虎,被武松没顿饭之间,一顿拳脚,打得那大虫动弹不得,使得口里兀自气喘。武松放了手,来松树边寻那打折的棒橛,拿在手里;只怕大虫不死,把棒橛又打了一回。那大虫气都没了,武松再寻思道:"我就地拖得这死大虫下冈子去。"就血泊里双手来提时,那里提得动,原来使尽了气力,手脚都苏软了。武松再来青石坐了半歇,寻思道:"天色看看黑了,倘或又跳出一只大虫来时,却怎地斗得他过?且挣扎下冈子去,明早却来理会。"就石头边寻了毡笠儿,转过乱树林边,一步步捱下冈子来。

注释

[1] 哨棒:一种武器,行路防身用的棍棒。

[2] 大虫:指老虎。

[3] 申牌:下午三时至五时。古于衙门和驿站前设置时辰台,每移一时辰,则以刻有指示时间的牌子换之。

[4] 见:这里是当读"xiàn",现在、目前的意思。

[5] 杖限:指杖限文书,旧时官府要下属限期完成某事、逾期则予以杖罚的公文。

[6] 里正:又称里君、里尹、里宰、里有司等,是中国春秋战国时的一里之长,明代改名里长。

[7] 其馀:其余、其他的意思。

[8] 端的:真的、确实的意思。

[9] 一直:这里当"一阵"讲。

[10] 光挞挞:光秃秃的样子。

[11] 剪:这里指老虎用尾巴横扫。

[12] 胳嗒地:这里是一下、一把的意思。

[13] 纳定:按住不动的意思。纳,按。

译文

武松提着哨棒大步走去,走不几里,来到冈下。路边有一株大树,刮去一片树皮,上写"景阳冈有虎伤人,单身客人不得过冈"等字样。武松看了,又是一阵冷笑,也没放在心上,继续往山上走。

这时已到申牌,正是初气,日短夜长,一轮红日渐渐平了西。又走不远,有一座破破烂烂的山神庙,庙门上贴着告示,盖着红彤彤的大印,武松看了,方信山上真有虎。想回到酒店住了,又怕被主人嘲笑,转念一想,怕他个什么,只管上去看看有没有虎。

武松的酒劲涌了上来,跟跟跄跄地到了冈上,太阳已落下西山。他四下一张望,别说老虎,连只兔儿也没见到,放下心来。又走过一片树林,一株古松下,有一块光溜溜的大青石。武松倚了哨棒,在大青石上睡下来。他刚刚躺倒,忽然一阵狂风刮来,风过后,从那树林中呼地跳出一只吊睛白额大老虎来。武松惊叫一声,翻身起来,顺势抓过哨棒。老虎又饥又渴,猛地向武松扑来。武松一闪身,闪到老虎背后。老虎前爪伏地,用后爪猛掀过来。武松又纵身避开。老虎雷鸣般吼了一声,震得山摇地动,把铁棍般的虎尾扫来。武松又躲开了。老虎吃人,全仗着这一扑,一掀,一扫,三般功夫用完,力气已用去一半。老虎又吼一声,转过身来。武松双手抡起哨棒,用尽平生之力,向虎头打下。谁料空中喀嚓一声响,哨棒却打到松树枝上,把树枝打断,哨棒也断为两截。

老虎咆哮一声,再次扑来。武松望后一纵身,退出十多步,老虎恰巧落在他面前。他忙把半截棒扔下,疾出双手,就势抓住老虎的顶花皮,把老虎头使劲朝地上按。老虎想挣扎,怎能挣得分毫?武松抬起右脚,向老虎面门上、眼睛上一阵乱踢。老虎疼得连声怪叫,双爪把地上扒出个坑来。武松趁势把虎头按在坑中,虎更没了力气。武松左手死死揪住老虎头顶花皮,抽出右手,紧握铁拳,用尽平生之力,往老虎耳门上打了六七十拳。老虎七窍都流出血来,不会动了。武松只怕老虎不死,拾起半截棒,又打了一阵。他想把死虎拖下冈,却拖不动分毫。原来方才使尽了力气,这会儿手脚都酥软了。

武松坐在青石板上歇了一阵,一步步挨下冈。

第三节　西游记

《西游记》是中国古代第一部浪漫主义章回体长篇神魔小说。小说以"玄奘取经"这一历史事件为蓝本,通过作者的艺术加工,深刻地描绘了当时的社会现实。主要描写了孙悟空出世,后遇见了唐僧、猪八戒和沙和尚三人,一路降妖伏魔,保护唐僧西行取经,经历了九九八十一难,终于到达西天见到如来佛祖,最终五圣成真的故事。

一、《西游记》的成书与作者

《西游记》是继《三国演义》和《水浒传》后出现的又一群众创作和文人创作相结合的作品。它的成书,酝酿了七百多年。无数民间艺人和无名作者为这个故事所付出了巨大的劳动,为吴承恩的《西游记》提供了深厚的创作基础。

《西游记》的成书与《三国演义》《水浒传》类似,都经历了一个长期积累与演化的过程。但与前两者演化的特征并不一致:《三国演义》《水浒传》是在历史真实的基础上加以扩展与虚构,是"实"与"虚"的结合而最后以"真"的假像呈现在读者面前;而《西游记》的演化过程则是将历史上的真实事件不断地神化、幻化,最终以"虚幻"的形态呈现在读者面前。

玄奘(602—664年)取经原是唐代的一个真实的历史事件。贞观三年(629年),他为追求佛家真义,从长安出发后,途经百余国,历尽艰难险阻,最后到达印度。他在那里学习了两年多,并在一次大型佛教经学辩论会任主讲,受到了赞誉。贞观十九年(645年)玄奘回到了长安,带回佛经六百五十七部,这一非凡的壮举,本身就为人们的想象提供了广阔的天地。后来玄奘口述了西行见闻,由他的弟子辩机记录编辑成《大唐西域记》共十二卷。但这部书主要讲述了玄奘在路上所见各国的历史、地理及交通,没有什么故事。后来他的弟子慧立、彦悰又撰写了《大唐大慈恩寺三藏法师传》,在赞颂师父,弘扬佛法的过程中,也不时地用夸张神化的笔调去穿插一些离奇的故事,为玄奘的经历增添了许多神话色彩。于是,取经的故事在社会上越传越神,唐代末年的一些笔记如《独异志》《大唐新语》等,就记录了玄奘取经的神奇故事,从此,唐僧取经的故事便开始在中国民间广为流传。

成书于北宋年间的《大唐三藏取经诗话》中出现了猴行者的形象。他自称是"花果山紫云洞八万四千铜头铁额猕猴王",协助三藏西行,神通广大,实际上已成了取经路上的主角,是《西游记》中孙悟空的雏型。取经队伍中加入了猴行者,这在《诗话》流传后逐步被社会认可。一个其貌不扬的猴精,开始挤进了取经的队伍,并且渐渐地取代了三藏法师的主角地位,这在《西游记》故事的神化过程中关系重大。

唐僧、孙悟空、猪八戒、沙僧师徒四人取经故事在元代逐渐定型。作为文学作品,猪八戒首次出现是在元末明初人杨景贤所作的杂剧《西游记》中。在剧中,深沙神也改称了沙和尚。最迟在元末明初,已经有一部故事比较完整的《西游记》问世。

《西游记》的最后写定者是谁,历来一直有着较大的争议。直到20世纪20年代,经鲁迅、胡适等人的认定,《西游记》的作者是吴承恩的说法就几乎成了定论,后来出版的小说和史论,一般都将《西游记》归之于吴承恩的名下。但国内外的一些学者也不断对此提出质疑。在目前正反两方面都未能进一步提出确凿的证据之前,还是将吴承恩暂定为《西游记》的作者。

吴承恩(约1500—约1582年),字汝忠,号射阳居士,淮安山阳(今江苏淮安)人。幼年时就很聪慧,很小的时候就因为文章写得好而闻名于当地,但屡次在科举考试中失败,至到约四十余岁时,才补录了贡生。因母亲年老而家中贫穷,吴承恩曾出任长兴县丞两年,最终却因为不愿奉承上司而离任。他晚年寄情于诗和酒,终老于家中。

二、《西游记》的内容、成就及影响

《西游记》作为一部神魔小说,既不是直接地抒写现实的生活,又不类于上古的神话,它利用神幻奇异的故事,诙谐滑稽的笔墨,维护封建社会的正常秩序,但客观上倒是张扬了人的自我价值和对于人性美的追求。书中讲述唐僧、孙悟空、猪八戒、沙僧师徒四人去西天取经,历经九九八十一难,最后终于取得真经的故事。

全书共一百回,根据故事内容,可分为三大部分。第一回至第七回,这部分主要讲述孙悟空的出身、学艺,以及在遇到唐僧前大闹天宫的故事,这一部分可以说是整部书中最精彩的部分。书中写道,在东胜神州有一花果山,山顶一石,受日月精月华,生出一只石猴。石猴四海求师,在西牛贺州得到菩提祖师指点,得名孙悟空,学会了七十二般变化,一个筋斗云可行十万八千里。归来后自号"美猴王",去龙宫借兵器,得大禹定海神铁,化作如意金箍棒。他又去阴曹地府,把猴属名字从生死簿上勾销。龙王、地藏王去天庭告状,玉帝想要派兵捉拿他,这时候,太白金星建议,把孙悟空召入上界,让他做弼马温,在御马监管马。猴王开始时不知官职大小,后来知道了实情,打出天门,返回花果山,自称"齐天大圣"。玉皇大帝派李天王率天兵天将捉拿孙悟空,美猴王连败巨灵神、哪吒二员大将。太白金星二次到花果山,请孙悟空上天做齐天大圣,管理蟠桃园。孙悟空偷吃了蟠桃,又搅了王母娘娘的蟠桃宴,偷吃了太上老君的金丹,逃离天宫。玉帝再派李天王率天兵捉拿,双方争持不下,观音菩萨推荐了二郎神助战。孙悟空与二郎神斗法,不分胜负。太上老君趁机用暗器击中了孙悟空,猴王被擒。玉帝用刀砍斧剁、火烧雷击,不能损伤悟空毫毛。太上老君又把悟空放进炼丹炉锻炼,七七四十九天之后开炉,孙悟空依然无伤,在天宫大打出手。玉帝请来佛祖如来,把孙悟空压在五行山下,饿的时候,给他铁丸子吃,渴的时候,给他熔化的钢汁喝。第八至第十二回是全书的第二部分,主要讲述了如来佛祖造出三藏真经解救东土众生,派观音菩萨去东土寻找取经的人。其中还穿插了唐太宗魂游地府,还阳延寿,感戴于善恶因果,接受地府崔判官"做一场'水陆大会'"之托,超度无主孤魂。众大臣推举玄奘为"水陆大会"的坛主,而观音也因此找到了玄奘,并交给了他前往西天取经的重任。唐太宗认玄奘御弟,并赐号三藏。第十三回至第一百回是全书的第三部分,主要叙述了玄奘西行取经途中,先在五行山下救出了悟空,并收其为徒,依次又收下白龙马、猪八戒、沙僧,一路历尽艰难险阻,擒妖捉怪,经过九九八十一难,最后终于完成任务,取得真经,修成正果的故事。这部分是全书故事的主体,也是最长的一部分。

《西游记》在艺术表现上的最大特色,就是以诡异的想象、极度的夸张,突破时空,突破生死,突破神、人、物的界限,创造了一个光怪陆离、神异奇幻的境界。在这里,环境是天上地下、龙宫冥府、仙地佛境、险山恶水;书中的角色多是身奇貌异,似人似怪,神通广大,变幻莫测;而故事则是上天入地,翻江倒海,斩妖除怪,祭宝斗法;作者把这些奇人、奇事、奇境熔于一炉,构筑成了一个统一和谐的艺术整体,展现出一种奇幻的美。这种美,看来"极幻",却又令人感到"极真"。因为那些变幻莫测、惊心动魄的故事,有些就好像现实的影子,有些又包含着生活的真理,表现得非常入情入理。那富丽堂皇、至高无上的天宫,就像人间朝廷在天上的造影;那等级森严、昏庸无能的仙卿,使人想起当朝的百官;扫荡横行霸道、凶残暴虐的妖魔,隐寓着铲除社会恶势力的愿望;作者歌颂上天入地、无拘无束的生活,也同时借小说寄托着挣脱束缚、追求自由的理想。

小说在人物的形象的塑造方面,也取得了很大的成就,一个明显的特点就是将动物的形态、神魔的法力和人的意志精神三者很好地结合了起来。这三者的结合,就产生了很多外形各不相同,个性有着明显差异的独特的艺术形象。《西游记》所塑造的人物形象也很有特色,做到了物性、神性与人性的统一。所谓"物性",就是作为某一动植物的精灵,保持其原有的形貌和习性,如鸟精会飞,蝎子精有毒刺,蜘蛛精能吐丝等,就是他们的性格,也往往与之相称,如猴子机灵,老鼠胆小,杏树有轻佻之姿。这些动物、植物,一旦成妖成怪,就有神奇的本领,则是具有了"神性",使它们从"真"转化为"幻"。然而,作者又同时将人的七情六欲赋予他们,将妖魔鬼怪人化,使他们具有"人性",将"幻"与人间的、更深层次的"真"相融合,从而完成了独特的艺术形象的创造。例如书中的孙悟空,长得一副毛脸雷公嘴的猴相,具有机敏、乖巧、好动等习性,同时他又神通广大,有七十二般变化的本领,但虽然会千变万化,却往往还要露出"红屁股"或"有尾巴"的真相。他是一只神猴,却又是人们理想中的人间英雄。他有勇有谋、无私无畏、坚韧不拔、积极乐观,而又心高气傲,争强好胜,容易冲动,爱捉弄人,具有凡人的一些弱点,他就是一只石猴在神化与人化的交叉点上创造出来的"幻中有真"的艺术典型。

作为中国古代文学的悠久传统,寓庄于谐的手法在《西游记》中得到了完美的体现。西游路上的一切几乎都不能逃脱被孙悟空调侃、玩笑,比如第七十七回,写唐僧受困狮驼城,悟空去灵山向如来哭诉;当佛祖说起"那妖精我认得他时",行者猛然提起:"如来!我听见人说讲,那妖精与你有亲哩!"当如来说明妖精的来历后,行者又马上接口道:"如来,若这般比论,你还是妖精的外甥哩!"这一句俏皮话,就把佛祖从天堂拉到了人间。又如第二十九回写猪八戒在宝象国,先是吹嘘"第一会降(妖)的是我",卖弄手段时,说能"把青天也拱个大窟窿",牛皮吹得震天响。结果与妖怪战不上八九个回合,就撇下沙僧先溜走,说:"沙僧,你且上前来与他斗着,让老猪出恭来。""他就顾不得沙僧,一溜往那蒿草薜萝、荆棘葛藤里,不分好歹,一顿钻进;那管刮破头皮,搠伤嘴脸,一毂辘睡倒,再也不敢出来。但留半边耳朵,听着梆声。"这一段戏笔,无疑是对好说大话、只顾自己的猪八戒作了辛辣的嘲笑。这种戏言使全书充满着喜剧色彩和诙谐气氛。

在某种意义上,《西游记》和西方的流浪小说有很大的相似处,师徒四人一起经历了一切,而事件之间其实并没有严格的顺序关系,在这个意义上,《西游记》丰富了中国长篇小说的结构。

自《西游记》之后,明代出现了写作神魔小说的高潮,其中最有名的是许仲琳的《封神演义》。同时,《西游记》也对戏曲产生了深刻的影响,清代宫廷剧《升平宝筏》就是西游戏,一共十本,二百四十出。此外,还有不少《西游记》的续作、仿作,这对后世的小说、戏曲、民俗等都产生了很大影响。19世纪中叶,法国汉学家泰奥多帕维把《西游记》中的第九回和第十回译成了法文,译文刊登在巴黎出版的《亚洲杂志》。一九一二年法国学者莫朗编译的《中国文学选》一书出版,收录了《西游记》第十、十一、十二共三回的译文。十二年后,即1924年,莫朗译成《西游记》百回选译本,取名《猴与猪:神魔历险记》,当年在巴黎出版,这是最早的较为系统的《西游记》的法文译本。

作品选读

《大闹天宫》节选

话表齐天大圣被众天兵押去斩妖台下,绑在降妖柱上,刀砍斧剁,枪刺剑刳[1],莫想伤及其身。南斗星奋令火部众神,放火煨烧,亦不能烧着。又着雷部众神,以雷屑钉打,越发不能伤损一毫。那大力鬼王与众启奏道:"万岁,这大圣不知是何处学得这护身之法,臣等用刀砍斧剁,雷打火烧,一毫不能伤损,却如之何?"玉帝闻言道:"这厮这等,这等,如何处治?"太上老君即奏道:"那猴吃了蟠桃,饮了御酒,又盗了仙丹。我那五壶丹,有生有熟,被他都吃在肚里,运用三昧火,锻成一块,所以浑做金钢之躯,急不能伤。不若与老道领去,放在八卦炉中,以文武火锻炼。炼出我的丹来,他身自为灰烬矣。"玉帝闻言,即教六丁、六甲将他解下,付与老君。老君领旨去讫,一壁厢宣二郎显圣,赏赐金花百朵,御酒百瓶,还丹百粒,异宝明珠,锦绣等件,教与义兄弟分享。真君谢恩,回灌江口不题。

那老君到兜率宫,将大圣解去绳索,放了穿琵琶骨之器,推入八卦炉中,命看炉的道人,架火的童子,将火扇起锻炼。原来那炉是乾、坎、艮、震、巽、离、坤、兑八卦。他即将身钻在巽宫位下。巽乃风也,有风则无火,只是风搅得烟来,把一双眼熏[2]红了,弄做个老害病眼,故唤作"火眼金睛"。

真个光阴迅速,不觉七七四十九日,老君的火候俱全。忽一日,开炉取丹。那大圣双手侮[3]着眼,正自揉搓流涕,只听得炉头声响,猛睁睛看见光明,他就忍不住将身一纵,跳出丹炉,唿喇一声,蹬倒八卦炉,往外就走。慌得那架火看炉与丁甲一班人来扯,被他一个个都放倒,好似癫痫的白额虎,风狂的独角龙。老君赶上抓一把,被他一摔[4],摔了个倒栽葱,脱身走了。即去耳中掣出如意棒,迎风幌一幌,碗来粗细,依然拿在手中,不分好歹,却又大乱天宫,打得那九曜星闭门闭户,四天王无影无形。好猴精!有诗为证。诗曰:

"混元体正合先天,万劫千番只自然。渺渺无为浑太乙,如如[5]不动号初玄。

炉中久炼非铅汞,物外长生是本仙。变化无穷还变化,三皈[6]五戒[7]总休言。"

又诗:

"一点灵光彻太虚,那条拄杖亦如之。或长或短随人用,横竖横排任卷舒。"

又诗:

"猴道体配人心,心即猿猴意思深。大圣齐天非假论,官封弼马是知音。

马猿合作心和意，紧缚牢拴莫外寻。万相归真从一理，如来同契住双林[8]。"

　　这一番，那猴王不分上下，使铁棒东打西敌，更无一神可挡。只打到通明殿里，灵霄殿外。幸有佑圣真君的佐使王灵官执殿。他看大圣纵横，掣金鞭近前挡住道："泼猴何往！有吾在此，切莫猖狂！"这大圣不由分说，举棒就打，那灵官鞭起相迎。两个在灵霄殿前厮浑一处。好杀：

　　赤胆忠良名誉大，欺天诳上声名坏。一低一好幸相持，豪杰英雄同赌赛。铁棒凶，金鞭快，正直无私怎忍耐？这个是太乙雷声应化尊，那个是齐天大圣猿猴怪。金鞭铁棒两家能，都是神宫仙器械。今日在灵霄宝殿弄威风，各展雄才真可爱。一个欺心要夺斗牛宫，一个竭力匡扶玄圣界。苦争不让显神通，鞭棒往来无胜败。

　　他两个斗在一处，胜败未分，早有佑圣真君，又差将佐发文到雷府，调三十六员雷将齐来，把大圣围在垓心，各骋凶恶鏖战。那大圣全无一毫惧色，使一条如意棒，左遮右挡，后架前迎。一时，见那众雷将的刀枪剑戟、鞭简挝锤、钺斧金瓜、旄镰月铲，来的甚紧。他即摇身一变，变做三头六臂；把如意棒幌一幌，变作三条；六只手使开三条棒，好便似纺车儿一般，滴流流，在那垓心里飞舞，众雷神莫能相近。真个是：

　　圆陀陀，光灼灼，亘古常存人怎学？入火不能焚，入水何曾溺？光明一颗摩尼[9]珠，剑戟刀枪伤不着。也能善，也能恶，眼前善恶凭他作。善时成佛与成仙，恶处披毛并带角。无穷变化闹天宫，雷将神兵不可捉。

　　当时众神把大圣攒在一处，却不能近身，乱嚷乱斗，早惊动玉帝。遂传旨着游奕灵官同翊圣真君上西方请佛老降伏。

　　那二圣得了旨，径到灵山胜境，雷音宝刹之前，对四金刚、八菩萨礼毕，即烦转达。众神随至宝莲台下启知，如来召请。二圣礼佛三匝，侍立台下。如来问："玉帝何事烦二圣下临？"二圣即启道："向时花果山产一猴，在那里弄神通，聚众猴搅乱世界。玉帝降招安旨，封为弼马温，他嫌官小反去。当遣李天王、哪吒太子擒拿未获，复招安他，封做齐天大圣，先有官无禄。着他代管蟠桃园，他即偷桃；又走至瑶池，偷肴、偷酒，搅乱大会；仗酒又暗入兜率宫，偷老君仙丹，返出天宫。玉帝复遣十万天兵，亦不能收伏。后观世音举二郎真君同他义兄弟追杀，他变化多端，亏老君抛金钢琢打重，二郎方得拿住。解赴御前，即命斩之。刀砍斧剁，火烧雷打，俱不能伤，老君奏准领去，以火锻炼。四十九日开鼎，他却又跳出八卦炉，打退天丁，径入通明殿里，灵霄殿外；被佑圣真君的佐使王灵官挡住苦战，又调三十六员雷将，把他困在垓心，终不能相近。事在紧急，因此玉帝特请如来救驾。"如来闻诏，即对众菩萨道："汝等在此稳坐法堂，休得乱了禅位，待我炼魔救驾去来。"

　　如来即唤阿傩、迦叶二尊者相随，离了雷音，径至灵霄门外。忽听得喊声振耳，乃三十六员雷将围困着大圣哩。佛祖传法旨："教雷将停息干戈，放开营所，叫那大圣出来，等我问他有何法力。"众将果退，大圣也收了法象，现出原身近前，怒气昂昂，厉声高叫道："你是那方善士，敢来止住刀兵问我？"如来笑道："我是西方极乐世界释迦牟尼尊者，南无[10]阿弥陀佛。今闻你猖狂村野，屡反天宫，不知是何方生长，何年得道，为何这等暴横？"大圣道："我本

　　'天地生成灵混仙，花果山中一老猿。水帘洞里为家业，拜友寻师悟太玄。

　　炼就长生多少法，学来变化广无边。因在凡间嫌地窄，立心端要住瑶天。

　　灵霄宝殿非他久，历代人王有分传。强者为尊该让我，英雄只此敢争先。'"

　　佛祖听言，呵呵冷笑道："你那厮乃是个猴子成精，焉敢欺心，要夺玉皇上帝尊位？他自幼修持，苦历过一千七百五十劫。每劫该十二万九千六百年。你算，他该多少年数，方能享受此

无极大道？你那个初世为人的畜生，如何出此大言！不当人子，不当人子！折了你的寿算！趁早皈依，切莫胡说！但恐遭了毒手，性命顷刻而休，可惜了你的本来面目！"大圣道："他虽年劫修长，也不应久占在此。常言道，皇帝轮流做，明年到我家。只教他搬出去，将天宫让与我，便罢了；若还不让，定要搅攘，永不清平！"佛祖道："你除了长生变化之法，再有何能，敢占天宫胜境？"大圣道："我的手段多哩！我有七十二般变化，万劫不老长生。会驾筋斗云，一纵十万八千里。如何坐不得天位？"佛祖道："我与你打个赌赛：你若有本事，一筋斗打出我这右手掌中，算你赢，再不用动刀兵苦争战，就请玉帝到西方居住，把天宫让你；若不能打出手掌，你还下界为妖，再修几劫，却来争吵。"

那大圣闻言，暗笑道："这如来十分好呆！我老孙一筋斗去十万八千里。他那手掌，方圆不满一尺，如何跳不出去？"急发声道："既如此说，你可做得主张？"佛祖道："做得，做得！"伸开右手，却似个荷叶大小。那大圣收了如意棒，抖擞神威，将身一纵，站在佛祖手心里，却道声："我出去也！"你看他一路云光，无影无形去了。佛祖慧眼观看，见那猴王风车子一般相似不住，只管前进。大圣行时，忽见有五根肉红柱子，撑着一股青气。他道："此间乃尽头路了。这番回去，如来作证，灵霄宫定是我坐也。"又思量说："且住！等我留下些记号，方好与如来说话。"拔下一根毫毛，吹口仙气，叫："变！"变作一管浓墨双毫笔，在那中间柱子上写一行大字云："齐天大圣到此一游。"写毕，收了毫毛。又不庄尊[11]，却在第一根柱子根下撒了一泡猴尿。翻转筋斗云，径回本处，站在如来掌内道："我已去，今来了。你教玉帝让天宫与我。"如来骂道："我把你这个尿精猴子！你正好不曾离了我掌哩！"大圣道："你是不知。我去到天尽头，见五根肉红柱，撑着一股青气，我留个记在那里，你敢和我同去看么！"如来道："不消去，你只自低头看看。"那大圣睁圆火眼金睛，低头看时，原来佛祖右手中指写着"齐天大圣到此一游"。大指丫里，还有些猴尿臊气。大圣吃了一惊道："有这等事，有这等事！我将此字写在撑天柱子上，如何却在他手指上？莫非有个未卜先知的法术。我决不信，不信！等我再去来！"

好大圣，急纵身又要跳出，被佛祖翻掌一扑，把这猴王推出西天门外，将五指化作金木水火土五座联山，唤名"五行山"，轻轻的把他压住。众雷神与阿傩、迦叶一个个合掌称扬道："善哉，善哉！"

"当年卵化学为人，立志修行果道真。万劫无移居胜境，一朝有变散精神。

欺天罔上思高位，凌圣偷丹乱大伦。恶贯满盈今有报，不知何日得翻身。"

注释

[1]刳(kū)：剖的意思。

[2]燎(chǎo)：熏的意思。

[3]侮：这里同"捂"，掩住、遮住、按住的意思。

[4]捽(zuó)：揪住头发。

[5]如如：佛教术语，形容所谓"妙道"圆融，没有凝滞的境界。

[6]三皈(guī)：归依三宝(佛、法、僧)的意思。皈，同"归"。

[7]五戒：佛教中以不杀生、不偷盗、不邪淫、不妄语、不饮酒为五戒。

[8]双林：即沙罗双树。传说中佛祖示寂(死亡)的地方。

[9]摩尼：梵语译音，珠宝的总称。

[10]南无(ná mē)：就是顶礼、至敬的意思。

[11]庄尊：庄重尊敬。

译文

孙悟空被众天兵绑在斩妖台上后，玉帝就下旨将他斩首。可谁知道，无论是用刀斧剁还是用枪剑刺，都伤害不了他。无奈，玉帝又命火神放火，雷公打雷，还是不能伤他一根毫毛。太上老君道："这泼猴吃了蟠桃，喝了御酒，又偷吃了金丹，早已是金刚之躯。不如把他装到老道的八卦炼丹炉中，用文武火将他烧成灰烬。"玉帝一听觉得有道理，立刻派人把悟空送到了兜率宫。老君将悟空推到八卦炉中，命道童日夜拿着扇子对炉子扇风。可怜悟空在丹炉中，双眼被熏得通红，因而成了一双"火眼金睛"。大约烧了七七四十九天，老君命人开炉。悟空见炉子打开，纵身跳出来，一脚踢翻了八卦炉。他舞着金箍棒，一路打将过来，众神佛没有一个人敢拦。

玉帝知道后，立刻差人去西天请如来佛祖。片刻工夫，如来便来到了灵霄殿前。悟空正打得兴起，忽然见了这么一个和尚，就问："你是哪里来的，敢来管我的事情？"如来笑道："我是西方极乐世界释迦牟尼尊者，南无阿弥陀佛。你是哪里来的？有什么本事？想夺玉帝的宝座？"悟空道："我是花果山水帘洞的天生圣人孙悟空。俗话说，皇帝人人有份。我神通广大，一定要夺了他的宝座。"如来听了冷笑道："你只是个成精的猴头。玉帝从小修炼，经过一千七百五十个劫难，每个劫难有十二万九千六百年。你怎么能跟他比？"悟空道："他尽管修炼得久，但是也不能老占着皇位啊。常言道，皇帝轮流做，明年到我家。只有他搬出去，将天宫让给我，我才罢休。"如来道："你有什么本事，敢有这么大的口气？"悟空道："我有七十二般变化，长生不老之术，一个筋斗十万八千里。"如来道："我跟你打个赌，如果你一个筋斗能翻出我的手掌，那就让玉帝把天宫让给你。如果翻不出我的手掌，就回去修行几十万年再来争吵。"悟空一听暗想："这和尚好呆。我老孙一个筋斗十万八千里，他那手掌还不满一尺，怎么会跳不出来呢？"想到这里，急忙答应了，跳到如来的手掌上。如来笑道："开始吧。"悟空应了一声"老孙去了！"一个筋斗，就到了五根肉红色的柱子旁。悟空道："想必是到了天边了吧，不然怎么会有五根顶天的柱子？等我翻回去，叫玉帝把天宫让给我。"刚要走，忽然道："且慢，我要留下些记号才有凭证，免得到时候见了那和尚说不清楚。"边说边拔下毫毛，吹了口气，变出一支毛笔来，在中间的柱子上写下"齐天大圣到此一游"。写完，又在第一根柱子下撒了一泡猴尿，然后就翻了回去。悟空见了如来道："和尚，我去了又回。你赶快叫那玉帝把天宫让给我吧。"如来骂道："你这好撒尿的猴精，根本没有离开我的手掌。"悟空道："我一个筋斗到了天的尽头，看到五根肉红色的柱子，还在中间柱子上作了记号。你敢跟我一起去看看吗？"如来道："泼猴，你低头看看。"悟空低头一看，如来中指上正好写着"齐天大圣到此一游"几个字，拇指丫里还有些猴尿臊气。悟空大惊道："有这等事！我明明将字写在撑天的柱子上了，怎么却在他手指上？莫非他有未卜先知的法术。我决不信！等我再去看看！"悟空刚刚跳起，如来翻掌一扑，把他打到了西天门外，又将五个指头化做金木水火土五座山，叫作五行山，把他压住。

玉帝见如来制伏了妖猴，下令众仙上殿设宴席致谢。一时间，天宫又变得秩序井然，众神在殿内庆祝胜利，感谢如来。正在这时，巡视的灵官来报："那妖猴伸出头来了。"如来道："不怕。"说着，从袖中取出一张符咒让身旁的两位护法贴在了五行山顶。宴席之后，如来告别了玉帝和众仙，回到西天。

三打白骨精

师徒别了(镇元子)上路,早见一座高山。三藏道:"徒弟,前面有山险峻,恐马不能前,大家须仔细仔细。"行者道:"师父放心,我等自然理会。"好猴王,他在那马前,横担着棒,剖开山路,上了高崖,看不尽:

峰岩重叠,洞壑湾环。虎狼成阵走,麂鹿作群行。无数獐豝钻簇簇,满山狐兔聚丛丛。千尺大蟒,万丈长蛇。大蟒喷愁雾,长蛇吐怪风。道旁荆棘牵漫,岭上松楠秀丽。薛萝满目,芳草连天。影落沧溟北,云开斗柄南。万古常含元气老,千峰巍列日光寒。

那长老马上心惊,孙大圣布施手段,舞着铁棒,哮吼一声,唬得那狼虫颠窜,虎豹奔逃。师徒们入此山,正行到嵯峨之处,三藏道:"悟空,我这一日,肚中饥了,你去那里化些斋吃?"行者陪笑道:"师父好不聪明。这等半山之中,前不巴村,后不着店,有钱也没买处,教往那里寻斋?"三藏心中不快,口里骂道:"你这猴子!想你在两界山,被如来压在石匣之内,口能言,足不能行,也亏我救你性命,摩顶受戒,做了我的徒弟。怎么不肯努力,常怀懒惰之心!"行者道:"弟子亦颇殷勤,何尝懒惰?"三藏道:"你既殷勤,何不化斋我吃?我肚饥怎行?况此地山岚瘴气,怎么得上雷音?"行者道:"师父休怪,少要言语。我知你尊性高傲,十分违慢了你,便要念那话儿咒。你下马稳坐,等我寻那里有人家处化斋去。"

行者将身一纵,跳上云端里,手搭凉篷,睁眼观看。可怜西方路甚是寂寞,更无庄堡人家,正是多逢树木少人烟去处。看多时,只见正南上有一座高山,那山向阳处,有一片鲜红的点子。行者按下云头道:"师父,有吃的了。"那长老问甚东西,行者道:"这里没人家化饭,那南山有一片红的,想必是熟透了的山桃,我去摘几个来你充饥。"三藏喜道:"出家人若有桃子吃,就为上分了,快去!"行者取了钵盂,纵起祥光,你看他筋斗幌幌,冷气飕飕。须臾间,奔南山摘桃不题。

却说常言有云:"山高必有怪,岭峻却生精。"果然这山上有一个妖精,孙大圣去时,惊动那怪。他在云端里,踏着阴风,看见长老坐在地下,就不胜欢喜道:"造化,造化!几年家人都讲东土的唐和尚取大乘,他本是金蝉子化身,十世修行的原体。有人吃他一块肉,长寿长生。真个今日到了。"那妖精上前就要拿他,只见长老左右手下有两员大将护持,不敢拢身。他说两员大将是谁?说是八戒、沙僧。八戒、沙僧虽没什么大本事,然八戒是天蓬元帅,沙僧是卷帘大将,他的威气尚不曾泄,故不敢拢身。妖精说:"等我且戏他戏,看怎么说。"

好妖精,停下阴风,在那山凹里,摇身一变,变做个月貌花容的女儿,说不尽那眉清目秀,齿白唇红,左手提着一个青砂罐儿,右手提着一个绿磁瓶儿,从西向东,径奔唐僧:

圣僧歇马在山岩,忽见裙钗女近前。翠袖轻摇笼玉笋,湘裙斜拽显金莲。

汗流粉面花含露,尘拂蛾眉柳带烟。仔细定睛观看处,看看行至到身边。

三藏见了,叫:"八戒、沙僧,悟空才说这里旷野无人,你看那里不走出一个人来了?"八戒道:"师父,你与沙僧坐着,等老猪去看看来。"那呆子放下钉钯,整整直裰,摆摆摇摇,充作个斯文气象,一直的观面相迎。真个是远看未实,近看分明,那女子生得:

冰肌藏玉骨,衫领露酥胸。柳眉积翠黛,杏眼闪银星。月样容仪俏,天然性格清。体似燕藏柳,声如莺啭林。半放海棠笼晓日,才开芍药弄春晴。

那八戒见他生得俊俏,呆子就动了凡心,忍不住胡言乱语,叫道:"女菩萨,往那里去?手里提着是什么东西?"分明是个妖怪,他却不能认得。那女子连声答应道:"长老,我这青罐里是香米饭,绿瓶里是炒面筋,特来此处无他故,因还誓愿要斋僧。"八戒闻言,满心欢喜,急抽身,就跑了个猪颠风,报与三藏道:"师父!吉人自有天报!师父饿了,教师兄去化斋,那猴子不知那里摘桃儿耍子去了。桃子吃多了,也有些嘈[1]人,又有些下坠。你看那不是个斋僧的来了?"唐僧不信道:"你这个夯货胡缠!我们走了这向,好人也不曾遇着一个,斋僧的从何而来!"八戒道:"师父,这不到了?"

三藏一见,连忙跳起身来,合掌当胸道:"女菩萨,你府上在何处住?是甚人家?有甚愿心,来此斋僧?"分明是个妖精,那长老也不认得。那妖精见唐僧问他来历,他立地就起个虚情,花言巧语来赚哄道:"师父,此山叫做蛇回兽怕的白虎岭,正西下面是我家。我父母在堂,看经好善,广斋方上远近僧人,只因无子,求福作福,生了奴奴,欲扳门第,配嫁他人,又恐老来无倚,只得将奴招了一个女婿,养老送终。"三藏闻言道:"女菩萨,你语言差了。圣经云:父母在,不远游,游必有方。你既有父母在堂,又与你招了女婿,有愿心,教你男子还,便也罢,怎么自家在山行走?又没个侍儿随从。这个是不遵妇道了。"那女子笑吟吟,忙陪俏语道:"师父,我丈夫在山北凹里,带几个客子[2]锄田。这是奴奴煮的午饭,送与那些人吃的。只为五黄六月,无人使唤,父母又年老,所以亲身来送。忽遇三位远来,却思父母好善,故将此饭斋僧,如不弃嫌,愿表芹献[3]。"三藏道:"善哉,善哉!我有徒弟摘果子去了,就来,我不敢吃。假如我和尚吃了你饭,你丈夫晓得,骂你,却不罪坐贫僧也?"那女子见唐僧不肯吃,却又满面春生道:"师父啊,我父母斋僧,还是小可。我丈夫更是个善人,一生好的是修桥补路,爱老怜贫。但听见说这饭送与师父吃了,他与我夫妻情上,比寻常更是不同。"三藏也只是不吃,旁边却恼坏了八戒。那呆子努着嘴,口里埋怨道:"天下和尚也无数,不曾象我这个老和尚罢软[4]!现成的饭三分儿倒不吃,只等那猴子来,做四分才吃!"他不容分说,一嘴把个罐子拱倒,就要动口。

只见那行者自南山顶上,摘了几个桃子,托着钵盂,一筋斗,点将回来。睁火眼金睛观看,认得那女子是个妖精,放下钵盂,掣铁棒,当头就打。唬得个长老用手扯住道:"悟空!你走将来打谁?"行者道:"师父,你面前这个女子,莫当做个好人。他是个妖精,要来骗你哩。"三藏道:"你这猴头,当时倒也有些眼力,今日如何乱道!这女菩萨有此善心,将这饭要斋我等,你怎么说他是个妖精?"行者笑道:"师父,你那里认得!老孙在水帘洞里做妖魔时,若想人肉吃,便是这等。或变金银,或变庄台,或变醉人,或变女色。有那等痴心的,爱上我,我就迷他到洞里,尽意随心,或蒸或煮受用;吃不了,还要晒干了防天阴哩!师父,我若来迟,你定入他套子,遭他毒手!"那唐僧那里肯信,只说是个好人。行者道:"师父,我知道你了,你见他那等容貌,必然动了凡心。若果有此意,叫八戒伐几棵树来,沙僧寻些草来,我做木匠,就在这里搭个窝铺,你与他圆房成事,我们大家散了,却不是件事业?何必又跋涉,取甚经去!"

那长老原是个软善的人,那里吃得他这句言语,羞得个光头彻耳通红。三藏正在此羞惭,行者又发起性来,掣铁棒,望妖精劈脸一下。那怪物有些手段,使个解尸法,见行者棍子来时,他却抖擞精神,预先走了,把一个假尸首打死在地下。唬得个长老战战兢兢,口中作念道:"这猴着然无礼!屡劝不从,无故伤人性命!"行者道:"师父莫怪,你且来看看这罐子里是甚东西。"沙僧搀着长老,近前看时,那里是甚香米饭,却是一罐子拖尾巴的长蛆;也不是面筋,却是几个青蛙、癞虾蟆,满地乱跳。长老才有三分儿信了,怎禁猪八戒气不忿,在旁漏八分儿唆嘴道:"师父,说起这个女子,他是此间农妇,因为送饭下田,路遇我等,却怎么栽他是个妖怪?哥哥的棍重,走将来试手打他一下,不期就打杀了!怕你念什么《紧箍儿咒》,故意的使个障眼法儿,变做这等样东西,演幌你眼,使不念咒哩。"

三藏自此一言,就是晦气到了,果然信那呆子撺唆[5],手中捻诀,口里念咒,行者就叫:"头疼,头疼,莫念,莫念!有话便说。"唐僧道:"有甚话说!出家人时时常要方便,念念不离善心,扫地恐伤蝼蚁命,爱惜飞蛾纱罩灯。你怎么步步行凶,打死这个无故平人,取将经来何用?你回去罢!"行者道:"师父,你教我回那里去?"唐僧道:"我不要你做徒弟。"行者道:"你不要我做徒弟,只怕你西天路去不成。"唐僧道:"我命在天,该那个妖精蒸了吃,就是煮了,也算不过。终不然,你救得我的大限?你快回去!"行者道:"师父,我回去便也罢了,只是不曾报得你的恩哩。"唐僧道:"我与你有甚恩?"那大圣闻言,连忙跪下叩头道:"老孙因大闹天宫,致下了伤身之难,被我佛压在两界山,幸观音菩萨与我受了戒行,幸师父救脱吾身,若不与你同上西天,显得我知恩不报非君子,万古千秋作骂名。"原来这唐僧是个慈悯的圣僧,他见行者哀告,却也回心转意道:"既如此说,且饶你这一次,再休无礼。如若仍前作恶,这咒语颠倒就念二十遍!"行者道:"三十遍也由你,只是我不打人了。"却才伏侍唐僧上马,又将摘来桃子奉上。唐僧在马上也吃了几个,权且充饥。

却说那妖精,脱命升空。原来行者那一棒不曾打杀妖精,妖精出神去了。他在那云端里,咬牙切齿,暗恨行者道:"几年只闻得讲他手段,今日果然话不虚传。那唐僧已此不认得我,将要吃饭。若低头闻一闻儿,我就一把捞住,却不是我的人了?不期被他走来,弄破我这勾当,又几乎被他打了一棒。若饶了这个和尚,诚然是劳而无功也,我还下去戏他一戏。"

好妖精,按落阴云,在那前山坡下,摇身一变,变作个老妇人,年满八旬,手拄着一根弯头竹杖,一步一声的哭着走来。八戒见了,大惊道:"师父,不好了!那妈妈儿来寻人了!"唐僧道:"寻甚人?"八戒道:"师兄打杀的,定是他女儿。这个定是他娘寻将来了。"行者道:"兄弟莫要胡说!那女子十八岁,这老妇有八十岁,怎么六十多岁还生产?断乎是个假的,等老孙去看来。"好行者,拽开步,走近前观看,那怪物:

假变一婆婆,两鬓如冰雪。走路慢腾腾,行步虚怯怯。弱体瘦伶仃,脸如枯菜叶。颧骨望上翘,嘴唇往下别。老年不比少年时,满脸都是荷叶摺。

行者认得他是妖精,更不理论,举棒照头便打。那怪见棍子起时,依然抖擞,又出化了元神,脱真儿去了,把个假尸首又打死在山路之下。唐僧一见,惊下马来,睡在路旁,更无二话,只把《紧箍儿咒》颠倒足足念了二十遍。可怜把个行者头,勒得似个亚[6]腰儿葫芦,十分疼痛难忍,滚将来哀告道:"师父莫念了!有甚话说了罢!"唐僧道:"有甚话说!出家人耳听善言,不堕地狱。我这般劝化你,你怎么只是行凶?把平人打死一个,又打死一个,此是何说?"行者道:"他是妖精。"唐僧道:"这个猴子胡说!就有这许多妖怪!你是个无心向善之辈,有意作恶之人,你去罢!"行者道:"师父又教我去,回去便也回去了,只是一件不相应。"唐僧道:"你有什么不相应处?"八戒道:"师父,他要和你分行李哩。跟着你做了这几年和尚,不成空着手回去?你把那包袱里的什么旧褊衫,破帽子,分两件与他罢。"行者闻言,气得暴跳道:"我把你这尖嘴的夯货!老孙一向秉教沙门,更无一毫嫉妒之意,贪恋之心,怎么要分什么行李?"唐僧道:"你既不嫉妒贪恋,如何不去?"行者道:"实不瞒师父说,老孙五百年前,居花果山水帘洞大展英雄之际,收降七十二洞邪魔,手下有四万七千群怪,头戴的是紫金冠,身穿的是赭黄袍,腰系的是蓝田带,足踏的是步云履,手执的是如意金箍棒,着实也曾为人。自从涅脖罪度,削发秉正沙门,跟你做了徒弟,把这个金箍儿勒在我头上,若回去,却也难见故乡人。师父果若不要我,把那个《松箍儿咒》念一念,退下这个箍子,交付与你,套在别人头上,我就快活相应了,也是跟你一场。莫不成这些人意儿也没有了?"唐僧大惊道:"悟空,我当时只是菩萨暗受一卷《紧箍儿咒》,却没有什么松箍儿咒。"行者道:"若无《松箍儿咒》,你还带我去走走罢。"长老又没奈何道:"你且起来,我再饶你这一次,却不可再行凶了。"行者道:"再不敢了,再不敢了。"又伏侍师父上马,剖路前进。

却说那妖精,原来行者第二棍也不曾打杀他。那怪物在半空中,夸奖不尽道:"好个猴王,着然有眼!我那般变了去,他也还认得我。这些和尚,他去得快,若过此山,西下四十里,就不伏我所管了。若是被别处妖魔捞了去,好道就笑破他人口,使碎自家心,我还下去戏他一戏。"好妖怪,按耸阴风,在山坡下摇身一变,变成一个老公公,真个是:

白发如彭祖,苍髯赛寿星。耳中鸣玉磬,眼里幌金星。

手挂龙头拐,身穿鹤氅轻。数珠掐在手,口诵南无经。

唐僧在马上见了,心中欢喜道:"阿弥陀佛!西方真是福地!那公公路也走不上来,逼法的还念经哩。"八戒道:"师父,你且莫要夸奖,那个是祸的根哩。"唐僧道:"怎么是祸根?"八戒道:"行者打杀他的女儿,又打杀他的婆子,这个正是他的老儿寻将来了。我们若撞在他的怀里呵,师父,你便偿命,该个死罪;把老猪为从,问个充军;沙僧喝令,问个摆站[7];那行者使个遁法走了,却不苦了我们三个顶缸?"行者听见道:"这个呆根,这等胡说,可不唬了师父?等老孙再去看看。"他把棍藏在身边,走上前迎着怪物,叫声:"老官儿,往那里去?怎么又走路,又念经?"那妖精错认了定盘星,把孙大圣也当做个等闲,遂答道:"长老啊,我老汉祖居此地,一生好善斋僧,看经念佛。命里无儿,止生得一个小女,招了个女婿,今早送饭下田,想是遭逢虎口。老妻先来找寻,也不见回去,全然不知下落,老汉特来寻看。果然是伤残他命,也没奈何,将他骸骨收拾回去,安葬茔中。"行者笑道:"我是个做虎的祖宗,你怎么袖子里笼了个鬼儿来哄我?你瞒了诸人,瞒不过我!我认得你是个妖精!"那妖精唬得顿口无言。行者掣出棒来,自忖思道:"若要不打他,显得他倒弄个风儿;若要打他,又怕师父念那话儿咒语。"又思量道:"不打杀他,他一时间抄空儿把师父捞了去,却不又费心劳力去救他?还打的是!就一棍子打杀他,师父念起那咒,常言道,虎毒不吃儿。凭着我巧言花语,嘴伶舌便,哄他一哄,好道也罢了。"好大圣,念动咒语叫当坊土地、本处山神道:"这妖精三番来戏弄我师父,这一番却要打杀他。你与我在半空中作证,不许走了。"众神听令,谁敢不从?都在云端里照应。那大圣棍起处,打倒妖魔,才断绝了灵光。

那唐僧在马上,又唬得战战兢兢,口不能言。八戒在旁边又笑道:"好行者!风发了!只行了半日路,倒打死三个人!"唐僧正要念咒,行者急到马前,叫道:"师父,莫念,莫念!你且来看看他的模样。"却是一堆粉骷髅在那里。唐僧大惊道:"悟空,这个人才死了,怎么就化作一堆骷髅?"行者道:"他是个潜灵作怪的僵尸,在此迷人败本,被我打杀,他就现了本相。他那脊梁上有一行字,叫做白骨夫人。"唐僧闻说,倒也信了。怎禁那八戒旁边唆嘴道:"师父,他的手重棍凶,把人打死,只怕你念那话儿,故意变化这个模样,掩你的眼目哩!"唐僧果然耳软,又信了他,随复念起。行者禁不得疼痛,跪于路旁,只叫:"莫念,莫念!有话快说了罢!"唐僧道:"猴头!还有甚说话!出家人行善,如春园之草,不见其长,日有所增;行恶之人,如磨刀之石,不见其损,日有所亏。你在这荒郊野外,一连打死三人,还是无人检举,没有对头。倘到城市之中,人烟凑集之所,你拿了那哭丧棒,一时不知好歹,乱打起人来,撞出大祸,教我怎的脱身?你回去罢!"行者道:"师父错怪了我也。这厮分明是个妖魔,他实有心害你。我倒打死他,替你除了害,你却不认得,反信了那呆子谗言冷语,屡次逐我。常言道,事不过三。我若不去,真是个下流无耻之徒。我去我去!去便去了,只是你手下无人。"唐僧发怒道:"这泼猴越发无礼!看起来,只你是人,那悟能、悟净就不是人?"

那大圣一闻得说他两个是人,止不住伤情凄惨,对唐僧道声:"苦啊!你那时节,出了长安,有刘伯钦送你上路。到两界山,救我出来,投拜你为师。我曾穿古洞,入深林,擒魔捉怪;收八戒,得沙僧,吃尽千辛万苦。今日昧着惺惺使糊涂,只教我回去,这才是鸟尽弓藏,兔死狗烹!罢,罢,罢!但只是多了那《紧箍儿咒》。"唐僧道:"我再不念了。"行者道:"这个难说。若到那毒魔苦难处不得脱身,八戒、沙僧救不得你,那时节,想起我来,忍不住又念诵起来,就是十万里路,我的头也是疼的;假如再来见你,不如不作此意。"唐僧见他言言语语,越添恼怒,滚鞍下马来,叫沙僧包袱内取出纸笔,即于涧下取水,石上磨墨,写了一纸贬书,递于行者道:"猴头!执此为照,再不要你做徒弟了!如再与你相见,我就堕了阿鼻地狱!"行者连忙接了贬书道:"师父,不消发誓,老孙去罢。"他将书摺了,留在袖中,却又软款[8]唐僧道:"师父,我也是跟你一场,又蒙菩萨指教,今日半途而废,不曾成得功果,你请坐,受我一拜,我也去得放心。"唐僧转回身不睬,口里唧唧哝哝的道:"我是个好和尚,不受你歹人的礼!"大圣见他不睬,又使个身外法,把脑后毫毛拔了三根,吹口仙气,叫:"变!"即变了三个行者,连本身四个,四面围住师父下拜。那长老左右躲不脱,好道也受了一拜。

大圣跳起来,把身一抖,收上毫毛,却又吩咐沙僧道:"贤弟,你是个好人,却只要留心防着八戒诘言诘语[9],途中更要仔细。倘一时有妖精拿住师父,你就说老孙是他大徒弟。西方毛怪,闻我的手段,不敢伤我师父。"唐僧道:"我是个好和尚,不题你这歹人的名字,你回去罢。"那大圣见长老三番两复,不肯转意回心,没奈何才去。你看他:

噙泪叩头辞长老,含悲留意嘱沙僧。一头拭迸坡前草,两脚蹬翻地上藤。

上天下地如轮转,跨海飞山第一能。顷刻之间不见影,霎时疾返旧途程。

你看他忍气别了师父,纵筋斗云,径回花果山水帘洞去了。独自个凄凄惨惨,忽闻得水声聒耳,大圣在那半空里看时,原来是东洋大海潮发的声响。一见了,又想起唐僧,止不住腮边泪坠,停云住步,良久方去。

注释

[1]嘈:这里指肠胃不舒服,冒酸水。

[2]客子:佣工。

[3]芹献:馈赠,送人礼物。

[4]罢(pí)软:没有主见。

[5]撺唆(cuān suō):怂恿挑唆。

[6]亚:这里是"压"的意思,形容中间细两头粗的样子。

[7]摆站:指发配到指定的地方去服劳役。

[8]软款:指婉转、温柔的样子。

[9]诘言诘语:花言巧语,胡说八道。

译文

一天,他们来到一个叫白虎岭的地方。这地方到处是奇形怪状的石头,连一户人家也没有。唐僧肚子饿了，便让悟空去找些吃的。悟空刚走，唐僧他们就被一个叫白骨精的妖怪发现了。妖怪自言自语："真是好运气，听人说，吃一块唐僧肉就可以长生不老。"

白骨精看见唐僧身边有八戒和沙僧保护，就摇身一变，变成了一个年轻漂亮的村姑，抓了一些癞蛤蟆和一些长尾蛆，用了法术，变成米饭和炒面筋，装在竹篮里，走到唐僧面前，说是为还愿特地来请他们吃的。唐僧半信半疑，那八戒却嘴馋，接过篮子就准备吃。

就在这时，刚好孙悟空化斋回来了，用火眼金睛仔细一看，发现是一个妖怪变的女子，举棒便要打。唐僧赶忙拦住悟空，可是，哪里得拦住！悟空趁唐僧一不留神，一棒打去。没想到那个妖怪也有点本领，用了一个法术，扔下一具假的尸体，自己化作轻烟逃走了。

唐僧责怪悟空不该打死人。悟空拿过竹篮，让唐僧看里面的癞蛤蟆和长尾蛆，唐僧这才相信那村姑是个妖怪。猪八戒没有吃成饭，心里很不高兴，说这是悟空使的障眼法，变了些癞蛤蟆，长尾蛆来骗师父。唐僧居然相信了，念起紧箍咒，疼得悟空满地打滚。

悟空求唐僧饶他，唐僧本来就心慈，看在师徒情份上，答应这一次饶了他。于是，师徒四人又上路了。但是那个白骨精这时却又想出了一条毒计，她摇身一变，又变成了一个七、八十岁的老太婆，柱着拐杖，哭着向他们走了过去。

孙悟空睁大火眼金睛，见又是白骨精变的，一句话也不说，举着棒子就打。那个妖怪还是用了个法术，扔下一具假的尸体在路边，自己逃走了。唐僧吓得差点从马上掉下来，一气之下，一口气把紧箍咒念了二十遍，要赶走悟空。

孙悟空头疼得厉害，向师父求饶："师父如果不要我了，就请把头上这个箍取下来。"可是唐僧只学过紧箍咒，又没学过松箍咒，怎么能取得下来，没有办法，只好答应再饶悟空一次，反复嘱咐他不准再把人打死。悟空连忙点头答应，扶着唐僧上了马，继续上路。

白骨精不甘心唐僧就这样走了，又变成一个白发老公公，来找他的妻子和女儿。虽然悟空早已认出他是妖怪，但是害怕师父又念咒语，就没有立刻动手。那白骨精却把唐僧拉下马来，说是要到官府去告他。悟空急了，抡棒就要打，没想到那妖怪却躲到唐僧的背后。

悟空见师父护着那妖精，就念动咒语，叫来本地的山神和土地神，让他们在空中拦住妖怪，然后举起棒子就要打。唐僧见他又要打人，气得念起了紧箍咒，痛得悟空倒在地上。白骨精见了，便在一旁偷偷地冷笑。悟空忍着疼，挣扎起来，一棒子打死了妖怪。

被打死的妖怪现了原形，成了一堆白骨，在脊梁骨上还刻有"白骨夫人"四个字。悟空把这些指给唐僧看。唐僧这才有点相信。不料，八戒这时却在一边插嘴："大师兄是怕师父念咒，才用了法术，变出副白骨来骗人的。"

唐僧一听，非常生气，不管悟空怎么求饶，沙僧怎样说情，一定要把悟空赶走，并且写了一张贬书，递给悟空。悟空见师父已经下定决心，长叹一声，转身握住沙僧的手，含着泪说："好好保护师父，如果遇到妖怪，就说我是他的大徒弟，妖怪就不敢伤害师父了。"

第四节 聊斋志异

《聊斋志异》简称《聊斋》，俗名《鬼狐传》，是中国清朝著名小说家蒲松龄创作的文言短篇小说集。全书共有短篇小说共十二卷，四百九十多篇，题材非常广泛，内容极其丰富。多谈狐仙、鬼妖，以此来概括妆时的社会关系，反映了17世纪中国的社会面貌。

一、《聊斋志异》的作者及内容

《聊斋志异》的作者蒲松龄(1640—1715年),字留仙,又字剑臣,别号柳泉居士,山东省淄川县人,是清代杰出的文学家。蒲松龄出身于一个逐渐败落的读书人家庭,可是祖上科名都不显,他父亲已被迫弃儒经商,到他就更为贫困。受当时社会风气和家庭影响,薄松龄从小就热衷科名,并在十九岁时连考取县、府、道三个第一,名振一时。但此后却屡试不第。直到七十一岁时才成岁贡生。为生活所迫,他除了应在苏北做了一年幕僚之外,主要是在家乡一个朋友家里做教书先生。

《聊斋志异》是蒲松龄的代表作,是他在四十岁左右时基本完成的,此后又不断有所增补和修改。"聊斋"是他的书屋名,"志"是记述的意思,"异"是奇怪的事情。《聊斋志异》书名的意思就是在书房里记录奇异的故事。

《聊斋志异》是一部文言短篇小说集,具有独特的思想风貌和艺术风貌,同时,它也是一本"孤愤之书"①——作者一方面以小说的精彩来表现其令人称羡的才华,另一方面也流露出了自己的怀才不遇的愤懑之情。

蒲松龄一生困顿不得志,但这样的经历却对他创作《聊斋志异》这样的文学巨著有很大的影响,他个人科场坎坷固然可悲,但他却对科场失意有着深切的体会,从而把满腔怀才不遇的孤愤之情倾注在自己的创作之中,从而塑造出一系列栩栩如生的应试士子形象。而三十多年教书先生的经历对他的创作也极为有利,一方面雇主家中的石隐园里有林有泉可以陶冶性情,也有丰富的藏书可以供他研究学习,另一方面,作为一个教书先生,蒲松龄有着充裕的时间和机会来搜集民间传说,整理加工成聊斋故事。另外,他在苏北一年的幕僚生活使他除了见识了南方的自然山水和风俗民情,开阔了眼界外,同时也有机会接触社会各阶层,为塑造官僚豪绅和众多的女性形象打下了基础。蒲松龄从小喜爱民间文学,喜好搜集奇闻异事,能从民间文学中汲取精华,也是他善用奇幻故事反映现实的重要原因。

蒲松龄的思想同许多中国古代的知识分子一样,有着极大的矛盾性,他虽不满现实,同情民间疾苦,但却又反对农民革命;一方面讽刺科举制度,但另一方面却终身在追求科举功名;他赞扬真爱真情,肯定爱情自由,但又宣扬一夫多妻,提倡妇女忍辱顺从。因此,在他的小说里,就出现了不少反映他这种矛盾思想的故事。

《聊斋志异》现存作品四百九十一篇,题材广泛,内容丰富,它通过对鬼狐花妖故事的描写,抒发了作者心中的孤愤,一定程度地反映了当时的社会生活的真实面貌。

《聊斋志异》的题材内容大致可以分为以下几类:

首先是才子佳人式爱情故事,这类故事在《聊斋》中所占比例最大,如《婴宁》《青凤》《聂小倩》等。其中《聂小倩》讲述一个名叫聂小倩的女鬼,生前只活到十八岁,死后葬在一个荒凉的古寺旁,不幸被妖怪夜叉胁迫而夜夜出来害人。后来浙江人宁采臣与她相识,帮助她逃脱了夜叉的魔爪,并收留她侍奉自己的母亲和久病的妻子,小倩因此长期接触活人,逐渐变得像活人一样,宁采臣的妻子去世以后,小倩嫁给了宁采臣,之后夜叉也被消灭,几年以后宁采臣考中了进士,小倩也生下了两个儿子。其次是描写人与人或人与非人之间的友情故事,如《叶生》《陆判》。《叶生》中的主人公叶生很有才华,文章写得非常好,但却屡次科举失利,而一个叫丁乘鹤

---

① 蒲松龄《聊斋自志》:"集腋为裘,妄续幽冥之录;浮白载笔,仅成孤愤之书:寄托如此,亦足悲矣!"

的人看到了他的才华,多次帮助他,但是叶生却依然没有考中,叶生得了重病快要死去的时候,丁公却仍不忍心丢下他。叶生很感动,于是死了之后,他的魂魄一直跟随着丁公,而丁公却不知道叶生已经死了。丁公让叶生教自己的儿子,叶生尽自己的全力教授,终于让丁公的儿子成了名,丁公的儿子建议叶生衣锦还乡时,叶生才发现自己早已经死去了。丁公的儿子得知真相以后,很感动,就资助了叶生的儿子进了学宫。第三是反应社会现实以及人民反抗斗争的故事,这类作品的代表有《梦狼》《席方平》《促织》等。其中《梦狼》一篇讲述一位姓白的老汉,思念在外地做官的儿子,但却惊愕地梦到儿子做官的堂上、堂下,坐着的,卧着的,都是狼。环视四周,白骨如山。更有甚者,他的儿子竟然想以死尸招待他。原来是他的儿子因为在做官时对待百姓非常残暴,已经变成了恶狼。第四是总结生活中的经验教训,教育人要诚实、乐于助人、吃苦耐劳、知过能改等等的道德训戒的故事,这类作品的代表有《崂山道士》《画皮》《骂鸭》等。最后还有一类就是宣扬封建迷信的作品,这类作品大多没有什么现实意义,应该都是作者道听途说来的,例如《鬼津》《馎饦媪》等。

二、《聊斋志异》的艺术成就和影响

作为中国古代文言小说最具艺术成就的代表作,《聊斋志异》是一部具有自己的艺术特点的短篇小说集。它的艺术特点和它的创作方法密不可分。《聊斋志异》中大多数是现实主义和浪漫主义结合的作品。在这些作品中,作者一方面把花妖狐魅和幽冥世界等非现实事物组织到现实社会生活中来,极力把花妖狐魅人格化,把幽冥世界社会化,通过人鬼相杂、幽明相间的生活画面深刻地反映了现实矛盾;另一方面又充分利用花妖狐魅和幽冥世界所提供的超现实力量,突出地表现了作者理想的人物和生活境界,并给好人以美好的结果,给恶人以应得的惩罚。这种特点构成了作品想象丰富奇特,故事变幻莫测,境界神异迷人的风格。这是作者继承了自六朝志怪和唐宋传奇以来,以狐鬼幽冥等超现实事物反映现实、表现理想的传统,并加以创造性的发展的结果。

《聊斋志异》最突出的成就首先表现在它用多种多样的手法刻画了一大批生动的人物形象,在刻画人物时,作者要么通过人物的声容笑貌和内心活动,要么通过生动准确的细节描写,要么通过自然环境的衬托,从正面、侧面、反面各个不同的角度来突出人物的主要性格,往往寥寥数笔,就能形神兼备。在这些形象中,一批聪明、热情、勇敢追求爱情自由的女性形象更是引人注目。在这些形象中,有感情缠绵、拘于叔父严训而行动谨慎的青凤,也有天真烂漫、肆意言笑、不受任何礼教约束的婴宁,有爱诗善歌、"谈词风雅"、心境凄苦的林四娘,也有不懂世事、顽皮憨跳、乐不知愁的小谢,有"瘦怯凝寒"、无力自卫的连琐,也有"艳如桃李,而冷如霜雪"、只身为父报仇的侠女,等等。

《聊斋志异》的故事情节离奇曲折,富于变化是它的第二大成就,《聊斋》的每一个故事都尽量避免平铺直叙,而努力做到有起有伏,有变化,有高潮,有余韵,一步一折,变化无穷;在情节方面,也尽量避免平淡无奇,而做到奇幻多姿,奇中有曲,曲有中奇。曲是情节的复杂性,而奇则是情节的虚幻性,曲,不失自然,奇,不离真实。

《聊斋志异》的第三大成就则是语言精炼,词汇丰富,句法多变化。蒲松龄博古通今,对先秦史传、唐宋诗词都精研娴熟,而且他也吸取了当时的民间俚语、口语甚至方言的精华,从而使整部书的语言既有文言文的厚重含蓄,又因融入了民间口语、俗语而显得活泼清新,运用在对话中,对表现人物性格更是点睛之笔。

《聊斋志异》问世之后,风行一时,后代有许多模仿它的作品,以至于志怪传奇类小说在清朝中叶再度繁荣。其中比较有名的有袁枚的《子不语》和纪昀的《阅微草堂笔记》等,但这些作品都无法与《聊斋》相媲美。

《聊斋志异》不仅在中国文学史上产生了深远巨大的影响,还冲破国界,走向了世界。从19世纪中叶,《聊斋志异》流传国外,迄今已有美、法、德、俄、日等二十多个语种的选译本、全译本。在日本尤为突出,全译本就先后有三种。在明治时期,有些作者还仿效《聊斋志异》写作怪异故事。著名作家芥川龙之介改作《聊斋志异》里的故事,最有名的一篇是与《聊斋志异》同名的《酒虫》。

作品选读

聂小倩

宁采臣,浙人。性慷爽,廉隅[1]自重。每对人言:"生平无二色[2]。"适赴金华[3],至北郭,解装兰若。寺中殿塔壮丽;然蓬蒿没[4]人,似绝行踪。东西僧舍,双扉虚掩;惟南一小舍,扃键如新。又顾殿东隅,修竹拱把[5];阶下有巨池,野藕已花。意甚乐其幽杳[6]。会学使案临[7],城舍价昂,思便留止,遂散步以待僧归。日暮,有士人来,启南扉。宁趋为礼,且告以意。

士人曰:"此间无房主,仆亦侨居。能甘荒落,旦晚惠教,幸甚。"宁喜,藉藁[gǎo]代床,支板作几,为久客计。是夜,月明高洁,清光似水,二人促膝[8]殿廊,各展姓字[9]。士人自言:"燕姓,字赤霞。"宁疑为赴试诸生,而听其音声,殊不类浙。诘之,自言:"秦[10]人。"语甚朴诚。既而相对词竭,遂拱别归寝。

宁以新居,久不成寐。闻舍北喁喁[11],如有家口。起伏北壁石窗下,微窥之。见短墙外一小院落,有妇可四十余;又一媪衣绯[12],插蓬沓[13],鲐背尤钟[14],偶语[15]月下。妇曰:"小倩何久不来?"媪曰:"殆好至矣。"妇曰:"将无向姥姥有怨言否?"曰:"不闻,但意似蹙蹙[16]。"妇曰:"婢子不宜好相识。"言未已,有一十七八女子来,仿佛艳绝。媪笑曰:"背地[17]不言人,我两个正谈道,小妖婢悄来无迹响。幸不訾着短处。"又曰:"小娘子端好是画中人,遮莫[18]老身是男子,也被摄魂去。"女曰:"姥姥不相誉,更阿谁道好?"妇人女子又不知何言。宁意其邻人眷口,寝不复听。又许时,始寂无声。方将睡去,觉有人至寝所。

急起审顾,则北院女子也。惊问之。女笑曰:"月夜不寐,愿修燕好[19]。"宁正容曰:"卿防物议,我畏人言;略一失足,廉耻道丧。"女云:"夜无知者。"宁又咄之。女逡巡若复有词。宁叱:"速去!不然,当呼南舍生知。"女惧,乃退。至户外复返,以黄金一锭置褥上。宁掇掷庭墀,曰:"非义之物,污吾囊橐!"女惭,出,拾金自言曰:"此汉当是铁石。"

诘旦,有兰溪生携一仆来候试,寓于东厢,至夜暴亡。足心有小孔,如锥刺者,细细有血出。俱莫知故。经宿,仆亦死[20],症亦如之。向晚,燕生归,宁质[21]之,燕以为魅。宁素抗直[22],颇不在意。宵分,女子复至,谓宁曰:"妾阅人多矣,未有刚肠如君者。君诚圣贤,妾不敢欺。小倩[23],姓聂氏,十八夭殂,葬寺侧,辄被妖物威胁,历役贱务;觍颜向人,实非所乐。今寺中无可杀者,恐当以夜叉[24]来。"宁骇求计。女曰:"与燕生同室可免。"问:"何不惑燕生?"曰:"彼奇人也,不敢近。"问:"迷人若何?"曰:"狎昵我者,隐以锥刺其足,彼即茫若迷,因摄血以供妖饮;

又或以金,非金也,乃罗刹[25]鬼骨,留之能截取人心肝。二者凡以投时好耳。"宁感谢。问戒备之期,答以明宵。临别泣曰:"妾堕玄海[26],求岸不得。郎君义气干云[27],必能拔生救苦。倘肯囊妾朽骨,归葬安宅[28],不啻再造。"宁毅然诺之。因问葬处,曰:"但记取白杨之上,有乌巢者是也。"言已出门,纷然而灭。

明日,恐燕他出,早诣邀致。辰后具酒馔,留意察燕。既约同宿,辞以性癖耽寂[29]。宁不听,强携卧具来。燕不得已,移榻从之,嘱曰:"仆知足下丈夫,倾风[30]良切。要有微衷,难以遽白。幸勿翻窥箧幞,违之,两俱不利。"宁谨受教。既而各寝,燕以箱箧置窗上,就枕移时,齁如雷吼。宁不能寐。近一更许,窗外隐隐有人影。俄而近窗来窥,目光睒[31]闪。宁惧,方欲呼燕,忽有物裂箧而出,耀若匹练,触折窗上石棂,欻然一射,即遽敛入,宛如电灭。燕觉而起,宁伪睡以觇之。

燕捧箧检征[32],取一物,对月嗅视,白光晶莹,长可二寸,径韭叶许[33]。已而数重包固,仍置破箧中。自语曰:"何物老魅,直尔大胆,致坏箧子。"遂复卧。宁大奇之,因起问之,且以所见告。燕曰:"既相知爱,何敢深隐。我,剑客也。若非石棂,妖当立毙;虽然,亦伤。"问:"所缄何物?"曰:"剑也。适嗅之,有妖气。"宁欲观之。慨出相示,荧荧然一小剑也。于是益厚重燕。明日,视窗外有血迹。遂出寺北,见荒坟累累,果有白杨,乌巢其颠。迨营谋既就,趣装欲归。燕生设祖帐[34],情义殷渥[35]。以破革囊赠宁,曰:"此剑袋也,宝藏可远魑魅。"宁欲从授其术。曰:"如君信义刚直,可以为此。然君犹富贵中人,非此道中人也。"宁乃托有妹葬此,发掘女骨,敛以衣衾,赁舟而归。

宁斋临野,因营坟葬诸斋外。祭而祝曰:"怜卿孤魂,葬近蜗居,歌哭相闻,庶不见陵于雄鬼[36]。一瓯浆水饮,殊不清旨,幸不为嫌!"祝毕而返。后有人呼曰:"缓待同行!"回顾,则小倩也,欢喜谢曰:"君信义,十死不足以报。请从归,拜识姑嫜[37],媵御[38]无悔。"审谛之,肌映流霞,足翘细笋,白昼端相,娇艳尤绝。遂与俱至斋中。嘱坐少待,先入白母。母愕然。时宁妻久病,母戒勿言,恐所骇惊。言次,女已翩然入,拜伏地下。宁曰:"此小倩也。"母惊顾不遑。女谓母曰:"儿飘然一身,远父母兄弟。蒙公子露覆[39],泽被发肤[40],愿执箕帚,以报高义。"母见其绰约[41]可爱,始敢与言,曰:"小娘子惠顾吾儿,老身喜不可已。但生平止此儿,用承祧绪[42],不敢令有鬼偶。"女曰:"儿实无二心。泉下人既不见信于老母,请以兄事,依高堂,奉晨昏[43],如何?"母怜其诚,允之。即欲拜嫂。母辞以疾,乃止。女即入厨下,代母尸饔[44]。入房穿榻,似熟居者。日暮,母畏惧之,辞使归寝,不为设床褥。女窥知母意,即竟去。

过斋欲入,却退,徘徊户外,似有所惧。生呼之。女曰:"室有剑气畏人。向道途中不奉见者,良以此故。"宁悟为革囊,取悬他室。女乃入,就烛下坐。移时,殊不一语。久之,问:"夜读否?妾少诵《楞严经》[45],今强半遗忘。浼求一卷,夜暇,就兄正之。"宁诺。又坐,默然,二更向尽,不言去。宁促。愀然曰:"异域孤魂,殊怯荒墓。"宁曰:"斋中别无床寝,且兄妹亦宜远嫌。"女起,眉颦蹙[46]而欲啼,足蹶儴[47]而懒步,从容出门,涉阶而没。宁窃怜之,欲留宿别榻,又惧母嗔。女朝旦朝母,捧匜沃盥[48],下堂操作,无不曲承母志。黄昏告退,辄过斋头,就烛诵经。觉宁将寝,始惨然去。

先是,宁妻病废,母劬不可堪;自得女,逸甚,心德之。日渐稔,亲爱如己出,竟忘其为鬼;不忍晚令去,留与同卧起。女初来,未尝食饮,半年,渐啜稀酏[49]。母子皆溺爱之,讳言其鬼,人亦不之辨也。无何,宁妻亡。母阴有纳女意,然恐于子不利。女微窥之,乘间告母曰:"居年余,当知儿肝鬲。为不欲祸行人,故从郎君来。区区[50]无他意,止以公子光明磊落,为天人所钦瞩[51]，实欲依赞三数年，借博封诰[52]，以光泉壤。"母亦知无恶，但惧不能延宗嗣。女曰："子女惟天所授。郎君注福籍[53]，有亢宗子[54]三，不以鬼妻而遂夺也。"母信之，与子议。宁喜，因列筵告戚党。或请觌新妇，女慨然华妆出，一堂尽眙[55]，反不疑其鬼，疑为仙。由是五党[56]诸内眷，咸执贽以贺，争拜识之。女善画兰梅，辄以尺幅酬答，得者藏什袭[57]，以为荣。

一日，俯颈窗前，怊怅若失[58]。忽问："革囊何在？"曰："以卿畏之，故缄置他所。"曰："妾受生气已久，当不复畏，宜取挂床头。"宁诘其意，曰："三日来，心怔忡[59]无停息，意金华妖物，恨妾远遁，恐旦晚寻及也。"宁果携革囊来。女反复审视，曰："此剑仙将盛人头者也。敝败至此，不知杀人几何许！妾今日视之，肌犹粟粟[60]。"乃悬之。次日，又命移悬户上。夜对烛坐，约宁勿寝。欻有一物，如飞鸟堕。女惊匿夹幕[61]间。

宁视之，物如夜叉状，电目血舌，睒闪攫拏[同"拿"]而前。至门却步，逡巡久之，渐近革囊，以爪摘取，似将抓裂。囊忽格然一响，大可合簣[62]；恍惚有鬼物，突出半身，揪夜叉入，声遂寂然，囊亦顿缩如故。宁骇诧。女亦出，大喜曰："无恙矣！"共视囊中，清水数斗而已。后数年，宁果登进士。女举一男。纳妾后，又各生一男，皆仕进，有声[63]。

注释

[1] 廉隅：棱角，喻品行端方。《礼记·儒行》："近文章，砥厉廉隅。"

[2] 无二色：旧指男子不娶妾，无外遇。色，女色。

[3] 金华：府名，府治在今浙江省金华市。

[4] 没（mò）：遮蔽；淹没。

[5] 拱把：一手满握。

[6] 幽杳（yǎo）：清幽静寂。

[7] 学使案临：学使，督学使者，即提督学政，简称学政，为封建时代中央政府派住各省督察学政的长官。案临，科举时代，各省学使在三年任期内，依次巡行所辖各府考试生员，称"案临"。

[8] 促膝：古人席地而坐，或据榻相近时坐，膝部相挨，因称促膝。

[9] 姓字：犹言姓名。字，表字，正名以外的别名。

[10] 秦：古秦国之地，春秋时已有今陕西省之地，故习称陕西为秦。

[11] 喁喁（yú yú）：低语声。

[12] 衣绯（yè fēi）：穿件退了色的红衣。衣，穿。变色、退色。绯，红绸。

[13] 插蓬沓：簪插着大银栉。蓬沓，古时越地妇女的头饰。苏轼《于潜令刁同年野翁亭》诗自注："于潜妇女皆插大银栉，长尺许，谓之蓬沓。"于潜，旧县名，其地在今浙江杭州西。

[14] 鲐（tái）背：也作"台背"，驼背。龙钟：行动不灵，形容老态。

[15] 偶语：相对私语；对谈。

[16] 戚戚：忧愁，不舒畅。

[17] 背地：据青柯亭刻本，稿本及诸抄本均作"齐地"。

[18] 遮莫：假如。

[19] 修燕好：结为夫妇。燕好，亲好，指夫妇闺房之乐。

[20] 仆亦死：三会本《校》："疑作仆亦死。"

[21] 质：询问。

[22]抗直:刚直。抗,同"亢"。
[23]小倩:此据铸雪斋抄本,原无"小"字。
[24]夜叉:梵语,义为凶暴丑恶。佛经中的一种恶鬼。
[25]罗刹:梵语音译。佛教故事中食人血肉的恶鬼。慧琳《一切经音义》:"罗刹此云恶鬼,食人血肉,或飞空或地行,捷疾可畏也。"
[26]玄海:佛家语,指苦海。
[27]干云:冲天。
[28]安宅:安定的居处。《诗·小雅·鸿雁》:"虽则劬劳,其究安宅。"这里指安静的葬地,即墓穴。
[29]耽寂:极爱静寂。
[30]倾风:仰慕,倾倒。
[31]晱(shǎn):闪烁。
[32]征:迹象。
[33]径韭叶许:宽约一韭菜叶。径,宽。
[34]祖帐:为出行者饯别所设的帐幕,引申为饯行送别。祖,祭名,出行以前,祭祀路神。
[35]殷渥:情谊恳切深厚。
[36]雄鬼:强暴之鬼。
[37]姑嫜(zhāng):丈夫的母亲和父亲,俗称公婆。
[38]媵(yìng)御:以婢妾对待。媵,泛指婢妾。
[39]露覆:亦作"覆露",喻润思泽。《国语·晋语》:"是先主覆露子也。"
[40]泽被发肤:恩泽施于我身。被,覆盖。《孝经》:"身体发肤,受之父母。"发肤,指全身。
[41]绰约:也作"婥约",温柔秀美。
[42]承祧(tiāo)绪:传宗接代。祧绪,祖宗余绪。祧,祖庙。
[43]奉晨昏:指对父母的侍奉。《礼记·曲礼上》:"冬温而夏清,昏定而晨省。"
[44]尸饔(yōng):料理饮食。《诗·小雅·祈父》:"胡转予于恤,有母之尸饔。"尸,主持。饔,熟食。
[45]楞(léng)严经:佛经名,全称为《大佛顶如来密因修证了义诸菩萨万行首楞严经》。
[46]眉颦蹙:底本无"眉"字,据二十四卷抄本补。
[47]觥儴(kuāng ráng):同"匡勷",惶急胆怯。
[48]捧匜(yí)沃盥:侍奉盥洗。匜,古盥器,用以盛水。沃盥,浇洗。
[49]酏(yí):稀粥汤。
[50]区区:自称的谦词。
[51]钦瞩:钦敬重视。
[52]封诰:明、清制度,一至五品官员,皇帝授予诰命,称为"封诰"。这里指因丈夫得官,妻子受封。
[53]注福籍:意谓命中注定有福。注,载入。福籍,迷信传说的记载人间福禄的簿籍。
[54]亢宗子:旧时称人子能扩展宗族地位者为亢宗之子。亢宗,庇护宗族,光宗耀祖。
[55]眙(chì):瞪目直视,形容惊诧。
[56]五党:不详。疑为"五宗",指五服内的亲族。

[57]什袭：珍藏。语本《艺文类聚》六《阙子》。
[58]怊(chāo)怅若失：感伤失意之状。宋玉《高唐赋》："悠悠忽忽，怊怅自失。"
[59]怔忡(zhēng chōng)：心悸，恐惧不安。
[60]粟粟：因恐惧起了鸡皮疙瘩。粟，皮肤上起粟粒样的疙瘩。
[61]夹幕：帷幕。
[62]大可合篑(kuì)：约有两个竹筐合起来那么大。篑，盛土的竹器。
[63]有声：有政声，指为官声誉很好。

译文

宁采臣，浙江人，性情慷慨豪爽，品行端正。常对人说："我终生不找第二个女人。"有一次，他去金华，来到北郊的一个庙中，解下行装休息。寺中殿塔壮丽，但是蓬蒿长得比人还高，好像很长时间没有人来过。东西两边的僧舍，门都虚掩着，只有南面一个小房子，门锁像是新的。再看看殿堂的东面角落，长着一丛一丛满把粗的竹子，台阶下一个大水池，池中开满了野荷花。宁生很喜欢这里清幽寂静。当时正赶上学使举行考试，城里房价昂贵，宁生想住在这里，于是就散步等僧人回来。

太阳落山的时候，来了一个书生，开了南边房子的门。宁采臣上前行礼，并告诉他自己想借住这里的意思。那书生说："这些屋子没有房主，我也是暂住这里的。你如愿意住在这荒凉的地方，我也可早晚请教，太好了。"宁采臣很高兴，弄来草秸铺在地上当床，支上木板当桌子，打算长期住在这里。

这天夜里，月明高洁，清光似水。宁生和那书生在殿廊下促膝交谈，各自通报姓名。书生说："我姓燕，字赤霞。"宁生以为他也是赶考的书生，但听他的声音不像浙江人，就问他是哪里人，书生说："陕西人。"语气诚恳朴实。过了一会儿，两人无话可谈了，就拱手告别，回房睡觉。

宁生因为住到一个新地方，很久不能入睡。忽听屋子北面有低声说话的声音，好像有家口。宁生起来伏在北墙的石头窗下，偷偷察看。见短墙外面有个小院落，有位四十多岁的妇人，还有一个老妈妈，穿着暗红色衣服，头上插着银质梳形首饰，驼背弯腰，老态龙钟，两人正在月光下对话。只听妇人说："小倩怎么这么久不来了？"老妈妈说："差不多快来了！"妇人说："是不是对姥姥有怨言？"老妈妈说："没听说。但看样有点不舒畅。"妇人说："那丫头不是好相处的！"话没说完，来了一个十七八岁的女子，好像很漂亮。老妈妈笑着说："背地不说人。我们两个正说着，小妖精就不声不响悄悄地来了，幸亏没说你的短处。"又说："小娘子真是漂亮得像画上的人，老身若是男子，也被你把魂勾去了。"女子说："姥姥不夸奖我，还有谁说我好呢？"妇人同女子不知又说些什么。宁生以为她们是邻人的家眷，就躺下睡觉不再听了。又过了一会儿，院外才寂静无声。宁生刚要睡着，觉得有人进了屋子，急忙起身查看，原来是北院的那个女子。宁生惊奇地问她干什么，女子说："月夜睡不着，愿与你共享夫妇之乐。"宁生严肃地说："你应提防别人议论，我也怕人说闲话。只要稍一失足，就会丧失道德，丢尽脸面。"女子说："夜里没有人知道。"宁生又斥责她。女子犹豫着像还有话说，宁生大声呵斥："快走！不然，我就喊南屋的书生！"女子害怕，才走了。走出门又返回来，把一锭黄金放在褥子上。宁生拿起来扔到庭外的台阶上，说："不义之财，脏了我的口袋！"女子羞惭地退了出去，拾起金子，自言自语说："这个汉子真是铁石心肠！"

第二天早晨，有一个兰溪的书生带着仆人来准备考试，住在庙中东厢房里，夜里突然死了。

脚心有一小孔,像锥子刺的,血细细地流出来。众人都不知道是什么缘故。第二天夜里,仆人也死了,症状同那书生一样。到了晚上,燕生回来,宁生问他这事,燕生认为是鬼干的。宁生平素刚直不阿,没有放在心上。到了半夜,那女子又来了,对宁生说:"我见的人多了,没见过像你这样刚直心肠的。你实在是圣贤,我不敢欺负你。我叫小倩,姓聂,十八岁就死了,葬在寺庙旁边,常被妖物胁迫干些下贱的事,厚着脸皮伺候人家,实在不是我乐意干的。如今寺中没有可杀的人,恐怕夜叉又要来害你了!"宁生害怕,求她给想个办法。女子说:"你与燕生住在一起,就可以免祸。"宁生问:"你为什么不迷惑燕生呢?"小倩说:"他是一个奇人,我不敢靠近。"宁生问:"你用什么办法迷惑人?"小倩说:"和我亲热的人,我就偷偷用锥子刺他的脚。等他昏迷过去不知人事,我就摄取他的血,供妖物饮用;或者用黄金引诱,但那不是金子,是罗刹鬼骨,人如留下它,就被截取出心肝。这两种办法,都是投人们之所好。"宁生感谢她,问她戒备的日期。小倩回答说明天晚上。临别时她流着泪说:"我陷进苦海,找不着岸边。郎君义气冲天,一定能救苦救难。你如肯把我的朽骨装殓起来,回去葬在安静的墓地,你的大恩大德就如同再给我一次生命一样!"宁生毅然答应,问她葬在什么地方。小倩说:"只要记住,白杨树上有乌鸦巢的地方就是。"说完走出门去,一下子消失了。

　　第二天,宁生怕燕生外出,早早把他请来。辰时后就备下酒菜,留意观察燕生的举止,并约他在一个屋里睡觉。燕生推辞说自己性情孤癖,爱清静。宁生不听,硬把他的行李搬过来。燕生没办法,只得把床搬过来,并嘱咐说:"我知道你是个大丈夫,很仰慕你。有些隐衷,很难一下子说清楚。希望你不要翻看我的箱子包袱,否则,对我们两人都不利!"宁生恭敬地答应。说完两人都躺下,燕生把箱子放在窗台上,往枕头上一躺,不多时鼾声如雷。宁生睡不着,将近一更时,窗子外边隐隐约约有人影。一会儿,那影子靠近窗子向里偷看,目光闪闪。宁生害怕,正想呼喊燕生,忽然有个东西冲破箱子,直飞出去,像一匹耀眼的白练,撞断了窗上的石棂,倏然一射又马上返回箱中,像闪电似地熄灭了。燕生警觉地起来,宁生装睡偷偷地看着。燕生搬过箱子查看了一遍,拿出一件东西,对着月光闻闻看看。宁生见那东西白光晶莹,有二寸来长,宽如一韭菜叶。燕生看完了,又结结实实地包了好几层,仍然放进箱子里,自言自语说:"什么老妖魔,竟有这么大的胆子,敢来弄坏箱子!"接着又躺下了。宁生大为惊奇,起来问燕生,并把刚才见到的情景告诉他。燕生说:"既然我们交情已深,不能再隐瞒,我是个剑客。刚才要不是窗户上的石棂,那妖魔当时就死了。虽然没死,也受伤了。"宁生问:"你藏的是什么东西?"燕生说:"是剑。刚才闻了闻它,有妖魔的气味。"宁生想看一看,燕生慷慨地拿出来给他看,原来是把莹莹闪光的小剑。宁生于是更加敬重燕生。天亮后,发现窗户外边有血迹。宁生出寺往北,见一座座荒坟中,果然有棵白杨树,树上有个乌鸦巢。等迁坟的事情安排妥当,宁生收拾行装准备回去。燕生为他饯行送别,情谊深厚。又把一个破皮囊赠送给宁生,说:"这是剑袋,好好珍藏,可以避邪驱鬼。"宁生想跟他学剑术,燕生说:"像你这样有信义、又刚直的人,可以作剑客;但你是富贵中人,不是这条道上的人。"宁生托词有个妹妹葬在这里,挖掘出那女子的尸骨,收敛起来,用衣、被包好,租船回家了。

　　宁生的书房靠着荒野,他就在那儿营造坟墓,把小倩葬在了书房外面。祭奠的时候,他祈祷说:"怜你是个孤魂,把你葬在书房边,相互听得见歌声和哭声,不再受雄鬼的欺凌。请你饮一杯浆水,算不得清洁甘美,愿你不要嫌弃。"祷告完了就要回去。这时后边有人喊他:"请你慢点,等我一起走!"宁生回头一看,原来是小倩。小倩欢喜地谢他说:"你这样讲信义,我就是死十次,也不能报答你!请让我跟你回去,拜见公婆,给你做婢妾都不后悔。"宁生细细地看她,白里透红的肌肤,如同细笋的一双脚,白天一看,更加艳丽娇嫩。于是,宁生就同她一块来到书房,嘱咐她坐着稍等一会儿,自己先进去禀告母亲。母亲听了很惊愕。这时宁生的妻子已病了很久,母亲告诫他不要走漏风声,怕吓坏了他的妻子。倒说完,小倩已经轻盈地走进来,跪拜在地上。宁生说:"这就是小倩。"母亲惊恐地看着她,不知如何是好。小倩对母亲说,"女儿飘然一身,远离父母兄弟,承蒙公子照顾,恩泽深厚。愿意作婢妾,来报答公子的恩情。"母亲见她温柔秀美,十分可爱,才敢同她讲话,说:"小娘子看得起我儿,老身十分喜欢。但我这一生就这一个儿子,还指望他传宗接代,不敢让他娶个鬼媳妇。"小倩说:"女儿确实没有二心,我是九泉下的人,既然不能得到母亲的信任,请让我把公子当兄长侍奉。跟着老母亲,早晚伺候您,怎么样?"母亲怜惜她的诚意,答应了。小倩便想拜见嫂子,母亲托词她有病,小倩便没有去;又立即进了厨房,代替母亲料理饮食,出来进去,像早就住熟了似的。

天黑了,母亲害怕她,让她回去睡觉,不给她安排床褥。小倩知道母亲的用意,就马上走了。路过宁生的书房,想进去,又退了回来,在门外徘徊,好像害怕什么。宁生叫她,小倩说:"屋里剑气吓人,以前在路上没有见你,就是这个缘故。"宁生明白是那个皮囊,就取来挂到别的房里,小倩才进去。她靠近烛光坐下,坐了一会儿,没说一句话。过了好长时间,小倩才问:"你夜里读书吗?我小时候读过《楞严经》,如今大半都忘了。求你给我一卷,夜里没事,请兄长指正。"宁生答应了。小倩又坐了一会儿,还是不说话;二更快过去了,也不说走。宁生催促她,小倩凄惨地说:"我一个外地来的孤魂,特别害怕荒墓。"宁生说:"书房中没有别的床可睡,况且我们是兄妹,也应避嫌。"小倩起身,愁眉苦脸地要哭出来,脚步迟疑,慢慢走出房门,踏过台阶不见了。

宁生暗暗可怜她,想留她在别的床上住下,又怕母亲责备。小倩清晨就来给母亲问安,捧着脸盆侍奉洗漱。操劳家务,没有不合母亲心意的。到了黄昏就告退辞去,常到书房,就着烛光读经书。发觉宁生想睡了,才惨然离去。

先前,宁生的妻子病了,不能做家务,母亲累得疲惫不堪。自从小倩来了,母亲非常安逸,心中十分感激。待她一天比一天亲热,就像自己的女儿,竟忘记她是鬼了,不忍心晚上再赶她走,就留她同睡同起。小倩刚来时,从不吃东西、喝水,半年后渐渐喝点稀饭汤。宁生和母亲都很溺爱她,避讳说她是鬼,别人也就不知道。没多久,宁生的妻子死了。母亲私下有娶小倩作媳妇的意思,又怕对儿子不利。小倩多少知道母亲的心思,就乘机告诉母亲说:"在这里住了一年多,母亲应当知道儿的心肠了。我为了不祸害行人,才跟郎君来到这里。我没有别的意思,只因公子光明磊落,为天下人所敬重,实在是想依靠他,帮助他几年,借以博得皇帝封诰,在九泉之下也觉光彩。"母亲也知道她没有恶意,只是怕她不能生儿育女。

小倩说:"子女是天给的。郎君命中注定有福,会有三个光宗耀祖的儿子,不会因为是鬼妻就没子孙。"母亲相信了她,便同儿子商议。宁生很高兴,就摆下酒宴,告诉了亲戚朋友。有人要求见见新媳妇,小倩穿着漂亮衣服,坦然地出来拜客。满屋的人都惊诧地看着她,不仅不疑心她是鬼,反而怀疑她是仙女。于是宁生五服之内的亲属,都带着礼物向小倩祝贺,争着与她交往。小倩善于画兰花和梅花,总是以画酬答。凡得到她画的人都把画珍藏着,感到很荣耀。

一天,小倩低头俯在窗前,心情惆怅,像掉了魂。她忽然问:"皮囊在什么地方?"宁生说:"因为你害怕它,所以放到别的房里了。"小倩说:"我接受活人的气息已很长时间了,不再害怕了。应该拿来挂在床头!"宁生问她怎么了,小倩说:"三天来,我心中恐惧不安。想是金华的妖物,恨我远远地藏起来,怕早晚会找到这里。"宁生就把皮囊拿来,小倩反复看着,说:"这是剑仙装人头用的。破旧到这种程度,不知道杀了多少人!我今天见了它,身上还起鸡皮疙瘩。"说完便把剑袋挂在床头。第二天,小倩又让移挂在门上。夜晚对着蜡烛坐着,叫宁生也不要睡。忽然,有一个东西像飞鸟一样落下来,小倩惊慌地藏进帷幕中。宁生一看,这东西形状像夜叉,电目血舌,两只爪子抓挠着伸过来。到了门口又停住,徘徊了很久,渐渐靠近皮囊,用爪子摘取,好像要把它抓裂。皮囊内忽然格地一响,变得有两个竹筐那么大,恍惚有一个鬼怪,突出半个身子,把夜叉一把揪进去,接着就寂静无声了,皮囊也顿时缩回原来的大小。宁生既害怕又惊诧。小倩出来,非常高兴地说:"没事了!"他们一块往皮囊里看看,见只有几斗清水而已。

几年以后,宁生果然考取了进士,小倩生了个男孩。宁生又纳了个妾,她们又各自生了一个男孩。三个孩子后来都做了官,而且官声很好。

第五节 红楼梦

在明清小说中,最为后人称道的莫过于《红楼梦》。作为中国古代四大名著之一,《红楼梦》比起另三本来,是流传最广、影响最大、意义最深、文学价值也最高的一本。

一、《红楼梦》的作者和内容

《红楼梦》的作者曹雪芹(约1715—约1763年),名沾,字梦阮,号雪芹,又号芹圃、芹溪,祖籍辽阳,先祖原先是汉族,后来成为满洲正白旗的"包衣人"[①],是中国文学史上最伟大也最复杂的文学家。

曹雪芹的曾祖母做过康熙皇帝的乳母,祖父曹寅做过康熙皇帝的侍读,曹雪芹的两个姑姑都入选王妃。从他的祖父曹寅开始,伯父、父亲都曾做过江宁织造的官职。康熙皇帝六次南巡有四次都以江宁织造署为行宫。曹雪芹的童年,正是曹家极盛的时期,但到了雍正五年(1727年),曹雪芹十三岁时,曹雪芹的父亲因为受到皇家派别斗争的牵连,加上在江宁织造任期内财款亏空等原因,获罪革职,全部家产被查抄没收,全家都由南京迁到北京,他的青壮年时期是在家境由盛到衰的过程中度过的。四十岁以后,曹雪芹进入了凄苦的晚年,他的生活渐渐贫困,到了食粥赊酒、围毡御寒、卖画谋生的境地。大约在公元1764年除夕,因贫病无医,加上爱子夭折,过度伤痛,曹雪芹离开了人间,遗留下来的只有一部未完成的《红楼梦》。

曹雪芹的一生经历了曹家由盛而衰的过程,他也由贵公子跌落为"寒士"。这种天壤之别的生活变化不能不引起他对过去经历的一切作一番痛苦而又深刻的回忆,从而产生思想上的矛盾:一方面,少年时代贵族家庭生活在他身上留下烙印,使他对本阶级怀有温情的眷念,思想上带有空幻的色彩;另一方面,社会的腐败,统治阶级的丑恶,便他对本阶级的面目有了认识,性格上具有了叛逆的特征。这些都为他写出《红楼梦》这部伟大的作品提供了良好的基础。

《红楼梦》成书于18世纪中叶的乾隆时代,前八十回在曹雪芹去世前十年左右就已经问世,最初是以名为《石头记》的手抄本流传,八十回后的部分,据专家们研究,认为作者也基本上完成,只是由于某种原因未能传抄于世,后来终于失落,这是不可弥补的损失。现在的一百二十回版本,是高鹗续写的。

[①] 即包衣阿哈,为满语音译,"家奴"之意,"包衣"即"家的","阿哈"即"奴",是清代八旗组织内部的一种人身领属制度,为八旗贵族所有,从事家务和生产劳动。

《红楼梦》讲述的是一个封建贵族大家庭慵慵散散、不紧不慢、几乎"无事"的日常生活图景,很少有紧张的、剧烈的矛盾冲突,一切都隐藏在脉脉温情的面纱之内。全书一百二十回,从第三回林黛玉进贾府开始,叙说了贾宝玉、林黛玉、薛宝钗的爱情悲剧,这是一条明显的情节发展线索。这条线索推进在一个总体背景之中,这个背景就是宁、荣二府的由盛而衰,由烈火烹油、花柳繁华到革职查抄、树倒猢狲散。小说写出了当时具有代表性的封建大家族的衰亡过程,从而折射出社会的变化。在中国古代文学史上,还没有一部作品能把爱情悲剧写得像《红楼梦》这样富有激动人心的力量。

大体说来,全书按贾府的衰败阶段分为四大段落。前五回是第一部分,也是全书的序幕,对全书起着纲领性作用。它对全书的主题、主线以及贾府家事、人丁、四大家庭之间的关系和十几个主要人物性格特点、命运都作了或明或暗的概括;第六回至第五十五回是第二部分,这一部分描写了贾府的全盛时期;第五十六回至第一百零四回是第三部分,这部分主要写了贾府为代表的四大家族由盛而衰的时期;第四部分是从第一百零五回至第一百二十回,描写了贾府的彻底衰落。作为一部博大精深的百万巨著,作者组织了大大小小的故事,描写了无休无止的斗争,以贾府为代表的四大家族衰亡过程,宝黛爱情悲剧的发展始末,两者相互穿插交织,而每一个人物又几乎可以自成一个小故事,条条线索,错落有致。

二、《红楼梦》的艺术成就与影响

《红楼梦》是一部具有高度思想性和高度艺术性的伟大作品,在艺术有着前所未有的创新与成就。

在情节结构方面,《红楼梦》在以往传统小说的基础上,也有了新的重大的突破,它改变了以往如《水浒传》《西游记》等一类长篇小说情节和人物单线发展的特点,创造了一个宏大完整而又自然的艺术结构,使众多的人物活动于同一空间和时间,并且使情节的推进也具有整体性,表现出作者卓越的艺术才思。

《红楼梦》塑造了众多的人物形象,他们各自具有自己独特而鲜明的个性特征,成为不朽的艺术典型,在中国文学史和世界文学史上永远放射着奇光异彩。《红楼梦》中有名有姓的人物就有七百多人,上至皇妃亲王、公侯太监、夫人小姐、公子士人、世族权贵,下至贫民百姓、丫鬟村妇、僧尼道士、相士医家、市井无赖、艺人门客,三教九流,无所不包,一应俱全。在这些人中具有鲜明个性形象的多达上百人,通过对十二贾氏、十二金钗、十二丫鬟等的人物生活中一点一滴的描写,构成了《红楼梦》丰富多彩的生活画面,一步一步地揭示了全书的主题。按照实际生活塑造人物,是《红楼梦》描写人物的基本特征。《红楼梦》描写人物不以奇取胜,而是通过大量的生活细节和人物的日常活动来刻画人物性格。利用他对诗、词、绘画及各种杂艺的了解,创造了描写人物的丰富多彩的方法,不仅可以看出人物的性格,甚至还可以看出人物思想的跃动。作者还善于在广阔的社会联系中,从不同角度,多侧面地刻画人物的性格。其中最突出的是王熙凤这一形象的创造,她的性格特征,就是在她同贾府内外众多人物的联系中显现出来的。

《红楼梦》的语言艺术成就,更是代表了中国古典小说语言艺术的高峰,作者往往只需用三言两语,就可以勾画出一个活生生的具有鲜明个性特征的形象;作者笔下每一个典型形象的语言,都具有自己独特的个性,从而使读者仅仅凭借这些语言就可以判别人物。作者的叙述语言,也具有高度的艺术表现力,包括小说里的诗词曲赋,不仅能与小说的叙述融成一体,而且这些诗词的创作也能为塑造典型性格服务,做到了"诗如其人"——切合小说中人物的身份口气。

由于这些各方面的卓越成就,因而使《红楼梦》无论是在思想内容上或是艺术技巧上都具有自己崭新的面貌,具有永久的艺术魅力,使它足以卓立于世界文学之林而毫不逊色。

《红楼梦》刊行后,相继出现了一大批续书,约三十多种。这些续作有两种类型:一是接在《红楼梦》第一百二十回之后,一是接在第九十七回"林黛玉焚稿断痴情,薛宝钗出闺成大礼"之后。它们的内容,则多将原书的爱情悲剧改为庸俗的大团圆,让悲剧主人公或死后还魂得遂夙愿,或冥中团聚终成眷属。他们金榜题名,夫贵妻荣,一夫多妾,和睦相处,家道复初,天下太平。由于续作者思想庸俗,境界不高,艺术上荒诞不经,十分拙劣,它们与《红楼梦》相比,真有天壤之别。但是,这些续书的大量涌现,从另一方面说明《红楼梦》本身的巨大成就和艺术魅力。

《红楼梦》备受社会的欢迎,所以便陆续有人将这部小说改编成戏剧搬上舞台。据不完全统计,在清代以《红楼梦》为题材的传奇、杂剧有近二十多种。到了近代,在京剧和各个地方剧种、曲种中更是出现了数以百计的红楼梦戏。其中梅兰芳的《黛玉葬花》、荀慧生的《红楼二尤》等,经过杰出艺术家的再创作,成为戏曲节目中的精品,经久上演而不衰。近年来电影、电视连续剧更把它普及到千家万户,风靡了整个华人世界。

《红楼梦》的出现,是在批判地继承唐传奇以及才子佳人小说的创作经验之后的重大突破,成为人情小说最伟大的作品。在它之后,出现了模仿它的笔法去写优伶妓女的悲欢离合、缠绵悱恻的狭邪小说如《青楼梦》《花月痕》以及鸳鸯蝴蝶派小说,但是,他们只是学了皮毛,而抛弃了它的主旨和精神。到了"五四"以后,由于"五四"文学革命者重新评介《红楼梦》,鲁迅等人阐述了《红楼梦》现实主义的精神和杰出成就,使《红楼梦》的现实主义精神得以回归,鲁迅继承和发扬了《红楼梦》的现实主义精神,深刻地写出平凡人物的悲剧;郁达夫、庐隐等人把《红楼梦》作为自传体小说,在他们的小说创作中带有浓厚的自叙传的色彩;《红楼梦》里提出的妇女和爱情婚姻问题,在"五四"以后的社会里其实并没有解决,仍然是作家创作的热点,作家依然能够从《红楼梦》的爱情婚姻悲剧中得到启迪。"五四"之后以至当代,《红楼梦》仍然成为许多作家永远读不完、永远值得读的书,成为中国作家创造出高水平的作品的不可多得的借鉴品。

《红楼梦》问世后,引起人们对它评论和研究的兴趣,并形成一种专门的学问——红学。从早期的评点、索引,到20世纪前期的"新红学",再到50年代后的文学批评,论著之多真是可以成立一所专门图书馆。《红楼梦》的作者问题、文本的思想内涵、人物形象、艺术特征等方面,都得到了日益深细的探讨、解析,近二十年间更呈现出生机勃勃、欣欣向荣的景象。

《红楼梦》这部伟大作品是属于中国的,也是属于世界的。不仅在国内已有数以百万计的发行量,有藏、蒙、维吾尔、哈萨克、朝鲜多种少数民族文字的译本,成为家喻户晓的名著,而且已有英、法、俄等十几种语种的择译本、节译本和全译本,并且在国外也有不少人对它进行研究,写出不少论着,《红楼梦》正日益成为世界人民共同的精神财富。

作品选读

林黛玉进贾府

  且说黛玉自那日弃舟登岸时,便有荣国府打发了轿子并拉行李的车辆久候了。这林黛玉常听得母亲说过,他外祖母家与别家不同。他近日所见的这几个三等仆妇,吃穿用度,已是不凡了,何况今至其家。因此步步留心,时时在意,不肯轻易多说一句话,多行一步路,惟恐被人耻笑了他去。

  自上了轿,进入城中从纱窗向外瞧了一瞧,其街市之繁华,人烟之阜盛,自与别处不同。又行了半日,忽见街北蹲着两个大石狮子,三间兽头大门,门前列坐着十来个华冠丽服之人。正门却不开,只有东西两角门有人出入。正门之上有一匾,匾上大书"敕造[1]宁国府"五个大字。黛玉想道:这必是外祖之长房了。想着,又往西行,不多远,照样也是三间大门,方是荣国府了。却不进正门,只进了西边角门。那轿夫抬进去,走了一射之地,将转弯时,便歇下退出去了。后面的婆子们已都下了轿,赶上前来。另换了三四个衣帽周全十七八岁的小厮上来,复抬起轿子。众婆子步下围随至一垂花门[2]前落下。众小厮退出,众婆子上来打起轿帘,扶黛玉下轿。林黛玉扶着婆子的手,进了垂花门,两边是抄手游廊[3],当中是穿堂[4],当地放着一个紫檀架子大理石的大插屏[5]。转过插屏,小小的三间厅,厅后就是后面的正房大院。正面五间上房,皆雕梁画栋,两边穿山游廊[6]厢房,挂着各色鹦鹉,画眉等鸟雀。台矶之上,坐着几个穿红着绿的丫头,一见他们来了,便忙都笑迎上来,说:"刚才老太太还念呢,可巧就来了。"于是三四人争着打起帘笼,一面听得人回话:"林姑娘到了。"

  黛玉方进入房时,只见两个人搀着一位鬓发如银的老母迎上来,黛玉便知是他外祖母。方欲拜见时,早被他外祖母一把搂入怀中,心肝儿肉叫着大哭起来。当下地下侍立之人,无不掩面涕泣,黛玉也哭个不住。一时众人慢慢解劝住了,黛玉方拜见了外祖母。——此即冷子兴所云之史氏太君,贾赦贾政之母也。当下贾母一一指与黛玉:"这是你大舅母,这是你二舅母,这是你先珠大哥的媳妇珠大嫂子。"黛玉一一拜见过。贾母又说:"请姑娘们来。今日远客才来,可以不必上学去了。"众人答应了一声,便去了两个。

  不一时,只见三个奶嬷嬷并五六个丫鬟,簇拥着三个姊妹来了。第一个肌肤微丰,合中身材,腮凝新荔,鼻腻鹅脂,温柔沉默,观之可亲。第二个削肩细腰,长挑身材,鸭蛋脸面,俊眼修眉,顾盼神飞,文彩精华,见之忘俗。第三个身量未足,形容尚小。其钗环裙袄,三人皆是一样的妆饰。黛玉忙起身迎上来见礼,互相厮认过,大家归了坐。丫鬟们斟上茶来。不过说些黛玉之母如何得病,如何请医服药,如何送死发丧。不免贾母又伤感起来,因说:"我这些儿女,所疼者独有你母,今日一旦先舍我而去,连面也不能一见,今见了你,我怎不伤心!"说着,搂了黛玉在怀,又呜咽起来。众人忙都宽慰解释[7],方略略止住。

  众人见黛玉年貌虽小,其举止言谈不俗,身体面庞虽怯弱不胜,却有一段自然的风流态度,便知他有不足之症[8]。因问:"常服何药,如何不急为疗治?"黛玉道:"我自来是如此,从会吃饮食时便吃药,到今日未断,请了多少名医修方配药,皆不见效。那一年我三岁时,听得说来了一个癞头和尚,说要化我去出家,我父母固是不从。他又说:既舍不得他,只怕他的病一生也不能好的了。若要好时,除非从此以后总不许见哭声,除父母之外,凡有外姓亲友之人,一概不见,方可平安了此一世。'疯疯癫癫,说了这些不经之谈,也没人理他。如今还是吃人参养荣丸。"贾母道:"正好,我这里正配丸药呢。叫他们多配一料就是了。

一语未了,只听后院中有人笑声,说:"我来迟了,不曾迎接远客!"黛玉纳罕道:"这些人个个皆敛声屏气,恭肃严整如此,这来者系谁,这样放诞无礼?"心下想时,只见一群媳妇丫鬟围拥着一个人从后房门进来。这个人打扮与众姑娘不同,彩绣辉煌,恍若神妃仙子:头上戴着金丝八宝攒珠髻[9],绾着朝阳五凤挂珠钗[10],项上戴着赤金盘螭璎珞圈[11],裙边系着豆绿宫绦,双衡比目玫瑰佩[12],身上穿着缕金百蝶穿花大红洋缎窄裉袄[13],外罩五彩刻丝石青银鼠褂[14],下着翡翠撒花洋绉裙[15]。一双丹凤三角眼,两弯柳叶吊梢眉[16],身量苗条,体格风骚,粉面含春威不露,丹唇未启笑先闻。黛玉连忙起身接见。贾母笑道:"你不认得他,他是我们这里有名的一个泼皮破落户儿[17],南省俗谓作'辣子',你只叫他'凤辣子'就是了。"

黛玉正不知以何称呼,只见众姊妹都忙告诉他道:"这是琏嫂子。"黛玉虽不识,也曾听见母亲说过,大舅贾赦之子贾琏,娶的就是二舅母王氏之内侄女,自幼假充男儿教养的,学名王熙凤。黛玉忙陪笑见礼,以"嫂"呼之。

这熙凤携着黛玉的手,上下细细打谅了一回,仍送至贾母身边坐下,因笑道:"天下真有这样标致的人物,我今儿才算见了!况且这通身的气派,竟不像老祖宗的外孙女儿,竟是个嫡亲的孙女,怨不得老祖宗天天口头心头一时不忘。只可怜我这妹妹这样命苦,怎么姑妈偏就去世了!"说着,便用帕拭泪。贾母笑道:"我才好了,你倒来招我。你妹妹远路才来,身子又弱,也才劝住了,快再休提前话。"这熙凤听了,忙转悲为喜道:"正是呢!我一见了妹妹,一心都在他身上了,又是喜欢,又是伤心,竟忘记了老祖宗。该打,该打!"又忙携黛玉之手,问:"妹妹几岁了?可也上过学?现吃什么药?在这里不要想家,想要什么吃的,什么玩的,只管告诉我,丫头老婆们不好了,也只管告诉我。"一面又问婆子们:"林姑娘的行李东西可搬进来了?带了几个人来?你们赶早打扫两间下房,让他们去歇歇。"

说话时,已摆了茶果上来。熙凤亲为捧茶捧果。又见二舅母问他:"月钱[18]放过了不曾?"熙凤道:"月钱已放完了。才刚带着人到后楼上找缎子,找了这半日,也并没有见昨日太太说的那样的,想是太太记错了?"王夫人道:"有没有,什么要紧。"因又说道:"该随手拿出两个来给你这妹妹去裁衣裳的,等晚上想着叫人再去拿罢,可别忘了。"熙凤道:"这倒是我先料着了,知道妹妹不过这两日到的,我已预备下了,等太太回去过了目好送来。"王夫人一笑,点头不语。

当下茶果已撤,贾母命两个老嬷嬷带了黛玉去见两个母舅。时贾赦之妻邢氏忙亦起身,笑回道:"我带了外甥女过去,倒也便宜[19]。"贾母笑道:"正是呢,你也去罢,不必过来了。"邢夫人答应了一声"是"字,遂带了黛玉与王夫人作辞,大家送至穿堂前。出了垂花门,早有众小厮们拉过一辆翠幄青绸车[20],邢夫人携了黛玉,坐在上面,众婆子们放下车帘,方命小厮们抬起,拉至宽处,方驾上驯骡,亦出了西角门,往东过荣府正门,便入一黑油大门中,至仪门[21]前方下来。众小厮退出,方打起车帘,邢夫人挽着黛玉的手,进入院中。黛玉度其房屋院宇,必是荣府中花园隔断过来的。进入三层仪门,果见正房厢庑游廊,悉皆小巧别致,不似方才那边轩峻壮丽,且院中随处之树木山石皆在。一时进入正室,早有许多盛妆丽服之姬妾丫鬟迎着,邢夫人让黛玉坐了,一面命人到外面书房去请贾赦。一时人来回话说:"老爷说了:'连日身上不好,见了姑娘彼此倒伤心,暂且不忍相见。劝姑娘不要伤心想家,跟着老太太和舅母,即同家里一样。姊妹们虽拙,大家一处伴着,亦可以解些烦闷。或有委屈之处,只管说得,不要外道才是。'"黛玉忙站起来,一一听了。再坐一刻,便告辞。邢夫人苦留吃过晚饭去,黛玉笑回道:"舅母爱惜赐饭,原不应辞,只是还要过去拜见二舅舅,恐领了赐去不恭,异日再领,未为不可。望舅母容谅。"邢夫人听说,笑道:"这倒是了。"遂令两三个嬷嬷用方才的车好生送了姑娘过去,于是黛玉告辞。邢夫人送至仪门前,又嘱咐了众人几句,眼看着车去了方回来。

　　一时黛玉进了荣府,下了车。众嬷嬷引着,便往东转弯,穿过一个东西的穿堂,向南大厅之后,仪门内大院落,上面五间大正房,两边厢房鹿顶耳房钻山[22],四通八达,轩昂壮丽,比贾母处不同。黛玉便知这方是正经正内室,一条大甬路[23],直接出大门的。进入堂屋中,抬头迎面先看见一个赤金九龙青地大匾,匾上写着斗大的三个大字,是"荣禧堂",后有一行小字:"某年月日,书赐荣国公贾源",又有"万几宸翰之宝"[24]。大紫檀雕螭案上,设着三尺来高青绿古铜鼎,悬着待漏随朝墨龙大画[25],一边是金蜼彝[26],一边是玻璃盒[27]。地下两溜十六张楠木交椅,又有一副对联,乃乌木联牌,镶着錾银[28]的字迹,道是:"座上珠玑昭日月,堂前黼黻焕烟霞[29]。"下面一行小字,道是:"同乡世教弟[30]勋袭东安郡王穆莳拜手书。"

　　原来王夫人时常居坐宴息,亦不在这正室,只在这正室东边的三间耳房内。于是老嬷嬷引黛玉进东房门来。临窗大炕上铺着猩红洋罽[31],正面设着大红金钱蟒靠背,石青金钱蟒引枕[32],秋香色[33]金钱蟒大条褥。两边设一对梅花式洋漆小几。左边几上文王鼎匙箸香盒[34],右边几上汝窑美人觚[35]——觚内插着时鲜花卉,并茗碗痰盒等物。地下面西一溜四张椅上,都搭着银红撒花椅搭[36],底下四副脚踏。椅之两边,也有一对高几,几上茗碗瓶花俱备。其余陈设,自不必细说。

　　老嬷嬷们让黛玉炕上坐,炕沿上却有两个锦褥对设,黛玉度其位次,便不上炕,只向东边椅子上坐了。本房内的丫鬟忙捧上茶来。黛玉一面吃茶,一面打谅这些丫鬟们,妆饰衣裙,举止行动,果亦与别家不同。茶未吃了,只见一个穿红绫袄青缎掐牙[37]背心的丫鬟走来笑说道:"太太说,请林姑娘到那边坐罢。"老嬷嬷听了,于是又引黛玉出来,到了东廊三间小正房内。

　　正房炕上横设一张炕桌,桌上磊[38]着书籍茶具,靠东壁面西设着半旧的青缎靠背引枕。王夫人却坐在西边下首,亦是半旧的青缎靠背坐褥。见黛玉来了,便往东让。黛玉心中料定这是贾政之位。因见挨炕一溜三张椅子上,也搭着半旧的弹墨椅袱[39],黛玉便向椅上坐了。王夫人再四携他上炕,他方挨王夫人坐了。王夫人因说:"你舅舅今日斋戒[40]去了,再见罢。只是有一句话嘱咐你:你三个姊妹倒都极好,以后一处念书认字学针线,或是偶一顽笑,都有尽让的。但我不放心的最是一件:我有一个孽根祸胎,是家里的'混世魔王',今日因庙里还愿去了,尚未回来,晚间你看见便知了。你只以后不要睬他,你这些姊妹都不敢沾惹他的。"

　　黛玉亦常听得母亲说过,二舅母生的有个表兄,乃衔玉而诞,顽劣异常,极恶读书,最喜在内帏[41]厮混,外祖母又极溺爱,无人敢管。今见王夫人如此说,便知说的是这表兄了。因陪笑道:"舅母说的,可是衔玉所生的这位哥哥?在家时亦曾听见母亲常说,这位哥哥比我大一岁,小名就唤宝玉,虽极憨顽,说在姊妹情中极好的。况我来了,自然只和姊妹同处,兄弟们自是别院另室的,岂得去沾惹之理?"王夫人笑道:"你不知道原故:他与别人不同,自幼因老太太疼爱,原系同姊妹们一处娇养惯了的。若姊妹们有日不理他,他倒还安静些,纵然他没趣,不过出了二门,背地里拿着他两个小幺儿[42]出气,咕唧一会子就完了。若这一日姊妹们和他多说一句话,他心里一乐,便生出多少事来。所以嘱咐你别睬他。他嘴里一时甜言蜜语,一时有天无日,一时又疯疯傻傻,只休信他。"

  黛玉一一地都答应着。只见一个丫鬟来回:"老太太那里传晚饭了。"王夫人忙携黛玉从后房门由后廊往西,出了角门,是一条南北宽夹道。南边是倒座三间小小的抱厦厅[43],北边立着一个粉油大影壁[44],后有一半大门,小小一所房室。王夫人笑指向黛玉道:"这是你凤姐姐的屋子,回来你好往这里找他来,少什么东西,你只管和他说就是了。"这院门上也有四五个才总角[45]的小厮,都垂手侍立。王夫人遂携黛玉穿过一个东西穿堂,便是贾母的后院了。

  于是,进入后房门,已有多人在此伺候,见王夫人来了,方安设桌椅。贾珠之妻李氏捧饭,熙凤安箸,王夫人进羹。贾母正面榻上独坐,两边四张空椅,熙凤忙拉了黛玉在左边第一张椅上坐了,黛玉十分推让。贾母笑道:"你舅母你嫂子们不在这里吃饭。你是客,原应如此坐的。"黛玉方告了座,坐了。贾母命王夫人坐了。迎春姊妹三个告了座方上来。迎春便坐右手第一,探春左第二,惜春右第二。旁边丫鬟执着拂尘[46]、漱盂、巾帕。李、凤二人立于案旁布让[47]。外间伺候之媳妇丫鬟虽多,却连一声咳嗽不闻。

  寂然饭毕,各有丫鬟用小茶盘捧上茶来。当日林如海教女以惜福养身,云饭后务待饭粒咽尽,过一时再吃茶,方不伤脾胃。今黛玉见了这里许多事情不合家中之式,不得不随的,少不得一一改过来,因而接了茶。早见人又捧过漱盂来,黛玉也照样漱了口。盥手毕,又捧上茶来,这方是吃的茶。贾母便说:"你们去罢,让我们自在说话儿。"王夫人听了,忙起身,又说了两句闲话,方引凤、李二人去了。贾母因问黛玉念何书。黛玉道:"只刚念了《四书》[48]。"黛玉又问姊妹们读何书。贾母道:"读的是什么书,不过是认得两个字,不是睁眼的瞎子罢了!"

  一语未了,只听外面一阵脚步响,丫鬟进来笑道:"宝玉来了!"黛玉心中正疑惑着:"这个宝玉,不知是怎生个惫赖[49]人物,懵懂顽童?——倒不见那蠢物也罢了。心中想着,忽见丫鬟话未报完,已进来了一位年轻的公子:头上戴着束发嵌宝紫金冠,齐眉勒着二龙抢珠金抹额[50],穿一件二色金百蝶穿花大红箭袖[51],束着五彩丝攒花结长穗宫绦[52],外罩石青起花八团倭锻排穗褂[53],登着青缎粉底小朝靴[54]。面若中秋之月,色如春晓之花,鬓若刀裁,眉如墨画,面如桃瓣,目若秋波。虽怒时而若笑,即瞋视而有情。项上金螭璎珞,又有一根五色丝绦,系着一块美玉。黛玉一见,便吃一大惊,心下想道:"好生奇怪,倒像在那里见过一般,何等眼熟到如此!"只见这宝玉向贾母请了安[55],贾母便命:"去见你娘来。"宝玉即转身去了。一时回来,再看,已换了冠带:头上周围一转的短发,都结成小辫,红丝结束,共攒至顶中胎发,总编一根大辫,黑亮如漆,从顶至梢,一串四颗大珠,用金八宝坠角[56],身上穿着银红撒花半旧大袄,仍旧带着项圈、宝玉、寄名锁、护身符[57]等物,下面半露松花撒花绫裤腿、锦边弹墨袜、厚底大红鞋。越显得面如敷粉,唇若施脂,转盼多情,语言常笑。天然一段风骚,全在眉梢;平生万种情思,悉堆眼角。看其外貌最是极好,却难知其底细。后人有《西江月》二词,批宝玉极恰,其词曰:

    "无故寻愁觅恨,有时似傻如狂。纵然生得好皮囊,腹内原来草莽。

    潦倒不通世务,愚顽怕读文章。行为偏僻性乖张,那管世人诽谤!

    富贵不知乐业,贫穷难耐凄凉。可怜辜负好韶光,于国于家无望。

    天下无能第一,古今不肖无双。寄言纨绔与膏粱:莫效此儿形状![58]"

  贾母因笑道:"外客未见,就脱了衣裳,还不去见你妹妹!"宝玉早已看见多了一个姊妹,便料定是林姑妈之女,忙来作揖。厮见毕归坐,细看形容,与众各别:

  两弯似蹙非蹙罥烟眉[59],一双似喜非喜含情目。态生两靥之愁,娇袭一身之病[60]。泪光点点,娇喘微微。闲静时如姣花照水,行动处似弱柳扶风。心较比干多一窍,病如西子胜三分[61]。

宝玉看罢，因笑道："这个妹妹我曾见过的。"贾母笑道："可又是胡说，你又何曾见过他？"宝玉笑道："虽然未曾见过他，然我看着面善，心里就算是旧相识，今日只作远别重逢，亦未为不可。"贾母笑道："更好，更好，若如此，更相和睦了。"宝玉便走近黛玉身边坐下，又细细打量一番，因问："妹妹可曾读书？"黛玉道："不曾读，只上了一年学，些须认得几个字。"宝玉又道："妹妹尊名是那两个字？"黛玉便说了名。宝玉又问表字。黛玉道："无字。"宝玉笑道："我送妹妹一妙字，莫若'颦颦'二字极妙。"探春便问何出。宝玉道："《古今人物通考》[62]上说：'西方有石名黛，可代画眉之墨。'况这林妹妹眉尖若蹙，用取这两个字，岂不两妙！"探春笑道："只恐又是你的杜撰。"宝玉笑道："除《四书》外，杜撰的太多，偏只我是杜撰不成？"又问黛玉："可也有玉没有？"众人不解其语，黛玉便忖度着因他有玉，故问我有也无，因答道："我没有那个。想来那玉是一件罕物，岂能人人有的。"宝玉听了，登时发作起痴狂病来，摘下那玉，就狠命摔去，骂道："什么罕物，连人之高低不择，还说'通灵''不通灵'呢！我也不要这劳什子[63]了！"吓的众人一拥争去拾玉。贾母急的搂了宝玉道："孽障！你生气，要打骂人容易，何苦摔那命根子！"宝玉满面泪痕泣道："家里姐姐妹妹都没有，单我有，我说没趣，如今来了这们一个神仙似的妹妹也没有，可知这不是个好东西。"贾母忙哄他道："你这妹妹原有这个来的，因你姑妈去世时，舍不得你妹妹，无法处，遂将他的玉带了去了：一则全殉葬[64]之礼，尽你妹妹之孝心；二则你姑妈之灵，亦可权作见了女儿之意。因此他只说没有这个，不便自己夸张之意。你如今怎比得他？还不好生慎重带上，仔细你娘知道了。"说着，便向丫鬟手中接来，亲与他带上。宝玉听如此说，想一想大有情理，也就不生别论了。

当下，奶娘来请问黛玉之房舍。贾母说："今将宝玉挪出来，同我在套间暖阁[65]儿里，把你林姑娘暂安置碧纱橱[66]里。等过了残冬，春天再与他们收拾房屋，另作一番安置罢。"宝玉道："好祖宗，我就在碧纱橱外的床上很妥当，何必又出来闹的老祖宗不得安静。"贾母想了一想说："也罢了。"每人一个奶娘并一个丫头照管，余者在外间上夜听唤。一面早有熙凤命人送了一顶藕合色花帐，并几件锦被缎褥之类。

黛玉只带了两个人来：一个是自幼奶娘王嬷嬷，一个是十岁的小丫头，亦是自幼随身的，名唤作雪雁。贾母见雪雁甚小，一团孩气，王嬷嬷又极老，料黛玉皆不遂心省力的，便将自己身边的一个二等丫头，名唤鹦哥者与了黛玉。外亦如迎春等例，每人除自幼乳母外，另有四个教引嬷嬷[67]，除贴身掌管钗钏盥沐两个丫鬟外，另有五六个洒扫房屋来往使役的小丫鬟。当下，王嬷嬷与鹦哥陪侍黛玉在碧纱橱内。宝玉之乳母李嬷嬷，并大丫鬟名唤袭人者，陪侍在外面大床上。

原来这袭人亦是贾母之婢，本名珍珠。贾母因溺爱宝玉，生恐宝玉之婢无竭力尽忠之人，素喜袭人心地纯良，克尽职任，遂与了宝玉。宝玉因知他本姓花，又曾见旧人诗句上有"花气袭人"之句[68]，遂回明贾母，更名袭人。这袭人亦有些痴处：伏侍贾母时，心中眼中只有一个贾母；如今服侍宝玉，心中眼中又只有一个宝玉。只因宝玉性情乖僻，每每规谏宝玉，心中着实忧郁。

是晚，宝玉李嬷嬷已睡了，他见里面黛玉和鹦哥犹未安息，他自卸了妆，悄悄进来，笑问："姑娘怎么还不安息？"黛玉忙让："姐姐请坐。"袭人在床沿上坐了。鹦哥笑道："林姑娘正在这里伤心，自己淌眼抹泪的说：'今儿才来，就惹出你家哥儿的狂病，倘或摔坏了那玉，岂不是因我之过！'因此便伤心，我好容易劝好了。"袭人道："姑娘快休如此，将来只怕比这个更奇怪的笑话儿还有呢！若为他这种行止，你多心伤感，只怕你伤感不了呢。快别多心！"黛玉道："姐姐们说的,我记着就是了。究竟那玉不知是怎么个来历?上面还有字迹?"袭人道:"连一家子也不知来历,上头还有现成的眼儿,听得说,落草[69]时是从他口里掏出来的。等我拿来你看便知。"黛玉忙止道:"罢了,此刻夜深,明日再看也不迟。"大家又叙了一回,方才安歇。

注释

[1] 敕(chì)造:奉皇帝之命建造。

[2] 垂花门:旧家宅院,进入大门之后,内院院门有雕刻的垂花,倒悬于门额两侧,门上边盖有宫殿式的小屋顶,称垂花门。

[3] 抄手游廊:院门内两侧环抱的走廊。

[4] 穿堂:座落在前后两个院落之间可以穿行的厅堂。

[5] 大插屏:放在穿堂中的大屏风,除人装饰外,还可以遮蔽视线,以免进入穿堂,直见正房。

[6] 穿山游廊:从山墙开门接起的游廊。山,指山墙,房子两侧的墙。

[7] 解释:劝解消释,去烦除恼。

[8] 不足之症:中医病症名。由身体虚弱引起。

[9] 金丝八宝攒珠髻(jì):用金丝穿绕珍珠和镶嵌八宝(玛瑙、碧玉之类)制成的珠花的发髻。

[10] 朝阳五凤挂珠钗:一种长钗,样子是一支钗上分出五股,每股一支凤凰,口衔一串珍珠。

[11] 赤金盘螭(chī)璎珞(yīng luó)圈:螭,古代传说中的无角龙。璎珞,联缀起来的珠玉。圈,项圈。

[12] 双衡比目玫瑰珮:玫瑰色的玉片琢成双鱼形的玉珮。衡,是珮玉上部的小横杠,用以系饰物。

[13] 缕金百蝶穿花大红洋缎窄裉(kèn)袄:在大红洋缎的衣面上用金线绣成百蝶穿花图案的紧身小袄。裉,上衣前后两幅在腋下合缝的部分。

[14] 五彩刻丝石青银鼠褂:石青色的衣面上有各种彩色刻丝,衣里是银鼠皮的褂子。

[15] 翡翠撒花洋绉裙:翡翠,翠绿色。撒花,在绸缎上用散点式的小花点组成的纹饰图案。

[16] 丹凤三角眼:眼角向上微翘,俗称"丹凤眼"。柳叶吊梢眉:形容眉梢斜飞入鬓的样子。

[17] 泼皮破落户儿:原指没有正当生活来源的无赖。这里形容凤姐泼辣,是戏谑的称谓。

[18] 月钱:每月按身份等级发给家中上下人等供零用的钱。

[19] 便(bìan)宜:这里是方便的意思。

[20] 翠幄(wò)青䌷车:用粗厚的绿色绸类做车帐的车。

[21] 仪门:旧时官衙、府第的大门之内的门,取有仪可象之意,又具装饰作用。

[22] 两边厢房鹿顶耳房钻山:两边的厢房用钻山的方式与鹿顶的耳房相接。厢房,指四合院中东西两边的房子。鹿顶,平顶屋。耳房,连接在正房两侧的小房子。钻山,指山墙上开门或开洞,与相邻的房子或游廊相接。

[23] 甬路:庭院中间的通道,多用砖石铺砌而成。

[24] 万几宸(chén)翰之宝:这是皇帝印章上的文字。

[25] 待漏随朝墨龙大画:待漏,封建时代大臣要在五更前到朝房里等待上朝的时刻。随

朝,按照大臣的班列朝见皇帝。墨龙大画,巨龙在云雾海潮中隐现的大幅水墨画。因旧时以龙象征皇帝,又因画中的"潮"与"朝"谐音,隐寓上朝见君王的意思。贵族家里悬挂此画以示身份地位之荣耀。

[26]金蜼彝(wěi yí):原指有蜼形图案的青铜祭器,后作贵重陈设品。蜼,一种长尾猿。彝,古代青铜器中礼器的通称。

[27]匜(hǎi):盛酒器。

[28]錾(zǎn)银:一种银雕工艺。錾:雕刻。

[29]"座上"一联:珠玑,珍珠,也比喻诗文很美。黼黻(fǔ fú),古代官僚贵族礼服上绣的花纹。这两句是形容座中人和堂上客人的衣饰华贵:佩戴的珠玉如日月一样光彩照人,衣服的图饰如烟霞一样绚丽夺目。

[30]世教弟:两代以上的交谊。教弟,同辈年龄较大者对较小者的谦称。

[31]罽(jì):毛织的毯子。

[32]引枕:坐时搭扶胳膊的一种圆墩形的倚枕。

[33]秋香色:淡黄绿色。

[34]文王鼎匙箸香盒:文王鼎,此处说的是小型仿古香炉,内烧粉状檀香之类的香料。匙箸,拨弄香灰的用具。香盒,盛香料的盒子。

[35]汝窑美人觚(gū):宋代河南汝州窑烧制的一种仿古瓷器。觚,古代盛酒器,长身细腰,形如美人,所以叫美人觚。

[36]椅搭:搭在椅上的一种长方形的绣花呢缎饰物。

[37]掐牙:锦缎双叠成长条,嵌在衣服或背心的夹边上,仅露少许,作为装饰,叫掐牙。

[38]礌(luó):叠放。

[39]弹墨:以纸剪镂空图案覆于织品上,用墨色或其它颜色弹或喷成各种图案花样。椅袱:用棉、缎之类做成椅套。

[40]斋戒:古人在祭祀、礼佛或举行隆重大典前,沐浴、吃素、静养一至三日,摒除杂念,以示诚敬,叫斋戒。

[41]内帷:即内室,女子住的房间。

[42]小幺(yāo)儿:身边使唤的小仆人。

[43]倒座:与正房相对、朝向相反的房子。抱厦厅:回绕堂屋后面的侧室。

[44]影壁:俗称照墙。在门内或门外用来作屏障或装饰的墙。

[45]总角:儿童向上分开的两个发髻。这里指儿童时代。

[46]拂尘:形如马尾,后有持柄,用以拂拭尘土,或驱赶蚊蝇。

[47]布让:宴席上向客人敬菜、劝餐叫布让。

[48]《四书》:《大学》《中庸》《论语》《孟子》合称为《四书》,宋代朱熹把它们编在一起,作《四书章句集注》,所以有这样的称呼。《四书》是元明清三代科举考试的必读之书。

[49]憨赖:涎皮赖脸的意思。

[50]紫金冠:把头发束扎在顶部的一种髻冠,上面插戴各种饰物或镶嵌珠玉。二龙抢珠:是抹额上的装饰图案。抹额:围扎在额前,用以压发、束额。

[51]二色金百蝶穿花大红箭袖:用两色金线绣成的百蝶穿花图案的大红窄袖衣服。箭袖,原来是便于射箭穿的窄袖衣服,这里指男子穿的一种服式。

[52]五彩丝攒花结：用五彩丝攒聚花朵的结子，指绦带上的装饰花样。长穗宫绦(tāo)：指系在腰间的绦带。长穗，是绦带端部下垂的穗子。

[53]石青起花八团倭缎排穗褂：团，圆形起绒毛的团花。因它凸出的样子，因此叫"起花"。倭缎，福建漳州、泉州等地仿照日本织法制成的缎面起绒花的缎子。排穗，排缀在衣服下面边缘的彩穗。

[54]青缎：近黑的深青色缎子。朝靴：这里指黑色缎面、白色厚底、半高筒的靴子。

[55]请了安：问安。清代的请安礼节是，男子打千，即右膝半跪，较隆重时双膝跪下，女子双手扶左膝，右腿微屈，往下蹲身，口称"请某人安"。

[56]坠角：用于朝珠、床帐等下端起下垂作用的小装饰品，这里是指辫子梢部所坠的饰物。

[57]寄名锁：古时人们怕幼儿夭亡，给寺院或道观一定财物，让幼儿当"寄名"弟子，并在幼儿项下系一小金锁，叫"寄名锁"。护身符：是从道观领来的一种符，带在身上，避祸免灾。

[58]《西江月》二词：这两首词用似贬实褒、寓褒于贬的手法揭示了贾宝玉的性格。皮囊，指人的躯壳。草莽，丛生的杂草，比喻不学无术。文章，这里指四书五经以及时文八股之类。乐业，这里是满意、安于富贵的意思。纨袴(wán kù)，这里指富家子弟。

[59]罥(juàn)烟眉：形容眉毛像一抹轻烟。罥，挂的意思。

[60]态生两靥(yè)之愁，娇袭一身之病：意思是妩媚的风韵生于含愁的面容，娇怯的情态出于孱弱的病体。

[61]心较比干多一窍，病如西子胜三分：比干，商代纣王的叔父，古人认为心窍越多越聪明，上句说黛玉聪明颖悟。西子，就是西施，中国古代有名的美女，下句是说黛玉病弱娇美胜过西施。

[62]《古今人物通考》：从下文来看，这可能是宝玉杜撰出来的书。

[63]劳什子：如同说"东西""玩意"，含有厌恶之意。

[64]殉葬：古代把活人或器物随同死者埋在墓中叫"殉葬"。

[65]套间：与正房相连的两侧房间。暖阁：是指套间内再隔断成为小房间，内设炕褥，两边安有隔扇，上边有一横眉，形成床帐，称"暖阁"。

[66]碧纱橱：是清代建筑内檐装修中隔断的一种，也叫隔扇门、格门。这里的"碧纱橱里"，是指以碧纱橱隔开的里间。

[67]教引嬷嬷：世家大族家庭里的孩子一出生，就有保姆、乳母，断乳后，有照顾饮食、教言语、走路、礼节的仆妇，叫教引嬷嬷。

[68]"花气袭人"之句：全句是"花气袭人知骤暖"，是宋代陆游的诗《村居喜书》中的句子，意思是因为花香扑鼻，所以知道天气暖和了。

[69]落草：这里指小孩子出生。

译文

那天黛玉下船登岸，早有荣府派的轿子车辆等在码头上。她早听母亲说过，外祖母家与别人家不同，她这几天看到的几个三等仆妇，吃的穿的用的，已经很不一般了。何况今天要去外祖母家，便告诫自己，步步留神，时时在意，免得因言谈举止惹人耻笑。

她上了轿，进了城，见街道繁华，人烟稠密，和别的地方大不一样。行了半日，看见街北蹲着两个大石狮子，三间兽头大门，门前坐着十来个衣冠华丽的家人。正门上有一匾额，上书"敕造宁国府"五个大字。正门没有开,只有两个角门让人出入。黛玉想着,这一定是外祖父家的长房了。又往西走不远,也是三间大门,这才是"荣国府"。轿子却不进正门,只进了西边的角门,走了射出一箭那么远,快要转弯时,就落了轿,轿夫退下,换上四个衣帽整齐、十七八岁的小厮来抬,众婆子下车跟随。到一座垂花门前落轿,众小厮退下去,婆子们打起轿帘,扶黛玉下轿。黛玉扶着婆子的手,进了垂花门,见两旁是游廊,正中是穿堂,转过一架紫檀木架子的大理石屏风,穿过三间厅房,后面才是正房大院。上房五间,雕梁画栋,两旁是穿山游廊厢房,挂着各种鸟雀笼子。台阶上坐的几个丫头忙站起来,笑着迎上来,三四个人争着打帘子,通报:"林姑娘来了!"

黛玉进了屋,见两个人扶着一个鬓发如银的老太君迎来,知道是外祖母,就要下拜,却被外祖母一把搂住,"心肝儿肉"地叫着大哭起来。黛玉也哭个不停。众人流着泪,劝住了,黛玉才施礼下拜——这就是冷子兴所说的史太君了。当下贾母一一指给黛玉:"这是你大舅母,这是你二舅母,这是你已故珠大哥的媳妇珠大嫂。"黛玉一一拜见了。贾母又说:"请姑娘们来,今天有远客,不必上学了。"

不一会,三个奶妈与五六个丫鬟拥着三位姑娘来了。第一个稍微丰满些,适中的身高,皮肤像新剥开的荔枝一样细腻,温柔沉默,看上去让人很想亲近。第二个削肩细腰,身材高挑,鸭蛋脸,神彩飞扬的样子。第三个身高还没长成,样子也小。三人珠围翠绕,都是一样装束。黛玉起身见礼,一一相认。贾母伤感地说:"我的这些孩子中,最疼的就是你母亲。她又比我先去了,不能见一面,让我怎不伤心?"拉着黛玉的手又哭起来。众人好容易才劝住。

众人见黛玉年龄虽小,却举止言谈不俗,身体似乎弱不胜衣,却别有一种风流,知道她有中气不足之症,问她:"常吃什么药?怎么没有好好治疗?"黛玉说:"我从来就是这样,从会吃饭时就吃药,经过多少名医也不见效。我三岁时,来了一个癞头和尚,要化我出家,我父亲当然不同意,他又说:'舍不得她,这病一辈子也不能好。想要她好,除非从此听不到哭声,除父母外,所有别姓的亲戚一概不见,才能平安过此一生。'我父母见他疯疯癫癫,也没理他。如今还吃人参养荣丸。"贾母说:"我正配丸药,叫他们多配一些。"正说着,只听后院中笑声朗朗,有人说:"我来迟了,没有迎接远客!"黛玉暗想,这里人人敛气屏声,是谁如此放肆无礼?只见一群媳妇丫鬟拥着一个人从后房门进来,这个人的打扮跟姑娘们不一样,身着盛装,恍若天仙般。贾母笑着说:"她是我们这里有名的泼辣货,就是南京俗称的'辣子',你叫她'凤辣子'就是了。"众姊妹告诉黛玉:"这是琏嫂子。"黛玉想起母亲说过,大舅贾赦的儿子贾琏,娶的是二舅母王氏的娘家侄女,自幼像男孩儿般教养,大名叫王熙凤,忙笑着见了礼,称呼"嫂子"。

熙凤拉着黛玉的手,仔细打量了一阵,送到贾母身边坐下,笑着说:"天下真有这样标致的人物,我今天才算见了!看她那气派,竟不像老祖宗的外孙女,完全是嫡亲的孙女,怨不得老祖宗天天挂在心上。只可怜我妹妹这么命苦,怎么姑妈偏偏去世了!"边说边用手帕擦泪。贾母笑着说:"我才好了,你又来招我。你妹妹远路才来,身子又弱,快别再说这些话。"熙凤听了,急忙转悲为喜,说:"就是呀!我一见了妹妹,一心都在她身上了,又是高兴,又是伤心,竟然把老祖宗都忘了。该打,该打!"又拉着黛玉的手,问:"妹妹几岁了?上过学没有?现在吃什么药?在这里不要想家,想要什么吃的,什么玩的,只管告诉我,头婆子们伺候不周,也告诉我。"一面又问婆子们:"林姑娘的行李东西是不是都搬进来了?带了几个人来?你们尽早打扫两间下房,让他们去歇歇。"

说着话,已摆上茶果,熙凤亲手为黛玉捧茶捧果,二舅母问她:"月钱都发过了没有?"熙凤回答:"月钱已经发完了。刚才带人去后楼上找缎子,找了半天也没找到昨天太太说的那样的,是不是您记错了?"王夫人说:"有没有并不要紧。"又说道:"应该随手拿些来给你这妹妹做衣裳的,等晚上记着叫人去拿吧,别忘了。"熙凤说:"这我倒是先想到了,知道妹妹就这两天到,我已经预备下两匹缎子给妹妹做衣裳,等太太回去过了目,好送来。"王夫人笑着点头没有说话。

撤了茶果,贾母命两个老嬷嬷领黛玉去拜见舅舅。大舅母邢氏忙起身说:"我带外甥女过去,方便些。"贾母笑着说:"正是呢,你也去吧,不用再过来了。"邢夫人应了声是,就带了黛玉告辞,大家送到穿堂前,出了垂花门,小厮们已备下一辆翠幄青绸小车,邢夫人携黛玉坐上,由小厮们拉到宽敞的地方,套上骡子,拉出西角门往东,过了正门,进入一座黑油大门,到仪门前停下车。邢夫人携黛玉下车进门,黛玉看着这房屋院宇,一定是荣府中花园隔断过来的。进了三层仪门,果然见房屋都小巧别致,不像那边轩峻壮丽,院中到处是树木山石。等进了正房,许多盛装的丫鬟迎接了,邢夫人让黛玉坐下,派人去书房请贾赦。不一会儿那人回报:"老爷说:'连日身体不好,见了姑娘都伤心,暂时不忍相见。劝姑娘不要想家,跟着老太太和舅母,同家里一样。有什么委屈,只管说,不要客气。'"黛玉坐了一会儿,就要告辞,邢夫人留她吃了饭去,她说:"舅母留饭,原不应告辞,只是还得拜见二舅母,去迟了怕不恭敬,改日再领饭,请舅母原谅。"邢夫人就把黛玉送到仪门前,又嘱咐了下人几句,命用原来的车送黛玉过去。

黛玉回到荣府,由嬷嬷们陪着向东转弯,走过一座东西走向的穿堂,向南的大厅之后,仪门内有个大院落,里面房屋气势恢弘。黛玉知道这是正经的正内室,顺着大甬路,进入堂屋,迎门挂着一块赤金九龙青底大匾,匾上写着"荣禧堂"三个斗大的字,后面一行小字"某年月日书赐荣国公贾源",还有皇上的"万几宸翰"印宝。大紫檀雕着螭的图案的案几上陈设着几件名贵古董,地下两溜十六张楠木椅子,再看还有一副对联,是乌木做的联牌,上面镶着錾银字:"座上珠玑昭日月,堂前黼黻焕烟霞。"

王夫人平时起居不在正屋,而在东边的三间耳房里。黛玉随嬷嬷们进去,见里面陈设富丽奢华。老嬷嬷们让黛玉坐炕上,炕沿上有两个锦褥相对而设,黛玉看看座位的次序,并没有在炕上坐,而是在东边椅子上坐下,本房的丫鬟奉上茶来。她边喝茶边打量丫鬟的衣饰、举止,果然与别家不同。过了一会儿,一个穿红丝绸上衣、青缎背心的丫鬟走来笑着说:"太太说,请林姑娘到那边坐。"黛玉又跟着嬷嬷们来到东廊的三间小正房。

正房炕上有一张炕桌,桌上放着书和茶具,靠东墙朝西放着半旧的青缎靠背引枕。王夫人坐在西边下首,也是半旧的青缎靠背坐褥。见黛玉来了,便让她往炕上坐。黛玉想那一定是二舅的位子,又看见挨着炕有一排三张椅子,椅子上也搭着半旧的垫子,就到椅子上坐了。王夫人再三拉她坐炕上,她才挨着王夫人坐了。王夫人说:"你舅舅今天斋戒去了,改日再见吧。你的三个姊妹都很好,以后一起念书认字,学针线,或偶尔开个玩笑,都会尽让着你。我不放心的只有一件事,就是我那个孽根祸胎,是家里的'混世魔王',今天到庙里还愿去,等晚上回来你就知道了。以后你不要理睬他,你的这些姊妹们都不敢沾惹他。"

黛玉也常常听母亲说过,二舅母生的有个表兄,是衔玉而生的,非常顽劣,非常不喜欢读书,最喜欢在内院厮混,外祖母又非常溺爱他,没人敢管。今天见王夫人这样说,就知道是说这个表兄了。陪笑说:"舅母说的,是不是那个衔玉而生的哥哥?在家里时也曾听母亲常说,这位哥哥比我大一岁,小名就叫宝玉,虽然很顽皮,但说对姊妹们是很好的。何况我来这里,自然只和姊妹们一起相处,兄弟们当然都是在别院别处的,哪有去沾惹的道理?"王夫人笑着说:"你不知道原故,他和别人不一样,自小因为老太太疼爱,就和姊妹们一起娇养惯了,如果姊妹们不理他,他倒还安静些,即使他觉得没意思,也不过就是出了二门,拿他的两个小厮出出气,嘟哝一阵子就完了。如果哪一天姊妹们和他多说一句话,他心里一高兴,就生出许多事来。所以嘱咐你不要理睬他。他嘴里一会甜言蜜语,一会有天无日,一会又疯疯傻傻,你不要信他。"

黛玉一一答应着。一个丫鬟来说:"老太太那里传晚饭了。"王夫人领着黛玉出后房门,由后廊往西出角门,走过一条夹道,南边是倒座三间小小的抱厦厅,北边立着一个粉油大影壁,后面有一半大门,一所小小的房子,王夫人指着说:"这是你凤姐姐住的屋子,少什么东西只管来找她。"二人穿过一个东西弄堂,到了贾母的后院,进入后房门,有许多人在伺候,见王夫人来了,忙设桌椅。贾珠的遗孀李纨捧饭,熙凤安排筷子,王夫人捧羹汤。贾母在正面榻上独坐,两旁有四张空椅,熙凤拉黛玉在左边第一张椅子上坐下,黛玉推让,贾母说:"你舅母和嫂子们不在这里吃饭,你是客,该坐在这里。"黛玉才坐,刚坐下来。贾母让王夫人也坐了,迎春三姊妹才坐下。迎春坐右手第一个位子,探春坐左边第二个位子,惜春坐右边第二个位子。旁边丫鬟拿着拂尘漱盂巾帕,李纨、熙凤站在案边让客布菜,外间虽然有许多媳妇丫鬟侍候,却连一声咳嗽也没有。

吃完,有丫鬟用小茶盘捧上茶来。以前林如海教育女儿惜福养身,吃完饭以后要等一阵再喝茶,才不会伤脾胃。如今黛玉见这里有许多事情和家里的不一样,不得不跟着的,得一件一件改过来,因此接了茶。又有人捧过漱口盂来,黛玉漱了口,洗了手。又有茶端上来,原来这才是喝的茶。贾母让王夫人、李纨、熙凤离去,与黛玉说话。

贾母问黛玉都读过些什么书。黛玉说:"刚念了《四书》。"黛玉又问姊妹们读到哪里了。贾母说:"哪里读书了,只不过认识几个字,不是睁眼瞎子罢了!"

正说着,只听外面脚步声响,丫鬟来回:"宝玉来了。"黛玉正想着宝玉是个什么样顽劣人物,宝玉已走进来,却是一个长相俊美、衣饰华丽的公子,项上挂着金璎珞,还有一根五色丝绦,系着一块美玉。她略一打量,就大吃一惊,暗想:好奇怪,这么面熟,倒好像在哪里见过。宝玉向贾母请了安,转身出去,再进来时已换了家常衣裳。贾母笑着责备:"外客没见就脱了衣裳!还不去见你妹妹。"宝玉早已经看见多了一个妹妹,知道一定是林姑妈的女儿,连忙过来作揖,与黛玉相见后归座,笑着说:"我曾见过这个妹妹。"贾母笑骂:"胡说什么,你什么时候见过她?"宝玉说:"虽然没见过,但是总觉得面熟,倒像是旧相识,恍然如同久别重逢一般。"贾母说:"好,好!这样更亲了。"

宝玉挨着黛玉坐下,问她:"妹妹读过书吗?"黛玉说:"没读过,只上了一年学,稍微认识几个字。"宝玉又问:"妹妹的尊名是哪两个字?"黛玉回答了。宝玉又问:"妹妹表字怎称呼?"黛玉说:"没有字。"宝玉笑着说:"我送妹妹一字,不如叫'颦颦'极妙。"探春问:"有什么典故?"宝玉说:"《古今人物通考》上说:'西方有石名黛,可代画眉之墨。'况且这妹妹如同皱着眉头,用这二字岂不甚美?"探春说:"只怕又是杜撰。"宝玉说:"除了《四书》,什么都是杜撰,难道只有我杜撰?"又问黛玉:"有玉没有?"黛玉想因为他有玉,所以问我有没有,于是回答说:"那玉是稀罕物,怎能人人都有?"宝玉顿时发起狂,摘下那玉,狠命摔去,骂道:"什么稀罕物!都不会选人,还说它灵呢,我也不要这玩意儿了!"众人吓得一起拥过去拾玉。贾母急忙搂住他,说:"你生气打人骂人容易,怎么能摔那命根子?"宝玉哭着说:"家里姐妹们都没有,只我有,我说没意思,如今这神仙似的妹妹也没有,可知它不是个好东西!"贾母忙劝他:"这妹妹原来也有玉,因你姑妈去世时,舍不得你妹妹,就把她的玉带了去。你妹妹尽了孝心,就说没玉,你怎么跟她比。还不快带上,别让你娘知道了。"说着从丫鬟手里接过玉,给宝玉带上。

当下,有奶娘来问黛玉住所安排,贾母说:"把宝玉挪出来,和我一起住在套间暖阁里,把林姑娘暂时安置在碧纱橱里,等冬天过完,到春天再给她们收拾房子,另作安排。"宝玉说:"老祖宗,我就在碧纱橱外的床上就很好,何必又搬出来打扰您不得安静。"贾母略一想,也就算了,每人派一个奶娘、一个丫鬟照管,其余的住到外间。王熙凤早已派人送来花帐与被褥等用品。

黛玉只带了两个人来,一个是从小的奶娘王嬷嬷,还有一个是十岁的小丫头雪雁。贾母见雪雁太小,王嬷嬷又太老,就把自己的一个二等丫头鹦哥给了黛玉。如同迎春等姊妹,每人除自幼的奶娘外,另有四个教引嬷嬷、两个贴身丫头,再有四五个洒扫房屋、来往使唤的小丫头。王嬷嬷与鹦哥就陪伴黛玉歇在碧纱橱内,李嬷嬷与大丫头袭人陪宝玉歇在橱外的大床上。

袭人原来也是贾母的丫头,本名叫珍珠,贾母因为溺爱宝玉,生怕宝玉的丫鬟没有尽力服侍宝玉,又一直喜欢她心地纯正善良,认真尽职,就把她给了宝玉。宝玉知道她姓花,又见古人诗句有"花气袭人"的句子,就禀明贾母,给她改名"袭人"。这袭人原来跟着贾母时,心里眼里只有一个贾母;现在服侍宝玉,心里眼里又只有一个宝玉。只因为宝玉性格乖僻,每次劝着宝玉,袭人心里也很郁闷。

这晚,宝玉与李嬷嬷睡熟,她见黛玉、鹦哥还没安歇,就卸了妆,走进去,笑着问:"姑娘怎么还不安歇?"黛玉起身让坐,袭人在床沿上坐了。鹦哥笑着说:"林姑娘正在这里伤心,自己抹着泪说:'今天才来,就惹出你家公子的狂病,如果摔坏了那块玉,难道不是我的过错吗?'因此就伤心起来,我好容易才劝下了。"袭人说:"姑娘千万不可这样,将来只怕比这更怪的笑话还有呢!如果要为这事伤心,只怕伤感不了呢。快别多心。"黛玉说:"姐姐们说的,我记住就是了。那块玉到底是怎么个来历?上面还有字迹?"袭人说:"全家人都不知道玉的来历,上头还有现成的眼儿,听说刚出生的时候是从他嘴里掏出来的。等我拿来你看就知道了。"黛玉忙制止说:"算了,现在夜深了,明天再看也不迟。"大家又说了一会话,才休息了。

参考文献

[1]陆侃如,冯沅君.中国诗史[M].天津:百花文艺出版社,1999.
[2]傅璇琮.唐代科举与文学[M].西安:陕西人民出版社,1986.
[3]王国维.王国维戏曲论文集[M].北京:中国戏剧出版社,1998.
[4]王纲.关汉卿研究资料汇考[M].北京:中国戏剧出版社,1988.
[5]袁行霈.中国文学史[M].北京:高等教育出版社,2005.
[6]游国恩,王起,萧涤非,季镇淮,费振刚.中国文学史[M].北京:人民文学出版社,2002.
[7]裘锡圭.上古思想、民俗与古文字学史[M].上海:上海远东出版社,2012.
[8]汪龙麟.速读中国古代文学名著[M].北京:蓝天出版社,2004.
[9]欧阳祯人.中国古代文学教程[M].北京:北京大学出版社,2007.
[10]曹础基.中国古代文学[M].广州:广东高等教育出版社,1999.

对外汉语系列教材

语言技能类

(1)初级汉语听力
(2)中级汉语听力
(3)高级汉语听力
(4)初级汉语口语
(5)中级汉语口语
(6)高级汉语口语
(7)初级汉语写作
(8)中级汉语写作
(9)高级汉语写作
(10)初级汉语阅读
(11)中级汉语阅读
(12)高级汉语阅读
(13)初级商务汉语对话
(14)朗读与正音
(15)报刊阅读
(16)汉语试听
(17)中文电脑操作
(18)科技汉语

文化通识类

(1)中国概况
(2)简明中国史
(3)中国经济与对外贸易概况
(4)中国文化概论
(5)中国民俗
(6)中国古代文学教程
(7)中国古代文学作品选读
(8)中国古代诗词赏析
(9)中国古代四大名著赏析
(10)中国成语选讲
(11)中国戏曲欣赏
(12)中国书法欣赏
(13)中国旅游地理
(14)中国传统体育
(15)中国当代影视鉴赏
(16)中国现当代文学作品选讲

欢迎各位老师联系投稿!

联系人:李逢国
手机:15029259886　　办公电话:029—82664840
电子邮件:1905020073@qq.com　　lifeng198066@126.com
QQ:1905020073(加为好友时请注明"教材编写"等字样)